Titre original : *The Angel Tree*
Copyright © Lucinda Riley, 2014
Traduit de l'anglais par Marie-Axelle de La Rochefoucauld

Présente édition :
© Charleston, une marque des éditions Leduc, 2024
76, boulevard Pasteur
75015 Paris – France
www.editionscharleston.fr

ISBN : 978-2-38529-198-3

Maquette : Patrick Leleux PAO

Pour suivre notre actualité, rejoignez-nous sur Facebook
(Éditions.Charleston), sur Instagram (@editionscharleston)
et sur TikTok (@editionscharleston) !

Charleston s'engage pour une fabrication écoresponsable !
Amoureux des livres, nous sommes soucieux de l'impact de notre
passion et choisissons nos imprimeurs avec la plus grande attention pour que nos ouvrages soient imprimés sur du papier issu
de forêts gérées durablement.

Lucinda Riley

L'ANGE DE MARCHMONT HALL

Roman

écrit sous son ancien nom de plume
LUCINDA EDMONDS

Traduit de l'anglais
par Marie-Axelle de La Rochefoucauld

Pour ma sœur, Georgia.

Soir de Noël 1985

* * *

Marchmont Hall
Monmouthshire, pays de Galles

1

David Marchmont jeta un coup d'œil en direction de sa passagère. La neige tombait à présent à gros flocons, rendant plus précaire encore le chemin étroit, déjà dangereusement verglacé.

— Nous ne sommes plus très loin, Greta, et je dirais que nous avons eu de la chance. Demain matin, ce chemin sera sans doute impraticable. Reconnais-tu quelque chose ? demanda-t-il d'une voix hésitante.

Greta se tourna vers lui. Malgré ses cinquante-huit ans, sa peau ivoire était encore lisse, et elle avait gardé le visage de poupée que David lui avait toujours connu. L'âge n'avait pas terni le bleu vif de ses yeux immenses, mais ceux-ci ne brillaient plus ni d'excitation, ni de colère. La lumière qui les éclairait autrefois avait depuis longtemps disparu.

— Je sais que j'ai vécu ici. Mais je ne me le rappelle pas, David. Je suis désolée.

— Ne t'inquiète pas, la rassura-t-il, conscient de sa détresse.

Lui-même était hanté par les souvenirs, son retour à la maison de son enfance après l'incendie, l'odeur âcre de la fumée et du bois calciné.

— Évidemment, les travaux de restauration de Marchmont sont à présent bien avancés, ajouta-t-il.

— Oui, David, je le sais. Tu me l'as dit la semaine dernière quand tu es venu dîner. J'avais préparé des côtelettes d'agneau et nous avons bu une bouteille de sancerre, répondit-elle sur la défensive. Tu as précisé que nous logerions dans la maison elle-même.

— Tout à fait, convint David calmement, comprenant le besoin systématique de Greta de lui relater les événements récents à grand renfort de détails, alors même que son passé plus ancien, avant son accident, restait pour elle inaccessible.

Tandis qu'il naviguait sur le chemin criblé de plaques de verglas, il commençait à se demander s'il avait eu raison d'amener Greta là pour Noël. À vrai dire, il avait été stupéfait lorsqu'elle avait fini par accepter son invitation, elle qui avait toujours catégoriquement refusé de quitter son appartement de Mayfair.

Après trois ans de rénovation minutieuse visant à redonner à la maison un semblant de sa gloire passée, il avait eu le sentiment que le moment était venu. Et pour une raison qu'il ignorait, Greta aussi. Au moins, la maison serait chaleureuse et confortable, même si, au vu des circonstances, il ignorait ce qu'il en serait sur le plan émotionnel, tant pour elle que pour lui…

— Il commence déjà à faire sombre, fit remarquer Greta platement. Et il est tout juste trois heures.

— Oui, mais j'espère que la lumière tiendra assez longtemps pour nous permettre de voir Marchmont.

— Où j'habitais autrefois.

— Oui.

— Avec Owen. Mon mari. Qui était ton oncle.

— Oui.

David savait que Greta avait simplement mémorisé les éléments du passé qu'elle avait oubliés. Comme pour un examen. C'était lui qui avait fait office de professeur. Les médecins lui avaient conseillé de garder sous silence tout événement traumatisant et de mentionner les noms, dates et lieux susceptibles de réveiller quelque chose dans le subconscient de Greta, de lui fournir la clé de sa mémoire perdue. À l'occasion, lorsqu'il lui rendait visite, elle semblait réagir à certaines choses qu'il lui disait, mais il ne savait pas si elle se rappelait réellement ce qu'elle avait vécu, ou seulement ce qu'il lui avait raconté. Après toutes ces années, les médecins – qui, au départ, étaient convaincus que Greta retrouverait peu à peu la mémoire, puisque aucun scanner ne présageait du contraire – parlaient désormais d'« amnésie sélective », causée par le traumatisme. Selon eux, Greta *ne souhaitait pas* se souvenir du passé.

David aborda lentement le dernier virage du chemin, avant que n'apparaisse le portail de Marchmont. Bien qu'il soit officiellement le propriétaire de la maison et qu'il ait dépensé une fortune pour la rénover, il n'en était ces jours-ci que le gardien. À présent que la restauration touchait à sa fin, Ava, la petite-fille de Greta, et son mari, Simon, avaient quitté le pavillon près du portail pour s'installer à Marchmont Hall. Et à la mort de David, Ava en hériterait. Les travaux s'achevaient à point nommé, car le couple attendait son premier enfant. Peut-être qu'ainsi, pensait David, il serait possible de tourner la page des dernières années dramatiques de l'histoire familiale.

Ce qui compliquait encore la situation, c'étaient les événements qui avaient eu lieu *depuis* la perte de mémoire de Greta… des événements qu'il lui avait cachés pour la protéger, inquiet des effets qu'ils pourraient avoir sur elle. Après tout, si elle ne se souvenait pas du commencement, comment pourrait-elle bien en gérer la fin ?

Somme toute, Ava, Simon et lui se livraient à un numéro d'équilibristes lors de leurs conversations avec Greta, désireux de déverrouiller sa mémoire mais sans cesse prudents, s'interdisant d'aborder certains sujets en sa présence.

— Tu la vois, Greta ?

D'origine élisabéthaine, la demeure se dressait gracieusement devant les contreforts ondoyants des Black Mountains, dont les sommets majestueux s'élevaient en arrière-plan. En contrebas, l'Usk serpentait à travers la vaste vallée scintillante de neige. La façade en pierre rouge ancienne se divisait en trois pignons, tandis que les carreaux finement ouvragés des fenêtres à meneaux reflétaient les derniers rayons rosés du soleil d'hiver.

Bien que la vieille charpente – une ossature de bois asséchée par les années – ait constitué un festin pour les flammes, conduisant à l'écroulement du toit, les murs étaient demeurés debout. Comme le lui avaient indiqué les pompiers, c'était en partie dû à une forte averse survenue environ une heure après le déclenchement de l'incendie. La nature seule avait sauvé Marchmont Hall de la destruction totale et, par chance, il était resté quelque chose à restaurer.

— Oh, David, c'est bien plus beau que les photos que tu m'as montrées ! s'émerveilla Greta. Avec toute cette neige, on dirait une carte postale.

En effet, en garant la voiture aussi près de l'entrée que possible, David aperçut par la fenêtre la lueur chaleureuse des lampes, ainsi qu'un sapin de Noël orné d'une guirlande lumineuse. Cette image contrastait tant avec l'atmosphère froide et austère de la maison de son enfance – imprimée à jamais dans sa mémoire – qu'il ressentit une euphorie soudaine. Peut-être le feu avait-il réellement brûlé le passé, aussi bien physiquement que métaphoriquement. Il regrettait que sa mère ne soit plus là pour voir ce remarquable changement.

— C'est assez charmant, tu ne trouves pas ? Bon, entrons vite. Je reviendrai prendre les cadeaux et les valises plus tard.

David contourna la voiture pour ouvrir la portière du côté passager et Greta descendit avec précaution, s'enfonçant dans la neige épaisse. Elle regarda la maison, puis ses pieds engloutis par le manteau blanc et, tout à coup, un souvenir frappa à la porte de sa mémoire.

Je me rappelle cet endroit...

Figée sur place, stupéfaite que ce moment soit enfin arrivé, elle essaya désespérément de saisir le fragment de souvenir. Mais il s'était déjà échappé.

— Viens, sans quoi le froid aura raison de toi, lui dit gentiment David en lui offrant le bras.

Ensemble, ils parcoururent les quelques mètres qui les séparaient de la porte d'entrée de Marchmont Hall. Mary, la gouvernante qui travaillait à Marchmont depuis plus de quarante ans, vint les accueillir, après quoi David accompagna Greta jusqu'à sa chambre pour qu'elle puisse se reposer. Il supposait qu'elle était épuisée, à la fois par le long voyage depuis Londres et par l'angoisse de quitter son appartement pour la première fois depuis des années.

Puis il partit à la recherche de Mary dans la cuisine. Elle étalait de la pâte pour préparer des mince pies, sur le nouvel îlot central. David parcourut la pièce des yeux, admirant les plans de travail en granite étincelants, ainsi que les placards intégrés lisses et brillants qui couvraient les murs. Lorsqu'il avait planifié la restauration de la demeure, il n'avait fait de concessions à la modernité que pour la cuisine et les salles de bains. Toutes les autres pièces avaient été calquées sur le modèle d'origine, une tâche herculéenne qui lui avait demandé des semaines de recherche et des journées entières à éplucher des photos d'archive dans des bibliothèques, ainsi qu'à déterrer ses propres souvenirs d'enfance. Il avait ensuite embauché des armées d'artisans locaux pour s'assurer que tout, des dalles des sols jusqu'aux meubles des pièces, ressemble autant que possible à la demeure d'antan.

— Vous ici, monsieur David, le salua Mary en souriant. Jack a appelé il y a dix minutes pour prévenir que le train de votre amie avait du retard à cause de la neige. Ils devraient être là d'ici une heure environ. Jack a pris la Land Rover, donc *a priori* ils n'auront pas de problème sur la route.

— C'était gentil de sa part d'aller la chercher, avec tout le travail qu'il a au domaine. Alors, Mary, que pensez-vous des nouveaux équipements ?

— C'est merveilleux, tout est si neuf ! répondit-elle de son doux accent gallois. Je n'arrive pas à croire qu'il s'agit de la même maison. Il fait si bon ces jours-ci, c'est à peine si j'ai besoin de faire du feu.

— Et votre appartement est confortable ?

Huw, le mari de la gouvernante, était mort quelques années plus tôt et, désormais, elle trouvait le cottage du domaine trop isolé pour elle seule. Alors, tandis qu'il travaillait avec l'architecte sur les nouveaux plans de la maison, David avait prévu pour elle une suite de pièces dans le grenier spacieux. Après ce qui s'était passé, il préférait qu'il y ait toujours quelqu'un dans la maison, quand Ava et Simon devaient s'absenter.

— Oh oui, merci. Et la vue sur la vallée est magnifique. Comment va Greta ? Pour être honnête, je n'en revenais pas quand vous m'avez annoncé qu'elle viendrait ici pour Noël. Je ne pensais même pas que cela se produirait de mon vivant… Comment a-t-elle réagi ?

— Elle n'a pas dit grand-chose, répondit David, ne sachant pas si Mary se référait à la réaction de Greta face aux rénovations ou à son retour après toutes ces années. Elle se repose dans sa chambre.

— J'ai préparé son ancienne chambre, comme vous me l'aviez demandé, mais la pièce est si différente à présent que moi-même je ne la reconnais pas. Vous pensez vraiment qu'elle ne sait pas qui je suis ? Nous avons vécu beaucoup de choses ensemble quand elle habitait à Marchmont...

— Tâchez de ne pas le prendre personnellement, Mary. Je crains que ce ne soit la même chose pour nous tous.

— Après tout, il vaut peut-être mieux qu'elle ne se souvienne pas de certains événements que nous avons traversés, déclara la gouvernante d'un air sombre.

— En effet, soupira David. Ce Noël va être étrange à bien des égards.

— Ça, c'est certain. Je n'arrête pas de chercher votre mère dans la maison, avant de me rappeler qu'elle n'est plus là... confia Mary en retenant ses larmes. Évidemment, c'est pire pour vous, monsieur David.

— Nous allons tous mettre du temps à nous habituer à son absence. Mais au moins nous avons Ava et Simon, et bientôt leur bébé, pour nous aider à surmonter notre peine, assura-t-il en passant un bras autour des épaules de la gouvernante. Dites-moi, puis-je goûter l'une de vos délicieuses mince pies ?

*

Ava et Simon rentrèrent à la maison vingt minutes plus tard et rejoignirent David au salon, où l'odeur de peinture fraîche était masquée par celle du feu de bois qui émanait de l'imposante cheminée en pierre.

— Ava, tu es rayonnante. Je dirais même que tu bourgeonnes de santé ! lança David en souriant à la jeune femme, avant de l'étreindre et de serrer la main de Simon.

— « Bourgeonner » est un faible mot, j'ai l'impression d'avoir triplé de volume au cours du dernier mois. Que ce soit un garçon ou une fille, ce bébé a un avenir de joueur de rugby tout tracé, plaisanta Ava en regardant Simon avec tendresse.

— Voulez-vous que je demande à Mary de nous préparer du thé ? s'enquit David.

— Je m'en occupe, fit Simon. Ava, chérie, assieds-toi avec ton oncle et n'oublie pas de surélever tes jambes. Elle a été appelée au beau milieu de la nuit pour aider une vache en détresse à mettre bas, ajouta-t-il à l'intention de David, en haussant les épaules d'un air désespéré avant de quitter la pièce.

— Et j'espère que quelqu'un sera là pour *moi* quand moi-même je serai en détresse, en train d'accoucher, rétorqua Ava en riant, s'enfonçant dans l'un des fauteuils récemment tapissés. Simon me sermonne sans arrêt en me disant que je dois lever le pied, mais je suis vétérinaire ! Je ne peux quand même pas laisser mourir mes patients ! La sage-femme ne me laisserait pas tomber, si ?

— Très juste, mais le terme de ta grossesse est dans six semaines, et Simon s'inquiète que tu te fatigues trop, c'est tout naturel.

— Lorsque mon remplaçant arrivera au cabinet après Noël, ce sera bien plus facile. Mais avec ce temps, je ne peux pas garantir de ne pas être appelée pour réchauffer des moutons souffrant d'hypothermie. Les éleveurs ont bien fait de les ramener des collines avant que le froid s'installe, mais il y en a toujours un ou deux qui s'égarent. Et toi, Oncle David, comment vas-tu ?

Ava l'avait toujours appelé « Oncle », même si en réalité il ne l'était qu'au deuxième degré, David étant le cousin germain de sa mère.

— Très bien, je te remercie. J'ai enregistré mon spectacle de Noël en octobre et, depuis… en fait, poursuivit-il en rougissant, j'écris mon autobiographie.

— C'est vrai ? Voilà qui doit être intéressant.

— Ma vie l'est en effet, et c'est bien ça le problème. Il y a des pans que je dois garder sous silence, évidemment.

— Oui… Pour être honnête, je suis étonnée que tu aies accepté de l'écrire, toi qui mets un point d'honneur à ce que ta vie privée le reste.

— Tu as raison, mais malheureusement un journaliste de caniveau s'est mis en tête d'en rédiger une version non autorisée, alors j'ai décidé de le précéder en publiant la version réelle. Autant que faire se peut, bien sûr, étant donné les circonstances.

— D'accord. Dans ce cas, je comprends ce qui te pousse à le faire. Mon Dieu, souffla Ava, le fait d'avoir une star de cinéma en guise de mère et un comédien renommé comme oncle m'a conduite à abhorrer l'idée de la célébrité. Tu ne feras aucune référence à… ce qui m'est arrivé, n'est-ce pas ? J'en mourrais. Surtout après cette une du *Daily Mail* sur Cheska.

— Bien sûr que non, Ava. Je fais de mon mieux pour laisser la famille en dehors de tout ça. L'ennui, c'est que ça ne me laisse pas grand-chose à raconter. Je n'ai jamais eu ni problèmes de drogue, ni dérive alcoolique, je n'ai jamais été un coureur de jupons, alors au bout du compte mon autobiographie est assez ennuyeuse… soupira David en esquissant un sourire ironique. À propos de femmes, Tor ne devrait plus tarder.

— Je suis heureuse qu'elle vienne, Oncle David. J'ai beaucoup d'affection pour elle. Et plus nous serons nombreux ici pour Noël, mieux ce sera.

— Au moins nous avons enfin réussi à persuader ta grand-mère de se joindre à nous.

— Où est-elle ?

— Elle se repose dans sa chambre.

— Et comment va-t-elle ?

— Rien de nouveau à cet égard. Mais je suis si fier qu'elle ait rassemblé assez de courage pour venir ici. Ah, voilà Tor ! s'exclama-t-il en apercevant des phares par la fenêtre. Je vais aller l'aider avec ses bagages.

Quand David eut quitté le salon, Ava songea à l'amitié durable et loyale qu'il avait pour Greta. Elle savait qu'ils se connaissaient depuis toujours, mais elle se demandait ce qui lui plaisait tant chez sa grand-mère. La grand-tante d'Ava et mère de David, LJ, qui était morte quelques mois plus tôt seulement, prétendait que son fils avait toujours aimé Greta. Ava détestait l'admettre, mais elle trouvait sa grand-mère assez puérile et bête. Les quelques fois où elle l'avait vue au fil des ans, elle avait eu l'impression de parler avec un œuf de Fabergé, parfaitement formé mais vide. Mais encore une fois, peut-être que sa profondeur et sa personnalité lui avaient été arrachées par l'accident. Désormais, Greta vivait en recluse, s'aventurant rarement hors de son appartement.

Elle savait qu'elle ne devait pas juger sa grand-mère, ne l'ayant pas connue avant son accident, pourtant elle l'avait toujours comparée à LJ dont la joie de vivre et l'esprit indomptable rendaient Greta faible et fade en comparaison. *Et maintenant,* pensa Ava en se mordant la lèvre, *Greta est là pour Noël, et pas LJ.*

La gorge de la jeune femme se serra, mais elle se reprit, sachant que sa grand-tante n'aimerait pas la savoir triste. « Il faut aller de l'avant », disait-elle toujours quand frappait la tragédie.

Néanmoins, Ava ne pouvait s'empêcher de regretter amèrement que LJ n'ait pas vécu un peu plus longtemps pour connaître son bébé. Au moins, elle avait assisté à son mariage avec Simon et savait que Marchmont – et Ava elle-même – étaient en sécurité.

À ce moment, David revint au salon avec Tor.

— Salut, Ava. Joyeux Noël et tout le tralala. Dieu que j'ai froid. Quelle expédition ! s'exclama Tor avant de s'approcher de la belle flambée pour se réchauffer les mains.

— Tu es arrivée à destination, et juste à temps, semble-t-il. Jack m'a dit que tous les autres trains de ce soir pour Abergavenny avaient été annulés, indiqua David.

— Oui, j'avoue que passer Noël dans un hôtel à Newport ne m'aurait pas particulièrement réjouie. Et la maison est magnifique, Ava. Simon et toi devez être aux anges.

— C'est certain ! répondit la jeune femme. C'est si beau, et nous te sommes si reconnaissants, Oncle David. Simon et moi n'aurions jamais eu les ressources nécessaires pour la rénover nous-mêmes.

— Comme tu le sais, un jour, elle te reviendra de toute façon. Ah, te voilà, Simon ! fit David en levant les yeux. Du thé bien chaud, exactement ce dont nous avons besoin.

*

Greta se réveilla désorientée de sa sieste. Ne se souvenant pas où elle était, elle paniqua et tâtonna dans le noir à la recherche d'un interrupteur. Une fois la lumière allumée, la forte odeur de peinture fraîche lui rappela où elle se trouvait et elle se redressa sur le lit moelleux pour admirer la pièce entièrement redécorée.

Marchmont Hall... la maison dont David lui avait tant parlé ces dernières années. Mary, la gouvernante, lui avait appris que c'était son ancienne chambre et que c'était là qu'elle avait mis Cheska au monde.

Greta descendit du lit et s'approcha de la fenêtre. La neige tombait encore. Elle essaya de rattraper le souvenir qu'elle avait effleuré en sortant de la voiture, mais son esprit refusa une fois de plus de lui révéler ses secrets et elle soupira de désespoir.

Après un brin de toilette dans la salle de bains attenante à sa chambre, elle enfila un chemisier crème qu'elle avait acheté quelques jours plus tôt. Elle s'appliqua un peu de rouge à lèvres, puis fixa son reflet dans le miroir, angoissée de quitter le refuge de sa chambre.

Elle avait dû se faire violence pour accepter de passer Noël à Marchmont avec sa famille. Cette décision lui avait tant coûté qu'après avoir dit oui à un David abasourdi, elle avait traversé plusieurs accès de panique qui l'avaient empêchée de dormir et assaillie de tremblements et de sueurs froides. Elle s'était rendue chez son médecin, qui lui avait prescrit sédatifs et bêtabloquants. Avec ses encouragements, et face à la sombre perspective de passer un autre Noël seule chez elle, elle était parvenue à faire sa valise, à monter dans la voiture de David et à arriver jusqu'à Marchmont.

Les médecins auraient sans doute un autre avis sur sa motivation ; ils argueraient dans leur jargon habituel qu'elle était peut-être enfin prête, que son subconscient la jugeait enfin assez forte pour supporter ce retour aux sources. Indubitablement, depuis qu'elle avait pris sa décision, elle rêvait à nouveau. Bien sûr, aucun de ses rêves n'avait de sens, mais le choc qu'elle avait eu deux heures plus tôt – ce que les médecins appelleraient un « flashback » – en regardant Marchmont Hall donnait en partie raison à leur analyse.

Elle savait qu'il lui restait encore beaucoup à affronter. La compagnie d'autrui, pour commencer, et ce pour une durée prolongée. Et parmi ceux qui seraient présents pour les fêtes, elle redoutait par-dessus tout de passer du temps avec Tor, la compagne de David. Greta avait beau l'avoir vue plusieurs fois, elle n'avait jamais passé plus de quelques heures avec cette femme. Tor était gentille et polie, et elle semblait s'intéresser à ce que Greta disait – pas grand-chose, il faut l'avouer –, mais Greta avait toujours l'impression qu'elle la traitait avec condescendance, comme elle l'aurait fait avec une vieille dame sénile ayant perdu la tête.

Greta regarda une nouvelle fois son reflet dans le miroir. Elle était peut-être beaucoup de choses, mais pas *ça*.

Tor était professeur à Oxford. Intellectuelle, indépendante et belle – ou plutôt, voluptueuse mais sans charme particulier, comme avait toujours pensé Greta, laquelle dénigrait secrètement sa rivale.

En somme, Tor était tout ce que n'était pas Greta, mais elle rendait David heureux et Greta savait qu'elle devait essayer de s'en réjouir.

Au moins Ava serait là avec son mari, Simon. Ava, sa petite-fille...

S'il y avait une chose qui la chagrinait particulièrement depuis sa perte de mémoire, c'était Ava. Sa propre chair, son propre sang, la fille de sa fille... Elle l'avait vue régulièrement au cours des deux décennies écoulées et l'appréciait beaucoup, pourtant elle n'arrivait pas à créer des liens avec sa petite-fille, et elle en éprouvait de la culpabilité. Même si elle ne se souvenait pas de la naissance d'Ava, elle aurait dû se sentir instinctivement proche d'elle, non ?

Greta craignait qu'Ava ne la soupçonne – tout comme LJ – de se rappeler certaines choses et de parfois jouer la comédie. Toutefois, malgré des années de séances chez des psychologues, des hypnotiseurs et praticiens de toutes sortes, rien ne lui revenait. Elle avait l'impression de vivre dans un vide intersidéral, comme si elle n'était que spectatrice des autres êtres humains qui, eux, n'avaient aucun mal à *se souvenir.*

La personne dont elle se sentait le plus proche était son David chéri, qui était là quand elle avait enfin rouvert les yeux après un coma de neuf mois. Il avait passé les vingt-quatre dernières années à s'occuper d'elle de toutes les façons possibles. Sans lui, étant donné la vacuité de son existence, elle aurait certainement perdu tout espoir.

David lui avait raconté qu'ils s'étaient rencontrés quarante ans auparavant, lorsqu'elle avait dix-huit ans et travaillait à Londres dans un théâtre, le Windmill ou « Moulin à vent », juste après la guerre. Apparemment, elle lui avait un jour expliqué que ses parents avaient péri sous les bombardements, mais n'avait jamais mentionné d'autre famille. David lui avait dit qu'ils étaient très bons amis, et Greta avait présumé que leur relation s'était limitée à cela. David lui avait aussi appris que, peu après leur rencontre, elle avait épousé un certain Owen, son oncle à lui, ancien maître de Marchmont.

Au cours de ses années d'amnésie, Greta n'avait cessé de rêver que l'amitié décrite par David soit allée plus loin. Elle l'aimait tendrement ; non pas pour ce qu'il avait été pour elle avant l'accident, mais pour la place qu'il occupait désormais dans sa vie. Bien sûr, elle avait conscience que ses sentiments n'étaient pas réciproques – elle n'avait aucune raison de penser qu'il en ait jamais été autrement. David était un comédien brillant et célèbre, en plus d'être encore extrêmement beau. En outre, depuis six ans, il partageait sa vie avec Tor, toujours à son bras lors des ventes de charité et des cérémonies de remise de prix.

Dans ses instants les plus sombres, Greta avait l'impression d'être un simple boulet ; que David ne faisait que son devoir, par gentillesse et parce qu'ils étaient parents par alliance. Lorsqu'elle était enfin sortie de l'hôpital, au bout de dix-huit mois, pour retourner vivre à Mayfair, David avait été le seul à lui rendre visite régulièrement. Au fil des ans, elle s'était sentie de plus en plus coupable de dépendre ainsi de lui et, bien qu'il lui assure que cela ne lui posait aucun problème de passer la voir, elle essayait toujours de ne pas être un poids, se prétendant occupée quand ce n'était pas le cas.

Greta s'écarta de la fenêtre, sachant qu'elle devait trouver le courage de descendre rejoindre sa famille. Elle ouvrit la porte de sa chambre, avança dans le couloir et s'arrêta en haut du magnifique escalier en chêne sombre, dont les rampes sculptées et les élégants fleurons brillaient sous la douce lumière du lustre. Tandis qu'elle admirait le grand sapin qui se dressait en contrebas, dans l'entrée, l'odeur fraîche et délicate des aiguilles vertes vint lui chatouiller les narines et, à nouveau, quelque chose remua dans son esprit. Elle ferma alors les yeux et inspira profondément, comme le lui conseillaient les médecins, pour encourager le faible souvenir à se développer.

*

Le matin de Noël, en ouvrant leurs rideaux, les résidents de Marchmont Hall découvrirent un merveilleux paysage enneigé. Au déjeuner, ils se régalèrent d'une oie rôtie et de légumes de la propriété. Ensuite, ils se réunirent près de la cheminée du salon pour s'échanger leurs présents.

— Oh, Bonne Maman, s'exclama Ava en déballant une petite couverture blanche, toute douce pour le bébé, voilà qui nous sera bien utile, merci !

— Tor et moi aimerions beaucoup vous offrir une poussette, mais comme aucun de nous deux n'a la moindre idée de tous ces nouveaux gadgets qu'utilisent les parents aujourd'hui, nous avons préféré vous faire un chèque, déclara David en le tendant à Ava.

— C'est très généreux de votre part, fit Simon en remplissant son verre.

Greta fut touchée par le cadeau d'Ava, un joli cadre abritant une photo les représentant toutes les deux, alors que sa petite-fille n'était qu'un bébé minuscule et elle-même encore hospitalisée.

— C'est pour te rappeler ce qui t'attend, déclara la jeune fille en souriant. Tu te rends compte, tu vas bientôt être arrière-grand-mère !

— Eh oui, c'est fou ! répondit Greta en riant.

— Et tu sembles à peine plus âgée que la première fois que je t'ai vue, intervint David avec galanterie.

Greta s'assit sur le canapé et contempla sa famille avec plaisir. Peut-être était-ce l'effet du vin qu'elle avait bu au déjeuner, en bien plus grande quantité qu'elle n'en avait l'habitude, mais, pour une fois, elle se sentait à sa place.

Après l'échange des présents, Simon accompagna Ava à l'étage, insistant pour qu'elle se repose, et David et Tor sortirent se promener. David avait proposé à Greta de se joindre à eux, mais elle avait décliné avec tact. Ils avaient besoin de passer du temps tous les deux. Elle resta un moment assise au coin du feu, somnolant avec contentement. Lorsqu'elle rouvrit les yeux, elle vit par la fenêtre que le soleil était bas désormais mais brillait encore, faisant scintiller la neige.

Elle décida alors qu'un peu d'air frais lui ferait du bien, à elle aussi, et alla demander à Mary s'il y avait des bottes et un manteau un peu épais qu'elle pouvait emprunter.

Cinq minutes plus tard, chaussée de bottes en caoutchouc et couverte d'un vieil anorak, Greta s'élança à grandes enjambées dans la neige immaculée, inspirant à pleins poumons l'air pur et vivifiant. Elle s'arrêta, se demandant par où aller, espérant être guidée par une sorte d'instinct, et opta pour un tour en forêt. Tandis qu'elle marchait en regardant le ciel bleu au-dessus d'elle, une joie soudaine lui emplit le cœur face à la beauté des lieux. C'était un sentiment si rare qu'elle faillit trébucher en zigzaguant entre les arbres.

Arrivée dans une clairière, elle aperçut au centre un sapin majestueux, le vert profond de ses branches touffues, chargées de neige, contrastant avec les grands hêtres dénudés qui peuplaient le reste du bois. En s'approchant, elle remarqua une pierre tombale au pied de l'arbre. Supposant qu'il s'agissait de la tombe d'un animal de compagnie de la famille – peut-être un chien qu'elle avait connu –, Greta se baissa et, de sa main gantée, libéra l'inscription de la neige qui y avait durci.

Peu à peu, les lettres apparurent.

JONATHAN (JONNY) MARCHMONT
Fils bien-aimé d'Owen et Greta
Frère de Francesca
2 JUIN 1946 – 6 JUIN 1949
Que Dieu guide son petit ange jusqu'au Ciel

Greta lut et relut l'inscription, puis tomba à genoux dans la neige, le cœur battant.

Jonny... Les mots gravés dans la pierre indiquaient que cet enfant était son fils à elle...

Elle savait que Francesca – Cheska – était sa fille, mais personne n'avait jamais mentionné l'existence d'un garçon. Un petit garçon emporté par la mort à tout juste trois ans...

Pleurant à présent de choc et de frustration, Greta leva de nouveau les yeux et vit que le ciel s'assombrissait. Impuissante, elle balaya la clairière du regard, comme si les arbres étaient en mesure de lui donner les réponses qu'elle cherchait. Toujours agenouillée, elle entendit un chien aboyer au loin. Une image se créa alors dans son esprit ; elle se rappelait avoir été dans cette clairière et y avoir entendu un chien... Oui, *oui*...

Elle se pencha sur la tombe.

— Jonny... mon fils... faites que je me rappelle... Pour l'amour du Ciel, faites que je me rappelle ce qui lui est arrivé ! cria-t-elle en sanglotant.

L'aboiement s'éloigna et elle ferma les yeux. Elle eut aussitôt une vision nette d'un bébé minuscule enveloppé dans ses bras, blotti contre sa poitrine.

— Jonny, mon Jonny chéri... mon bébé...

Tandis que le soleil s'enfonçait derrière les arbres et dans la vallée, annonçant la tombée de la nuit, Greta tendit les bras pour étreindre la pierre tombale. Enfin, les souvenirs lui revenaient...

Greta

* * *

Londres, octobre 1945

2

La loge exiguë du Windmill sentait le parfum bon marché et la transpiration. Il n'y avait pas assez de miroirs pour tout le monde, alors les filles se bousculaient pour appliquer leur rouge à lèvres et faire boucler leurs cheveux sur le haut de leur tête, vaporisant de l'eau sucrée pour fixer le tout.

— Il y a au moins un avantage à se produire à moitié nues : on n'a pas à s'inquiéter de filer nos bas nylon ! gloussa une jolie brune en arrangeant avec dextérité sa poitrine dans son décolleté à paillettes.

— Peut-être, mais une fois que tu t'es frottée le visage au savon phénique pour te débarrasser des couches de maquillage, tu ne retrouves pas vraiment un teint de pêche, si, Doris ? répondit une autre fille.

On frappa vivement à la porte et un jeune homme passa la tête dans la pièce, ignorant les corps légèrement vêtus qui s'offraient à sa vue.

— Cinq minutes, mesdames ! cria-t-il avant de se retirer.

— Allez, soupira Doris. Chaque fois qu'on se trémousse, on gagne notre croûte ! encouragea-t-elle en se levant. En tout cas, je suis bien contente qu'il n'y ait plus de raids aériens. Qu'est-ce qu'on gelait il y a deux ans quand on devait aller se réfugier dans cette foutue cave, avec à peine plus que nos sous-vêtements ! J'avais le dos bleu de froid. Allez, les filles, allons faire rêver notre public.

Doris quitta la loge et les autres la suivirent, bavardant gaiement, jusqu'à ce qu'il ne reste plus qu'une jeune fille, appliquant à toute vitesse son rouge à lèvres à l'aide d'un petit pinceau.

Greta Simpson n'était jamais en retard. Mais ce jour-là elle ne s'était pas réveillée avant dix heures passées, alors même qu'on l'attendait au théâtre à onze heures. Néanmoins, parcourir au pas de course les huit cents mètres qui séparaient son appartement de l'arrêt de bus était un moindre inconvénient face à son bonheur, songeait-elle, rêveuse, en se regardant dans le miroir. La soirée de la veille avec Max, danser avec lui jusqu'au petit matin avant d'errer main dans la main le long de la berge, à la lueur de l'aube… tout cela en valait bien la peine. Elle soupira d'aise au souvenir de ses bras autour d'elle et de ses baisers fougueux.

Elle avait rencontré Max quatre semaines plus tôt, à la boîte de nuit Feldman. D'ordinaire, Greta était trop épuisée après cinq spectacles au Windmill pour faire autre chose le soir que rentrer se coucher, mais Doris l'avait suppliée de venir fêter avec elle son vingt et unième anniversaire et, finalement, elle avait accepté. Les deux filles étaient comme le jour et la nuit : Greta silencieuse et réservée, Doris effrontée et impétueuse, avec un fort accent cockney nasillard. Elles étaient toutefois devenues amies et Greta n'avait pas voulu la décevoir.

Toutes deux s'étaient permis une course en taxi pour l'occasion, jusqu'à Oxford Street. Le Feldman était le club de swing le plus populaire de la ville, il était bondé de militaires britanniques et américains démobilisés, ainsi que de la crème de la société londonienne.

Doris avait obtenu une table dans un coin et commandé pour chacune un gin and it. En parcourant la salle des yeux, Greta s'était dit que l'ambiance à Londres avait bien changé depuis la victoire, à peine cinq mois auparavant. Un sentiment d'euphorie emplissait l'air. Un nouveau gouvernement travailliste avait été élu en juillet, mené par le Premier Ministre Clement Attlee, et son slogan « Tournons-nous vers l'avenir » résumait bien les nouveaux espoirs du peuple britannique.

Greta s'était soudain sentie étourdie en buvant son cocktail et en se plongeant dans l'ambiance détendue du club. La guerre était terminée après six longues années. Elle avait souri. Elle était jeune, jolie, et le moment était venu de vivre, enfin. Et Dieu savait qu'elle avait besoin d'un nouveau départ…

En regardant autour d'elle, elle avait remarqué un jeune homme particulièrement beau debout près du bar, avec un groupe de GI. Elle l'avait signalé à Doris.

— C'est vrai qu'il est pas mal, et je te parie qu'il est porté sur la chose. Comme tous les Amerloques, avait déclaré Doris, avant de croiser le regard d'un des soldats du groupe et de lui adresser un sourire aguicheur.

Tout le monde au Windmill savait que Doris était assez libre en matière sentimentale. Cinq minutes plus tard, un serveur s'était présenté à leur table avec une bouteille de champagne.

— Avec les compliments des messieurs près du bar.

— C'est facile quand tu sais t'y prendre, avait murmuré Doris à son amie tandis que le serveur leur versait le champagne. Cette soirée ne nous coûtera pas un centime.

Elle avait fait un clin d'œil conspirateur et demandé au serveur de dire aux « messieurs » de venir à leur table pour qu'elle puisse les remercier en personne.

Deux heures plus tard, enivrée par le champagne, Greta s'était retrouvée à danser dans les bras de Max. Elle avait découvert qu'il s'agissait d'un officier américain qui travaillait pour le gouvernement.

— La plupart de mes compagnons s'apprêtent à repartir aux États-Unis, et je les suivrai moi-même dans quelques semaines. Nous devons juste régler deux ou trois choses avant. Londres va terriblement me manquer. C'est une ville extraordinaire.

Il avait semblé surpris lorsque Greta lui avait expliqué qu'elle travaillait dans le « show business ».

— Tu veux dire que tu te produis sur scène ? En tant qu'actrice ? l'avait-il interrogée, les sourcils soudain froncés.

Greta avait tout de suite senti que cette idée le contrariait et avait vite modifié son histoire.

— En réalité, je suis la secrétaire d'un agent de théâtre.

— Oh, je vois, avait répondu Max, l'air aussitôt plus détendu. Le show business, ce n'est pas pour toi, Greta. Tu es ce que ma mère appellerait une vraie dame.

Une demi-heure plus tard, Greta s'était détachée des bras de Max, lui disant qu'il était temps pour elle de rentrer. Il avait hoché poliment la tête et l'avait accompagnée à la recherche d'un taxi.

— J'ai passé une merveilleuse soirée, lui avait-il glissé en lui ouvrant la portière de la voiture. Pourrai-je te revoir ?

— Oui, avait-elle répondu un peu trop vivement.

— Formidable. Je pourrais te retrouver ici demain soir ?

— Oui, mais je travaille jusqu'à dix heures et demie. Je dois assister au spectacle de l'un de nos clients, avait-elle menti.

— D'accord, je t'attendrai ici à onze heures. Bonne nuit, Greta, ne sois pas en retard demain.

— Ne t'inquiète pas pour ça.

Dans le taxi qui la ramenait chez elle, Greta avait été assaillie par des émotions contradictoires. Son cerveau lui disait qu'il était vain d'entamer une relation avec un homme qui quitterait Londres à quelques semaines plus tard, mais Max avait l'air d'un gentleman, ce qui était bien agréable en comparaison avec le public masculin souvent grossier qui fréquentait le Windmill.

Elle avait alors repensé avec tristesse aux circonstances qui l'avaient conduite au Windmill, à peine quatre mois plus tôt. Dans tous les journaux et les magazines qu'elle lisait adolescente, les « Filles du Windmill » semblaient toujours si glamour, vêtues de leurs belles tenues et photographiées avec un éventail de célébrités britanniques tout sourire. Obligée de quitter à la hâte le monde si différent d'où elle venait, elle était venue trouver refuge au Windmill à son arrivée à Londres.

La réalité, elle le savait désormais, était tout autre…

Après être rentrée à sa pension de famille et s'être glissée dans son lit étroit, vêtue d'un gilet sur son pyjama contre le froid automnal de la pièce sans chauffage, Greta avait pris conscience que Max était son passeport pour la liberté. Quoi qu'il lui faille faire pour le convaincre qu'elle était la fille de ses rêves, elle s'y prêterait.

Comme convenu, Max et Greta s'étaient retrouvés le lendemain soir au Feldman et, depuis lors, ils s'étaient vus presque chaque jour. Malgré tous les avertissements de Doris, selon laquelle les Américains étaient obsédés, Max s'était toujours comporté en parfait gentleman. Quelques jours plus tôt, il avait emmené Greta à un dîner dansant au Savoy. Assise dans la magnifique salle de bal, les oreilles emplies de la belle musique de Roberto Inglez et de son orchestre, elle avait décidé qu'elle aimait être ainsi invitée et chouchoutée par son bel officier américain nanti. Et, chaque jour davantage, elle apprenait également à l'aimer.

Au gré de leurs conversations, elle s'était rendu compte que Max avait connu une existence très privilégiée, mais quelque peu surprotégée, avant d'arriver à Londres quelques mois plus tôt. Il était né en Caroline du Sud, fils unique de riches parents, et avait grandi en périphérie de la ville de Charleston. Greta avait poussé un petit cri quand il lui avait montré une photo de l'élégante maison blanche à colonnade. Max lui avait expliqué que son père possédait plusieurs sociétés lucratives dans le Sud, notamment une grande usine automobile qui, semblait-il, s'en était bien tirée pendant la guerre. À son retour chez lui, Max reprendrait les affaires familiales.

À voir les fleurs, les bas nylon et les dîners onéreux qu'il lui offrait, Greta savait que Max avait de l'argent à dépenser, alors, lorsqu'il avait évoqué « leur » avenir, une lueur d'espoir s'était allumée dans le cœur de la jeune femme.

Ce soir-là, Max l'emmenait dîner au Dorchester et lui avait dit de se faire belle. Il devait repartir pour les États-Unis quelques jours plus tard et lui disait sans cesse qu'elle lui manquerait terriblement. Peut-être pourrait-il revenir la voir à Londres, ou peut-être, savait-on jamais, réussirait-elle à économiser assez d'argent pour traverser l'Atlantique afin de le rejoindre…

Sa rêverie romantique fut interrompue par de légers coups à la porte. Elle leva les yeux et découvrit un visage amical et familier.

— Tu es prête ? s'enquit David Marchmont.

Comme toujours, Greta fut étonnée par son accent anglais saccadé qui, caractéristique de la haute société, tranchait tant avec le personnage qu'il incarnait sur scène. En plus de travailler comme régisseur assistant, David était comédien au Windmill, sous le nom de Taffy – une référence espiègle à ses racines galloises et au surnom que tous lui donnaient couramment au théâtre – et récitait son joyeux baratin avec un accent gallois à couper au couteau.

— Tu me donnes encore deux minutes ? lui demanda-t-elle, se rappelant brusquement ce qu'elle devait faire ce soir-là.

— Accordé, mais pas plus. Je t'accompagnerai en coulisse et m'occuperai de tes accessoires. Es-tu certaine d'être prête à faire ça ? s'enquit-il en fronçant les sourcils. Tu es pâle comme un linge.

— Ça va, Taffy, je t'assure, mentit-elle en sentant son cœur s'accélérer. Je te retrouve dans un instant.

Quand il eut refermé la porte, Greta poussa un profond soupir et appliqua la touche finale de son maquillage.

Travailler au Windmill était bien plus ardu que tout ce qu'elle avait imaginé. Il y avait cinq représentations de *Revudeville* par jour et, quand les filles n'étaient pas sur scène, elles répétaient. Tout le monde savait que la plupart des hommes du public ne venaient pas voir les comédiens, ni les autres spectacles de variété, mais plutôt se rincer l'œil sur les filles magnifiques qui paradaient en tenue légère.

Greta fit la grimace et jeta un coup d'œil coupable en direction de son élégant manteau rouge cerise, accroché près de la porte. Elle n'avait pas résisté quand, désireuse d'être à son avantage pour Max, elle l'avait essayé lors d'une virée shopping particulièrement coûteuse chez Selfridges. Ce manteau rouge était un symbole criant des difficultés financières qui l'avaient amenée là où elle se trouvait, sur le point d'apparaître presque entièrement nue devant des centaines d'hommes qui la dévoreraient des yeux. À cette pensée, Greta déglutit avec peine.

Quelques jours plus tôt, lorsque Mr Van Damm lui avait demandé de participer aux tableaux vivants osés du Windmill – ce qui signifiait se tenir immobile dans une pose élégante pendant que les autres filles déambulaient autour –, Greta avait rechigné à l'idée de se dénuder presque complètement. Quelques paillettes pour couvrir ses mamelons et un string minuscule : voilà tout ce qu'elle aurait pour protéger sa pudeur. Néanmoins, encouragée par Doris, qui apparaissait dans ces tableaux vivants depuis plus d'un an, et pensant à son loyer impayé, elle avait fini par accepter.

Elle frémit en imaginant ce que Max – issu d'une famille baptiste dévote – penserait de son évolution de carrière. Mais elle avait désespérément besoin de l'argent supplémentaire que lui rapporteraient ces tableaux.

Se tournant vers l'horloge au mur, Greta vit qu'elle ferait mieux d'y aller. Le spectacle avait déjà commencé et elle était censée faire son entrée à moins de dix minutes plus tard. Elle ouvrit le tiroir de la commode et, à la hâte, but une gorgée de la flasque qu'y cachait Doris, espérant que l'alcool lui insufflerait le courage nécessaire. On frappa de nouveau à la porte.

— Je déteste te presser, mais il faut vraiment qu'on y aille, l'appela Taffy.

Après avoir jeté un dernier coup d'œil à son reflet, Greta sortit dans le couloir obscur, serrant autour d'elle son peignoir, comme pour se protéger.

Voyant son appréhension, Taffy prit gentiment les mains de la jeune fille dans les siennes.

— Je sais que tu dois être nerveuse, mais une fois sur scène, tout ira bien.

— Vraiment ? Tu me le promets ?

— Oui, je te le promets. Imagine que tu es le modèle d'un artiste parisien et que tu poses pour un superbe tableau. J'ai entendu dire que, là-bas, les filles se déshabillent à tout-va, plaisanta-t-il pour essayer de dédramatiser la situation.

— Merci, Taffy. Je ne sais pas ce que je ferais sans toi.

Elle lui sourit avec reconnaissance et le suivit jusqu'aux coulisses.

*

Sept heures et trois représentations angoissantes plus tard, Greta était de retour dans la loge. Son tableau vivant avait fait un tabac et, grâce aux conseils de Taffy, elle avait réussi à vaincre ses peurs et à se tenir sous les projecteurs, la tête haute.

— Le plus dur est passé, la première fois est toujours la pire, lui glissa Doris en lui adressant un clin d'œil. À présent, ne pense plus qu'à être canon pour ce soir, ajouta-t-elle en retouchant son maquillage tandis que Greta, assise près d'elle, retirait les épaisses couches du sien. À quelle heure as-tu rendez-vous avec ton Amerloque ?

— À huit heures, au Dorchester.

— Oooh, la classe ! Je vois que tu ne t'embêtes pas ! s'exclama Doris en souriant jusqu'aux oreilles, avant de se lever pour récupérer sa coiffe à plumes.

Bon, il est temps pour moi de remonter sur les planches, pendant que tu te balades dans les quartiers chic avec ton beau prince, comme Cendrillon. Passe une bonne soirée, ma jolie, fit-elle en lui pressant l'épaule.

— Merci, lança Greta tandis que Doris quittait la loge.

Greta savait qu'elle avait de la chance d'avoir obtenu sa soirée. Elle avait dû promettre à Mr Van Damm qu'elle ferait des heures supplémentaires la semaine suivante. Dans un état d'excitation palpable, elle enfila la nouvelle robe de cocktail qu'elle s'était offerte avec les shillings supplémentaires de sa promotion et se remaquilla avec soin avant d'endosser son beau manteau rouge et de quitter le théâtre à la hâte.

*

Max l'attendait dans le hall du Dorchester. Il lui prit les mains et la contempla.

— Tu es absolument éblouissante ce soir, Greta. Je dois être l'homme le plus chanceux de tout Londres. On y va ?

Il lui tendit le bras et tous deux se dirigèrent tranquillement vers le restaurant.

Ce n'est qu'à la fin du dessert qu'il lui posa la question qu'elle brûlait d'entendre de ses lèvres.

— Nous marier ? Je… oh Max, nous nous connaissons depuis si peu de temps ! Es-tu sûr que c'est ce que tu souhaites ?

— Absolument certain. Je reconnais l'amour quand je le ressens. Tu mèneras une vie différente à

Charleston, mais ce sera une existence agréable. Tu ne manqueras jamais de rien, je te le promets. S'il te plaît, Greta, dis oui, et je passerai le restant de mes jours à me plier en quatre pour te rendre heureuse.

Greta regarda le beau visage sincère de Max et lui donna la réponse que tous deux voulaient entendre.

— Je suis désolé de ne pas avoir encore de bague à t'offrir, ajouta-t-il tout sourire, en prenant avec tendresse la main gauche de Greta, mais je souhaite que tu aies la bague de fiançailles de ma grand-mère à notre retour aux États-Unis.

La jeune femme lui sourit en retour, folle de joie.

— La seule chose qui importe, c'est que nous soyons ensemble.

Autour du café, ils décidèrent des prochaines étapes : Max repartirait chez lui deux jours plus tard et Greta le rejoindrait dès qu'elle aurait démissionné et rassemblé ses quelques affaires.

Plus tard ce soir-là, sur la piste de danse, étourdi par l'amour et l'euphorie, Max l'attira contre lui.

— Greta, je comprends que cela puisse te sembler inconvenant, mais sachant que nous venons de nous fiancer et que nous avons si peu de temps avant le départ de mon bateau, accepterais-tu de m'accompagner à mon hôtel ? Je jure de ne pas compromettre ta pudeur, mais au moins nous pourrions discuter en privé…

Greta voyait qu'il rougissait. D'après ce qu'il lui avait révélé, elle avait deviné qu'il était encore vierge. Puisqu'il deviendrait bientôt son mari, un baiser et une étreinte n'auraient rien d'indécent, se dit-elle.

De retour dans son hôtel à St James, Max la prit dans ses bras et la serra contre lui. Greta sentait croître l'excitation de son fiancé, et la sienne aussi.

— Je peux ? s'aventura-t-il, posant une main hésitante sur les trois boutons dans sa nuque.

Greta songea que, quelques heures plus tôt, elle était apparue presque nue devant de parfaits inconnus, alors quelle honte y avait-il à offrir son innocence à son futur époux ?

*

Le lendemain, tandis qu'elle remettait ses cheveux en place à l'aide de quelques barrettes, Greta ressentait malgré elle une certaine angoisse. Épouser Max était-elle la bonne décision ?

Aussi loin qu'elle s'en souvienne, son rêve était d'apparaître sur le grand écran et sa mère n'avait rien fait pour l'en décourager. Elle était elle-même si obsédée par le cinéma qu'elle avait même donné à sa fille unique le prénom de « la Divine » Garbo. En plus d'emmener Greta à d'innombrables séances à l'Odeon de Manchester, elle lui avait également payé des cours d'élocution et de théâtre.

En même temps, songea Greta, si son destin était de faire carrière dans le cinéma, quelqu'un l'aurait déjà remarquée à l'heure qu'il était… Des réalisateurs passaient souvent voir les fameuses filles du Windmill. Au cours de ses quatre premiers mois au théâtre, elle avait vu deux de ses amies se faire recruter pour devenir des starlettes du groupe Rank. C'était d'ailleurs la raison pour laquelle beaucoup des filles, elle la première, se produisaient là. Toutes espéraient qu'un beau jour, quelqu'un frapperait à la porte de la loge pour leur annoncer qu'un gentil-homme d'un studio de cinéma souhaitait leur « dire un mot ».

Elle secoua la tête et se prépara à quitter la loge. Comment pouvait-elle ne serait-ce qu'envisager de ne pas épouser Max ? Si elle restait à Londres, elle subi-rait peut-être encore cette humiliation au Windmill dans deux, trois ou quatre ans, en plus d'être endet-tée jusqu'au cou. Étant donné le nombre de jeunes hommes emportés par la guerre, elle savait qu'elle avait de la chance d'en avoir trouvé un qui semblait l'aimer et qui, d'après ses dires, pouvait également lui offrir une vie de confort et de sécurité.

C'était le dernier jour de Max à Londres. Il devait prendre le bateau pour les États-Unis le lendemain matin. Ce soir-là, ils avaient rendez-vous au Mayfair Hotel, pour dîner et finaliser l'organisation du voyage de Greta. Puis ils passeraient une dernière nuit ensemble avant qu'il ne parte à l'aube. Il lui manquerait, c'était certain, mais elle serait soula-gée de mettre un terme à la duperie. Elle détestait devoir lui mentir constamment à propos de ses acti-vités pour gagner sa vie, devoir inventer qu'elle était obligée de rester tard au bureau pour son patron exigeant, ou autres histoires.

— Greta, chérie ! Le rideau va bientôt se lever ! lui lança Taffy, la sortant de sa rêverie.

— Ne te mets pas dans un état pareil, j'arrive ! lui répondit-elle en souriant, avant de le suivre le long du couloir obscur, jusqu'à la scène.

— Greta, je me demandais si ça te dirait de prendre un verre après le spectacle ? lui murmura-t-il. Je viens de m'entretenir avec Mr Van Damm et il m'a donné un créneau régulier. J'aimerais fêter ça !

— Oh, Taffy, quelle nouvelle merveilleuse ! s'exclama Greta, sincèrement ravie pour lui. Tu le mérites. Tu as un vrai talent.

Elle se mit sur la pointe des pieds pour le serrer dans ses bras. Avec son mètre quatre-vingt-dix, ses cheveux hirsutes blond cendré et ses yeux verts rieurs, elle l'avait toujours trouvé très beau et le soupçonnait d'avoir un faible pour elle. Ils sortaient parfois manger un morceau ensemble et il testait sur elle de nouvelles plaisanteries pour ses sketchs. Elle se sentait coupable de ne pas lui avoir encore annoncé ses fiançailles.

— Merci. Alors, ce verre ?

— Désolée, je ne suis pas libre ce soir.

— Peut-être la semaine prochaine, alors ?

— Oui, avec plaisir.

— Greta ! C'est à nous ! l'appela Doris.

— Excuse-moi, je dois y aller.

David regarda Greta disparaître sur scène et soupira. Tous deux avaient passé de charmantes soirées ensemble mais, au moment où il commençait à penser que les sentiments de son amie étaient réciproques, elle s'était mise à annuler leurs rendez-vous. Comme tout le théâtre, il savait pourquoi. Elle était courtisée par un riche officier américain. Comment un comédien peu payé, résolu à apporter quelques éclats de rire à un monde qui en avait si peu connu ces dernières années, pouvait-il faire le poids face à un bel Américain en uniforme ? David haussa les épaules. Une fois que cet Amerloque serait reparti chez lui... Il lui fallait juste patienter un peu.

Max Landers s'assit et, mal à l'aise, parcourut des yeux le public exclusivement masculin. Il aurait préféré ne pas venir, mais ses collègues de Whitehall, souhaitant profiter de leur dernière soirée à Londres et déjà bien éméchés, avaient insisté : ils ne pouvaient pas repartir sans avoir assisté au spectacle du Windmill.

Max n'écouta ni les comédiens, ni les chanteurs, trop occupé à compter les minutes qui le séparaient de ses retrouvailles avec sa Greta chérie, plus tard dans la soirée. Ce serait difficile pour elle quand il partirait le lendemain et, bien sûr, il devrait préparer le terrain avec ses parents qui souhaitaient qu'il épouse Anna-Mae, sa petite amie quand il était encore au lycée, à Charleston. Ils devraient comprendre qu'il avait changé. Il était désormais devenu un homme, un homme amoureux. En outre, Greta avait l'étoffe d'une vraie dame anglaise et il était certain que son charme ne mettrait pas longtemps à les conquérir.

Max leva à peine les yeux quand les applaudissements retentirent et que le rideau retomba, indiquant la fin du premier acte. Son ami Bart lui asséna un violent coup de coude et il sursauta.

— Eh ! Il faut que tu regardes la suite. C'est pour ça qu'on est venus. Apparemment, mec, c'est très, très chaud, fit-il, enchanté, en dessinant de ses mains le corps d'une femme.

Max hocha la tête.

— Ouais, Bart. Sûrement.

Le rideau se leva de nouveau, sous un tonnerre d'applaudissements et de sifflements enthousiastes. Max aperçut alors ces filles quasiment nues sur scène, devant lui. *Quel genre de femme peut faire une chose pareille ?* s'interrogea-t-il. Pour lui, elles ne valaient guère mieux que des prostituées.

— Eh, elles sont géniales, hein ? lui glissa Bart, le regard brillant et lubrique. Mate un peu celle du milieu. Ouah ! Presque nue comme un ver, et quel adorable sourire…

Max observa la fille en question, qui se tenait si immobile qu'on aurait presque dit une statue. Elle ressemblait un peu à… Il se pencha en avant et se figea.

— Bon Dieu ! jura-t-il à mi-voix.

Le cœur battant la chamade, il examina les grands yeux bleus tournés vers l'assistance, les lèvres délicieuses et les cheveux blonds épais attachés sur le haut de la tête de la jeune femme. Voir cette poitrine ronde et familière aux tétons à peine masqués par quelques paillettes, voir ce ventre courbé de façon aguicheuse, ce ventre qui conduisait à la partie la plus intime de son corps… voilà qui lui était insupportable.

Sans l'ombre d'un doute, il s'agissait de sa Greta. Il détourna la tête et vit Bart qui bavait devant sa fiancée.

Pris de nausée, il se leva et quitta la salle en toute hâte.

*

Greta sortit une troisième cigarette de l'étui en argent que lui avait offert Max et l'alluma, consultant sa montre pour la énième fois. Il avait plus d'une heure de retard. Où était-il donc ? Elle était assise seule à une table, au bar à cocktails, et le serveur lui lançait sans cesse des coups d'œil soupçonneux. Elle savait pertinemment ce qu'il pensait.

Elle finit sa cigarette et écrasa le mégot, regardant une fois de plus sa montre. Si Max n'était toujours pas arrivé à minuit, elle rentrerait chez elle et l'attendrait là-bas. Il connaissait son adresse – il était plusieurs fois passé la chercher à la pension – et elle était persuadée qu'il avait été retardé pour une bonne raison.

Minuit passa et, bientôt, le bar se vida. Elle se leva lentement et partit à son tour. En arrivant chez elle, elle fut déçue de ne pas voir Max devant sa porte.

Angoissée, elle s'assit au bord du lit, sursautant à chaque bruit de pas devant la maison et priant pour que ceux-ci s'arrêtent à la porte et montent les marches. Elle ne voulait pas se changer, ni se démaquiller, au cas où la sonnerie retentirait. À trois heures, tremblante de peur et de froid, elle s'allongea sur son lit, face au papier peint humide et défraîchi, et les larmes lui montèrent aux yeux.

La panique s'empara d'elle : elle ne savait absolument pas comment contacter Max. Son navire partait de Southampton et il devait y être pour dix heures. Que se passerait-il s'il n'arrivait pas à la voir avant ? Elle ne disposait même pas de son adresse aux États-Unis. Il avait promis de lui donner toutes les informations pour son voyage à elle au cours du dîner.

À l'aube, les rêves de Greta disparurent, à l'instar des étoiles du ciel. Max ne viendrait plus ; à l'heure qu'il était, il était en route pour Southampton, prêt à quitter sa vie pour toujours.

Greta arriva au Windmill quelques heures plus tard, engourdie et épuisée.

— Que se passe-t-il, ma puce ? Ton soldat est parti au loin, te laissant toute seule ? roucoula Doris.

— Fiche-moi la paix ! s'exclama vivement Greta. Et puis tu sais qu'il n'est pas soldat, mais officier.

— Pas la peine de t'énerver, je ne faisais que demander, répondit Doris, visiblement offensée. Est-ce que le spectacle lui a plu hier ?

— Je... Comment ça ?

— Ton petit ami était dans le public hier, précisa Doris en se détournant de son amie pour appliquer son eyeliner. Je pensais que tu l'avais invité, ajouta-t-elle en insistant sur ses mots.

Greta déglutit avec peine, déchirée entre la volonté de cacher qu'elle ignorait la présence de Max et le besoin de connaître la vérité.

— Oui, je... bien sûr que c'est moi qui l'avais invité. Mais je ne regarde jamais le public. Où était-il assis ?

— Oh, du côté gauche. Je l'ai remarqué parce qu'il est parti peu après le début de notre acte. Les gens sont bizarres parfois, surtout les hommes.

Plus tard ce soir-là, Greta regagna sa chambre, sachant pertinemment qu'elle n'aurait plus jamais de nouvelles de Max Landers.

3

Huit semaines plus tard, Greta se rendit compte que Max lui avait laissé un souvenir de leur liaison, si brève mais passionnée. Il ne faisait aucun doute qu'elle était enceinte.

Affligée, elle entra au Windmill. Elle se sentait affreusement mal, ayant passé le début de la matinée à combattre sa nausée et, entre deux allers-retours aux toilettes, à essayer de décider ce qu'elle allait bien pouvoir faire. Outre toute autre considération, un début de ventre arrondi mettrait un terme à son emploi au Windmill.

Terrifiée, elle n'avait pas dormi de la nuit. Tandis qu'elle se tournait et se retournait dans son lit, elle avait même envisagé de retourner chez sa mère. Mais elle savait en son for intérieur que ce ne serait jamais une option.

Frissonnant en se rappelant ce qui l'avait poussée à partir, elle se força à se concentrer sur son malheur présent. Alors qu'elle se préparait dans la loge, le désespoir s'abattit sur elle. Quitter le Windmill pour rejoindre un riche mari américain aurait été parfait, mais ce qui l'attendait désormais était, au mieux, une place dans l'une des maisons qui s'occupaient de femmes dans sa situation. Le directeur du théâtre avait beau être bienveillant, les règles morales pour les filles qui s'y produisaient étaient claires et strictes. Et être enceinte sans être mariée était le péché le plus grave qu'une fille puisse commettre.

Sa vie était fichue. Mettre au monde ce bébé signifiait renoncer à tous ses projets de mariage ou de carrière cinématographique. À moins que… Elle fixa dans le miroir son reflet terrorisé. Cette pensée était terrible, mais avait-elle le choix ? Elle devrait demander à Doris l'adresse d'un « faiseur d'anges ». Après tout, ne serait-ce pas plus juste pour l'enfant qu'elle portait ? Elle n'avait rien à lui donner : ni père, ni maison, ni argent.

*

Le rideau se referma peu avant onze heures et les filles regagnèrent la loge, fatiguées après cette longue journée.

— Doris, murmura Greta, je peux te parler une minute ?

— Bien sûr, ma puce.

Greta attendit que les autres filles soient entrées dans la loge avant de parler. Aussi calmement que possible, elle demanda l'adresse dont elle avait besoin.

Doris l'examina de ses yeux perçants.

— Oh, ma pauvre chérie. Ce GI t'a laissé un cadeau d'adieu, pas vrai ?

Greta baissa la tête et acquiesça. Doris soupira et posa une main compatissante sur le bras de son amie. Elle pouvait parfois se montrer brusque, mais elle avait un cœur d'or.

— Bien sûr que je vais te donner l'adresse, ma puce. Mais tu sais, ça va te coûter bonbon.

— Combien ?

— Ça dépend. Dis-lui que tu es une amie à moi, et il te fera peut-être un prix.

Greta frissonna de nouveau. Doris donnait l'impression que c'était aussi banal que d'aller chez le coiffeur.

— Est-ce que c'est sûr ? osa-t-elle demander.

— Eh bien, je l'ai fait deux fois, et je suis encore là pour en parler, mais j'ai entendu des histoires abominables. Quand il a fini, tu dois rentrer chez toi et t'allonger jusqu'à ce que les saignements s'arrêtent. Si ça continue de saigner, file à l'hôpital en vitesse. Tiens, je vais te noter l'adresse. Passe le voir demain et il te donnera un rendez-vous. Tu veux que je t'accompagne ?

— Non, ça ira. Merci, Doris.

— Pas de souci. On doit s'entraider, non ? Et n'oublie pas, ma puce, tu n'es ni la première, ni la dernière.

*

Tôt le lendemain matin, Greta prit le bus le long d'Edgware Road jusqu'à Cricklewood. Elle trouva la rue indiquée par Doris et la parcourut d'un pas lent, puis s'arrêta devant un portail et leva les yeux vers une petite maison en brique rouge. Elle inspira profondément, ouvrit le portail, emprunta l'allée et frappa à la porte. Au bout d'un instant, elle vit un voilage remuer, puis entendit le bruit d'un verrou qu'on ouvrait.

— Oui ?

Un petit homme ouvrit la porte. Barbu, il ressemblait étrangement au personnage d'Oustroupistache du conte de Grimm qu'on lisait à Greta dans son enfance.

— Bonjour. Je... euh... c'est Doris qui m'envoie.

— Entrez, alors.

Greta s'exécuta et se retrouva dans une minuscule pièce miteuse.

— Attendez ici je vous prie. Je termine avec une patiente, indiqua-t-il en désignant une deuxième pièce à peine meublée.

Greta s'assit dans un fauteuil taché et, retroussant le nez à l'odeur de chat et de vieux tapis, se mit à feuilleter un magazine féminin tout écorné. Elle se surprit à admirer le patron d'un chandail de bébé et referma brusquement la revue. Elle s'affala dans le fauteuil et fixa le plafond, le cœur battant.

Quelques minutes plus tard, elle entendit quelqu'un gémir dans une pièce avoisinante. Elle réprima une montée de panique lorsque le petit homme revint dans la salle d'attente et ferma la porte.

— Bon, mademoiselle, que puis-je faire pour vous ?

C'était une question inutile et tous deux le savaient. Les gémissements étaient encore audibles, malgré la porte fermée. Greta était pétrifiée.

— Doris dit que vous pourriez peut-être régler mon… euh, problème.

L'homme la fixa intensément, caressant du bout des doigts les quelques mèches brunes et grasses qui recouvraient son crâne dégarni.

— Peut-être. Où en êtes-vous ?

— À huit semaines, je crois.

— C'est bien, très bien.

— Combien cela me coûtera-t-il, s'il vous plaît ?

— Eh bien, en général je prends trois guinées mais, comme vous êtes une amie de Doris, je suis disposé à le faire pour deux.

Greta enfonça ses ongles dans le bras du fauteuil et hocha la tête.

— Parfait. Bon, si vous pouvez patienter une petite demi-heure, je pourrai m'occuper de vous ce matin même. Autant le faire tout de suite, vous ne croyez pas ? fit-il en haussant les épaules.

— Pourrai-je aller travailler demain ?

— Cela dépend de la façon dont votre corps réagira à l'intervention. Certaines filles saignent beaucoup, d'autres à peine.

On frappa à la porte et une femme à l'air renfrogné passa la tête par l'embrasure. Ignorant Greta, elle fit signe à l'homme de la rejoindre.

— Excusez-moi, je dois retourner auprès de ma patiente.

Il se leva et quitta la pièce à la hâte.

Greta se prit la tête entre les mains. « Certaines filles saignent beaucoup, d'autres à peine… »

Elle se leva à son tour, sortit chancelante de la salle d'attente sinistre et traversa en courant l'entrée jusqu'à la porte. Elle fit glisser le verrou, tourna le loquet et l'ouvrit.

— Mademoiselle, mademoiselle ! Où allez-v…

Greta claqua la porte derrière elle et s'enfuit dans la rue, la vision brouillée par les larmes.

*

Ce soir-là, après la représentation, Doris se faufila auprès d'elle.

— Est-ce que tu l'as vu ?

Greta hocha la tête.

— Et quand est-ce que tu… tu sais ?

— Je… la semaine prochaine.

Doris lui tapota l'épaule.

— Tout ira bien, ma puce, je t'assure.

Greta resta assise sans bouger jusqu'à ce que les autres filles aient quitté la loge. Quand la pièce fut vide, elle posa la tête sur la table et pleura. Depuis qu'elle avait quitté la lugubre maison, les gémissements de cette femme qu'elle n'avait pas vue la hantaient. Même si elle se condamnait à un avenir terriblement incertain, elle savait qu'elle ne supporterait pas de se faire avorter.

Elle n'entendit pas les légers coups à la porte et sursauta violemment quand elle sentit une main sur son épaule.

— Hé ! Calme-toi, ce n'est que moi, Taffy. Je ne voulais pas te faire peur. Je venais juste vérifier que vous étiez toutes parties. Qu'est-ce qui ne va pas, Greta ?

Elle leva les yeux vers le gentil visage de David qui la regardait avec inquiétude dans le miroir et chercha de quoi essuyer ses larmes. Elle était touchée qu'il se préoccupe d'elle, d'autant qu'elle prêtait à peine attention à lui depuis qu'elle avait rencontré Max. Il lui tendit un mouchoir à carreaux.

— Tiens. Veux-tu que je m'en aille ?

— Oui, euh, non… oh, Taffy… sanglota-t-elle. Je suis dans un sacré pétrin !

— Dans ce cas, raconte-moi tout, d'accord ? Quels que soient tes problèmes, cela te soulagera.

Greta se tourna vers lui en secouant la tête.

— Je ne mérite pas de compassion, geignit-elle.

— Ne dis pas de bêtises. Viens là et laisse-moi te consoler.

Il enveloppa les épaules de Greta de ses bras musclés et l'étreignit jusqu'à ce que ses sanglots cèdent la place à de légers hoquets. Alors il entreprit de nettoyer le maquillage qui avait coulé sur ses joues.

— Tu es dans tous tes états, reprit-il. Comme disait autrefois ma nounou, rien n'est jamais aussi terrible que ça en a l'air.

Greta s'écarta de lui, soudain mal à l'aise.

— Désolée, Taffy. Ça va aller maintenant, je t'assure.

Il la regarda, dubitatif.

— As-tu dîné ? Tu pourrais vider ton sac devant une belle tourte à la viande. Un bon repas aide toujours à se remettre de ses problèmes de cœur. C'est bien de cela qu'il s'agit ?

— Essaie un peu plus bas que le cœur, marmonna Greta, avant de regretter immédiatement son allusion.

David fit alors de son mieux pour masquer ses émotions.

— Je vois. Et cet Amerloque a pris ses jambes à son cou, c'est ça ?

— Oui, mais…

Elle s'interrompit et le contempla, stupéfaite.

— Comment étais-tu au courant pour lui et moi ?

— Greta, tu travailles dans un théâtre. Tout le monde, du gardien au directeur, connaît la vie des autres. Ici, même une nonne ayant fait vœu de silence n'arriverait pas à garder un secret.

— Je suis navrée de ne pas t'avoir parlé de lui. J'aurais dû, mais…

— Ce qui est passé est passé. À présent, je vais sortir le temps que tu te changes, après quoi je t'emmènerai dîner.

— Mais, Taffy, je…

— Oui ?

Greta lui adressa alors un faible sourire.

— Merci d'être aussi gentil.

— Les amis sont là pour ça, non ?

*

Il la conduisit à leur café habituel en face du théâtre. Greta se rendit compte qu'elle mourait de faim et dévora sa tourte et sa purée, tout en expliquant à son ami dans quelle situation délicate elle se retrouvait.

— Alors, j'ai demandé l'adresse à Doris et j'y suis allée ce matin. Mais tu n'as pas idée de comment c'était là-bas. Ce type… il avait les ongles sales. Je ne peux pas… je ne peux pas…

— Je comprends, fit David pour tenter de la calmer. Et ton Américain ne sait pas que tu es enceinte ?

— Non. Il m'a vue au Windmill et est reparti dès le lendemain matin. Je n'ai pas son adresse aux États-Unis et, même si je l'avais, il y a peu de chances qu'il veuille toujours m'épouser après m'avoir vue nue sur scène, tu ne crois pas ? Il vient d'une famille très traditionnelle.

— Sais-tu où il habite aux États-Unis ?

— Oui, dans une ville du nom de Charleston. C'est quelque part dans le Sud. Oh, Taffy, je me réjouissais tellement à l'idée de voir les lumières éclatantes de New York.

— Greta, si Max habite là où tu crois, je doute que tu aies un jour vu New York. C'est à des centaines de kilomètres de Charleston, presque aussi loin que Londres de l'Italie. Les États-Unis sont un pays très vaste.

— Je sais, mais tous les Américains que j'ai rencontrés paraissent si progressistes, pas du tout guindés comme nous autres Britanniques. Je pense que je me serais plu là-bas.

Il l'observait, tiraillé entre l'irritation et la compassion face à sa naïveté.

— Si ça peut te consoler, ma chère Greta, la ville où tu t'apprêtais à t'installer est en plein cœur de ce qu'on appelle la ceinture de la Bible. Ses habitants suivent les Écritures de façon si stricte que les Anglais les plus dévots semblent dévergondés en comparaison.

— Max a en effet déclaré qu'il était baptiste, songea Greta.

— Qu'est-ce que je te disais ! Je sais que c'est une maigre consolation, mais franchement, Greta, Charleston est aussi loin de l'ambiance new-yorkaise que l'est ma maison de famille, dans les montagnes galloises sauvages, de Londres. Tu t'y serais sentie comme un poisson hors de l'eau, surtout après la vie que tu as menée ici. Personnellement, je trouve que tu l'as échappé belle.

— Peut-être.

Greta comprenait qu'il essayait de la rassurer, mais personne n'ignorait que l'Amérique était le Nouveau Monde, la terre de toutes les opportunités, où qu'on y habite.

— Mais s'ils sont si stricts d'un point de vue moral, pourquoi Max a-t-il… tu sais… s'enquit Greta en rougissant.

— Peut-être pensait-il pouvoir faire une entorse à la règle, sachant que vous étiez fiancés, répondit-il sans conviction.

— Je croyais que Max m'aimait, vraiment. S'il ne m'avait pas demandée en mariage, je n'aurais jamais, jamais…

La honte et la gêne étreignirent la voix de la jeune femme. David lui prit la main.

— Je sais, fit-il avec douceur.

— Je ne suis pas comme Doris, je t'assure. Avec Max… c'était la première fois. Pourquoi tout va toujours de travers dans ma vie ?

— De quoi parles-tu, Greta ?

— De rien, répliqua-t-elle aussitôt. Je me complais dans mon malheur, c'est tout, à cause de la terrible erreur que j'ai commise.

Tandis qu'il regardait Greta se forcer à sourire, David se demandait ce qui l'avait conduite au Windmill. Elle avait reçu une bonne éducation, cela ne faisait aucun doute, et son accent révélait des origines aisées. Elle était bien plus élégante que les autres filles, ce qui, s'il était honnête, était la raison pour laquelle il s'était senti attiré par la jeune femme depuis le début. Toutefois, le moment semblait mal choisi pour lui poser la question, alors il changea de sujet.

— Souhaites-tu garder le bébé ?

— À vrai dire, je ne sais pas, Taffy. Je suis perdue et j'ai peur. Et honte, aussi. Je croyais vraiment que Max m'aimait. Qu'est-ce qui m'a pris d'accepter de… ? Quand j'étais dans la salle d'attente de cette maison sinistre et que je suis partie en courant, ce n'était pas uniquement parce que la procédure me terrifiait. Je n'arrêtais pas de penser à cette petite chose en moi. Puis, sur le chemin du retour, j'ai croisé deux ou trois mères avec une poussette. Et cela m'a fait prendre conscience que, même si c'est une chose minuscule, elle est vivante, non ?

— Oui, Greta.

— Alors puis-je vraiment commettre un meurtre pour réparer une de mes erreurs ? Je ne suis pas quelqu'un de particulièrement religieux, mais je ne crois pas que je pourrais un jour me pardonner d'avoir tué ce bébé. D'un autre côté, quel avenir y aurait-il pour lui et pour moi ? Aucun homme ne me regardera plus jamais. Une fille du Windmill enceinte à dix-huit ans ? Quel mari potentiel accepterait de tels antécédents ?

— Comme on dit, la nuit porte conseil. Je te suggère de ne pas prendre de décision précipitée. Le plus important, c'est que tu n'es pas seule. Et puis, ajouta-t-il, exprimant la pensée qui lui était venue pendant qu'il écoutait sa triste histoire, je serai peut-être en mesure de vous fournir un toit si tu décides de mener ta grossesse à terme. Ce faiseur d'anges n'inspire vraiment pas confiance… Son intervention pourrait vous tuer, le bébé et toi…

— Bien sûr, mais je ne suis toujours pas certaine d'avoir le choix.

— Crois-moi, Greta, on a toujours le choix. Et si tu allais voir Mr Van Damm ? Je suis persuadé qu'il a déjà eu à gérer des situations de ce genre.

— Oh, non ! Surtout pas ! Je sais qu'il est gentil, mais il s'attend à ce que nous soyons irréprochables. Il est terriblement attaché à l'image du Windmill. Il me renverrait immédiatement.

— Ne panique pas, ce n'était qu'une idée, déclara David en se levant pour payer l'addition. À présent, je vais te mettre dans un taxi. Rentre chez toi et repose-toi. Tu m'as l'air éreintée.

— Non, Taffy, je peux prendre le bus, je t'assure.

— J'insiste.

Il héla un taxi, plaça quelques pièces dans la petite main de Greta et lui posa un doigt sur les lèvres quand elle voulut protester de nouveau.

— S'il te plaît, je m'inquiéterais si tu ne rentrais pas en taxi. Dors bien, Greta, et ne t'en fais pas, je suis là maintenant.

— Merci encore d'être si gentil, Taffy.

Tandis qu'elle s'éloignait et qu'il lui faisait un signe de la main, David se demanda pourquoi il essayait d'aider Greta, mais la réponse était simple. Quoi qu'elle ait pu faire, il savait depuis l'instant où il avait posé les yeux sur elle qu'il en était amoureux.

4

L e lendemain matin, tous deux étaient de nouveau attablés au café en face du Windmill. Greta s'était éclipsée de la répétition du matin pour retrouver David, prétextant qu'elle se sentait défaillir et avait besoin de prendre un peu l'air, ce qui n'était pas loin de la réalité.

— Tu es pâle comme un linge, constata-t-il. Est-ce que ça va ?

Greta but une grande gorgée de son thé et y ajouta un autre morceau de sucre.

— Je suis fatiguée, c'est tout.

— Cela ne m'étonne pas. Tiens, prends la moitié de mon sandwich.

— Non, merci. Je mangerai quelque chose plus tard.

L'odeur de la nourriture lui donnait la nausée.

— Je compte sur toi. Bon, alors ? s'enquit-il en la regardant, dans l'expectative.

— J'ai décidé de ne pas me prêter à la… procédure, alors je n'ai pas le choix. Je vais avoir ce bébé et en subir les conséquences.

— D'accord. Maintenant que tu as pris ta décision, je vais t'expliquer comment je peux t'aider. Tu as besoin d'un toit et d'un peu de paix et d'intimité jusqu'à l'arrivée du bébé. Je me trompe ?

— Non, mais…

— Chut, écoute ce que j'ai à dire. Je possède un cottage dans le Monmouthshire, à la frontière avec le pays de Galles. Je pensais que tu pourrais y loger pendant quelque temps. Es-tu déjà allée dans cette région ?

— Non, jamais.

— Alors tu ne connais pas encore sa beauté, fit-il en souriant. Le cottage se situe dans un grand domaine du nom de Marchmont. C'est au pied des Black Mountains, dans une magnifique vallée non loin de la ville d'Abergavenny.

— Quel drôle de nom, observa Greta dans un demi-sourire.

— Je suppose que tu t'habitues à la langue quand tu grandis là-bas. Quoi qu'il en soit, je n'ai pas besoin du cottage à l'heure actuelle. Ma mère habite elle aussi sur le domaine. Je lui ai téléphoné hier soir et elle est disposée à garder un œil sur toi. Une bonne partie de la terre est cultivée, aussi tu ne manquerais d'aucun produit frais cet hiver. Le cottage est petit, mais propre et confortable. Tu pourrais ainsi quitter le Windmill, mettre au monde le bébé et, si tu le souhaites, revenir à Londres sans que personne n'en sache rien. Voilà ma proposition. Qu'en dis-tu ?

— Cela m'a l'air charmant, mais…

— Greta, tout ce que je peux faire, c'est t'offrir une alternative, poursuivit-il en lisant le doute et la crainte dans ses yeux. Et oui, c'est très différent de Londres. Il n'y a pas de projecteurs ni de scène de théâtre, rien à faire le soir et tu te sentiras peut-être seule. Mais au moins tu seras au chaud et en sécurité.

— Ce, euh… domaine, c'est là que tu as grandi ?

— Oui, même si je suis parti en pension dès mes onze ans, puis à l'université. Après quoi la guerre a éclaté et j'ai rejoint mon régiment ; je n'y suis donc pas retourné aussi souvent que je l'aurais souhaité. Mais, Greta, tu n'as jamais rien vu d'aussi beau qu'un coucher de soleil à Marchmont. Nous avons plus de deux cent cinquante hectares, la maison est entourée d'un bois qui abrite une infinité de plantes et d'oiseaux, et au milieu coule une rivière peuplée de saumons. C'est un endroit superbe.

Une lueur d'espoir pour son avenir que, jusque-là, elle considérait comme anéanti, s'alluma dans l'esprit de Greta.

— Tu dis que cela ne dérangerait pas ta mère que je m'y installe ? Est-elle… au courant pour le bébé ?

— Oui, mais ne t'inquiète pas. Ma mère est très ouverte d'esprit et il en faut beaucoup plus pour la choquer. Et en toute honnêteté, je pense qu'elle apprécierait un peu de compagnie. La demeure principale du domaine était utilisée comme maison de convalescence pendant la guerre et, depuis le départ du personnel et de tous les patients, cette activité lui manque.

— C'est vraiment adorable de ta part, Taffy, mais je ne voudrais pas m'imposer. J'ai très peu d'argent pour payer un loyer. Pas du tout, à vrai dire.

— Tu n'aurais rien à payer. Tu serais mon invitée, confirma-t-il. Comme je l'ai dit, le cottage est inoccupé et il est à toi si tu le veux.

— Tu es si généreux. Si j'acceptais ta proposition, quand pourrais-je m'y installer ? interrogea-t-elle d'une voix lente, consciente que le cottage, quel qu'il soit, était préférable à une pension pour mères célibataires.

— Dès que tu voudras.

*

Deux jours plus tard, Greta annonça à Mr Van Damm qu'elle quittait le Windmill. Quand il lui demanda pourquoi, la jeune femme – qui le soupçonnait de déjà connaître la raison de son départ – expliqua que sa mère était souffrante et qu'elle devait retourner auprès d'elle. Elle ressortit du bureau du directeur inquiète, mais soulagée d'avoir pris une décision. Plus tard ce jour-là, elle informa sa logeuse qu'elle libérerait sa chambre à la fin de la semaine. Au cours de ses derniers jours au théâtre, elle tâcha de ne pas trop se préoccuper pour son avenir. Toutes les filles signèrent une carte pour elle et Doris lui dit au revoir en l'étreignant, avant de lui passer discrètement une enveloppe contenant une minuscule paire de chaussons.

Greta rassembla ses affaires dans deux petites valises en un rien de temps, paya sa logeuse et quitta à la chambre où elle avait vécu pendant six mois.

Un matin brumeux de décembre, David l'accompagna à la gare de Paddington. Elle monta dans le train, prête pour le long voyage jusqu'à Abergavenny.

— Oh, Taffy, j'aimerais tellement que tu viennes avec moi, lui dit-elle en se penchant par la fenêtre, tandis qu'il se tenait sur le quai.

— Tout ira bien, Greta. Fais-moi confiance. Je ne t'enverrais pas là-bas si je n'étais pas sûr que tu y serais bien reçue, si ?

— Ta mère viendra me chercher à la gare ? demanda Greta avec angoisse, pour la troisième fois.

— Oui, elle sera là. Et juste un avertissement : en sa présence, rappelle-toi de toujours m'appeler David. Elle n'apprécierait pas beaucoup mon surnom du Windmill, crois-moi, gloussa-t-il. Je te rendrai visite dès que possible, promis. Tiens, voici un petit quelque chose pour toi, ajouta-t-il en lui mettant une enveloppe dans la main tandis que le contrôleur sifflait le départ. Au revoir, chérie. Bon voyage et prends bien soin de vous deux.

David embrassa Greta sur les deux joues. Avec son air perdu, elle lui faisait penser à une petite fille de dix ans qu'on évacuait vers une destination plus sûre, mais inconnue.

Elle agita la main jusqu'à ce qu'il ne soit plus qu'un petit point sur le quai, puis s'assit parmi un groupe de soldats démobilisés. Ils fumaient et bavardaient avec enthousiasme à propos d'amis et de parents qu'ils n'avaient pas vus depuis des mois. Le contraste entre eux et elle était poignant : ils retournaient auprès de ceux qu'ils aimaient et elle partait vers l'inconnu. Elle ouvrit l'enveloppe laissée par David. Elle contenait un peu d'argent, ainsi qu'un mot indiquant que c'était pour la dépanner en cas d'urgence.

Au fur et à mesure que les immeubles familiers de Londres cédaient la place à des champs ondoyants, la crainte de Greta croissait. Elle se rassurait en se disant que si la mère de David s'avérait folle et que le cottage n'était pas plus qu'une cage à poules, elle avait au moins assez d'argent à présent pour retourner à Londres et revoir ses projets. Tandis que le train filait vers l'ouest, marquant de nombreux arrêts, les soldats descendaient les uns après les autres pour être accueillis par leurs parents, femme ou petite amie en liesse. Il ne restait plus qu'une poignée de passagers lorsqu'elle changea de train à Newport et, à la fin, Greta se retrouva seule dans son wagon. Elle commença à se détendre un peu en admirant la campagne galloise qui lui était inconnue. Au crépuscule, elle remarqua un subtil changement de décor : un paysage plus sauvage et plus spectaculaire que tout ce qu'elle avait vu en Angleterre. Quand le train se rapprocha d'Abergavenny, des montagnes coiffées de neige firent leur apparition.

Lorsqu'elle arriva enfin à destination, il était cinq heures passées et il faisait nuit noire. Greta récupéra ses deux valises dans le compartiment au-dessus de sa tête, arrangea son chapeau et descendit sur le quai. Un vent froid soufflait et elle resserra son manteau autour d'elle. Elle gagna la sortie d'un pas hésitant, à la recherche de quelqu'un qui pourrait l'attendre. Elle s'assit sur un banc à l'entrée de la gare minuscule, tandis que les autres passagers du train saluaient ceux qui étaient venus les chercher, avant de disparaître dans la nuit.

Dix minutes plus tard, l'endroit était presque désert. Après avoir grelotté sur le banc quelques minutes supplémentaires, Greta se leva et regagna la chaleur relative de la gare. Un employé était encore posté derrière le guichet, alors elle frappa à la vitre.

— Excusez-moi, monsieur, pouvez-vous me dire à quelle heure part le prochain train pour Londres ?

Le guichetier secoua la tête.

— Il n'y a plus de train ce soir. Le prochain est prévu pour demain matin.

— Oh.

Greta se mordit la lèvre, sentant les larmes lui monter aux yeux.

— Désolé, mademoiselle. Avez-vous un endroit où loger cette nuit ?

— En fait, quelqu'un est censé me retrouver ici pour m'emmener dans une propriété du nom de Marchmont.

L'homme se frotta le front.

— Voilà qui n'est pas tout près. C'est à quelques kilomètres d'ici. Et Tom, le chauffeur de taxi, est à Monmouth ce soir avec sa dame.

— Mon Dieu…

— Ne paniquez pas. Je suis encore là une petite demi-heure, la rassura-t-il gentiment.

Greta hocha la tête et repartit vers le banc. Elle soupira et souffla sur ses doigts engourdis de froid. Au même moment, elle entendit une voiture s'approcher. Un klaxon retentit fortement et des phares l'aveuglèrent. Une fois que le moteur bruyant du véhicule en face d'elle se fut tu, une voix féminine jura, puis appela :

— Bonsoir ! C'est toi Greta Simpson ?

Greta essaya de distinguer la silhouette assise au volant de la voiture ouverte. Les yeux de la conductrice étaient masqués par d'immenses lunettes en cuir.

— Oui. Êtes-vous la mère de Taff… David Marchmont ?

— Oui. Monte, en vitesse. Désolée d'être en retard. Cette fichue voiture a crevé et j'ai dû changer la roue dans le noir.

— Euh, d'accord.

Greta se leva et prit ses valises.

— Lance-les à l'arrière, ma fille, enfile ça et prends cette couverture de voyage. Il peut faire frais si cette vieille carcasse dépasse les quarante-cinq kilomètres à l'heure.

Greta prit les lunettes et la couverture. Après quelques faux départs, le moteur reprit vie et la conductrice fit rapidement marche arrière, évitant de peu un réverbère.

— J'avais peur que vous ne veniez pas… s'aventura Greta tandis que la voiture s'engageait sur la route et accélérait dangereusement.

— Ne parle pas, ma fille. Je n'entends rien avec ce boucan ! cria la conductrice.

Greta passa la demi-heure qui suivit les yeux fermés de peur et les poings si serrés que ses phalanges blanchirent sous la tension. La voiture finit par ralentir, puis s'arrêta brusquement, projetant presque Greta au-dessus du petit pare-brise, sur le capot.

— Sois gentille et ouvre ces portails, tu veux bien ?

Greta sortit du véhicule, toute secouée. Elle s'avança devant les phares et poussa deux énormes portails en fer forgé. D'un côté, le mur portait une plaque en bronze décoré où le mot MARCHMONT était gravé. La voiture passa et Greta referma les portails.

— Dépêche-toi, ma fille. Nous sommes presque arrivées ! hurla la mère de David par-dessus le rugissement du moteur.

Greta remonta en vitesse et elles s'engagèrent dans l'allée criblée d'ornières. Peu après, elles s'arrêtèrent, la conductrice sauta de la voiture et attrapa les valises de Greta sur la banquette arrière.

— Voici Lark Cottage. Bienvenue chez toi ! lança-t-elle.

Greta descendit à son tour et suivit son hôtesse à travers une clairière d'arbres éclairés par la lune. D'abord nerveuse, elle soupira de soulagement quand apparut un petit cottage. Des lampes à huile illuminaient l'intérieur, déversant une douce lueur jaune. La mère de son ami ouvrit la porte et toutes deux entrèrent, puis elle retira ses lunettes et se tourna vers Greta.

— Voilà. Est-ce que tu crois que cela te conviendra ?

C'était la première fois que Greta avait l'occasion d'observer sa compagne, et elle fut immédiatement frappée par sa ressemblance avec son fils. Elle était très grande et élancée, avec des yeux verts perçants et des cheveux grisonnants ébouriffés, coiffés en une coupe courte. Sa tenue, composée d'un pantalon de velours côtelé, de bottes en cuir à hauteur de genou et d'une veste de tweed ajustée, était à la fois masculine et étrangement élégante. Greta parcourut des yeux l'intérieur douillet du cottage, remarquant avec gratitude le feu qui crépitait dans l'âtre.

— Oui. C'est charmant.

— Parfait. Un peu rudimentaire cela dit, j'en ai peur. Il n'y a pas encore l'électricité. Nous étions sur le point de l'installer quand la guerre a éclaté. Les latrines sont dehors et il y a une baignoire en étain dans la cuisine pour les grandes occasions, mais il faut si longtemps pour la remplir qu'il est plus facile d'utiliser l'évier.

Mrs Marchmont se dirigea à grandes enjambées vers la cheminée, prit un tisonnier, remua les braises et ajouta trois bûches.

— Voilà. Je l'ai allumé avant de venir te chercher. L'huile pour les lampes est dans une boîte en métal, dans les latrines, je t'ai apporté un peu de bois ici, mais tu en trouveras d'autre dans l'abri de jardin, et je t'ai mis du lait, du pain frais et du fromage dans le garde-manger pour ton dîner. Et puis tu dois être assoiffée. Mets la bouilloire sur le fourneau et l'eau sera chaude en un rien de temps. Et n'oublie pas d'y remettre du bois tous les matins. Dans mon souvenir, ce fourneau a un gros appétit. À présent, je dois filer. Nous avons perdu une brebis, tu vois. Elle a dû tomber dans un trou quelque part. David dit que tu es débrouillarde, mais je passerai demain, quand tu auras pris tes marques, pour vérifier que tout va bien. Au fait, je m'appelle Laura-Jane Marchmont, déclara-t-elle en tendant la main à Greta, mais tout le monde m'appelle LJ. N'hésite pas, toi non plus. Bonne nuit.

La porte claqua et Greta se retrouva seule.

La jeune femme secoua la tête de perplexité, soupira et se laissa tomber dans le fauteuil usé mais confortable au coin du feu. Elle avait faim et rêvait d'une tasse de thé, mais d'abord elle avait besoin de s'asseoir quelques minutes pour se remettre des émotions de la journée.

Elle fixa les flammes, songeant à la femme qui venait de la quitter. Laura-Jane Marchmont tranchait avec toutes les représentations qu'elle s'était faite de la mère de Taffy. Elle avait imaginé une veuve campagnarde aux joues rondes et rouges et aux hanches larges. Elle parcourut de nouveau des yeux sa nouvelle maison. Le salon était douillet, avec un charmant plafond à poutres apparentes et l'immense cheminée y occupait tout un mur. L'ameublement était minimaliste : un fauteuil, une table et une étagère de travers croulant sous les livres. Elle ouvrit une porte et descendit deux marches pour entrer dans la petite cuisine. Celle-ci était composée d'un évier, d'un vaisselier rempli d'assiettes et d'ustensiles dépareillés, d'une table en pin avec deux chaises, ainsi que d'un garde-manger où elle découvrit une miche de pain frais, un gros morceau de fromage, du beurre, des boîtes de soupe et une demi-douzaine de pommes. En passant la tête par la porte arrière, elle trouva sur sa gauche les toilettes, qui ressemblaient plus à une glacière.

Depuis la cuisine, un escalier grinçant menait à une porte à l'étage, derrière laquelle se trouvait la chambre à coucher. La pièce basse de plafond était presque entièrement occupée par un lit robuste en fer forgé, recouvert d'une courtepointe en patchwork qui ajoutait une touche de gaieté. Une lampe à huile diffusait une lumière douce et chaleureuse. Greta regarda le lit avec envie mais savait que, pour son bien autant que pour celui du bébé, elle devait manger un peu avant de se coucher.

Après un dîner frugal devant la cheminée, elle se lava de son mieux dans l'évier de la cuisine, prenant conscience qu'elle devrait utiliser la bouilloire à l'avenir si elle voulait de l'eau chaude. Puis, en frissonnant, elle saisit ses valises et monta l'escalier.

Elle enfila sa chemise de nuit, ainsi qu'un pull, puis repoussa la courtepointe et s'allongea avec un soupir de plaisir dans ce lit confortable. Elle ferma les yeux et attendit que le sommeil l'emmène. Pour elle qui était habituée à sa chambre bruyante de Londres, le silence lui semblait assourdissant. Finalement, l'épuisement eut raison d'elle et elle sombra dans un sommeil dénué de rêves.

5

Le lendemain matin, Greta se réveilla au roucoulement de deux pigeons devant la fenêtre de sa chambre. Désorientée, elle attrapa sa montre et vit qu'il était dix heures passées. Elle se leva et tira les rideaux.

Le ciel était d'un joli bleu et le givre de la veille avait fondu sous les rayons du faible soleil d'hiver, laissant une abondante rosée. En contrebas s'étendait une vallée aux pentes douces, recouverte d'un bois dense dont les arbres étaient à présent privés de feuilles. Le bruit de l'eau lui indiqua qu'il devait y avoir un ruisseau tout près. De l'autre côté de la rivière qui coupait la vallée en deux, elle aperçut des champs ondoyants et pentus, piquetés de petites taches blanches qui devaient être des moutons. Et à sa gauche, dominant la vallée, se dressait une maison en brique rouge entourée de vastes pelouses et d'une terrasse en pierre à plusieurs niveaux. Ses nombreuses fenêtres à meneaux scintillaient sous le soleil et de la fumée s'échappait de deux des quatre cheminées majestueuses. Elle supposa qu'il s'agissait de Marchmont Hall, la demeure principale du domaine. À droite de la maison se trouvaient des granges et d'autres dépendances.

La vue de cette nature paisible emplit Greta d'un plaisir inattendu. Elle s'habilla en vitesse, désireuse de sortir l'explorer. Alors qu'elle descendait l'escalier étroit, on frappa à la porte d'entrée et elle se précipita pour ouvrir.

— Bonjour. Je venais juste vérifier que tout allait bien.

— Bonjour, LJ, se força à l'appeler Greta. Tout va bien, merci. Je viens de me réveiller.

— Nom d'une pipe ! Et moi qui suis debout depuis cinq heures du matin pour m'occuper de cette maudite brebis. Elle était bien tombée dans un trou, et les hommes ont mis des heures à l'en faire sortir. Heureusement, je pense qu'elle va s'en tirer. Bon, il faut que nous papotions des aspects logistiques de ton séjour, que dirais-tu de venir dîner chez moi ce soir ?

— Ce serait avec plaisir, mais je ne veux pas vous embêter.

— Tu ne m'embêtes pas du tout. À vrai dire, ce sera charmant d'avoir un peu de compagnie féminine.

— Vous vivez dans la grande maison là-bas ? s'enquit Greta.

— Autrefois, ma fille, autrefois. Mais à présent j'habite Gate Lodge, le pavillon à côté du portail principal. Cela me convient très bien. Pour y accéder, il te suffit de tourner à droite en sortant et de suivre le chemin. En marchant bien, tu devrais mettre cinq minutes. Prends la lampe-tempête que tu trouveras dans le garde-manger. Tu en auras besoin. Comme tu l'as vu hier soir, il fait noir comme dans un four par ici. Bon, il faut que j'y aille. Rendez-vous ce soir à sept heures.

— D'accord, j'ai hâte. Merci.

LJ sourit à Greta, puis tourna les talons et lui adressa un signe de la main en s'éloignant d'un pas vif.

*

Greta passa la journée à s'installer dans sa nouvelle maison et à s'habituer à son environnement pour les mois à venir. Elle défit ses valises, puis partit se promener, suivant le bruit de l'eau. Elle finit par trouver le ruisseau et s'agenouilla pour boire l'eau pure. L'air était froid et vivifiant, mais le soleil brillait et les feuilles tombées des arbres formaient un doux tapis sous ses pieds. Elle revint au cottage fatiguée, mais revigorée, ses joues généralement pâles parées de rose. Elle enfila sa plus belle tenue, impatiente d'aller dîner chez la mère de David.

À sept heures moins cinq, Greta frappa à la porte de Gate Lodge. Sous la faible lumière de la lune, elle remarqua qu'il s'agissait d'un bâtiment en brique rouge simple mais charmant, dont l'architecture à pignons rappelait celle de Marchmont Hall lui-même. Quant au petit jardin qui l'entourait, il était impeccablement entretenu.

LJ lui ouvrit quelques secondes plus tard.

— Pile à l'heure, je vois. Voilà qui me plaît. Je suis à cheval sur la ponctualité. Entre, ma fille.

Elle prit la lampe-tempête des mains de Greta et l'éteignit, avant de débarrasser la jeune femme de son manteau.

Greta suivit LJ au salon, une pièce joyeusement encombrée, ce qui la rendait conviviale.

— Assieds-toi donc, ma fille. Tu veux boire quelque chose ?

— Avec plaisir, oui.

— Je vais te préparer un petit gin. Cela ne fera aucun mal au bébé. Moi-même je buvais comme un trou en attendant David, et regarde-le ! J'en ai pour une seconde.

LJ quitta la pièce et Greta prit place dans un fauteuil près du feu. Elle remarqua la vitrine en acajou remplie d'élégante porcelaine, ainsi que les gravures représentant des scènes de chasse victorieuses. Il était évident que si le mobilier avait de la valeur, il avait connu des jours meilleurs.

— Et voilà, déclara LJ en tendant un grand verre à Greta, avant de s'asseoir en face d'elle. Bienvenue à Marchmont, ma chère. J'espère que tu seras très heureuse au cours de ton séjour ici.

À ces mots, LJ prit une longue gorgée de son gin, tandis que Greta trempait prudemment ses lèvres dans le sien.

— Merci. C'est si gentil à vous d'accepter que je loge ici. Sans votre fils, je ne sais pas ce que j'aurais fait, murmura-t-elle d'une voix timide.

— Il a toujours été attendri par les demoiselles en détresse.

— Taff... euh, David se débrouille comme un chef au Windmill. Mr Van Damm vient de lui donner un créneau horaire régulier. Son numéro est extrêmement drôle. Quand je l'écoute avec les autres filles, nous nous tordons toutes de rire.

— Puisque tu le dis. Toutefois, il a choisi un nom de scène qui me heurte. D'autant qu'il n'est qu'à moitié gallois.

— Je comprends... Son père est gallois, je suppose ?

— Oui. Comme tu as pu le deviner, je suis aussi anglaise que toi. C'est tellement dommage que David ait à peine connu son père. Robin, mon mari, est mort dans un accident d'équitation quand David n'avait que douze ans, tu vois.

— Oh, je suis désolée.

— Comme je l'étais moi aussi, ma fille, mais s'il y a bien une chose que l'on apprend quand on vit sur une propriété telle que celle-ci, c'est que la mort fait partie intégrante de la vie.

Greta but une autre petite gorgée de son gin.

— Vous disiez ce matin que vous habitiez autrefois dans la grande maison ?

— En effet. C'est là qu'est né David. Lorsque la demeure s'est transformée en maison de soin et de repos pendant la guerre, j'ai déménagé à Gate Lodge. J'ai décidé que cela me convenait bien mieux et ne l'ai plus quitté depuis, surtout que... ajouta LJ avant de s'arrêter net. C'est le frère aîné de mon mari qui y habite désormais.

— Je vois. C'est une très belle demeure, s'aventura Greta, sentant la tension de son hôtesse.

— Gigantesque, cela dit, et les factures sont un cauchemar. Installer l'électricité a coûté une fortune. Avec dix grandes chambres à coucher, c'était parfait comme maison de repos. On pouvait loger vingt officiers et une équipe de huit infirmières. Je crois qu'à ce moment elle avait trouvé son utilité.

— Aidez-vous à gérer le domaine ?

— Non, plus maintenant. Je l'ai fait après la mort de mon mari. Je m'occupais de l'entretien de la propriété, ce qui représente un emploi à plein-temps, crois-moi. Owen, le frère de Robin, était au Kenya, mais il est rentré quand la guerre a éclaté et a alors naturellement repris la gestion des activités. La ferme produisait du lait et de la viande pour le ministère de l'Agriculture, ce qui signifiait qu'ici nous étions autosuffisants. Nous avons été très peu touchés par le rationnement. Mais nous travaillions très dur, ça oui. J'étais à la ferme de l'aube jusqu'au crépuscule. Ensuite, quand la maison a été réquisitionnée pour y soigner des blessés, j'assistais le personnel médical. Je sais que je devrais être soulagée que la guerre soit finie, mais j'aimais bien toute cette activité. Depuis, j'ai un peu l'impression d'avoir été mise au placard, soupira-t-elle.

— Mais vous aidez toujours à la ferme, non ?

— Pour l'instant, oui. Certains des jeunes gens du coin ne sont pas encore rentrés, alors le gérant manque toujours de main-d'œuvre. Il m'enrôle à l'occasion pour aider à traire les vaches ou pour rechercher des moutons égarés. C'est une grosse exploitation, tu sais. De nos jours, il faut que la terre soit rentable. Le lait et la viande que nous produisons nous assurent des revenus suffisants pour poursuivre les activités du domaine. Bon, je t'ai assez raconté ma vie ! Parle-moi de toi.

— Pour être honnête, il n'y a pas grand-chose à dire. Je travaillais avec David au théâtre et nous sommes devenus amis.

— Tu étais donc l'une des filles du Windmill ?

Greta rougit et hocha la tête.

— Oui, mais juste quelques mois.

— Il n'y a pas de quoi être gênée, ma fille. Les femmes doivent bien gagner leur vie d'une façon ou d'une autre et, tant que le monde ne se sera pas réveillé et n'aura pas pris conscience de notre valeur, nous devrons nous débrouiller. Regarde-moi, par exemple. Le modèle type d'une Anglaise de la haute société. Ma famille portait même un titre. En tant que fille, j'ai dû rester à la maison à faire du point de croix, tandis que mes frères – qui, d'après moi, n'étaient bons à rien – ont reçu une éducation à Eton et à Oxford. L'un est un ivrogne et a réussi à dilapider la fortune familiale en l'espace de quelques années, et l'autre s'est fait tuer par une balle perdue alors qu'il chassait en Afrique.

— Mon Dieu, je suis navrée de l'apprendre.

— Aucune raison de l'être. Il le méritait, répondit LJ d'un ton brusque. Cela fait trente ans que je travaille à Marchmont, et c'est la plus belle période de ma vie. Enfin, il semble que nous soyons revenues à ma vie. C'est ma faute. Je fais sans cesse des digressions. Une de mes mauvaises habitudes, j'en ai peur. Nous parlions de toi. Je ne veux pas être indiscrète, mais quelle est ta relation avec David, au juste ?

Le nez aquilin de LJ frémissait presque de curiosité.

— Nous sommes bons amis. Rien de plus, je vous assure.

— Serait-il déplacé de dire que j'ai le sentiment que David a un petit faible pour toi ? Après tout, ce n'est pas comme s'il prêtait le cottage à toutes les jeunes femmes désorientées qu'il rencontre.

— Nous sommes juste de bons amis, répéta Greta, rougissante. David m'a aidée parce que je n'avais personne d'autre.

— Tu n'as pas de famille ?

— Je… mes parents sont morts pendant le Blitz.

C'était un mensonge, mais LJ n'avait pas besoin de connaître la vérité.

— Je vois. Ma pauvre. Et le bébé ?

— Le père est un officier américain. Je croyais qu'il m'aimait et…

LJ opina du chef.

— Cela se produit depuis toujours et ne cessera jamais, j'en suis sûre. Et certaines ont beaucoup moins de chance que toi, ma fille. Au moins, grâce à mon fils, tu as un toit au-dessus de ta tête.

— Et je lui en serai éternellement reconnaissante, répondit Greta, se sentant soudain submergée par l'émotion.

— Bon, cela te dérange-t-il que nous dînions avec des plateaux ici ? s'enquit LJ, changeant de sujet. La salle à manger est si froide et sinistre ! Si tu veux mon avis, elle n'est adaptée qu'aux veillées funèbres.

— Aucun problème.

— Parfait. Je m'en vais chercher notre dîner alors.

LJ revint quelques minutes plus tard, chargée de deux assiettes copieuses de ragoût de bœuf et de purée de pommes de terre.

— C'est délicieux, la complimenta Greta en attaquant avec enthousiasme. Pendant la guerre, ce que nous mangions à la maison était assez détestable.

— J'ai entendu dire qu'on prenait goût à ces œufs en poudre, nota LJ en haussant les sourcils. En tout cas, ce ne sont pas les produits frais qui te manqueront ici. Nous avons du mouton en abondance, de la volaille, du gibier à plumes, sans parler des légumes du potager. Ainsi que les produits laitiers, bien entendu. Je t'apporterai toutes les semaines des œufs, du lait, de la viande et des légumes. Si tu souhaites quoi que ce soit d'autre, tu peux prendre le bus pour te rendre à Crickhowell, le village le plus proche. Ce n'est pas Byzance, mais il y a une charmante boutique de laine. Peut-être pourrais-tu tricoter des petites choses pour le bébé, et pour toi aussi d'ailleurs. Tu vas avoir besoin de vêtements plus chauds que ça, l'hiver peut être rude ici, indiqua LJ en jetant un coup d'œil à la jupe et à la veste légère de Greta.

— Je ne sais pas tricoter.

— Dans ce cas, il va falloir apprendre ! Pendant la guerre, j'ai dû tricoter une bonne centaine de pulls pour nos garçons. C'est incroyable tout ce qu'on apprend quand il le faut. Et David a une bibliothèque bien fournie qui devrait t'occuper. Je viens de terminer *La Ferme des animaux* de ce type, George Orwell. Un livre merveilleux. Je te le prêterai si tu veux.

Greta acquiesça vigoureusement. Elle avait toujours été une grande lectrice.

Après le dîner, les deux femmes burent du chocolat chaud et écoutèrent les informations de neuf heures à la radio.

— Cette affreuse boîte grillagée est devenue notre lien vital, observa LJ. J'avoue être accro à Tommy Handley dans l'émission comique *It's That Man Again*, et David l'idolâtre.

— Puis-je demander pourquoi David a quitté Marchmont pour travailler à Londres ? Si j'étais née ici, je ne serais sûrement pas partie.

LJ poussa un soupir.

— Eh bien, pour commencer, David a quitté Marchmont il y a bien longtemps. Il a été pensionnaire à Winchester, après quoi il finissait ses études à Oxford lorsque la guerre a éclaté. Il n'y était pas obligé, mais il s'est engagé aussitôt et a été blessé quelques mois plus tard à Dunkerque. Quand il a été rétabli, on l'a envoyé à Bletchley Park où, d'après ce que je sais, il travaillait sur des dossiers top secret. Un garçon intelligent, mon David. Il était excellent à l'école et à l'université. C'est tellement dommage qu'il n'ait pas fini ses études, ni choisi une carrière plus intellectuelle.

— Vous savez, David est brillant sur scène. Je pense qu'il faut être très intelligent pour être bon comédien, répliqua Greta.

— Sans doute, même si ce n'est pas ce qu'une mère choisirait pour son fils unique, mais bon, il rêvait des projecteurs depuis tout petit. Dieu seul sait d'où il tient cela. Il n'y a pas beaucoup d'artistes dans la famille de son père, ni dans la mienne. Je me demandais si son passage dans l'armée le ferait changer d'avis, mais non. Quand il a été démobilisé il y a huit mois, il est rentré à la maison pour m'annoncer qu'il partait tenter sa chance sur les planches de Londres.

LJ se tut un moment, puis reprit en soupirant :

— Lorsque ton bébé naîtra dans quelques mois, tu comprendras l'angoisse que c'est d'être mère. Même si j'avais d'autres projets pour David quand il était plus jeune, je suis déjà reconnaissante qu'il ait survécu à la guerre pour pouvoir poursuivre ses rêves. L'essentiel pour moi, c'est qu'il soit heureux, ajouta LJ avant de bâiller. Excuse-moi. Après la débâcle de ce matin avec cette brebis, je tombe de sommeil. Je suis désolée de te jeter dehors, mais je dois me lever tôt pour traire les vaches. Crois-tu réussir à retrouver ton chemin ?

— Oui, ne vous inquiétez pas.

— Très bien. Je passerai te voir quand je pourrai et, si tu as besoin de quoi que ce soit, je suis toujours dans les parages.

LJ raccompagna Greta dans l'entrée et récupéra le manteau de la jeune fille. Elle se baissa et saisit une paire de bottes en caoutchouc.

— Tiens, prends ça. Elles seront sans doute bien trop grandes pour toi, mais tes chaussures de ville ne résisteront pas plus de quelques jours ici.

— Merci infiniment pour le dîner, LJ. C'est vraiment gentil de votre part de vous occuper de moi ainsi.

Le visage de LJ s'adoucit tandis qu'elle rallumait la lampe-tempête de Greta et la lui tendait.

— J'ai toujours été gaga de mon David chéri. Tu comprendras très bientôt, fit-elle en désignant le ventre de Greta. Bonne nuit, ma chère.

— Bonne nuit.

*

Sur le pas de la porte, LJ regarda la jeune fille repartir prudemment sur le chemin. Elle referma la porte, songeuse, et alla s'asseoir dans son fauteuil préféré au coin du feu, essayant de comprendre pourquoi elle était si mal à l'aise.

Lorsque David lui avait téléphoné, elle avait entendu la chaleur dans sa voix quand il parlait de son amie. Peut-être espérait-il que la gratitude de Greta se transformerait en quelque chose de plus profond, qu'un jour elle éprouverait des sentiments réciproques à son égard. Greta semblait assez gentille, mais LJ voyait bien qu'elle n'était pas amoureuse de son fils.

En montant l'escalier pour aller se coucher, elle pria pour que son David adoré n'ait pas à regretter sa générosité.

Elle avait le pressentiment que l'arrivée de Greta à Marchmont allait avoir une incidence sur le destin de David. Et, pour une raison qui lui échappait, sur le sien.

6

Après avoir vécu une semaine à Marchmont et, avec l'approche de Noël, Greta savait que, les mois à venir, l'ennui serait son plus grand ennemi. L'introspection ne l'avait jamais attirée ; en vérité, cela l'effrayait plutôt. L'idée d'avoir des heures devant elle pour songer à sa vie et à la façon dont elle l'avait gâchée ne l'enthousiasmait guère. Mais ici, sans rien à faire à part lire des romans – dont plusieurs étaient des classiques de Charles Dickens et Thomas Hardy qui, au lieu de lui remonter le moral, faisaient écho à son malheur avec leurs récits tragiques –, Greta scrutait l'horloge, souhaitant accélérer le temps.

Elle passait des heures à penser à Max, se demandant où il était, ce qu'il faisait. Elle envisageait même de contacter Whitehall pour essayer de le retrouver, mais à quoi bon ? Max ne voudrait désormais plus d'elle.

Il lui manquait. Pas ses cadeaux, ni la vie qu'elle aurait pu mener, mais l'homme lui-même. Sa voix traînante du Sud, son rire, sa douceur quand il lui avait fait l'amour…

L'après-midi, elle avait pris l'habitude de faire de longues promenades, pour sortir du cottage. Elle passait devant Gate Lodge, priant pour que son occupante l'aperçoive par la fenêtre et vienne bavarder un peu avec elle, mais c'était rarement le cas et la jeune femme s'enfonçait alors seule dans les bois. LJ était venue la voir quelques jours plus tôt avec des provisions, ainsi que de la laine et des aiguilles. Avec patience, elle avait enseigné les bases du tricot à Greta pendant une heure.

Puis, la veille de Noël, LJ arriva chargée d'un panier rempli de douceurs.

— Je vais partir chez ma sœur dans le Gloucestershire. Je serai de retour le 26, tôt le matin, annonça-t-elle avec sa brusquerie habituelle. Ces denrées devraient te suffire, et j'ai demandé à Mervyn, l'ouvrier agricole, de t'apporter du lait et du pain frais pendant mon absence. Joyeux Noël, ma chère. Demain, il est prévu qu'il neige, alors veille à bien alimenter le feu dans ta cheminée.

Alors qu'elle regardait LJ s'éloigner, le sentiment d'isolement de Greta se renforça encore. Et tandis que la neige tombait du ciel le soir de Noël, même le plaisir d'une mince pie faite maison et d'un petit verre de sherry doux puisés dans le panier ne réussit pas à l'égayer.

— Nous sommes complètement seuls, mon petit, murmura-t-elle en caressant son ventre au moment où les cloches de la chapelle la plus proche sonnèrent minuit. Joyeux Noël.

Le lendemain matin, Greta ouvrit ses rideaux et découvrit un paysage de conte de fées.

La neige tombée pendant la nuit avait métamorphosé la propriété. Les branches des arbres étaient entièrement blanches, comme si quelqu'un les avait saupoudrées de sucre glace. Quant au sol des bois, il ressemblait à un tapis d'hermine dont la perfection n'était brisée que par quelques morceaux de bois qui, çà et là, ressortaient de la surface immaculée. Une épaisse couche de givre ajoutait des scintillements à cette scène idyllique, tandis que le soleil du matin dardait ses rayons sur la vallée gelée.

En rallumant le feu et en mettant de l'eau à chauffer, Greta songea que, pour n'importe quel autre Noël, elle aurait été enchantée qu'il y ait de la neige mais, cette fois-ci, l'immensité blanche ne faisait qu'accroître sa déprime.

Plus tard, en dévorant le poulet que lui avait laissé LJ, ainsi que le reste des mince pies – son appétit semblait insatiable ces temps-ci – elle repensa aux Noëls passés et à quel point ils avaient été différents.

Souhaitant échapper à ses idées noires mais n'ayant rien pour s'en distraire, la jeune femme enfila son manteau, ses bottes et son chapeau puis partit pour sa promenade quotidienne.

Dans les bois, la neige crissait sous ses pas et son souffle formait des volutes blanches dans l'air. Cette atmosphère presque magique lui remonta brièvement le moral, tandis qu'elle observait les dessins givrés qui s'étaient formés sur les troncs d'arbre et les vieilles branches. Néanmoins, ses sombres pensées ne tardèrent pas à reprendre le dessus.

Peut-être était-ce parce que son départ précipité pour Londres avait été déclenché tout juste un an plus tôt ? Fille unique de parents qui l'adoraient, elle avait connu une enfance heureuse, aux abords de Manchester. Puis, un jour terrible, quand elle avait treize ans et que les raids aériens allemands menaçaient sérieusement, son père était sorti dans sa Ford noire et n'était jamais rentré. Le lendemain, en sanglots, sa mère lui avait appris qu'il avait péri dans un bombardement au Royal Exchange de Manchester. Une semaine plus tard, Greta avait regardé ce qu'il restait de son père chéri être enseveli sous terre.

Au cours des deux années qui avaient suivi, dans une atmosphère tendue à cause de la guerre qui se poursuivait, sa mère s'était enfoncée dans la dépression, ne quittant parfois pas son lit plusieurs semaines d'affilée, tandis que Greta se concentrait tristement sur ses livres d'école. Seul le cinéma, où sa mère l'avait souvent emmenée, lui apportait du réconfort. Cet univers de rêve, où tout le monde était beau et où presque toutes les histoires avaient une fin heureuse, lui avait fourni une échappatoire bénie de la réalité. Greta avait alors décidé que, plus tard, elle deviendrait actrice.

Quand elle avait eu quinze ans, la situation avait changé. Un soir, sa mère était arrivée à la maison dans une grande voiture, accompagnée d'un gros homme aux cheveux gris, et avait annoncé à Greta qu'il serait son nouveau père. Trois mois plus tard, elles avaient déménagé dans l'immense maison de son beau-père à Altrincham, l'une des villes les plus élégantes du Cheshire. Sa mère, soulagée d'avoir trouvé un autre homme pour s'occuper d'elle, était redevenue elle-même et leur maison s'était de nouveau emplie d'invités et de rires. Et, pendant quelque temps, Greta avait été heureuse.

Son beau-père, un industriel brusque mais riche de Manchester, était une figure distante que Greta voyait peu au début. Mais quand la jeune femme s'était épanouie, l'attention de cet homme s'était détournée de son épouse au profit de sa fille, plus fraîche et plus jolie. Il avait alors pris l'habitude de lui faire des avances, chaque fois qu'ils étaient seuls à la maison. La situation avait atteint un point critique le jour de Noël, un an auparavant, quand, lors d'une réception chez eux, tandis que sa mère était au salon à s'occuper de leurs invités, il avait suivi Greta à l'étage…

La jeune femme frémit au souvenir de son haleine fétide, de son gros ventre la coinçant contre un mur tandis que ses mains lui tripotaient les seins et que ses lèvres humides cherchaient les siennes.

Par chance, ce jour-là, un bruit de pas dans l'escalier l'avait empêché d'aller plus loin et Greta, choquée et terrifiée, avait couru se réfugier dans sa chambre, priant pour que l'incident n'ait été qu'un dérapage lié à l'alcool.

Malheureusement, Greta avait passé les quelques mois suivants à faire tout son possible pour éviter les avances de son beau-père. Lors d'une chaude nuit de juin, il était entré en trombe dans sa chambre pendant qu'elle enlevait ses bas pour se coucher. L'attrapant par-derrière, il l'avait jetée sur le matelas en lui mettant une main devant la bouche pour l'empêcher de crier. Quand il s'était légèrement écarté d'elle pour déboutonner son pantalon, elle lui avait donné un coup de genou dans l'entrejambe. Il avait roulé du lit en hurlant, avant de rejoindre la porte d'un pas chancelant en lui criant des obscénités.

Sachant qu'elle n'avait pas d'alternative, Greta avait fait ses bagages. Après minuit, une fois la maison silencieuse, elle était descendue à pas de loup. Elle se souvenait d'un jour où son beau-père l'avait appelée dans son bureau et avait insisté pour qu'elle s'asseye sur ses genoux. Révoltée, mais effrayée, elle s'était exécutée. Il avait alors pris une clé dans un tiroir et ouvert son coffre. Il en avait sorti un collier en diamants en disant qu'il le lui donnerait si elle était sage. Greta avait remarqué que le coffre contenait des liasses de billets de banque. Alors, ce terrible soir de sa fuite, elle avait pris la clé et récupéré une belle somme d'argent dans le coffre.

Puis elle avait quitté la maison et marché jusqu'à la gare d'Altrincham. Elle s'était assise sur le quai en attendant le train de cinq heures du matin pour Manchester. De là, elle avait pris un autre train jusqu'à Londres et s'était rendue directement au Windmill pour y demander du travail.

*

Greta leva les yeux vers le ciel qui s'assombrissait rapidement, se demandant si sa mère avait essayé de la retrouver après son départ. Elle avait parfois envisagé de lui écrire, mais comment lui expliquer sa fuite soudaine ? Même si sa mère la croyait, ce qui était peu probable, Greta savait que la vérité lui briserait le cœur.

La tristesse la submergea et elle s'arrêta dans une clairière, s'apercevant soudain que, perdue dans ses pensées, elle s'était égarée. Debout entre les grands arbres qui brillaient sous la lumière faiblissante, Greta chercha un repère, quelque chose qui lui permettrait de retrouver son chemin vers le cottage. Mais tout ce qui aurait pu lui être familier était enseveli sous la neige.

— Oh non, marmonna-t-elle, tournant en rond sans succès.

Elle remonta son col pour se protéger du froid, essayant désespérément de décider dans quelle direction aller. Ce fut alors qu'elle entendit des aboiements, non loin de là. Quand elle se retourna, elle aperçut un énorme chien de chasse noir foncer sur elle. Figée par la peur, elle le regarda s'approcher à toute allure, sans ralentir. Dans un grand effort, Greta parvint finalement à réveiller son corps paniqué et à partir en courant.

— Mon Dieu ! Mon Dieu ! cria-t-elle, entendant le chien haleter derrière elle, à quelques mètres seulement.

La nuit était à présent presque tombée, et elle ne voyait pas bien où elle allait. Puis ses bottes glissèrent dans la neige, elle trébucha et tomba, se cognant la tête contre la souche d'un arbre. Tout s'éteignit autour d'elle.

*

Quand Greta reprit connaissance, elle sentit un souffle chaud sur son visage et une langue râpeuse qui lui léchait la joue. Elle ouvrit les paupières, se retrouva face aux grands yeux rouges du chien et poussa un hurlement aigu.

— Morgan ! Morgan ! Au pied !

Obéissant, le chien quitta aussitôt Greta et courut vers une haute silhouette qui s'approchait à pas vifs. La jeune femme essaya de se redresser, mais le vertige l'en empêcha. Elle referma les yeux et s'affaissa en gémissant.

— Est-ce que ça va ?

La voix était grave et masculine.

Greta ouvrit de nouveau les yeux et vit un homme debout près d'elle.

— Je… je ne sais pas, murmura-t-elle, avant de se mettre à trembler de manière incontrôlable.

L'homme se pencha vers elle.

— Êtes-vous tombée ? Vous avez une méchante entaille sur le front.

Il tendit la main et écarta les cheveux de Greta. Il examina la plaie, puis sortit un mouchoir de sa poche pour en nettoyer le sang.

— Oui. Ce chien me poursuivait. Je pensais qu'il allait me tuer !

— Morgan ? Vous tuer ? Permettez-moi d'en douter. J'imagine qu'il voulait juste vous souhaiter la bienvenue, peut-être avec un peu trop d'entrain, ajouta-t-il d'un ton bourru. Vous sentez-vous en mesure de marcher ? Nous devons vous ramener jusqu'à la maison pour pouvoir vous sécher et examiner cette blessure. Il fait trop sombre ici.

Greta entreprit vaillamment de se lever, mais lorsqu'elle s'appuya sur sa cheville droite, la douleur la fit pousser un cri perçant. Elle s'effondra de nouveau, secouant pathétiquement la tête.

— Bon. Il n'y a qu'une solution alors. Je vais devoir vous porter. Mettez vos bras autour de mon cou.

L'homme s'agenouilla près d'elle et Greta s'exécuta. Il la souleva de terre sans difficulté.

— Accrochez-vous. Vous serez bientôt au chaud.

Prise de tournis, Greta enfouit la tête dans le manteau de son sauveur. Dix minutes plus tard, quand elle leva les yeux, elle vit qu'ils avaient quitté le bois et se dirigeaient vers les lumières de la grande maison. Ils atteignirent l'entrée à portique et, de son épaule, l'homme poussa la grande porte en chêne.

— Mary ! Mary ! Où êtes-vous ? appela-t-il en traversant le hall caverneux.

À travers le brouillard de sa douleur, Greta remarqua l'énorme sapin de Noël placé au creux de l'imposant escalier de style élisabéthain. La lueur des bougies, qui se reflétait sur les boules délicates en verre, dansait devant elle comme pour l'hypnotiser et une merveilleuse odeur de sapin embaumait l'atmosphère. L'homme la transporta dans un salon spacieux, où brûlait un feu dans l'âtre d'une immense cheminée en pierre. Il déposa avec douceur la jeune fille sur l'un des deux canapés en velours disposés près du foyer.

— Excusez-moi, monsieur Owen. Vous avez besoin de moi ?

Une jeune femme ronde vêtue d'un tablier apparut à la porte du salon.

— Oui ! Allez me chercher de l'eau chaude, une serviette, une couverture et un grand verre de brandy.

— Oui, monsieur. Tout de suite, monsieur, répondit-elle avant de disparaître.

L'homme ôta son manteau et le lança sur un fauteuil, puis il réalimenta le feu. Bientôt la chaleur enveloppa Greta. Elle le regardait en silence, tout en essayant de contrôler ses frissons. Il n'était pas aussi grand qu'elle l'avait cru quand, allongée à terre, elle l'avait vu au-dessus d'elle. Son beau visage buriné était encadré par d'épais cheveux gris bouclés. Il portait une tenue d'extérieur, composée d'un pantalon en toile, d'un col roulé en laine et d'une veste en tweed, et Greta déduisit de son apparence qu'il devait avoir une cinquantaine d'années.

Mary, la bonne, revint rapidement avec ce qu'il avait demandé. Elle posa le tout par terre, près du canapé.

— Voilà, monsieur. Il manque juste le brandy, je file en chercher à la bibliothèque.

— Merci. À présent, dit-il en s'agenouillant près de Greta et en trempant un coin de la serviette dans l'eau chaude, nettoyons cette coupure, après quoi Mary vous trouvera des vêtements secs.

Il tamponna le front de Greta et la jeune fille grimaça.

— Vous n'êtes pas braconnière, si ? reprit-il. Vous n'avez pas la tête de l'emploi, mais ces temps-ci il ne faut plus s'étonner de rien.

— Non.

— Dans tous les cas, vous étiez là illégalement. C'est une propriété privée.

Il rinça la serviette tachée de sang et l'appuya une nouvelle fois sur la tempe de Greta.

— Je ne violais aucune propriété, parvint-elle à articuler. J'habite ici, sur ces terres.

L'homme haussa l'un de ses épais sourcils bruns, surpris.

— Ah oui ?

— Oui, à Lark Cottage. Il appartient à David Marchmont qui me le prête pour quelque temps.

Le front de son sauveur se plissa.

— Je vois. Vous êtes sa petite amie ?

— Oh non, rien de tel, répliqua aussitôt Greta.

— Quoi qu'il en soit, j'aimerais bien que Laura-Jane me prévienne quand son fils propose à une jeune femme égarée de loger dans l'un des cottages de Marchmont. Au fait, je ne me suis pas présenté : Owen Marchmont, l'oncle de David et le propriétaire de ce domaine.

— Je suis désolée que vous n'ayez pas été averti de ma présence.

— Vous n'y êtes pour rien, mais c'est typique. Typique, marmonna Owen. Ah, voilà le brandy. Merci, Mary. Trouvez des vêtements secs pour cette jeune femme et aidez-la à se changer. Ensuite je jetterai un œil à cette cheville, ajouta-t-il en lui faisant un signe de tête, avant de quitter la pièce, Mary sur les talons.

Greta s'appuya contre le bras du canapé. Elle avait une douleur lancinante à la tête, mais au moins elle n'avait plus le vertige. Elle parcourut des yeux le salon spacieux et confortable, composé d'un mélange éclectique de meubles anciens et élégants. Le sol en pierre était adouci par plusieurs tapis d'Aubusson aux couleurs ternies, et des rideaux en soie prune encadraient les larges fenêtres. Le plafond était soutenu par une seule énorme poutre, et les murs lambrissés étaient ornés de peintures à l'huile.

Mary revint bientôt et aida Greta à se débarrasser de ses vêtements humides et à s'envelopper dans une épaisse robe de chambre en laine.

— Merci, lui dit Greta quand la bonne lui tendit son verre de brandy. Je suis désolée de vous déranger ainsi.

— Reposez-vous à présent, répondit la bonne avec un fort accent gallois. Vous avez fait une mauvaise chute. Monsieur Owen ne va pas tarder, il va regarder votre cheville, indiqua Mary avec bienveillance, avant de se retirer.

Quelques minutes plus tard, Owen revint vers Greta.

— Vous vous sentez un peu mieux ? lui demanda-t-il.

— Je crois, fit-elle, incertaine, en buvant avec prudence une gorgée de brandy.

Il s'assit sur le canapé et prit la cheville de Greta.

— Voyons cela. Elle est très enflée, mais puisque vous réussissez à la bouger, je doute qu'elle soit cassée. Je dirais qu'il s'agit d'une méchante entorse. Le seul remède à cela, c'est le repos. Étant donné la neige, je crains que vous ne deviez passer la nuit ici. Vous avez subi un sacré choc, et il ne serait pas raisonnable que vous retourniez chez vous dans cet état.

— Oh non, monsieur, je… je ne veux pas m'imposer. Je…

— Ne dites pas de bêtises ! Nous avons neuf chambres libres et Mary n'a à s'occuper que de moi. Je vais lui demander d'allumer un feu dans l'une des chambres pour vous. Est-ce que vous avez faim ?

Greta secoua la tête. Elle avait encore la nausée.

Owen sonna pour appeler Mary. Quand elle réapparut, il lui donna d'autres instructions, puis s'assit dans un fauteuil en face de Greta.

— Voilà un retournement de situation intéressant le jour de Noël. Mes invités sont partis il y a deux heures environ, après le déjeuner, et il semble que j'en aie à présent une nouvelle. Au fait, que faisiez-vous dans les bois alors que la nuit tombait, ma chère ? Vous étiez loin de Lark Cottage quand Morgan vous a trouvée. Je doute que vous auriez su rentrer chez vous. Vous auriez pu mourir de froid là-bas.

— Je… me suis perdue, admit la jeune fille.

— Tout bien considéré, en dépit de votre entorse, vous vous en êtes bien tirée.

— Oui. Merci infiniment de m'avoir secourue, répondit-elle en réprimant un bâillement.

— Bon, j'ai l'impression qu'il est temps de vous mettre au lit. Je vais vous porter à l'étage, d'accord ?

Un quart d'heure plus tard, vêtue d'un pyjama d'Owen, Greta était installée dans un lit à baldaquin, grand et confortable. Celui-ci et la pièce elle-même, avec ses épais rideaux damassés, ses tapis orientaux et ses superbes meubles en noyer lui faisaient penser à la chambre d'une reine.

— En cas de problème, n'hésitez pas à sonner et Mary accourra à votre chevet. Bonne nuit, mademoiselle… ?

— Simpson, Greta Simpson. Je suis vraiment navrée de vous causer tant de soucis. Je suis certaine que j'irai très bien demain.

— Ne vous inquiétez pas. Et appelez-moi Owen, je vous prie.

Il lui adressa un demi-sourire presque gêné et quitta la pièce.

Mary lui apporta une tasse de chocolat chaud et, après en avoir bu à peine quelques gorgées, Greta fut submergée par l'épuisement. Elle ferma les yeux et s'endormit aussitôt.

*

Mary frappa à la porte le lendemain matin et entra à pas feutrés. Elle installa un plateau de petit déjeuner et ouvrit les rideaux.

— Bonjour, mademoiselle. Comment vous sentez-vous aujourd'hui ? s'enquit-elle, tandis que Greta remuait dans le grand lit et s'étirait avec volupté.

— À vrai dire, j'ai mieux dormi que je ne l'ai fait depuis longtemps, répondit-elle dans un faible sourire, en regardant Mary se baisser pour allumer le feu dans la cheminée. Aïe ! s'écria-t-elle quand elle voulut poser le pied à terre.

Greta attrapa le matelas, prise d'une violente douleur à la cheville.

— Mon Dieu, mademoiselle.

Mary la rejoignit en un instant et l'aida à se recoucher. Elle observa la cheville de la jeune femme qui, au cours de la nuit, avait pris une teinte violet foncé.

— Je crois que je ferais mieux de demander au maître d'appeler le Dr Evans, décida Mary.

Un peu plus tard, Owen se leva de son bureau et serra la main du médecin.

— Merci d'être venu si vite. Quel est votre verdict, alors ?

— Sa blessure à la tête n'est pas aussi terrible qu'elle le paraît, mais la cheville est bien foulée. Je lui suggérerais le repos complet, au moins ces prochains jours. Surtout vu les circonstances.

— Et quelles sont-elles ?

— D'après moi, cette jeune femme est enceinte d'un peu moins de trois mois. Je ne voudrais pas risquer qu'elle chute une nouvelle fois et mette en danger l'enfant, encore plus avec ce temps fatal. Je conseille qu'elle reste alitée. Je reviendrai dans deux jours pour voir l'évolution de son état.

Le visage d'Owen demeura impassible.

— Merci, docteur. J'espère pouvoir compter sur votre discrétion.

— Évidemment.

Après le départ du docteur, Owen monta l'escalier pour se rendre auprès de Greta. Il frappa doucement à la porte et l'ouvrit. La jeune femme somnolait, et il resta à la regarder au pied du lit. Elle semblait minuscule et vulnérable, et il prit conscience qu'elle était elle-même à peine plus âgée qu'un enfant.

Songeant aux circonstances qui avaient amené Greta au domaine, Owen alla s'asseoir près de la fenêtre et contempla Marchmont qui, à sa mort, reviendrait à son neveu.

Il quitta la chambre dix minutes plus tard, redescendit l'escalier et sortit de la maison.

*

LJ se trouvait dans l'étable, où elle trayait les dernières vaches. Elle fronça les sourcils en voyant arriver son visiteur.

— Bonjour, Owen. La rumeur de Marchmont dit que tu as recueilli une invitée inattendue. Comment se porte la patiente ?

— Sa cheville ne va pas fort, j'en ai peur. Le Dr Evans lui a prescrit le repos complet, il semble donc qu'elle restera quelques jours chez moi. Elle peut difficilement retourner seule au cottage dans ces conditions. La pauvre arrive à peine à se lever.

— Mon Dieu, soupira LJ. Je suis désolée de l'apprendre.

— Tu es au courant de son... état, je présume ?

— Oui, bien sûr.

— C'est l'enfant de David ?

— Doux Jésus, non ! Un GI quelconque l'a laissée en plan et David a décidé de l'aider. Elle n'avait nulle part où aller.

— Je vois. Voilà qui est très gentil de sa part.

— Oui. David est un garçon généreux.

— J'en déduis qu'elle n'a aucune famille ?

— Il semblerait que non, répondit sèchement LJ en se relevant. À présent, si tu veux bien m'excuser...

— Naturellement. Je te tiendrai au courant de ses progrès. Une jolie jeune femme, n'est-ce pas ?

— Oui, je suppose.

— Au revoir, Laura-Jane.

Owen tourna les talons. LJ le regarda s'éloigner, troublée par ses questions. Elle saisit le seau plein de lait frais et chassa cette conversation de son esprit, la mettant sur le compte de la personnalité complexe de son beau-frère.

Ce n'est que plus tard cette nuit-là alors que, contrairement à son habitude, elle n'arrivait pas à dormir, qu'elle prit conscience de la portée des propos d'Owen au sujet de Greta.

Horrifiée, elle tenta de chasser la pensée qui avait pris racine dans son esprit.

7

Quatre jours s'écoulèrent avant que Greta puisse boitiller dans la chambre, sans aide. Confortablement installée dans le grand lit avec sa magnifique vue sur la vallée, et grâce à Mary qui était aux petits soins, la jeune femme commençait à apprécier son séjour. Owen passait prendre de ses nouvelles chaque après-midi et, ayant découvert son amour des livres, s'asseyait près d'elle pour lui faire la lecture. Greta trouvait sa présence étrangement réconfortante et aimait le timbre grave de sa voix.

Ce jour-là, quand Owen termina *Les Hauts de Hurlevent* et referma l'ouvrage, il s'aperçut qu'elle avait les larmes aux yeux.

— Ma chère Greta, que se passe-t-il ?

— Excusez-moi. C'est une si belle histoire. Aimer quelqu'un de cette façon et ne jamais pouvoir…

Sa voix s'éteignit et Owen se leva pour lui tapoter gentiment la main. Il acquiesça, touché de voir combien ce roman avait ému la jeune femme.

— Oui, mais ce n'est qu'une histoire. Demain, nous entamerons *David Copperfield.* C'est l'un de mes préférés.

Il lui sourit et quitta la pièce.

Allongée sur ses oreillers, Greta songea à quel point cela lui plairait de ne jamais devoir retrouver la solitude du cottage glacial. À Marchmont Hall, elle se sentait couvée et protégée. Elle se demandait pourquoi Owen n'était pas marié. Il était éduqué, intelligent et encore très beau, malgré les années. Elle imaginait ce que ce serait d'être son épouse : la maîtresse de la maison et du domaine de Marchmont, en sécurité pour le restant de ses jours. Mais ce n'était bien sûr qu'un rêve. Elle n'était qu'une femme sans le sou, enceinte d'un enfant illégitime et, bientôt, il lui faudrait se confronter de nouveau à la réalité.

*

Le lendemain après-midi, après que Owen lui eut lu un long passage de *David Copperfield,* Greta s'étira et poussa un profond soupir.

— Qu'y a-t-il ?

— C'est juste que… eh bien, vous avez été très gentil pour moi, mais je ne peux pas continuer de vous déranger ainsi. La neige est en train de fondre, ma cheville va beaucoup mieux et il faudrait que je retourne à Lark Cottage.

— Ne dites pas de bêtises ! J'apprécie votre compagnie. Cette maison est plus ou moins désertée depuis le départ de notre dernier officier il y a quelques mois. Et le cottage de mon neveu est humide, froid et, de mon point de vue, tout à fait inapproprié tant que vous ne serez pas complètement remise. Comment ferez-vous donc pour monter l'escalier le soir ?

— Je suis sûre que je pourrai me débrouiller.

— J'insiste pour que vous restiez au moins une semaine de plus, le temps que vous soyez sur pied, pour ainsi dire. Après tout, c'est à cause de mon chien que vous vous êtes blessée au départ. Le moins que je puisse faire est de vous offrir mon hospitalité jusqu'à ce que vous alliez véritablement mieux.

— Si vous êtes sûr, Owen, répondit Greta, essayant de masquer l'euphorie que lui inspirait l'annonce d'un séjour prolongé.

— Absolument certain. Je suis ravi de vous avoir ici, ajouta-t-il en lui adressant un chaleureux sourire. Bon, je vais vous laisser vous reposer.

Il se leva, se dirigea vers la porte, puis s'arrêta et fit volte-face.

— Et si vous vous en sentez la force, peut-être pourriez-vous me faire le plaisir de vous joindre à moi pour dîner ce soir ?

— Je... oui, avec joie. Merci, Owen.

— À tout à l'heure, alors.

Plus tard cet après-midi-là, Greta s'accorda le luxe d'un bon bain chaud. Puis elle s'installa devant la coiffeuse et fit de son mieux pour arranger sa chevelure. Dépourvue de maquillage et les joues rosies par la chaleur du bain, elle avait l'air particulièrement jeune.

Elle arriva au salon vingt minutes plus tard, vêtue d'un chemisier fraîchement repassé et d'une jupe en laine, marchant à l'aide d'une béquille que lui avait trouvée Owen.

Celui-ci se leva pour lui prendre le bras et l'aider à s'asseoir dans un fauteuil.

— Bonsoir, Greta. Vous m'avez l'air très en forme ce soir.

— Merci. Je vous ai dit que j'allais mieux. Passer mes journées au lit me donne presque l'impression d'être un imposteur.

Il faisait frisquet dans la pièce et Greta tendit les mains vers la cheminée.

— Avez-vous froid, ma chère ? J'ai demandé à Mary d'allumer du feu tout à l'heure, mais je n'utilise pas souvent ce salon. Je trouve la bibliothèque bien plus commode quand je suis seul.

— Ça va, je vous assure.

— Alors, parlez-moi un peu de vous.

— Il n'y a pas grand-chose à raconter, répondit-elle, nerveuse.

— Laura-Jane dit que vous travailliez avec David dans un théâtre à Londres. Êtes-vous actrice ?

— Je… oui, c'est cela.

— Je n'ai moi-même jamais eu beaucoup de temps à consacrer au théâtre. Personnellement, je préfère le grand air. Mais dites-moi, dans quelles pièces avez-vous joué ?

— En fait, je n'étais pas exactement comédienne. Plutôt… danseuse.

— Comédie musicale, alors ? J'aime bien ce Noël Coward. Certaines de ses chansons sont très entraînantes. Donc vous étiez à Londres pendant la guerre ?

— Oui, mentit Greta.

— Cela devait être affreux quand s'écrasaient les missiles.

— Oui. Mais tout le monde se serrait les coudes. J'imagine que l'on n'a pas le choix quand on se retrouve tous à passer la nuit à Piccadilly Circus, sur le quai du métro, expliqua la jeune femme, répétant ce que lui avait décrit Doris.

— Le formidable esprit britannique. C'est ce qui nous a permis de tenir et de remporter la guerre, vous savez. À présent, si nous passions à côté ?

Owen accompagna Greta dans la salle à manger qui, comme les autres pièces qu'elle avait vues jusque-là, était très joliment meublée, avec des chandeliers qui ornaient les murs, ainsi qu'une longue table de bois verni. Deux couverts étaient disposés à l'une de ses extrémités. Il écarta une chaise pour qu'elle s'y asseye.

— Cette demeure est magnifique, mais si grande. Ne vous y sentez-vous pas un peu seul parfois ? lui demanda-t-elle.

— Si, d'autant que je m'étais habitué à la voir emplie de patients et d'infirmières. Et en hiver les courants d'air sont une calamité. Chauffer cette maison coûte une fortune, mais je n'aime pas le froid. Avant la guerre, j'habitais au Kenya. Le climat africain me convenait bien mieux, mais pas forcément le mode de vie.

— Y retournerez-vous ?

— Non. Quand je suis parti, je me suis débarrassé de la ferme que je possédais là-bas. En outre, j'avais laissé Marchmont entre les mains de Laura-Jane pendant assez longtemps et j'avais le sentiment que je devais accomplir mon devoir ici.

Tous deux levèrent les yeux quand la bonne entra dans la pièce.

— Ah, voici la soupe. Mary, voulez-vous bien servir le vin ?

— Certainement, monsieur.

Owen attendit que la bonne soit repartie pour s'enquérir :

— Je ne veux pas être indiscret, mais pourquoi au juste une jolie jeune femme comme vous a-t-elle quitté Londres pour la nature sauvage du Monmouthshire ?

— Oh, c'est une longue histoire, répondit Greta, évasive, en attrapant son verre.

— Rien ne presse. Nous avons toute la soirée.

Consciente qu'elle ne s'en tirerait pas sans explication, Greta se lança :

— J'en avais assez de Londres, j'avais besoin de dépaysement. David m'a proposé son cottage et j'ai décidé d'y séjourner, le temps de réfléchir à la voie que je voulais suivre.

— Je vois. Dites-moi si je me mêle de ce qui ne me regarde pas, mais ce besoin de changement était-il lié à un jeune homme ?

Greta reposa sa cuillère dans un cliquetis, décidant qu'il était inutile de le nier.

— Oui.

— Ah, eh bien, je profite de sa perte. Ce type devait être aveugle.

Greta fixait son bol de soupe, les yeux embués par les larmes. Elle expira lentement.

— Mais ce n'est pas le seul motif de ma venue ici.

Owen ne dit rien, attendant qu'elle poursuive.

— Je suis enceinte.

— Je vois.

— Je comprendrai si vous souhaitez que je parte, souffla la jeune femme les larmes aux yeux.

— Allons, allons. Ne vous mettez pas dans un état pareil, je vous en prie. Je crois que ce que vous m'avez confié est une raison de plus pour prendre soin de vous en ce moment.

Elle le fixa, stupéfaite.

— Vous n'êtes pas choqué ?

— Greta, j'habite peut-être au milieu de nulle part, mais j'ai quelque expérience de la vie. C'est très triste, mais ce sont des choses qui arrivent. En particulier pendant la guerre.

— C'était un officier américain, murmura-t-elle, comme si cela excusait la situation.

— Est-il au courant pour le bébé ?

— Non. Et il n'en saura jamais rien. Il... il m'a demandée en mariage. J'ai dit oui, mais ensuite, eh bien, il est reparti pour les États-Unis sans même me dire au revoir.

— Je vois.

— Je ne sais pas ce que j'aurais fait sans David.

— Est-ce que vous deux... ?

— Absolument pas, assura Greta d'une voix ferme. Nous sommes juste de bons amis. David a été très gentil.

— Quels sont vos projets pour l'avenir ?

— Je n'en ai pas la moindre idée. À vrai dire, depuis que j'habite ici, j'essaie de ne pas y penser.

— Et votre famille dans tout cela ? s'enquit Owen, tandis que Mary revenait chargée d'un rôti de bœuf dans un plateau d'argent.

— Je n'en ai pas. Mes parents ont péri pendant le Blitz.

Greta avait les yeux baissés, afin d'éviter qu'il n'y lise son mensonge.

— Je suis désolé de l'apprendre. Mais de toute évidence, vous avez reçu une bonne éducation, comme en témoigne votre vaste connaissance de la littérature.

— Oui, j'ai toujours adoré les livres. J'ai eu de la chance. Avant la mort de mes parents, je suis allée dans une école privée.

Cela, au moins, était véridique.

— Il semblerait que vous soyez vraiment seule au monde alors, ma chère. Ne vous inquiétez pas, je promets de faire de mon mieux pour veiller sur vous.

Sur ces mots, Owen tendit un bras hésitant vers Greta et couvrit sa petite main de la sienne.

Au fur et à mesure qu'avançait la soirée et qu'ils parlaient d'autres choses que de son passé, Greta se détendit. Après le dîner, ils regagnèrent le salon et elle s'assit près du feu pour caresser Morgan, le labrador noir, allongé devant l'âtre. Owen but un whisky en évoquant sa vie dans le bush kenyan. Il lui raconta qu'il avait géré une grande ferme près de Nyeri, dans la région montagneuse, et qu'il aimait les paysages sauvages et la population locale.

— Je me suis toutefois lassé du chahut de mes voisins expatriés là-bas. Bien que la « Vallée de la Joie », comme on l'appelait, soit au milieu de nulle part, ils trouvaient des moyens de se divertir, si vous voyez ce que je veux dire. En tant que célibataire, j'étais une proie facile pour certains vautours femelles. En revenant ici, j'ai été content de retrouver une certaine normalité morale.

— Vous n'avez jamais été marié ?

— Disons qu'il y avait quelqu'un, il y a longtemps. Nous étions fiancés, mais… En tout cas, depuis, je n'ai jamais ressenti ni le besoin, ni l'envie, de demander quelqu'un d'autre en mariage. De toute façon, qui voudrait d'un vieux grincheux comme moi ?

Moi. Cette pensée jaillit dans l'esprit de Greta, mais elle la chassa aussitôt. Le vin et la chaleur du feu l'endormaient et elle bâilla.

— Jeune fille, il est l'heure d'aller vous coucher. Vous m'avez l'air exténuée. Je vais appeler Mary pour qu'elle vous aide à monter, ajouta-t-il en sonnant.

— J'ai très sommeil en effet, excusez-moi. Cela faisait un moment que je ne m'étais pas couchée si tard.

— Nul besoin de vous excuser, et merci de m'avoir tenu compagnie de façon aussi charmante. J'espère ne pas vous avoir ennuyée.

— Oh non. Au contraire.

Greta se leva au moment où Mary entrait dans la pièce.

— Dans ce cas, trouveriez-vous acceptable de dîner de nouveau avec moi demain ?

— Bien sûr. Merci, Owen. Bonne nuit.

— Greta ?

— Souvenez-vous que, désormais, vous n'êtes plus seule.

— Merci.

Elle remonta péniblement l'escalier avec Mary puis, une fois au lit, Greta essaya de comprendre ce qui s'était produit au cours de cette soirée. Elle était convaincue qu'à l'instant même où elle aurait avoué à Owen qu'elle attendait un enfant, il aurait changé d'attitude envers elle. Pourtant, elle se rendit compte qu'à sa façon, il avait flirté avec elle. Néanmoins, il ne pouvait tout de même pas s'intéresser à elle maintenant qu'il connaissait la vérité…

La semaine qui suivit, alors qu'une année chassait l'autre, Greta dîna tous les soirs avec Owen. À présent que la cheville de la jeune femme allait mieux, il avait cessé de lui faire la lecture et l'emmenait plutôt se promener, prudemment, sur les terres du domaine. Elle voyait bien qu'il la courtisait, mais ne parvenait pas à comprendre cette situation. Après tout, le propriétaire de Marchmont ne pouvait pas épouser une femme qui portait l'enfant d'un autre !

Pourtant, un mois après son arrivée à la grande demeure – et plusieurs protestations comme quoi elle pourrait très bien retourner à Lark Cottage, toutes écartées d'un revers de main par Owen –, il était clair pour Greta qu'il ne voulait pas qu'elle parte.

*

Un soir après le dîner, ils lisaient *David Copperfield* au salon, quand Owen referma le roman et le silence s'installa. Son expression devint soudain grave.

— Greta. J'aimerais te demander quelque chose.

— Ce n'est pas quelque chose d'horrible, si ?

— Non… du moins, je l'espère. En fait, poursuivit-il après s'être éclairci la voix, ma chère Greta, je me suis énormément attaché à toi depuis que tu es ici, même si cela fait peu de temps. Tu m'as redonné l'énergie et le goût pour la vie que je pensais avoir perdus. En bref, j'appréhende ton départ. Alors... ma question est la suivante : me ferais-tu l'honneur de m'épouser ?

Greta le fixa, bouche bée.

— Bien sûr, je comprendrais très bien que tu ne puisses consentir à être la femme d'un homme si vieux par rapport à toi. Mais il me semble que tu as besoin de certaines choses que je pourrais te garantir. Un père pour ton enfant, ainsi qu'un environnement sûr pour vous deux

Elle parvint à retrouver sa voix.

— Je... vous voulez dire que vous êtes prêt à élever mon bébé comme si c'était le vôtre ?

— Tout à fait. Personne n'a besoin de savoir qu'il n'est pas de moi, n'est-ce pas ?

— Mais LJ et David alors ? Eux connaissent la vérité.

— Ne t'inquiète pas pour ça, fit-il en agitant la main, comme pour repousser le problème. Alors, qu'en dis-tu, ma chère Greta ?

Elle garda le silence.

— Tu te demandes quelles sont mes motivations, n'est-ce pas ?

— En effet, Owen.

— Serait-ce trop simpliste de dire que ta présence ici m'a amené à prendre conscience de la solitude dans laquelle je m'étais enfermé ? Que je ressens à ton égard une affection que je n'aurais pas cru possible ? Marchmont a besoin de jeunesse... de vie, sans quoi le domaine dépérira avec moi. Je crois que nous pouvons chacun donner à l'autre ce qui lui manque dans sa vie.

— Oui, mais…

— Je ne m'attends pas à ce que tu prennes une décision immédiatement, l'interrompit-il. Prends le temps d'y réfléchir. Retourne à Lark Cottage, si tu le souhaites.

Greta se frotta le front.

— Oui. Non… Je… Voulez-vous bien m'excuser, Owen ? Je me sens affreusement fatiguée.

— Bien sûr.

Ils se levèrent. Owen lui prit la main et l'embrassa doucement.

— Réfléchis bien, ma chère. Quelle que soit ta décision, c'est un plaisir de t'avoir eue chez moi. Bonne nuit.

Une fois dans son lit, Greta envisagea les différentes issues possibles à la demande d'Owen. Si elle acceptait, son bébé aurait un père, et elle et lui échapperaient à la honte qui marquait à vie les enfants illégitimes et leur mère. Elle deviendrait la maîtresse d'une magnifique demeure et n'aurait plus jamais à se soucier de questions d'argent.

En revanche, elle renoncerait à ses rêves d'amour. En toute franchise, bien qu'Owen soit gentil, attentionné et encore très beau, Greta ne se réjouissait pas à l'idée de partager un lit avec lui.

Néanmoins, si elle refusait, elle se retrouverait de nouveau au cottage, à devoir affronter seule la naissance du bébé. Et ensuite, que se passerait-il ? Pourrait-elle trouver l'amour véritable dont elle rêvait ? Serait-elle en mesure de subvenir à ses besoins et à ceux de l'enfant ?

Une image de Max apparut dans son esprit. Elle secoua la tête pour la faire disparaître. Il ne reviendrait jamais et elle devait se forger une nouvelle vie, pour elle et pour le bébé.

Greta se demandait ce que diraient David et LJ. Elle espérait qu'ils comprendraient. En outre, dans sa situation, elle ne pouvait pas se permettre de prendre en compte les sensibilités des autres.

Le lendemain soir, Greta annonça à Owen qu'elle acceptait sa demande en mariage.

*

Deux jours plus tard, Mary arriva tout agitée dans la salle à manger, alors qu'Owen prenait son petit déjeuner en lisant le *Times*.

— Excusez-moi, monsieur, Mrs Marchmont demande à vous voir.

— Dites-lui qu'elle devra attendre que j'aie fini mon petit déjeu...

— Je ne crois pas que cela puisse attendre, Owen.

LJ apparut derrière Mary sur le pas de la porte et lui passa devant.

— Très bien, grogna Owen. Merci, Mary. Vous voulez bien fermer la porte derrière vous ?

— Oui, monsieur.

Mary disparut et LJ se planta de l'autre côté de la table, l'air furieux. Owen s'essuya calmement la bouche et replia son journal avec soin.

— Eh bien, qu'est-ce qui ne peut pas attendre ?

— Tu le sais très bien, siffla LJ entre ses dents.

— Tu es contrariée que j'épouse Greta, c'est cela ?

LJ s'assit lourdement dans un fauteuil et poussa un profond soupir.

— Owen, je ne prétends pas influencer tes pensées intimes, et je ne suis pas non plus ta mère, mais bon sang, tu ne sais rien de cette fille !

Il prit un toast et entreprit de le beurrer.

— Je sais tout ce que j'ai besoin de savoir.

— Vraiment ? Cela ne te dérange donc pas que la future maîtresse de Marchmont soit une femme qui, pour gagner sa vie, paradait sur la scène du Windmill en petite tenue ?

— J'ai effectué mes recherches et suis au courant de ce qu'elle faisait avant d'arriver ici. Je suis simplement reconnaissant d'avoir trouvé quelqu'un à même de me donner le genre de bonheur que je ne pensais jamais retrouver.

— Tu es en train de me dire que tu es amoureux d'elle ? Ou es-tu juste aveuglé par son joli minois ?

— Comme tu l'as toi-même suggéré, Laura-Jane, cela ne te regarde en aucune façon.

— Si justement, car cela signifie que l'enfant illégitime de Greta héritera de Marchmont à la place de mon fils ! s'exclama LJ, la voix tremblante d'émotion. Si c'est un moyen de me punir, alors c'est réussi.

— Si je ne m'abuse, *ton* fils n'a jamais montré de passion pour cet endroit.

— Le domaine lui revient de droit, Owen, et tu le sais.

— Je crains que non, Laura-Jane. Marchmont reviendra à tout enfant que j'aurai. Et personne d'autre que David et toi n'est au courant que je ne suis pas le père du bébé de Greta. Il y aura sans doute des spéculations, on dira que l'enfant a été conçu hors mariage, mais cela n'ira pas plus loin.

Les mains de LJ tremblaient tandis qu'elle essayait de contrôler sa fureur.

— C'est ce que tu crois ? Tu t'attends donc à ce que je reste tranquille pendant que l'héritage de mon fils passe au bâtard d'un GI ?

— Ce serait ta parole contre la mienne, mais libre à toi de porter cette affaire devant les tribunaux, répondit calmement Owen. Il n'y a aucun moyen de le prouver, alors je suppose que les gens penseraient simplement que tu tentes de nous nuire par dépit. Assurément, notre réputation à tous les deux serait traînée dans la boue, mais fais comme bon te semble.

— Je ne comprends pas comment tu peux faire ça à David. Après tout...

— *Toi* tu ne comprends pas comment *moi* je peux faire ça ? rit-il avec dédain. Tu as la mémoire courte, ma chère Laura-Jane, rappelle-toi ce que *tu* m'as fait il y a trente ans.

LJ le fixa quelques instants en silence. Puis elle finit par soupirer.

— C'est donc ça ? Tu veux te venger ?

— Non, mais tu ne dois pas oublier que tu es la seule responsable de ce problème. Si tu n'avais pas épousé mon frère cadet pendant que je combattais pour le roi et le pays, *nous* aurions eu un fils et cette situation ne se serait jamais présentée.

— Owen, tu as été absent pendant près de cinq ans, et pendant trois années, nous croyions tous que tu étais mort !

— N'aurais-tu pas dû m'attendre ? Je t'avais demandée en mariage avant de partir, et tu avais accepté. Tu portais ma bague de fiançailles ! As-tu idée de ce que j'ai ressenti quand, revenant de cet abominable camp d'Ingolstadt, j'ai découvert que ma fiancée était mariée à mon frère et vivait dans ma maison de famille ? Et pour couronner le tout, tu étais enceinte. Bon sang, Laura-Jane ! La guerre a failli me détruire ; la seule chose qui me permettait de ne pas sombrer était de penser que tu m'attendais.

LJ se tordait les mains de désespoir.

— Tu ne crois pas que je m'en suis assez voulu ? Que je n'en ai pas été malade ? Mais c'est moi que tu devrais haïr, pas mon fils, pas David. Il ne mérite pas d'être traité comme tu le traites depuis sa naissance. Tu n'as jamais réussi ne serait-ce qu'à le regarder !

— Non, et je ne m'y résoudrai jamais.

— Tu peux penser que je t'ai trahi, mais tu ne crois pas que j'ai été assez punie en vivant avec cette culpabilité et en voyant ton ressentiment envers David ? Et maintenant ça !

— Alors pourquoi restes-tu ici ?

— Me demandes-tu de partir ?

Owen gloussa et secoua la tête.

— Non, Laura-Jane. Je ne suis pas si cruel. Tu es chez toi à Marchmont, tout autant que moi. Et n'oublie pas, c'était ta décision de quitter cette maison et d'emménager à Gate Lodge quand je suis rentré du Kenya.

Laura-Jane se prit la tête dans les mains, dans un geste de lassitude.

— S'il te plaît, Owen, je t'en conjure. Ne prive pas David de son héritage légitime parce que tu souhaites me punir. Tu sais que je ne me battrais jamais contre toi en public, alors je te laisse avec ta conscience. Au-delà du fait qu'il est injuste de déshériter David, offrir le domaine à un enfant dénué de la moindre goutte de sang Marchmont me semble être un prix très cher à payer pour une vengeance. Je n'ai rien à ajouter, si ce n'est que tu as raison, dit-elle en se levant. Je vais quitter Marchmont. Je serai partie dans la semaine. Comme tu me l'as fait remarquer, plus rien ne me retient ici.

— Comme tu voudras.

— Et tu n'as pas répondu à ma question. Es-tu amoureux de Greta ?

Owen fixa LJ et n'hésita qu'un court instant.

— Oui.

— Au revoir, Owen.

Il la regarda quitter la pièce d'un pas raide, sans se retourner. Sa démarche altière témoignait encore de l'élégance qui l'avait tant fasciné lorsqu'elle avait seize ans. À l'époque, c'était une femme ravissante, et il était fou amoureux d'elle.

En la regardant s'éloigner, il ressentit un pincement au cœur, une fois de plus. Il était parti au Kenya afin d'échapper à la douleur de sa trahison, incapable de voir ensemble son frère, Robin, et son ancienne fiancée. Lorsqu'il avait appris que Robin avait péri dans un accident d'équitation, il aurait été si facile de revenir à Marchmont et de demander à LJ de l'épouser. Mais la fierté d'Owen l'en avait empêché. Alors il était resté à l'étranger, jusqu'à ce que la guerre l'oblige à rentrer chez lui.

L'idée qu'elle quitte Marchmont l'emplissait de tristesse. Devait-il la retenir, lui avouer que, malgré les années, il l'aimait toujours ? Que la raison pour laquelle il ne s'était jamais marié était qu'il n'avait jamais voulu une autre femme qu'elle ?

Au fond de lui, une petit voix l'incitait à la retenir, à lui parler, avant qu'il ne soit trop tard. *Oublie Greta et rejoins Laura-Jane. Profite des années qu'il te reste...*

Owen s'effondra dans un fauteuil. Il gémit et secoua la tête, sachant bien que, quoi que lui indique son cœur, l'orgueil qui avait dominé jusque-là, et lui avait gâché la vie, enfreindrait sa liberté de courir vers celle qu'il aimait.

8

La carrière d'humoriste de David commençait à décoller. Son contrat au Windmill avait été prolongé et l'accueil chaleureux du public lui donnait des ailes. Il avait été repéré par un bon agent qui, ayant assisté un soir à son numéro, pensait qu'il était destiné à de plus grandes choses. Le revenu régulier du Windmill lui avait permis de quitter sa chambre de Swiss Cottage au profit d'un petit appartement à Soho, plus près du théâtre. À cause du déménagement et de ses horaires de travail, il n'avait pas encore trouvé le temps de rendre visite à sa mère et à Greta à Marchmont, comme il l'aurait souhaité. Mais il était déterminé à s'y rendre le week-end suivant.

Ce matin-là, en s'habillant, il sentait que son cœur battait un peu plus vite que d'habitude. Il avait rendez-vous à la BBC, à Portland Place, afin d'enregistrer son premier sketch pour une émission humoristique qui passerait à la radio à sept heures le vendredi soir – une heure de grande écoute. Cette émission présentait des talents prometteurs, et il savait qu'elle avait servi de tremplin à nombre de grands comédiens.

Dans sa cuisine minuscule, David mit de l'eau à chauffer. Il entendit le cliquetis de la boîte aux lettres et se dirigea dans la petite entrée pour récupérer son courrier. Retournant dans la cuisine, il observa l'enveloppe avec étonnement. Sans l'ombre d'un doute, l'écriture était celle de sa mère, mais le cachet de la poste indiquait Stroud, non Monmouth.

Il se prépara une tasse de thé et s'assit pour lire la missive.

72 Lansdown Road
Stroud, Gloucestershire
7 février 1946

Mon cher David,
Je sais que tu auras déjà noté que je ne t'écris pas de Marchmont, mais de chez ma sœur Dorothy. J'ai en effet quitté Gate Lodge et séjournerai ici quelque temps. Je t'épargnerai les détails et me contenterai de dire que j'ai décidé que le moment était venu d'aller de l'avant, de prendre un nouveau départ, en quelque sorte. En tout cas, ne t'inquiète pas pour moi, s'il te plaît. Je vais bien, et Dorothy m'a réservé un merveilleux accueil. Depuis la mort de William l'année dernière, elle se morfondait dans cette grande maison, mais maintenant que je suis là, nous nous tenons compagnie. Peut-être resterai-je chez elle, peut-être pas. Le temps nous le dira, mais je ne retournerai pas à Marchmont.

Mon fils chéri, j'ai des nouvelles. Owen s'est entiché de ton amie Greta ; il l'a demandée en mariage et elle a accepté. Cette décision a provoqué une dispute entre lui et moi, j'en ai peur. Tu sais combien ton oncle peut se révéler têtu, parfois. Quoi qu'il en soit, j'espère que cette nouvelle ne te perturbe pas trop. Je crains que tes sentiments envers Greta soient plus forts que pour une simple amie. Toutefois, l'ayant observée de loin, je crois qu'elle a fait ce qu'il y avait de mieux pour elle et son bébé. Nous avons tous les deux été conviés au mariage et je te joins ton carton d'invitation. Pour ma part, je n'y assisterai pas.

J'espère que tu trouveras le temps de me rendre visite, ou peut-être prendrai-je le train pour te voir à Londres.

J'espère que tout va bien pour toi. Écris-moi si tu as un moment,

Je t'embrasse fort,

Ma

David relut la lettre, secouant la tête d'incrédulité.

Greta allait épouser Owen… Il sentit les larmes lui monter aux yeux, lui qui pleurait rarement. Il comprenait pourquoi, bien sûr. Owen pouvait offrir à Greta tout ce dont elle avait besoin. Mais elle ne pouvait tout de même pas être tombée amoureuse de lui ! Il aurait pu être son père. Il s'en voulait tant de ne pas avoir montré plus clairement ses sentiments. S'il avait eu ce courage, peut-être aurait-ce été lui qui se serait tenu à côté de Greta devant l'autel. À présent, il l'avait sans doute perdue pour toujours.

Pour ce qui était du départ de sa mère… David ne pouvait s'empêcher de se demander si c'était à cause du mariage. Il savait combien elle aimait sa vie à Marchmont et à quel point cela avait dû lui coûter de lui faire ses adieux. Il savait qu'elle avait des désaccords avec Owen, que leur relation était froide et distante, mais il avait toujours pensé qu'il s'agissait d'une incompatibilité entre leurs deux personnalités.

Une pensée lui traversa l'esprit. Si Greta épousait Owen et qu'il acceptait son bébé, cela signifiait-il que l'enfant en question hériterait un jour de Marchmont ? Il supposait que oui. Bizarrement, cela ne le dérangeait pas plus que cela. Depuis son enfance, il avait toujours su que son avenir ne se construirait pas sur le domaine familial. En outre, il souhaitait que toute possession matérielle soit le fruit de ses efforts et de son talent. Toutefois, sa mère tenait à ce qu'il hérite de la propriété. Elle n'accepterait jamais que l'enfant illégitime d'un Américain inconnu puisse prétendre à ce qui revenait de droit à son fils.

David poussa un profond soupir. Il semblait peu opportun d'aller à Marchmont dans ces circonstances, alors il décida de se rendre dans le Gloucestershire, ou peut-être de voir sa mère à Londres, un terrain plus neutre.

Il consulta sa montre et se rendit compte qu'il risquait d'être en retard. Il enfila son manteau en vitesse, fourra la lettre dans sa poche et claqua la porte avant de partir en courant.

*

Owen Jonathan Marchmont épousa Greta Harriet Simpson dix semaines après avoir posé les yeux sur elle dans les bois. Ils échangèrent leurs vœux par une journée grise de mars, devant une assemblée restreinte, dans la chapelle du domaine.

Greta n'avait invité personne. Elle avait reçu une gentille lettre de David, qui déclinait l'invitation d'Owen mais lui souhaitait le meilleur pour l'avenir. LJ était absente elle aussi. Elle avait quitté Gate Lodge un mois plus tôt sans dire au revoir. Sachant que l'annonce de ses fiançailles avait sans doute précipité son départ, Greta se sentait un peu coupable, mais soulagée dans le même temps. La présence de LJ et sa désapprobation palpable n'auraient fait que la perturber.

À présent que LJ n'était plus là, la jeune femme était déterminée à oublier son passé. Ce mariage marquait un nouveau départ, une possibilité de se projeter vers l'avenir. Debout face à l'autel auprès d'Owen, elle priait de tout son cœur que cela lui soit accordé. Sa robe de brocart à taille empire avait été spécialement conçue pour être ample au niveau du ventre. Il aurait fallu avoir une vue d'aigle pour percevoir le léger gonflement. Dorénavant, pensa-t-elle tandis qu'Owen la conduisait sur le parvis après la cérémonie, le bébé qui grandissait en elle était aussi le sien.

Lors de la réception, qui se tenait à Marchmont Hall, Greta regarda les convives bavarder et boire du champagne, se sentant curieusement étrangère aux festivités. Owen avait invité trois officiers de son ancien régiment, le Dr Evans, deux ou trois cousins éloignés et quatre propriétaires agricoles de la région. Mr Glenwilliam, son notaire, avait officié en tant que témoin.

Bien que les invités lui parlent avec une certaine bienveillance, Greta sentait leur surprise face à ce mariage tardif et soudain d'Owen. Et, surtout, avec une épouse si jeune. Elle savait que lorsque le bébé naîtrait, bien moins de neuf mois après le mariage, ils hocheraient tous la tête d'un air entendu.

— Tout va bien, ma chère ? lui demanda Owen en lui tendant une coupe de champagne.

— Oui, merci.

— Parfait. Je vais juste dire quelques mots, remercier les gens d'être là, ce genre de choses.

— Naturellement.

Son mari se leva. Les convives cessèrent de discuter et se tournèrent vers lui.

— Mesdames et messieurs, merci infiniment de vous être joints à ma femme et moi pour cette heureuse occasion. Certains d'entre vous ont pu être surpris en recevant le faire-part, mais maintenant que vous connaissez Greta, vous comprendrez pourquoi j'ai voulu l'épouser, déclara-t-il en regardant sa jeune épouse avec tendresse. Il m'a fallu près de six décennies pour me présenter devant l'autel et j'aimerais dire à ma femme à quel point je lui suis reconnaissant de m'avoir dit oui. Vous n'imaginez pas le courage qu'il m'a fallu pour lui faire ma demande ! plaisanta-t-il. Pour finir, j'aimerais remercier Morgan, mon labrador, de nous avoir présentés au départ. Comme quoi, ce vieux chien a encore beaucoup à offrir !

Il y eut des applaudissements et Mr Glenwilliam leva son verre pour porter un toast.

— Vive les mariés !

— Vive les mariés ! reprirent les convives.

Greta but une gorgée de son champagne et sourit à Owen, son sauveur et son protecteur.

Les invités repartirent en début de soirée et les nouveaux époux demeurèrent seuls près de la cheminée du salon.

— Alors, madame Marchmont, quel effet cela fait-il d'être une femme mariée ?

— C'est épuisant !

— Bien sûr, ma chère. Cette journée a dû être éreintante pour toi. Et si tu montais dans ta chambre ? Je vais demander à Mary de t'apporter ton dîner au lit.

Owen perçut aussitôt l'étonnement dans les yeux de Greta, et poursuivit :

— Ma chère, étant donné ton état actuel, je ne crois pas qu'il serait juste de ma part de m'attendre à ce que nous... consommions notre union. Pour l'heure, je suggère de garder nos arrangements du soir tels qu'ils sont. Quand tu seras... disponible, eh bien, nous en reparlerons.

— Si c'est ce que tu souhaites, Owen, répondit-elle sagement.

— Oui. À présent, va donc te reposer.

Greta se leva et s'approcha de lui, puis se pencha pour l'embrasser sur la joue.

— Bonne nuit. Et merci pour cette si belle journée.

— Elle m'a plu à moi aussi. Bonne nuit, Greta.

Quand elle eut quitté la pièce, Owen se servit un verre de whisky et fixa les flammes, morose. Tout ce à quoi il avait réussi à penser tandis que, devant l'autel, il passait la bague au doigt de Greta, était que cela aurait dû être Laura-Jane à son côté, tous deux se prêtant serment pour l'éternité. Depuis qu'elle avait quitté Marchmont, elle lui manquait terriblement. Une fois de plus, il se demanda si épouser Greta avait été la bonne décision.

Mais ce qui était fait était fait, et Owen se promit de ne jamais révéler à Greta ses véritables sentiments. La jeune femme aurait tout ce dont elle aurait besoin. À l'exception de son cœur.

*

Tandis que fondaient les dernières neiges et qu'avril apportait avec lui les premiers signes du printemps, Greta assistait à la croissance fulgurante de son ventre, discret jusque-là. Elle ressentait un grand inconfort et avait des difficultés à dormir. Elle remarqua aussi que ses chevilles gonflaient et qu'elle était très vite essoufflée. Voyant sa gêne, Owen insista pour appeler le Dr Evans.

Le médecin l'examina précautionneusement, palpant son ventre et l'écoutant à l'aide d'un instrument qui ressemblait à un cornet acoustique.

— Est-ce que tout vous paraît normal ? s'enquit Greta, inquiète, alors qu'il rangeait son équipement médical.

— Oh oui, tout va pour le mieux. Mais j'espère que vous êtes prête à accueillir deux fois plus de bouleversements que prévu, dans quelques mois. Je crois que vous attendez des jumeaux, madame Marchmont. Voilà la raison de votre inconfort. Il serait préférable que vous fassiez très attention à vous dorénavant.

Pour l'heure, je suggère que vous restiez alitée jusqu'à ce que vos chevilles dégonflent. Vous êtes très menue, et deux bébés, c'est beaucoup à gérer pour votre corps. Il n'y a pas de raison qu'il y ait le moindre problème, les battements cardiaques de vos deux enfants sont réguliers et vous êtes vous-même en bonne santé. Nous vous transférerons peut-être à l'hôpital pour vos dernières semaines de grossesse, nous verrons alors comment vous vous sentez. Je reviendrai vous voir dans quelques jours, et je vais de ce pas annoncer la bonne nouvelle au père.

Il avait beau lui sourire gentiment, elle lut l'ironie dans ses yeux.

— Merci, docteur.

Quand le médecin fut sorti, Greta poussa un soupir de soulagement. Tout doute qui aurait pu subsister quant à sa décision d'épouser Owen venait d'être balayé. Des jumeaux : deux bébés à nourrir, à habiller et à choyer. Dieu sait ce qu'ils seraient devenus tous les trois si elle avait été seule…

Dix minutes plus tard, on frappa à la porte. Owen entra dans la chambre, s'assit sur le lit et prit les mains de sa femme dans les siennes.

— Ce bon Dr Evans m'a annoncé la nouvelle, ma chère. À présent, tu dois te reposer et prendre bien soin de toi. Je vais dire à Mary de te monter tous tes repas.

— Je suis désolée, Owen.

Greta détourna les yeux pour cacher ses larmes.

— Pourquoi donc ?

— C'est juste que tu es si gentil, depuis le début. Et tu ne t'attendais sûrement pas à te retrouver avec deux bébés sous ton toit.

— Allons, allons. C'est toi qui as fait preuve d'une grande gentillesse envers moi en m'épousant. Des jumeaux, hein ? Ils animeront cette vieille maison ! Et maintenant, nous avons deux fois plus de chances d'avoir un garçon, la rassura-t-il en l'embrassant sur la joue. Je dois me rendre à Abergavenny, mais voudrais-tu que je vienne te faire la lecture à mon retour ?

— Oui, si tu as le temps. Aussi, Owen, te serait-il possible de me prendre de la laine et des patrons sur le chemin ? J'aimerais tricoter des vêtements pour les bébés. Mary a dit qu'elle m'aiderait.

— Quelle bonne idée. Voilà qui t'occupera.

Quand il eut quitté sa chambre, Greta réfléchit à ce qu'il lui avait dit. Ce n'était pas la première fois qu'il laissait entendre à quel point il serait heureux si l'enfant était un garçon. Elle supposait que c'était le désir de tous les hommes.

— Je vous en prie, mon Dieu, murmura-t-elle avec ferveur, faites que j'aie un fils.

*

Le travail de Greta commença un mois avant le terme prévu, en pleine nuit. On appela le Dr Evans, ainsi que Megan, la sage-femme locale. Le médecin aurait voulu l'emmener à l'hôpital mais, quand il arriva à son chevet, il vit qu'elle n'était pas en état d'être déplacée.

Cinq heures plus tard, Greta mit au monde une toute petite fille de deux kilos et trois cents grammes. Vingt minutes après, naquit un garçon d'à peine deux kilos. Exténuée, Greta câlinait sa petite fille et regardait le médecin tapoter les fesses minuscules de son fils.

— Allez, allez, marmonnait-il.

Le bébé finit par tousser, avant de pousser son premier cri. Le médecin le nettoya, l'enveloppa dans une couverture et le tendit à Greta.

— Et voilà, madame Marchmont. Deux beaux bébés.

Greta sentit les larmes rouler le long de ses joues tandis qu'elle contemplait les petits êtres parfaits qu'elle avait mis au monde. Elle était submergée par la tendresse, au point d'en avoir le souffle coupé.

— Est-ce qu'ils vont bien ? s'enquit-elle avec angoisse.

— Oui, mais une fois que vous les aurez serrés dans vos bras je les emmènerai tous les deux pour procéder à un examen complet. Le garçon est très petit et nécessitera des soins supplémentaires. Je vais suggérer à votre mari d'employer une infirmière pour vous aider durent les semaines qui viennent.

À contrecœur, la jeune femme tendit d'abord son fils, puis sa fille au médecin.

— Ne les gardez pas trop longtemps, d'accord ?

Après leur départ, elle serra les dents tandis que la sage-femme la recousait.

Plus tard, alors qu'elle somnolait, elle sentit quelque chose de rêche contre sa joue. Elle ouvrit les yeux et vit Owen qui lui souriait.

— Oh, comme tu es maligne et courageuse. Nous avons un fils magnifique.

— Et une fille.

— Bien sûr. Pouvons-nous appeler le garçon Jonathan – Jonny, pour faire court – comme mon père et moi ?

— Oui, évidemment. Et notre fille ?

— Je pensais te laisser choisir son prénom.

— Francesca Rose, dit-elle doucement. Cheska, un joli diminutif.

— Comme tu voudras, ma chère.

— Comment vont les enfants ?

— Bien. Ils dorment tous les deux profondément à la nurserie.

— Puis-je les voir ?

— Pas maintenant. Il faut que tu te reposes. Ce sont les ordres du médecin.

— D'accord, mais bientôt alors.

— Oui, bien sûr.

Owen l'embrassa sur le front et sortit de la chambre.

*

Greta ne vit pas son fils au cours des quarante-huit heures qui suivirent. Trop faible pour quitter son lit, elle suppliait l'infirmière qu'avait embauchée Owen de lui montrer Jonny, mais celle-ci refusait, lui amenant seulement Cheska.

— Il est malade, c'est cela ? demanda-t-elle tout agitée.

— Non. Il a juste un peu de fièvre et le docteur ne veut pas qu'on le déplace.

— Mais je suis sa mère. Je dois le voir ! Il a besoin de moi !

Greta retomba sur ses oreillers en gémissant de frustration.

— Chaque chose en son temps, madame Marchmont, répondit l'infirmière d'un ton brusque.

Plus tard ce soir-là, Greta parvint à se redresser et à se traîner hors du lit. D'un pas chancelant, elle longea le couloir jusqu'à la nurserie où Owen berçait son fils qui pleurait. Cheska dormait paisiblement dans son berceau.

— Que fais-tu debout ? demanda Owen en fronçant les sourcils.

— Je voulais voir mon fils. Est-ce qu'il va bien ? L'infirmière refuse de me dire quoi que ce soit. Je n'ai même pas le droit de lui donner son biberon.

Greta voulut prendre le bébé, mais Owen le serra contre lui d'un air protecteur.

— Non, Greta. Tu es trop faible. Tu pourrais le faire tomber. Sa température était un peu élevée, mais le docteur dit qu'elle est redescendue. Ma chère, pourquoi ne retournes-tu pas te coucher ? Tu as besoin de repos.

— Non ! Je veux prendre Jonny dans mes bras.

Greta s'avança vers son mari et lui arracha presque le bébé. Elle contempla son enfant. Elle avait oublié à quel point il était petit. Elle remarqua que ses joues minuscules étaient un peu rouges.

— Je l'emmène avec moi, annonça-t-elle avec fermeté.

— Allons, madame Marchmont, ne dites pas de bêtises, intervint l'infirmière qui était arrivée rapidement derrière elle. Nous nous occupons bien du bébé et vous avez besoin de reprendre des forces.

— Mais je…

Soudain, Greta perdit toute force de se battre. Elle laissa l'infirmière reprendre Jonny et le recoucher dans son berceau, et Owen la raccompagna jusqu'à sa chambre, comme s'il escortait un enfant puni. Une fois couchée, Greta éclata en sanglots.

— Je vais faire venir l'infirmière, ma chère, déclara Owen, de toute évidence gêné par l'état émotionnel de son épouse, avant de quitter la pièce.

Quand l'infirmière revint dans la chambre, elle tenta d'apaiser Greta et lui tendit une pilule et un verre d'eau.

— Allons, allons, madame Marchmont. C'est normal pour une jeune mère d'être émotive. Tenez, voilà qui va vous calmer et vous aider à dormir.

Cependant, le sommeil ne vint pas. Allongée dans l'obscurité, Greta se remémorait le regard férocement protecteur d'Owen quand elle avait demandé à porter son fils.

Elle se demanda une nouvelle fois si c'était ce qu'il espérait en l'épousant. Un héritier pour Marchmont.

Et à présent elle lui avait donné ce qu'il souhaitait.

*

Les jours suivants, Greta retrouva des forces. Elle s'occupait activement de ses enfants – ne tolérant aucun refus de la part de l'infirmière – et assistait avec bonheur à leur évolution quotidienne. Sa vie devint une succession de biberons à donner, de couches à changer, et d'heures de sommeil à rattraper quand elle le pouvait. Mary et l'infirmière étaient là pour l'aider, mais elle voulait en faire le plus possible elle-même.

Elle avait relégué ses propres besoins au second plan. À chaque pleur, elle se précipitait auprès de ses bébés, pour les calmer, les soigner et les protéger. Elle n'avait jamais été aussi heureuse. Sa vie avait pris du sens, de façon merveilleuse, simplement parce que deux humains minuscules avaient besoin d'elle. Ce n'était pas évident tous les jours, mais elle se réjouissait de ce défi et les jumeaux s'épanouissaient sous ses tendres attentions.

Réglé comme une horloge, Owen apparaissait chaque jour à la nurserie à deux heures de l'après-midi. Il adressait à peine un regard à Cheska, mais prenait Jonny et jouait avec lui une heure ou deux. Greta découvrait parfois le garçonnet sur les genoux d'Owen à la bibliothèque, ou apercevait par la fenêtre son mari derrière la lourde poussette, escorté de son fidèle labrador.

— Il te remarque à peine, ma chérie. Mais cela ne fait rien. Maman t'aime. Maman t'aime tendrement, disait-elle à sa fille en embrassant sa tête blonde et douce.

Au fur et à mesure que les mois s'écoulaient, Greta songeait de plus en plus à la singularité de sa relation avec son mari. Le matin, elle était occupée par les jumeaux, et Owen était soit dehors à gérer la propriété, soit en ville pour affaires. Il passait au moins deux heures chaque après-midi avec Jonny, pendant qu'elle restait à la nurserie avec Cheska. Aussi, durant la journée, mari et femme se voyaient-ils très peu. Le soir, ils dînaient ensemble autour de la longue table de la salle à manger, mais leurs conversations étaient devenues guindées. Le seul sujet qu'ils avaient véritablement en commun était les enfants. Les yeux d'Owen s'illuminaient quand il lui racontait des anecdotes avec Jonny, mais ensuite de longs silences s'installaient. Greta se retirait généralement dans sa chambre tout de suite à la fin du repas, épuisée après sa journée et reconnaissante qu'Owen n'ait toujours pas suggéré de modifier leurs arrangements nocturnes.

Parfois, au cours de la nuit, quand elle veillait sur Jonny qui, régulièrement, attrapait froid ou avait de la fièvre, Greta ruminait le caractère étrange de leur mariage. Elle connaissait à peine mieux Owen que le jour de leur rencontre. Il était toujours gentil et prévenant, mais elle avait davantage l'impression d'être une nièce qu'il traiterait avec bienveillance que son épouse. Elle avait même commencé à se demander si elle n'avait pas en réalité épousé le père qu'elle avait perdu et qui lui avait tellement manqué quand elle était plus jeune.

Souvent, elle rêvait d'être entre les bras d'un homme jeune et fort mais, au réveil, elle se raisonnait en se disant que ce manque était un bien petit sacrifice. Ses bébés avaient un père, tous trois avaient un toit au-dessus de leur tête et n'auraient jamais besoin de rien. Ses désirs intimes n'étaient pas une priorité.

*

Une année s'écoula, puis une autre. Greta s'émerveillait des premiers mots et des premiers pas de Jonny et Cheska. Les jumeaux étaient très proches, communiquant dans leur propre langage indéchiffrable et jouant sagement des heures durant. Ils aimaient particulièrement jouer à Hansel et Gretel, prétendant alors être le frère et la sœur de leur conte préféré et imaginant que la maison en pain d'épices de la sorcière se trouvait dans une clairière du bois de Marchmont. À la fin du jeu, quand ils s'étaient libérés des griffes de la sorcière, ils revenaient en courant vers Greta, main dans la main, criant de peur et d'excitation.

Pour Greta, le rire de ses enfants était le son le plus mélodieux du monde. Elle adorait les voir ensemble, Jonny si protecteur envers sa sœur, et Cheska si prévenante lorsque son frère, plus fragile, tombait malade.

La relation entre Owen et Jonny s'épanouissait elle aussi. Quand « Pa », comme il l'appelait, entrait dans la nurserie, le petit garçon lui adressait un sourire radieux et levait aussitôt les bras pour un câlin. Greta les regardait souvent disparaître dans les bois par la fenêtre, Jonny donnant sa petite main à son père et s'efforçant de suivre le rythme avec ses jambes minuscules. Greta n'appréciait pas ce favoritisme évident, mais elle n'en montrait rien. Au lieu de cela, elle créait de son côté une relation privilégiée avec sa fille angélique.

De temps à autre, ils recevaient des visiteurs : Mr Glenwilliam venait dîner avec sa femme, et parfois Jack Wallace, le gérant de la ferme, se joignait à eux pour le déjeuner dominical. Deux amis de l'armée d'Owen vinrent une fois passer le week-end, mais Greta avait toujours su que son mari n'était pas particulièrement mondain.

Une belle amitié s'était nouée entre Greta et Mary. Mary lui avait confié que Huw Jones, un jeune ouvrier agricole du domaine, la courtisait depuis quelques mois. Elle lui avait avoué qu'il l'avait embrassée la dernière fois qu'ils s'étaient vus et qu'elle avait trouvé cela fort agréable. Greta avait alors ressenti un pincement de jalousie. Elles feuilletaient souvent ensemble l'exemplaire de *Picturegoer* que Greta recevait toutes les semaines ou riaient des singeries des enfants. Greta remerciait le Ciel pour la présence de Mary. C'était sa seule compagnie jeune et féminine.

9

— **M**on chéri ! Quel plaisir de te voir ! Ma parole, tu es resplendissant !

LJ se hissa sur la pointe des pieds pour embrasser son fils sur les deux joues.

— Et c'est bon de te voir, Ma. On entre ?

— Oui. Mais es-tu certain de pouvoir te permettre cette folie ? demanda LJ en parcourant des yeux le Savoy, tandis qu'ils se rendaient au restaurant de l'hôtel.

— Absolument. Ça va plutôt bien pour moi, Ma. J'ai longtemps attendu pour pouvoir faire ça, répondit David en souriant jusqu'aux oreilles.

LJ vit avec surprise le maître d'hôtel souhaiter chaleureusement la bienvenue à son fils et les conduire vers une banquette à l'écart, dans un coin de la pièce.

— Viens-tu souvent ici ?

— Mon agent, Leon, m'amène toujours ici pour déjeuner. Si nous prenions du champagne ?

— Tu en es sûr ? Cela doit coûter une fortune, tempéra LJ en s'installant confortablement.

David appela un serveur.

— Nous prendrons une bouteille de Veuve Clicquot, s'il vous plaît. Nous avons quelque chose à fêter.

— Quoi donc, mon chéri ?

— La BBC fait preuve de bon sens et a enfin décidé de me donner ma propre émission de radio.

— Oh, David ! s'exclama LJ en tapant dans ses mains, enchantée. C'est merveilleux ! Je suis ravie de l'apprendre.

— Merci, Ma. Mon émission passera le lundi soir entre six et sept heures. Nous serons deux animateurs, et chaque semaine nous recevrons différents chanteurs et comédiens.

— J'imagine en effet que ça marche bien pour toi, si tu peux te permettre d'inviter ta mère au Savoy, pour un déjeuner arrosé au champagne.

— Ce n'est pas grâce à la BBC, mais bon, personne n'est jamais devenu riche en travaillant pour eux, précisa David, une certaine ironie dans la voix. J'ai beaucoup d'autres activités, Leon pense que je vais obtenir un petit rôle dans un film des studios Shepperton, ensuite il y a le Windmill et...

— Tu es encore obligé de travailler là-bas ? Penser que, eh bien... tu sais que je n'ai jamais vraiment approuvé.

— Pour le moment, j'y travaille encore, oui. Souviens-toi, le directeur m'a offert un emploi quand personne d'autre ne croyait en moi. Quoi qu'il en soit, je ne veux pas prendre de risque tant que l'émission de radio n'aura pas six mois et ne se montrera pas prometteuse. Le nom ne te plaira pas, j'en ai peur.

— Ah non ? Comment s'appelle-t-elle ?

— « Les histoires drôles de Taffy ».

— Bon sang ! Ce maudit nom te colle à la peau ! Pour moi, en tout cas, tu resteras toujours David.

Le champagne arriva et le sommelier servit deux coupes. David leva la sienne.

— À toi, Ma. Pour ton soutien inébranlable.

— Idiot, va ! Je n'ai rien fait du tout. Tu ne dois ta réussite qu'à toi-même.

— Ma, tu as tant fait pour moi. Quand je t'ai annoncé que je souhaitais devenir comédien, tu ne m'as pas traité avec mépris, même si cette idée te semblait ridicule. Et quand, après la guerre, je suis parti tenter ma chance à Londres, tu ne m'as pas reproché d'être irresponsable.

— Je suis ravie que tu aies si bien réussi. À toi, mon chéri. Santé, comme on dit.

LJ but une gorgée de champagne, puis son visage devint grave.

— David, je dois te demander… as-tu réfléchi de nouveau au mariage d'Owen et Greta ? Tu sais aussi bien que moi que leur tromperie est un crime. Ils t'ont escroqué, te volant ton héritage légitime. Je suis certaine que si tu décidais de leur intenter un procès, tu aurais toutes tes chances de le gagner. Après tout, ces bébés sont nés six mois seulement après que Owen a vu Greta pour la première fois. Et le Dr Evans doit connaître la vérité, c'est lui qui les a mis au monde.

— Non, Ma, répondit David d'une voix ferme. Nous savons tous les deux que le Dr Evans ne contestera jamais les propos d'Owen. Ils se connaissent depuis des années. Par ailleurs, ma carrière est enfin sur la bonne voie et un scandale pareil pourrait la tuer dans l'œuf. Je suis très content de mener ma propre vie. La meilleure décision que j'aie jamais prise était de quitter Marchmont. Tout ce dont j'ai besoin se trouve ici, je t'assure. Comment vont Owen et Greta, à ce propos ?

— Je n'en ai absolument aucune idée. Je n'ai eu aucun contact avec Owen depuis mon départ. Mary m'écrit de temps en temps, mais je n'ai pas eu de nouvelles de sa part depuis des mois. Honnêtement, David, je ne comprends pas comment tu peux accepter cette situation avec un tel flegme. Pour ma part, j'en suis incapable, marmonna-t-elle avant de boire une grande gorgée de champagne.

— Peut-être est-ce parce que je ne me suis jamais attendu à hériter de Marchmont. En grandissant, je me suis bien rendu compte qu'Owen ne m'aimait pas. Même si je n'ai jamais compris pourquoi.

LJ serra les dents. Elle n'avait jamais parlé à son fils de sa relation avec Owen. Et elle n'avait pas l'intention de le faire lors de ce déjeuner.

— Je n'en ai aucune idée, David. Tout ce que je sais, c'est que cette situation est abominable. Bon, on commande ? Je meurs de faim.

Tous deux dégustèrent une soupe de homard, des côtelettes d'agneau et une salade de fruits, tout en bavardant de l'émission de David.

— Et les femmes dans tout ça ? T'es-tu pris d'affection pour quelque demoiselle en détresse récemment ? s'enquit LJ en haussant un sourcil.

— Non, Ma, je suis bien trop occupé actuellement avec ma carrière pour songer à une quelconque relation. Et toi alors, te plais-tu dans le Gloucestershire ?

— Disons que je n'ai jamais été fanatique des parties de bridge et des commérages mesquins de la banlieue, mais je n'ai pas à me plaindre.

— Admets-le, Ma, Marchmont te manque.

— Peut-être. Je pense que peu de femmes de mon âge diraient que se lever à cinq heures du matin pour traire des fichues vaches leur manque, mais au moins cela m'occupait. Je m'ennuie maintenant avec tout ce temps libre. Je prends de l'âge, d'accord, mais je ne suis pas encore sénile ! Cela dit, Dorothy est une fille formidable.

LJ marqua une pause, puis soupira avant de poursuivre :

— Oui, nom d'un chien ! Marchmont me manque terriblement. Me lever le matin, voir la brume envelopper le sommet des collines, entendre le bruit de l'eau en contrebas… tout cela me manque, c'est si beau là-bas et…

Sa voix s'éteignit et David aperçut des larmes dans les yeux de sa mère. Il tendit la main pour prendre la sienne.

— Ma, je suis tellement navré. Écoute, je pourrai me battre pour récupérer Marchmont si c'est si important pour toi. Pardonne mon égoïsme. C'était plus ta maison que la mienne, et voilà que tu l'as perdue – tout cela parce que je t'ai envoyé Greta.

— Bon sang, David, tu ne dois pas t'en vouloir d'avoir voulu aider une jeune fille en difficulté. Personne n'aurait pu prévoir la suite des événements.

Enfin bon, ne m'écoute pas, ajouta-t-elle en s'essuyant les yeux. J'ai bu beaucoup trop de champagne et je suis juste une vieille idiote, nostalgique du passé.

— Es-tu sûre de ne pas pouvoir retourner à Marchmont ?

LJ fixa son fils, le regard soudain dur.

— Je suis certaine de ne jamais *vouloir* y retourner. Bon, je dois aller reprendre le train. Il est trois heures passées et Dorothy panique si je ne rentre pas à l'heure prévue.

— Bien sûr. C'était merveilleux de te voir.

David demanda l'addition, triste de voir la détresse de sa mère. Cinq minutes plus tard, il l'accompagna jusqu'à un taxi.

— Prends bien soin de toi, Ma, lui dit-il en l'embrassant.

— Naturellement. Ne t'inquiète pas pour moi, chéri. J'ai la peau aussi dure que des vieilles bottes.

David regarda la voiture s'éloigner, un peu abattu. Au fil des ans, il avait souvent eu le sentiment que la relation distante entre Owen et sa mère cachait quelque chose… Mais il n'avait aucune idée de ce dont il s'agissait.

10

L'après-midi du troisième anniversaire des jumeaux, Greta organisa un goûter sur la terrasse. Owen, elle-même, Mary, Jonny et Cheska passèrent deux heures à manger des petits sandwichs et du gâteau au chocolat, ainsi qu'à jouer à colin-maillard et à cache-cache dans les bois.

À l'heure du coucher, voyant les joues rouges de Jonny, Greta lui posa une main sur le front et vit qu'il était un peu chaud. Elle lui écrasa alors un demi-comprimé d'aspirine dans du jus de fruit. En général, cela suffisait à faire retomber la fièvre du petit garçon. Il avait une mauvaise toux, les restes d'un accès de bronchite la semaine précédente, mais il avait semblé assez gai cet après-midi-là.

Lorsque Jonny se fut enfin endormi et qu'elle rejoignit son mari pour le dîner, elle fit part de son inquiétude à Owen.

— Je parie que c'est simplement dû à l'excitation de son anniversaire, déclara-t-il en souriant avec tendresse. Il sera vite requinqué quand, demain, je l'emmènerai faire un tour sur son nouveau tricycle. C'est en train de devenir un jeune homme solide. Dans quelques mois, il sera prêt pour monter sur un poney.

Malgré ces propos rassurants, Greta n'arriva pas à se tranquilliser une fois couchée. Bien qu'elle soit habituée aux fréquentes maladies de Jonny, cette fois sa sonnette d'alarme maternelle tintait avec insistance. Elle entra à petits pas dans la nurserie et trouva Jonny en train de s'agiter dans son petit lit. Sa toux se couplait à présent de râles. Elle lui tâta le front : il était brûlant. Elle le déshabilla et le rafraîchit délicatement à l'aide d'une éponge humide, mais cela ne fit pas baisser la fièvre. Elle resta quelques instants assise auprès de lui, luttant contre la panique qui s'emparait d'elle. Après tout, ce n'était pas la première fois que Jonny avait de la fièvre, et elle ne voulait pas dramatiser. Néanmoins, une heure plus tard, lorsque Greta se pencha une nouvelle fois pour lui toucher le front, il n'ouvrit pas les yeux sous ce contact. Au lieu de cela, il toussait et murmurait des choses incohérentes.

— Jonny ne va vraiment pas bien, je le sens ! s'exclama-t-elle en courant vers la chambre d'Owen.

Son mari se réveilla aussitôt, les yeux luisants de peur.

— Que se passe-t-il ?

— Je n'en suis pas sûre, répondit Greta en avalant un sanglot, mais je ne l'ai jamais vu dans cet état. Appelle le Dr Evans s'il te plaît. Tout de suite !

Quarante minutes plus tard, le médecin examinait Jonny. Il lui prit sa température et écouta sa respiration sifflante à travers son stéthoscope.

— Qu'est-ce qu'il a, docteur ? s'enquit Greta.

— Jonny souffre d'une bronchite particulièrement mauvaise qui pourrait être en train de se transformer en pneumonie.

— Il va s'en remettre, n'est-ce pas ? demanda Owen, désomais très inquiet.

— Je suggère de l'emmener à l'hôpital d'Abergavenny. Je n'aime pas le bruit de ses poumons. Je les soupçonne de se remplir de liquide.

— Dieu tout-puissant, gémit Owen, se tordant les mains d'angoisse.

— Essayons de ne pas paniquer. Je ne fais que prendre des précautions. Pouvez-vous conduire votre voiture, monsieur Marchmont ? Ce sera plus rapide que d'appeler l'ambulance. Je vais téléphoner à l'hôpital pour prévenir que vous arrivez avec Jonny, puis je vous retrouverai là-bas.

Owen acquiesça tandis que Greta soulevait son fils, et tous trois descendirent à la hâte pour monter en voiture. Tout le long du trajet, serrant son enfant malade dans ses bras, Greta regardait les mains de son mari trembler tandis qu'il conduisait vers l'hôpital.

*

L'état de Jonny se détériora gravement au cours des quarante-huit heures suivantes. Malgré tous les efforts des médecins et des infirmières, Greta écoutait, impuissante, son fils lutter de plus en plus pour respirer, au fur et à mesure qu'il s'affaiblissait. Son cœur n'était pas loin de se briser de désespoir.

Owen était assis en silence de l'autre côté du lit de Jonny. Aucun des deux époux n'était en mesure de réconforter l'autre.

Jonny mourut à quatre heures du matin, trois jours après ses trois ans.

Greta le prit dans ses bras pour la dernière fois, examinant chaque détail minuscule de son visage adoré : ses lèvres parfaites en bouton de rose et ses pommettes hautes, si semblables à celles de son père.

Owen et sa femme rentrèrent à Marchmont en silence, trop effondrés pour parler. Greta fila directement à la nurserie et serra Cheska contre son cœur, pleurant dans ses cheveux blonds.

— Oh, ma chérie… ma chérie. Pourquoi ? Pourquoi ?

Plus tard, elle descendit l'escalier en chancelant, à la recherche d'Owen. Il était à la bibliothèque, affalé dans un fauteuil, une bouteille de whisky près de lui. La tête dans les mains, il pleurait ; d'horribles sanglots, profonds et gutturaux.

— Je t'en prie, Owen, ne pleure pas… ne pleure pas.

Greta s'approcha de lui et l'entoura de ses bras.

— Je… je l'aimais tant. Je sais que je n'étais pas son père, mais dès l'instant où je l'ai porté, je… J'avais le sentiment que c'était mon fils, acheva-t-il en haussant tristement les épaules.

— Et il l'était. Il te vénérait, Owen. Aucun père n'aurait pu être meilleur que toi.

— Devoir le regarder souffrir et mourir… poursuivit-il en se reprenant la tête entre les mains. Je n'arrive pas à croire qu'il nous ait quittés. Pourquoi lui ? Il n'avait pas encore vécu, alors que moi j'ai cinquante-neuf ans. Ça aurait dû être moi, Greta ! lança-t-il en la regardant. Quelle raison de vivre me reste-t-il à présent ?

Greta poussa un profond soupir.

— Il te reste Cheska.

*

Greta espérait que l'enterrement leur permettrait à tous les deux d'aller de l'avant. Owen semblait avoir pris dix ans en dix jours, et elle avait dû le soutenir physiquement quand le petit cercueil avait été enterré.

Elle avait suggéré à Owen et au pasteur que Jonny repose dans la clairière du bois où il aimait tant jouer avec sa sœur.

— Et je préférerais penser qu'il est entouré d'arbres, plutôt que de vieux os dans un cimetière, avait-elle ajouté.

— Comme tu voudras, avait murmuré Owen. Il est parti. L'endroit où il reposera dans la mort ne fait pas de différence pour moi.

Greta avait hésité à emmener Cheska avec eux à l'inhumation. La petite fille ne comprenait pas où était passé son frère.

— Où est Jonny ? demandait-elle, ses immenses yeux bleus s'emplissant de larmes. Est-ce qu'il va bientôt revenir ?

Greta secouait alors la tête pour la énième fois et lui expliquait que Jonny était monté au ciel, qu'il était devenu un ange qui veillait sur eux, assis sur un gros nuage moelleux.

Ayant finalement décidé qu'il était préférable que Cheska ne voie pas son frère adoré être enseveli, Greta emmena sa fille dans la clairière, quelques jours après l'enterrement, pour lui montrer l'endroit en question. Elle avait planté un petit sapin pour indiquer la tombe de Jonny, jusqu'à ce que la pierre tombale soit érigée.

— C'est un arbre particulier, expliqua-t-elle à Cheska. Jonny aimait beaucoup les bois et c'est ici qu'il vient jouer avec ses amis les anges.

— Oh, répondit la petite fille en s'approchant doucement de l'arbre pour toucher l'une de ses branches délicates. Jonny est ici ?

— Oui, chérie. Les gens qu'on aime ne nous quittent jamais.

— L'Arbre des anges, chuchota soudain Cheska. Il est là, Maman, il est bien là. Tu le vois, dans les branches ?

Et, pour la première fois en deux semaines, Greta vit un sourire se dessiner sur les lèvres de sa fille.

*

Malgré son chagrin, Greta savait qu'elle devait maintenir un semblant de normalité pour sa fille. Owen, en revanche, avait commencé à boire. Elle sentait l'alcool dans son haleine dès le petit déjeuner et, le soir venu, il arrivait à peine à tenir assis. Après son désespoir initial, il s'était enfermé dans une sorte de morosité et il était désormais impossible d'avoir avec lui une conversation rationnelle. Greta prit l'habitude de dîner dans sa chambre, espérant qu'avec le temps, il s'extirperait de sa tristesse et se reprendrait. Cependant, les mois passèrent, l'automne arriva, et l'état de son mari se détériorait au lieu de s'améliorer.

Un matin, elle entendit un cri dans le couloir et s'y précipita pour découvrir Mary devant la chambre d'Owen, la joue enflée.

— Que s'est-il passé ? lui demanda-t-elle avec inquiétude.

— Le maître m'a jeté un livre à la figure. Il se plaignait que son œuf n'était pas cuit comme il l'aime. Il l'était pourtant, madame Greta. Je vous assure.

— Allez soigner votre joue, Mary. Je vais m'occuper de mon mari.

Greta frappa à la porte, puis entra dans la chambre d'Owen.

— Qu'est-ce que tu veux ? aboya-t-il.

Il était assis dans un fauteuil, son labrador à ses pieds. Greta remarqua combien Owen paraissait maigre dans son pyjama. Son petit déjeuner était intact et il se versait un verre de whisky d'une bouteille presque vide.

— Tu ne crois pas qu'il est un peu tôt pour ça ?

— Mêle-toi de ce qui te regarde. Un homme ne peut-il pas prendre un petit remontant chez lui, si le cœur lui en dit ?

— Mary est bouleversée. Elle va avoir un gros bleu sur la joue, là où ton livre l'a frappée.

Owen regardait au loin, ignorant son épouse.

— Tu ne crois pas qu'il faudrait que nous parlions ? Tu ne vas pas bien.

— Évidemment que je vais bien ! mugit-il, avant de vider son verre et de saisir de nouveau la bouteille.

— Je crois que tu as assez bu pour aujourd'hui, Owen, fit-elle doucement en s'avançant vers lui.

— Tu crois cela ? Et qu'est-ce qui te donne le droit d'émettre un jugement sur mon mode de vie ?

— Rien, je... je n'aime pas te voir comme ça, c'est tout.

— Tout ça, c'est de ta faute. Si je ne t'avais pas épousée et que je n'avais pas accueilli tes deux bâtards, je n'aurais pas besoin de boire.

— Owen, je t'en prie ! s'exclama Greta, horrifiée. Ne traite pas Jonny de bâtard ! Tu l'aimais tant.

Il se pencha en avant et attrapa les poignets de la jeune femme.

— Ah oui ? Et pourquoi devrais-je aimer le rejeton d'un Amerloque, hein ?

Il se mit à secouer Greta, d'abord doucement, puis plus fort. Morgan commença à grogner.

— Arrête ! Tu me fais mal. Arrête !

— Pourquoi ? rugit Owen. Tu n'es qu'une petite pute sans cervelle, je me trompe ? *Je me trompe ?*

À ces mots, il lâcha l'un des poignets de Greta et la gifla violemment.

— Arrête !

Greta parvint à se libérer et gagna la porte, bouleversée, le visage baigné de larmes. Owen la fixa, les yeux assombris par l'alcool. Puis il éclata de rire. C'était un son dur et cruel qui poursuivit Greta jusqu'à sa chambre. Là, elle s'effondra sur le lit et se prit la tête dans les mains de désespoir.

*

Le comportement d'Owen ne cessait de se dégrader. Ses moments de lucidité devenaient rares. La présence de Greta semblait allumer en lui une flamme de rage et Mary était la seule personne qu'il tolérait à ses côtés.

Après plusieurs agressions physiques, Greta appela le Dr Evans, craignant que la situation ne soit bientôt hors de contrôle. Le médecin fut chassé de la chambre d'Owen par une pluie de livres, de verres et de tout ce que le buveur avait à portée de main.

— Il a besoin d'aide, madame Marchmont, indiqua le médecin à Greta autour d'une tasse de café. La mort de Jonny l'a fait sombrer dans la dépression et il essaie de trouver du réconfort dans la boisson. Il a failli mourir pendant la Première Guerre mondiale, vous savez, puis a souffert de stress post-traumatique à son retour en Angleterre, avant de partir pour le Kenya. Je me demande si ce deuil n'a pas rouvert d'anciennes blessures.

— Mais que puis-je faire ? Il m'agresse chaque fois qu'il me voit, et je commence à craindre pour la sécurité de Cheska. Il ne mange rien, se contentant de vider bouteille après bouteille.

— Pourriez-vous partir quelque temps ailleurs ? Loger chez un parent ? Si vous vous éloigniez, le choc de votre départ l'aiderait peut-être à revenir à la raison.

— Non, je n'ai nulle part où aller. Et je ne pourrais pas le laisser dans cet état…

— Mary semble se débrouiller admirablement. J'ai l'impression que c'est la seule qui réussisse à le calmer. Évidemment, il faudrait l'envoyer dans un endroit susceptible de le soigner, mais…

— Il n'acceptera jamais de quitter Marchmont.

— Le dernier recours serait de le faire interner dans un institut approprié, mais nous devrions porter son cas au tribunal et obtenir l'accord du juge. Et à mon avis, il n'est pas fou, c'est juste un ivrogne dépressif. J'aimerais pouvoir en faire davantage. Je m'inquiète pour votre sécurité et celle de votre fille. Essayez tout de même de réfléchir à un endroit où vous réfugier, et n'hésitez pas à m'appeler si vous avez besoin d'aide ou de conseils.

— Je n'y manquerai pas, docteur, merci.

Nuit après nuit, troublée par les ronflements sonores émanant de la chambre d'Owen, Greta se jurait de faire ses valises et de partir avec Cheska le matin venu. Néanmoins, quand pointait l'aube, la réalité la rattrapait. Où pourrait-elle bien aller ? Elle n'avait rien : ni argent, ni refuge. Tout ce qu'elle possédait se trouvait ici, auprès d'Owen.

Finalement, ce ne furent pas les agressions physiques et mentales d'Owen qui poussèrent Greta à prendre une décision.

Un après-midi, en passant la tête par la porte de la nurserie pour voir si Cheska faisait encore la sieste, elle s'aperçut que son petit lit était vide.

Prise d'une sourde inquiétude, elle partit dans le couloir en courant et s'apprêtait à frapper à la porte de la chambre d'Owen quand elle entendit des rires à l'intérieur. Aussi discrètement que possible, elle tourna la poignée.

Ce qu'elle vit en ouvrant la porte la fit frissonner d'horreur. Owen était assis dans son fauteuil et lisait une histoire à Cheska, gaiement perchée sur ses genoux.

C'était une scène de joie parfaite.

Sauf que Cheska était vêtue des pieds à la tête de vêtements de son frère défunt.

11

Greta revint à Londres avec Cheska par un soir d'octobre froid et brumeux, dans cette même ville qu'elle avait quittée depuis près de quatre ans. Elle avait une valise avec quelques vêtements pour elle et sa fille, ainsi que cinquante livres sterling – outre l'argent que lui avait remis David à son départ, elle avait dérobée vingt livres dans le portefeuille d'Owen.

En découvrant Cheska habillée en Jonny, elle avait enfin pris conscience qu'elle n'avait d'autre choix que de partir. Quelques jours atroces avaient suivi, et Greta s'était confiée à Mary, se sentant coupable de la laisser seule avec Owen, mais sachant qu'elle ne pouvait faire autrement.

— Vous devez y aller, madame Greta, pour le bien de Cheska, si ce n'est le vôtre. Je me débrouillerai avec le maître. S'il me jette des objets à la figure, je les esquiverai ! avait déclaré Mary en souriant courageusement. Et puis, le Dr Evans n'est pas loin, je peux toujours l'appeler en cas de problème.

Owen était dans sa chambre, comme toujours, débutant son chemin quotidien vers l'ivresse et l'oubli, un verre à la main. Greta lui avait annoncé qu'elle emmenait Cheska à Abergavenny pour faire quelques achats et qu'elles ne rentreraient peut-être pas avant le soir. Il l'avait regardée de ses yeux vitreux ; elle doutait qu'il ne l'ait ne serait-ce qu'entendue. Huw, le compagnon de Mary, les avait accompagnées à la gare d'Abergavenny. Greta s'était confondue en remerciements, avait acheté deux billets pour Londres et était vite montée dans le train à quai.

Tandis que ce dernier l'éloignait du pays de Galles et de son mariage désastreux, Greta contemplait la vue qui défilait, hébétée. Elle n'avait aucune idée de l'endroit où elle dormirait le soir même avec sa fille, mais tout semblait préférable à une vie de terreur au côté de son mari chaque jour plus instable. Elle ne pouvait se permettre de regarder en arrière, malgré sa terrible perte. Cheska était blottie contre elle, une poupée de chiffon sous le bras. Avec une tendresse protectrice, Greta embrassa l'enfant qu'il lui restait. Si elle rentrait à Londres presque aussi démunie que lorsqu'elle en était partie, elle n'avait pas peur et se sentait étrangement forte.

Lorsque enfin le train s'arrêta à Paddington, elle descendit sur le quai, rassemblant ses forces pour porter sa fille ensommeillée et leur valise. Elle se dirigea vers la station de taxis et demanda au chauffeur de les emmener à l'hôtel de Basil Street à Knightsbridge. Elle y était allée une fois avec Max et savait que c'était un endroit respectable, bien que cher.

Le bruit des rues agitées de Londres, qui contrastait tant avec la tranquillité silencieuse de Marchmont, tonnait dans les oreilles de Greta tandis qu'elle payait le taxi et pénétrait dans le hall de l'hôtel. Au moins l'atmosphère pittoresque de l'hôtel la réconforta. Le porteur les conduisit jusqu'à leur chambre et Greta lui commanda aussitôt du thé et deux sandwichs.

Quand leur dîner arriva, Greta installa Cheska devant une petite table.

— Et voilà, ma chérie. Un bon sandwich fromage-tomate. Ton préféré.

— J'en veux pas ! s'exclama la petite fille en secouant la tête, avant de se mettre à pleurer.

Greta renonça rapidement à la persuader de manger quoi que ce soit. Au lieu de cela, elle défit la valise et lui mit sa chemise de nuit.

— C'est une belle aventure, chérie, hein ? Dormir à l'hôtel à Londres, dans la même chambre que Maman !

La petite fille secoua la tête.

— Non, je veux rentrer à la maison.

— Écoute, Maman va te lire une histoire, d'accord ?

Cette proposition sembla remonter le moral de la fillette et Greta sortit le recueil de contes des frères Grimm, le livre préféré de sa fille – ainsi que, jusqu'à récemment, de son fils, songea-t-elle tristement. Quand Cheska se fut endormie, Greta resta assise un long moment sur son lit à la contempler, son visage en forme de cœur, ses pommettes hautes, son nez retroussé et ses lèvres en bouton de rose. Ses cheveux dorés et soyeux lui tombaient naturellement sur les épaules en des boucles parfaites. De longs cils noirs reposaient sur sa peau lisse et délicate. Ainsi dans les bras de Morphée, Cheska ressemblait à un ange.

Greta fut submergée par une vague d'amour. Sa fille avait toujours été peu exigeante, semblant accepter sans se poser de questions l'adoration d'Owen pour Jonny et son indifférence à son égard. Bien que Greta souffre chaque jour de l'absence de Jonny, elle détestait la petite partie d'elle-même qui était presque reconnaissante que ce soit lui qui ait été emmené, et non sa fille chérie.

Elle se changea, puis se pencha pour embrasser doucement Cheska sur la joue.

— Bonne nuit, mon trésor. Fais de beaux rêves.

Puis elle se coucha à son tour et éteignit la lumière.

*

Malgré la résolution de Greta, les premiers jours à Londres s'avérèrent difficiles. Sa priorité était de leur trouver un endroit où loger, mais Cheska se fatigua vite d'être traînée d'appartement en appartement et devint nerveuse et irritable. Greta n'aimait pas le regard soupçonneux que lui adressaient les logeuses potentielles lorsqu'elle leur expliquait qu'elle était veuve. Elle allait devoir s'habituer à la stigmatisation dont souffraient les mères célibataires.

Au bout de trois jours de recherches, elle dénicha une suite de pièces propres et lumineuses au dernier étage d'une maison située tout près de là où elle habitait avant de s'enfuir au pays de Galles. Kendal Street était juste à côté d'Edgware Road, et l'idée de s'installer dans un quartier qu'elle connaissait déjà procurait à la jeune femme un sentiment de sécurité. L'autre avantage était la logeuse, qui avait manifesté une grande compassion lorsque Greta lui avait raconté que le père de Cheska était mort juste après la guerre.

— J'ai moi-même perdu mon mari et mon fils, madame Simpson. C'est affreux, avait-elle soupiré. Tant d'enfants se retrouvent à grandir sans leur père… Heureusement, mon mari m'a laissé cette maison, ce qui me permet d'avoir quelques revenus. C'est une demeure calme, vous savez. J'habite au sous-sol, et nous avons deux dames d'un certain âge au rez-de-chaussée. Votre petite est sage, n'est-ce pas ?

— Oh oui, très sage. Hein, Cheska ?

La fillette avait acquiescé et adressé un grand sourire à la logeuse.

— Elle est adorable, madame Simpson. Quand souhaitez-vous emménager ? avait-elle demandé, charmée par l'enfant.

— Dès que possible.

Greta s'y était donc installée deux jours plus tard, après avoir versé une caution ainsi qu'un mois de loyer. Elle avait tiré l'un des deux lits simples dans le salon, afin que Cheska ait sa propre chambre et ne soit pas dérangée la nuit.

Le premier soir dans leur nouveau logement, Greta coucha Cheska, puis s'effondra dans un fauteuil du salon qui lui tenait lieu de chambre.

Après les grands espaces de Marchmont, elle se sentait oppressée. Néanmoins, pour l'instant, elle ne pouvait se permettre de louer un plus grand appartement. Son argent s'épuisait rapidement et elle savait qu'elle devait s'empresser de trouver du travail.

Ce soir-là, elle écuma les offres d'emploi dans le *Evening News*, entourant les possibilités au crayon, mais fut vite déprimée par le peu de postes à pourvoir et sa propre inexpérience. Elle pouvait difficilement parler de ses activités au Windmill à un employeur potentiel, et elle n'avait aucune envie de retourner au théâtre, sachant que les horaires contraignants signifieraient laisser Cheska de longues heures seule le soir. Dans l'idéal, elle souhaitait un poste d'employée de bureau respectable, à la City ou dans le West End. Une fois qu'elle aurait un travail, elle devrait elle-même mettre une annonce afin de trouver quelqu'un pour s'occuper de Cheska en son absence.

Le lendemain, Greta acheta une barre chocolatée à la petite fille et l'emmena dans une cabine téléphonique, afin de fixer des entretiens. Elle mentit le cœur battant, assurant aux recruteurs qu'elle savait taper à la machine et qu'elle avait de l'expérience en tant que secrétaire. Ayant pris deux rendez-vous pour le jour suivant, il lui fallait à présent réfléchir à une solution pour Cheska. Elle retourna chez elle, inquiète et découragée, en traînant la fillette par la main. Dans le hall, une vieille femme ramassait les feuilles qui s'étaient engouffrées de la rue.

— Bonjour, ma chère. Tu es nouvelle ?

— Oui. Nous venons de nous installer dans l'appartement du dernier étage. Je m'appelle Gréta Simpson, et voici ma fille, Cheska.

Le regard de la vieille femme se posa sur la fillette.

— Tu as mangé du chocolat, ma puce ?

Cheska hocha timidement la tête.

— Attends.

La femme sortit un mouchoir de sa manche et essuya la bouche de Cheska qui, curieusement, ne se plaignit pas.

— Voilà, c'est mieux, tu ne trouves pas ? Je m'appelle Mabel Brierley. J'habite au numéro deux. Votre mari est au bureau ?

— Non, je suis veuve.

— Moi aussi, ma chère. Mort à la guerre, c'est ça ?

— Oui, ou plutôt, juste après. Il a été blessé au cours du débarquement en Normandie et ne s'est jamais rétabli. Il nous a quittées juste après l'armistice.

— Oh, je suis navrée. J'ai perdu le mien pendant la Première Guerre mondiale. Triste époque que celle dans laquelle nous vivons.

— Oui, convint Greta, l'air sombre.

— Si vous souhaitez un jour boire une tasse de thé et bavarder un peu, je suis toujours là. C'est sympathique d'avoir un enfant dans les parages. Et puis, tu es si mignonne, ajouta-t-elle à l'intention de Cheska, en lui prenant le menton.

Greta regarda sa fille rendre son sourire à Mabel et décida de prendre le taureau par les cornes.

— Je me demandais, madame Brierley, connaî-triez-vous quelqu'un susceptible de garder Cheska quelques heures demain matin ? J'ai un entretien d'embauche et je ne peux vraiment pas l'emmener avec moi.

— Laissez-moi réfléchir, répondit la vieille dame en se grattant la tête. Non, je ne crois pas. À moins que… reprit-elle en regardant la petite fille. Je suppose que je pourrais m'en charger, tant que ce n'est pas pour trop longtemps.

— C'est vrai ? Vous me rendriez un grand service, et je vous promets d'être de retour pour le déjeuner. Et bien sûr, je vous paierais.

— D'accord alors, ma chère. Nous autres veuves devons nous entraider, pas vrai ? À quelle heure ?

— Pourrais-je vous l'amener à neuf heures ?

— D'accord, à demain alors.

Soulagée, Greta s'engagea dans l'escalier avec Cheska.

*

Vêtue de l'unique tailleur qu'elle avait emporté et coiffée de son chapeau, Greta confia Cheska à Mabel comme convenu le lendemain matin. La petite fille geignit lorsque sa mère lui expliqua qu'elle devait sortir un moment mais serait de retour avant le déjeuner.

— Ne vous inquiétez pas, madame Simpson. Nous allons bien nous amuser, Cheska et moi, la rassura Mabel.

Greta partit avant d'assister au flot de larmes qui n'allait pas tarder, et monta dans un bus pour Old Street où avait lieu son premier entretien, dans une banque. Il s'agissait d'accomplir des tâches telles que du classement et un peu de dactylographie. Greta était nerveuse et manquait d'entraînement pour ses mensonges. Elle ressortit du bureau du responsable en sachant pertinemment qu'il ne lui donnerait pas de nouvelles.

L'entretien suivant était pour un poste d'assistante de vente au comptoir parfumerie du grand magasin Swan & Edgar, à Piccadilly. La patronne avait la quarantaine, des traits saillants et portait un costume masculin avec élégance. Elle demanda à Greta si elle avait des personnes à charge, et la jeune femme eut beau mentir avec un peu plus de naturel cette fois-ci, elle se dit que ce serait tout de même un miracle si on la rappelait. Déprimée, elle partit déambuler dans la rue pour acheter un nouveau journal.

Pendant une semaine, chaque matin, Greta déposait Cheska chez Mabel et enchaînait les entretiens. Elle commençait à se rendre compte du chômage de masse de l'après-guerre, un problème qui lui semblait presque irréel lorsqu'elle était à Marchmont. Elle persévérait néanmoins, déterminée, ne souhaitant en aucune façon retourner auprès d'Owen.

Le vendredi, elle laissa comme d'habitude Cheska chez Mabel et prit le bus pour Mayfair. Elle n'était pas très optimiste, sachant qu'il s'agissait d'un entretien pour être réceptionniste dans un office notarial. La veille, un employeur l'avait soumise à un test de saisie informatique auquel elle avait échoué lamentablement.

Greta inspira profondément, puis appuya sur la sonnette à côté de l'imposante porte noire.

— Puis-je vous aider ?

La femme qui lui ouvrit était jeune et lui souriait avec amabilité.

— Oui. J'ai rendez-vous avec Mr Pickering à onze heures et demie.

— D'accord. Suivez-moi.

Greta s'exécuta et se retrouva dans une salle de réception aux murs lambrissés, meublée d'un tapis moelleux et de fauteuils en cuir. La jeune fille lui en indiqua un.

— Asseyez-vous. Je vais prévenir Mr Pickering de votre arrivée.

— Merci.

Greta la regarda ouvrir une porte et disparaître en la refermant derrière elle. Elle se demandait si cela valait la peine d'attendre. Dans un cabinet aussi chic, elle était certaine qu'ils cherchaient quelqu'un doté de plusieurs années d'expérience.

Peu après, la porte se rouvrit.

— Greta Simpson, je présume ?

Elle se leva et tendit la main à un homme grand et très séduisant, qui devait avoir trente-cinq ans, impeccable dans un costume à fines rayures. Il avait des yeux bleus perçants et d'épais cheveux noirs qui reculaient légèrement au niveau des tempes.

— Oui, enchantée.

Mr Pickering serra fermement la main qu'elle lui tendait.

— Tout le plaisir est pour moi. Voulez-vous bien me suivre ?

— Certainement.

Greta l'accompagna dans un grand bureau où régnait le désordre. La table était jonchée de documents et, derrière, les étagères croulaient sous le poids d'ouvrages juridiques volumineux.

— Installez-vous donc, madame Simpson. Veuillez excuser ce foutoir, mais je crains que ce ne soit le seul environnement dans lequel j'arrive à travailler. Alors, parlez-moi un peu de vous.

Il s'assit face à elle et lui adressa un gentil sourire, tout en l'examinant, les coudes sur son bureau.

Greta raconta son histoire, sans mentionner Cheska.

— Très bien. Avez-vous déjà travaillé dans un bureau ?

Après avoir menti toute la semaine, elle décida d'être honnête.

— Non, mais je ne demande qu'à apprendre, je suis très motivée.

Mr Pickering tapota un crayon sur la table.

— Le poste que nous proposons n'est pas vraiment technique. Nous recevons des gens très riches et importants et nous aimons nous assurer que l'on prend bien soin d'eux dès l'instant où ils poussent notre porte. Votre rôle consisterait à les accueillir, à leur offrir du thé et, surtout, à vous montrer discrète. La plupart de nos clients nous rendent visite pour régler un… problème personnel. Vous seriez chargée de répondre au téléphone de la réception, ainsi que de gérer nos agendas respectifs, à mon partenaire, Mr Sallis, et moi-même. Moira, notre secrétaire, s'occupe de la dactylographie et de l'administration du bureau avec une grande efficacité, mais vous pourriez être amenée à l'aider de temps à autre. Vous remplaceriez Mrs Forbes, que vous avez rencontrée tout à l'heure. Nous sommes désolés de la perdre, mais elle attend un bébé pour la nouvelle année. Vous, euh… n'envisagez pas une telle chose ?

Greta parvint à prendre un air choqué de circonstance.

— En tant que veuve, je doute que cette option s'offre à moi.

— Parfait. Vous voyez, la continuité est essentielle. Les clients aiment établir un rapport de confiance. Et je suis certain que, jolie comme vous êtes, vous arriverez à les charmer. Alors, voudriez-vous essayer ? Commencer lundi par exemple ?

— Je…

Greta était si étonnée qu'elle ne savait pas quoi répondre.

— Ou préféreriez-vous réfléchir ?

— Non, non, se reprit-elle. Je serais ravie d'accepter ce poste.

— Formidable. Je pense que vous serez parfaite. Je vous prie de m'excuser, mais j'ai un déjeuner d'affaires, annonça-t-il en se levant. Si vous souhaitez davantage d'informations, n'hésitez pas à discuter avec Bettie… je veux dire, Mrs Forbes. Elle pourra tout vous expliquer. Le salaire s'élève à deux cent cinquante livres par an. Cela vous convient-il ?

— Absolument. Merci beaucoup, monsieur Pickering. Je ne vous décevrai pas, je vous le promets, fit elle en se levant à son tour pour lui serrer la main.

— J'en suis convaincu. Bonne journée, madame Simpson.

En sortant du bureau, Greta fut submergée par une vague d'euphorie. À Londres depuis à peine trois semaines, elle avait déjà réussi à trouver un logement et de quoi subvenir à ses besoins et à ceux de sa fille.

— Comment cela s'est-il passé ? s'enquit Bettie.

— Il m'a proposé le poste. Je commence lundi.

— Quel soulagement ! Il a vu de nombreuses jeunes femmes, vous savez. Je commençais à penser que j'allais devoir accoucher ici s'il ne trouvait personne pour me remplacer rapidement. Aucune ne semblait assez charmante, si vous voyez ce que je veux dire...

— Je crois. Est-ce que vous vous plaisez ici ? demanda Greta.

— Beaucoup. Mr Pickering est un patron facile, et le vieil homme – pardon – Mr Sallis, le supérieur, est adorable. Méfiez-vous seulement de Veronica, la fille de Mr Sallis. Elle a épousé Mr Pickering et se comporte en vraie mégère ! Elle passe ici de temps en temps avant d'aller déjeuner dans des endroits somptueux. Elle mène son mari à la baguette, c'est même elle qui dirige en coulisses. Si elle ne vous aime pas, vous êtes immédiatement remerciée. C'est à cause d'elle que celle qui me précédait est partie.

— Je vois.

— Mais ne vous inquiétez pas. Sa Majesté ne nous honore pas trop souvent de sa présence, Dieu soit loué. Je serai là encore quelques jours après votre arrivée pour vous expliquer les différentes tâches, mais je suis certaine que vous vous débrouillerez très bien.

— C'est très gentil. Quand est prévue la naissance ? Je...

Greta s'apprêtait à se lancer dans une tirade compatissante sur la fatigue des derniers mois de grossesse, mais se retint juste à temps.

Au lieu de cela, elle la salua avec un sourire et se permit le luxe d'un taxi, désireuse de rentrer au plus vite. Elle demanderait à Mabel si cela l'intéresserait de s'occuper de Cheska de façon permanente, sinon elle déposerait une annonce chez le marchand de journaux.

À son retour, Cheska accourut à sa rencontre, rayonnante, le visage taché de chocolat. Greta la souleva dans ses bras.

— Coucou, mon trésor. Tu t'es bien amusée ?

— On a fait des madeleines, annonça la petite fille enchantée en se blottissant contre sa mère.

— Elle a été sage ? s'enquit-elle auprès de Mabel.

— Comme une image. Votre fillette est vraiment adorable, madame Simpson.

— Oh, je vous en prie, appelez-moi Greta. Auriez-vous cinq minutes, Mabel ? J'aimerais vous demander quelque chose.

— Oui. Entrez, ma chère. Je viens de faire du thé.

Cheska dans les bras, Greta suivit Mabel dans son appartement encombré de meubles vieillots, où flottait une odeur de violettes et de désinfectant.

Mabel les fit asseoir dans son salon, puis revint avec un plateau pour le thé, agrémenté d'une assiette de madeleines un peu brûlées.

— Alors, que vouliez-vous me demander, ma mignonne ?

— En fait, ce matin, j'ai trouvé du travail dans un office de notaires à Mayfair.

— Ooh, vous êtes bien maligne ! Je n'ai moi-même jamais appris ni à lire, ni à écrire. À l'époque, les femmes n'allaient pas à l'école, voyez-vous.

— Mon problème, c'est Cheska. Je ne peux évidemment pas l'emmener avec moi, alors je voulais savoir si cela vous intéresserait de vous occuper d'elle de façon fixe ? Naturellement, je vous paierais en conséquence.

— Voyons voir. Quels seraient les horaires ?

— Je devrais partir à huit heures et demie, et le soir je ne rentrerais pas avant six heures.

— Eh bien, nous pourrions faire un essai, hein, Cheska ? fit Mabel en souriant à la petite fille qui, sur les genoux de sa mère, dévorait une madeleine. Elle me tiendrait compagnie.

Les deux femmes convinrent alors d'un salaire de quinze shillings par semaine.

— Ce sera parfait, déclara Mabel. C'est bien commode, ces temps-ci, d'avoir un peu plus de sous. La pension de mon mari couvre tout juste le loyer et les courses.

— Je vous suis vraiment reconnaissante. Bon, nous n'allons pas abuser de votre temps aujourd'hui. Viens, Cheska, allons déjeuner.

— Vous savez ce que vous devriez faire, ma chère ? fit Mabel en les raccompagnant vers la porte.

— Quoi donc ?

— Vous trouver un nouveau mari. Je suis certaine que, jolie comme vous êtes, vous pourriez vous dégoter un homme riche et gentil qui prendrait soin de vous deux. Une mère ne devrait pas avoir à travailler.

— C'est gentil de votre part, Mabel, mais je ne crois pas qu'un homme serait intéressé par une veuve et sa fille, répondit Greta dans un sourire triste. À lundi alors.

En remontant chez elle, Greta réfléchit à ce que lui avait conseillé Mabel. Même si elle avait été libre de le faire, elle doutait de se remarier un jour.

12

Greta et Cheska passèrent un agréable samedi après-midi à faire des achats dans le West End londonien. Au pays de Galles, les boutiques à la mode étaient rares et éparses, et à Marchmont elles avaient surtout besoin de vêtements chauds et pratiques.

À présent, les boutiques semblaient déborder de vêtements que Greta n'avait pas vus depuis l'avant-guerre. Fascinée par les grands magasins, Cheska trottinait derrière sa mère, une expression émerveillée sur le visage. Greta acheta deux tailleurs bon marché et trois chemisiers pour le bureau, ainsi qu'un tricot beige et un kilt pour Cheska.

Le lendemain matin, Greta déposa Cheska chez Mabel et prit le bus vers l'office de notaire.

À la fin de la première semaine, elle avait pris ses repères et appréciait son travail. Les clients étaient courtois et sympathiques. Moira, la secrétaire, n'hésitait pas à l'aider en cas de difficulté et Terence, le garçon de bureau, était un cockney rigolard qui enchaînait les bons mots. Elle voyait rarement Mr Sallis, qui ne venait que trois jours par semaine. Quant à Mr Pickering, il était soit enfermé dans son bureau avec un client, soit pressé parce qu'il avait rendez-vous pour le déjeuner. Et pour le plus grand soulagement de Greta, la femme redoutée de Mr Pickering n'avait pas encore fait son apparition.

Cheska semblait se satisfaire de son nouveau quotidien et, bien que Greta revienne fatiguée après ses journées de travail, elle trouvait toujours l'énergie de préparer un bon dîner et de lire une histoire à sa fille avant de la mettre au lit.

Le week-end, bien que l'argent soit très limité, Greta s'efforçait d'organiser des sorties. Parfois, elles se rendaient au magasin de jouets Hamleys et prenaient ensuite le thé dans un Lyons Corner House. Une fois, elle avait même emmené Cheska voir les lions et les tigres au zoo de Londres.

Greta était étonnée par la facilité avec laquelle toutes deux s'étaient adaptées à leur nouvelle vie londonienne. Cheska mentionnait rarement Marchmont ; quant à Greta, son emploi du temps chargé lui laissait bien moins de temps pour pleurer son fils chéri. Elle ressentait un pincement de culpabilité chaque fois qu'elle recevait une lettre de Mary, lui racontant le déclin d'Owen. Il avait fait deux ou trois mauvaises chutes et le Dr Evans avait tenté de l'envoyer à l'hôpital, mais il avait refusé d'y mettre les pieds. Morgan, son labrador adoré, était mort récemment, ce qui avait encore accru sa dépression. Il n'était plus capable de s'occuper du domaine et

Mr Glenwilliam, son notaire, avait repris la gestion de Marchmont.

Mary disait stoïquement à Greta de ne pas s'inquiéter, qu'elle avait eu raison de partir, pour le bien de Cheska. La jeune femme se demandait quand la gouvernante écrirait pour annoncer sa démission, d'autant que Huw, le jeune ouvrier agricole qui la courtisait depuis quelque temps, l'avait demandée en mariage. Ils s'étaient fiancés et mettaient de l'argent de côté pour leur mariage mais, pour l'instant, Mary semblait encore accepter sans sourciller le comportement imprévisible de son patron.

Greta fit la connaissance de l'épouse de Mr Pickering un mois après avoir pris ses fonctions. Elle revenait de sa pause déjeuner quand une femme élégante, vêtue d'un luxueux manteau de fourrure et d'une toque assortie, traversa l'entrée et se présenta à la réception, sans avoir sonné. Greta leva la tête et lui sourit.

— Bonjour madame. Puis-je vous aider ?

— Et qui êtes-vous ? questionna la visiteuse en la dévisageant.

— Mrs Simpson. J'ai remplacé Mrs Forbes il y a quelques semaines. Avez-vous rendez-vous ? s'enquit Greta avec amabilité.

— Je ne pense pas avoir besoin de prendre rendez-vous pour voir mon père ou mon mari, si ?

— Non, bien sûr que non. Veuillez m'excuser, madame Pickering. Lequel des deux souhaitez-vous voir ?

— Ne vous dérangez pas. Je peux trouver mon mari moi-même. Et je vous conseille de vous acheter une lime, ajouta Veronica Pickering en jetant un regard sur les mains de Greta. Ces ongles semblent sales et mal entretenus. Il serait gênant que nos clients pensent que nous employons des filles issues de la populace, vous ne croyez pas ?

Elle toisa une dernière fois Greta, puis tourna les talons et entra dans le bureau de son mari. Greta se mordit la lèvre en regardant ses ongles, non manucurés, certes, mais parfaitement propres. Puis un client apparut et elle lui prépara du thé en lui faisant la conversation, ce qui lui occupa l'esprit.

Dix minutes plus tard, Mrs Pickering émergea du bureau avec son mari.

— Prenez les appels de Mr Pickering, Griselda. Nous sortons m'acheter un cadeau de Noël, n'est-ce pas, chéri ?

— Oui, ma chère. Je serai de retour pour seize heures, Greta.

— Très bien, monsieur Pickering.

En se dirigeant vers la porte d'entrée, Veronica Pickering se tourna vers son mari.

— Cet accent n'est pas terrible, James chéri. N'enseigne-t-on plus l'anglais académique à l'école, de nos jours ?

Greta serra les dents, tandis que la porte claquait derrière le couple.

Cette rencontre avec Veronica Pickering la perturba le restant de la journée. Mr Pickering ne revint finalement pas au bureau de tout l'après-midi. Lorsqu'il arriva le lendemain matin, il s'arrêta près du bureau de la jeune femme.

— Bonjour, Greta. Je voudrais m'excuser pour mon épouse. Je crains que ce ne soit sa personnalité, et vous ne devez surtout rien prendre de ce qu'elle vous dit trop à cœur. Nous sommes, Mr Sallis et moi-même, très satisfaits de votre travail.

— Merci, monsieur.

Mr Pickering lui sourit avec sa douceur habituelle et Greta se demanda ce qui lui avait pris d'épouser une femme aussi épouvantable.

Après cet épisode, Mr Pickering prit l'habitude de s'arrêter pour échanger quelques mots avec Greta lorsqu'il passait devant son bureau à la réception, comme pour la rassurer. Lors de l'une de ces conversations, Greta demanda si elle pourrait avoir une machine à écrire, afin d'aider Moira en cas de besoin. Mr Pickering accepta et, avec l'aide patiente de la secrétaire, elle apprit petit à petit à taper.

*

Noël approchait à grands pas et Greta attendait avec impatience sa semaine de congé. Elle avait déjà dépensé bien trop d'argent pour les cadeaux de Cheska, ne voulant pas que sa petite fille pense que le Père Noël l'avait oubliée. En outre, elle avait acheté deux places pour voir Margaret Lockwood dans *Peter Pan*, au théâtre de King's Cross, la Scala. Greta était déterminée à rendre leur premier Noël sans Owen et Jonny aussi joyeux que possible.

Moira attrapa la grippe et fut envoyée chez elle. Mr Pickering commença alors à donner à Greta des piles de documents à taper.

— Je suis désolé, Greta, mais nous avons beaucoup de choses à clôturer avant la fermeture de l'office pour Noël. Mr Sallis est déjà parti pour la campagne, je dois donc tout faire moi-même. Est-ce que par hasard vous pourriez rester tard demain soir ? Naturellement, nous vous paierions en conséquence.

— Oui, je crois que cela ne posera pas de problème, répondit-elle, songeant à la magnifique poupée qu'elle avait vue chez Hamleys et pourrait ainsi offrir à sa fille.

*

Le lendemain soir, il était sept heures passées lorsque Greta eut terminé de taper soigneusement la dernière lettre. Elle prit la pile de documents et frappa à la porte de Mr Pickering pour qu'il les signe.

— Entrez !

— Voilà, monsieur Pickering. J'ai tout fini, annonça la jeune femme en posant les lettres sur son bureau.

— Merci, Greta. Vous êtes vraiment merveilleuse. Je ne sais pas ce que j'aurais fait sans vous.

Il apposa sa signature au bas de chacune des missives et les lui rendit.

— Bon, je crois que nous avons fini pour aujourd'hui. À présent, si je vous offrais un verre pour vous remercier de votre dur labeur et pour fêter Noël ?

— Ce serait avec plaisir, mais…

Greta s'apprêtait à expliquer qu'elle devait rentrer à la maison pour Cheska, mais s'arrêta à temps.

— Nous pourrions faire un saut à l'Athenaeum, suggéra Mr Pickering en attrapant son manteau. Je ne pourrai pas rester longtemps, car je dois retrouver Veronica dans une heure pour aller à une soirée.

Greta savait qu'elle devait refuser et rentrer directement chez elle, mais elle n'était pas sortie le soir depuis si longtemps... En outre, elle appréciait le notaire.

— D'accord.

— Formidable. Prenez vos affaires et retrouvons-nous à la sortie.

Dix minutes plus tard, tous deux arpentaient Piccadilly, en direction de l'Athenaeum. Le bar était bondé, mais ils parvinrent à trouver des places et Mr Pickering commanda deux cocktails à base de gin et d'angostura.

— Que faites-vous pour Noël, Greta ? lui demanda-t-il en allumant une cigarette. Au fait, appelez-moi James puisque nous sommes en dehors du bureau.

— Oh, rien de particulier, répondit-elle.

— Vous le passez en famille, j'imagine ?

— Euh, oui.

Leurs boissons arrivèrent et Greta but une gorgée de la sienne.

— Vos proches habitent à Londres ?

— Oui. Et vous ?

— Oh, ça va être comme d'habitude. Nous recevons chez nous demain soir à Londres, pour le réveillon, puis nous irons chez Mr et Mrs Sallis dans le Sussex jusqu'au Nouvel An.

— Vous ne semblez pas très enthousiaste à l'idée d'aller chez vos beaux-parents, osa Greta.

— Ah non ? Mince. C'est ce que répète sans cesse Veronica.

— N'aimez-vous pas Noël ?

— Autrefois, si, quand j'étais petit garçon, mais aujourd'hui cette fête semble se réduire à une série de repas avec des gens que je n'apprécie guère. Je suppose que ce serait différent si nous avions des enfants. Après tout, c'est avec eux que Noël prend tout son sens, vous ne trouvez pas ?

— En effet. Est-ce que vous… Mrs Pickering et vous envisagez-vous d'en avoir ?

— J'aimerais croire que oui, un jour, mais mon épouse n'est pas du genre maternel, soupira James. Mais parlez-moi plutôt de vous.

— Il n'y a pas grand-chose à dire.

— J'imagine que belle et intelligente comme vous êtes, les hommes se bousculent au portillon, je me trompe ?

— Non, je suis célibataire.

— J'ai beaucoup de mal à le croire. Si j'étais libre, pour ma part, je ne saurais résister à votre charme.

Il but une gorgée de son cocktail, tout en l'observant par-dessus son verre. Étourdie par l'alcool, Greta rougit et se rendit compte qu'elle prenait plaisir à recevoir ses compliments.

— Que faisiez-vous pendant la guerre ? l'interrogea-t-elle.

— Comme je souffre d'asthme, l'armée n'a pas voulu de moi. Alors je travaillais à Whitehall, au ministère de la Défense, et étudiais pour mes examens de droit le soir. Mr Sallis a fait de moi un partenaire junior le jour de la victoire, juste après l'obtention de mon diplôme.

— Cela vous a-t-il aidé d'être son gendre ?

— Bien sûr, mais il se trouve que je suis également doué pour le notariat, vous savez, répondit-il en souriant, sans se vexer de cette remarque.

— Oh, je n'en doute pas une seconde. Comment avez-vous rencontré votre épouse ?

— Lors d'une soirée, peu avant la guerre. Je revenais tout juste de Cambridge. Veronica a jeté son dévolu sur moi et... À vrai dire, Greta, j'aurais difficilement pu lui échapper ! finit-il en riant.

Il y eut un court silence pendant lequel la jeune femme assimila ces informations.

— Je crois qu'elle ne m'apprécie guère. Elle m'a accusée d'être négligée et d'avoir un accent.

— Ce n'est que de la jalousie, Greta. Veronica n'est plus toute jeune et en veut à celles qui le sont encore. En particulier aux jolies femmes comme vous. Bon, je crains de devoir vous laisser. L'apéritif commence dans un quart d'heure et je me ferai étriper si j'arrive en retard.

Il paya l'addition, puis tendit des pièces à Greta.

— Tenez, prenez un taxi, d'accord ? J'ai passé un agréable moment. Peut-être pourrions-nous dîner ensemble un soir ?

— Peut-être.

— Pour l'heure, joyeux Noël, Greta.

— À vous aussi, James.

Il partit à grandes enjambées et se retourna pour lui faire un signe de la main. Le portier héla un taxi pour la jeune femme et elle s'y engouffra. Sur le chemin, elle réfléchit à la conversation qu'elle venait d'avoir avec son patron. Elle trouvait James séduisant et ce sentiment paraissait réciproque. Cela faisait si longtemps qu'un homme ne lui avait pas fait de compliments… L'espace de quelques secondes, Greta imagina James l'attirant dans ses bras pour l'embrasser… avant de s'arrêter brusquement.

C'était de la folie ne serait-ce que d'y penser. Il était marié. De plus, il était son employeur.

Quand bien même, seule dans son lit cette nuit-là, frissonnant de désir pour lui, elle savait qu'elle aurait du mal à résister à la tentation si celle-ci se présentait.

13

Durant les vacances, Greta s'efforça de repousser James dans un coin de sa tête et de se concentrer sur sa fille. Le 25 décembre au matin, émerveillée, Cheska déballa ses nombreux cadeaux, dont la poupée de chez Hamleys qui ouvrait et fermait les yeux. Mabel les rejoignit pour partager leur petit poulet rôti et la journée s'écoula dans les rires et la joie. Toutefois, quand Cheska fut couchée et Mabel repartie chez elle, Greta sentit le vide s'installer. Elle leva les yeux vers les étoiles et murmura :

— Joyeux Noël, Jonny chéri, où que tu sois.

Le lendemain, elle emmena Cheska voir *Peter Pan*, comme prévu.

— Croyez-vous aux fées ? s'exclama Peter Pan.

Cheska sauta de son siège dans son envie désespérée de sauver Clochette.

— Oui ! Oui ! cria-t-elle à l'instar de tous les autres enfants dans la salle.

Pendant le spectacle, Greta passa plus de temps à regarder le visage de sa fille que la scène. Lire le ravissement dans les yeux de l'enfant emplissait son cœur de joie et compensait tous ses sacrifices passés.

Lorsqu'elle revint à l'office de notaires après le Nouvel An, James n'était pas encore rentré de la campagne.

Une semaine plus tard, quand il entra, le cœur de la jeune femme s'accéléra.

— Bonjour, Greta. Bonne année, la salua-t-il simplement, avant d'aller s'enfermer dans son bureau.

Déçue, elle passa toute la journée à se demander si elle s'était fait des idées quant à son attitude à l'Athenaeum.

Dix jours plus tard, le téléphone sur son bureau sonna.

— Bonjour Greta, c'est James. Mr Jarvis est-il arrivé ?

— Non, il vient d'appeler pour prévenir qu'il aurait un peu de retard.

— Très bien. Au fait, seriez-vous libre ce soir ?

— Oui.

— Dans ce cas, permettez-moi de vous emmener dîner, comme je l'avais promis.

— Ce serait avec plaisir.

— Formidable. J'ai une réunion à dix-huit heures, alors attendez-moi ici le temps que je termine.

Le cœur battant, Greta appela aussitôt Mabel. La voisine accepta de s'occuper de Cheska plus longtemps que d'ordinaire et ce soir-là, quand James eut fini son rendez-vous, il emmena la jeune femme dans un restaurant au coin de la rue.

Quand tous deux furent installés dans la salle douillette, éclairée à la bougie, on leur apporta deux grands menus reliés en cuir.

— Nous prendrons une bouteille de sancerre, merci. Et le plat du jour. C'est toujours le meilleur choix ici, ajouta-t-il en souriant à Greta quand le serveur se fut éloigné. Et j'ai quelque chose pour vous. Un petit cadeau de Noël en retard.

Il glissa la main dans la poche de sa veste et en sortit un paquet très joliment emballé.

— Mon Dieu, James, vous n'auriez vraiment pas dû…

— Mais si, ça me faisait plaisir. Ouvrez, je vous en prie.

Greta s'exécuta. À l'intérieur de la boîte de chez Harrods, elle découvrit un foulard en soie aux motifs colorés.

— C'est magnifique, merci.

Au début du dîner, la conversation se fit surtout dans un sens, Greta se contentant essentiellement d'écouter. Néanmoins, après quelques verres de bon vin, elle commença à se détendre – tout en s'enjoignant à rester vigilante.

— Vous avez passé un agréable Noël ? lui demanda-t-elle.

— Oui… ça allait. Même si c'était un peu trop formel à mon goût.

— Et Veronica va bien ?

— Oui, pour autant que je sache. Elle est encore dans le Sussex avec ses parents. Mrs Sallis n'est pas très en forme en ce moment. À mon avis, Mr Sallis prendra bientôt sa retraite et je lui succéderai à l'office.

— Ce doit être une bonne nouvelle pour vous.

— Oui. À bien des égards, la société est encore gérée comme au Moyen Âge. Elle a grand besoin d'être modernisée, mais j'ai les mains liées, du moins pour l'instant.

À l'entendre, Greta sentait que James n'était pas particulièrement heureux de son sort. Il y avait chez lui une certaine mélancolie qui la touchait.

— Greta, cela vous dirait-il de venir prendre un dernier verre chez moi ?

Consciente qu'elle devait refuser, mais folle d'envie d'accepter, elle consulta sa montre. Il était déjà dix heures et elle avait juré à Mabel qu'elle serait de retour avant onze heures du soir.

— Est-ce que vous habitez loin ?

— Non, à cinq minutes d'ici, à peine.

*

Lorsqu'ils arrivèrent chez lui, James ouvrit la porte et alluma les lumières de l'entrée.

— Donnez-moi votre manteau, proposa-t-il.

Il conduisit Greta dans un immense salon. L'ameublement était minimaliste mais élégant, avec trois canapés en cuir crème qui formaient un U autour d'une imposante cheminée, surplombée par une toile moderne aux couleurs vives.

— Asseyez-vous, je vais nous chercher du brandy.

— C'est une très jolie maison, James, complimenta-t-elle pendant qu'il prenait la carafe à décanter sur un plateau.

— Oui, Geoffrey… enfin, Mr Sallis, nous l'a offerte comme cadeau de mariage. Ce n'est pas moi qui ai choisi la décoration. Je préférerais quelque chose de plus chaleureux, mais Veronica aime ce style épuré.

James s'assit bien plus près de Greta que nécessaire, étant donné la grande taille du canapé. Après dix minutes de bavardage sans conséquences – dix minutes au cours desquelles James n'avait cessé de la fixer –, Greta se leva. Le caractère inapproprié de la situation, sans parler de la tension sexuelle indéniable entre eux, la rendaient nerveuse.

— Merci pour le dîner, mais il faut vraiment que j'y aille.

— Naturellement. J'ai passé une excellente soirée, et j'aimerais beaucoup la renouveler, lui dit-il en se levant à son tour et en lui prenant les mains. Bientôt.

Alors, il se pencha et l'embrassa doucement sur les lèvres.

Greta sentit les bras de James s'enrouler autour de sa taille et l'attirer contre lui. Après un moment d'hésitation, elle lui rendit son baiser, sentant se répandre en elle une chaleur depuis longtemps oubliée.

James commença à déboutonner la veste de la jeune femme. Sa main se faufila sous son chemisier et se posa sur l'un de ses seins.

— Oh mon Dieu… J'en rêve depuis l'instant où je t'ai vue pour la première fois, murmura-t-il avant de l'entraîner sur le canapé.

*

Il était près de minuit lorsque Greta le quitta et héla un taxi, se préparant à affronter les reproches de Mabel. Par chance, celle-ci s'était assoupie dans un fauteuil et poussait des ronflements sonores. Greta la secoua doucement pour la réveiller et, ensommeillée, Mabel partit sans se plaindre de l'heure tardive. Cheska dormait paisiblement, sa nouvelle poupée contre son cœur. Greta se déshabilla et se mit au lit. L'odeur de James persistait sur sa peau et elle se sentait détendue, rassasiée. Ne trouvant pas le sommeil, elle décida qu'elle gérerait cette liaison comme la femme mature qu'elle était, prenant ce dont elle avait besoin et utilisant James comme lui l'utilisait. Il était hors de question qu'elle devienne dépendante de lui ou, encore pire, qu'elle tombe amoureuse.

Quand enfin elle s'endormit, un petit sourire de contentement s'était dessiné sur ses lèvres.

*

Un matin de juin ensoleillé, Greta se rendit compte que sa liaison avec James durait depuis presque six mois. Elle ne pouvait plus nier qu'il était entré dans sa vie et que, s'il en sortait, il laisserait un vide abyssal. Tous deux se voyaient chaque fois que Veronica s'absentait, ce qui était fréquent.

Récemment, Greta avait plusieurs fois dit à James que ce qu'ils faisaient était mal et qu'ils devaient y mettre un terme. Dans ces moments-là, il lui répétait son malheur avec Veronica et évoquait un avenir pour eux deux. Il ouvrirait un office de notaire dans le Wiltshire, où ils pourraient prendre un nouveau départ. Il lui fallait juste trouver le bon moment pour quitter Veronica. Mais il était décidé à le faire, disait-il. Et rapidement.

Malgré ses doutes initiaux, Greta commençait à le croire. L'idée qu'un homme puisse prendre soin d'elle et de Cheska – elle était certaine qu'il accepterait Cheska sans problème quand elle lui en parlerait, ne disait-il pas qu'il adorait les enfants ? – était si attrayante.

Si elle s'était juré de ne pas rouvrir son cœur, sa résolution avait peu à peu été vaincue. Elle savait qu'elle était tombée amoureuse de James.

*

À quatre pattes dans le salon, Veronica cherchait une boucle d'oreille coûteuse qui venait de lui échapper des mains. James et elle s'apprêtaient à sortir dîner. Elle tendit le bras et tâta sous le canapé. Ses doigts touchèrent quelque chose de moelleux et elle sortit l'objet. Il s'agissait du foulard en soie que James lui avait offert pour Noël. Elle était pourtant persuadée de l'avoir rangé dans son tiroir quelques heures auparavant. Elle le ramassa et le posa sur le canapé, puis poursuivit sa recherche du bijou égaré.

Le lendemain matin, Veronica ouvrit un tiroir et trouva son foulard en soie à l'endroit exact où elle pensait l'avoir mis. Elle le sortit et descendit au salon, saisit celui qu'elle avait trouvé sous le canapé et le renifla. Il sentait le parfum bas de gamme et Veronica sut aussitôt qui en était la propriétaire.

*

Greta leva la tête en entendant entrer Veronica.

— Bonjour, madame Pickering. Comment allez-vous ? demanda-t-elle, aussi aimablement que possible.

— Je suis venue vous rendre ceci, annonça Veronica en sortant le foulard de sa poche et en le laissant tomber sur le bureau de la jeune femme. Cela vous appartient, n'est-ce pas ?

Greta se sentit rougir.

— Voulez-vous savoir où je l'ai trouvé ? Je vais vous le dire. Sous le canapé, dans mon salon, précisa Veronica d'une voix basse et froide. Depuis quand cela dure-t-il ? Vous êtes au courant que vous n'êtes pas la première, hein ? Vous n'êtes qu'un nom de plus sur la longue liste des petites pouffiasses ordinaires qui flattent l'ego de mon mari.

— Vous avez tort ! Ce n'est pas ce que vous croyez. De toute façon, peu importe que vous l'ayez découvert. Il vous l'aurait dit ce soir.

— Ah oui ? Et me dire quoi, exactement ? ricana Veronica. Qu'il me quitte pour vous ?

— Oui.

— C'est ce qu'il vous a raconté ? Cela ne m'étonne pas, vous n'êtes pas la première à qui il tient ce genre de discours. Eh bien, à mon tour de vous apprendre une chose, ma chère. Il ne me quittera jamais. Il a trop besoin de ce que je lui procure. Vous savez, il n'a pas un centime à lui. Quand il m'a épousée, il n'avait rien. À présent, je suggère que vous rassembliez vos affaires et que vous partiez immédiatement. Il n'y a pas de raison que nous ne puissions pas régler cette affaire de façon civilisée.

— Vous ne pouvez pas prendre cette décision ! C'est pour James que je travaille, pas pour vous, répliqua Greta, envahie par la colère.

— C'est vrai, ma chère, mais lorsque mon père prendra sa retraite, il léguera son office à James et moi. Nous en serons tous les deux propriétaires, et je suis certaine d'obtenir son plein appui quand je dis que je veux que vous fichiez le camp.

— Nous comptions partir tous les deux de toute façon. Il m'aime, nous avons des projets !

— Ah oui ? railla Veronica en haussant un sourcil parfaitement épilé. Dans ce cas, si nous allions le voir pour qu'il nous les expose, ces projets ?

Greta suivit Veronica dans le bureau de James. Il les regarda, surpris.

— Salut, chérie. Et Greta. Que puis-je pour vous ?

— Il se trouve que j'ai découvert que vous aviez une petite liaison malpropre dans mon dos. J'ai dit à Greta que le mieux pour elle était de partir rapidement et sans faire de vagues, mais elle a insisté pour que tu le lui ordonnes toi-même. Vas-y, chéri, qu'on puisse aller déjeuner.

Veronica était d'un calme olympien, semblant presque s'ennuyer. Greta examinait l'expression de James, se demandant pourquoi il ne disait rien. Leurs regards se croisèrent, et elle lut la peine dans celui de son amant. Puis il détourna les yeux et elle sut qu'elle avait perdu.

Enfin, il s'éclaircit la voix :

— Oui, je… je crois qu'il serait préférable que vous partiez, Greta. Nous vous paierons jusqu'à la fin de la semaine, évidemment.

— Sûrement pas ! lança Veronica. Je ne vois absolument pas ce qui nous oblige à lui payer quoi que ce soit.

James fixa son épouse et, l'espace d'une seconde, Greta lut l'incertitude dans ses yeux. Puis cette lueur s'éteignit et tout son corps sembla s'affaisser. Il secoua tristement la tête.

La jeune femme sortit à la hâte de son bureau, attrapa son manteau et son sac à main et partit sans se retourner.

14

Greta passa l'après-midi à déambuler dans Green Park, incapable de rentrer chez elle et d'expliquer à Cheska et à Mabel pourquoi elle revenait si tôt. Elle s'assit sur un banc sous le soleil de juin et regarda les gens passer : des nounous qui bavardaient derrière leur poussette, des hommes d'affaires avec leur mallette, de jeunes couples qui se promenaient main dans la main.

— Dieu tout-puissant, gémit-elle en se prenant la tête entre les mains.

Elle ne s'était pas sentie aussi seule depuis le départ de Max. Et elle savait qu'elle ne pouvait en vouloir qu'à elle-même. Depuis le début, elle avait conscience que sa liaison avec James ne pourrait jamais connaître d'issue heureuse.

Était-elle destinée à toujours choisir le mauvais type d'homme ? Les autres femmes parvenaient à trouver un partenaire pour toute leur vie, pourquoi pas elle ? Elle n'avait jamais rien fait de mal qui justifie cette pénitence… Pourtant, se demanda-t-elle brutalement, n'était-ce pas sa propre faiblesse qui la plaçait dans cette situation, encore et encore ? Tel un papillon de nuit, elle était désespérément attirée par la flamme d'une bougie qui, inévitablement, la détruirait.

Elle regardait dans le vide. L'idée de devoir trouver un nouvel emploi, sans réel espoir d'obtenir un jour l'amour et la sécurité qu'elle désirait tant, l'accablait.

Cependant, elle devait se ressaisir. Elle savait qu'elle devait continuer à se battre, si ce n'était pour elle-même, au moins pour sa fille.

Une chose était sûre : elle en avait fini avec les hommes, pour de bon. Plus jamais elle ne laisserait un autre homme bouleverser sa vie.

Elle se leva et erra du côté de Piccadilly, se dirigeant vers le Windmill. Après tout, ne ferait-elle pas mieux de supplier le directeur du théâtre de lui donner du travail, plutôt que de se lancer dans une nouvelle série d'entretiens inutiles ? Si elle ne recevait aucun salaire pour sa dernière semaine à l'office de notaire, elle devait trouver un moyen de gagner de l'argent sur-le-champ. Oui, décida-t-elle, c'était la meilleure solution. Aucune référence exigée, aucune question posée. Greta poussa la porte de l'entrée des artistes et demanda au portier si elle pouvait voir Mr Van Damm.

Un quart d'heure plus tard, elle en ressortit encore plus déprimée. Mr Van Damm était désolé, mais il n'avait aucun poste à pourvoir. Il avait pris la nouvelle adresse de Greta en lui promettant de lui écrire dès que quelque chose se libérerait, mais elle savait qu'il n'en ferait rien. Elle avait cinq ans de plus que lorsqu'il l'avait engagée et, à cause de la machine à rumeurs du théâtre, il était au courant qu'elle avait un enfant.

Abattue, Greta resta un instant devant l'entrée des artistes et observa le groupe de prostituées qui bavardaient de l'autre côté d'Archer Street. Elle reconnut le visage de certaines filles qui étaient déjà là quand elle travaillait au Windmill. Elle les avait toujours dédaignées, mais de quel droit ? Après tout, elle-même s'était offerte à James gratuitement mais avait accompli la même fonction : satisfaire un besoin que sa femme ne comblait pas.

— Greta ! Greta, c'est bien toi ?

Derrière elle, une main se posa sur son épaule. Entendant cette voix familière, elle se retourna et son visage s'illumina.

— Taffy ! Je veux dire… David.

Elle gloussa malgré elle.

— Il m'a semblé te voir sortir du bureau de Mr Van Damm, alors je me suis précipité à ta poursuite. Que diable fais-tu ici ?

— Je… en fait, je voulais récupérer mon ancien travail.

— Je vois. Ma m'a appris que tu avais quitté Owen il y a quelques mois, mais nous ne savions pas où tu étais partie. Nous nous sommes tous les deux fait un sang d'encre pour toi et ta petite fille. Écoute, as-tu le temps pour une tasse de thé ? Nous avons beaucoup de choses à nous raconter.

Greta consulta sa montre. Il était quatre heures moins dix. Elle avait encore deux heures avant de devoir rentrer chez elle.

— À une condition.

— Tout ce que tu voudras, répondit-il en souriant.

— Que tu ne diras pas à ta mère, ni à *personne*, que tu m'as vue.

— Affaire conclue.

David offrit son bras à Greta et tous deux se dirigèrent vers un café le long de la rue.

Tandis que David passait commande, Greta alluma une cigarette et se demanda ce qu'il savait de son départ de Marchmont.

— Alors, où te caches-tu depuis ton retour à Londres ? s'enquit-il.

— Je me suis réinstallée dans mon ancien quartier. Cheska et moi y partageons un petit appartement.

— Je vois. J'ai cru comprendre que tu avais quitté Owen à cause de son… problème.

— Oui. À la mort de Jonny, il a perdu la tête.

— J'ai été navré d'apprendre la mort de ton petit garçon. Cela a dû te fendre le cœur.

Greta sentit sa gorge se serrer.

— C'était… terrible. Et quand Owen est devenu violent, je n'avais vraiment pas d'alternative. Je me sens coupable de l'avoir laissé dans son état, mais que pouvais-je faire d'autre ?

— Eh bien, pour commencer, tu aurais pu me contacter quand tu es arrivée à Londres, la tança-t-il.

— Oh, David, après tout ce que tu avais déjà fait pour m'aider, je ne pouvais pas abuser de nouveau de ta gentillesse.

— Tu aurais dû. Apparemment, mon oncle ne sait même plus quel jour nous sommes. Glenwilliam, le notaire, m'a téléphoné pour me prévenir qu'il était tombé après l'une de ses beuveries et qu'il était à présent confiné dans un fauteuil roulant, avec un bassin fracturé.

— Mon Dieu, c'est affreux ! s'alarma Greta en fixant sa tasse, honteuse. J'aurais dû rester, tu ne crois pas ?

— Non, Greta. Tu as fait ce qu'il fallait. Si j'en crois Glenwilliam, Cheska et toi n'aviez d'autre choix que de partir. Comment t'es-tu débrouillée d'un point de vue financier ?

— J'ai... *j'avais* du travail, jusqu'à ce matin, mais j'ai eu un désaccord avec mon employeur et je suis partie. Voilà pourquoi j'étais au Windmill, pour voir s'il y aurait quelque chose pour moi.

David examinait Greta, assise en face de lui. Bien qu'elle soit toujours aussi belle que dans son souvenir, elle semblait épuisée et avait les yeux rouges d'avoir trop pleuré.

— Ma pauvre. Tu aurais vraiment dû venir me voir. Tu sais que je t'aurais aidée.

— C'est adorable de ta part, mais...

— Tu pensais que je t'en voudrais d'avoir épousé mon oncle, termina-t-il pour elle.

— Oui.

— Bon, avant toute chose, sache que je ne t'en tiens absolument pas rigueur. Même si je ne prétends pas savoir quels étaient tes sentiments à l'égard d'Oncle Owen.

— Je n'étais pas amoureuse de lui, David, si c'est ce que tu veux dire. J'étais désespérée et, au départ, il était très gentil pour moi, répondit-elle en toute franchise. Cela étant dit, je crois que lui aussi s'est servi de moi. Je me suis vite rendu compte qu'il m'avait épousée uniquement parce qu'il souhaitait un héritier pour Marchmont.

— Malheureusement, je crois que tu n'as pas tout à fait tort. L'idée que Marchmont me revienne à sa mort ne lui faisait aucun plaisir, confirma David dans un rire ironique.

— Je n'en savais rien lorsqu'il a commencé à me courtiser, tu dois me croire. Je suis certaine que ta mère a quitté Marchmont parce que j'épousais Owen. Je m'en veux beaucoup pour ça, aussi.

— Tu sais, j'ai toujours pensé que Ma ne me disait pas tout à propos de sa relation avec mon oncle. Mais si cela peut te rassurer, elle est tout à fait heureuse dans le Gloucestershire, avec sa sœur.

— David, je suis tellement désolée pour tous les ennuis que je vous ai causés, à toi et à ta famille. C'était si gentil à toi de m'aider, et vous avez tous été touchés par la catastrophe à cause de moi. Oh non, pourquoi est-ce que je pleure toujours quand je suis avec toi ?

— Je ne sais pas si je dois prendre ça comme un compliment ou une insulte. Tiens, fit-il en lui tendant son mouchoir. À présent, parlons de choses plus gaies, quand ferai-je la connaissance de ma… alors, que serait-elle pour moi ? s'interrogea-t-il en se grattant la tête. Penses-tu que Cheska soit ma cousine germaine, avec le décalage de génération ? J'ai toujours voulu avoir des cousins germains !

Greta éclata de rire et se moucha.

— Qu'il est bon de te voir, David.

— Qu'il est bon de te voir *toi*, Greta. Dis-moi, que vas-tu faire pour gagner de l'argent maintenant que tu as perdu ton emploi ?

— Essayer d'en trouver un autre, j'imagine. Mais toi, alors ? Comment vas-tu ?

— On ne peut mieux. La semaine prochaine, je donnerai mon dernier spectacle au Windmill. J'ai ma propre émission de radio à la BBC et je vais commencer le tournage de mon premier long métrage, aux studios Shepperton. J'y fais une brève apparition pour camper un tricheur malchanceux. Ça tombe bien, j'ai toujours été nul aux cartes, s'amusa-t-il.

— Mon Dieu, c'est formidable !

— C'est sûr que je ne peux pas me plaindre. Écoute, viens donc déjeuner chez moi dimanche, d'accord ? J'adorerais rencontrer Cheska. Mon agent sera là aussi. Nous fêtons mon départ du Windmill et le début du film.

— Nous viendrons avec plaisir.

— C'est tout près d'ici, expliqua-t-il en griffonnant son adresse sur un morceau de papier. Je t'ai aussi noté mon numéro de téléphone. Si tu as besoin de quoi que ce soit, Greta, n'hésite pas à m'appeler. Après tout, nous faisons désormais partie de la même famille !

— Merci. À dimanche alors. À présent je dois y aller, ajouta-t-elle en se levant. La dame qui s'occupe de Cheska s'inquiète quand je rentre plus tard que prévu.

— Bien sûr. À très vite !

Après avoir payé l'addition, David regagna le théâtre. En entrant dans sa loge, il remarqua qu'il sifflotait. Il se regarda dans le miroir et aperçut dans ses yeux une lueur qui n'avait rien à voir avec sa carrière florissante.

Elle était due à Greta.

Le destin la lui avait ramenée quand il pensait l'avoir perdue pour toujours.

Et cette fois-ci, il ne la laisserait pas filer.

*

Quand arriva le dimanche, Greta mit à Cheska sa plus belle robe bleue et noua un ruban assorti dans ses boucles blondes.

— Où est-ce qu'on va, Maman ? lui demanda-t-elle quand elles quittèrent l'appartement.

— Chez ton cousin David. C'est un célèbre comédien, ce qui signifie qu'il est très drôle. Il va bientôt jouer dans un film.

Les immenses yeux bleus de Cheska étaient ronds de curiosité quand elles montèrent dans le bus. Elles descendirent à Seven Dials et empruntèrent Floral Street jusqu'à l'adresse que David avait indiquée à Greta.

— Entrez ! Entrez ! les accueillit-il chaleureusement, avant de se pencher pour regarder Cheska dans les yeux. Salut, toi. Je suis ton cousin, David. Mais étant donné mon grand âge, appelle-moi donc Oncle David, ce sera plus simple ! En voilà une jolie poupée, comment s'appelle-t-elle ?

— Polly, répondit timidement Cheska.

— Polly la poupée jolie, ça lui va comme un gant. Tu sais que tu es belle comme un cœur, tout comme ta maman.

Il prit la petite fille dans ses bras et tous trois se dirigèrent vers le salon spacieux et lumineux, où les attendait un homme d'âge mûr, un whisky à la main.

— Voici ma cousine, Cheska, et sa mère, Greta. Greta, je te présente Leon Bronowski, mon agent.

L'homme se leva et tendit la main à Greta.

— Enchanté, dit-il avec un accent légèrement étranger.

David installa Cheska sur le canapé et prit le manteau de Greta.

— Que puis-je vous offrir à boire ?

— Pour moi, un gin serait parfait, et du sirop pour Cheska, si tu en as.

Le jeune homme partit chercher les boissons à la cuisine.

— Est-ce au Windmill que vous avez repéré David, monsieur Bronowski ? s'enquit Greta en s'asseyant.

— Je vous en prie, appelez-moi Leon. Et la réponse est oui. Il est très doué, et je pense qu'il ira loin. Il m'a dit que vous travailliez avec lui au Windmill, il y a quelques années ?

— En effet, même si j'ai l'impression que c'était il y a une éternité.

— C'est un terrain propice à l'éclosion de nouveaux talents. Beaucoup de dames du chœur ont ensuite fait carrière dans le cinéma. J'imagine que c'était votre intention, à vous aussi ?

— L'arrivée de Cheska a tout changé, mais bien sûr j'en ai rêvé. N'est-ce pas le cas de toutes les filles ?

Leon acquiesça, pensif, en observant la fillette, puis leur hôte revint avec deux verres. Greta le remercia et leva le sien.

— À ta santé, David ! Félicitations. Tu dois être impatient de commencer le tournage.

— Oui. Mais tout cela, je le dois à Leon. Sans lui, je serais sans doute encore en train de trimer au Windmill, en attendant l'opportunité de ma vie.

Peu après, David servit un agneau rôti savoureux. Greta ressentit une grande fierté face à la tranquillité de Cheska, tandis que David et Leon discutaient des dernières rumeurs du monde du spectacle.

Alors qu'ils buvaient leur café, les yeux de Leon se posèrent une fois de plus sur l'enfant, qui était sortie de table et était assise en tailleur près du feu, en train de feuilleter son livre préféré, les *Contes* de Grimm.

— Est-elle toujours aussi sage ? demanda-t-il.

— La plupart du temps. Elle peut parfois s'énerver, comme tous les enfants.

— Elle est très mignonne. Avec ce nuage de boucles dorées et ces yeux magnifiques, elle me fait penser à un chérubin, observa Leon. Avez-vous déjà pensé à la faire tourner dans des films ?

— Non. Elle est trop jeune de toute façon, non ?

— Quel âge a-t-elle ?

— Tout juste quatre ans.

— En fait, Greta, je vous pose cette question car le réalisateur du film auquel participe David cherche un enfant pour jouer la fille de l'héroïne. Ce n'est pas un grand rôle, juste deux ou trois scènes. Cheska ressemble à Jane Fuller, qui joue le rôle de la mère.

— Jane Fuller est très belle, remarqua Greta.

— Tu sais, Leon, tu as raison, convint David.

Tous trois regardèrent Cheska, qui leva les yeux et leur adressa un gentil sourire.

— Que diriez-vous, Greta, si j'informais le réalisateur que je connais une petite fille qui pourrait correspondre au rôle ?

— Je n'en sais rien. Qu'en penses-tu, David ? ajouta-t-elle en se tournant vers son ami.

— En tout cas, si Cheska obtenait le rôle, son Oncle David serait là pour veiller sur elle, hein, ma puce ? fit-il en adressant un clin d'œil à la petite fille.

— Réfléchissez-y, Greta. Je suis persuadé que je pourrais vous faire embaucher vous aussi pour prendre soin d'elle. Cela paie bien, et vous pourriez ainsi vous assurer que l'équipe de tournage est aux petits soins pour elle. Naturellement, tout cela dépend de Charles Day, le réalisateur. Il a même peut-être déjà choisi un enfant. Le temps presse.

— Je suppose que cela n'engage à rien que cet homme voie Cheska... Je présume qu'elle serait payée, elle aussi ? Non pas que ce soit tellement important, s'empressa-t-elle d'ajouter.

— Absolument. J'arrangerai un rendez-vous pour que Cheska et vous le rencontriez. Voici ma carte. Appelez-moi demain vers midi et je vous dirai ce qu'il en est. À présent, je suis désolé de quitter une compagnie si charmante mais, malheureusement, je dois aller au Dorchester pour retrouver un autre de mes clients, annonça-t-il en se levant de table. Le déjeuner était excellent, David, comme toujours.

Il s'avança vers Cheska et s'agenouilla près d'elle. Il lui tendit la main et elle la prit solennellement.

— Au revoir, dit-il.

— Au revoir, monsieur, répondit-elle.

Leon se releva en riant de bon cœur.

— Elle ferait fondre le cœur le plus endurci. Il se pourrait bien que vous ayez une future étoile entre vos mains, Greta. Au revoir à tous !

Greta et David s'installèrent au salon, et la petite fille ne fut pas longue à s'endormir sur les genoux de son oncle. Assise sur le tapis, Greta regardait son ami contempler sa fille avec tendresse. Le vin l'avait aidée à se détendre et elle aussi avait sommeil. Elle bâilla et s'étira comme un chat, emplie d'un inhabituel sentiment de sérénité.

— Ton appartement est vraiment charmant, David. Personne ne penserait que nous sommes en plein cœur de Londres.

Il ne répondit pas et elle lui lança alors un regard interrogateur.

— Excuse-moi, Greta, j'étais ailleurs. Tu disais ?

— Rien d'important. Je m'émerveillais de la tranquillité dont tu jouis ici.

— Tu as raison, même si j'envisage de déménager. J'ai un peu d'argent de côté et mon comptable me conseille de l'investir dans l'immobilier. Je loue juste cet appartement, vois-tu. Je vais sans doute chercher en périphérie de Londres. Grandir à Marchmont m'a donné le désir d'avoir un peu d'espace devant ma porte.

— De mon côté, si j'avais les moyens, j'achèterais un grand appartement à Mayfair, avec deux colonnes à l'extérieur et un petit escalier menant à la porte d'entrée, déclara Greta, rêveuse, en repensant à la maison de James. Bon, je vais devoir rentrer pour donner son bain à Cheska.

— Je vais vous raccompagner en voiture. Cheska est fatiguée, suggéra David tandis que la petite fille ouvrait les yeux, l'air encore endormie.

— Si cela ne te dérange pas trop, ce serait formidable.

*

— Veux-tu monter pour un café ? proposa Greta lorsqu'ils arrivèrent à destination, un quart d'heure plus tard. Je crains que ce ne soit pas très luxueux…

— C'est très gentil, mais je dois lire le script pour l'émission de demain soir. Écoute-la, si tu peux.

— Je n'y manquerai pas, assura Greta, trop honteuse d'avouer qu'elle n'avait pas les moyens de s'acheter un poste de radio. Viens, ma chérie.

David se baissa et embrassa la petite fille sur la joue.

— Au revoir, Cheska.

— Au revoir, Oncle David. Merci pour le bon déjeuner.

— Quand tu veux, ma puce. C'était un plaisir de cuisiner pour toi. Appelle-moi quand tu sauras si j'aurai le plaisir de travailler avec elle, ajouta-t-il à l'intention de Greta.

— Bien sûr. Merci pour tout, David. Cela faisait une éternité que je n'avais pas passé une si bonne journée.

— N'oublie pas : si tu as le moindre problème, tu sais où me trouver.

Elle acquiesça de la tête, reconnaissante, et disparut dans l'immeuble.

15

Le lendemain, à midi, Greta appela le bureau de Leon d'une cabine téléphonique. Elle avait passé l'essentiel de la nuit à se demander s'il n'était pas mauvais pour Cheska de la laisser figurer dans un film aussi jeune. Toutefois, si sa fille obtenait le rôle, Greta pourrait passer beaucoup plus de temps avec elle que si elle travaillait. Et elle savait combien les salaires du cinéma pouvaient être élevés.

— Greta, merci pour votre appel, déclara Leon. Je vous ai arrangé un rendez-vous avec le réalisateur demain à dix heures. Donnez-moi votre adresse et j'enverrai mon chauffeur vous chercher à neuf heures pour vous emmener toutes les deux aux studios Shepperton. Ce n'est pas évident d'y accéder en transports en commun.

— C'est drôlement gentil de votre part, Leon.

— C'est tout naturel, ma chère. Pourrai-je vous contacter chez vous quand j'aurai des nouvelles ?

Charles Day prendra une décision rapidement parce que le tournage ne va pas tarder.

— Je vais vous donner le numéro de ma voisine, je n'ai pas de téléphone en ce moment.

Leon nota le numéro de Mabel, ainsi que l'adresse de la maison.

— Si tout va bien, je pense que vous pourrez vous permettre le luxe d'installer une ligne de téléphone. Vous en aurez besoin. Habillez Cheska comme dimanche et souhaitez-lui bonne chance de ma part.

Greta raccrocha en frissonnant d'excitation. À côté d'elle, Cheska attendait patiemment que sa mère finisse sa conversation. La jeune femme prit sa fille dans ses bras et la serra contre son cœur.

— Et si nous allions goûter au Lyons Corner House ?

— Oui Maman, s'il te plaît ! s'exclama l'enfant, les yeux brillants.

*

Greta se leva tôt le lendemain matin, d'excellente humeur. Pendant que Cheska dormait encore, elle se lava les cheveux et les coiffa avec soin, avant d'enfiler son plus beau tailleur. Elle alla ensuite réveiller Cheska, lui prépara son petit déjeuner et lui enfila sa robe bleue.

— Où est-ce qu'on va, Maman ? s'enquit la petite fille, sentant l'excitation de sa mère et consciente de porter de nouveau sa plus belle robe.

La sonnette retentit.

— Nous prenons la voiture pour aller voir un homme très gentil. Il veut que tu joues dans un film.

— Comme Shirley Temple ?

— Oui, ma chérie.

Quand elles montèrent à l'arrière de la grosse voiture noire, Cheska ouvrit des yeux ronds en découvrant la banquette en cuir. Durant le trajet, la petite fille écouta sa mère lui expliquer qu'elle devait être très sage et très polie.

Greta eut elle-même l'impression d'être une star quand la voiture s'arrêta devant le portail de Rainbow Pictures et que le chauffeur indiqua leurs noms au personnel de sécurité. Ils entrèrent et Greta observa, fascinée, ce qui ressemblait à de grands hangars à avions, de part et d'autre de la route. Jadis, elle rêvait d'être appelée pour une audition à cet endroit même, et s'y retrouver pour de vrai la ravissait.

Le chauffeur se gara devant la réception principale.

— Je vais vous attendre ici. Bonne chance, mademoiselle.

Il inclina sa casquette et sourit à Cheska tandis que toutes deux descendaient.

Greta prit sa fille par la main et alla se présenter à l'hôtesse de la réception, où elles attendirent un moment en contemplant les photos de films célèbres sur les murs. *Je ne dois pas me faire trop d'illusions,* s'intima-t-elle. Quelques instants plus tard, une jeune femme élégante munie d'un bloc-notes sortit d'un ascenseur et s'avança vers elles.

— Madame Simpson et Cheska, voulez-vous bien me suivre ?

Greta arrangea les boucles de sa fille à la hâte et lui pressa la main avant qu'on les conduise dans une grande pièce dominée par un bureau imposant derrière lequel était assis un homme d'une trentaine d'années.

— Madame Simpson, c'est un plaisir de vous rencontrer, affirma l'homme en se levant. Je m'appelle Charles Day et je suis le réalisateur de *Cheval noir*. Installez-vous, je vous en prie.

Il indiqua deux fauteuils en face de lui. Greta assit Cheska, avant de prendre place à côté.

— Et voici Cheska, je présume ?

— Comment allez-vous, monsieur ? demanda la fillette d'une petite voix.

Les yeux du réalisateur brillèrent d'amusement.

— Très bien, ma foi, je te remercie. Alors, jeune fille, sais-tu pourquoi tu es ici ?

— Oh oui. Pour être dans un film et porter des jolies robes comme Shirley Temple.

— Exactement. Et est-ce que cela te plairait ?

— Oh oui, monsieur.

Charles se tourna vers Greta.

— Leon Bronowski a tout à fait raison. Votre fille ressemble à Jane Fuller. Pourrais-tu regarder Maman, Cheska ? demanda-t-il.

La petite fille obéit et il l'observa.

— Un profil similaire, également. Parfait, parfait. madame Simpson, Mr Bronowski dit que vous seriez disposée à chaperonner votre fille ?

— En effet.

— Le tournage commence lundi prochain, mais les scènes de Cheska ne seront pas filmées avant deux ou trois semaines après cette date. Nous lui établirions un contrat pour un mois, mais bien sûr elle ne travaillerait pas plus de quelques heures par jour. Cela vous conviendrait-il ?

— Oui, cela me semble parfait.

— Excellent. Mr Bronowski dit que Cheska se comporte comme un ange.

— C'est une gentille petite fille, oui.

— Voilà qui est un grand atout. Il n'y a rien de pire qu'un enfant gâté qui fait un caprice pendant une prise. Le temps, c'est de l'argent. Est-ce que tu es sage, Cheska ?

— Je crois, monsieur.

— Et moi aussi je le crois. Si tu participes à ce film, tu devras promettre d'être sage comme une image.

— C'est promis, monsieur.

— Bon. Je pense avoir vu tout ce dont j'ai besoin, madame Simpson. Nous allons nous entretenir avec deux autres petites filles ce matin, après quoi nous prendrons une décision dont j'informerai aussitôt Leon. Merci infiniment d'être venues jusqu'ici. C'était un plaisir de faire votre connaissance à toutes les deux. Au revoir.

— Merci, monsieur Day, fit Greta en se levant. Tu viens, chérie ?

Cheska se tortilla pour descendre de son fauteuil et, de son propre chef, se hissa sur la pointe des pieds devant le grand bureau pour tendre la main au réalisateur. Celui-ci la prit en souriant.

— Au revoir, monsieur, le salua-t-elle avant de tourner les talons et de suivre sa mère en trottinant.

*

— Charles Day au téléphone pour vous.

— Merci, Barbara. Allô ?

— Leon, Charles à l'appareil. La fillette que tu m'as envoyée aujourd'hui est exactement comme tu me l'avais décrite. Si elle est également capable de jouer la comédie, nous tenons la Shirley Temple de l'Angleterre.

— Elle est mignonne, pas vrai ?

— Adorable. En plus de sa bouille d'ange, elle possède cette merveilleuse vulnérabilité d'une jeune Margaret O'Brien ou Elizabeth Taylor. Inutile de dire que c'est elle que nous voulons pour le rôle. Elle n'aura pas beaucoup de scènes, mais cela permettra au studio de voir comment elle apparaît à l'écran sans faire peser trop de pression sur ses épaules. L'as-tu déjà prise sous ton aile ?

— Non. J'attendais ton retour.

— Alors n'attends plus. Je pourrais me tromper, mais selon moi Cheska a l'étoffe d'une star, et tu sais à quel point c'est rare. Je lui prédis un grand avenir.

— Nous sommes d'accord.

— Nous devrons changer son nom de famille. Simpson, c'est bien trop banal.

— Entendu, je vais y réfléchir.

L'enthousiasme de Charles Day transparaissait dans sa voix, et Leon en profita pour négocier les termes du contrat et obtenir un généreux cachet pour Cheska, ainsi que pour Greta en tant que chaperon de sa fille. En raccrochant, il ressentit le frisson d'excitation qu'il n'éprouvait que lorsque son flair pour un nouveau talent était récompensé.

*

Mabel frappa à la porte de Greta à quatre heures et demie cet après-midi-là, hors d'haleine après avoir monté l'escalier en courant.

— Il y a un Mr Leon Bronosk… quelqu'un au téléphone pour vous, Greta.

— Merci, Mabel. Auriez-vous la gentillesse de veiller quelques minutes sur Cheska pendant que je descends lui répondre ?

Elle gagna à la hâte l'appartement de Mabel et saisit le combiné.

— Allô ?

— Greta. Leon à l'appareil. Charles Day vient d'appeler et c'est Cheska qu'il veut pour le rôle.

— Oh, c'est merveilleux !

— Je suis content que cela vous fasse plaisir. Cheska a beaucoup impressionné Charles. Il pense que c'est peut-être une graine de star !

— Vous êtes certain que cela n'aura aucune incidence négative sur elle ? Elle est encore si petite…

— Shirley Temple était plus jeune lorsqu'elle est apparue dans son premier film. En plus, même si elle a plu à Charles, nous aurions tort de nous emballer tant que nous n'avons pas vu comment elle apparaît sur grand écran. Soit la caméra vous adore, soit elle vous déteste. Nous ne savons pas encore si elle sera son amie ou son ennemie.

— Naturellement.

— Bon, je pense que vous serez satisfaite du cachet que j'ai obtenu pour Cheska. En outre, si elle se débrouille bien, la société de production Rainbow Pictures serait prête à l'engager sur le long terme. Alors cela deviendra vraiment sérieux et nous renégocierons son salaire. Mais pour l'instant, que dites-vous de cinq cents livres sterling ?

— Oh, c'est parfait... Merci, murmura Greta, abasourdie par cette somme qui représentait deux ans de son ancien salaire.

— Et vous serez payée dix livres par jour pour veiller sur Cheska pendant le tournage. Pourriez-vous venir à mon bureau vendredi matin ? J'ai besoin que vous signiez son contrat en son nom. Oh, j'oubliais, Charles Day voudrait changer son nom de famille au profit de quelque chose de plus glamour. Cela vous ennuierait-il ?

— Non, pas du tout.

Après tout, Simpson n'était pas le vrai nom de famille de Cheska.

— Impeccable, à vendredi, alors. Bon après-midi.

Greta raccrocha, fit quelques pas de danse dans l'entrée de Mabel, puis se précipita à l'étage pour annoncer la bonne nouvelle à sa fille.

— Tu vas tourner dans un film, hein ? Ben ça alors, tu seras bientôt trop chic pour parler à des gens comme moi, sourit Mabel à Cheska, en lui tapotant la joue avec affection.

Un peu plus tard, David arriva avec une tablette de chocolat Nestlé pour Cheska et une bouteille de champagne pour Greta.

— C'est qui, la meilleure ? s'exclama-t-il en soulevant la petite fille pour la serrer dans ses bras. Je savais qu'elle obtiendrait ce rôle, Greta. Un ange comme elle, hein, ma puce ?

— Oui, Oncle David, répondit Cheska d'un air sérieux, déclenchant le rire des adultes.

— Au lit, jeune demoiselle. Tu ne t'appelles pas encore Elizabeth Taylor, tu sais, déclara Greta en adressant un clin d'œil à David.

Elle coucha Cheska et David vint lui raconter une histoire, à grand renfort de mimiques pour tous les différents personnages, ce qui fit rire la fillette aux éclats. Quand il eut fini, il s'installa avec Greta dans le salon exigu pour ouvrir le champagne.

— Tu es sûr que c'est la bonne décision ? demanda Greta.

— Il ne s'agit que de quelques jours de tournage. Si Cheska déteste ça, elle n'aura plus jamais à le refaire. Néanmoins, à mon avis, le reste de la troupe va tellement la chouchouter qu'elle va adorer cette expérience. Et puis, ne nous voilons pas la face, cet argent arrive à point nommé pour vous deux, non ?

David avait remarqué le dénuement de l'appartement et les vêtements élimés de Greta.

— Oui, nous en avons grand besoin en effet, même si je me sens terriblement coupable que ce soit à Cheska de le gagner pour nous.

— Au moins, cela te permettra de passer davantage de temps avec elle, au lieu de la laisser toute la journée à ta voisine.

— Oui, tu as raison.

— À présent, arrête de te faire du souci et prends donc une autre coupe de champagne.

*

Le vendredi matin, à onze heures et demie, Greta arriva avec Cheska au bureau de Leon, à Golden Square. Tandis qu'il les invitait à s'asseoir, la jeune femme contempla les photos aux murs de la vaste pièce.

— Là, c'est vous avec Jane Fuller, n'est-ce pas ?

— Oui, sur le plateau de son premier film, il y a dix ans de cela, répondit l'agent. Bon, mettons-nous au travail.

Greta l'écouta lui expliquer qu'il s'occuperait de la carrière de Cheska et prendrait dix pour cent de ce que toucherait l'enfant. Elle signa les différents documents qu'il lui présenta et il lui sourit.

— Parfait. Il ne nous reste plus qu'à trouver un nouveau nom de famille pour Cheska. Dans le cas contraire, c'est le studio qui lui en choisira un, mais mieux vaudrait que la décision vous revienne. Par exemple, quel était le nom de jeune fille de votre mère ?

— Hammond.

— Cheska Hammond. Voilà qui me plaît. Nous allons le soumettre au studio et voir ce qu'en pensent les responsables. Je crois que c'est tout pour le moment, annonça-t-il en se levant, indiquant que la réunion était terminée. Dès que je connaîtrai la date officielle de son entrée en scène, je vous contacterai et vous enverrai le script. Merci d'être venue, Greta. Je suis sûr que Cheska nous rendra tous les deux très fiers, pas vrai ?

— Oui, monsieur Leon, répondit la fillette. Au revoir.

*

Trois semaines plus tard, Cheska se plaça devant la caméra pour la première fois. Greta rôdait en marge du plateau, ne quittant pas des yeux sa fille, assise sur les genoux de Jane Fuller.

— Allons-y, silence ! lança Charles. Faisons un essai avec Cheska. Quand je dirai « Action ! », est-ce que tu pourras mettre tes bras autour du cou de Jane et lui dire « Je t'aime, Maman » ?

— Oui, monsieur Day.

— C'est bien ma puce. Allez. Voyons ce que ça donne.

Le silence s'abattit sur le studio.

— Scène dix. Première prise.

Le bruit du clap retentit et Charles sourit à Cheska pour l'encourager.

— Action !

La petite fille entoura de ses bras le cou élégant de Jane Fuller.

— Je t'aime, Maman, dit-elle en levant les yeux vers l'actrice, tandis que la caméra prenait un gros plan de son visage.

Greta la regardait, les larmes aux yeux.

— Moi aussi je t'aime, Cheska, murmura-t-elle.

*

Charles Day visionnait les rushes avec l'un des plus hauts responsables de Rainbow Pictures. Cheska Hammond était la jeune actrice la plus naturelle et la plus adorable qu'ils aient jamais vue, l'un comme l'autre.

— Tu dis qu'elle mémorise ses répliques si tu lui indiques quoi dire ? demanda le responsable de la société de production.

— Aujourd'hui en tout cas, cela ne lui a posé aucune difficulté, répondit Charles.

— D'accord, ajoute-lui autant de courtes répliques que possible alors, sans vexer Jane, bien sûr. Nous ne voudrions pas lui donner l'impression qu'un enfant de quatre ans lui vole la vedette, dit son complice en riant.

Extrait du magazine de cinéma Picturegoer
mars 1951

Cheval noir *est la dernière sortie de Rainbow Pictures. On salue le nouveau Selznick anglais en la personne du réalisateur, Charles Day, et c'est un compliment mérité quand on voit ce film, à la fois puissant et émouvant.*

Jane Fuller et Roger Curtis se partagent l'affiche, réalisant chacun une excellente performance en tant qu'époux séparés. Le comédien David (Taffy) Marchmont y fait ses premiers pas dans le cinéma, ajoutant une touche d'humour sensible à son rôle d'escroc raté. Mais, surtout, le dicton selon lequel il ne faut jamais jouer avec des enfants ou des animaux se voit ici confirmé : dans le rôle de la fille du couple, la petite Cheska Hammond, quatre ans, leur vole à tous la vedette. Le bruit court que ses répliques ont été multipliées dès que Charles Day a vu son potentiel. Rainbow Pictures lui a proposé un contrat pour trois films et la production du prochain a déjà débuté.

Allez voir Cheval noir *; je garantis que la scène finale de la petite Hammond vous touchera en plein cœur. Je lui prédis déjà un avenir radieux.*

Jour de Noël 1985

***

Marchmont Hall
Monmouthshire, pays de Galles

16

— Mary, avez-vous aperçu Greta récemment ? s'enquit David en entrant dans la cuisine.

— La dernière fois que je l'ai vue, c'était il y a quelques heures, quand elle m'a demandé des bottes et un manteau pour aller se promener. Elle est peut-être de retour, en train de se reposer dans sa chambre.

— Oui, sans doute.

— J'ai préparé des assiettes de viande froide et de salade, voulez-vous que j'emporte déjà le tout dans la salle à manger ou préférez-vous dîner plus tard ?

David consulta sa montre : il était presque sept heures et demie.

— Ne vous embêtez pas, laissez donc tout ici et nous viendrons chacun picorer. Vous avez eu une longue journée, et il est temps que vous vous reposiez un peu !

— Vous en êtes sûr ?

— Certain.

— D'accord alors, monsieur David, répondit-elle, reconnaissante. Et merci pour mon gilet en cachemire. Je n'ai jamais rien eu d'aussi luxueux.

— Vous le méritez, Mary. Je ne sais pas ce que deviendrait notre famille sans vous.

David lui sourit, puis quitta la cuisine pour monter voir Greta. Il frappa à la porte de sa chambre et, ne recevant pas de réponse, frappa de nouveau puis entra tout doucement.

— Greta ? Greta ?

La pièce était sombre et, à en croire le lit parfaitement fait, Greta n'était pas venue y faire de sieste. Le cœur de David s'accéléra. Il la chercha dans toutes les pièces de l'étage, puis demanda à Ava si elle avait vu sa grand-mère, mais elle répondit par la négative.

— Il fait un froid glacial dehors. Je suis sûr qu'elle n'est pas allée bien loin. Je reviens vite, déclara-t-il alors d'une voix calme, sans trahir la peur qui l'habitait.

Si Greta était dehors depuis le milieu de l'après-midi et s'était perdue, elle pourrait être en train de mourir de froid. Il sortit et alluma la puissante lampe de poche qu'il avait emportée avec lui. Il partit dans la neige épaisse, la faisant crisser sous ses bottes.

— Réfléchis, David, réfléchis… Où a-t-elle bien pu aller ? marmonna-t-il.

En réalité, elle aurait pu aller n'importe où, n'ayant aucun souvenir de Marchmont. Après avoir parcouru les jardins autour de la maison, il s'engagea dans les bois.

Il se rappela alors que, la première fois que Greta s'était retrouvée à Marchmont Hall, c'était également un jour de Noël, bien des années auparavant, après s'être foulé la cheville dans les bois. En avançant au milieu des arbres, il éprouva comme une sensation de déjà-vu. Sa torche éclairait le paysage de conte de fées scintillant qui l'entourait, révélant le danger auquel était peut-être confrontée Greta.

Arrivé dans la clairière où reposait Jonny, il appela son amie et, par bonheur, entendit un petit cri en retour.

— Greta, est-ce que ça va ? Parle-moi et je vais suivre la direction de ta voix !

Au bout de quelques instants, le rayon de sa lampe se posa enfin sur elle : elle avançait vers lui, trébuchant dans la neige. Il courut vers elle et vit qu'elle tremblait de tous ses membres et que ses joues étaient striées de mascara.

— Que fais-tu donc ici, chérie ?

David ôta son épais manteau pour l'en couvrir et l'enveloppa de ses bras, tentant de la réchauffer.

— David ! Ça y est ! Je me rappelle ! Mes parents, et Jonny, et ce qui m'a amenée à Marchmont, et…

À ces mots, elle fondit en larmes et s'effondra dans ses bras.

David la souleva de terre pour la ramener jusqu'à la maison. Sur le chemin, elle récitait ce qu'elle savait désormais, les mots sortant de sa bouche comme un torrent incohérent.

— Je me souviens du GI, du Windmill, pourquoi je me suis retrouvée à travailler là-bas et… de tout ! Mon Dieu, David, je me souviens de tout. Jusqu'à

Marchmont et la mort de Jonny… après, tout n'est pas encore très clair.

David la conduisit dans la cuisine où Tor, Ava et Simon se servaient à dîner.

— Greta s'était perdue dans les bois, je vais lui faire prendre un bon bain chaud. Tor, pourrais-tu s'il te plaît préparer une bouillotte, ainsi qu'une tasse de thé bien fort et sucré et les lui monter ? Il faut qu'elle se réchauffe, après quoi elle nous annoncera peut-être une merveilleuse nouvelle.

Dans la salle de bains, comme Greta tremblait encore violemment, David l'aida à se déshabiller, puis la laissa en sous-vêtements et referma la porte derrière lui. Il se retrouva alors face à Tor qui se tenait dans la chambre de son amie avec le thé.

— Que s'est-il passé, David ? Tu semblais presque euphorique quand tu es rentré avec Greta. Ce n'est pas tout à fait la réaction à laquelle je m'attendais de ta part, toi qui viens de secourir quelqu'un qui aurait pu mourir d'hypothermie.

— Tor, chuchota-t-il afin que Greta ne l'entende pas, je ne connais pas encore les détails, mais elle m'a dit qu'elle se rappelait. Certaines choses, en tout cas. N'est-ce pas fantastique ? Après toutes ces années !

Tor voyait que David en avait les larmes aux yeux de joie.

— En effet, c'est un véritable miracle de Noël.

— C'est son retour à Marchmont qui a dû déclencher ces souvenirs. Mon Dieu, si seulement j'avais réussi à la persuader de venir plus tôt…

— Peut-être n'était-elle pas prête alors. Quoi qu'il en soit, j'ai hâte qu'elle nous raconte tout ça.

Je suis stupéfaite qu'elle ne se soit pas congelée dans les bois. Tu as dû la trouver juste à temps.

— Je pense que l'adrénaline était telle que ça l'a maintenue en vie. Va donc dîner, tu dois avoir faim. Je vais rester ici pour l'attendre.

Tor acquiesça et quitta la pièce. David s'assit lourdement sur le lit et, dix minutes plus tard, Greta émergea de la salle de bains en peignoir.

— Ça y est, tu ne frissonnes plus ? s'enquit-il en étudiant son expression pour jauger son état d'esprit.

— Non, je n'ai plus froid du tout.

— Et comment te sens-tu ?

— Je ne sais pas très bien… Dans la baignoire, je me suis souvenue d'autres événements, et il me faut maintenant essayer de les remettre en ordre. Peut-être pourrais-tu m'y aider ?

— Très volontiers.

— Mais pas ce soir. Je vais rester dans ma chambre pour tenter de recomposer le puzzle par moi-même. Toi, descends rejoindre les autres. Je ne veux surtout pas gâcher le Noël de la famille, ni être une charge, plus que je ne le suis déjà.

— Greta, ne dis pas de bêtises ! C'est un moment extrêmement important pour toi. Je devrais rester avec toi, tu ne crois pas ?

— Non, David. J'ai besoin d'être seule.

Leurs regards se croisèrent alors, et tous deux comprirent le sens de ces paroles.

— Comme tu voudras. Tu as du thé près de ton lit et une bouillotte sous tes couvertures. Veux-tu que je te monte un plateau ? Tu devrais manger un peu.

— C'est gentil, mais je n'ai pas faim pour le moment. Oh, David, même si je suis encore sous le choc et un peu perdue au milieu de tous ces souvenirs, n'est-ce pas incroyable ?

David observa ses beaux yeux bleus qui, pour la première fois depuis vingt-quatre ans, scintillaient de vie.

— Oui, Greta, c'est formidable.

*

Le lendemain matin, Greta descendit pour le petit déjeuner et tous l'embrassèrent et la félicitèrent.

— Je suis désolée que tout cela soit arrivé de façon si théâtrale, s'excusa-t-elle en regardant Tor.

— Sais-tu quel a été l'élément déclencheur ? interrogea Ava.

Celle-ci était fascinée non seulement par ce qui s'était produit, mais aussi par le changement physique visible de sa grand-mère. C'était comme si elle avait été véritablement gelée à l'intérieur pendant des années : maintenant que le dégel avait commencé, ses yeux brillaient et ses joues étaient teintées de rose.

— J'ai eu une impression fugace de déjà-vu au moment où je suis sortie de la voiture en arrivant ici, et une autre quand j'ai aperçu le sapin de Noël dans l'entrée. Et ensuite, je suis allée me promener dans les bois, au hasard, puisque je n'avais aucun souvenir des environs, et je me suis retrouvée près de la tombe de Jonny. Je ne sais pas si quelque chose m'y a conduite, mais c'est là que tout s'est déclenché. Ne me demandez pas encore ce que je me rappelle et ce qui m'échappe, parce que tout est un peu mélangé dans mon esprit. Mais ce matin, quand j'ai vu Mary, je savais exactement qui elle était. Et je me souvenais de sa gentillesse à mon arrivée à Marchmont il y a tant d'années. Et puis toi, David, bien sûr.

— Es-tu arrivée jusqu'à moi, Bonne Maman ?

— Donne-lui un peu de temps, Ava, la gronda gentiment David, voyant une lueur d'inquiétude dans les yeux de Greta. Je suis certain que maintenant que le flot de souvenirs s'est débloqué, il va continuer à se déverser pour irriguer ta mémoire.

— Peut-être devrais-tu consulter un psychothérapeute, Greta, suggéra Tor. Je n'y connais pas grand-chose, mais j'imagine que tout cela est un peu écrasant pour toi.

— Merci, mais pour le moment j'arrive à le gérer. Je vais aller me promener tant qu'il y a du soleil. Je promets que, cette fois, je ne me perdrai pas, ajouta-t-elle avec un sourire ironique.

David s'apprêtait à lui proposer de l'accompagner, mais il se ravisa.

— J'ai dit à Mary que je l'aiderais à préparer le déjeuner, annonça Tor. Elle a l'air épuisée. Je suggère que nous la libérions pour le reste de la journée. Je suis certaine que nous pouvons nous débrouiller sans elle.

— De mon côté, si cela ne vous dérange pas, je vais disparaître un peu dans mon studio, indiqua Simon. Il me reste encore deux chansons à écrire pour le nouvel album de Roger. Quant à toi, essaie de te reposer, fit-il en embrassant sa femme avant de quitter la pièce.

— Le studio marche bien, alors ? s'enquit David.

— Oh que oui, tellement bien qu'à mon avis ça plairait même à Simon d'y dormir la nuit, plaisanta Ava. Je ne pourrai jamais assez te remercier, Oncle David, c'était vraiment une idée de génie de transformer l'une des granges pour lui. Tous les artistes qui enregistrent adorent venir ici pour profiter de la beauté et de la tranquillité des lieux. Et Gate Lodge sera parfait pour les loger, maintenant que Simon et moi l'avons libéré. Il tient à te rembourser, tu sais, et sans doute plus tôt que tu ne le penses. Le studio est complet pour les six mois à venir.

— Ce qui, pour toi, doit être à la fois formidable et regrettable.

— Oui. C'est vrai que cela m'aurait bien aidée que Simon soit plus disponible ces prochains mois, mais on ne peut pas tout avoir. Au moins, il est heureux. Comme toi tu dois l'être, avec la révélation de Bonne Maman.

— À vrai dire, j'ai encore du mal à y croire. Après toutes ces années, c'est un choc.

— Je comprends, mais pour la première fois, j'entraperçois ce qu'elle devait être avant l'accident. Et je pense que Tor a raison : elle devrait consulter un spécialiste. Je sais que Bonne Maman est euphorique pour l'instant mais, comme dit Tor, si ses souvenirs continuent d'affluer, cela risque d'être difficile pour elle. En particulier quand on connaît les souvenirs en question, ajouta doucement Ava.

— Je sais bien, mais tant qu'elle est ici avec nous, nous pouvons tous l'épauler.

— Elle disait ce matin qu'elle se rappelait sa vie jusqu'à ses années à Marchmont. Et déjà, ce n'étaient pas les plus heureuses. Se souvenir soudain que

230

ton fils est mort alors qu'il n'avait que trois ans... observa Ava en frissonnant, une main protectrice sur le ventre. Mais le reste... j'espère seulement qu'elle s'en remettra.

— Elle a vécu des choses très dures, c'est vrai, mais mieux vaut pour elle se les rappeler, plutôt que continuer à vivre à moitié, comme ces dernières années.

— En tout cas, Oncle David, même si elle finit par se rappeler l'accident de voiture, peut-être n'est-il pas nécessaire qu'elle sache toute la vérité, si ?

— Je comprends ton inquiétude, et je crois que nous devons attendre de voir comment les choses évoluent. La seule certitude, c'est que Greta est une battante. S'il y a bien quelqu'un en mesure de gérer tout cela, c'est elle. Quoi qu'il en soit, ne t'en fais pas pour ta grand-mère. Je prendrai soin d'elle. Concentre-toi plutôt sur le bébé et toi. Bon, je m'en vais braver le froid et la neige avec la Land Rover pour voir si je peux trouver le *Telegraph* au village.

En regardant David s'éloigner, Ava se demanda si elle était la seule à percevoir ses sentiments envers Greta. Pour le bien de Tor, elle espérait que oui.

Plus tard ce jour-là, David entra au salon et y découvrit Greta, seule, le regard perdu dans l'âtre aux braises moribondes.

— Puis-je me joindre à toi ? Tous les autres font la sieste ou sont sortis se promener.

— Si tu pouvais raviver ce feu pour moi, ce ne serait pas de refus, lui dit Greta en souriant.

— Avec plaisir. Comment te sens-tu ? lui demanda-t-il en s'affairant près de la cheminée.

— Est-ce embêtant si je te dis que je ne le sais pas encore très bien ?

— Pas du tout. Je ne pense pas qu'il y ait de règles pour ce que tu traverses. Et si jamais il y en a, tu peux te permettre de les enfreindre. Je suis là pour t'écouter, pas pour te juger. Je souhaite t'aider de toutes les façons possibles, ajouta-t-il en s'asseyant en face d'elle, près du feu qui se ranimait gaiement.

— Je sais, David, et je t'en remercie. J'ai une question pour toi, d'ailleurs : pourquoi ne m'as-tu rien dit de Jonny, ni de sa mort précoce ?

— Les médecins m'avaient conseillé de ne rien dire qui puisse te traumatiser. Pardonne-moi, peut-être aurais-je dû le faire quand même, mais...

— Nul besoin de t'excuser. Je sais que tu essayais de me protéger, l'interrompit Greta. Comme tu l'imagines, cela m'effraie de penser à ce dont je dois me souvenir d'*autre* après tout ça. David, je t'assure, tu as été absolument merveilleux avec moi. Je me rappelle à présent ce que tu as fait pour moi quand j'étais enceinte et désespérée et... merci. Quand je suis retournée sur la tombe de Jonny aujourd'hui, d'autres souvenirs me sont revenus. À propos de ce qui s'est passé... après, termina Greta en avalant avec difficulté.

— Quoi, par exemple ?

— Cheska. David, peux-tu m'aider à me rappeler, même si c'est douloureux pour moi de l'entendre ? J'ai besoin de reconstituer les événements. Parce que pour l'instant, rien ne me semble logique. Tu comprends ?

— Je crois, répondit-il prudemment, mais ne penses-tu pas qu'il vaudrait mieux laisser la nature te révéler tout cela petit à petit ? Ou peut-être devrions-nous prendre conseil auprès d'un spécialiste, quant à la meilleure marche à suivre ?

— J'ai passé des heures et des heures chez toutes sortes de psys et autres hypnotiseurs, alors crois-moi quand je dis que je connais mon psychisme mieux que quiconque, répliqua Greta d'un ton ferme. Par ailleurs, si je ne me sentais pas la force d'encaisser la vérité, je ne te demanderais pas de compléter les maillons manquants. Crois-moi, j'en sais déjà beaucoup. Owen était devenu un ivrogne, me poussant à quitter Marchmont avec Cheska. Nous sommes parties à Londres et je me souviens de pas mal de choses là-bas ; des choses dont je ne suis pas fière. Mais si tu pouvais me raconter toute la vérité, tu m'aiderais énormément. Je t'en prie, David, j'ai besoin de savoir.

— Si tu te sens vraiment d'attaque…

— Tu dois me jurer que tu ne laisseras rien de côté. Ce n'est qu'alors que je pourrai croire que c'est bien réel et que ce n'est pas mon imagination qui me joue des tours. Toute la vérité, s'il te plaît, répéta-t-elle. C'est le seul moyen.

David aurait bien aimé se servir un verre de whisky, mais il n'était que trois heures de l'après-midi, aussi il résista. Greta avait dû sentir sa réticence, car elle ajouta :

— Je sais déjà que certains passages sont affreux, alors nul besoin de chercher à m'épargner quoi que ce soit.

— D'accord, capitula David en soupirant. Donc, tu dis que tu te rappelles être revenue à Londres.

Te souviens-tu aussi que c'est par moi que Cheska a obtenu une audition pour son premier film ?

— Oui. Commence de là, David, car c'est à ce moment-là que tout devient confus…

Cheska

* * *

Londres, juin 1956

17

Certaines nuits, Cheska faisait un rêve. C'était toujours le même et elle se réveillait tremblante de peur. Le rêve l'emmenait toujours dans un grand bois sombre, avec une multitude d'arbres plus grands les uns que les autres. Il y avait un petit garçon qui lui ressemblait et, ensemble, ils jouaient à cache-cache entre les arbres. Parfois, il y avait aussi un monsieur assez vieux, qui voulait toujours prendre le petit garçon dans ses bras, mais jamais elle.

Puis le rêve s'assombrissait et la nuit tombait. L'homme, qui avait une haleine fétide, la forçait à regarder le petit garçon dans un cercueil. Le petit garçon avait le visage tout pâle, les lèvres grises et elle comprenait qu'il était mort. L'homme retirait les vêtements du garçon avant de se tourner vers elle, et voilà qu'*elle* se retrouvait à les porter. Ils sentaient le moisi et une grosse araignée escaladait l'avant de la veste en direction de son visage. Puis on lui tapotait l'épaule et, en se retournant, elle découvrait le petit garçon, les yeux ouverts et glacés, le corps tremblant de froid tandis qu'il s'approchait d'elle…

Cheska se réveillait en hurlant et tendait la main pour allumer sa lampe de chevet. Elle se redressait dans son lit, regardait sa chambre douillette et familière, vérifiant pour se rassurer que tout était bien disposé comme lorsqu'elle s'était couchée. Elle prenait Polly, qui se trouvait en général par terre à côté de son lit, la serrait dans ses bras et se mettait à sucer son pouce, se sentant un peu coupable. Sa mère lui disait sans cesse que si elle n'abandonnait pas cette habitude de bébé, ses dents seraient mal rangées et qu'elle pourrait dire adieu à sa carrière de star du cinéma.

Les images du rêve finissaient par se dissiper et, se rallongeant sur ses oreillers, elle fixait le joli baldaquin en dentelle blanche au-dessus d'elle. Elle fermait les yeux et se rendormait, plus sereine.

Elle n'avait jamais parlé de son rêve à sa mère. Elle était persuadée que celle-ci prétendrait qu'elle disait des sottises, que les morts ne pouvaient pas revenir à la vie. Mais Cheska savait que si.

*

À l'âge tendre de dix ans, Cheska Hammond était l'un des visages les plus connus d'Angleterre. Elle venait de terminer son septième film et, pour les trois derniers, son nom apparaissait au-dessus du titre. Les critiques l'avaient appelée « L'Ange » au tout début de sa carrière, et ce surnom lui était resté.

Son nouveau long-métrage sortirait quatre semaines plus tard et Greta lui avait promis de lui acheter un manteau de fourrure blanc pour la première à l'Odeon de Leicester Square.

Cheska savait qu'elle aurait dû apprécier les premières de ses films, mais elles l'effrayaient. Il y avait toujours tant de gens devant le cinéma quand sa voiture arrivait, et de gros hommes l'escortaient très rapidement à l'intérieur, traversant la foule enthousiaste. Une fois, une dame l'avait attrapée par le bras pour essayer de l'éloigner de sa mère. On lui avait appris plus tard que cette dame avait été emmenée par la police.

Sa mère lui répétait sans arrêt qu'elle avait beaucoup de chance : elle avait assez d'argent pour toute une vie, un magnifique appartement à Mayfair et une multitude de fans dévoués, en adoration devant elle. Cheska supposait qu'elle était chanceuse en effet mais, ayant presque toujours connu cette situation, elle n'avait pas vraiment d'élément de comparaison.

Au cours du tournage de son dernier film, *Petite fille perdue*, qui se passait dans un orphelinat, Cheska s'était liée d'amitié avec l'une des enfants qui jouaient un rôle mineur. Melody avait un drôle d'accent et Cheska l'écoutait avec fascination parler de ses frères et sœurs. Elle disait qu'elle dormait dans le même lit que sa sœur, parce qu'il n'y avait pas assez de place pour des lits séparés dans son petit appartement de l'est de Londres. Elle lui racontait les farces de ses quatre frères, les ennuis qu'ils s'attiraient, ainsi que leurs grandes fêtes de Noël en famille. Cheska l'écoutait, enchantée, en pensant aux repas de fête – certes élégants, mais assez ennuyeux – que sa mère et elle partageaient en général avec Leon et Oncle David.

Melody la présenta à d'autres petites filles qui figuraient dans le film et Cheska découvrit qu'elles allaient toutes à l'école de la scène et suivaient leurs cours ensemble. Pour sa part, elle avait un vieux tuteur bourru, Mr Benny, qui lui donnait des leçons aussi souvent que le permettaient ses engagements cinématographiques. Elle s'installait avec lui dans sa loge du studio, ou bien dans le salon de l'appartement de Mayfair, pour faire des additions à n'en plus finir et apprendre par cœur des poèmes barbants.

Melody lui donnait du chewing-gum, et elles avaient organisé une compétition derrière un pan du décor pour voir qui réussirait à former la plus grosse bulle. Elle avait demandé à sa mère si elle aussi pouvait aller à l'école de la scène avec les autres enfants, mais Greta lui avait répondu qu'elle n'en avait aucun besoin. C'était pour apprendre à devenir une star, et Cheska l'était déjà.

Un jour, Melody l'avait invitée à venir goûter chez elle. Cheska était folle d'excitation à cette idée, mais Greta avait refusé. Quand la petite fille lui avait demandé pourquoi, elle avait pris un air sévère, comme toujours quand Cheska savait que sa décision était prise et qu'il était inutile d'insister. Elle lui avait expliqué alors que des étoiles du cinéma comme elle ne pouvaient pas être amies avec des figurantes ordinaires comme Melody.

Cheska ne comprenait pas très bien ce que sa mère entendait par « ordinaire », mais elle savait que c'est ce qu'elle souhaitait être plus tard.

Melody avait fini de tourner ses scènes pour le film et était repartie. Les deux petites filles s'étaient échangé leurs adresses et avaient promis de s'écrire. Cheska avait donné de nombreuses lettres à Greta pour qu'elle les poste, mais n'avait jamais reçu de réponse. Melody lui manquait. C'était la première amie qu'elle ait jamais eue.

*

— Allez, chérie, il est l'heure de se lever.

La voix de sa mère interrompit ses rêves.

— Nous avons une journée chargée aujourd'hui. Nous déjeunons avec Leon à midi, puis nous devons aller chercher ton nouveau manteau chez Harrods. Ça va être amusant, hein ?

— Oui, Maman, acquiesça Cheska sans enthousiasme.

Sa mère se dirigea vers l'immense penderie qui occupait tout un mur de la chambre spacieuse de la petite fille.

— Bon, quelle robe souhaites-tu porter pour le déjeuner ?

Cheska soupira. Les déjeuners avec Leon étaient ennuyeux et interminables. Ils allaient toujours au Savoy et elle devait être bien sage pendant que les adultes discutaient de choses très sérieuses. Elle regarda sa mère ouvrir la porte de l'armoire, révélant trente robes de réception en soie, taffetas et organdi de la meilleure qualité, toutes cousues sur mesure pour elle et soigneusement protégées de polyéthylène. Sa mère en sortit une.

241

— Pourquoi pas celle-ci ? Tu ne l'as pas encore portée, et elle est si jolie.

Cheska jeta un regard sombre en direction de la robe rose sous la jupe de laquelle on devinait les diverses épaisseurs de jupon en filet. Elle détestait porter ces robes. Le filet lui grattait les jambes et lui laissait des marques rouges autour de la taille.

— Tu as une paire d'escarpins roses en satin qui iront parfaitement avec.

Greta posa la robe sur le lit de Cheska et partit à leur recherche.

Cheska ferma les yeux et imagina ce que ce serait d'avoir toute la journée à sa disposition pour jouer. La ravissante maison de poupées avec sa magnifique famille en bois sculpté trônait sur le sol de sa chambre, mais elle n'avait jamais le temps d'en profiter. Lorsqu'elle tournait un film, on la conduisait au studio à six heures du matin et elle rentrait rarement avant six heures et demie du soir, l'heure du bain, puis du dîner. Après quoi, Cheska devait finir ses devoirs, puis répéter son texte pour le lendemain. Sa mère disait qu'il était extrêmement grave d'oublier ses répliques lors d'une prise et, jusquelà, Cheska n'avait jamais « séché », contrairement à tant d'acteurs adultes.

— Allez, jeune fille ! Ton porridge va refroidir.

Greta écarta les couvertures de Cheska et celle-ci descendit de son lit à contrecœur. Elle enfila la robe de chambre que lui présentait sa mère et la suivit dans la salle à manger.

Cheska s'assit à sa place habituelle autour de la grande table polie et examina son bol de porridge.

— Est-ce que je suis obligée de le manger, Maman ? Tu sais bien que j'ai horreur de ça. Melody dit que sa mère ne la force jamais à prendre de petit déjeuner et…

— Franchement, l'interrompit Greta en s'asseyant en face d'elle, je n'entends plus dans ta bouche que « Melody par-ci, Melody par-là », ça en devient lassant. Et oui, tu dois manger ton porridge. Avec ton emploi du temps chargé, il est important que tu commences la journée le ventre plein.

— Mais c'est infect !

Cheska tourna sa cuillère dans l'épaisse mixture, l'en sortit et la fit retomber dans son bol, éclaboussant la table au passage.

— Ça suffit, jeune fille ! Tu te comportes comme une starlette. Tu es encore assez petite pour que je te prenne sur mes genoux pour te donner une bonne raclée, je te préviens. Maintenant, mange ton porridge !

Maussade, Cheska s'exécuta.

— J'ai fini mon bol, annonça-t-elle quelques minutes plus tard. Est-ce que je peux sortir de table maintenant, s'il te plaît ?

— Va t'habiller et je viendrai te coiffer.

— Oui, Maman.

Greta regarda sa fille se lever et sortir de la pièce. Elle sourit avec bienveillance. À part un petit caprice de temps en temps, qui était tout naturel de la part d'une fille de son âge, Cheska se comportait vraiment comme un ange. Greta était convaincue que sa politesse et ses manières impeccables l'avaient aidée à accéder à la renommée dont elle bénéficiait désormais.

Cheska était une star parce qu'elle avait un visage magnifique et photogénique, ainsi qu'un talent d'actrice certain, mais aussi parce que Greta lui avait enseigné que, lorsqu'elle travaillait, elle devait être disciplinée et professionnelle. C'était peut-être l'argent de Cheska qui leur avait acheté cet appartement luxueux de Mayfair, et avait rempli leurs armoires de beaux vêtements, mais c'était Greta qui avait guidé et façonné la carrière de sa fille. Au départ, elle manquait d'assurance face aux directeurs de studios mais, poussée par la peur de revenir à la vie qu'elles menaient avant la première audition de Cheska, elle avait vite appris. Et elle s'était elle-même surprise de sa capacité à endosser le rôle de manager de sa fille.

C'était Greta qui décidait quels scripts accepter, sachant quel genre de film mettrait Cheska en valeur, et elle avait toujours vu juste. Elle était également devenue experte dans l'art d'obtenir le meilleur accord financier. Elle demandait à Leon d'exiger un plus gros cachet, affirmant ne pas être disposée à signer le contrat au nom de Cheska à moins que le studio ne lui concède ce qu'elle souhaitait. Quelques jours tendus s'ensuivaient, mais le studio finissait par accepter. Cheska était un atout que les producteurs voulaient garder à tout prix, et Greta en était consciente.

Grâce à sa détermination lors des négociations, sa fille était désormais extrêmement riche. Toutes deux vivaient très confortablement et pouvaient s'offrir tout ce dont elles avaient envie, même si leurs dépenses étaient dérisoires par rapport aux sommes gagnées par Cheska. Greta investissait avec précaution l'argent restant, pour l'avenir de sa fille.

Le passé difficile de Greta n'était plus qu'un mauvais souvenir. Elle consacrait sa vie à la carrière de Cheska et, si elle s'était endurcie en chemin, était-ce un mal ? Au moins, les gens avaient cessé de l'ignorer et de lui marcher sur les pieds. Il lui arrivait encore parfois de traverser des moments de doute et de regret quand elle songeait à la voie solitaire qu'avait empruntée sa vie personnelle mais, pour le monde extérieur, elle était désormais estimée et respectée. Elle contrôlait la carrière de l'une des actrices les plus en vue sur la scène cinématographique britannique. Elle était la mère de « L'Ange ».

De temps à autre, lorsque David lui demandait si elle pensait que Cheska était heureuse, Greta luttait contre un accès de culpabilité. Elle se mettait sur la défensive et répondait que oui, bien sûr. Quelle petite fille ne le serait pas, ainsi choyée et adulée ? Après tout, David n'était-il pas lui-même une star et n'était-il pas heureux d'avoir atteint son objectif ? Il hochait alors lentement la tête et s'excusait d'avoir douté de son jugement.

Greta prit un magazine de cinéma sur la table et le feuilleta jusqu'à ce qu'elle tombe sur une grande publicité pour *Petite fille perdue*. Elle sourit en contemplant le visage vulnérable de sa fille. Sur la photo, elle était vêtue de haillons et serrait dans ses bras un ours en peluche élimé. Oui, voilà qui ferait accourir les spectateurs. Ce qui lui rappela qu'elle avait rendez-vous ce jour-là avec Mr Stevens, le responsable du fan club de Cheska. Ils devaient choisir l'image du nouveau film qu'ils enverraient à son armée d'admirateurs.

Greta referma le magazine en soupirant. Pas étonnant qu'il n'y ait plus d'homme dans sa vie depuis tant d'années. Même si elle l'avait voulu, elle n'aurait tout simplement pas eu le temps : gérer les affaires de sa star de fille l'accaparait complètement.

Cheska était toute sa vie, et il était trop tard pour revenir en arrière.

18

David était debout depuis l'aube. Peu importait l'heure à laquelle il se couchait, il se levait toujours à six heures et demie précises. Ce jour-là, il était libre comme l'air. Son spectacle au Palladium s'était terminé une semaine plus tôt, son émission de radio prenait des vacances d'été et il n'avait besoin de rien préparer de nouveau pendant deux mois.

Il regarda le soleil éblouissant par la fenêtre et ressentit l'appel de la campagne. Bien qu'il ait un grand jardin pour son quartier de Hampstead, ni le paysage, ni le climat n'avait quoi que ce soit de sauvage ici. Un habitant de Londres se retrouvait aseptisé et risquait de perdre ses instincts élémentaires, songea-t-il.

Peut-être s'accorderait-il de longues vacances cet été-là. Un ami l'avait invité dans sa villa du Sud de la France, mais l'idée de s'éloigner de Greta ne lui plaisait pas.

Il ouvrit la porte-fenêtre et sortit dans le jardin. Les mains dans les poches, il déambula pour admirer les parterres de fleurs parfaitement entretenus, avec leur multitude de roses et leurs cascades de lobélies au milieu de la pelouse émeraude.

C'était un homme intelligent et lucide, mais il savait qu'il pouvait dire adieu à toute logique dès lors qu'il s'agissait de Greta. Ces six dernières années, ils s'étaient vus régulièrement. Il allait souvent déjeuner chez elle le dimanche, en compagnie de Cheska qu'il adorait. Parfois, il emmenait Greta au théâtre, puis l'invitait à dîner.

Le temps passait, et il était conscient qu'ils avaient glissé dans une intimité confortable qui ressemblait presque, pensait-il avec morosité, à celle d'un frère et d'une sœur. Il distillait des conseils sur la carrière de Cheska et Greta le considérait comme un ami très cher. Il semblait que le bon moment pour faire basculer leur relation ne soit jamais arrivé. Depuis toutes ces années que Greta était réapparue dans sa vie, il n'avait toujours pas eu le courage de lui avouer qu'il l'aimait de tout son cœur.

David soupira en enlevant les fleurs fanées de l'un des massifs de roses. Au moins, pour autant qu'il sache, elle n'avait eu de relation avec aucun autre homme. Aux yeux de la loi, elle était encore mariée à Owen, bien que tous deux n'aient eu aucun contact en sept ans. Par ailleurs, il savait que Greta consacrait toute son énergie et tout son amour à Cheska. Il n'y avait de place pour personne d'autre, tout simplement.

Son obsession pour sa fille inquiétait David. Greta vivait à travers elle, ce qui était non seulement malsain pour elle, mais aussi pour Cheska. Souvent, quand il regardait la fillette, si pâle et menue, il craignait pour son avenir. La vie étrange et très exposée qu'elle menait dans sa bulle de célébrité ne convenait pas à un enfant. Il se sentait coupable d'avoir encouragé Greta à laisser Cheska se lancer dans son premier film, mais qui aurait pu prévoir alors qu'elle deviendrait une telle star ? À l'époque, il pensait que cela permettrait à la petite fille de vivre une expérience amusante et de leur fournir à toutes les deux un peu d'argent, dont elles avaient bien besoin.

Lorsqu'il déjeunait chez elles le dimanche, même lorsqu'ils étaient juste tous les trois, Cheska portait toujours une de ses robes de réception auxquelles Greta tenait tant. Assise sagement à la table de la salle à manger, elle avait l'air si mal à l'aise que David brûlait d'envie de l'emmener au parc le plus proche. Il voulait que la petite fille puisse se décoiffer, salir sa jolie robe et, surtout, crier et rire aux éclats comme tous les enfants de son âge.

Il demandait parfois gentiment à Greta si elle ne croyait pas que cela ferait du bien à Cheska de jouer avec d'autres enfants, sachant qu'elle passait tout son temps en compagnie d'adultes. Greta secouait alors la tête d'un air catégorique, affirmant que les engagements de Cheska ne lui laissaient pas le temps pour de telles activités.

David n'insistait pas. Il comprenait que, malgré les signes extérieurs de richesse qu'avait apportés la réussite de sa fille, Greta n'avait pas eu une vie facile et essayait simplement de faire ce qu'elle croyait être le mieux pour Cheska. Elle l'adorait et prenait bien soin d'elle, cela ne faisait aucun doute. En outre, il détestait l'expression qui se dessinait sur le visage de son amie lorsqu'il exprimait ses doutes.

Il rentra, songeant qu'il irait peut-être dans le Sud de la France après tout. Il avait besoin de prendre l'air et, tant qu'il n'aurait pas avoué ses sentiments à Greta, il était ridicule qu'il organise sa vie autour d'elle.

Le téléphone sonna dans son bureau et il s'empressa d'aller répondre.

— Allô ?

— David, c'est Ma.

— Bonjour, Ma. Quel plaisir d'entendre ta voix.

— Oui, enfin bon, je dis toujours que cet appareil n'est utilisé que pour annoncer des mauvaises nouvelles, répondit-elle sombrement.

— Que se passe-t-il ?

— C'est ton Oncle Owen. Le Dr Evans m'a appelée il y a peu. Son état s'est gravement détérioré ces dernières semaines. Apparemment, Owen souhaite me voir. Il a insisté pour que je me rende à Marchmont dès que possible.

— Et tu vas y aller ?

— Je m'en sens un peu obligée. Je me demandais, si tu n'es pas trop occupé bien sûr, si tu pourrais m'accompagner pour m'apporter ton soutien moral… Pourrais-tu passer me prendre à la gare de Paddington et m'emmener à Marchmont en voiture ? Excuse-moi, David, mais je ne me sens vraiment pas la force d'y retourner seule.

— Bien sûr, tu peux compter sur moi. Je n'ai rien de prévu ces prochaines semaines.

— Merci, tu ne sais pas à quel point je t'en suis reconnaissante. Est-ce que ce serait possible de partir dès demain ? À en croire le médecin, Owen n'en a plus pour longtemps.

— Je vois. Dois-je prévenir Greta ?

— Non, répondit LJ d'un ton sec. Owen n'a pas demandé à la voir. Mieux vaut ne pas remuer le passé.

Tous deux discutèrent des horaires de train et David convint avec sa mère qu'il la retrouverait à dix heures et demie à la gare et l'emmènerait ensuite au pays de Galles. Il raccrocha et s'assit, pensif.

Il aurait fallu prévenir Greta de la maladie d'Owen. Après tout, elle était toujours son épouse. Toutefois, il ne voulait pas faire de vagues, au moment où sa mère était de toute évidence bouleversée à l'idée de retourner à Marchmont et de voir Owen. En se relevant, il se demanda ce que Cheska savait de son père.

*

La longue route vers le pays de Galles était facilitée par un temps clément et peu de circulation. David et LJ bavardaient agréablement.

— C'est très bizarre de revenir, tu ne trouves pas, David ? déclara-t-elle tandis qu'ils parcouraient la route qui serpentait dans la vallée luxuriante.

— Si. Pour toi, cela fait plus de dix ans, n'est-ce pas ?

— C'est épatant de voir comme on s'adapte. Je suis devenue un pilier de la communauté de Stroud et, par-dessus le marché, une spécialiste du bridge.

Si tu ne peux pas les battre, rejoins-les, voilà ma devise, ajouta-t-elle avec ironie.

— En tout cas, ça a l'air de te réussir, tu as une mine superbe.

— Il semble qu'avoir du temps soit bon pour le teint, si ce n'est pour l'âme.

Le silence se fit tandis qu'ils quittaient la route de la vallée pour grimper le chemin étroit qui menait à Marchmont. Quand ils passèrent le portail, la maison apparut et LJ soupira en se rappelant soudain sa beauté. Par cette chaude après-midi de juin, les fenêtres scintillaient sous les rayons du soleil, comme pour saluer son retour.

David se gara devant la demeure et coupa le moteur. Aussitôt, la porte d'entrée s'ouvrit et Mary courut à leur rencontre.

— Monsieur David ! Quel plaisir de vous voir après toutes ces années ! Je ne rate jamais votre émission à la radio ! Et vous n'avez pas pris une ride !

— Bonjour, Mary, répondit-il en l'embrassant avec affection. C'est gentil à vous de le dire, mais je crois que j'ai pris quelques kilos en revanche. Vous savez que je n'ai jamais été du genre à refuser un biscuit ou une part de gâteau !

— Avec votre taille, vous pouvez vous le permettre !

LJ sortit à son tour de la voiture.

— Comment allez-vous, ma chère ?

— Très bien, madame Marchmont. Encore mieux maintenant que vous êtes de retour.

Tous trois se dirigèrent vers la maison. En entrant dans le hall, David sentit la tension de sa mère.

— C'était un long voyage, Mary. Pourriez-vous nous préparer du thé avant que ma mère voie Mr Marchmont ?

— Naturellement, monsieur David. Le Dr Evans est avec lui. Il a passé une mauvaise nuit. Si vous voulez vous installer au salon, je vais prévenir le docteur que vous êtes là et vous apporter votre thé.

Mary disparut à l'étage et David et LJ entrèrent au salon.

— Doux Jésus, quelle terrible odeur de renfermé. Mary n'aère-t-elle donc jamais ? Et les meubles ont l'air de ne pas avoir été époussetés depuis des mois.

— J'imagine qu'avec Owen dans cet état, elle n'a plus beaucoup de temps pour le ménage, Ma.

Néanmoins, sa mère avait raison : la pièce élégante, si impeccable dans son souvenir avec ses meubles parfaitement cirés, paraissait à présent défraîchie et négligée.

— Oui, c'est sûr. C'est d'ailleurs drôlement chic de sa part d'être restée avec lui.

LJ s'approcha de l'une des portes-fenêtres, souleva le loquet et l'ouvrit en grand. Tous deux sortirent sur la terrasse pour respirer l'air pur.

— Donne-moi un coup de main, mon chéri. Si nous nettoyons ces chaises, nous pourrons prendre notre thé ici. C'est tellement sinistre à l'intérieur.

LJ tirait une chaise en fer forgé rouillée pour la remettre en place lorsque Mary apporta le thé quelques minutes plus tard.

— Comment ai-je pu quitter cela ? murmura LJ en contemplant la vue idyllique.

Sous les bois qui couvraient le flanc de la colline, le soleil faisait scintiller la rivière transparente qui ondulait paresseusement dans la vallée.

David soupira et prit la main de sa mère.

— Je vois très bien ce que tu veux dire. Le bruit de l'eau qui court me rappelle toujours mon enfance.

Des pas retentirent derrière eux et ils se retournèrent.

— Restez assis, je vous en prie. Laura-Jane, David. Merci d'être venus si vite.

Le Dr Evans, aux cheveux désormais grisonnants, leur sourit. LJ lui servit une tasse de thé tandis qu'il s'asseyait.

— Comment va Owen, docteur ?

— Pas bien du tout, j'en ai peur. Vous savez tous les deux que, depuis quelques années, Mr Marchmont souffre d'alcoolisme sévère. Je lui ai dit et répété qu'il devait arrêter mais, malheureusement, il a ignoré mes conseils. Il a fait plusieurs chutes au fil des ans et voilà qu'à présent son foie le lâche aussi.

— Combien de temps lui reste-t-il ?

David observait attentivement sa mère. Son visage ne trahissait aucune émotion ; comme toujours, elle se concentrait sur le côté pratique des choses. Mais il remarqua qu'elle se tordait les mains sur les genoux.

— Pour être honnête, madame Marchmont, je suis stupéfait qu'il ait tenu si longtemps. Une semaine, deux peut-être… je suis désolé, mais c'est la fin. Je pourrais le transférer à l'hôpital, mais même là on ne pourrait pas faire grand-chose pour lui. Et de toute façon, il refuse catégoriquement de quitter Marchmont.

— Oui. Je vous remercie d'être aussi franc avec nous.

— Il sait que vous êtes là, Laura-Jane, et voudrait vous voir dès que possible. Il est lucide en ce moment, donc je vous suggère de ne pas trop tarder.

LJ se leva et prit une profonde inspiration.

— Très bien. Je vous suis.

*

Quelques minutes plus tard, elle entra dans la chambre du malade qui était dans la pénombre, les rideaux à moitié tirés. Owen était allongé dans son grand lit, les yeux fermés, la respiration superficielle. C'était désormais un vieil homme chétif et ratatiné. Debout près de lui, elle contemplait le visage de celui qu'elle avait tant aimé. Par le passé, elle avait toujours imaginé qu'ils auraient un jour l'occasion de s'expliquer, de se réconcilier ; chacun s'excuserait, exorciserait sa peine et ses blessures. Mais voilà qu'il allait mourir : pour Owen, et pour eux deux, il n'y avait plus d'avenir à espérer. L'irrévocabilité de la situation l'horrifiait.

LJ se couvrit la bouche d'une main, en refoulant ses larmes. Owen ouvrit les paupières et elle s'assit sur le bord du lit.

Il souleva une main tremblante et lui toucha le bras.

— Par... Pardonne-moi...

LJ saisit sa main et la porta à ses lèvres pour y poser un baiser, mais ne répondit pas.

— Je... dois m'expliquer.

Il semblait lutter corps et âme pour prononcer ces mots.

— Je… t'aime… depuis toujours… je n'ai aimé personne d'autre, reprit-il les larmes aux yeux. La jalousie… une chose terrible… je voulais te faire du mal… pardonne-moi.

— Owen, vieil idiot, je croyais que le simple fait de me voir t'irritait ! C'est pour cela que j'ai quitté Marchmont, répondit LJ, stupéfaite de ce qu'elle venait d'entendre.

— Je voulais te punir d'avoir épousé mon frère. Je voulais te demander en mariage à sa mort… mais la fierté… m'en a empêché.

La gorge de LJ se serra d'émotion.

— Dieu tout-puissant, Owen, pourquoi ne me l'as-tu pas dit ? Toutes ces années perdues, des années qui auraient pu être si heureuses. Est-ce à cause de moi que tu es parti au Kenya ?

— Il m'était insupportable de te voir avec l'enfant de mon frère. Je dois m'excuser auprès de David. Il n'y était pour rien.

— Sais-tu que j'ai traversé l'enfer quand est arrivée la lettre du Bureau de la guerre nous informant que tu étais porté disparu ? J'ai attendu trois longues années, à prier, à espérer que tu étais encore en vie. Mais tout le monde me disait d'accepter ta disparition, d'aller de l'avant. Ta famille souhaitait que j'épouse Robin. Que pouvais-je faire d'autre ? s'exclama LJ avec désespoir. Tu sais que je ne l'ai jamais aimé comme je t'aimais, toi. Il faut que tu me croies, Owen. Mon Dieu, si seulement tu étais rentré à la maison à la mort de Robin pour me demander de t'épouser, j'aurais dit oui aussitôt.

— C'est ce que je voulais, mais... commença Owen, avant que son visage ne se torde de douleur. Pendant la guerre, j'ai été confronté maintes fois à la mort, pourtant j'ai peur, si peur... Reste avec moi, je t'en prie. J'ai besoin de toi, Laura-Jane.

Ces derniers jours suffiraient-ils à compenser la vie à deux dont ils s'étaient privés ? Bien sûr que non, mais c'était tout ce qu'ils avaient.

— Oui, mon chéri, dit-elle avec douceur. Je resterai avec toi jusqu'au bout.

19

G reta prenait un bain lorsque le téléphone sonna.

— Flûte !

Elle attrapa une serviette, sortit en vitesse de la salle de bains et courut au salon pour répondre.

— Allô ?

— C'est moi, David. Je crains d'avoir de mauvaises nouvelles. Je t'appelle de Marchmont. Owen est mort il y a une heure.

— Je suis désolée, David.

Greta se mordit la lèvre, ne sachant pas quoi dire d'autre.

— L'enterrement aura lieu ici, jeudi après-midi. Je te préviens parce que je me disais que tu voudrais peut-être y assister.

— Euh, merci, David, mais j'ai peur de ne pas pouvoir venir. Cheska a une séance de photos toute la journée.

— Je vois. Même si tu n'es pas présente à l'enterrement, tu vas devoir venir pour la lecture du testament. Juste avant de mourir, Owen a insisté pour que tu sois là. D'après ce qu'il a confié à ma mère, je pense que c'est dans ton intérêt.

— Dois-je vraiment venir ? Nous n'avons pas besoin d'argent et, franchement, comme tu l'imagines, je n'ai pas très envie de retourner à Marchmont.

— C'était exactement notre état d'esprit à Ma et moi quand nous avons fait le voyage il y a deux semaines. Cet endroit abrite de mauvais souvenirs pour nous tous. Néanmoins, maintenant que j'y ai passé du temps, même dans ces circonstances, je serai triste de repartir à Londres. On oublie à quel point c'est beau.

— Pour ne rien te cacher, David, cela m'angoisse. Et Cheska ? Comme elle ne m'a jamais posé la question, je ne lui ai rien dit au sujet d'Owen. Ce qui m'arrangeait, car je n'aurais pas su quoi lui dire.

— Alors il est peut-être temps que tu l'éclaires, Greta. Elle va bien finir par te demander des explications, autant saisir cette occasion pour lui parler de lui. Dans tous les cas, cela ferait du bien à Cheska de sortir un peu de Londres.

— Je suppose, répondit-elle sans conviction.

— Écoute, Greta. Je comprends ce que tu ressens mais, légalement, Owen est ton mari et, en tout état de cause, le père de Cheska. Le notaire ne lira pas son testament en ton absence, ce qui signifie que si tu ne viens pas à Marchmont, Ma et moi devrons faire le voyage jusqu'à Londres. Ma mère s'est occupée d'Owen jour et nuit ces deux dernières semaines, elle est épuisée. Je préférerais que nous procédions rapidement à cette lecture, afin qu'elle puisse commencer à se remettre.

— Souhaite-t-elle que je vienne ?

— Elle pense que tu devrais, oui.

Greta soupira.

— D'accord. Nous pouvons sans doute annuler la séance photo de Cheska. L'enterrement se fera dans la plus stricte intimité familiale, n'est-ce pas ?

— Oui.

— À quelle heure est la célébration ?

— À trois heures et demie.

— Je demanderai au studio de nous fournir une voiture. Nous partirons tôt jeudi matin.

— Comme tu préfères. Et… Greta ?

— Oui ?

— Ne t'inquiète pas. Je serai là.

— Merci, David.

Greta reposa le combiné et se dirigea vers la bouteille de whisky qu'elle gardait pour les visites de David, afin de s'en servir un petit verre. Toujours enveloppée dans sa serviette, elle s'écroula sur le canapé, incertaine de ce qu'elle devait dire à Cheska à propos d'Owen. Et de Marchmont.

*

— Chérie, je… j'ai reçu un appel hier soir, se lança-t-elle le lendemain matin tandis que la petite fille mangeait son porridge. C'était pour m'annoncer une mauvaise nouvelle.

— Oh mince, Maman. Qu'est-ce qui se passe ?

— Demain, nous allons devoir partir pour quelques jours. En fait, ma chérie, ton papa est mort.

Cheska sembla étonnée.

— Je ne savais pas que j'avais un papa. Comment est-ce qu'il s'appelait ?

— Owen Marchmont.

— Oh. Et pourquoi est-ce qu'il est mort ?

— Parce qu'il était beaucoup plus âgé que moi, pour commencer, et il est tombé malade. Et tu sais que tout le monde meurt quand il est vieux. Y a-t-il autre chose que tu voudrais savoir sur lui ?

— Où est-ce qu'il habitait ?

— Au pays de Galles, d'où vient Oncle David. C'est un endroit magnifique. Il vivait dans une très belle maison, et c'est là que nous dormirons.

Le visage de Cheska s'égaya.

— Est-ce qu'Oncle David sera là aussi ?

— Oui. Et nous ferions mieux de t'acheter des vêtements confortables. Les jolies robes ne sont pas très pratiques pour un endroit comme Marchmont.

— Est-ce que je pourrais avoir une salopette, comme Melody ?

— Nous allons voir ce que nous trouverons.

Cheska descendit de sa chaise et enveloppa ses bras autour de sa mère, dans une démonstration d'affection spontanée.

— Merci, Maman. Est-ce que tu es triste que mon papa soit mort ?

— Bien sûr. On est toujours triste quand des gens s'en vont.

— Oui. C'est toujours comme ça dans mes films. Je vais m'habiller et attendre que tu viennes me coiffer.

— C'est bien, ma chérie.

Greta la regarda se diriger vers sa chambre, prenant conscience qu'elle aurait besoin de tout son courage pour affronter le passé, pour leur bien à toutes les deux.

*

La veille de l'enterrement, David feuilletait des vieux livres de la bibliothèque quand sa mère apparut dans l'embrasure de la porte.

— J'ai presque fini d'aider Mary à préparer le repas pour demain. Pourrions-nous prendre un verre tous les deux après ? Je... il faut que je te parle, David.

— Évidemment.

LJ lui adressa un sourire triste et disparut. Il alla inspecter la vitrine à apéritifs : elle contenait de nombreuses bouteilles, mais toutes étaient vides. Tout au fond, il dénicha un reste de whisky. Il sortit deux verres et le partagea entre sa mère et lui.

Tous deux avaient trouvé des cadavres de bouteilles de whisky partout dans la maison, derrière les canapés, dans les armoires et sous le lit d'Owen, au point que David était étonné que son oncle ait vécu aussi longtemps. Il s'installa dans un fauteuil avec son verre, en attendant que sa mère le rejoigne.

*

— Voilà, David, conclut LJ en poussant un profond soupir.

Elle avait parlé sans interruption, expliquant pour la première fois à son fils pourquoi Owen avait toujours nourri une telle rancœur à l'égard du petit garçon, puis de l'homme qu'il était devenu.

— Il ne faut pas que tu croies que je n'aimais pas ton père, parce que ce serait faux. J'étais effondrée à la mort de Robin. Mais Owen et moi... eh bien... Il était mon premier amour et je crois que ce type de flamme ne s'éteint jamais vraiment.

David était surpris de constater qu'il n'était pas choqué par les révélations de sa mère, simplement attristé.

— Pourquoi Owen ne t'a-t-il pas demandée en mariage à la mort de Pa ?

— Par fierté, essentiellement. Je suppose que le manque de communication est lui aussi responsable, dit-elle en regardant au loin. Il a fallu quarante ans à Owen pour m'avouer qu'il n'avait jamais cessé de m'aimer. Toute une vie gâchée, ajouta-t-elle en secouant la tête. Au moins nous avons eu deux précieuses semaines à la fin, ce qui m'apporte un peu de réconfort.

— Donc Owen a épousé Greta pour te faire de la peine ?

— Cela ne fait aucun doute. En outre, l'idée que tu puisses hériter de Marchmont lui était insupportable.

— Que va devenir la propriété à présent ? Va-t-elle revenir à Greta ? Légalement, ils sont toujours mariés.

— Owen ne voulait pas m'en parler, nous devrons donc attendre la lecture de son testament pour le découvrir. Je n'ai pas idée de ce qu'il a finalement décidé.

— Pourquoi la vie est-elle si compliquée ?

— Oh, mon chéri, tu ne sais combien de fois je me suis posé cette question ces quarante dernières années. Mais si la vie m'a enseigné quelque chose, c'est bien que tu ne dois pas en gaspiller un seul jour. Et surtout, si l'on aime quelqu'un, bon sang, il faut le lui dire, déclara-t-elle en fixant son fils avec insistance. Je ne voudrais pas que tu souffres comme moi j'ai souffert.

David eut l'élégance de rougir.

— Bien sûr.

— Maintenant, excuse-moi, mais je vais me coucher. Demain sera une longue journée et ces deux dernières semaines m'ont épuisée. Bonne nuit, mon chéri.

David regarda sa mère se retirer, puis réfléchit à ce qu'elle venait de lui dire.

L'amour pouvait changer les destinées et contrôler les vies. Comme il contrôlait la sienne.

Ma avait raison : la vie était trop courte.

Et au pire, elle dirait non.

20

À l'arrière de la limousine du studio, Cheska regardait défiler le paysage, les immeubles londoniens cédant peu à peu aux champs verdoyants. Bientôt, elle s'endormit, bercée par le ronronnement régulier du moteur.

— Chérie, nous sommes presque arrivées.

Cheska sentit sa mère qui lui secouait doucement l'épaule et ouvrit les yeux.

— Voici Marchmont, annonça Greta tandis que la voiture s'approchait de la maison.

La porte d'entrée s'ouvrit et David apparut.

— Salut ma puce, fit-il en prenant Cheska dans ses bras.

— Est-ce que c'est vrai que mon papa habitait ici ? lui chuchota-t-elle, impressionnée par la taille de la maison.

— Eh oui. Bonjour, Greta.

Il l'embrassa, puis la regarda avec admiration. Sa petite robe noire trapèze mettait en valeur sa silhouette mince, et sa nouvelle coupe à la Hepburn allait divinement bien avec ses traits délicats.

— Tu es absolument superbe, souffla-t-il.

— Merci. Toi aussi tu es très élégant.

— J'aime bien ce costume mais, malheureusement, je ne le porte que pour de tristes occasions comme celle-ci.

Le chauffeur avait sorti du coffre la valise de Greta et attendait d'autres instructions.

— Merci pour cet agréable voyage, déclara la jeune femme en se tournant vers lui. Voulez-vous une tasse de thé avant de repartir ?

— Non, merci. Je vais voir mon cousin à Penarth. Je vous souhaite à toutes les deux un bon séjour.

David remarqua à quel point Greta était maintenant à l'aise avec les employés. Elle n'avait plus rien de la jeune femme nerveuse et manquant de confiance en elle qu'il avait envoyée à Marchmont toutes ces années auparavant.

— Entrons, dit-il. Ma vous attend.

Greta prit Cheska par la main et suivit David dans la cour.

— C'est ici que tu es née, ma chérie, expliqua-t-elle.

— Oh ! s'émerveilla la petite fille. C'est grand comme Buckingham !

— Presque, répondit David en adressant un clin d'œil amusé à Greta.

— Est-ce que ce sont des vrais moutons ? interrogea la petite fille en désignant les points blancs sur la colline brumeuse.

— Tout à fait.

— Je pourrais aller les voir ?

— Cela ne devrait pas poser de problème, lui confirma David en souriant.

Nerveuse, Greta suivit David et Cheska dans la maison. Ses narines furent assaillies par la même odeur de feu de bois que la première fois qu'elle était venue ici, portée par Owen. Quand ils entrèrent au salon, LJ se leva. Ses cheveux étaient désormais blancs comme la neige, mais elle se tenait encore droite et ne montrait aucun autre signe du passage des années.

— Greta ! Quel plaisir de te voir, la salua-t-elle en allant l'embrasser sur les deux joues. Le voyage n'a pas été trop pénible ?

— Non, tout s'est bien passé, répondit Greta, reconnaissante à LJ pour son accueil bienveillant.

— Et tu dois être Cheska.

LJ tendit la main à la fillette qui plaça ses petits doigts au creux de sa paume.

— Je suis ravie de faire votre connaissance, répondit Cheska en lui serrant la main solennellement.

— Quelles bonnes manières, approuva LJ. Bon, les voitures arrivent à trois heures, ce qui nous laisse à peu près une demi-heure. Tu souhaites sans doute te rafraîchir un peu après ton long voyage, chère Greta. Je t'ai installée dans ton ancienne chambre et je pensais que Cheska pourrait coucher dans la nurserie. Est-ce que tu as faim, Cheska ?

— Oui, acquiesça la petite fille.

— Dans ce cas, que dirais-tu de descendre à la cuisine et de retrouver Mary, qui est impatiente de voir comme tu as grandi ?

LJ offrit sa main à Cheska qui la prit avec joie. Toutes deux disparurent et Greta entendit sa fille bavarder avec LJ dans le couloir. Elle monta alors l'escalier pour rejoindre la chambre où elle avait mis au monde ses deux bébés.

Les souvenirs de Jonny se ravivèrent dans son esprit et Greta frissonna. Revenir à Marchmont était extrêmement troublant. Plus vite elles reprendraient leur vie habituelle, mieux ce serait.

*

Cheska regarda le cercueil descendre sous terre. Elle supposait qu'elle devait ressentir de la tristesse. Dans son dernier film, lorsqu'elle s'était retrouvée à côté de la tombe de son père pour une scène, le réalisateur lui avait demandé de pleurer.

Elle ne comprenait pas vraiment ce qu'était la mort. Elle savait juste qu'ensuite, on ne revoyait plus jamais la personne, qui allait dans un endroit appelé Paradis pour vivre sur un nuage cotonneux avec Dieu. Elle leva les yeux vers sa mère et remarqua qu'elle ne versait pas de larmes. Elle regardait au loin, et non dans le grand trou sombre.

La vue du cercueil rappelait à Cheska son cauchemar récurrent. Elle se tourna vers sa mère et enfouit la tête dans les plis de sa robe, espérant que tout serait bientôt fini et qu'elles pourraient rentrer à la maison.

*

— Je crois qu'il est temps pour toi d'aller te coucher, jeune fille.

Cheska était joyeusement assise sur les genoux de David, à la bibliothèque.

— D'accord, Maman.

— Et si je venais te raconter une de mes histoires quand tu seras bien installée dans ton lit ?

— Oh oui, s'il te plaît, Oncle David !

— D'accord. À tout de suite alors.

— Bonne nuit, Tante LJ.

Cheska descendit des genoux de David et posa un baiser sur la joue de la vieille femme.

— Bonne nuit, ma chérie. Fais de beaux rêves.

— Merci.

Cheska sourit et suivit Greta hors de la pièce pour monter les escaliers.

— J'aime bien être ici, Maman, et Tante LJ est si gentille. Je suis contente d'avoir une tante. Tu crois qu'elle est très vieille ?

— Non, pas très.

— Plus que Papa ?

— Sans doute un peu plus jeune.

Greta conduisit Cheska dans le couloir jusqu'à la nurserie, espérant que l'enfant ne sentirait pas son appréhension de revenir dans cette pièce.

— Nous y voilà, chérie, fit-elle gaiement en se forçant à sourire. C'est ici que tu dormais quand tu étais toute petite. Cheska, qu'est-ce qui ne va pas ?

Greta regarda sa fille qui s'était immobilisée au seuil de la chambre. Son visage s'était vidé de toute couleur.

— Je… Oh, Maman, est-ce que je peux plutôt dormir avec toi ce soir ?

— Tu es une grande fille maintenant, et cette chambre est si douillette. Regarde, voici l'une de tes anciennes poupées.

Cheska restait immobile, refusant d'avancer.

— Ne fais pas de comédies, Cheska. Maman a eu une très longue journée. Allez, viens mettre ta chemise de nuit.

— Maman, laisse-moi dormir avec toi, je t'en *supplie*. Je n'aime pas du tout cette chambre.

— Bon, voilà ce que je te propose. Tu vas te changer comme une grande fille bien sage, et Oncle David montera te raconter une histoire quand tu seras couchée. Ensuite, si tu refuses toujours de dormir ici, tu pourras venir dans mon lit. Qu'est-ce que tu en dis ?

Cheska hocha la tête et entra dans la pièce d'un pas hésitant. Greta soupira de soulagement et l'aida à se déshabiller. Puis elle l'installa dans le lit étroit et s'assit près d'elle.

— Tu vois, c'est une jolie chambre, très accueillante.

Mais Cheska fixait quelque chose derrière Greta.

— Maman, pourquoi il y a deux lits de bébé là-bas ?

Greta se retourna en tremblant. Ne voulant pas perturber sa fille, elle ravala son émotion.

— L'un était à toi. Je pense que Mary a oublié de le déplacer après notre départ.

— Pourquoi on est parties ?

Greta poussa un soupir et se pencha pour embrasser Cheska sur le front.

— Je te le dirai demain, chérie.

— Ne pars pas avant qu'Oncle David arrive, Maman, *s'il te plaît*.

— D'accord, chérie, je reste là.

À cet instant, David apparut à la porte.

— C'est bien ma petite fille préférée que je vois là, toute mignonne sous ses draps ?

Cheska sourit malgré son angoisse et Greta se leva.

— Bonne nuit, mon trésor. Ne lui raconte rien d'effrayant, David. Elle est un peu troublée, murmura Greta en passant devant lui.

— Bien sûr que non. Je vais raconter à Cheska l'histoire de Shuni, le lutin qui habite dans sa grotte sur une colline, à quelques kilomètres d'ici.

Greta regarda David se percher au coin du lit. Elle resta quelques instants à la porte pour l'écouter commencer son récit, puis redescendit au salon à petits pas.

Au fur et à mesure que David parlait, le visage de Cheska se détendit et bientôt elle rit aux éclats en entendant la drôle de voix que prenait son oncle pour faire parler le gnome.

— Ils vécurent heureux…

— Et eurent beaucoup d'enfants !

— Voilà. Je crois qu'il est maintenant temps pour toi de dormir.

— Oncle David ?

— Oui mon poussin ?

— Pourquoi dans les films et les contes de fées, personne ne meurt jamais à part les méchants ?

— Parce que c'est ce qui se passe dans les contes. Les gentils vivent heureux pour toujours, et les méchants disparaissent.

— Mon papa était méchant, alors ?

— Non, ma puce.

— Alors pourquoi est-ce qu'il est mort ?

— Parce que c'était une vraie personne, et pas le personnage d'un conte.

— Oh. Et… Oncle David, est-ce que ça existe, les fantômes ?

— Non, on ne les trouve que dans les contes aussi. Dors bien, Cheska.

David lui posa un léger baiser sur la joue et se dirigea vers la porte.

— Ne la ferme pas, s'il te plaît !

— Non, ne t'inquiète pas. Maman viendra te voir tout à l'heure.

David redescendit pour retrouver LJ et Greta.

— Je ne sais pas si c'était une bonne idée que Cheska assiste à l'enterrement, soupira-t-il. Elle vient de me poser des questions très bizarres.

— Elle a fait toute une comédie pour ne pas dormir dans la nurserie, ce qui ne lui ressemble pas du tout, déclara Greta. Quand elle doit tourner hors studio, nous dormons à l'hôtel et cela ne lui a jamais posé aucun problème. Elle est encore petite ; je ne crois pas qu'elle ait vraiment compris ce qui se passait aujourd'hui.

— Elle n'est plus si petite que ça. Dans trois ans, elle sera adolescente, observa LJ.

— C'est vrai, je la vois toujours comme une enfant, convint Greta. À l'écran, elle joue en général des personnages de sept ou huit ans.

— Greta, crois-tu que Cheska comprenne la différence entre la fiction de ses films et la réalité ? demanda gentiment David.

— Évidemment ! Pourquoi me poses-tu une telle question ?

— Oh, c'est juste à cause de quelque chose qu'elle m'a dit là-haut…

— Quoi qu'elle ait pu te dire, je ne m'en soucierais pas trop. Entre le voyage et l'enterrement, nous sommes toutes les deux épuisées. Je crois que je vais monter prendre un bain, fit Greta en se levant.

— Tu ne veux pas dîner, ma fille ? s'enquit LJ.

— Non merci. Les sandwichs de cet après-midi m'ont calée pour la journée. Bonne nuit.

Greta quitta la pièce d'un pas vif et David soupira en se tournant vers sa mère.

— Je l'ai contrariée. Elle déteste qu'on critique Cheska.

— C'est une petite fille étrange, cela dit. Mais c'est sans doute parce qu'elle mène une vie étrange.

— C'est sûr que son existence n'a rien à voir avec celle des autres fillettes de son âge.

— Je pense que toutes ces bêtises cinématographiques ne sont pas une façon d'élever un enfant. Elle a besoin de courir au grand air, de prendre des couleurs et du poids, elle est bien trop frêle !

— D'après Greta, elle aime tourner dans des films.

— Moi, j'ai l'impression que Cheska n'a pas tellement le choix, ou plutôt qu'elle ne connaît rien d'autre.

— Je suis certain que Greta ne la pousserait pas à faire quoi que ce soit qui la rende malheureuse.

— Peut-être pas. Pauvre petite. Jusqu'à cette semaine, elle semblait ignorer qu'elle avait un père, sans parler du fait que ce n'est pas son père biologique.

— Je t'en prie, Ma, ce n'est vraiment pas le moment.

— J'ai le sentiment que Greta ne lui a rien raconté de son passé, poursuivit LJ, ignorant la requête de son fils. Est-ce que, par exemple, elle est au courant pour son frère jumeau ?

— Je ne crois pas. Écoute, Ma, Greta fait ce qu'elle pense être le mieux pour sa fille. Lorsqu'elles ont déménagé à Londres, les circonstances étaient très difficiles et Greta souhaitait prendre un nouveau départ. Il était inutile de parler des événements à Cheska tant qu'elle n'était pas en âge de comprendre.

— Tu te rends compte que tu défends toujours Greta, mon chéri ? demanda doucement LJ. Tu ne sembles pas voir à quel point elle est devenue susceptible depuis son départ de Marchmont. Elle qui était autrefois si douce et gentille.

— Si elle est devenue susceptible, c'est parce qu'elle a traversé moult épreuves. Ce n'est pas sa faute.

— Tu vois ? Tu recommences. Je sais d'expérience que verrouiller son cœur juste parce qu'il a été blessé par le passé n'est pas la solution. Pas plus que déverser tout cet amour refoulé sur un enfant. J'ai une idée : pourquoi ne leur proposerais-tu pas à toutes les deux de rester un peu ? Si, comme je l'imagine, Owen a laissé le domaine à Greta, elle aura besoin de temps pour régler certains aspects. Cela donnerait aussi à Cheska la possibilité de vivre quelques jours comme une petite fille ordinaire.

— Je doute que Greta reste ici plus longtemps que nécessaire. Attendons de voir ce qui se passera demain.

— En tout cas, si elle hérite bien de Marchmont, et étant donné tes sentiments évidents pour elle, l'épouser serait la solution idéale pour tout le monde. Greta a besoin d'un mari, toi d'une femme, et la petite Cheska d'un père et d'une existence plus stable. Sans parler de Marchmont qui a besoin d'un gérant, de préférence quelqu'un de la famille…

— Arrête avec tes combines, Ma ! l'avertit David. Sans parler du reste, je n'ai aucune envie de gérer Marchmont, pas même pour te faire plaisir.

LJ lut la colère dans les yeux de son fils et sut qu'elle était allée trop loin.

— Pardonne-moi, David. Je souhaite simplement ton bonheur.

— Tout comme je veux le tien. À présent, n'en parlons plus, fit-il d'un ton ferme. Allons dîner.

*

Le cauchemar de Cheska était de retour. *Il* était de retour, près d'elle… le petit garçon qui lui ressemblait. Il avait le visage extrêmement pâle et il lui murmurait des choses qu'elle ne comprenait pas. Elle savait qu'il lui suffisait de se réveiller et d'allumer sa lampe de chevet pour faire disparaître le rêve. Elle chercha l'interrupteur de la main, mais ne trouva rien. Paniquée, elle continua à tâter l'air environnant, le cœur battant à tout rompre.

Quand ses yeux se furent habitués à la pénombre grisâtre du petit matin, ils ne retrouvèrent pas les formes rassurantes de sa chambre. Ils découvrirent la chambre de son cauchemar.

Cheska se mit à hurler.

— Maman ! Maman ! Maman !

Elle savait qu'elle devait sortir du lit et quitter la pièce pour repousser ce mauvais rêve. Mais elle était trop terrifiée pour bouger et, si elle posait le pied par terre, les fantômes de la chambre l'attraperaient de leurs mains moites et glacées et...

On alluma la lumière et sa mère apparut à la porte. Cheska bondit hors du lit, traversa la pièce en courant et se jeta dans les bras de Greta.

— Maman, Maman ! Je veux partir d'ici ! sanglota-t-elle.

— Allons, ma chérie, que se passe-t-il donc ?

Cheska poussa Greta dans le couloir et claqua la porte de la nurserie derrière elles.

— Ne me demande pas d'y retourner, Maman, je t'en *supplie* !

— D'accord, ma puce, d'accord. Calme-toi. Viens. Tu vas dormir avec moi et me dire ce qui t'a fait peur.

Elle conduisit Cheska dans sa chambre, puis s'assit sur son lit et l'enfant enfouit son visage dans la chemise de nuit de sa mère.

— Tu as fait un cauchemar, mon poussin ? C'est ça ?

Elle regarda sa mère, les yeux brillants de terreur.

— Oui. Mais ce n'était pas un rêve. C'était réel. Il vit dans cette chambre, expliqua Cheska en frissonnant.

— Dans la nurserie ? Qui ça ?

Cheska secoua la tête et se blottit contre Greta. Sa mère lui caressa les cheveux avec douceur.

— Ça va aller, ma chérie. Tout le monde fait des cauchemars. Ce n'est pas réel. C'est notre imagination qui nous joue des tours idiots quand on dort, c'est tout.

— Non, non. C'était bien réel. Je veux rentrer à la maison.

— Nous partirons demain, promis. Bon, grimpe dans mon lit et on va se pelotonner l'une contre l'autre, d'accord ? Il fait frisquet, je ne voudrais pas que tu attrapes froid.

Greta installa Cheska sous les couvertures avec elle et la serra dans ses bras.

— Voilà. Ça va mieux ?

— Un peu.

— Personne ne peut faire de mal à mon bébé tant que je suis là, lui susurra Greta tandis que les bras de la petite fille glissaient peu à peu de son cou.

La jeune femme laissa sa tête retomber sur ses oreillers et songea à la réaction de Cheska dans la nurserie, se demandant ce qu'elle se rappelait au sujet de Jonny. Peu importe, se dit-elle fermement, le lendemain, à cette heure-ci, elles seraient de retour à Londres et elle pourrait de nouveau tirer un rideau protecteur autour du passé.

21

—Vous êtes certaine que cela ne vous dérange pas de veiller sur Cheska ? demanda Greta à Mary le lendemain.

Elle examinait sa fille, à l'affût d'autres signes d'angoisse.

— Bien sûr que non. Nous allons bien nous amuser toutes les deux, pas vrai, mademoiselle ?

La petite acquiesça, tout sourire. Assise sur un tabouret près de la grande table de la cuisine, elle aidait Mary à faire un gâteau et avait de la farine jusqu'aux coudes.

— Je n'en ai pas pour très longtemps. Tu es sûre que ça va aller ?

— Oui, Maman, répondit Cheska, une pointe d'agacement dans la voix.

— À tout à l'heure alors.

Greta quitta la cuisine, soulagée.

David et LJ l'attendaient dans la voiture.

— Comment va-t-elle ? s'enquit LJ à laquelle les cris nocturnes de la fillette n'avaient pas échappé.

— Très bien, répliqua Greta. C'était juste un cauchemar. Ce matin, elle semble avoir tout oublié.

— Tant mieux. Et je suis sûre qu'elle va passer un très bon moment avec Mary. Allez, c'est parti.

David les conduisit jusqu'à Monmouth, à quelques kilomètres de là, puis tous trois empruntèrent dans un silence tendu la rue principale jusqu'au bureau de Mr Glenwilliam.

— Bonjour Greta, David, madame Marchmont, les accueillit le notaire en leur serrant la main. Merci pour ce merveilleux festin d'hier, après la cérémonie. Je crois que vous avez rendu Owen fier. À présent, si vous voulez bien me suivre, nous allons nous mettre au travail.

Tous trois prirent place en face du bureau de Mr Glenwilliam. Celui-ci ouvrit un grand coffre-fort et en sortit un épais rouleau de documents attachés par un ruban rouge. Il s'assit à son tour, et le défit.

— Je dois vous informer qu'à la demande pressante d'Owen, je me suis rendu auprès de lui il y a six semaines environ pour rédiger un nouveau testament, qui annule et remplace tout document précédent. Même s'il était alors très souffrant, je peux vous confirmer qu'il était lucide et sobre lors de notre entretien. Owen a été très clair quant à ses dernières volontés. Il m'a indiqué que la situation était délicate, ajouta le notaire en toussant, un peu gêné. Je crois que le mieux est de le lire, puis nous discuterons de tout ce que vous jugerez nécessaire.

— Allons-y alors, déclara LJ, en leur nom à tous.

Mr Glenwilliam s'éclaircit la voix et débuta sa lecture :

Je soussigné, Owen Marchmont, en pleine possession de mes facultés mentales, déclare que ceci est mon testament final. Je lègue l'intégralité du domaine de Marchmont à Laura-Jane Marchmont. Ceci à la seule condition qu'elle y vive jusqu'à la fin de ses jours. À sa mort, elle pourra disposer de la propriété comme elle le souhaitera, même si j'apprécierais qu'elle la lègue à mon neveu, David Robin Marchmont.

Les sommes existantes sur le compte en banque de Marchmont passent également à Laura-Jane Marchmont, pour l'entretien et la gestion du domaine. De mon compte personnel, je lègue les sommes suivantes :

À ma fille, Francesca Rose Marchmont, à la condition qu'elle se rende à Marchmont au moins une fois par an jusqu'à ses vingt et un ans, la somme de cinquante mille livres sterling, placée sur un compte jusqu'à sa majorité. Ce compte sera administré par Laura-Jane Marchmont.

À David Robin Marchmont, la somme de dix mille livres sterling.

À mon épouse, Greta, la somme de dix mille livres sterling.

À Mary Jones, en signe de reconnaissance pour la façon dont elle s'est occupée de moi les dernières années de ma vie, je lègue la somme de cinq mille livres sterling, ainsi que le bail à perpétuité de River Cottage sur le domaine de Marchmont.

Mr Glenwilliam poursuivit, nommant d'autres bénéficiaires mineurs, mais ses trois auditeurs ne l'écoutaient plus, chacun perdu dans ses pensées.

LJ luttait pour retenir ses larmes, elle qui ne pleurait jamais en public.

David regardait sa mère, songeant que justice avait enfin été rendue.

Greta était soulagée que tout soit terminé. Elle et Cheska pourraient rentrer à Londres plus riches de soixante mille livres et ne devraient supporter pour en jouir qu'une courte visite annuelle à Marchmont.

Le notaire acheva sa lecture et retira ses lunettes.

— Une dernière chose. Owen vous a laissé une lettre, Greta. La voici, lui dit-il en la lui tendant. Avez-vous des questions ?

Greta savait qu'il attendait qu'elle conteste ce testament puisque, en tant qu'épouse, Marchmont aurait dû lui revenir. Toutefois, elle garda le silence.

— Monsieur Glenwilliam, pourriez-vous nous donner quelques minutes pour nous entretenir tous les trois ? demanda LJ d'une petite voix.

— Naturellement.

Le notaire quitta la pièce et LJ se tourna vers Greta.

— Ma fille, tu pourrais sans aucun doute prouver qu'Owen n'était pas sain d'esprit au moment de rédiger son testament. Après tout, tu es sa veuve. Si tu souhaites contester, nous ne nous mettrons pas en travers de ta route, n'est-ce pas David ?

— Absolument.

— Non, LJ. Owen a fait ce qui était juste et ce qu'il y a de mieux pour nous tous. Pour ne rien vous cacher, je suis soulagée. Cheska et moi avons une nouvelle vie à Londres. Vous savez aussi bien que moi qu'elle n'est pas la fille biologique d'Owen et que le mariage était un échec. Owen a été extrêmement généreux pour nous deux, vu les circonstances. Et pour être honnête, je suis simplement contente que ce soit terminé.

LJ la regarda avec un respect renouvelé.

— Greta, ne nous voilons pas la face. Nous savons tous les trois pourquoi tu as épousé Owen. Outre ton affection pour lui, s'empressa-t-elle d'ajouter. Et peut-être ressens-tu une certaine culpabilité.

— C'est vrai, convint Greta.

— De la même manière, tu es une femme intelligente et tu t'es sans doute rendu compte depuis que cette situation convenait également à Owen. Votre mariage lui donnait un nouveau souffle, ainsi qu'un héritier pour Marchmont, si Jonny avait vécu. Tu ne dois plus te sentir coupable, ni croire que je t'en veux le moins du monde. Dans une certaine mesure, tu as été le pion innocent d'un jeu dont tu ignorais les règles.

— Je vous assure, LJ, que j'accepte la décision d'Owen. Je suis heureuse que vous héritiez du domaine. Si je devais m'en occuper, je ne saurais même pas par où commencer.

— En es-tu absolument certaine ? Tu es consciente que, dans mon testament, je laisserai Marchmont à David ? La propriété lui revient de droit.

— Tout à fait.

— Très bien. Mais n'oublie pas : Marchmont et moi vous accueillerons chaque fois que vous voudrez venir. Apparemment, Owen ne voulait surtout pas que Cheska et toi perdiez contact avec la famille.

— Merci, LJ. Je m'en souviendrai.

David pria Mr Glenwilliam de revenir dans son bureau.

— Tout cela vous convient-il ? s'enquit le notaire.

— Oui. Greta a décidé de ne pas contester le testament, répondit David.

Mr Glenwilliam avait l'air soulagé.

— Bien entendu, je dois encore m'occuper de certains aspects juridiques, et vous aurez des droits de succession à payer. Madame Marchmont, vous devrez revenir signer quelques documents, une fois qu'ils auront été enregistrés. Et je reste à votre disposition pour toute aide dont vous pourriez avoir besoin à l'avenir, s'agissant du domaine. Comme vous le savez, je m'occupe de sa gestion financière depuis un certain temps.

— Merci. J'apprécie toute votre assistance, tant passée que présente.

— Je vous en prie, répondit le notaire, tandis que David, LJ et Greta quittaient son bureau.

*

À leur retour à Marchmont, ils retrouvèrent une Cheska absolument enchantée.

— Maman, Maman ! Devine quoi ? Mary m'a emmenée jusqu'au champ et j'ai caressé un mouton ! Et le fermier a dit que je pourrais l'aider à traire les vaches demain matin. Mais il faudra que je me lève à cinq heures.

— Enfin, chérie, tu sais bien que nous rentrons à Londres cet après-midi.

— Oh.

La déception vint assombrir le visage de Cheska.

— Je croyais que tu voulais rentrer à la maison ?

La petite fille se mordit la lèvre.

— Oui… mais est-ce qu'on ne pourrait pas rester juste un jour de plus ?

— Nous devons vraiment rentrer. Nous avons cette séance photo lundi et il ne faut pas que tu aies l'air fatiguée.

— Rien qu'un jour encore. Maman, *s'il te plaît*.

— Pourquoi ne pas rester quelque temps, ma fille ? intervint LJ. Je pense que cela vous ferait beaucoup de bien à toutes les deux. Regarde, Cheska a déjà pris des couleurs. Et puis, cela nous ferait plaisir à David et moi.

Greta était stupéfaite par le changement d'humeur de sa fille.

— D'accord, si tu ne fais pas de comédies pour aller te coucher ce soir.

— Promis, Maman. Merci !

Cheska sauta au cou de sa mère et lui planta un baiser sur la joue.

— Bon, voilà qui est décidé, se réjouit LJ. À présent, je vais aller annoncer à Mary la bonne nouvelle de son héritage. David, mon garçon, sors-nous de quoi boire. Je suis assoiffée !

Ce soir-là, Greta se mit au lit après avoir vérifié que Cheska dormait paisiblement dans la chambre jouxtant la sienne. Elle avait décidé qu'il n'était pas raisonnable de la remettre dans la nurserie, après l'épisode de la nuit précédente.

Puis elle ouvrit la lettre d'Owen.

Marchmont
Monmouthshire
Le 2 mai 1956

Ma chère Greta,

Je t'écris en sachant que tu ne liras ces lignes qu'après ma mort, ce qui est une pensée assez étrange. Toutefois, tu connais désormais le contenu de mon testament et je te dois une explication.

J'ai laissé Marchmont à Laura-Jane, non seulement parce qu'elle y est profondément attachée, mais aussi parce que c'était légitime qu'elle en hérite, tout comme David après elle. Après y avoir longuement réfléchi, je me suis rendu compte que, si je te laissais la propriété, ce serait pour toi plus un fardeau qu'un plaisir et que tu la vendrais probablement, ce qui me briserait le cœur. Ainsi que celui de Laura-Jane.

Je suis conscient que ta vie ici n'a pas été facile, notamment à cause de mon comportement impardonnable des dernières années, dont je me repens sincèrement. J'étais faible et tu t'es retrouvée à subir les conséquences d'événements passés. J'espère que tu parviendras à me pardonner et que, par ce pardon, tu considéreras Marchmont comme un refuge pour Cheska et toi, un lieu où vous pourrez vous ressourcer, loin de votre vie londonienne tumultueuse.

Tu dois me croire quand je te dis que j'avais beaucoup

de tendresse pour toi et les enfants, bien qu'ils ne soient pas les miens. Toi, Jonny et Cheska m'avez donné une nouvelle jeunesse, et je vous en suis reconnaissant. Je suis désolé que mon chagrin après la mort de Jonny ait coupé court à notre vie de famille. Je n'étais pas là pour te soutenir dans cette épreuve et je reconnais m'être conduit de façon égoïste.

S'il te plaît, dis à Cheska que je l'aimais comme ma propre fille. Mary m'a raconté qu'elle l'avait vue dans un film et qu'elle était devenue une étoile du cinéma. Je suis fier d'avoir été son père, même si cela n'a été que très bref. La seule chose qui me réconforte tandis que s'approche la mort, c'est que je retrouverai bientôt mon Jonny adoré.

Je vous souhaite à toutes les deux une vie longue et heureuse,

Owen

Greta replia la lettre. Elle sentit une vague d'émotion monter en elle, mais elle la repoussa résolument. Max, Owen, James… tous appartenaient au passé. Elle ne devait plus leur permettre de l'atteindre.

22

Allongée sur le dos, Cheska contemplait les branches épaisses du chêne qui se découpaient sur un ciel couleur bleuet, sans nuage. Elle soupira d'aise. Les studios de cinéma semblaient bien loin, personne ici ne risquait de la reconnaître et, sans doute pour la première fois de sa courte vie, elle pouvait être entièrement seule et libre. À Marchmont, elle se sentait en sécurité. Le cauchemar n'était pas revenu depuis qu'elle avait quitté la nurserie.

Elle se redressa dans l'herbe et regarda au loin. Sur la terrasse, elle apercevait sa mère et Oncle David qui déjeunaient. À force de supplier sa mère encore et encore, elles étaient là depuis une semaine déjà. Elle se rallongea et imagina à quel point ce serait merveilleux si sa mère et Oncle David tombaient amoureux, se mariaient et s'installaient là pour toujours. Alors elle pourrait aider à traire les vaches chaque matin, prendre son petit déjeuner à la cuisine avec Mary et aller à l'école du village avec d'autres enfants.

Mais tout cela n'était qu'un rêve. Cheska savait que, dès le lendemain, il lui faudrait retourner à Londres.

Elle se leva et partit en direction des bois, les mains dans les poches de sa nouvelle salopette. Elle écoutait les oiseaux et se demandait pourquoi leur chant lui semblait bien plus doux et mélodieux que celui des oiseaux de Londres.

Se promener parmi les grands arbres rappelait à Cheska le décor de *Hansel et Gretel,* un film qu'elle avait tourné l'année précédente et qui, selon Greta, avait eu beaucoup de succès lors de sa sortie pour Noël. En s'enfonçant dans les bois, elle se demanda s'il y avait une méchante sorcière dans une maison en pain d'épices, prête à la manger mais, au lieu de cela, elle se retrouva dans une clairière qui ne comportait qu'une pierre et un petit sapin.

En s'approchant, Cheska s'aperçut qu'il s'agissait d'une pierre tombale et frissonna à l'idée du mort qui gisait sous terre. Elle s'agenouilla pour lire l'inscription en relief, très nette et dorée.

JONATHAN (JONNY) MARCHMONT
Fils bien-aimé d'Owen et Greta
Frère de Francesca
2 JUIN 1946 – 6 JUIN 1949
Que Dieu guide son petit ange jusqu'au Ciel

Cheska sursauta.
Jonny...

Des souvenirs fugaces qui lui échappaient encore emplirent son esprit.

Jonny… Jonny…

Alors elle entendit quelqu'un murmurer.

— Cheska, Cheska…

C'était la voix du garçon de son rêve. Le petit garçon mort, allongé dans son cercueil. Celui qui était venu la voir à la nurserie.

— Cheska, Cheska… viens jouer avec moi.

— Non !

Elle se leva, se boucha les oreilles et quitta le bois en courant, aussi vite que le lui permettaient ses petites jambes.

*

— Greta, pour ton dernier soir, je pensais t'emmener dîner à Monmouth, suggéra David tandis que tous deux buvaient leur café sur la terrasse.

— Je… Mon Dieu, on dirait que Cheska est poursuivie par un lion affamé !

L'attention de Greta fut détournée par la vue de sa fille qui courait vers eux à toute vitesse. La petite arriva, à bout de souffle, et se jeta dans les bras de sa mère.

— Que se passe-t-il, chérie ?

Cheska leva les yeux vers Greta. Puis elle secoua résolument la tête.

— Rien. Tout va bien. Désolée, Maman. Est-ce que je peux aller voir Mary à la cuisine ? Elle a dit que je pourrais l'aider à préparer un gâteau que nous remporterons avec nous à Londres.

— Oui, bien sûr. Tu es sûre que ça va, Cheska ?

— Oui, Maman.

Elle hocha la tête et disparut dans la maison.

*

Les bougies du Griffin Arms baignaient l'intérieur du restaurant d'une lueur douce et intime. David et Greta furent accompagnés à une table un peu à l'écart sous le plafond ancien, dressée avec des couverts en argent étincelant et des verres à vin en cristal délicat.

— Madame, monsieur, puis-je vous apporter quelque chose à boire pour commencer ? s'enquit le chef de rang en leur tendant les menus.

— Une bouteille de champagne, s'il vous plaît, répondit David.

— Très bien, monsieur. Je vous recommande les crevettes, fraîchement pêchées aujourd'hui, ainsi que l'agneau gallois. Et si je puis me permettre, monsieur, j'ai beaucoup aimé votre dernier film.

— Merci. C'est très gentil à vous, fit David, gêné, comme toujours, qu'on le reconnaisse.

Après avoir commandé les suggestions du chef, ils burent leur champagne en bavardant à propos de LJ et de Marchmont.

— C'est tellement dommage que Cheska doive retourner demain à Londres. Elle semble s'être épanouie ces derniers jours, observa David.

— Oui, je suis sûre que cette escapade lui a fait du bien, mais nous ne pouvons pas décevoir son public.

— J'imagine que non, murmura David, espérant que Greta était ironique, avant de s'apercevoir qu'elle était sans doute sérieuse. Au fait, j'ai lu ce matin dans le *Telegraph* que Marilyn Monroe et Arthur Miller s'étaient mariés. Comme elle joue dans un film avec Larry Olivier, ils vont venir quelque temps à Londres.

— C'est vrai ? Quel couple atypique. J'ai l'impression que tout le monde se marie en ce moment. Est-ce que tu as regardé la cérémonie de Grace Kelly et du Prince Rainier il y a quelques mois ? Cheska était collée à l'écran de télévision, subjuguée.

Pendant le dîner, David était si nerveux qu'il toucha à peine ses plats, refusant même de prendre un dessert. Greta dégusta des fraises tandis qu'il finissait le champagne. Au moment de commander du café et deux verres de brandy, il prit conscience que le temps pressait. C'était maintenant ou jamais.

— Greta, je… eh bien, je voudrais te demander quelque chose. En fait…

David avait maintes fois répété sa déclaration dans sa tête mais, à présent qu'il devait la prononcer pour de vrai, il ne se rappelait plus un seul mot.

— Eh bien… euh… il se trouve que je… je t'aime, Greta. Depuis toujours, et pour toujours. Pour moi, il n'y aura jamais personne d'autre que toi. Voudrais-tu… envisagerais-tu… de m'épouser ?

Abasourdie, Greta fixait les joues rouges et l'expression sérieuse de David. Son regard doux était plein d'espoir. Elle déglutit avec difficulté et attrapa une cigarette. David était son meilleur ami. Oui, elle l'aimait tendrement, mais pas de cette façon. Elle s'était juré de ne plus jamais aimer personne ainsi.

— En fait, Greta, se força-t-il à poursuivre, je pense que tu as besoin de quelqu'un qui prenne soin de toi. Et Cheska a besoin d'un père. Marchmont est ta maison légitime et si nous nous mariions, Marchmont nous reviendrait un jour, ce qui réparerait tous les torts… Évidemment, rien ne nous obligerait à nous y installer tout de suite. Vous pourriez déménager dans ma maison de Hampstead, et…

Greta leva une main pour l'interrompre.

— Arrête, David, arrête, je t'en prie. Oh, je peux à peine supporter cela !

Elle posa sa tête entre ses mains et se mit à pleurer.

— Greta, s'il te plaît, ne pleure pas. Loin de moi l'idée de te faire de la peine.

Greta finit par relever la tête, puis s'essuya les yeux avec le mouchoir qu'il lui tendait. Elle savait que ce qu'elle s'apprêtait à lui dire le blesserait profondément.

— David, David chéri. Laisse-moi t'expliquer ou, du moins, essayer. Quand j'ai rencontré Max il y a toutes ces années, et que je suis tombée enceinte, j'étais assez jeune pour ramasser les morceaux et, avec ton aide, prendre un nouveau départ. Puis je suis venue à Marchmont et j'ai épousé Owen, simplement parce que j'étais seule, terrifiée, et sur le point de devenir mère. J'avais besoin de sécurité et, pendant quelques années, Owen me l'a apportée. Mais cela a été de courte durée et dépendre de lui a failli nous détruire Cheska et moi. Alors nous sommes parties pour rentrer à Londres et je suis tombée amoureuse de mon patron, un homme marié. Peut-être étaient-ce les années passées avec Owen qui avaient insufflé en moi cette envie de romance, d'un peu de satisfaction physique. Tu sais, Owen et moi n'avons jamais consommé notre mariage, ajouta-t-elle en rougissant. Par ailleurs, James parlait de quitter sa femme pour moi et, comme une idiote, j'ai commencé à le croire. Puis son épouse a découvert notre liaison et je me suis aperçu que c'était un homme faible et égoïste qui, depuis le départ, ne méritait pas mon amour. Dans cette affaire, j'ai perdu mon travail. Le jour où je suis tombée sur toi près du Windmill.

— Je vois, répondit David, luttant pour assimiler toutes ces informations.

Greta garda quelques instants le silence, puis reprit, les sourcils froncés par la concentration.

— Quoi qu'il en soit, c'est après cette terrible histoire avec James que je me suis juré de ne plus jamais m'attacher à un homme, du moins pas de façon amoureuse. Ce genre de relation ne m'a jamais apporté que de la souffrance et des peines de cœur. Je comptais sur ces hommes pour me procurer ce dont je croyais avoir besoin. Alors que, sans eux, je suis plus heureuse à bien des égards. Ces six dernières années me l'ont bien prouvé. Cheska est toute ma vie et il n'y a pas de place dans mon cœur pour un mari.

— Je vois, répéta-t-il, trop anéanti pour formuler quoi que ce soit d'autre.

— Tu dois savoir à quel point tu m'es cher, David, plus que toute autre personne au monde à l'exception de Cheska, mais je ne pourrais jamais t'épouser. Je craindrais de tout gâcher entre nous, et puis, ajouta la jeune femme en secouant la tête, je crois que je ne sais plus aimer de cette façon-là. Tu comprends ?

— Je comprends que tu as été profondément blessée, mais *moi* je ne t'ai jamais blessée. Je t'aime, Greta. Tu dois me croire.

— Je te crois, David, je t'assure. Tu es merveil-leux avec moi. Mais ce ne serait pas correct de ma part d'accepter ta proposition, parce que mon cœur est engourdi, il s'est barricadé, en quelque sorte. Et je ne pense pas que cela changera.

— Tu dis que Cheska est toute ta vie mais, un jour, elle aura sa propre vie. Que feras-tu alors ? tenta-t-il.

— Cheska aura toujours besoin de moi, répliqua Greta avec conviction. David, continua-t-elle d'une voix plus douce, ta déclaration me bouleverse. Je n'avais aucune idée de tes sentiments pour moi. Si j'envisageais de me marier, tu serais le seul homme que je prendrais en considération. Mais ce n'est pas le cas. Et malheureusement, cela ne changera jamais.

David était effondré. Il semblait inutile d'insister. Ses rêves étaient brisés, pour toujours.

— J'aurais dû t'épouser il y a toutes ces années, quand tu étais enceinte.

— Non. Ne vois-tu pas que nous sommes unis par des liens bien plus forts que ceux du mariage ? Ceux de l'amitié. Qui, je l'espère, ne se rompront pas après ce soir. Notre amitié restera intacte, n'est-ce pas ?

Il tendit le bras et lui prit la main, meurtri de ne pas pouvoir lui passer au doigt la bague qu'il avait dans sa poche. Puis il lui adressa un petit sourire triste.

— Bien sûr que oui, Greta.

Quelques instants plus tard, tous deux quittèrent le restaurant et regagnèrent la voiture en silence.

LJ avait l'impression d'entendre des voix à l'étage. Elle laissa le grand livre comptable du domaine de Marchmont et monta l'escalier sur la pointe des pieds pour voir si Cheska dormait. Dans sa chambre, le lit était vide. Elle ouvrit la porte de la salle de bains, personne. LJ se rendit alors dans la chambre de Greta, puis dans les autres pièces du couloir, jusqu'à ce qu'elle arrive à la nurserie. La porte était fermée, mais elle entendait un rire aigu à l'intérieur. Elle poussa doucement la porte.

LJ retint sa respiration et se couvrit la bouche de stupéfaction.

Cheska était assise par terre, dos à la porte. Elle semblait parler à quelqu'un tout en torturant un vieil ours en peluche. Elle lui arracha la tête et commença à retirer le rembourrage. Puis elle tordit sa patte jusqu'à ce que celle-ci se détache complètement. Elle attrapa ensuite la tête tombée sur le sol et tira sur les deux boutons figurant les yeux. L'un lui resta dans la main et elle enfonça le doigt dans le trou béant, hilare. Son rire glaçait le sang.

LJ ne bougea pas, horrifiée de voir une enfant s'adonner à une telle violence. Elle finit par s'approcher de Cheska, se retrouvant face à elle. La petite fille n'eut pas l'air de remarquer sa présence. Elle marmonnait de façon inaudible. LJ remarqua le regard vitreux de l'enfant. La petite paraissait en transe.

— Cheska, murmura-t-elle. Cheska !

La fillette sursauta, puis leva la tête et son regard s'éclaircit.

— C'est l'heure de se coucher, Maman ?

— Ce n'est pas Maman, c'est Tante LJ. Qu'est-ce que tu as fait à ce pauvre ours en peluche ?

— Je crois que j'aimerais aller dormir maintenant. Je suis fatiguée, et mon ami aussi. Il va se mettre au lit.

Elle lâcha ce qu'il restait de la peluche et leva les bras vers LJ qui, dans un effort, la souleva. Cheska posa la tête sur son épaule et ses yeux se fermèrent aussitôt. LJ la porta jusqu'à sa chambre et la coucha. L'enfant ne remua pas quand elle quitta la pièce et ferma la porte.

LJ retourna dans la nurserie et, avec dégoût, ramassa les restes de ce qui avait été autrefois un jouet cajolé. Elle retourna ensuite dans la bibliothèque, priant pour que Greta accepte la demande de son fils. Lorsque David lui avait confié qu'il allait enfin prendre son courage à deux mains et lui faire sa déclaration, LJ lui avait remis la bague de fiançailles que lui avait offerte Robin.

Même si Greta ne serait jamais son premier choix pour David, il était évident qu'il l'aimait et, en outre, il avait besoin d'une épouse. Quant à Cheska, elle avait non seulement besoin d'un père, mais aussi de repères et de normalité dans son monde artificiel. Et peut-être aussi de l'aide d'un psychologue, se dit LJ en songeant à la scène à laquelle elle venait d'assister.

Plus tard, David entra dans la bibliothèque et elle se leva, dans l'expectative. Il lui sourit tristement et haussa les épaules. Alors elle s'approcha de lui pour le prendre dans ses bras.

— Je suis tellement désolée, mon chéri.

— Au moins, j'aurai tenté ma chance. C'est tout ce que je pouvais faire.

— Où est Greta ?

— Montée se coucher. Elle et Cheska repartiront tôt demain matin.

— Je voulais parler à Greta de quelque chose qu'a fait Cheska pendant votre absence.

— Si cette enfant n'a pas été sage, tant mieux pour elle. Il est temps qu'elle commence à se rebeller un peu, répliqua David. Ne dis rien à Greta, Ma. De toute façon, elle ne te croira pas, et cela ne fera que créer des tensions.

— Ce n'est pas tant qu'elle a été désobéissante, mais plutôt étrange. Pour ne rien te cacher, je crains que Cheska ne soit un peu perturbée.

— Comme tu le dis toi-même, elle a juste besoin d'avoir parfois le droit d'agir comme une petite fille ordinaire. La plupart des enfants se comportent bizarrement de temps en temps. Pour mon bien, ne lui en parle pas, d'accord ? Je veux que Greta revienne à Marchmont, et critiquer sa fille adorée ne contribuera pas à l'en convaincre.

— Si tu insistes, soupira LJ.

— Merci, Ma.

— Il y a d'autres femmes sur cette Terre, tu sais.

— Peut-être. Mais Greta, c'est autre chose. Bonne nuit, Ma, fit-il en l'embrassant tendrement sur le front.

23

Le changement chez Cheska fut si lent et subtil que, à l'approche de ses treize ans, Greta était incapable de savoir quand il avait commencé. Au cours des deux ans et demi qui s'étaient écoulés depuis la mort d'Owen, la petite fille gaie et lumineuse était devenue une enfant morose et introvertie qui ne souriait plus que pour les caméras.

Elle s'était éloignée de Greta, manifestant de moins en moins d'affection à son égard. Parfois, au beau milieu de la nuit, sa mère l'entendait gémir et parler toute seule. Alors Greta gagnait la chambre de sa fille sur la pointe des pieds. Cheska remuait légèrement, se retournait et tombait dans le silence. Maintes fois, Greta lui avait demandé si tout allait bien, si elle voulait lui parler de quelque chose, mais Cheska secouait invariablement la tête, répondant que c'était son ami qui était malheureux. Et quand Greta demandait qui était cet ami, la fillette se contentait de hausser les épaules.

Greta se souvenait que, plus jeune, elle aussi avait eu un ami imaginaire. Elle décida de patienter, le temps que Cheska renonce toute seule à son imagination. Sa fille était globalement en bonne santé : elle mangeait et dormait normalement – mais son regard avait perdu son étincelle.

Personne d'autre ne semblait avoir remarqué ce changement et elle était soulagée que la moue constante de Cheska disparaisse dès qu'elle mettait les pieds sur un plateau.

Physiquement, elle commençait aussi à se transformer et les premiers signes de puberté avaient alerté Greta. Elle insistait désormais pour lui faire porter des maillots de corps épais et serrés, en vue d'aplatir sa poitrine naissante. Quant aux petits boutons qui lui apparaissaient sur le nez ou le menton, ils étaient arrosés d'antiseptique et recouverts de fond de teint. En outre, Greta retira le chocolat et tous les produits gras de son alimentation.

Bien que Leon ait assuré à Greta qu'il n'y avait aucune raison que Cheska, actrice enfant star, ne réussisse pas dans le cinéma en tant qu'adulte, elle savait que le public préférerait la voir dans des rôles de petite fille innocente aussi longtemps que possible.

*

Pour célébrer le treizième anniversaire de Cheksa, Greta décida d'organiser une fête chez elles. Elle invita les acteurs du dernier film de sa fille, ainsi que David, Leon et Charles Day, le réalisateur avec lequel Cheska tournait le plus souvent. Elle embaucha un traiteur pour l'événement et prévint le magazine *Movie Week* pour qu'il envoie des photographes. Quelques jours avant la fête, elle emmena Cheska chez Harrods afin de lui acheter une nouvelle robe de réception en satin, qui vint s'ajouter à la vaste collection que contenait déjà sa garde-robe.

Le matin du jour J, Greta lui apporta son petit déjeuner au lit.

— Joyeux anniversaire, ma chérie. Regarde, je t'ai apporté du jus d'orange et l'une de ces pâtisseries que tu aimes tant – juste pour cette fois !

— Merci, Maman, répondit Cheska en se redressant.

— Est-ce que ça va, mon poussin ? Tu es toute pâle.

— Je n'ai pas très bien dormi cette nuit, c'est tout.

— C'est dommage, mais j'ai ici quelque chose qui va te mettre de bonne humeur, déclara Greta en brandissant un grand paquet cadeau. Vas-y, ouvre !

Cheska déchira le papier et ouvrit la boîte. À l'intérieur, elle découvrit une poupée.

— Elle est superbe, tu ne trouves pas ? Tu reconnais son visage ? Et ses vêtements ? Je l'ai faite faire spécialement pour toi.

Cheska acquiesça sans enthousiasme.

— C'est toi, habillée en Melissa, l'héroïne de ton dernier film ! J'ai donné à l'artiste une photo de toi pour qu'il puisse reproduire tes traits. Je trouve qu'il a réalisé un travail formidable, pas toi ?

Cheska fixait la poupée, en silence.

— Elle te plaît, hein ?

— Oui, Maman. Merci beaucoup, répondit-elle mécaniquement.

— À présent, mange ton petit déjeuner. Je dois faire un saut pour aller récupérer une surprise pour la fête de cette après-midi. Je n'en aurai pas pour longtemps. Si tu prenais un bain après ton petit déjeuner ?

Cheska hocha la tête. Lorsqu'elle entendit la porte se refermer, elle jeta la poupée par terre, enfouit son visage dans son oreiller et fondit en larmes.

Elle rêvait d'une radio et sa mère avait préféré lui offrir une poupée stupide, un cadeau pour un bébé. Elle n'était *plus* un bébé, mais sa mère ne semblait pas le comprendre.

Cheska s'assit dans son lit et regarda la robe en satin qui pendait sur la porte de son armoire.

C'était une très jolie robe – pour un bébé.

La voix qu'elle avait entendue pour la première fois à Marchmont recommença à murmurer dans sa tête…

*

Greta paya le gâteau d'anniversaire chez Fortnum & Mason et le transporta avec précaution jusqu'au taxi qui l'attendait. Au cours du bref trajet jusque chez elle, elle dressa dans sa tête une liste de tout ce qu'il lui restait à faire avant l'arrivée des invités à quatre heures de l'après-midi.

De retour à l'appartement, elle se précipita dans la cuisine et dissimula le gâteau dans un placard.

— Chérie ! Je suis rentrée !

Il n'y eut pas de réponse. Greta frappa à la porte de la salle de bains. Ne recevant là encore aucune réponse, elle tourna la poignée et vit qu'il n'y avait personne.

— Je croyais que tu devais prendre un bain ! appela-t-elle, se dirigeant vers la chambre de Cheska. Il nous reste beaucoup à faire avant la…

Elle s'interrompit net face à la vision qui se présenta à elle.

Sa fille était assise par terre, une paire de ciseaux à la main, au milieu d'une cascade froissée de satin, de soie et de jupon. Sous les yeux de Greta, Cheska souleva les restes de sa belle robe neuve et continua à la déchiqueter en gloussant.

— Que diable es-tu en train de faire ? Donne-moi ces ciseaux ! *Immédiatement !*

Cheska leva la tête, le regard vitreux.

— Donne-moi ces ciseaux ! répéta Greta en les prenant de force dans la main de Cheska qui continuait à la fixer, inexpressive.

Greta s'effondra sur le sol, au bord des larmes. Elle regarda en direction de la penderie et s'aperçut qu'elle était vide. Balayant la pièce des yeux, elle découvrit près du lit les haillons de ce qui avait été une merveilleuse collection de robes.

— Pourquoi ? Cheska ? Pourquoi ?

Sa fille se contenta de la fixer de son regard vide. Greta l'attrapa par les épaules et la secoua vivement.

— Réponds-moi enfin !

Le mouvement sembla libérer Cheska de sa transe. Elle observa sa mère, la peur s'instillant dans ses yeux. Puis elle vit les robes déchiquetées autour d'elle et parut prendre conscience de ce qu'elle avait fait, comme si elle avait agi à son insu.

— Pourquoi ? Pourquoi ! s'exclama Greta en continuant de la secouer.

Cheska se mit à pleurer ; de terribles sanglots. Elle tomba dans les bras de sa mère, mais Greta ne l'étreignit pas. Elle laissa sa fille sangloter.

— C'est à cause de lui, mon ami. Il m'a ordonné de le faire. Je suis désolée. Je suis désolée, je suis désolée, répéta Cheska encore et encore.

— *Qui* est cet ami ?

— Je ne peux pas te le dire. Je le lui ai promis !

— Mais Cheska, comment peux-tu le considérer comme un ami s'il te pousse à faire des choses pareilles ?

Elle secoua la tête et gémit contre l'épaule de Greta.

— J'ai tellement mal à la tête…

— Ça va aller, ça va aller. Maman n'est plus fâchée. Viens, calme-toi et nettoyons ce foutoir. Il faut te préparer pour ta fête d'anniversaire.

Greta se précipita dans la cuisine et en revint armée de sacs-poubelle noirs, où elle entreprit de fourrer les lambeaux pathétiques de la garde-robe de sa fille. Il lui faudrait appeler le teinturier pour voir s'il pourrait lui apporter une autre robe pour Cheska.

Au moment où Greta se penchait pour ramasser les restes de la dernière robe, elle sursauta. Perdue dans les morceaux de tissu, la tête de la poupée qu'elle venait d'offrir à Cheska la fixait. Elle avait été arrachée du corps et ses cheveux avaient été sauvagement coupés.

La jeune femme entrevit un bras qui dépassait de sous le lit. Lentement, les joues ruisselantes de larmes, elle se mit à quatre pattes pour récupérer les membres épars de la poupée. Elle les enfouit dans les sacs-poubelle avec les robes, puis, à genoux, se prit la tête dans les mains de désespoir.

Elle ne pouvait plus l'ignorer. Cheska avait besoin d'aide. Et vite.

*

— Alors, docteur, quel est votre verdict ?

— La bonne nouvelle, c'est que, physiquement, Cheska est en parfaite santé.

— Dieu soit loué, murmura Greta.

Elle avait imaginé toutes sortes d'horreurs pendant que le médecin examinait sa fille.

— Cependant, je dirais que son... état psychologique n'est pas aussi bon.

— Comment cela ?

— Eh bien, madame Simpson, je lui ai demandé de me parler de son ami imaginaire. Elle m'a confié qu'il lui parlait sans cesse, surtout la nuit. Apparemment, c'est lui qui la pousse à faire ces... choses fâcheuses. Elle m'a dit aussi qu'elle avait des cauchemars récurrents et souffrait de terribles maux de tête.

— D'accord, répondit Greta avec impatience, mais qu'est-ce qui cause ces troubles ?

— Il se pourrait que ce soit son imagination qui lui joue des tours, au vu du niveau de stress qu'elle subit constamment. Après tout, elle vit sous les projecteurs depuis ses quatre ans. Toutefois, après avoir parlé avec Cheska et vous avoir écoutée, vous, il se pourrait également qu'elle souffre de schizophrénie. Je vais vous indiquer un psychiatre qui sera mieux en mesure que moi de poser un diagnostic approprié.

— Oh mon Dieu ! Êtes-vous en train de me dire qu'elle est folle ?

— La schizophrénie est une maladie, madame Simpson. On ne la considère plus aujourd'hui comme un état de folie, tempéra le médecin. En outre, il faut qu'un spécialiste l'examine avant de pouvoir confirmer tout diagnostic potentiel. N'oubliez pas que Cheska essaie également de gérer le début de sa puberté, une période délicate pour n'importe quelle jeune fille. Néanmoins, s'il y a une chose que je vous recommanderais sans hésitation, c'est qu'elle prenne des vacances, sans attendre. Emmenez-la quelques mois au calme. Donnez-lui du temps pour se détendre et pour grandir loin des regards.

— Mais, docteur, Cheska vient de signer un nouveau contrat pour deux films. Elle est censée commencer le tournage du premier dans deux semaines. Elle ne peut pas se permettre de prendre quelques mois de congé. En plus, elle adore jouer dans des films. C'est notre… *sa* vie.

— Madame Simpson, vous me payez pour que je lui prescrive un traitement approprié, et le voilà. Bon, je vais contacter mon collègue et prendre tout de suite un rendez-vous pour Cheska. Entre-temps, je vais vous faire une ordonnance pour des calmants légers, mais elle ne doit les prendre que si elle semble particulièrement agitée.

— Pensez-vous vraiment qu'elle doive voir un psychiatre ? Comme vous le dites, ce comportement est peut-être simplement dû à la puberté et à une charge de travail trop lourde.

— Il le faut, oui. Cheska a peut-être besoin d'autres médicaments, tels que la chlorpromazine, et mieux vaut prévenir que guérir. Voici l'ordonnance pour les calmants. Voulez-vous que j'explique la situation à Cheska ?

— Non, merci docteur. Je m'en charge, s'empressa de répondre Greta.

— Très bien. Et souvenez-vous, tant qu'elle n'aura pas vu le psychiatre, le repos total est fondamental. Je vous téléphonerai lorsque j'aurai confirmé le rendez-vous.

— Oui. Merci, docteur. Au revoir.

Greta sortit de son cabinet et retrouva Cheska qui l'attendait, toute pâle. Dans le taxi qui les ramenait chez elle, l'adolescente demanda d'une petite voix :

— Qu'est-ce qu'a dit le docteur, Maman ? Qu'est-ce qui cloche chez moi ?

Greta pressa sa main dans la sienne.

— Rien du tout, chérie. Il a dit que tu étais en parfaite santé.

— Mais mes maux de tête alors ? Et les... drôles de rêves ?

— Il dit que tu travailles trop, c'est tout. Aucune raison de s'inquiéter. Il m'a prescrit des pilules pour t'aider à te détendre. Il a dit aussi que des vacances te feraient du bien. Alors je pensais que nous pourrions aller à Marchmont une semaine ou deux.

Le visage de Cheska s'éclaira.

— Oh, ce serait formidable ! Est-ce qu'Oncle David sera là ?

— J'en doute, mais il y aura Tante LJ et Mary et tu pourras te reposer avant le début de ton prochain tournage.

— Oui, Maman.

Greta était soulagée de voir que le regard de sa fille semblait plus brillant et joyeux qu'il ne l'avait été depuis plusieurs jours.

*

Ce soir-là, après avoir donné une pilule à Cheska et l'avoir couchée, Greta s'assit dans le salon avec un petit verre de whisky. Le médecin avait appelé pour confirmer le rendez-vous de Cheska chez le psychiatre, deux jours plus tard. Greta l'avait remercié, l'assurant qu'elle s'y rendrait. Toutefois, elle avait déjà décidé d'emmener Cheska à Marchmont le lendemain et de voir comment évoluerait la situation. Il était hors de question de retarder le film, bien que le contrat le permette. Cheska était en pleine phase de transition entre enfance et âge adulte, c'était une période charnière de sa carrière, et toute absence prolongée de la scène cinématographique détruirait ce qu'elle avait accompli jusque-là. Loin des yeux, loin du cœur : son public l'oublierait.

Quant à cette histoire de schizophrénie – qui, pour Greta, équivalait à la folie –, elle n'y croyait pas une seconde. Cheska, sa fille parfaite, si belle et talentueuse… Non, c'était ridicule.

La pauvre petite avait juste besoin d'un peu de repos.

*

Cheska revint de ses deux semaines de vacances à Marchmont plus calme et revigorée. Elle prenait deux calmants par jour et, bien qu'elle semble un peu moins vive que d'habitude, cauchemars et maux de tête avaient cessé. Greta appela le médecin pour lui demander une nouvelle ordonnance de calmants. Il refusa de les lui prescrire tant qu'elle n'aurait pas vu le psychiatre. Greta expliqua qu'après ces deux semaines de congé, l'état de sa fille s'était beaucoup amélioré et qu'elle ne voulait surtout pas la perturber avec d'autres examens. Le médecin ne céda pas, affirmant que les calmants, bien que légers, constituaient une mesure temporaire et n'étaient pas indiqués sur le long terme. Agacée, Greta se fit prescrire les cachets par son propre médecin, expliquant qu'une amie les lui avait recommandés. Le médecin s'exécuta sur-le-champ, sans poser de questions.

Une semaine plus tard, Cheska était sur le tournage de son nouveau film. Greta augmenta la posologie de sa fille à trois pilules par jour.

*

Assise dans sa loge, Cheska lisait un article au sujet de Bobby Cross, la dernière idole britannique de la pop musique. Elle le préférait à Cliff Richards même si, depuis qu'elle possédait un gramophone, c'était la chanson « Living Doll » de ce dernier qui tournait en boucle. Elle caressa la photo du visage de Bobby, rêveuse, en se demandant si elle parviendrait un jour à convaincre sa mère de la laisser assister à l'un de ses concerts.

Elle reposa le magazine en soupirant et regarda la grosse pile de courrier d'admirateurs que Greta lui avait laissée. Elle se sentait mieux depuis qu'elle prenait ses pilules. Les maux de tête avaient cessé, tout comme s'était tue la voix qui hantait ses rêves et l'avait poussée à commettre des horreurs.

Mais à présent elle ne ressentait plus rien. C'était comme si elle n'était pas réelle, comme si elle se faisait passer pour un être de chair et de sang qu'elle n'était plus. Engourdie, elle avait l'impression d'être détachée de sa vie et du monde qui l'entourait.

Elle se toucha la joue et se réconforta un peu en sentant sa chaleur. Elle poussa un profond soupir. Elle avait des milliers d'admirateurs fervents, ainsi qu'une carrière prospère qui lui offrait des privilèges dont beaucoup rêvaient. La plupart des gens passaient leur vie à lutter pour obtenir ce qu'elle-même avait depuis ses quatre ans. Pourtant, à treize ans, elle se sentait vieille comme le monde. Tout lui paraissait vain.

On frappa à sa porte.

— Le plateau est prêt pour vous, Mademoiselle Hammond.

— J'arrive.

Elle se leva, prête à affronter une heure d'illusion qui lui semblait tellement plus réelle que sa propre existence. En quittant sa loge, Cheska se demandait si sa vie à elle connaîtrait une fin heureuse.

24

L eon fit entrer Greta et Cheska dans son bureau et les embrassa toutes les deux chaleureusement.

— Vous m'avez l'air en pleine forme. Asseyez-vous, mettez-vous à l'aise. Comme tu le sais, Cheska, ta mère et moi avons beaucoup discuté ces deux derniers mois de l'évolution de ta carrière. Nous sommes d'accord pour dire que, maintenant que tu as atteint le grand âge de quinze ans, nous devons changer la perception que le public a de toi.

— Oui, Leon, répondit Cheska, par automatisme.

— Tu te doutes que passer d'actrice enfant à vedette adulte peut être délicat, mais je crois que Rainbow Pictures a trouvé le moyen parfait pour t'aider à réussir cette transition.

Leon sourit de toutes ses dents et poussa un script sur son bureau. Cheska le saisit et lut le titre. *S'il vous plaît, monsieur, je vous aime.* Sa mère le lui arracha des mains avant qu'elle ait eu le temps de l'ouvrir et lança à Leon un regard furieux.

— N'es-tu pas toujours censé demander mon accord avant de parler d'un projet à ma fille ?

— Pardonne-moi, Greta, mais celui-ci n'est arrivé qu'hier soir à mon bureau.

— Qui est l'auteur ? s'enquit-elle d'un ton sec.

— Peter Booth. Un nouveau scénariste sur lequel Rainbow Pictures fonde de grands espoirs.

— Cheska jouerait le personnage principal ?

— Naturellement, assura Leon. Et la bonne nouvelle, c'est que Charles pense que c'est Bobby Cross, le chanteur, qui jouerait à ses côtés. Ce serait son premier film.

— Mais Cheska serait quand même en tête d'affiche ?

— Au moins, je suis certain que nous pourrions nous arranger pour qu'elle la partage avec Bobby, assura Leon avec tact. Ce qu'il faut voir, Greta, c'est que ce film va rapporter à Cheska une multitude de nouveaux fans. Toutes les adolescentes iront le voir pour Bobby Cross, et leurs petits amis tomberont amoureux de ta fille. C'est un scénario formidable, qui n'a rien à voir avec ce qu'elle a fait jusqu'ici. En prime, tu auras ton premier baiser à l'écran, ajouta-t-il en adressant un clin d'œil à Cheska.

— Vous voulez dire que je devrai embrasser Bobby Cross ?

L'adolescente rougit, les yeux brillants de plaisir.

— Oui, plus d'une fois si je ne m'abuse.

— Hors de question. Il faudra enlever ces passages, intervint Greta en feuilletant le script.

311

— Greta, nous sommes en 1961. Tu dois comprendre que le monde est en train de changer et le cinéma doit refléter ce changement. *Un goût de miel* – qui présente une Rita Tushingham enceinte, sans bague au doigt – va sortir dans quelques semaines et…

— Je t'en prie, Leon ! Pas devant Cheska.

— D'accord, d'accord, excuse-moi. Ce que j'essaie d'expliquer, c'est que les adolescentes ne sont plus dans les jupes de leur mère, tranquilles à la maison, à apprendre à cuisiner jusqu'à ce qu'un bon mari se présente. L'année prochaine, MGM sortira l'adaptation de *Lolita*, et Alan Bates jouera le personnage principal d'*Un amour pas comme les autres*. Rainbow Pictures veut rester dans l'air du temps. Ce sont les jeunes qui remplissent désormais les cinémas. Mélodrames, films de guerre, films historiques en costumes d'époque… tout ça c'est dépassé ! Les jeunes veulent pouvoir s'identifier à ce qu'ils voient à l'écran.

— Merci pour ce sermon, Leon. Je suis parfaitement consciente de l'évolution des mentalités. Je ne suis pas encore sénile. Bon, de quoi parle ce film exactement ?

— C'est l'histoire d'une collégienne qui tombe amoureuse de son professeur de musique, jeune et charmant. Ils s'enfuient ensemble et le professeur forme un groupe tandis qu'ils sont poursuivis dans tout le pays par les autorités…

— C'est ridicule, Cheska n'a que quinze ans ! l'interrompit Greta, furieuse.

— Calme-toi, Greta. Dans le film, le personnage a seize ans et, d'ici la sortie du film, Cheska les aura aussi. Le sujet peut paraître un peu osé, mais à l'exception d'un baiser ici et là, il n'y a pas d'autre, euh… contact physique. C'est une comédie légère, avec les chansons de Bobby Cross. Ce serait tourné en extérieur, pour donner au film cette touche de réalisme qui plaît tant en ce moment.

— Ça a l'air super, Maman, hein ? intervint Cheska avec espoir.

— Je vais emporter le scénario pour le lire, puis nous déciderons, lui répliqua sa mère d'un ton ferme.

— Ne tardez pas trop en tout cas. Comme nous le savons tous les deux, la carrière de Cheska a atteint un stade critique. Le studio a offert des contrats à de nombreuses autres jolies jeunes filles.

— Mais aucune d'elles ne possède l'armée de fans de Cheska. Or c'est cela qui attire les foules au cinéma, lui rappela Greta. Viens, Cheska, rentrons à la maison.

Elle se leva et fit signe à sa fille de suivre son exemple.

— Au revoir, ma puce.

— Au revoir, Leon, répondit tristement Cheska en suivant sa mère.

Après leur départ, l'agent resta quelques instants songeur. Il avait de l'admiration pour Greta et pour la façon dont elle avait permis à Cheska d'accéder à son rang de vedette du cinéma, sans s'épargner aucun effort. Toutefois, ces derniers temps, elle devenait de plus en plus autoritaire. D'accord, Cheska était célèbre, mais ses admirateurs appartenaient essentiellement à la génération des parents et des grands-parents. En grandissant, elle avait perdu l'innocence qui avait fait d'elle une enfant star. Son dernier film avait eu moins de succès que le précédent et cela faisait neuf mois qu'on ne lui avait pas proposé de script. Cheska devait désormais convaincre Rainbow Pictures et tout un nouveau public qu'il valait encore la peine de payer sa place de cinéma pour la voir dans des rôles plus adultes. Greta devait prendre conscience qu'elle ne pouvait plus se permettre d'imposer sa volonté.

Au moins, Leon était soulagé de voir que l'adorable petite fille qu'était Cheska devenait une ravissante jeune femme. Sa silhouette frêle, combinée à ses beaux cheveux blonds et à ses traits délicieux, ferait baver d'envie n'importe quel adolescent boutonneux. L'avenir de Cheska dépendait de sa capacité à séduire et faire rêver les hommes. Mais Greta l'autoriserait-elle ?

*

— *S'il te plaît*, Maman. J'adore ce script ! Je le trouve super cool !

— N'utilise pas ce vocabulaire Cheska, c'est ridicule.

Elles prenaient leur petit déjeuner. Cheska avait lu le scénario la veille, dans son lit. Ses quelques heures de sommeil avaient été remplies de rêves où elle embrassait Bobby Cross. Pour la première fois depuis des années, elle ressentait de l'excitation.

— Je ne sais pas. Franchement, je ne crois pas que tes fans aimeraient te voir en mini-jupe, avec des faux cils.

— Mais enfin, je ne peux pas continuer à jouer des petites filles ! J'ai passé l'âge – même les critiques le disent.

— D'accord, mais peut-être devrions-nous regarder d'autres scénarios avant de nous décider. Tout de même, il y a une scène où ton personnage sort de sa chambre en sous-vêtements !

— Et alors ? Je n'ai pas honte de mon corps. Tu sais, c'est plus naturel d'être nu qu'habillé, ajouta Cheska, citant mot pour mot un article qu'elle avait lu récemment.

— Je t'en prie ! Tu te crois peut-être grande, mais tu n'as pas encore seize ans et c'est encore moi qui décide !

— Maman, il y a des filles à peine plus âgées que moi qui habitent seules, ont des petits copains et… et… d'autres choses !

— Et que sais-tu des petits amis, jeune fille ?

— Tout ce que je sais, c'est que les autres filles en ont et que je veux faire ce film !

Cheska se leva alors de table, gagna sa chambre et claqua la porte derrière elle. Greta se dit qu'elle devrait penser à se faire prescrire d'autres calmants pour Cheska. Puis elle téléphona à Leon.

— Allô, Greta à l'appareil. J'ai lu le script et certains passages m'inquiètent. Je veux qu'on enlève les scènes à moitié dénudées, ainsi que tout l'argot. Ensuite seulement nous pourrons l'envisager.

— Impossible, Greta. Soit Cheska accepte le rôle tel qu'il est, soit elle refuse.

— Dans ce cas, c'est non. Ne peux-tu pas lui trouver autre chose ?

— Écoute, que les choses soient claires : pour ce studio-là, c'est ça ou rien. Dois-je leur dire de commencer à auditionner d'autres filles pour le rôle ?

Greta ne répondit pas. Elle se retrouvait au pied du mur.

— Et Cheska ? reprit Leon. Est-elle intéressée ?

— Oui, mais elle a de fortes réserves.

Leon n'en crut pas un mot. Il avait bien lu l'excitation dans les yeux de l'adolescente lorsqu'il avait mentionné Bobby Cross.

— Bon, je vais appeler Charles pour lui dire que Cheska accepte, avant qu'il ne perde patience et choisisse quelqu'un d'autre. Nous pourrons régler les détails plus tard. Allez, Greta, implora-t-il. Cela fait longtemps que nous travaillons ensemble, et tu dois bien te rendre compte qu'il s'agit pour elle d'une occasion en or.

Il y eut un long silence à l'autre bout du fil.

— Très bien.

— Formidable ! Tu ne le regretteras pas, je te le promets.

— J'espère que tu as raison, murmura Greta après avoir raccroché.

Elle alla annoncer la nouvelle à Cheska dont le visage s'illumina de bonheur – une expression que Greta n'avait pas vue sur le visage de sa fille depuis des années.

— Oh, merci, Maman. Je sais que c'est la bonne décision. Je suis si heureuse !

Cela, au moins, réjouissait Greta.

*

— Et voilà le travail ! s'exclama la maquilleuse. Ce sera à toi dans un petit quart d'heure. Tu veux du café ?

— Non, merci.

Cheska se regarda dans la glace. Son visage avait été recouvert de fond de teint et son regard ourlé de noir. On lui avait posé des faux cils, et une ombre à paupières bleue soulignait ses grands yeux. Quant à sa bouche, elle aussi était mise en valeur par un rouge à lèvres rose qui accentuait la blancheur de ses dents. Sa tête lui semblait étrangement légère, habituée qu'elle était à sa longue chevelure qui avait été coupée juste au-dessus de ses épaules, formant un halo doré.

Elle portait un uniforme traditionnel, composé d'un blazer, d'un chemisier et d'une cravate, mais l'ourlet de sa jupe plissée s'arrêtait dix centimètres au-dessus du genou, laissant ses longues jambes nues jusqu'à ses socquettes et ses chaussures.

Elle rit aux éclats. Sa mère aurait une attaque en la voyant. Mais elle s'en fichait. Pour sa part, elle adorait cette transformation.

La régisseuse de plateau arriva et sourit.

— Ce nouveau look te va comme un gant, Cheska. J'ai du mal à croire que c'est bien toi.

L'adolescente la suivit dans le couloir, jusque dans le vaste hall de l'école.

— Sais-tu quelle scène nous allons tourner en premier ?

Cheska parcourut le hall des yeux, à la recherche de Bobby Cross.

— Oui. C'est la scène où le nouveau professeur de musique est présenté à toutes les élèves rassemblées.

— Exactement. Assieds-toi là et nous t'appelle-rons quand nous serons prêts.

La salle était remplie de filles vêtues du même uniforme que Cheska, en train de bavarder gaie-ment. Le silence se fit soudain, lorsque les portes du hall s'ouvrirent sur Bobby Cross et Charles Day. Cheska se tourna vers eux en même temps que ses camarades et retint sa respiration en découvrant son idole pour la première fois. Il était plus beau en vrai que sur toutes ses photos. Ses cheveux blond cendré étaient coiffés en banane et ses yeux noisette étaient encadrés par de longs cils recourbés.

— Salut les filles, comment ça va ? lança-t-il de son accent cockney effronté, tout en décochant son célèbre sourire.

Un soupir collectif retentit dans la salle.

— Viens, je vais te présenter ta partenaire, Cheska Hammond, indiqua Charles Day.

Cheska se leva, raide comme un piquet, en voyant Bobby s'approcher d'elle.

— Salut, chérie. Ça va être sympa de tourner ce film, hein ?

Elle parvint à hocher la tête et à marmonner un « oui ». Elle se sentit rougir tandis que les yeux de Bobby la jaugeaient des pieds à la tête, en insistant sur sa poitrine. Il se tourna vers Charles Day.

— Je crois que tous mes rêves se sont réalisés !

— Bonjour. Greta Simpson, la mère de Cheska. Heureuse de faire votre connaissance, déclara Greta en passant devant Cheska pour tendre la main à Bobby.

— Salut, répondit-il en ignorant la main ten-due. On se voit sur le tournage, fit-il à l'intention de Cheska en lui adressant un clin d'œil avant de s'éloigner. Est-ce que ce dragon va chaperonner la plus belle nana que j'aie vue depuis des mois ? Ça va gâcher tout mon plaisir, glissa-t-il au réalisateur, assez fort pour être entendu des deux femmes.

Greta resta de marbre. Quant à Cheska, elle aurait voulu disparaître sous terre, même si la joie se mêlait à la gêne.

Charles Day tapa dans ses mains.

— Allez, tout le monde en place !

*

— Maman, dorénavant je veux aller seule sur le plateau, déclara Cheska le soir même à sa mère en la rejoignant au salon, détendue après un bon bain.

Greta leva les yeux de son magazine. — Pourquoi diable souhaites-tu faire une chose pareille ?

— Parce que j'ai presque seize ans et que je n'ai plus besoin d'un chaperon.

— Mais enfin, Cheska, je t'ai toujours accompagnée ! Tu as besoin de quelqu'un pour résoudre tout problème qui pourrait se présenter, tu le sais !

Cheska s'assit à côté d'elle sur le canapé et lui prit la main.

— Maman, ne pense surtout pas que je ne veux pas que tu sois là, mais aucune des autres filles n'amène sa mère... J'ai l'impression d'être un bébé, et les gens se moquent de moi.

— Je ne crois pas du tout.

— Mais tu as passé toutes ces années à t'occuper de moi, reprit Cheska en essayant une autre tactique. Tu n'as toi-même que trente-quatre ans. Tu

319

dois bien vouloir un peu de temps pour toi, non ? Et puis, soupira-t-elle, il faudrait que j'apprenne à me débrouiller toute seule.

— C'est très gentil de ta part de penser à moi, mais j'adore t'accompagner pour tes tournages. C'est autant ma vie que la tienne.

— Écoute, est-ce que cela te dérangerait beaucoup si j'essayais d'y aller seule quelques jours, pour voir comment ça se passe ? S'il te plaît, Maman ! C'est très important pour moi.

Greta hésita, les yeux plongés dans le regard implorant de sa fille.

— D'accord. Si c'est vraiment ce que tu veux. Mais juste pendant deux ou trois jours.

*

À huit heures le lendemain matin, Greta regarda Cheska partir dans la voiture du studio. Elle prit un long bain, sans se presser, puis fit les lits et rangea un peu la cuisine, bien qu'une femme de ménage vienne trois fois par semaine. Elle se prépara du café et vit qu'il était à peine dix heures passées. Elle but la boisson chaude à petites gorgées en se demandant comment elle pourrait bien occuper son temps. Elle pourrait arpenter les magasins, mais sans sa fille pour essayer des vêtements, cette option ne l'enthousiasmait guère. Elle décida d'appeler David pour voir s'il était libre pour le déjeuner.

Elle avait prié pour que leur relation ne change pas après sa demande en mariage mais, inévitablement, ce n'était plus comme avant. Au cours des années qui avaient suivi ce dîner, ils avaient gardé contact mais ne se voyaient plus aussi souvent que par le passé. David était toujours affairé et très sollicité ; il avait désormais sa propre émission de télévision le soir sur ITA, la nouvelle chaîne commerciale, et était devenu un grand nom du divertissement. Bien qu'il lui manque, Greta ne pouvait lui en vouloir – il devait vivre sa propre vie, rencontrer d'autres femmes.

Mais ce jour-là, elle avait besoin de lui. Elle saisit le combiné et composa son numéro. David répondit aussitôt.

— Allô ?

— David, c'est Greta.

— Greta ! Comment vas-tu ? s'enquit-il d'une voix chaleureuse.

— Très bien, je te remercie.

— Et Cheska ?

— Elle aussi. Elle a commencé le tournage d'un nouveau film il y a quelques jours.

— C'est vrai ? Et tu n'es pas avec elle ?

— Euh, non, pas aujourd'hui. J'avais quelques courses à faire, alors Cheska m'a donné ma journée. Est-ce que cela te dirait que nous déjeunions ensemble ? Je dois aller en ville, nous pourrions nous retrouver au Savoy. Et cette fois, c'est moi qui t'invite.

— Oh Greta, ce serait avec plaisir, mais malheureusement j'ai un autre engagement.

— Cela ne fait rien. La semaine prochaine, peut-être ?

— Je crains que non, je suis désolé. En ce moment, je suis très pris par mon émission télévisée, mais j'adorerais te voir quand tout se sera un peu calmé. Est-ce que je peux t'appeler dans quelques jours pour que nous nous organisions ?

— D'accord.

— Parfait. Excuse-moi, je dois te laisser, la voiture du studio vient d'arriver. Au revoir, Greta.

— Oui, au revoir, David.

Elle raccrocha, se dirigea à pas lents vers la fenêtre et regarda la rue en contrebas. Puis elle consulta sa montre et vit qu'il n'était que onze heures moins cinq. Sans Cheska, elle n'avait rien.

Et Greta savait qu'elle était en train de la perdre.

25

Cheska passa les deux semaines qui suivirent dans un tourbillon d'amour et de confusion.

La plupart de ses scènes étaient avec Bobby Cross. Il était bavard, très charmeur et la traitait comme une vraie femme. Elle aurait tant aimé faire preuve d'esprit et de repartie mais en sa présence, les mots restaient coincés dans sa gorge. Contrairement aux autres filles, qui battaient des cils et cherchaient à le séduire en retour, Cheska ne savait absolument pas quoi dire, ni comment se comporter.

À présent qu'elle était libre pendant la journée, les soirées en compagnie de sa mère la mettaient mal à l'aise. Lorsqu'elle rentrait après sa journée de tournage, Greta l'attendait impatiemment et Cheska devait alors lui raconter tous les événements de la journée en détail. Un délicieux dîner lui était servi et elle faisait de son mieux pour le manger, même si elle avait eu un déjeuner copieux sur le tournage. L'ambiance à la maison était oppressante et elle était soulagée quand arrivait l'heure d'aller se coucher et qu'elle pouvait fermer la porte de sa chambre, et retrouver Bobby dans ses rêves.

*

— Ça y est, les amis, c'est dans la boîte. On se retrouve frais et dispos lundi matin, dans le vestibule du Grand Hôtel de Brighton. Si vous n'avez pas encore finalisé l'organisation de votre voyage, voyez ça avec Zoe. C'est elle qui s'en charge.

— Ça va être chouette, hein ?

— Pardon ? fit Cheska en se tournant vers Bobby.

— Brighton, ça va être chouette. On loge dans le même hôtel, tu sais, ajouta-t-il avec un clin d'œil.

— Oui, répondit-elle, rouge comme une écrevisse.

À cet instant, Zoe les rejoignit.

— Bon, Cheska, j'ai réservé une chambre à lits jumeaux pour ta mère et toi. La voiture passera vous chercher toutes les deux dimanche après-midi, à quatre heures.

Cheska vit Bobby froncer les sourcils.

— Euh, non, Zoe, je n'ai pas besoin de lits jumeaux. Ma mère ne va pas m'accompagner.

L'adolescente regarda alors Bobby qui lui lança un sourire approbateur.

— Très bien, fit Zoe. En cas de problème, tu as mon numéro.

*

Plus tard ce soir-là, Cheska et Greta se disputèrent farouchement pour la première fois. L'adolescente insistait pour aller seule à Brighton ; sa mère affirmait d'un ton tout aussi catégorique qu'il n'en était pas question.

— Tu es trop jeune pour être seule dans une ville que tu ne connais pas ! Je suis désolée mais je viens avec toi, un point c'est tout.

— Mais tu ne vois pas que je ne suis plus un bébé ? Pourquoi refuses-tu de me laisser grandir ? Si je ne peux pas y aller seule, je n'irai pas du tout !

Elle fondit en larmes, quitta le salon en courant et s'enferma dans sa chambre.

Désespérée, Greta appela Leon chez lui, lequel lui promit de veiller sur Cheska.

Quand elle raccrocha, elle se demanda ce qu'elle allait bien pouvoir faire toute seule, en l'absence de Cheska.

*

Dans la baignoire de sa suite du Grand Hôtel, Cheska se savonnait les jambes, triste et déprimée. Cette journée avait été un cauchemar. Ils avaient essayé de tourner la scène du premier baiser entre elle et Bobby, sur la plage de Brighton. Il faisait très mauvais temps, le vent leur rugissait dans les oreilles, et elle était si angoissée par Le Baiser qu'elle n'avait pas arrêté de se tromper dans son texte.

Au bout du compte, le temps continuant de se détériorer et l'équipe perdant patience, Charles Day avait ajourné le tournage.

— Ne t'en fais pas, l'avait réconfortée Charles tandis qu'ils regagnaient l'hôtel à pied, en longeant la promenade. Nous reprendrons demain après une bonne nuit de sommeil, d'accord ?

Cheska avait hoché la tête, rejoint sa suite en courant et s'était effondrée sur son lit, en larmes.

— Oh, Jimmy, n'est-ce pas merveilleux ? Je n'ai jamais été aussi heureuse ! répéta l'adolescente en sortant de son bain : cette simple réplique qui menait au Baiser.

Le reste de l'équipe dînait en bas, mais elle n'avait pas le cœur à se joindre à eux. Elle était trop embarrassée. Elle décida de faire monter des sandwichs dans sa chambre et de se coucher tôt. Le téléphone sonna.

— Chérie, c'est Maman. Comment ça va ?

— Bien.

— Comment s'est passée ta journée ?

— Très bien.

— J'en suis contente. Est-ce que tu te nourris ?

— Évidemment !

— Pas besoin de crier, Cheska. Je m'inquiète juste pour toi.

— Maman, cela ne fait qu'un jour que je suis partie.

— Tu ne te sens pas trop seule ?

— Non. Maintenant il faut que je te laisse pour apprendre mon texte pour demain.

— Oui, bien sûr. Si tu me dis que tu vas bien.

— Je vais *très* bien.

— Oh, et Cheska, n'oublie pas de prendre tes pilules, d'accord ?

— Oui, Maman. Bonne nuit.

Elle raccrocha et se laissa tomber sur son lit, exaspérée.

*

Charles Day prenait un verre au bar de l'hôtel, en compagnie de Bobby. Tandis qu'ils discutaient, ils étaient constamment interrompus par des adolescentes rougissantes qui tendaient des morceaux de papier au chanteur pour qu'il leur signe des autographes.

— L'ennui, c'est que pour l'instant il n'y a pas d'alchimie entre toi et Cheska. C'est son premier rôle adulte et elle rencontre des difficultés. Aujourd'hui, à chaque fois que tu essayais de l'embrasser devant la caméra, elle avait l'air morte de peur.

— Ouais, il faut qu'elle se détende, c'est clair.

— Tout l'intérêt de l'histoire réside dans votre attirance sexuelle réciproque. Si celle-ci ne saute pas aux yeux des spectateurs, tout le film part en fumée. Peut-être qu'elle sera plus calme demain. Cheska est une actrice formidable, mais elle a l'habitude de jouer les petites filles perdues, pas les minettes sexy.

— Je parie que c'est une fille facile sous ses airs de sainte-nitouche… marmonna Bobby. Écoutez, est-ce qu'on est obligés de tourner cette scène de la plage demain ?

Charles haussa les épaules.

— Je suppose que nous pourrions la reprogrammer plus tard dans la semaine. Pourquoi ?

— Donnez-moi quelques jours et j'aurai résolu ce petit problème, d'accord ?

— Entendu, mais fais attention. Malgré son apparence de bombe, Cheska ne connaît strictement rien au jeu de la séduction. Jusqu'ici, sa mère l'a toujours gardée sous clé.

— Gants de velours, mon vieux, gants de velours, murmura Bobby en souriant avec malice.

*

Vers neuf heures ce soir-là, au moment où elle éteignait la lumière, le téléphone sonna de nouveau dans la chambre de Cheska.

— Cheska, c'est Bobby. Où est-ce que tu t'es cachée toute la soirée ?

Elle sursauta en entendant sa voix.

— Oh… J'étais fatiguée, c'est tout.

— Maintenant que tu as pu te reposer, ramène ton derrière. Je t'emmène en soirée.

— En fait, je… je suis en chemise de nuit, je…

— Pas de problème en ce qui me concerne. Reste comme ça. Retrouve-moi au bar dans dix minutes. Salut.

Sans lui laisser le temps de protester, il raccrocha.

*

— Salut poupée ! J'adore ta tenue !

Lorsque Cheska descendit, Bobby se tenait près du bar avec des membres de l'équipe. Elle rougit à sa remarque sur sa robe-tablier en velours côtelé et son collant en laine.

— J'avais froid, répondit-elle d'une petite voix.

Bobby lui ouvrit les bras.

— Viens là que je te réchauffe. Je ne vais pas te manger, promis.

Hésitante, Cheska s'approcha et il l'attira contre lui.

— Tu as un corps superbe, tu ne devrais pas le cacher, c'est tout, chuchota-t-il en lui caressant l'oreille du bout du nez. Alors, tu connais déjà Ben, l'électricien, et Mike, qui relève nos voix suaves sur ses micros.

— Salut, fit Ben en allumant une cigarette.

— Tu veux boire quelque chose ?

— Euh, un Coca, merci.

— Un Coca, s'il vous plaît, avec une dose de rhum pour réchauffer cette demoiselle, indiqua Bobby au barman.

— Oh, je ne crois pas que…

— Allez, Cheska, goûte. Tu es une grande fille maintenant.

Bobby lui tendit son verre et l'aida à monter sur un tabouret. Perchée là, elle l'écoutait bavarder avec Ben et Mike, mal à l'aise.

— Tout va bien, chérie ? fit Bobby en lui souriant. Finis ton verre et on va bouger. Tu as un manteau ?

— Je l'ai laissé dans ma chambre.

— Dans ce cas tu vas devoir te serrer contre moi !

Bobby lui passa un bras autour de la taille et tous les quatre sortirent dans la nuit froide, le long du front de mer.

— Où est-ce qu'on va ? interrogea-t-elle.

— Dans une boîte de nuit que je connais. Ça va te plaire. Quand j'étais encore inconnu, le propriétaire m'a permis de m'y produire. C'est un super endroit.

Une centaine de mètres plus loin, Cheska suivit Bobby dans un escalier. Au sous-sol, la salle était bondée de jeunes qui dansaient le jive sur une chanson d'Elvis Presley, jouée par un petit groupe sur scène.

— Assieds-toi là et je vais te chercher quelque chose à boire.

Bobby indiqua une table dans un coin et partit tranquillement vers le bar avec Mike. Cheska s'installa et Ben prit place à côté d'elle. Il ouvrit une boîte en métal et en sortit quelque chose de marron qu'il frictionna entre ses doigts avant de laisser la substance tomber dans du papier à rouler. Il ajouta du tabac, roula la cigarette et l'alluma.

— Tu en veux ? offrit-il à Cheska.

— Non merci, je ne fume pas.

Ben haussa les épaules. Il prit une grande bouffée, laissant la fumée sortir lentement par ses narines. Puis il hocha la tête avec satisfaction.

Bobby revint avec les boissons et s'assit près d'elle.

— Tout va bien, ma puce ?

Elle acquiesça, les yeux écarquillés, et saisit son verre. Le chanteur lui plaça un bras protecteur autour des épaules.

— Tu sais, cela fait un moment que j'attends cette occasion de passer une soirée avec toi.

— C'est vrai ? s'étonna Cheska.

— Ouais. Tu es l'une des filles les plus mignonnes que je connaisse. Viens, ajouta-t-il en la faisant se lever, allons danser.

Quand ils arrivèrent sur la piste pleine à craquer, le groupe entama une mélodie envoûtante.

— Cette chanson s'appelle « Moon River », c'est la bande originale de ce nouveau film, *Diamants sur canapé*. J'ai entendu la version qui va sortir le mois prochain en Angleterre et ça va faire un carton. Peut-être que je t'emmènerai voir le film. Cette Audrey Hepburn est pas si mal.

Bobby serra Cheska contre lui et lui susurra à l'oreille les paroles de la chanson. À la fin du morceau, ils s'écartèrent l'un de l'autre et applaudirent le groupe.

— Tu passes une bonne soirée ? lui demanda-t-il.

— Oui, merci.

— Mesdames et messieurs, annonça soudain une voix au microphone. Vous avez certainement tous remarqué que nous avions une star parmi nous. Je suis fier de pouvoir dire que c'est ici que Bobby Cross a été révélé au public. Bobby, veux-tu bien nous rendre la faveur et venir chanter pour nous ?

Des applaudissements fusèrent tandis que Bobby agitait la main avec modestie et montait sur scène. Il prit le micro tandis que Cheska repartait s'asseoir.

— Merci, mesdames et messieurs. J'aimerais vous interpréter mon nouveau titre, « La folie de l'amour », que je dédie à une amie, la charmante Cheska Hammond.

Il emprunta une guitare et se lança dans une ballade lente. « Oui, c'est ça la folie de l'amour… » fredonnait-il en la regardant droit dans les yeux. Subjuguée, Cheska le fixait intensément. Lorsque la chanson prit fin, le public applaudit avec enthousiasme, réclamant un autre morceau. Bobby choisit l'un de ses tubes, une mélodie au tempo rapide qui remplit rapidement la piste de danse.

Cheska attrapa son verre et Bobby lui lança un clin d'œil. Se pouvait-il qu'elle l'intéresse ? En tout cas, c'était l'impression qu'il donnait. Elle gloussa, soudain enveloppée d'un délicieux sentiment de bonheur.

Quand il eut fini, Bobby la rejoignit et l'invita de nouveau à danser.

— Tu t'amuses bien, chérie ?

— Oh oui, Bobby. Cet endroit est génial.

Il lui caressa doucement la taille.

— Je ne te le fais pas dire. Et toi tu es absolument magnifique.

Après un merveilleux moment de danse, Bobby présenta Cheska à Bill, le directeur de la boîte de nuit.

— Je me souviens t'avoir vue dans *Petite fille perdue*. Tu as bien grandi depuis, fit-il avec approbation.

— C'est sûr, convint Bobby en caressant le dos de l'adolescente.

La salle avait commencé à se vider et, quand Cheska et Bobby regagnèrent leur table, Ben et Mike avaient disparu.

— Ils se sont sans doute éclipsés avec des filles, observa Bobby en prenant Cheska par la main pour remonter l'escalier menant à la sortie.

Le vent s'était levé, fouettant les cheveux de l'adolescente.

— Viens, bravons le froid et rentrons à l'hôtel. J'adore ce genre de temps, quand la mer s'agite. Ces vagues sont si puissantes. On croit pouvoir les contrôler, mais c'est impossible.

Après avoir traversé la rue, il s'était appuyé contre la balustrade qui surplombait la plage et montrait les masses d'eau sombre qui venaient s'y écraser. Cheska frissonna, à cause du vent glacé, mais aussi d'excitation.

— Désolé, chérie. Prends ça, fit-il en enlevant son blouson pour en envelopper les épaules de la jeune fille. Tu sais que tu es vraiment superbe, ajouta-t-il en lui soulevant le menton. Je comprends pourquoi, dans le film, ce professeur est prêt à tout laisser tomber pour toi. Est-ce qu'on t'a déjà embrassée ?

— Non.

— Dans ce cas, j'aimerais avoir l'honneur d'être le premier.

Bobby posa doucement ses lèvres sur les siennes. Cheska se détendit petit à petit, entrouvrit la bouche et commença à apprécier le baiser.

Bobby finit par se détacher de ses lèvres.

— Ma parole, tu apprends vite ! lança-t-il malicieusement en la serrant dans ses bras. C'est romantique, tu ne trouves pas ? Seuls au milieu de la nuit, sur un front de mer déserté, accompagnés par les hurlements du vent et le fracas des vagues. Tu sais, on n'oublie jamais son premier baiser.

— Le tien, c'était où ?

— Aucune idée ! s'esclaffa-t-il. Allez, viens. Nous serons tous les deux cloués au lit avec une pneumonie demain si nous ne rentrons pas vite ! Même si cela ne me dérangerait pas tant que ça si cela me permettait de passer la journée blotti contre toi.

Ils regagnèrent en courant la chaleur de l'hôtel et Bobby raccompagna Cheska jusqu'à la porte de sa suite.

— Tu sais que j'aimerais entrer avec toi, chérie, mais je ne veux pas te mettre de pression. On dîne ensemble demain ? lui demanda-t-il en lui posant un léger baiser sur le front.

Cheska acquiesça en silence.

— Super. Bonne nuit.

Il lui fit un signe de la main et disparut dans le couloir.

Dans sa chambre, Cheska enfila sa chemise de nuit et s'assit pour se brosser les cheveux. Elle regarda les calmants et le verre d'eau qui attendaient sur sa table de nuit.

Elle ne les prendrait pas. Elle se sentait fabuleusement bien et rien ne devait atténuer son bien-être. Elle s'allongea dans son lit froid et releva les draps au-dessus de sa tête pour tâcher de se réchauffer, revivant chaque seconde de cette merveilleuse soirée.

26

Bon, Bobby, je veux que tu fasses tournoyer Cheska dans tes bras. Cheska, tu rejettes la tête en arrière en riant, puis tu regardes Bobby dans les yeux. À ce moment-là, Bobby, tu te penches pour l'embrasser.

Debout sur la plage glaciale, balayée par le vent, Bobby fit un clin d'œil à Cheska.

— Faisons une prise avant qu'il pleuve des cordes, reprit Charles en regardant le ciel avec inquiétude.

— Tout va bien, chérie ? Tu m'as l'air à moitié congelée. Viens là, lui dit Bobby en la serrant contre lui.

Cheska se détendit dans ses bras. Elle avait en effet les pieds gelés, le vent la faisait pleurer, mais elle n'avait jamais été aussi heureuse.

— Scène cinq. Première prise.

Le clap se referma devant leurs visages.

— Action ! cria Charles.

Bobby souleva Cheska de terre et la fit tournoyer dans ses bras. Elle rejeta la tête en arrière, riant aux éclats, puis plongea les yeux dans les siens. Il lui sourit et approcha ses lèvres des siennes. Cheska frissonna quand il l'embrassa. Elle plaça les bras autour de son cou et ferma les yeux.

— Coupez !… J'ai dit « Coupez ! », vous deux ! rit Charles, et les deux jeunes gens finirent par se séparer.

Cheska rougit. L'essentiel de l'équipe la regardait, un grand sourire aux lèvres. Elle vit Leon qui se tenait derrière la caméra. Il lui adressa un clin d'œil et leva ses deux pouces.

— Je vais vérifier les épreuves de tournage mais, normalement, c'est dans la boîte. Bravo à tous les deux, les félicita Charles. Cheska, tu as fini pour aujourd'hui. File prendre un bon bain chaud. Je ne voudrais pas que ton agent m'intente un procès pour mauvais traitements.

— Je vais la raccompagner à l'hôtel et m'assurer qu'elle suit tes sages conseils, déclara Leon en souriant.

Il passa un bras autour des épaules de Cheska et l'emmena. Elle se retourna et fit un petit salut de la main à Bobby.

— À plus tard, chérie, cria-t-il avant de se tourner vers Charles, ravi. Je vous avais dit que je résoudrais le problème, pas vrai ? J'ai même pris plaisir à le faire.

— Merci, mais sois prudent. Étant donné ta, euh… situation, nous ne voulons froisser personne.

— La discrétion est dans ma nature, Charles, vous le savez bien.

— Je te fais juste remarquer qu'il est évident pour tout le monde que Cheska est folle de toi, et nous ne voulons pas que des scènes de jalousie viennent retarder la production du film.

— Ces prochaines semaines, je la traiterai comme de la porcelaine de Saxe, promis.

Bobby fit un signe de tête à Charles, puis repartit vers la tente où était installée l'équipe de maquillage.

*

— Charles est enchanté de ton travail, annonça Leon à Cheska tandis qu'ils se dirigeaient vers l'hôtel. Selon lui, c'est la meilleure performance de ta carrière. Au fait, j'ai dit à ta mère que j'avais reçu un appel d'un producteur américain. Si ce film rencontre le succès escompté, je crois qu'Hollywood ne tardera pas à frapper à ta porte.

— Mais je croyais que je n'intéressais pas Hollywood ?

— Ça, c'est quand tu étais petite. Ils avaient déjà leur lot d'enfants stars. Maintenant que tu as grandi, la situation est différente. Regarde la célébrité qu'a acquise Liz Taylor là-bas. Ta mère s'occupe de vos passeports à toutes les deux, et moi je me charge des visas. Quand ce film sera terminé, nous t'enverrons là-bas.

Cheska écarta ses cheveux de son visage.

— Leon, je ne vais pas rentrer à la maison ce week-end.

— Ah. Est-ce que ta mère est au courant ?

— Non. Je me demandais si... est-ce que tu ne pourrais pas la prévenir, toi ? Lui dire que nous avons pris du retard, ou quelque chose du genre, et que nous devons tourner samedi et dimanche pour compenser ?

— Tu veux que je mente pour toi, Cheska ?

Elle s'arrêta et se plaça devant lui.

— Oh Leon, s'il te plaît ! Tu connais ma mère ! Elle est tellement protectrice qu'elle m'étouffe : en sa présence je peux à peine respirer.

— Je suppose que ton envie de rester à Brighton a un rapport avec ton partenaire d'affiche ?

— Si on veut, mais je me disais surtout que ce serait vraiment chouette d'avoir tout un week-end pour moi, pour la première fois de toute ma vie.

Leon observa la jeune fille, pensif. À présent que Greta n'était plus là pour parler à sa place et gérer son emploi du temps, la personnalité de Cheska commençait peu à peu à s'affirmer. Elle et Bobby avaient des atomes crochus, c'était évident. Moralement, il savait qu'il devait la prévenir, essayer de l'éloigner de lui. Toutefois, tergiversa-t-il, le pire qui puisse arriver à Cheska était une peine de cœur, non ? Elle s'en remettrait et, après tout, tout le monde devait connaître son premier amour. En outre, cela serait certainement bénéfique pour le film. Et puis de toute façon, la vie privée de sa cliente ne le regardait pas.

— D'accord, finit-il par accepter. Je vais téléphoner à ta mère pour toi.

*

— Voilà, Cheska m'a demandé de t'embrasser et de te transmettre ses excuses. Elle dit qu'elle te verra la semaine prochaine.

— N'a-t-elle pas demandé que je la rejoigne à Brighton ? s'enquit Greta en allumant nerveusement une cigarette, une habitude qu'elle avait adoptée récemment, par ennui.

— À vrai dire, ici il fait un temps de chien et cela a bouleversé le tournage du film. Ces prochains jours, l'équipe passera le plus clair de son temps à tourner, même le soir, mentit aisément Leon. À ta place, je resterais au chaud à Londres.

— Je suppose que tu as raison. Promets-moi seulement que ma petite fille va bien et que tu veilles sur elle.

— Oui, Greta, tout se passe au mieux pour elle. Et sa performance est excellente.

Greta reposa le combiné et écouta le silence de l'appartement. Il n'était interrompu que par l'horloge qui, sur la cheminée, indiquait le passage des secondes. Ces derniers jours lui avaient semblé interminables. Seule la pensée de l'arrivée imminente de Cheska pour le week-end lui avait remonté le moral. Elle avait préparé le plat préféré de sa fille, du hachis parmentier, et sentait ses arômes appétissants émaner de la cuisine. Elle regarda la table, où elle avait déjà mis le couvert pour deux.

Elle n'avait pas d'amies à appeler, rien à faire et nulle part où aller. Son esprit voleta un instant en direction de David. Peut-être avait-elle été folle de refuser sa demande en mariage, de consacrer sa vie à la carrière de Cheska, quand elle aurait pu, peut-être, trouver son propre bonheur. *Non,* se dit-elle avec fermeté ; elle avait choisi de fermer cette porte et elle ne la rouvrirait pas.

Il ne lui restait plus qu'à accepter la triste réalité : après près de seize ans de bons et loyaux services, Cheska avait décidé de se passer d'elle, de la *licencier*, en quelque sorte. Une fois de plus, elle se retrouvait entièrement seule.

*

— Oh chérie, si tu savais comme j'ai rêvé de cet instant, murmura Bobby à l'oreille de Cheska en finissant de la déshabiller. Laisse-moi te regarder.

Il s'agenouilla près d'elle dans le lit de sa chambre d'hôtel, admirant les courbes nouvelles de ses hanches, de sa taille et de sa poitrine, la douce lumière projetant des ombres dansantes sur sa peau veloutée. En général, il préférait les femmes un peu plus pulpeuses, mais le corps mince d'adolescente de Cheska offrait tout de même une vision des plus séduisantes.

Elle lui sourit timidement tandis qu'il ôtait sa chemise, son pantalon, puis son caleçon. Il se pencha au-dessus d'elle et lui lécha l'oreille.

— Prenons notre temps. Je veux déguster ton corps entier.

Cheska ferma les yeux et la langue de Bobby descendit dans son cou. Elle sentit ses dents lui mordiller doucement la peau, tandis que sa bouche rejoignait ses seins, les caressant tour à tour. Elle se demandait si c'était une terrible erreur de se donner ainsi à Bobby, mais son corps lui disait que c'était la chose la plus naturelle du monde. Bobby se redressa et tendit la main pour attraper quelque chose sur sa table de chevet.

— Il ne faut pas te faire prendre de risque, poupée. Bon, tu es prête ?

Alors qu'il plaçait son corps au-dessus de celui de Cheska, celle-ci leva la tête.

— Bobby ?

— Oui ?

— Est-ce que… est-ce que tu m'aimes ?

— Évidemment, chérie. Tu es si belle.

Alors il l'embrassa avidement et, tandis qu'elle l'embrassait en retour, une vive douleur la déchira de l'intérieur et elle poussa un cri.

— Ça va aller mieux maintenant, tu vas voir, la rassura-t-il. Oh chérie, c'est si bon d'être en toi.

Cheska regarda le visage de Bobby à quelques centimètres seulement du sien, tandis qu'il commençait à bouger plus vite, s'appuyant sur ses bras musclés. Soudain, il gémit et roula sur le côté pour s'effondrer sur les oreillers à côté d'elle.

Cheska observait les flammes vaciller dans la cheminée, se demandant si ce qu'elle venait d'expérimenter était normal. Une main lui caressa la poitrine.

— Est-ce que ça va ? Tu es très silencieuse.

— Je crois que oui.

— Ne t'inquiète pas. La première fois est toujours la pire, mais la nuit est encore longue et je vais te montrer ce que c'est vraiment que faire l'amour.

*

Lundi matin, en arrivant sur le plateau, Cheska avait l'impression d'avoir été emportée par une tornade dans le pays du Magicien d'Oz. Elle avait le corps couvert de petits hématomes, causés par des mouvements de coudes et de genoux lors de moments de passion. Après avoir passé quarante-huit heures au lit avec Bobby, elle avait le bas-ventre tendre et douloureux, et les jambes flageolantes, comme de la gelée.

— Bonjour, Cheska. Tu as passé un bon week-end ? s'enquit Charles en remarquant ses yeux pétillants et ses joues roses.

— Oh oui, merci. Le meilleur de ma vie !

27

—Je vais rentrer tard, Maman. Nous allons tourner des scènes de nuit. Salut ! lança Cheska en claquant la porte derrière elle avant que Greta ait le temps de répondre.

Elle soupira de soulagement en s'installant sur la douce banquette en cuir de la voiture du studio qui l'attendait. Après la liberté qu'elle avait goûtée à Brighton, revenir à Londres auprès de sa mère lui semblait plus oppressant que jamais. Le matin, elle avait hâte de partir. Bobby leur avait trouvé un petit bed and breakfast à Bethnal Green, près de l'école où ils tournaient le film. Tous deux y disparaissaient dès la fin de leur journée de travail. Cheska racontait en général à sa mère que le tournage s'était prolongé dans la soirée. Lui mentir était devenu pour elle tout à fait naturel.

Une demi-heure plus tard, la voiture s'arrêta devant la porte de l'école. Cheska se regarda dans le rétroviseur et sortit, le cœur battant à l'idée de retrouver Bobby.

*

— Ne serait-ce pas merveilleux si nous pouvions passer toute la nuit ensemble, comme à Brighton ? murmura Cheska, allongée sur le lit.

— Ouais, répondit Bobby en lui lançant ses vêtements. Grouille-toi, chérie. Je dois filer.

— Où ça ?

— Oh, je dois juste retrouver des gens.

— Je peux venir avec toi ?

— Pas ce soir. Et puis ta mère va te manger toute crue si tu n'es pas rentrée avant dix heures.

— Est-ce qu'on pourrait sortir un autre soir ? Aller en boîte par exemple ? demanda Cheska en se levant à contrecœur.

— Peut-être.

— Quand ?

— Bientôt, répliqua Bobby d'une voix agacée.

— Le tournage est presque fini. Il ne reste plus qu'une semaine. Qu'est-ce qu'on va faire ensuite ?

— On trouvera une solution. Allez, Cheska. Il est plus de neuf heures et demie.

Elle le suivit docilement hors de la chambre. Bobby héla un taxi pour la jeune fille et l'embrassa sur la joue.

— À demain.

— Je t'aime, murmura-t-elle avant de s'y engouffrer.

— Moi aussi. Salut, poupée.

Cheska lui fit un signe de la main par la lunette arrière. Elle se demandait où il se rendait. Elle ne savait presque rien de lui, pas même où il habitait. Toutefois, cela ne durerait pas : bientôt, elle partagerait entièrement sa vie, pas uniquement quelques instants volés.

Elle était certaine que Bobby lui demanderait de l'épouser. Après tout, dans ses films, quand deux personnes tombaient amoureuses, leur mariage suivait toujours.

Quand elle arriva chez elle, elle tourna la clé dans la serrure, espérant que sa mère serait déjà couchée. Elle soupira en voyant que la lumière du salon était encore allumée. Greta regardait la télévision, en robe de chambre.

— Salut, Maman.

Greta fit un sourire crispé.

— Dure soirée, pas vrai ?

— Oui, répondit Cheska en bâillant. Ça t'embête si je file directement au lit ? Je suis épuisée.

— Viens t'asseoir, je vais te préparer une tisane. J'aimerais te parler de quelque chose.

Cheska soupira et s'assit sur le canapé, frustrée d'être déjà à vendredi soir. Cela signifiait qu'elle ne verrait pas Bobby pendant deux jours entiers.

Greta la rejoignit munie d'un plateau avec une théière, un pichet de lait et deux tasses.

— Voilà, ça va te réchauffer après une longue soirée passée à tourner dehors. C'est là que tu étais, n'est-ce pas ?

— Oui. Il faisait un froid de loup, ajouta Cheska en frissonnant.

— C'est bizarre, parce que ce soir j'ai reçu un appel de Charles Day. Vers sept heures.

— Ah oui ? À quel sujet ?

— Une histoire de changement de programme pour la semaine prochaine. Apparemment, l'actrice qui joue ta mère a attrapé une méchante grippe intestinale et Charles veut reporter le tournage de ses scènes à la fin de la semaine, afin de lui laisser le temps de se remettre.

— Oh.

— Étrange, non ? Pourquoi Charles Day m'a-t-il appelée, alors qu'il était avec toi ?

— Ah, ça. En fait, Charles ne se sentait pas très bien ce soir, alors c'est son assistant qui a pris le relais, mentit désespérément Cheska.

— Vraiment ? Et ces deux dernières semaines ? J'ai demandé à Charles si vous aviez tourné le soir, et il m'a répondu que non. Ma question est donc la suivante, Cheska : où diable as-tu passé toutes tes soirées ?

— Je suis juste sortie, répondit Cheska d'une petite voix.

— « Juste sortie ». Je peux savoir avec qui ?

— Avec des gens du film. Des amis, Maman, tu sais.

— Par hasard, est-ce que dans ces « gens » tu inclus Bobby Cross ?

— Parfois.

— Je t'interdis de me mentir, Cheska ! Tu me prends pour une idiote ?

— Je ne mens pas, Maman.

— Cheska, s'il te plaît. À cause de toi, je suis déjà passée pour une imbécile au téléphone avec Charles

Day, alors arrête de mentir de façon aussi éhontée, parce que…

— D'accord, Maman ! lança Cheska en se levant. Oui ! J'étais avec Bobby ! Je l'aime et il m'aime, et un jour nous allons nous marier ! Je ne t'en ai pas parlé parce que je savais que tu ne me permettrais jamais d'avoir quelque chose d'ordinaire, comme un petit ami !

— Petit ami ? Je ne crois pas que Mr Cross puisse se ranger dans cette catégorie, si ? Enfin, Cheska, il doit avoir au moins dix ans de plus que toi !

— En quoi l'âge a-t-il de l'importance ? Et mon père alors ? Tu m'as dit qu'il était beaucoup plus vieux que toi. Si l'on aime quelqu'un, cela ne fait aucune différence ! cracha Cheska.

Greta se passa une main sur le front, essayant de contrôler sa colère.

— Calmons-nous, d'accord ? Écoute, chérie, tu dois comprendre que j'aie de la peine parce que tu ne m'as pas dit ce que tu faisais. Je croyais que nous nous disions toujours la vérité…

— Mais tu ne vois pas que je ne suis plus une petite fille ? Tu dois me permettre d'avoir des secrets.

— Je le sais. Je suis consciente que tu as ta propre vie à mener et que, désormais, je n'ai plus qu'un petit rôle à y jouer.

— Oh, s'il te plaît ! N'essaie pas de me faire culpabiliser. Je vais me coucher.

Cheska partit en direction de la porte.

— Excuse-moi. Je me suis mal exprimée, la retint Greta, sachant que, quelles que soient sa tristesse et sa colère, elle risquait de perdre Cheska pour de bon si elle ne changeait pas d'approche. Et si tu me parlais de Bobby ? fit-elle en se forçant à sourire.

Cheska s'arrêta et se retourna. Entendre son prénom avait suffi à la radoucir.

— Qu'est-ce que tu veux savoir sur lui ?

— Oh, comment il est, ce que vous faites ensemble. Je comprends bien que tu grandis, et je souhaite être ton amie, en plus d'être ta mère.

L'adolescente commença d'une voix hésitante puis, voyant sa mère qui lui souriait pour l'encourager, elle se confia et lui parla de Bobby et de ses sentiments pour lui.

— Alors, c'est pour lui que tu es restée le week-end à Brighton ?

— Oui. Je suis vraiment désolée, Maman. Nous voulions juste passer un peu de temps ensemble, c'est tout.

— Est-ce que Leon connaissait la vérité ?

— Euh, non, pas vraiment, répondit Cheska, évasive. Ne lui en veux pas. C'est moi qui lui ai demandé de t'appeler.

— Tu crois donc être amoureuse de Bobby ?

— Oh oui, absolument.

— Et tu crois qu'il t'aime lui aussi ?

— J'en suis certaine.

— Cheska, tu… tu ne couches pas avec lui ?

— Bien sûr que non !

Les années d'expérience de Cheska face aux caméras l'aidèrent à prendre un air tout à fait horrifié.

— Bon, c'est déjà ça. Tu sais, les hommes sont d'étranges créatures. Je suis persuadée que Bobby n'est pas comme ça, évidemment, mais il faut que tu saches que certains d'entre eux ne s'intéressent qu'à une chose. Je sais que le monde a changé, mais il reste préférable d'attendre un peu, jusqu'à ce que tu sois absolument sûre de toi.

— Naturellement, Maman.

— Nous n'en avons jamais parlé, mais j'imagine que tu sais comment tout… fonctionne. Et ce qui peut se produire si tu manques de prudence. Si quelque chose… t'arrivait, cela pourrait détruire ton avenir. Viens t'asseoir près de moi, chérie.

Cheska la rejoignit sur le canapé et Greta l'entoura de ses bras et se mit à lui caresser les cheveux.

— Je me souviens très bien de mon premier amour. Je crois qu'on ne l'oublie jamais.

— C'était qui ?

— C'était un officier américain, basé à Londres pendant la guerre. J'étais effondrée quand il est parti, je pensais ne jamais m'en remettre. Bien sûr, avec le temps, j'y suis parvenue. Oncle David m'a beaucoup aidée.

— Est-ce que tu aimes Oncle David ? Quand j'étais petite, tu le voyais tout le temps, mais plus maintenant.

— Oui, Cheska, nous nous connaissons depuis très longtemps. Mais nous sommes aussi de grands amis, ce qui est très important également.

— Tu veux dire que tu le considères un peu comme un frère ?

— On pourrait dire ça, oui. Pour être honnête, je n'ai jamais eu beaucoup de chance avec les hommes. Ils m'ont causé plus de problèmes qu'ils ne m'ont apporté de joie. L'amour est une chose étrange, Cheska. Il peut transformer ta vie, te faire

faire des choses qui, avec le recul, te semblent absurdes.

— La folie de l'amour, murmura Cheska. C'est justement la nouvelle chanson de Bobby.

— Et j'espère que tu comprends que je ne veux pas te voir suivre la même voie que moi. Tombe amoureuse si tu veux, mais garde toujours quelque chose pour toi. Trace ton propre avenir, sans dépendre d'aucun homme. Allez, je crois qu'il est l'heure d'aller se coucher.

— Merci Maman d'être aussi… compréhensive. Je suis désolée de t'avoir menti.

— Je sais, chérie. N'oublie jamais que je suis ton amie, pas ton ennemie, d'accord ? Et je serai toujours là si tu veux discuter de quoi que ce soit.

Cheska étreignit Greta.

— Au fait, nos passeports sont arrivés ce matin et Leon s'occupe des visas pour les États-Unis. Quelle aventure de découvrir Hollywood, tu ne trouves pas ?

— Si, fit Cheska sans enthousiasme.

— Bonne nuit, ma chérie, et n'oublie pas de prendre ton médicament.

Greta regarda sa fille sortir lentement de la pièce. Elle ferma les yeux, soulagée, plus calme qu'elle ne s'était sentie depuis des semaines. Il était impératif que Cheska lui fasse confiance. Lorsque sa relation avec Bobby prendrait fin – ce qui arriverait, Greta en était certaine –, c'est auprès d'elle que Cheska chercherait du réconfort. Et alors elle retrouverait sa fille, comme avant.

*

Après avoir jeté le calmant dans les toilettes, Cheska se coucha et réfléchit à ce que lui avait dit sa mère. C'était la conversation la plus adulte qu'elles aient jamais eue. Elle sourit. Au lieu de les éloigner encore davantage, Bobby les avait rapprochées. Cela lui faisait plaisir. Elle était persuadée qu'après leur mariage – même si cela signifierait qu'elle irait habiter avec Bobby –, sa mère occuperait une place de choix dans leur vie.

Néanmoins, un passage de leur discussion la perturbait.

« Garde toujours quelque chose pour toi... »

Elle soupira et roula sur le côté. Voilà qui était impossible. Bobby la possédait, corps et âme. Si demain il lui demandait d'abandonner sa carrière pour le suivre à l'autre bout du monde, elle accepterait volontiers. Bobby Cross était sa destinée.

28

Le dimanche soir, Cheska fut touchée par le même microbe que l'actrice qui jouait le rôle de sa mère. Elle passa l'essentiel de la nuit aux toilettes.

À sept heures le lundi matin, alors qu'elle était dans son lit, faible et misérable, Greta entra dans sa chambre.

— J'ai appelé Charles pour l'informer que tu étais bien trop mal en point pour travailler aujourd'hui. Il t'embrasse et m'a demandé de te dire de ne pas t'inquiéter. Ils peuvent s'arranger pour travailler sans toi deux ou trois jours.

— Oh, mais…

Les yeux de Cheska s'emplirent de larmes à l'idée qu'elle ne verrait pas Bobby pendant encore quarante-huit heures.

— Ça va aller, ma chérie. Crois-tu que tu peux avaler ta pilule ?

Greta la présenta à sa fille avec un verre d'eau. Celle-ci secoua la tête et se détourna, attristée. Greta arrangea ses couvertures et dégagea ses cheveux emmêlés de son front.

— Essaie de dormir, chérie. Je suis sûre que cette vilaine grippe intestinale va passer aussi vite qu'elle est arrivée.

Le lendemain, Cheska se sentait mieux et, mercredi matin, elle annonça à sa mère qu'elle se sentait d'attaque pour reprendre le tournage.

— Mais tu n'as rien mangé depuis deux jours ! Tu devrais te reposer encore un jour au moins.

— Non, Maman, j'y vais. Il est prévu que le tournage se termine vendredi, et l'équipe a déjà dû modifier son emploi du temps à cause de moi. Je suis professionnelle, tu te rappelles ? C'est ce que tu m'as appris.

Greta ne pouvait protester face à cet argument, alors Cheska se leva et s'habilla. Elle avait beau se sentir très affaiblie, l'épreuve que représenterait une autre journée sans voir Bobby dépassait son mal-être physique. Elle se demandait comment il lui serait possible de vivre après le tournage, sans le voir tous les jours.

Plusieurs fois au bord de l'évanouissement, elle lutta toute la journée pour masquer son état à la caméra, jusqu'à ce que Charles la prenne par les épaules et la renvoie chez elle.

— Rentre te reposer, ma puce. Nous pouvons tourner des scènes d'extérieur avec Bobby.

Cheska regarda le chanteur, qui riait avec l'une des maquilleuses. Elle avait espéré une escapade avec lui, mais il lui avait à peine adressé la parole de toute la journée. Elle le vit serrer la fille dans ses bras, avant de partir. Elle courut pour le rattraper.

— Bobby ! Bobby !

Il s'arrêta et fit volte-face.

— Salut, chérie. Mon Dieu, tu as une mine de chien.

— Ça va, je t'assure. Est-ce qu'on peut se retrouver au bed and breakfast ce soir ?

— Je croyais que Charles te renvoyait chez toi ?

— Oui, mais je pourrais te rejoindre plus tard.

— Et me contaminer ? Non merci, fit-il en gloussant. Désolé, poupée, ne le prends pas mal. Écoute, il vaut mieux que tu te reposes, bien au chaud chez toi.

— Demain soir, alors ?

— J'ai l'impression que nous allons filmer l'essentiel de la soirée demain, pour rattraper notre retard. Mais il y aura la fête de fin de tournage vendredi. On se verra là-bas, d'accord ?

— D'accord.

Cheska était terriblement déçue. Lors de cette fête, ils seraient entourés par l'équipe et les autres acteurs, ce qui n'était pas exactement ce qu'elle escomptait comme soirée romantique.

— À demain, chérie.

Bobby lui fit un salut désinvolte de la main en s'éloignant.

*

Le vendredi, à midi, toutes les scènes avec Cheska étaient dans la boîte. Charles l'embrassa et la complimenta chaleureusement. Elle resta pour le déjeuner, espérant voir Bobby, mais il avait disparu. Cheska soupira et quitta l'école pour monter dans la voiture qui l'attendait.

— On rentre chez vous, mademoiselle ?

— Oui... euh... non. Pourriez-vous m'emmener dans le West End, s'il vous plaît ?

— Bien sûr.

Cheska regarda par la fenêtre tandis qu'ils traversaient Regent Street. Dans cette rue commerçante, les passants étaient vêtus chaudement pour affronter cette fraîche après-midi d'octobre.

— Nous y voilà. Bonne fin de journée.

Cheska remercia le chauffeur et descendit de la voiture.

— Bon, par où commencer ? murmura-t-elle.

Elle regarda la vitrine de Marshall & Snelgrove et décida que c'était une boutique aussi valable qu'une autre.

Une heure et demie plus tard, elle croulait sous le poids de ses achats. Elle s'était follement amusée, à choisir son premier jean, un pantalon fuseau à carreaux qui moulait ses hanches fines et deux pulls à col roulé. Chez Mary Quant, elle avait trouvé une robe des plus ravissantes pour le soir : un petit modèle noir, semblable à ce que portait Audrey Hepburn sur les affiches de *Diamants sur canapé*.

Cheska héla un taxi pour rentrer chez elle, curieuse de voir ce que sa mère penserait de ses nouvelles acquisitions...

*

Cheska entra dans le salon et tourbillonna sur elle-même pour montrer sa tenue à Greta.

— Alors, qu'est-ce que tu en dis ?

Greta déglutit avec difficulté. Sa fille était stupéfiante. La robe noire courte mettait en valeur sa silhouette fine et la façon dont elle s'était attaché les cheveux sur le haut de la tête ajoutait à son élégance naturelle.

— Tu es magnifique, ma chérie, mais il manque quelque chose. Attends une seconde.

Greta se leva et disparut dans sa chambre, avant d'en revenir avec un collier de perles. Elle l'attacha autour du cou de Cheska.

— Et voilà. As-tu un manteau ? Tu vas attraper froid avec cette robe.

— Oui, Maman.

— Où a lieu la soirée ?

— Au Village, sur Lower Sloane Street.

— C'est un endroit très en vogue, il me semble, amuse-toi bien ! À quelle heure rentreras-tu ?

— Je ne sais pas. Mais tard. Ne m'attends pas. Au revoir, Maman.

— Bonne soirée, ma chérie.

Greta serra les dents en entendant se refermer la porte de l'appartement. Une nouvelle soirée de solitude l'attendait. Comme il lui était difficile de regarder sa fille devenir adulte…

Durant les longues journées qu'elle avait désormais à sa disposition, pendant que Cheska travaillait, Greta avait eu tout le loisir de réfléchir. Et elle avait passé beaucoup de temps à analyser ses véritables sentiments envers David.

Cela avait commencé le soir où Cheska s'était confiée à propos de Bobby et lui avait demandé si elle aimait David. Depuis, Greta avait repensé à leur relation, autrefois si proche. Avant qu'il ne la

demande en mariage, il occupait une place si importante dans sa vie… Et Greta devait admettre qu'il lui
manquait terriblement depuis cinq ans, depuis ce
jour fatidique. Il avait toujours été là pour elle, et
elle prenait à présent conscience qu'elle n'avait certainement pas apprécié sa présence et sa gentillesse
à leur juste valeur.

Lorsqu'il lui avait déclaré sa flamme, elle avait le
vent en poupe, Cheska occupait toute sa vie et cela,
outre sa résolution de ne plus ouvrir son cœur à
aucun homme, avait suscité son refus catégorique.
Aujourd'hui, elle regrettait amèrement la lumière
qu'il apportait à sa vie.

Elle avait également commencé à prendre du
recul sur son existence et son attitude des dernières années, à se rendre compte de son inébranlable détermination à faire de Cheska une star, à la
contrôler, elle et sa carrière, au détriment de tout le
reste. Ayant verrouillé son cœur, Greta savait qu'elle
était devenue dure ; toute la douceur qui, autrefois,
avait pu lui causer des ennuis, avait disparu. Mais
cela signifiait aussi qu'elle refusait le bonheur. Elle
essayait de se rappeler la dernière fois qu'elle avait
ri, sans succès.

David, lui, la faisait rire. Sa capacité à trouver
une dose d'humour dans n'importe quelle situation, aussi terrible soit-elle, était l'antidote parfait à
la tendance trop sérieuse de Greta.

Au fur et à mesure qu'elle se réveillait de sa torpeur émotionnelle, elle comprenait qu'elle avait
toujours considéré l'amour comme une folie passionnée et dévorante. Tout comme ce que ressentait
Cheska pour Bobby Cross. Mais elle voyait très bien

que ce que vivait sa fille était un engouement passager, ne reposant que sur une alchimie physique.

Lorsqu'elle pensait à David, surgissait en elle une palette de sentiments complètement différente : c'était une sensation chaude et merveilleuse qui l'emplissait, la réjouissait et lui donnait l'impression d'être aimée et en sécurité. Elle ne jouait aucun rôle, comme elle avait pu le faire avec d'autres hommes ; avec David, elle était elle-même, sans artifice. Il la connaissait par cœur, il connaissait ses défauts, ses failles, et pourtant il l'aimait.

Néanmoins, songea Greta en fermant les yeux, l'aimait-elle ? Ils ne s'étaient même jamais embrassés. Une chose était sûre, elle se sentait possessive envers lui. Elle se souvenait du pincement de jalousie qu'elle avait ressenti quelques semaines plus tôt lorsqu'elle l'avait vu en photo dans le journal, au bras d'une belle actrice pour la première d'un film.

Depuis qu'elle lui avait dit non, sa vie était vide, insignifiante… Greta reconnaissait qu'elle était malheureuse depuis des années. S'occuper à plein temps de la carrière de Cheska avait masqué la vacuité de son existence, mais dorénavant…

Elle soupira et se rendit à la cuisine pour préparer son habituel lait malté du soir. Elle imagina ce moment si David était avec elle : il ferait un jeu de mots ou raconterait une plaisanterie, avant peut-être de la prendre dans ses bras, puis de l'embrasser…

— Mon Dieu, murmura-t-elle, quelle idiote !

*

La robe de Cheska eut exactement l'effet escompté. Alors qu'elle descendait les marches en bois pour rejoindre le bar éclairé à la bougie, toutes les têtes se tournèrent vers elle. Quand elle arriva au bas de l'escalier, Bobby l'y attendait. Il la fit tournoyer dans ses bras et l'embrassa sur la joue.

— Salut, poupée. Tu es superbe ! s'exclama-t-il en lui caressant le dos. Viens, allons boire quelque chose.

Le reste de la soirée, Bobby se montra aussi attentionné qu'il l'avait été lors de la première semaine à Brighton. Il ne la quitta pas d'une semelle, lui prenant la main lorsqu'ils passaient d'un groupe à l'autre. Elle but tous les verres qu'on lui tendit et essaya même de fumer un joint. Elle toussa et postillonna, sous les rires de Bobby.

— Tu vas t'habituer.

Cheska aperçut la maquilleuse à qui Bobby avait parlé plus tôt. Celle-ci les regardait danser sur la piste, visiblement très déçue, ce qui procura à l'adolescente une grande satisfaction.

— Tu vas me manquer, lui chuchota Bobby en se balançant sur la musique, collé contre elle.

— Comment ça ? s'étonna-t-elle en s'écartant de lui.

— Je veux dire que ça va me manquer de ne plus te voir tous les jours sur le plateau.

— À moi aussi. Mais nous pourrons quand même nous voir souvent, hein, Bobby ?

— Bien sûr. Même si je vais devoir m'absenter, chérie. Juste quelques semaines.

— Pour aller où ?

— En France. J'ai quelques concerts de prévus là-bas. Ma maison de disques veut me faire connaître sur le continent.

Cheska en avait les larmes aux yeux.

— Oh. Quand reviendras-tu ?

— Avant Noël, j'espère.

— Est-ce que je peux venir avec toi ?

— C'est pas une bonne idée. Je vais être débordé, à voyager d'une ville à l'autre. Tu t'ennuierais à mourir.

— Cela ne me dérangerait pas, tant que je suis avec toi.

Cheska posa la tête sur son épaule et inspira l'odeur familière et épicée de son après-rasage.

— Eh, chérie, comme on ne va pas se voir pendant un moment, que dirais-tu d'un… petit cadeau d'adieu ? proposa-t-il en la serrant un peu plus fort contre lui.

— Où ça ?

L'alcool et l'excitation lui faisaient tourner la tête.

— Viens avec moi.

Ils quittèrent la piste de danse et Bobby l'emmena le long d'un couloir sombre. Il la fit entrer dans un petit bureau, ferma la porte à clé derrière lui, attrapa Cheska et la plaqua contre un mur. Il l'embrassa, une main remontant sa robe.

— Tu es sensationnelle, gémit-il en lui écartant les jambes pour la pénétrer.

— Bobby, est-ce qu'il ne faudrait pas mettre un…

— Tout est sous contrôle, poupée, t'inquiète pas.

Bobby la souleva, et Cheska enroula les jambes autour de lui. Elle ne savait pas si c'était l'alcool, la peur d'être surpris ou juste Bobby, mais elle ne s'était jamais sentie aussi heureuse, libre et désinhibée. Une grande vague d'excitation se formait dans son ventre. Elle gémissait d'extase, bougeant sur le même rythme que Bobby, son corps frissonnant de plaisir. Elle cria quand, ensemble, ils atteignirent l'orgasme.

Haletants, ils s'écroulèrent sur le sol poussiéreux.

— Je t'aime, Bobby, je t'aime, susurra-t-elle.

Il la regarda et lui caressa les cheveux.

— Désolé, j'ai perdu le contrôle. Ça n'aurait pas dû se passer comme ça, mais ouah, tu es l'une des filles les plus sexy que j'aie jamais rencontrées.

— Comment ça, « ça n'aurait pas dû se passer comme ça » ?

Il se releva, abaissa sa chemise et referma son pantalon.

— Rien, chérie. Juste que je ne m'attendais pas à craquer pour ma partenaire de tournage. Allez, viens.

Il l'aida à se relever et ouvrit la porte tandis qu'elle arrangeait sa robe à la hâte.

— Bobby, tu m'appelleras à ton retour de France ?

Il lui posa un baiser sur le nez.

— Évidemment. Bon, je dois filer. Un ami donne un concert dans un autre bar. J'ai dit que j'allais passer pour faire du repérage. Salut, chérie. Ça a été un plaisir.

— Mais, Bobby, je ne t'ai pas donné mon numéro de té…

Il avait déjà disparu dans la foule. L'euphorie de Cheska s'envola en fumée. Elle alla s'enfermer aux toilettes et se prit la tête entre les mains.

Elle pensa aux semaines à venir, sans voir Bobby, et les larmes ruisselèrent le long de ses joues. Comment arriverait-elle à supporter son absence ?

29

Greta mit bien plus de temps à se préparer que de coutume pour retrouver David au Savoy. Les semaines précédentes, alors que Cheska se languissait de Bobby Cross et errait misérablement dans l'appartement, elle avait pris conscience, avec certitude, de ses sentiments à l'égard de David.

Ayant libéré son cœur de la prison où elle l'avait enfermé, Greta avait commencé à imaginer l'existence qu'elle aurait pu mener avec David : comment leur complicité de toujours aurait pu lui apporter le bien-être intérieur qui manquait tant à sa vie. Comment l'amour, la tendresse et la proximité physique auraient tout changé. David aurait été là pour la protéger, la soutenir, et partager avec elle les plaisirs simples de la vie. Elle n'aurait pas eu à se durcir pour tout affronter seule.

— Est-il trop tard ? demanda-t-elle à son reflet.

Elle voulait en avoir le cœur net.

David se leva en voyant Greta entrer au Grill. Il lui sourit tandis qu'elle le rejoignait et l'embrassa chaleureusement.

— Comment vas-tu, Greta ? Quel plaisir de te voir. Tu es absolument superbe.

— Oh, euh… merci. Toi aussi, répondit-elle, nerveuse.

— As-tu eu du mal à venir jusqu'ici ? Presque tout Londres était à l'arrêt à cause du pic de pollution d'hier.

— Je suis venue à pied. Impossible de trouver un taxi. D'ailleurs, c'était une très mauvaise idée de mettre ces nouvelles chaussures. J'ai terriblement mal aux pieds.

Greta indiqua alors le modèle Charles Jourdan en alligator que Cheska lui avait acheté lors d'une virée shopping.

— L'alerte devrait être levée d'ici à demain matin, déclara David tandis que tous deux s'asseyaient. Est-ce que tout va bien ? Tu sembles un peu nerveuse.

Greta savait qu'elle aurait besoin d'un ou deux verres de vin pour trouver le courage de lui confier ses révélations récentes.

— Non, euh, ça va. C'est juste que Cheska traverse une mauvaise passe.

— Elle n'est pas malade, j'espère ?

Il fit signe à un serveur et commanda une bouteille de chablis.

— Non, ou du moins je ne crois pas.

— Alors quel est son problème exactement ?

— L'amour, fit Greta en détachant les syllabes. Un cas particulièrement violent de premier amour.

— Je vois. J'avoue qu'il m'est difficile d'imaginer Cheska tourmentée par des émotions d'adulte. Pour moi, c'est encore une enfant.

— Disons qu'elle a grandi très vite ces derniers mois. Depuis la fin du tournage de *S'il vous plaît, monsieur, je vous aime,* elle déambule à la maison comme une âme en peine. Elle refuse de faire quoi que ce soit d'autre qu'écouter cette nouvelle ballade stupide de Bobby Cross, assise dans sa chambre.

— Oh, « La folie de l'amour » ? Une bonne chanson, tu ne trouves pas ?

— Si comme moi tu l'entendais cinquante fois par jour, je crois que tu t'en lasserais !

Elle leva les yeux au ciel et David éclata de rire. Le serveur revint avec la bouteille, l'ouvrit et leur servit deux verres de vin. Greta en but tout de suite une grande gorgée.

— Le jeune en question partage-t-il ses sentiments ?

— Je ne sais pas. Il est en voyage depuis quelques semaines, ce qui explique le comportement de Cheska. Ce n'est pas lui que j'aurais choisi comme premier petit ami pour elle mais, à vrai dire, tout vaut mieux que de la voir si malheureuse. Elle est certaine qu'il voudra l'épouser, elle n'en démord pas.

— Je vois. Et est-ce qu'il est sérieux ?

— Qui sait ? Cheska en est convaincue, mais évidemment l'idée est ridicule… Bon sang, elle n'a même pas seize ans ! Et lui est plus vieux.

— Qui est-ce ?

— Oh, je pensais te l'avoir dit. Il s'agit de son partenaire de tournage, l'auteur de cette chanson exaspérante, Bobby Cross.

Greta vit David pâlir.

— Oh mon Dieu, souffla-t-il.

— David, je sais que c'est loin d'être idéal, mais pourquoi prends-tu cet air épouvanté ? Est-ce que tu le connais ?

— C'est un bien grand mot, mais je l'ai rencontré, oui. Je l'ai reçu sur le plateau de mon émission il y a quelque temps, et je l'ai vu à deux ou trois réceptions de Leon. C'est lui qui s'occupe de sa nouvelle carrière d'acteur. Je sais aussi qu'il est marié, ajouta-t-il avec difficulté.

— Dieu tout-puissant… Tu en es sûr ? Je suis absolument certaine que Cheska n'est pas au courant.

— Cela ne m'étonne pas. C'est un secret très bien gardé, tout comme les deux jeunes enfants de Bobby.

Ce qu'elle brûlait tant de lui dire s'effaça devant cette terrible nouvelle. Greta saisit de nouveau son verre et s'aperçut que ses mains tremblaient.

— Je suis navré, Greta, mais mieux vaut que tu le saches. Cheska aussi. Bobby s'est marié très jeune, avant de connaître le succès. Lorsque ses chansons ont commencé à bien se vendre, sa maison de disques lui a fortement conseillé de ne jamais mentionner sa femme et ses enfants. Les producteurs voulaient que ses jeunes admiratrices le croient disponible.

— Mais j'ai vu une multitude de photos de Bobby avec des mannequins et des actrices dans les magazines ! Je ne comprends pas…

— Comme l'explique Leon, Bobby et son épouse ont un « accord ». Il est devenu très riche et elle vit confortablement loin des projecteurs. Elle accepte qu'il fréquente d'autres femmes, à condition qu'il ne divorce jamais. Elle est très catholique, vois-tu, et elle lui a dit clairement que s'il envisageait un jour de la quitter, elle ferait un scandale dans les journaux.

— Mon Dieu, David ! Si seulement j'avais su, j'aurais pu... Donc Leon était au courant depuis le début ?

— Évidemment.

Greta était hors d'elle.

— Leon savait tout de la relation entre Bobby et Cheska. Pire que ça, il l'a encouragée ! Cheska m'a avoué qu'elle lui avait demandé de me mentir à propos de ce qui la retenait à Brighton pour le week-end. Il se doutait forcément qu'elle le passerait avec Bobby.

— Mais pourquoi Leon ferait-il une chose pareille ? Il sait que Cheska n'est même pas majeure.

— Je n'en ai aucune idée, David, à moins que ce ne soit pour me contrarier. Il a toujours été vexé que Cheska m'écoute moi, plutôt que lui. Je suppose qu'il a vu ça comme un moyen de s'interposer entre elle et moi, en devenant son confident, son complice. Il me dégoûte !

— Je ne sais pas quoi dire, Greta. S'il a vraiment encouragé cette relation, c'est impardonnable. Elle est encore si innocente... Et elle ne dispose certainement pas de la même confiance en soi que Mr Cross. Quand le diras-tu à Cheska ?

— Dès que possible. Un producteur américain souhaite la faire venir à Los Angeles pour une audition, mais elle refuse d'en entendre parler tant qu'elle n'a pas reçu de nouvelles de Bobby. C'est une véritable obsession, David. Elle croit dur comme fer qu'il va l'épouser… Au moins elle n'a pas été trop loin. Elle m'a assuré ne pas avoir couché avec Bobby.

— Et tu l'as crue ?

— Elle m'a juré que c'était la vérité. Vraiment, David, je crois qu'il s'agit d'une simple toquade d'adolescente. Du moins je l'espère.

— Je l'espère aussi mais comme tu l'as dit, Cheska est obsédée par ce chanteur. Et une première histoire d'amour peut facilement outrepasser tout code moral…

— Tu as raison, murmura Greta. Écoute, Cheska doit me rejoindre ici en début de soirée pour que nous allions ensuite au théâtre. Je vais lui annoncer la nouvelle, mais je doute qu'elle me croie. Pourrais-tu venir aussi, par hasard ? Elle t'apprécie tant, depuis toujours. Peut-être que *toi*, elle t'écoutera.

— Bien entendu, si tu penses que cela aiderait. Après le déjeuner, j'ai rendez-vous avec le producteur de mon émission de radio, à la BBC, mais ce n'est pas loin d'ici et je peux être de retour vers six heures moins le quart.

— Merci infiniment. Je ne pense pas avoir la force de faire ça toute seule.

Greta tendit la main vers David et il la serra dans la sienne, touché qu'elle se tourne de nouveau vers lui.

Ce contact lui rappela ce qu'elle était venue lui dire.

— Au fait, David, il y a autre chose dont... euh... dont je voulais te parler. Je...

Le courage de Greta lui fit défaut et elle soupira.

— Tout compte fait, après ce que tu m'as annoncé, ce n'est pas le moment, mais pourrions-nous de nouveau déjeuner ensemble la semaine prochaine ?

— Bien sûr. Quelque chose ne va pas ?

— Oh si, tout va très bien. C'est juste que... Je te promets que je t'expliquerai la semaine prochaine, quand nous aurons résolu ce problème de Cheska. Alors, enchaîna-t-elle en formant un faible sourire, ravalant sa frustration, comment ça se passe à la télévision ?

*

Dans la salle d'attente, Cheska feuilletait nerveusement un magazine, incapable de se concentrer sur le moindre article.

Ces dernières semaines avaient été abominables. Elle n'avait pas eu de nouvelles de Bobby depuis la soirée de fin du tournage, près de deux mois plus tôt. Elle avait traversé l'enfer, imaginant toutes sortes de scénarios : Bobby avec d'autres filles, Bobby ne l'aimant plus, Bobby mort... La seule chose qui la réconfortait était de l'entendre chanter pour elle sur son gramophone, comme il l'avait fait lors de leur première soirée à Brighton. Alors elle se rappelait tous les bons souvenirs et se calmait. Et puis Noël approchait. Il reviendrait forcément en Angleterre pour cette occasion...

Cependant, la voix était revenue, la tourmentant lorsqu'elle était éveillée et la hantant quand elle parvenait à dormir.

Bobby est parti... Bobby est parti... il ne t'aime plus...

Cheska se demandait si elle souffrait de ces terribles maux de tête et entendait cette voix de nouveau parce qu'elle ne prenait plus ses calmants, mais elle en doutait. Tout cela était dû à l'absence de Bobby.

D'autre part, ses règles avaient cessé. Elle avait donc pris rendez-vous avec un médecin, différent de son praticien habituel. Le Dr Ferguson, une femme d'âge mûr, lui avait posé toutes sortes de questions, dont certaines avaient fait rougir l'adolescente. Au fur et à mesure de la conversation, Cheska avait pris conscience qu'elle connaissait très mal le fonctionnement de son propre corps. Le médecin l'avait examinée avec attention, fait des prises de sang, et lui avait suggéré d'effectuer un test de grossesse. Cheska avait sursauté d'horreur mais avait accepté. Depuis, chaque soir dans son lit, elle se tournait et se retournait sans réussir à trouver le sommeil.

Quand sa mère était partie retrouver Oncle David pour déjeuner, Cheska avait fait les cent pas dans sa chambre. Elle devait se rendre chez le médecin à deux heures et demie pour avoir les résultats, mais toutes sortes de pensées confuses se bousculaient dans sa tête et elle n'arrivait pas à se rasséréner.

Puis quelque chose d'atroce s'était produit. Elle s'était approchée du miroir pour se coiffer. Mais son reflet était absent.

Elle était invisible.

Retenant ses sanglots, elle avait quitté l'appartement en courant, filant droit chez le Dr Ferguson, n'osant se regarder dans aucune des vitrines sur son chemin.

— Cheska Hammond ?

La réceptionniste l'appela enfin et elle se leva. Comme elle était arrivée très en avance, elle était dans la salle d'attente depuis près d'une heure. Le cœur battant la chamade, elle s'engagea dans le couloir d'un pas hésitant et frappa à la porte du médecin.

— Bonjour, Cheska. Assieds-toi, je t'en prie. Alors, j'ai les résultats des analyses que nous avons faites il y a quelques jours. Tu seras heureuse d'apprendre que tu n'es ni malade, ni au seuil de la mort, comme tu le craignais. Mais les tests ont confirmé ce que je pensais. Tu attends un bébé.

Cheska fondit en larmes.

— Allons, allons, calme-toi, fit le Dr Ferguson en lui tendant un mouchoir. Tu m'as dit la semaine dernière que tu n'étais pas mariée, c'est bien cela ?

— Oui.

— Mais tu as un petit ami ?

— Oui.

— Crois-tu que, quand il apprendra la nouvelle, il sera prêt à t'épouser ? Ce serait évidemment préférable pour le bébé et toi.

— Je… est-ce que je dois le garder ?

— Eh bien, oui. Tu n'es peut-être pas au courant, Cheska, mais l'avortement est illégal en Angleterre. Je crains donc que tu n'aies pas le choix.

Cheska ravalait ses larmes, ne saisissant pas bien les tenants et les aboutissants de l'explication du médecin. Mais ensuite… elle s'imagina annoncer à Bobby qu'elle attendait un enfant. *Leur* enfant, conçu dans l'amour. Comment pouvait-elle douter qu'il l'épouserait ? Elle se sentit soudain plus calme. Son cœur ralentit et elle sourit au médecin.

— Oui, je suis certaine qu'il assumera et que nous nous marierons.

— Voilà au moins une bonne nouvelle. Je te suggère de lui parler, puis de revenir me voir pour que nous puissions te réserver une place dans un hôpital pour l'accouchement. As-tu d'autres proches ?

— J'habite avec ma mère.

— Alors je te conseille de l'informer elle aussi. Tu auras besoin d'être épaulée. Elle sera peut-être choquée dans un premier temps, mais je suis sûre qu'elle fera de son mieux pour t'aider.

— Oui, docteur, merci.

Cheska quitta le cabinet tout étourdie et sortit dans la rue animée. Le brouillard de pollution demeurait épais et la circulation était à l'arrêt.

La jeune fille avait besoin de réfléchir. Elle remonta Piccadilly, traversa le dédale des rues de Soho et entra dans le premier café qu'elle trouva. Après avoir commandé un expresso, elle sortit de son sac à main un paquet de cigarettes Embassy et en alluma une. C'était la marque que fumait Bobby, et elle avait récemment pris l'habitude de l'imiter. L'odeur de la fumée lui évoquait le jeune chanteur et la réconfortait. Elle saisit ensuite son poudrier.

— Faites que je sois là, mon Dieu, s'il vous plaît.

Elle soupira de soulagement en apercevant son reflet dans le petit miroir. Tout allait bien. Elle n'était pas invisible. L'angoisse de son rendez-vous chez le médecin avait dû lui jouer un mauvais tour.

Elle posa alors une main hésitante sur son ventre. Il contenait une partie de Bobby, un rappel vivant de la façon dont il l'avait aimée et continuerait de l'aimer à l'avenir.

Elle savait qu'il lui fallait réfléchir aux aspects pratiques. Pour commencer, elle annoncerait la nouvelle à sa mère ce soir même au Savoy, autour d'un verre, sachant pertinemment que Greta ne ferait pas de scène dans un hôtel. Elle lui assurerait qu'elle et Bobby se marieraient dès que possible. Sa mère serait sans doute contrariée qu'elle ne lui ait pas dit toute la vérité, mais Cheska était certaine qu'elle le lui pardonnerait quand elle saurait qu'elle allait devenir grand-mère et avoir un nouveau beau bébé à aimer. L'audition à Hollywood devrait être repoussée jusqu'à nouvel ordre, mais qu'importait un stupide film par rapport à son amour pour Bobby et leur enfant ?

Tout d'abord, elle devait appeler Leon pour obtenir le numéro de Bobby en France. Finissant son café d'une traite, elle se rendit dans la cabine du téléphone au fond de la salle et saisit le combiné.

— Bonjour, Cheska, quel plaisir d'avoir de tes nouvelles. As-tu décidé quand tu iras aux États-Unis ?

— Non, Leon, pas vraiment.

— Tu ne peux pas te permettre de repousser indéfiniment. Ils vont finir par se lasser.

— Je sais. En fait, j'appelle parce que j'ai besoin de contacter Bobby.

— Bobby qui ?

— Bobby Cross, bien sûr, répondit-elle, agacée. As-tu un numéro où je peux le joindre en France ?

— En France ?

Leon semblait étonné.

— Oui. C'est bien là qu'il se trouve, non ?

— Oh… euh… oui. Évidemment, suis-je bête.

— Je dois lui parler de toute urgence.

— Je vois. Écoute, laisse-moi m'en occuper, d'accord ? Il… euh… se déplace beaucoup en ce moment, mais la prochaine fois qu'il m'appellera je lui dirai de te téléphoner immédiatement.

— Entendu, mais s'il te plaît, dis-lui que c'est vraiment urgent.

— Tu peux compter sur moi. Est-ce que tout va bien ?

— Oh oui, tout va très bien. Au revoir, Leon.

Elle reposa le combiné et consulta sa montre. Elle avait vingt minutes pour se rendre au Savoy.

30

G reta était assise au bar, armée d'un gin tonic et d'une cigarette. Elle venait de passer une heure à réfléchir à la façon dont elle annoncerait la nouvelle fatidique à Cheska.

Elle vit sa fille arriver et son cœur s'accéléra. Les hommes accoudés au bar se retournaient tous sur son passage. Elle devenait une très belle jeune femme, et il n'y avait aucune raison qu'elle ne puisse pas tourner la page de sa déception amoureuse et conquérir n'importe quel homme qui lui plairait. Cette pensée redonna du courage à Greta.

— Salut, Maman, lança Cheska en s'asseyant en face d'elle.

Greta remarqua que sa fille avait les yeux un peu trop brillants et les joues anormalement roses.

— C'était bien ton déjeuner avec Oncle David ? poursuivit la jeune fille.

— Très. D'ailleurs, il va bientôt nous rejoindre pour un verre.

— Oh. Ça me fait plaisir de le voir.

— Tu veux boire quelque chose ?

— Un jus d'orange, s'il te plaît.

Greta passa commande auprès du serveur, puis se tourna vers sa fille, ne sachant pas par où commencer, mais ce fut Cheska qui parla la première.

— Maman, je… j'ai quelque chose à te dire. Je sais que tu vas être un peu fâchée, mais tout ira bien, je t'assure.

— Que se passe-t-il ?

— Eh bien, cet après-midi, j'ai découvert que Bobby et moi attendons un bébé.

Les mots sortirent à toute vitesse et Cheska enchaîna avant que Greta n'ait le temps de répondre.

— S'il te plaît, Maman, ne m'en veux pas. Je sais que je t'ai menti à propos de ma relation avec Bobby, mais je savais que tu ne ferais que t'inquiéter si je t'avouais la vérité. Le bébé était un peu une bêtise, mais maintenant qu'il est là, je suis si heureuse ! C'est vraiment ce que je souhaite et Bobby sera aux anges. Je suis convaincue qu'il voudra m'épouser dès que possible.

La jeune fille vit le visage de sa mère pâlir d'horreur.

— Je… Oh, Cheska.

Une larme coula le long de la joue de Greta.

— Ne pleure pas, Maman, s'il te plaît. Tout va bien se passer.

— Excuse-moi, chérie. Je reviens dans une minute.

Greta se leva à la hâte pour gagner les toilettes, au bas de l'escalier. Elle ferma la porte, prise d'une terrible nausée.

Quand elle eut fini de vomir, elle s'adossa à la porte, le souffle court.

Elle avait tout fait, *tout*, pour protéger sa fille et l'élever au mieux, pour lui permettre de bénéficier de l'amour, de la sécurité financière et de la carrière qu'elle-même n'avait jamais connus. Et voilà que, en dépit de tous ses efforts, l'histoire se répétait. Cheska était enceinte d'un homme qui ne l'aimait pas et ne l'épouserait jamais, quand bien même il aurait été libre de le faire.

— Maman ? Tu es là ? Est-ce que ça va ? appela Cheska derrière la porte.

— Oui, chérie.

Greta se redressa tant bien que mal et prit une profonde inspiration, consciente qu'elle devait se montrer forte pour sa fille. Elle colla un sourire sur ses lèvres et ouvrit la porte. Cheska se tordait les mains, comme toujours dans ses moments d'angoisse ou de contrariété. Greta s'approcha du lavabo pour se laver les mains et s'appliquer une nouvelle couche de rouge à lèvres. Cheska la regardait en silence.

— Je suis désolée, chérie, ce doit être le choc de cette nouvelle. Je me suis sentie mal sur le coup, mais maintenant ça va. Retournons au bar, d'accord ? Nous devons discuter de beaucoup de choses.

Elles remontèrent l'escalier et Greta attrapa son gin pour en avaler une grande gorgée, priant pour que David se dépêche.

— Maman, dis-moi que tu n'es pas en colère contre moi. Je ne voulais pas te contrarier. Pour ma part, je suis heureuse.

Greta secoua la tête avec lassitude.

— Non, chérie. Je ne suis pas en colère, juste très inquiète pour toi.

— Tu n'as aucune raison de l'être. Comme je l'ai dit, tout va bien se passer.

— As-tu prévenu Bobby ?

— Pas encore, non. Il est toujours en France, mais j'ai téléphoné à Leon tout à l'heure et Bobby me rappellera dès qu'il le pourra. Mais je sais qu'il sera enchanté. Nous allons juste devoir nous marier plus vite que prévu, c'est tout.

— Donc Bobby t'a demandée en mariage, Cheska ?

— Pas explicitement, mais je sais qu'il le souhaite. Il m'aime, Maman, et moi aussi je l'aime. Tu te rends compte, tu vas devenir grand-mère !

Greta parvint à ne pas laisser son visage la trahir mais l'air convaincu et optimiste de Cheska lui brisait le cœur. Était-ce sa faute, en tant que mère, d'avoir trop voulu la protéger de la réalité ? Quelle qu'en soit la raison, sa naïveté était véritablement incroyable. Cheska supposait que, comme tous ses films, sa vie connaîtrait une fin heureuse.

Greta ne pouvait attendre David plus longtemps. Elle inspira profondément et prit la main de sa fille.

— Chérie, j'ai moi aussi quelque chose à te dire. Je sais que tu risques de ne pas me croire, alors Oncle David va venir confirmer que je ne te mens pas. Je comptais te l'annoncer ce soir dans tous les cas, mais étant donné ta grossesse, il est d'autant plus important que tu connaisses la vérité.

Greta vit que les traits de Cheska s'étaient déjà durcis. La tension apparaissait aux coins de ses lèvres.

— Quelle « vérité » ?

— Avant que je te le dise, je veux que tu saches que je t'aime plus que tout au monde et ne ferais jamais rien pour te blesser. Je donnerais n'importe quoi pour te protéger de cette situation, Cheska, mais ce n'est pas en mon pouvoir. Tu m'as demandé de te traiter comme une adulte, et le moment est venu pour toi d'agir comme telle. Est-ce que tu comprends ?

— Oui, Maman. Dis-moi ce qui se passe, s'il te plaît. Est-ce que c'est toi ? Tu es malade ?

— D'une certaine façon, j'aimerais que ce soit aussi simple que cela. Tu vas devoir être très courageuse et te rappeler que je suis de ton côté et prête à t'aider par tous les moyens possibles.

— Dis-moi ce qu'il y a, Maman, allez !

— Cheska, chérie, Bobby Cross est marié. Depuis plusieurs années. Il a également deux jeunes enfants.

La jeune fille fixait sa mère en silence, le visage inexpressif.

Greta poursuivit :

— Oncle David me l'a appris aujourd'hui, lors de notre déjeuner. Apparemment, c'est l'un des secrets les mieux gardés du monde du spectacle. Comme ce n'est pas bon pour son image d'idole des jeunes d'avoir une femme et des enfants, la presse n'en parle jamais. Même s'il voulait t'épouser, il ne le pourrait pas car son épouse refuse de divorcer. Ce qu'il t'a fait est impardonnable, mais Oncle David dit que tu n'es pas la première et sûrement pas la dernière.

Greta marqua une pause pour essayer de jauger la réaction de sa fille. Cheska ne la regardait plus. Elle avait les yeux perdus dans le vide.

— Chérie, crois-moi si je te dis que, même si cette situation est terrible, ce n'est pas la fin du monde. Nous pouvons résoudre ton problème, Cheska... Je suis sûre que tu sais qu'il existe des moyens. Ensuite, nous pourrions partir à Los Angeles pour ton audition. Une fois que ton film sortira là-bas, je suis certaine que tous les studios te courront après. Tu oublieras vite Bobby et...

— NON ! NON ! NON ! Je ne t'écoute pas, je ne t'écoute plus. Tu racontes n'importe quoi !

Cheska se boucha les oreilles et se mit à secouer la tête. Les clients du bar commençaient à jeter des regards dans leur direction.

— Chérie, calme-toi, s'il te plaît. Je te jure que je dis la vérité. Pourquoi te mentirais-je ?

Cheska décolla ses mains de ses oreilles et fixa de nouveau Greta.

— Parce que tu ne supportes pas l'idée de me perdre, voilà pourquoi ! Parce que tu veux que je reste ta petite fille pour toujours et que tu veux me garder pour toi toute seule. Tu ne veux pas que je vive ma propre vie avec Bobby, ni avec aucun homme. Désolée, Maman, mais ça ne marchera pas. J'aime Bobby et je vais l'épouser et mettre au monde son enfant. Et si c'est trop dur à supporter pour toi, c'est ton problème, pas le mien !

Greta frissonna en voyant le visage de Cheska se tordre en une grimace hideuse, sa beauté angélique effacée par une expression de folie haineuse.

— Chérie, écoute-moi. Je comprends ta colère, mais...

— Ma colère ? Non ! Je ne suis pas en colère. J'ai pitié de *toi*, c'est tout. Tu as peur de passer le reste de ta vie toute seule, c'est ça ?

L'agressivité de Cheska vint à bout du sang-froid de sa mère.

— Ça suffit ! Je vais te dire une chose sur moi et ma petite vie « solitaire ». J'avais dix-huit ans quand je suis tombée enceinte. Ton père était un officier américain qui est reparti aux États-Unis sans même me dire au revoir. Je n'avais ni toit ni argent, mais David m'a sauvée de la misère en m'envoyant au pays de Galles. J'ai rencontré Owen Marchmont et l'ai épousé pour donner un père à mon bébé. Quand Owen s'est mis à boire, je suis revenue avec toi à Londres et j'ai lutté pour que nous ayons un toit. La seule chose que j'ai toujours essayé de faire, c'est t'offrir ce que je n'avais jamais eu. Tout a été pour toi, Cheska. Je ne demande rien en retour, mais aie au moins la décence de me croire !

La jeune fille sourit doucement, mais son regard pénétrant était empli de venin.

— D'accord, Maman. Peux-tu me dire comment je peux te croire alors que de toute évidence tu m'as menti toute ma vie au sujet de mon père ?

Greta s'effondra. Son corps s'affaissa tandis que toute son énergie la désertait. D'un geste lent, elle attrapa son sac à main, l'ouvrit et en sortit de quoi payer l'addition.

— Je vais y aller. Je te suggère d'attendre ici Oncle David. Il te confirmera ce que je viens de te dire. Je ne peux pas faire plus que de t'assurer que je serai toujours là pour toi si tu veux de moi, que je t'aime très fort et que j'ai toujours essayé de faire ce qu'il y avait de mieux pour toi. Au revoir, Cheska.

La jeune fille regarda sa mère s'éloigner. La voix se lança alors dans son murmure insidieux.

Elle ment, elle ment… Bobby t'aime… il t'aime… Mais elle, elle te hait, elle cherche à te détruire…

Cheska secoua la tête, ferma les yeux, puis les rouvrit. Tout ce qu'elle voyait était désormais flou, en différentes nuances de violet.

Elle se leva et suivit sa mère hors de l'hôtel.

*

David marchait à grandes enjambées le long du Strand. Sa réunion au siège de la BBC s'était prolongée et il était en retard pour retrouver Greta et Cheska. Le nuage de pollution était encore pénible mais, au moins, il avait perdu de son épaisseur. En se dirigeant vers le Savoy, David se demandait si Greta avait déjà parlé à Cheska de Bobby Cross. Arrivé sur le trottoir en face de l'hôtel, les yeux endoloris par la brume glaciale, il cherchait un passage pour traverser au milieu des voitures.

Avant de pouvoir bouger, il entendit des pneus déraper sur la route humide, un violent bruit de collision, puis un hurlement suraigu. La circulation s'arrêta net.

Slalomant entre les voitures, il rejoignit les quelques personnes qui s'étaient attroupées près d'un véhicule, de l'autre côté de la route. Une femme gisait à terre.

— Oh mon Dieu !

— Est-ce qu'elle est morte ?

— Appelez une ambulance !

Juste avant d'atteindre le petit groupe, David buta contre un objet. Il s'agenouilla pour le ramasser.

Serrant dans sa main la chaussure en alligator, il poussa un gémissement.

Se frayant un chemin parmi la foule, il s'agenouilla près du corps meurtri et immobile. Il prit entre ses mains le visage de Greta. Il prit son pouls, sa faiblesse lui indiquant que, peu à peu, la vie la quittait.

— Greta, Greta chérie, lui murmura-t-il doucement à l'oreille, plaçant sa joue contre la sienne. Ne me laisse pas, je t'en supplie. Je t'aime, je t'aime…

Il ne savait pas combien de temps s'écoula avant qu'une ambulance n'arrive.

— Excusez-nous, monsieur, pouvons-nous l'examiner ?

Un urgentiste s'était agenouillé près de lui.

— Son cœur bat encore, mais… je vous en prie, faites attention avec elle, pleura-t-il.

— Nous allons nous occuper d'elle. Voulez-vous bien vous écarter, s'il vous plaît ?

Désespéré, David se releva. Il regarda les ambulanciers soulever Greta avec précaution pour l'emmener sur une civière, puis il aperçut Cheska, seule sous un réverbère, un peu plus loin. Il s'avança vers elle.

— Cheska, fit-il d'une voix douce, mais elle ne répondit pas. Cheska ? Ça va aller, Oncle David est là.

Il lui passa un bras autour des épaules et elle leva la tête vers lui, une lueur de lucidité dans les yeux.

— Que s'est-il passé ? Je…

Elle secoua légèrement la tête et regarda tout autour d'elle, comme pour se souvenir de l'endroit où elle se trouvait.

— Maman ? Où est Maman ?

La jeune fille parcourait la rue des yeux avec angoisse.

— Cheska, je…

Il désigna l'ambulance. Elle s'écarta de David et courut vers le véhicule. Greta gisait sur un brancard. Son visage avait la couleur et l'aspect de la porcelaine. Cheska poussa un hurlement, se jeta sur la civière et prit dans ses bras le corps inanimé de sa mère.

— Maman ! Maman ! Je ne voulais pas, je ne voulais pas ! Mon Dieu ! Non !

David s'était approché et entendit Cheska marmonner contre l'épaule de Greta, puis éclater en sanglots incontrôlables. L'adolescente se tourna vers lui, le visage défiguré par l'angoisse et la douleur, avant de s'évanouir dans ses bras.

31

Les jours suivant l'accident, fou d'angoisse, David fit la navette entre Greta, en unité de soins intensifs, et Cheska, qui avait également été transportée à l'hôpital St Thomas.

Quand, lors de cette soirée atroce, l'adolescente s'était évanouie dans la rue, David n'avait eu d'autre choix que de demeurer avec elle, bien qu'il soit mort d'inquiétude pour Greta. L'un des urgentistes était resté en arrière pour s'occuper de Cheska et, pendant qu'il l'examinait, elle avait repris connaissance et s'était mise à hurler à pleins poumons, avant de se lancer dans une tirade incohérente à propos de fantômes, de sorcières et de cercueils. Lorsque David avait entrepris de la calmer, elle s'était déchaînée contre lui. Finalement, l'ambulancier n'avait eu d'autre choix que de lui administrer un sédatif, le temps qu'un autre véhicule arrive pour l'emmener à son tour.

Une fois que Cheska avait été installée dans son lit d'hôpital, encore endormie, David avait demandé à l'infirmière où se trouvait Greta. Le cœur battant sous l'effet de la panique, ne sachant pas si elle était encore en vie, il avait pris l'ascenseur jusqu'à l'unité de soins intensifs. On l'avait alors informé qu'elle était dans le coma et que son état était critique, mais stable. Les visites étaient formellement interdites.

De longues heures durant, il avait parcouru le couloir de long en large, interrogeant tout médecin ou infirmier qui sortait de la salle. Ils ne pouvaient rien lui dire, si ce n'est lui répéter que l'état de Greta était grave.

Deux jours s'étaient écoulés avant qu'il n'ait l'autorisation de la voir. Quand il l'avait enfin aperçue, attachée à une panoplie de machines, des tubes sortant de sa bouche et de son nez, le visage enflé et couvert d'hématomes, il avait fondu en larmes.

— Je t'en prie, ma chérie, remets-toi vite, lui murmurait-il sans cesse depuis, assis à son chevet. Je t'en supplie, Greta, reviens-moi.

*

Le médecin se leva et serra la main de David.

— Ah, monsieur Marchmont. Je suis le Dr Neville. Asseyez-vous, je vous en prie. Je suppose que vous êtes un parent de Greta ?

— Oui, on peut dire cela, par alliance. Mais c'est aussi une amie très proche.

— Alors je peux vous dire ce que l'on sait pour l'instant. Lorsque la voiture l'a percutée, elle a subi une méchante fracture du fémur, ainsi qu'un

386

grave traumatisme crânien qui l'a fait basculer dans un état comateux. C'est évidemment la blessure à la tête qui est la plus préoccupante, d'autant que Greta n'a pas encore repris connaissance, pas même de façon fugitive.

— Mais elle va finir par se réveiller, non ?

— Nous procédons à toutes sortes d'examens, mais je crains qu'il n'y ait encore rien de concluant. Si nous ne trouvons rien, il est possible que nous la transférions à l'hôpital Addenbrooke, à Cambridge, qui dispose d'une unité spécialisée dans les lésions cérébrales.

— Quel est le pronostic à ce stade, docteur ?

— Pour autant que nous sachions, nous ne risquons plus de la perdre, si c'est cela votre question. Ses constantes vitales sont encourageantes et nous avons désormais exclu tout risque d'hémorragie interne. Pour ce qui est du coma, eh bien… seul l'avenir nous le dira. Je suis navré.

David quitta le bureau du médecin assailli par des émotions contradictoires. Il était profondément soulagé que Greta soit hors de danger, mais effondré par les séquelles potentielles que le médecin avait décrites.

Plus tard cet après-midi-là, las, il se rendit à l'étage pour voir Cheska. Comme d'habitude, elle ne lui prêta aucune attention, continuant de fixer un point au plafond, immobile dans son lit.

David essayait par tous les moyens de susciter une réaction de sa part, en vain. Le regard fixe et vitreux de l'adolescente le hantait chaque fois qu'il fermait les yeux pour s'accorder quelques minutes de sommeil dans la salle d'attente. Le médecin l'avait informé que Cheska se trouvait dans un état catatonique, probablement causé par le traumatisme émotionnel qu'elle avait enduré en assistant à l'accident de sa mère.

La semaine suivante, toujours dans le coma, Greta fut transférée à l'hôpital d'Addenbrooke. On avait indiqué à David qu'il était préférable que les médecins évaluent l'état de la patiente pendant quelques jours avant qu'il ne fasse le déplacement. Ils l'appelleraient en cas d'évolution.

Affaibli par l'épuisement physique et mental d'avoir veillé sur les deux femmes qu'il aimait, David rentra chez lui pour la première fois depuis de nombreux jours et dormit vingt-quatre heures d'affilée. Lorsque, reposé, il revint voir Cheska, le médecin qui s'occupait d'elle le convoqua dans son bureau.

— Monsieur Marchmont, je souhaitais vous parler de Cheska. Lors de son admission, nous pensions que le choc d'avoir assisté à l'accident de sa mère s'apaiserait peu à peu et que son état s'améliorerait en conséquence. Malheureusement, jusqu'ici, cela n'a pas été le cas. Monsieur Marchmont, nous sommes un hôpital classique et ne nous occupons pas de ce genre de troubles. Notre psychiatre résident l'a examinée et pense qu'il faudrait qu'elle soit admise dans un institut psychiatrique spécialisé, surtout vu les circonstances.

— Quelles circonstances ?

— Cheska est enceinte de plus de deux mois.

— C'est pas vrai ! gémit David, se demandant s'il pourrait en supporter encore davantage.

— J'imaginais bien que vous n'étiez pas au courant et, techniquement, j'enfreins les règles du secret médical, mais comme Cheska n'est pas en état de vous l'annoncer elle-même et que sa mère… non plus, vous êtes le parent le plus proche. Sachant que Cheska est célèbre, je recommanderais une clinique privée et discrète.

— Ce genre d'institut est-il vraiment nécessaire ?

— Étant donné son état, elle doit être suivie de près tout au long de sa grossesse.

— Je comprends.

— Dites-moi dans quelle région du pays vous préféreriez l'envoyer, et je demanderai à notre psychiatre d'appeler les établissements appropriés.

— Merci.

David quitta le médecin et se rendit d'un pas lent vers la chambre de Cheska. Assise dans un fauteuil, elle regardait par la fenêtre. Il s'agenouilla devant elle et lui prit les mains.

— Cheska, tu aurais dû me dire que tu attendais un bébé.

Aucune réaction.

— Le bébé de Bobby, ajouta-t-il, par instinct.

Cheska inclina légèrement la tête vers lui. Soudain, elle sourit.

— Le bébé de Bobby, répéta-t-elle.

David se prit la tête dans les mains et pleura de soulagement.

*

— Leon est là ? demanda David à la réception, tout en se dirigeant résolument vers la porte close du bureau de son agent.

— Oui, mais…

Leon posa le téléphone quand David entra sans frapper.

— Bonjour David, joyeux Noël ! Comment vont Greta et Cheska ?

David posa les mains sur le bureau de Leon. Il se pencha en avant, tirant profit de sa haute stature et de sa carrure puissante.

— Un peu mieux, mais sûrement pas grâce à toi. Étais-tu au courant de la relation entre Cheska et Bobby Cross et, si oui, pourquoi ne l'as-tu pas prévenue qu'il était marié ?

Leon se ratatina dans son fauteuil. David, si doux et gentil d'ordinaire, semblait vraiment menaçant.

— Je… je…

— Donc tu étais *bel et bien* au courant ?

— Oui, j'avais une vague idée que quelque chose se tramait entre eux.

— Ne joue pas à ça avec moi ! Tu la couvrais, Leon. Pourquoi, bon sang, pourquoi ? Tu es le mieux placé pour connaître le comportement de Bobby !

— D'accord, d'accord ! Assieds-toi, David, s'il te plaît. Dans cette position, tu ressembles à un voyou, tenta-t-il de plaisanter.

David resta debout et croisa les bras.

— Je veux savoir pourquoi, répéta-t-il.

— Écoute, je te jure que je n'ai pas encouragé cette histoire, même si je sais que Charles Day l'espérait pour le bien du film. Cheska avait du mal

390

à sortir des rôles de petite fille qu'elle avait joués jusque-là, et Charles pensait qu'une amourette avec son partenaire à l'écran ne lui ferait pas de mal, au contraire. Il croyait que ça l'aiderait justement à mûrir un peu. Et il est certain que cela a favorisé sa performance. Tu devrais voir les rushes, Cheska est fantastique !

David fixa Leon avec dégoût.

— Tu es en train de me dire que pour quelques gros plans convaincants, tu as aidé Charles à pousser une adolescente immature émotionnellement – et encore mineure, qui plus est – dans les bras d'un homme marié dont la réputation est encore plus infâme que ton sens moral ? Bon sang, Leon ! Je savais qu'avec toi le travail l'emportait toujours sur le reste, mais pas que tu manquais à ce point de pitié !

Leon agita la main dans la direction de David.

— Oh, arrête, c'était juste une aventure passagère, rien de plus. Ils ont dû s'embrasser et se faire un câlin, c'est tout. D'accord, elle n'est pas tout à fait majeure, mais en quoi quelques mois changent-ils la donne ? Tu côtoies le milieu depuis assez longtemps pour savoir que c'est monnaie courante dans le monde du cinéma. Qu'aurais-je pu faire ? Interdire à Cheska de voir Bobby ? Cela avait commencé bien avant mon arrivée à Brighton. Je suis sûr que cela a été une aventure sans conséquences.

— Sans conséquences ? s'exclama David en secouant la tête de désespoir. Comment peux-tu être aussi naïf ? Pour commencer, Cheska est tombée amoureuse de Bobby.

— Elle l'oubliera. Nous devons tous connaître un premier amour, il faut bien en passer par là.

— Ce n'est pas aussi simple que cela. Ce n'est qu'une hypothèse, mais je crois que si Cheska se trouve à l'hôpital dans un état catatonique, c'est en grande partie parce que sa mère lui a annoncé que Bobby Cross était marié.

Ce fut au tour de Leon de se pencher en avant.

— Tu sais, voilà qui a toujours été le problème de Cheska. Greta l'a tellement couvée et protégée qu'elle n'a jamais dû affronter la réalité, ni prendre ses propres décisions, et…

— Je *t'interdis* de parler de Greta de cette façon !

David prit de nouveau un air menaçant, brûlant d'envie d'attraper Leon par le cou et d'effacer de ses lèvres ce petit sourire satisfait.

— Je suis désolé, David, je t'assure. J'ai manqué de délicatesse… Ce que j'essayais de dire, c'est que Cheska n'a plus dix ans. Tôt ou tard, elle sera confrontée à des situations qu'elle devra gérer, comme tout le monde. Ces dernières semaines ont été difficiles pour elle, mais elle va se remettre de son histoire avec Bobby. J'en suis persuadé.

— Peut-être aurait-elle pu, bien sûr, si elle n'était pas enceinte de lui.

— Doux Jésus !

David s'assit enfin. Le silence s'installa tandis que Leon assimilait la nouvelle.

— Je suis désolé, David. Je… merde ! Je n'aurais jamais cru que…

— Je suis sûr que si, Leon, certain que tu avais envisagé cette possibilité, mais que tu as préféré l'ignorer parce que cela t'arrangeait.

— Va-t-elle le garder ?

— À l'heure actuelle, Cheska n'est pas en mesure de prendre une décision rationnelle. Dans deux jours, elle sera transférée dans une clinique privée près de Monmouth, où elle pourra se remettre, au calme.

— Je comprends. Je vais parler avec Charles Day pour voir si le studio peut prendre en charge cette maison de repos. Étant donné les circonstances, c'est le moins qu'il puisse faire.

— Ça, je m'en fiche un peu. En revanche je veux que tu contactes ton bâtard de client pour lui transmettre la nouvelle. Tu es conscient qu'il pourrait être poursuivi pour ce qu'il a fait à ma nièce, n'est-ce pas ?

— Bon Dieu, David ! Tu ne comptes quand même pas aller si loin, si ? En dehors de toute autre considération, cela détruirait aussi bien la réputation de Cheska que celle de Bobby.

— Où est cette ordure, d'ailleurs ?

— Quelque part à l'étranger, en vacances avec sa... femme et leurs enfants, répondit Leon en baissant les yeux. Il ne dit jamais à personne où il va quand il voyage en famille. Pas même à moi.

— Quand reviendra-t-il ?

— Le mois prochain. Il doit enregistrer un album avant de commencer les répétitions pour sa série de concerts au Palladium.

— Tu ne me mentirais pas Leon, j'espère ?

— Jamais de la vie ! N'oublie pas que Cheska aussi est ma cliente, et il se trouve qu'elle m'est beaucoup plus précieuse que Bobby. Sans parler de toi, bien sûr. Je te jure que je lui dirai dès son retour. Toutefois, je n'ai pas beaucoup d'espoir. Et puis, connaissant le bonhomme, Cheska a tout intérêt à le rayer de sa vie, enceinte ou non. Est-ce qu'elle ne pourrait pas faire adopter le bébé ?

— Tu penses encore à tes affaires, c'est ça ? cracha David avec dédain.

— Écoute, je t'assure que je ferai mon possible pour l'aider. Je suis aussi horrifié que toi. Et comment va Greta ?

— Aucune évolution de son côté.

Une grande douleur emplit soudain les yeux de David.

— Transmets-lui mes amitiés.

— Comme tu le sais très bien, elle ne pourra pas te saluer en retour.

— Que disent les médecins ?

— J'imagine que tu t'en fiches royalement, alors je ne gaspillerai pas ma salive à te répondre. En revanche, ajouta-t-il en se levant, ce que je *tiens* à te dire, c'est que je me passerai désormais de tes services. Tu n'es plus mon agent.

David tourna les talons et quitta la pièce avant que Leon n'ait eu le temps de réagir.

*

Le 23 décembre, Cheska fut transférée en ambulance à l'hôpital psychiatrique Medlin, à quelques kilomètres à peine de Monmouth. David suivit en voiture et, à l'arrivée, retrouva sa mère qui les attendait à la réception. Désireuse de soutenir son fils par tous les moyens, LJ avait décidé de veiller sur Cheska, pour que lui puisse rester auprès de Greta.

L'hôpital Medlin aurait pu être un hôtel. Il occupait un bel édifice géorgien, dans un cadre magnifique, et le hall d'entrée ainsi que les pièces communes n'avaient rien à envier à une élégante maison de campagne. Les chambres des patients étaient petites, mais douillettes et meublées avec goût. Après s'être assurés que Cheska était installée aussi confortablement que possible, David et LJ la laissèrent dans sa chambre avec une infirmière et suivirent le réceptionniste jusqu'au bureau du psychiatre en chef.

— Bonjour. John Cox, se présenta l'homme aux cheveux gris en leur serrant chaleureusement la main. Asseyez-vous, je vous en prie. L'hôpital m'a transmis le dossier médical de Cheska, mais j'aimerais disposer d'informations plus générales à son sujet, afin de mieux connaître ma patiente.

David répondit aux questions de son mieux, malgré la douleur que lui causait ce retour dans le passé.

— Elle est donc actrice depuis ses quatre ans ? s'enquit le Dr Cox.

— Oui. Personnellement, je n'ai jamais approuvé, intervint LJ.

— Je suis d'accord avec vous. C'est une grande pression pour une si petite fille. Pour autant que vous sachiez, avait-elle déjà eu des problèmes de ce genre ?

LJ se mordit la lèvre avant de répondre.

— Eh bien, il se trouve qu'une fois...

Elle hésita en voyant le regard surpris de David, mais il était important qu'elle poursuive.

— Un soir, lors d'un séjour à Marchmont, alors qu'elle était encore très jeune, j'ai découvert Cheska dans sa chambre d'enfant en train de mutiler un ours en peluche.

— Voyons, Ma, l'interrompit David, « mutiler » c'est un peu fort, non ? Tu n'avais jamais évoqué cet épisode jusqu'ici, et puis j'imagine qu'il arrive à tous les enfants d'être parfois peu soigneux avec leurs jouets !

— Tu n'as pas vu l'expression qu'elle avait alors, David, reprit LJ doucement. Elle avait presque l'air… folle.

Le psychiatre hocha la tête et prit quelques notes.

— J'ai lu dans le dossier de Cheska qu'elle avait assisté à l'accident de sa mère ?

— Oui, c'est du moins ce que nous croyons, répondit David. Si elle ne l'a pas vu, elle est arrivée tout de suite après.

— D'accord. Se souvient-elle de quoi que ce soit d'autre de cette soirée ?

— Honnêtement, je n'en sais rien. Les jours qui ont suivi le drame, elle ne prononçait pas un seul mot, et depuis qu'elle a recommencé à parler, elle n'y a jamais fait référence. Nous n'avons pas voulu mentionner cette soirée, pour ne pas la bouleverser. Sa mère est encore dans le coma.

— Je comprends, mais parfois il est préférable d'être tout à fait franc avec des patients comme Cheska. Si le sujet se présente, il est inutile d'éviter de parler de sa mère, toute raison gardée, évidemment.

David et LJ acquiescèrent.

— Souhaitez-vous ajouter autre chose qui, selon vous, pourrait nous aider ?

— Avec son dossier, vous savez bien entendu qu'elle est enceinte. Il se trouve qu'elle est très

amoureuse du père du bébé mais, malheureusement, il n'assumera jamais ses responsabilités, indiqua David.

— Pauvre Cheska. Pas étonnant qu'elle ait
des problèmes. Monsieur Marchmont, madame
Marchmont, merci infiniment pour toutes ces pré-
cisions. Je verrai Cheska tous les jours une heure en
thérapie. Il va falloir que j'évalue sa conscience de
la réalité. Pensez-vous par exemple qu'elle se rende
compte de sa grossesse ?

— Ça oui, confirma David.

— Voilà déjà un pas dans la bonne direction.
Laissez-moi faire et nous verrons comment elle progresse.

*

— Où est-ce que tu vas ? Tu me laisses toute
seule ?

Un regard horrifié s'installa dans les yeux de
Cheska tandis que David l'embrassait sur la joue. En
retrait, John Cox observait cet échange avec intérêt.

— Les médecins veulent que tu restes ici pour
pouvoir bien s'occuper de toi et du bébé, déclara
David avec douceur. Ce ne sera pas pour longtemps,
promis.

— Mais je veux rentrer à la maison avec toi. C'est
Noël, Oncle David ! s'exclama Cheska au bord des
larmes. Ne me laisse pas, s'il te plaît !

— Allons, allons, tu n'as aucune raison de t'inquiéter. Tante LJ viendra te voir tous les jours. Moi
aussi je te rendrai visite, aussi souvent que possible.

— Tu me le promets ?

— Oui, ma chérie.

Il marqua une pause, se demandant si ce qu'il s'apprêtait à dire était sage ou non.

— Cheska, avant que je parte, si tu veux savoir quoi que ce soit à propos de ta mère, tu…

David s'interrompit à mi-phrase en voyant que Cheska n'avait pas cillé à la mention de Greta. Elle avait le regard vide et, au bout de quelques instants, finit par se tourner vers la fenêtre.

— Bon, eh bien au revoir, ma puce. À très bientôt.

— Au revoir, Oncle David, répondit-elle par-dessus son épaule.

David quitta la pièce, suivi de près par le médecin.

— Ne vous inquiétez pas, monsieur Marchmont. Cette petite scène a dû être pénible pour vous, mais je crois qu'elle est encourageante. Il est positif que votre nièce soit au moins capable d'exprimer des émotions, ici la contrariété et la peine face à votre départ.

— Je me sens si cruel de l'abandonner…

— Ne vous inquiétez pas. Elle va vite s'habituer. Je vous assure qu'elle ne pourrait être entre de meilleures mains, vous devez nous faire confiance. Rentrez chez vous et tâchez de vous détendre et de passer un joyeux Noël. Nous nous reverrons dans quelques jours.

*

David et LJ arrivèrent à Marchmont en début de soirée. Complètement épuisé, il avait succombé à la suggestion de sa mère de passer Noël en sa compagnie.

— Assieds-toi, mon chéri, je vais nous préparer un petit remontant.

David la regarda leur servir du whisky à tous les deux. Elle lui tendit son verre, puis alla raviver le feu.

— Santé, et joyeux Noël. Tu es superbe, Ma, comme toujours. Je dirais même qu'en ce moment tu sembles plus jeune que moi, plaisanta-t-il.

— Je pense que c'est cet endroit qui me maintient en bon état. J'ai tant à y faire que je n'ai pas le temps de vieillir.

— Es-tu sûre de t'en sortir si tu ajoutes les visites à Cheska ?

— Bien sûr, et Mary a dit qu'elle aussi irait la voir.

— Mais que se passera-t-il quand, dans quelques mois, elle accouchera et devra s'occuper d'un petit être entièrement dépendant d'elle ? Elle n'est pas capable de s'occuper d'elle-même, alors avoir la responsabilité d'un enfant… Et étant donné l'état de Greta, eh bien…

— Oui, cela m'inquiète, moi aussi. Mais que pouvons-nous faire, à part prier pour son rétablissement ? Elle a encore de nombreux mois avant la naissance.

— On dirait un fantôme. Si pâle, avec cette horrible expression vitreuse. Elle est si fragile, Ma. Et pas une fois elle n'a mentionné Greta. Elle est restée de marbre quand j'ai évoqué sa mère.

— Comme je l'ai avoué à ce psychiatre cet après-midi, je ne peux m'empêcher de me demander si son état ne s'inscrit pas dans un problème mental plus vaste, au lieu de découler simplement du choc de l'accident de Greta.

— Je ne crois pas. Cheska a toujours été très stable. Depuis des années qu'elle est sous les feux de la rampe, elle n'a jamais craqué sous le poids de la célébrité, contrairement à nombre d'acteurs bien plus matures.

— Peut-être, mais ne penses-tu pas justement que cela puisse faire partie de son problème ? Après tout, qu'est-ce que la réalité pour elle ? Et toute cette notoriété à supporter si jeune… Tu sais que je n'ai jamais approuvé sa carrière. À force de tourner dans des films, j'ai l'impression qu'elle est complètement passée à côté de son enfance.

— C'est vrai, mais Greta a toujours voulu le meilleur pour elle, répliqua David, sur la défensive comme toujours lorsque son amie était critiquée.

— Et le père de son bébé ? Ce Bobby Cross ?

— Le soir de l'accident, Greta devait annoncer à Cheska qu'il était marié. Si elle l'a fait ou non, seule Cheska le sait à présent. Leon va contacter Bobby dès son retour en Angleterre mais, à mon avis, cela ne servira à rien. Je suis sûr que John Cox abordera le sujet avec elle. Peut-être en saurons-nous alors davantage.

— Quels sont tes projets pour ces prochains jours ? s'enquit LJ, changeant de sujet.

— Je dois partir le 26 et aller voir Greta à Cambridge, répondit-il en haussant les épaules. Son médecin a appelé pour dire que les examens n'avaient rien détecté.

— Il n'y a donc aucune évolution ?

— Apparemment non.

— Dans ce cas, est-il nécessaire que tu y ailles ? Sans vouloir être méchante, David, cette pauvre femme est dans le coma. Elle est entre de bonnes mains à Addenbrooke, et tu ne risques pas de lui manquer si tu repousses ta visite de quelques jours. Tu as besoin d'une pause, mon garçon. C'est trop pour un seul homme.

— Non, Ma, ce dont j'ai besoin, c'est d'être auprès de la femme que j'aime.

32

— Alors, Cheska, comment te sens-tu aujourd'hui ? demanda John Cox en souriant à la jeune fille assise en face de lui.

— Bien.

— Parfait. Est-ce que tu es bien installée ?

— Pas mal, oui, mais je préférerais rentrer chez moi.

— À Marchmont ?

— Oui.

— Tu te considères donc plus chez toi à Marchmont que dans l'appartement que tu partageais avec ta mère à Londres ?

Cheska fixa une figurine sur une étagère et ne répondit pas.

— Voudrais-tu me parler de ta mère, Cheska ?

— Une fois, j'ai joué dans un film où il y avait un psychiatre.

— C'est vrai ?

— Oui. Il essayait de faire croire aux gens que son frère était fou pour pouvoir l'enfermer dans un asile et lui voler tout son argent.

— Mais les films ne sont pas réels, Cheska. C'est de la fiction. Personne ne cherche à dire que tu es folle. J'essaie de t'aider.

— C'est aussi ce que disait le psychiatre du film.

— Parlons du bébé, alors. Tu sais que tu es enceinte, n'est-ce pas ?

— Évidemment !

— Et comment le vis-tu ?

— J'en suis très heureuse.

— Tu en es sûre ?

— Oui.

Elle gigota et se tourna vers la fenêtre.

— Dans ce cas, tu sais que tu dois prendre bien soin de toi. Tu ne dois pas sauter de repas. Ton bébé compte sur toi pour grandir en bonne santé.

— Oui.

— Que ressens-tu à l'idée de mettre ton bébé au monde seule, sans père ? demanda-t-il d'une voix bienveillante.

— Mais mon bébé *a* un père, répondit-elle avec aplomb. Nous allons nous marier dès qu'il rentrera de France.

— Je vois. Comment s'appelle ton, euh… petit ami ?

— Bobby Cross. C'est un chanteur très connu, vous savez.

— Que pensait ta mère de ton mariage à venir ?

Cheska ignora de nouveau la question.

— Bon, je crois que cela suffit pour aujourd'hui. Je te verrai demain, à la même heure et au même endroit. Au fait, ton oncle va te rendre visite cet après-midi.

Le visage de la jeune fille s'illumina d'un sourire authentique.

— Super ! Est-ce qu'il vient pour me ramener à Marchmont ?

— Pas aujourd'hui, non. Mais très bientôt, je te le promets.

Il appuya sur un bouton sur son bureau et une infirmière apparut à la porte. Cheska se leva, lui dit au revoir et suivit l'infirmière hors de la pièce.

*

Plus tard cet après-midi-là, David fut conduit dans ce même bureau.

— Comment va-t-elle ? demanda-t-il au Dr Cox.

— Comme je l'ai dit à votre mère, beaucoup mieux, je trouve. En tout cas, elle est bien plus réactive qu'il y a deux semaines. Elle semble remarquer bien davantage le monde qui l'entoure. Néanmoins, elle refuse toujours de parler de sa mère. C'est difficile de savoir si elle la croit morte ou vivante. Mrs Simpson est-elle encore dans le coma ?

— Oui. Pour l'instant, il n'y a aucun changement. Peut-être est-il préférable de ne pas insister auprès de Cheska... Voir Greta telle qu'elle est actuellement, branchée de partout, pourrait difficilement la réconforter.

— À ce stade, je suis tenté de partager votre opinion, soupira le médecin. Cheska m'a également confié ce matin qu'elle et Bobby Cross devaient se marier dès son retour de France.

— Cela pourrait alors signifier que Greta ne lui a pas parlé de lui avant l'accident.

— Qui sait ? Je pense que la prochaine étape est de la mener jusqu'à la naissance de son bébé, après quoi nous aviserons.

*

Un peu plus tard, David trouva sa nièce assise dans un fauteuil près de la fenêtre.

— Salut, ma chérie, comment vas-tu ?

Elle se tourna vers lui et sourit.

— Bonjour, Oncle David. Tu es venu pour me ramener à la maison ?

Il s'approcha pour l'embrasser.

— Tu es bien plus en forme que la dernière fois. Cela me fait plaisir de te voir habillée.

— Oh, je vais bien. Je veux juste savoir quand je pourrai rentrer à la maison, c'est tout. Bobby doit se demander où je suis. Tu sais, Oncle David, j'ai fait un horrible cauchemar, ajouta-t-elle, l'air soudain sombre. Quelqu'un me disait que Bobby ne m'aimait plus, qu'il était marié et père de famille, ce qui voulait dire qu'il ne pouvait pas m'épouser. Ce n'était qu'un rêve, hein, Oncle David ? Bobby m'aime, pas vrai ?

Ses yeux scrutaient le visage de David à la recherche d'un signe de confirmation. Il avala avec difficulté, puis acquiesça.

— Comment pourrait-il ne pas t'aimer ? À présent, viens là. Dis-moi, tu as maigri jeune fille, fit-il en la serrant dans ses bras et en sentant à quel point elle était fragile. Tu es censée prendre du poids, pas en perdre.

— Je sais. Je suis désolée. Dis à Bobby que je promets de manger désormais. Et notre mariage, Oncle David ? Il faut vraiment l'organiser avant l'arrivée du bébé.

David s'aventura près de la fenêtre, souhaitant à tout prix changer de sujet.

— C'est très joli ici, tu ne trouves pas ? Les jardins sont magnifiques. Tu devrais te promener. Un peu d'air frais vous ferait du bien à tous les deux.

— Oui, je suppose que c'est joli, répondit Cheska en suivant le regard de David. Mais certaines personnes ici sont complètement folles. La nuit, quand j'essaie de dormir, j'entends des gens gémir. C'est affreux. Je préférerais vraiment être à Marchmont.

— Plus tu prendras soin de toi et suivras les recommandations du Dr Cox, plus vite je te ramènerai à la maison. Voudrais-tu que je t'apporte quelque chose qui te manque ici ?

— J'aimerais bien une télévision. Je n'ai rien à faire et je m'ennuie un peu.

— Je vais voir ce que je peux faire.

— Merci. Oncle David ? Est-ce que je suis malade ? Je ne me sens pas malade.

— Non, tu n'es pas malade. Tu as juste subi… un grand choc qui t'a affaiblie, c'est tout.

Cheska devint toute pâle.

— Je… je suis si perdue parfois. Je fais ces horribles cauchemars et parfois je ne me rappelle plus ce qui est réel et ce dont j'ai rêvé. Parfois je me dis que je dois être folle. Je ne suis pas folle, hein ? Je t'en supplie, dis-moi que je ne suis pas folle !

Ses yeux brillaient de larmes. David s'agenouilla près d'elle et lui caressa la joue.

— Bien sûr que non, ma chérie. Tu as subi beaucoup de stress pendant très longtemps, c'est tout. Tu es ici pour être un peu tranquille et pour te reposer. Tu n'as aucune raison de t'inquiéter, il faut juste que tu prennes soin de toi et du bébé. D'accord ?

— Je vais essayer. C'est juste que j'ai si peur parfois. Je me sens… je me sens si seule.

— Mais tu n'es pas seule, Cheska. Tu as ton bébé, qui vit en toi. Je vais devoir te laisser à présent, ma puce, déclara-t-il en voyant l'heure. Je reviendrai la semaine prochaine.

— D'accord. Je t'aime énormément, Oncle David, fit-elle en se jetant à son cou. Tu crois que je suis bizarre ?

— Non, Cheska. À très vite.

Il embrassa sa tête blonde et quitta sa chambre.

Sur la route qui le ramenait à Londres, David retourna leur conversation dans sa tête. Sans l'ombre d'un doute, Cheska allait mieux, et par moments elle lui avait semblé tout à fait normale. Mais ce fantasme autour de Bobby lui donnait la nausée.

Quatre heures après avoir quitté Cheska, il était de nouveau au chevet de Greta.

*

David arriva chez lui à Hampstead après sa nuit de veille hebdomadaire auprès de Greta. L'hiver avait laissé place à l'été, mais il avait à peine remarqué le changement de saison. Six mois s'étaient écoulés depuis l'accident et il n'y avait toujours aucune évolution. Il avait annulé la plupart de ses engagements professionnels, ne gardant que son émission de radio du vendredi soir, afin de pouvoir être avec elle le reste de la semaine. Les scanners n'avaient révélé aucune lésion du cerveau, ce qui déconcertait les médecins d'Addenbrooke. Ils ne pouvaient donc rien faire pour améliorer son état, si ce n'est suggérer à David de parler à leur patiente et de lui faire la lecture autant que possible, dans l'espoir que cela suscite une réaction.

Le téléphone sonnait quand il ouvrit la porte de sa maison, et il courut décrocher.

— Bonjour David, c'est Leon. Comment va Cheska ?

— Mieux, mais tu n'as aucun mérite, répondit-il avec froideur.

— Et Greta ?

— Toujours pas de changement. Qu'est-ce que tu veux exactement, Leon ? Tu ne me représentes plus, et ce n'est que parce que Cheska n'allait pas bien ces derniers temps que je ne lui ai pas encore suggéré de te renvoyer.

— Écoute, pourrait-on tourner la page ? Je pensais que cela t'intéresserait de savoir que j'ai parlé à Bobby et qu'il paraissait vraiment choqué. Il dit qu'en effet, Cheska et lui ont eu une petite aventure, mais rien d'assez intime pour concevoir un bébé. Il jure qu'il est impossible qu'il soit le père. Et qu'il n'avait aucune idée du jeune âge de Cheska.

— Tu y crois ?

— Bien sûr que non ! Mais que pouvons-nous faire ? Il nie toute responsabilité dans cette histoire.

David serra les dents.

— Si jamais je croise de nouveau la route de ce bâtard, je lui embrocherai ce que tu penses ! Lui as-tu demandé s'il rendrait visite à Cheska ?

— Oui, et il a dit que non. Selon lui, cela ne ferait qu'aggraver la situation. Il m'a assuré qu'elle se faisait des films, qu'entre eux cela n'avait été qu'une courte amourette sans aucun engagement.

— Je ne m'attendais à rien d'autre de sa part, mais entendre qu'il ose mentir ainsi, avec une telle décontraction, me met quand même hors de moi.

— Cet homme n'a jamais eu aucune morale. Dis-moi, il y a autre chose dont je voulais te parler. J'ai eu Charles Day au téléphone. Il voulait savoir si Cheska était assez en forme pour assister à la première de *S'il vous plaît, monsieur, je vous aime.*

— Que lui as-tu répondu ?

— Que j'en doutais. Naturellement, je ne suis pas rentré dans les détails. Charles pense qu'elle fait une dépression à cause de l'accident de sa mère. Il ne sait rien du bébé. — Eh bien, Cheska n'est en état d'aller nulle part. Et même si elle l'était, je suppose que Bobby Cross sera à la première ? Leon, comment peux-tu ne serait-ce que suggérer une chose pareille ?

— D'accord, d'accord. Je dirai à Charles qu'elle va trop mal pour venir et informerai les journalistes qu'elle a une mauvaise grippe. C'est dommage, cela dit. Tout le monde pense que le film fera un carton des deux côtés de l'Atlantique.

— C'est très dommage en effet, Leon. Encore une fois, si certaines personnes n'avaient pas manipulé Cheska, rien de tout cela ne serait arrivé !

— Je sais bien, David, que veux-tu que je te dise ? Je suis désolé, vraiment.

— En tout cas, la prochaine fois que tu verras Bobby, dis-lui de ne pas m'approcher. Ce serait à ses risques et périls.

David raccrocha violemment. Il était à bout. S'asseoir au chevet de Greta jour après jour en suivant les indications des médecins pour essayer de déclencher une réaction chez elle, en vain, avait peu à peu raison de son optimisme.

Il commençait à perdre espoir.

33

Les mois passaient lentement pour Cheska. Certains matins, elle se réveillait pleine d'énergie, en pensant à Bobby et au bébé, mais d'autres jours elle sombrait dans la déprime. Tante LJ lui rendait visite presque quotidiennement, mais aimait discuter du temps qu'il faisait et des agneaux qui étaient nés à la ferme, quand Cheska n'aurait voulu parler que de Bobby. Oncle David venait parfois, lui aussi, et elle lui demandait sans cesse pourquoi elle ne pouvait pas quitter Medlin qui, elle le savait, était un hôpital pour les fous. Elle avait essayé d'engager la conversation avec d'autres patients lorsqu'ils prenaient leurs repas à la salle à manger, mais soit ils ne répondaient pas, soit ils répétaient indéfiniment les mêmes choses.

David lui avait promis qu'une fois que le bébé serait né, il la ramènerait à la maison, et elle se consolait en se disant qu'il ne restait plus très longtemps. Elle écrivait de longues lettres à Bobby qu'elle confiait à Oncle David pour qu'il les poste. Bobby ne répondait jamais, mais elle savait qu'il était très occupé et elle essayait de ne pas lui en vouloir. Quand ils seraient mariés, elle devrait s'habituer à ce qu'il soit souvent absent.

Parfois, au milieu de la nuit, Cheska faisait ses vieux cauchemars abominables. Elle se réveillait en sanglots, et une infirmière venait alors la consoler et lui donner une tasse de chocolat chaud et un somnifère.

Des fragments d'un acte terrible qu'elle avait commis lui revenaient de temps en temps, mais elle écartait vite ces pensées. Cela faisait sans doute partie du cauchemar.

*

Le dernier mois de sa grossesse, Cheska fut confinée au lit. Sa tension avait augmenté et le Dr Cox lui avait imposé le repos. Elle passait presque toutes ses soirées devant le poste de télévision que lui avait apporté Oncle David.

Un dimanche soir, elle regardait les informations.

— Et maintenant, nous retrouvons Minnie Rogers, à Leicester Square, pour l'arrivée des stars à la première de *S'il vous plaît, monsieur, je vous aime.*

Cheska bondit hors de son lit et monta le volume.

— Bonsoir à tous, salua la journaliste en souriant à la caméra.

Derrière elle, se massait une foule de personnes, comme Cheska en avait fait l'expérience à d'innombrables reprises lors de ses premières.

— La star Bobby Cross devrait arriver d'un moment à l'autre. Cheska Hammond, qui joue le rôle d'Ava, a malheureusement la grippe et ne pourra pas venir ce soir. Oh ! Le voilà ! s'exclama la journaliste, l'air tout excitée.

Une limousine noire s'arrêta devant le cinéma. Bobby apparut, tout sourire, agitant la main en direction des admiratrices déchaînées qui se bousculaient pour mieux le voir. Les yeux de Cheska s'emplirent de larmes. Elle approcha la main de l'écran et caressa le visage de son bien-aimé.

Bobby tendit la main à l'intérieur de la voiture et une magnifique blonde en mini robe à sequins en sortit alors. Il plaça le bras autour de sa taille et l'embrassa sur la joue, puis tous deux se dirigèrent vers l'entrée du cinéma, se tournant vers les photographes pour prendre la pause.

— Les fans de Bobby sont en délire ! Il est au sommet de sa popularité et se produit actuellement au Palladium à guichets fermés, s'émerveilla la journaliste. Ce soir, il est accompagné par Kelly Bright, le célèbre mannequin britannique. Bobby et Kelly rejoignent à présent le reste de l'équipe. Le film sortira demain en salles et je peux vous assurer qu'il est à découvrir absolument !

Un gémissement sourd et animal émana du plus profond de Cheska. Elle se griffa plusieurs fois le visage et se mit à secouer la tête.

— Non... non... non ! Il est à moi... à moi... *à moi* !

Ses mots s'amplifièrent pour laisser place à un hurlement.

Quand une des infirmières se précipita dans sa chambre, la jeune fille frappait le téléviseur de ses poings.

— Mon Dieu… Arrête, Cheska !

Mais celle-ci ne lui prêta aucune attention. Ses coups se firent de plus en plus violents et l'infirmière tenta de l'écarter du poste.

— Viens, je vais t'aider à te rallonger. Pense au bébé, Cheska, je t'en prie !

Elle s'écroula à terre. L'infirmière s'agenouilla près d'elle et prit son pouls, avant de remarquer une flaque d'eau. Elle se releva d'un bond et appuya sur le bouton d'urgence.

*

— S'il vous plaît, mon Dieu, s'il vous plaît, priait David en se garant dans le parking de l'hôpital.

Il se précipita dans l'aile de la maternité où il fut accueilli par John Cox.

— Est-ce que tout… est-ce que Cheska…

— Tout va pour le mieux, rassurez-vous. Quand le travail a commencé, nous l'avons aussitôt amenée ici et son bébé est né il y a une heure environ. C'est une petite fille de deux kilos sept. Toutes deux se portent bien.

— Dieu merci.

La voix de David se brisa sous le coup de la tension. Ses quatre heures de route depuis Cambridge avaient été particulièrement éprouvantes.

— Votre mère est auprès de Cheska, que les infirmières sont en train d'installer confortablement. Voulez-vous voir la petite ?

— Avec grand plaisir.

Il suivit le médecin jusqu'à la nurserie. Une infirmière se leva et leur sourit.

— Nous sommes venus voir le bébé Hammond, annonça le Dr Cox.

— En fait, c'est Marchmont, corrigea David, sentant sa gorge se nouer d'émotion.

En dépit des circonstances et de la complexité de ses liens familiaux avec l'enfant, une nouvelle vie portant son nom venait de voir le jour.

L'infirmière s'approcha d'un couffin, souleva un petit paquet et le plaça avec précaution dans les bras de David. Il se pencha sur le visage minuscule et fripé. Le bébé ouvrit les yeux et le fixa.

— Elle a l'air très éveillée, observa-t-il.

— Oui, c'est un petit bout de femme solide, commenta l'infirmière.

David posa un baiser sur la joue du bébé, les larmes aux yeux.

— Je l'espère. Pour son bien, je l'espère, murmura-t-il.

34

Six semaines après la naissance, John Cox annonça à David que Cheska était prête à rentrer chez elle.

— Quelle merveilleuse nouvelle !

— Il semble que l'accouchement lui ait éclairci l'esprit. Elle a accompli d'immenses progrès depuis et apparaît lucide, calme et détendue. Elle a développé un bon rapport avec le bébé. L'obstétricien est passé hier et l'a déclarée physiquement en forme. Naturellement, il serait bénéfique pour Cheska et le bébé de vivre dans un environnement plus naturel qu'un hôpital psychiatrique.

— Absolument. Et vous considérez qu'elle est assez forte mentalement pour cela ?

— Tout ce que je puis dire, c'est que son état s'est nettement amélioré. Elle refuse encore de parler de sa mère, mais nous pourrions la garder ici le reste de sa vie qu'elle n'évoquerait peut-être jamais les événements de ce soir-là. En revanche, elle n'a pas mentionné Bobby Cross depuis la naissance, ce qui est bon signe. Bien sûr, elle aura besoin d'un grand soutien, mais je crois que la naissance de sa fille lui a donné un but dans la vie et quelqu'un d'autre à qui penser.

— Tant mieux. J'espère sincèrement que vous avez raison.

— Seul le temps nous le dira, mais ramenez-la à la maison et voyez comment elle progresse. En cas de problème, vous savez où nous trouver. Allons annoncer la bonne nouvelle à Cheska, d'accord ?

*

Dans sa chambre, la jeune femme donnait le biberon à sa fille. Elle sourit en apercevant David et le médecin.

— Bonjour Cheska, comment vas-tu ? Et le bébé ? Vous avez toutes les deux l'air en pleine forme, la salua David en les observant tout attendri.

— Nous allons toutes les deux très bien. Oh, et nous pouvons arrêter de l'appeler « le bébé ». Je vais l'appeler Ava, comme mon personnage dans *S'il vous plaît, monsieur, je vous aime.* Je trouve que ça lui va bien, pas vous ?

— C'est très joli, convint David. Et j'ai une bonne nouvelle pour toi : le Dr Cox a dit que je pouvais vous ramener toutes les deux à la maison.

— Oh, c'est formidable ! Comme j'ai hâte de lui montrer Marchmont.

— Je vais demander à une infirmière de venir t'aider à faire ta valise. Retrouvons-nous dans mon bureau dans une heure pour signer les documents nécessaires, indiqua le médecin.

*

LJ se tenait dans la nurserie de Marchmont. À la suite de l'appel de David, Mary et elle s'étaient empressées de la rendre aussi douillette possible.

— Bon, tout m'a l'air prêt. N'est-ce pas merveilleux d'avoir de nouveau un bébé ici ? dit LJ à Mary qui mettait des draps propres dans le berceau.

— Oui, madame Marchmont, c'est certain.

Vingt minutes plus tard, alors que le soleil déclinait à l'horizon, LJ aperçut la voiture de David dans l'allée.

— Les voilà ! s'exclama-t-elle en tapant dans ses mains de joie.

Elle descendit l'escalier à la hâte et se précipita dehors.

— Bienvenue, mes chéries. Je suis absolument enchantée de vous avoir toutes les deux ici.

— Et moi je suis très heureuse d'être de retour, Tante LJ. Vous voulez la prendre ?

Cheska descendit de voiture avec l'aide de sa tante à qui elle passa le bébé. LJ l'emmena à l'intérieur en lui faisant des risettes.

— Elle est encore plus belle que la dernière fois que je l'ai vue. Je crois qu'elle a tes yeux, Cheska. As-tu décidé comment l'appeler ?

— Ava.

— Quel prénom ravissant, comme mon actrice préférée. Mrs Gardner était époustouflante dans *L'Ange pourpre*.

418

LJ regardait Cheska nourrir son bébé à la nurserie. Elle était impressionnée par l'assurance avec laquelle elle s'occupait de sa fille, bien qu'elle soit elle-même à peine plus qu'une enfant. Après l'avoir remmaillotée, Cheska se leva et plaça précautionneusement dans le berceau une Ava rassasiée et satisfaite.

— Voilà, elle dormira sans doute jusqu'à minuit. C'est ce qui se passe en général.

— Si tu allais te coucher ? suggéra LJ. Je vais rester avec elle et m'occuper du biberon de minuit. Tu dois être épuisée, ma chérie.

— Je suis un peu fatiguée, oui. C'est très gentil à vous de le proposer.

— Dorénavant, tu devras m'éloigner de force. J'adore les bébés, plaisanta LJ.

— Vous savez, quand j'étais petite, cette chambre m'effrayait, déclara Cheska, songeuse, en parcourant la pièce des yeux.

— Pourquoi donc ?

— Je ne sais pas. Bonne nuit, Tante LJ, et merci.

Cheska lui posa un léger baiser sur la joue et se retira.

*

Le lendemain matin, Cheska laissa LJ et Mary dorloter le bébé et partit pour une grande promenade. Son cœur s'emplit de joie face à la beauté du domaine de Marchmont. Adossée aux collines, la maison se prélassait sous le soleil éclatant, ses grandes terrasses couvertes de pots de géraniums écarlates. Les bois en contrebas formaient une ribambelle verdoyante qui semblait couler le long des flancs de la vallée.

Elle rentra juste à temps pour le déjeuner et rejoignit LJ et David sur la terrasse.

— Quel bonheur de savourer la bonne cuisine de Mary après tous ces plats répugnants qu'on me donnait à Medlin !

— Si tu veux mon avis, tu es encore trop maigre, annonça la gouvernante en lui servant une généreuse assiette d'agneau et de pommes de terre nouvelles. Tu as aussi besoin de gambader à l'air pur pour prendre des couleurs. Je me rappelle avoir dit la même chose à ta mère lors de son arrivée ici.

LJ lança à Mary un regard d'avertissement, mais Cheska ignora simplement cette mention de Greta.

— Il faut vraiment que je retourne bientôt à Londres. Toutes mes affaires sont là-bas, et j'aimerais en récupérer quelques-unes.

— Tu as bien raison, répondit LJ. Voudrais-tu que je m'occupe de la petite pendant deux ou trois jours ?

— Si cela ne vous dérange pas. Vous voyez, j'aimerais m'installer ici avec Ava, vous n'y voyez pas d'inconvénient. Je vais prévenir Leon que je mets ma carrière entre parenthèses le temps d'élever ma petite fille.

— Aucun problème, chérie. Rien ne pourrait me faire davantage plaisir.

— Moi aussi, je dois retourner à Londres lundi, Cheska. Si tu veux, nous pourrions y aller ensemble, proposa David, perturbé par l'idée de sa nièce sans bien savoir pourquoi.

— Merci, ce serait parfait.

Cet après-midi-là, David appela le Dr Cox pour lui parler du voyage prévu.

— J'ai l'impression qu'elle se confronte enfin à la réalité. C'est une excellente nouvelle, monsieur Marchmont.

— Vous pensez donc que je ne dois pas l'en dissuader ?

— Je ne vois pas pourquoi. Vous dites que vous irez avec elle ?

— Oui. Mais que dois-je lui dire au sujet de sa mère ?

— Y a-t-il eu une évolution ?

— Aucune, confirma David.

— Dans ce cas je laisserais Cheska aborder la question, si elle le souhaite.

— Mais elle remarquera sans doute que Greta n'est pas dans leur appartement, dois-je lui dire la vérité ?

— Si elle vous demande où elle se trouve, alors oui. Toutefois, je vous suggérerais de ne pas la laisser seule pendant la nuit.

— Naturellement. Je resterai avec elle.

— Bon, n'hésitez pas à me téléphoner en cas de besoin, mais laissez Cheska vous guider. Il est important qu'elle puisse gérer cela à sa façon.

*

La veille de son départ pour Londres, Cheska se rendit à la nurserie. Cette pièce la perturbait toujours mais, ce soir-là, aucun fantôme. Juste un petit bébé qui dormait paisiblement dans son berceau.

Cheska se pencha sur sa fille et lui caressa la joue.

— Je suis désolée de devoir te laisser, ma toute petite, mais Tante LJ s'occupera bien de toi, murmura-t-elle. Et un jour, je reviendrai te chercher, je te le promets. Au revoir, Ava.

La jeune fille embrassa son bébé sur le front, puis sortit de la chambre sans faire de bruit.

*

Cheska et David bavardèrent agréablement sur la route vers Londres.

— C'est merveilleux de te voir en aussi bonne forme, mais tu ne dois pas exagérer à Londres, ma puce.

— Je sais. Mais je veux juste dire au revoir au passé avant de commencer ma nouvelle vie avec Ava à Marchmont.

— Tu es très courageuse, Cheska. Devenir mère t'a fait grandir, c'est certain.

— Je n'ai pas eu le choix, pour le bien d'Ava. Oncle David, il y a certaines choses… certaines choses que je voudrais te demander.

David se prépara mentalement.

— Je t'écoute.

— Owen était-il mon véritable père ?

Cette question le décontenança. Il ne s'attendait certainement pas à ce genre d'interrogations, mais il y avait eu assez de mensonges les mois précédents et Cheska semblait assez forte pour entendre la vérité.

— Non.

— C'est toi ?

David éclata de rire.

— Non, à mon grand regret.

— Alors qui était mon père ?

— Un officier américain. Ta mère et lui sont tombés amoureux juste après la fin de la guerre, puis il est reparti pour les États-Unis et n'a plus jamais donné de nouvelles. Essaie de ne pas t'attrister, Cheska. Même s'il n'y a pas de liens de sang entre toi et les Marchmont, Ma et moi vous considérons Ava et toi comme des membres de notre famille.

— Merci de m'avoir répondu, Oncle David. J'avais besoin de savoir.

*

Ils arrivèrent à l'appartement de Mayfair à cinq heures de l'après-midi.

— Tu es sûre que tu ne préférerais pas attendre demain matin ? Nous pourrions plutôt aller chez moi à Hampstead et nous coucher tôt, suggéra David.

— Non, répondit Cheska, tournant déjà la clé dans la serrure.

David la suivit à l'intérieur.

— Je n'ai touché à rien, et la femme de ménage continue de venir comme d'habitude, indiqua-t-il alors qu'elle allumait la lumière.

Il essaya d'évaluer son humeur tandis qu'elle s'aventurait dans le salon.

— Veux-tu boire quelque chose, Oncle David ? Maman prévoyait toujours du whisky pour toi, quand tu venais.

— Oui, merci.

C'était la première fois depuis de longs mois que Cheska mentionnait Greta.

Elle alla chercher la bouteille et servit son oncle, puis tous deux s'assirent sur le canapé.

— J'aimerais coucher ici ce soir, Oncle David. Tu voudrais bien rester avec moi ?

— Bien sûr. Puis-je t'emmener dîner quelque part ? Je meurs de faim.

— Pas moi, à vrai dire.

— Dans ce cas, si j'allais acheter du pain, du jambon et du fromage au coin de la rue, pour que nous pique-niquions ici ?

— Très bonne idée.

Quand il fut sorti, Cheska se leva et se dirigea lentement vers la chambre de sa mère. Elle saisit la grande photo d'elle encadrée sur la table de chevet, puis s'avança vers l'armoire et l'ouvrit. Le parfum familier de Greta la frappa de plein fouet. Elle enfouit son visage dans la douce fourrure d'un manteau de vison et pleura.

Ce que David lui avait révélé dans la voiture avait confirmé ses plus grandes craintes. La dispute avec sa mère au Savoy ne pouvait pas être un rêve. Et si sa mère ne lui avait pas menti à propos de son véritable père, il était fort probable qu'elle ne lui ait pas menti non plus au sujet de la famille de Bobby.

Après leur conversation houleuse, elle avait suivi sa mère hors de l'hôtel. Et ensuite…

— Mon Dieu, gémit-elle. Je m'en veux tellement, Maman, tellement…

Elle s'allongea sur le lit de Greta, la respiration rapide et saccadée sous l'effet de la panique. Elle enfonça ses poings dans l'oreiller, sentant monter en elle une colère terrible, incontrôlable.

Tout ça, c'était de la faute de Bobby. Et il le paierait.

Cheska entendit la sonnette, se reprit en vitesse et alla ouvrir à son oncle. Celui-ci prépara des sandwichs dans la cuisine, en compagnie de sa nièce, puis il plaça les assiettes sur la table et s'assit en face d'elle.

— Ce doit être étrange pour toi de revenir ici, s'aventura-t-il en mordant dans son pain.

— C'est vrai. Oncle David, est-ce que Maman est morte ? Tu peux me le dire, tu sais.

David faillit s'étouffer. Il parvint tant bien que mal à avaler sa bouchée, prit une gorgée du vin infâme qu'il avait acheté à l'épicerie du coin, puis il la regarda.

— Non, Cheska.

— Maman est en vie ? Oh mon Dieu ! s'exclama-t-elle en regardant autour d'elle, comme si elle s'attendait à ce que Greta entre dans la cuisine à tout instant. Mais alors où est-elle ?

— À l'hôpital. Elle est dans le coma depuis plusieurs mois. Sais-tu ce que c'est, le coma ?

— En quelque sorte, oui. Dans l'un de mes films, mon frère tombe d'un arbre, se cogne la tête et reste ensuite très longtemps dans le coma. Le réalisateur nous a expliqué que c'était comme la Belle au bois dormant qui s'endormait pour cent ans.

— Très bonne analogie, convint David. Oui, ta mère « dort » et, malheureusement, personne ne sait quand elle se réveillera.

— Où est-elle ?

— À l'hôpital d'Addenbrooke, à Cambridge. Voudrais-tu aller la voir ? Ce n'est qu'à une heure et demie d'ici en voiture.

— Je… je ne sais pas, balbutia Cheska, l'air nerveux.

— Réfléchis-y, d'accord ? Je sais que les médecins de ta maman en seraient ravis. On ne sait jamais, le son de ta voix pourrait la réveiller.

Cheska bâilla soudain.

— Je tombe de sommeil, Oncle David, je crois que je vais aller me coucher.

Elle se leva et l'embrassa sur le haut de la tête.

— Bonne nuit.

— Bonne nuit, Cheska.

David vida son verre de vin, puis se leva pour débarrasser la table. Il appellerait le Dr Cox le lendemain pour lui raconter cette évolution et lui demander conseil. C'était assurément un bouleversement, non seulement pour Cheska, mais peut-être aussi pour sa Greta chérie.

Cette nuit-là, David s'endormit dans la chambre d'invités, empli d'un regain d'espoir.

*

Le lendemain matin, à dix heures, David alla doucement réveiller Cheska.

— Tu as bien dormi ?

— Très bien. La route avait dû me fatiguer.

— Et n'oublie pas que tu as eu une petite fille il y a six semaines, pas étonnant que tu sois fatiguée. Je t'ai préparé du thé et des toasts. J'insiste pour que tu manges tout, déclara-t-il en plaçant le plateau sur les genoux de sa nièce avant de s'asseoir sur le lit. Après le déjeuner, je dois me rendre aux studios Shepperton pour discuter de l'émission spéciale de Noël de cette année. Pourquoi ne viendrais-tu pas avec moi ?

— Non, merci. J'ai beaucoup à faire tant que je suis ici.

David fronça les sourcils.

— Je n'aime pas l'idée de te laisser toute seule.

— Arrête de t'inquiéter, Oncle David, tout ira très bien. N'oublie pas que je suis grande maintenant, j'ai même un enfant.

— Tu as raison, admit-il à contrecœur. J'en aurai sans doute pour un moment, mais ce soir je t'emmène dîner au restaurant italien du coin pour me faire pardonner, d'accord ? Tu me diras alors si tu souhaites passer voir ta mère avant que nous repartions à Marchmont vendredi. Le Dr Cox estime que ce serait une très bonne idée.

— Ça marche, fit Cheska, avant de le serrer dans ses bras. Merci pour tout.

Cet après-midi-là, quand David fut parti, Cheska quitta elle aussi l'appartement. Elle se rendit à la banque, puis prit un taxi jusqu'au bureau de Leon.

— Ma puce ! Quelle surprise ! Comment vas-tu ?

— Le mieux du monde.

— Et ton bébé ?

— Oh, elle est adorable.

— Fantastique. Tu es rayonnante. La maternité semble te réussir à merveille.

— J'ai laissé Ava à Marchmont pour venir ici. Oncle David loge avec moi à l'appartement.

— Tu sais, j'ai reçu d'innombrables appels de réalisateurs, d'ici et d'ailleurs. Tu as récolté tant de critiques élogieuses pour *S'il vous plaît, monsieur, je vous aime* qu'ils te veulent tous ! Peut-être que quand le bébé sera un peu plus grand, tu pourrais envisager de recommencer à travailler ?

— Il se trouve que c'est justement ce qui m'amène. Tu dis que Hollywood est toujours intéressé ?

— Oui. Les studios de Carousel Pictures voudraient que tu fasses un essai.

— En fait, Leon, après tout ce qui s'est passé, j'aimerais prendre un nouveau départ. Alors, s'ils veulent toujours de moi, je serais ravie de passer l'audition.

— Ils en seraient enchantés. Je t'arrangerai cela quand tu voudras.

— Si je partais demain ?

— Comment ? répondit Leon, stupéfait. Je pensais que tu voudrais rester au moins quelques mois auprès de ton bébé.

— Rien ne m'empêche de prendre l'avion, de passer l'audition et de revenir en Angleterre, si ? Ensuite, si je leur plais, Ava et moi pourrons déménager à Hollywood.

— Je vois. Et qu'en pense ton oncle ? s'enquit prudemment l'agent, se souvenant de sa dernière conversation avec David.

— Je crois qu'il est simplement content que j'aille mieux. Et Tante LJ est heureuse de s'occuper quelques jours d'Ava.

— D'accord. Si tu es sûre de toi, je vais appeler sans attendre. Hollywood se réveillera dans une heure et je verrai alors ce que nous pouvons t'organiser.

— Parfait. Rappelle-toi ce que tu m'as toujours dit, Leon : « Quand t'es dans le vent, t'es dans le vent. » Je ne veux pas rater ma chance.

— Exactement, Cheska. Laisse-moi faire et je te recontacterai vers six heures pour te dire ce qu'il en est.

*

Le téléphone de l'appartement sonna à six heures vingt. Cheska décrocha aussitôt.

— Leon à l'appareil. Tout est arrangé. Tu prendras l'avion de Heathrow demain soir à cinq heures et demie. Barbara, ma secrétaire, te retrouvera au comptoir munie de ton visa et de ton billet – en première classe, naturellement. Un représentant de Carousel t'attendra à l'arrivée et t'emmènera à ton hôtel. Nous t'avons réservé une suite au Beverly Wilshire, tous frais payés. D'ailleurs, auras-tu besoin d'argent ?

— Non. Je suis allée en retirer ce matin à la banque. J'ai tout ce qu'il me faut.

— D'accord. J'espère que tout se passera bien, ma puce. Juste une chose : je n'ai pas parlé de ta fille au studio. Là-bas, ils sont assez vieux jeu et je ne voulais pas compromettre tes chances avant même que tu aies passé l'audition. Obtenons ton contrat, ensuite nous aviserons.

— Je comprends.

— Es-tu certaine d'être d'attaque ? Tu sais, nous pourrions remettre tout cela à plus tard, quand tu seras un peu plus forte.

— Je suis en pleine forme, Leon, je t'assure. Je dois profiter du succès de mon dernier film avant que tout le monde m'oublie.

— En effet… Cheska, je voulais juste te dire à quel point je suis désolé pour ta mère. Ainsi que pour Bobby, ajouta-t-il.

— Pourquoi être désolé pour *lui* ?

— Parce que j'étais au courant pour son mariage et sa réputation, et je ne t'ai pas prévenue. Je n'ai pas été à la hauteur, Cheska, je le regrette.

— Je crois que c'est plutôt lui qui va le regretter. Au revoir, Leon. Je t'appellerai des États-Unis.

David rentra une heure plus tard et tous deux se mirent en route vers le restaurant.

— As-tu passé une bonne journée ? demanda-t-il à sa nièce après avoir commandé.

— Oui. J'ai réglé ce que je voulais, répondit-elle prudemment. Et cela m'a fait prendre conscience que j'avais toujours dépendu de Maman pour tout, mais maintenant qu'elle n'est plus… là, je dois apprendre à me débrouiller seule.

— Oui, soupira David. Malheureusement, du moins pour l'instant.

— Je suis également allée à la banque, n'ayant aucune idée de la valeur de mon compte. Il se trouve que je suis très riche, Oncle David ! fit-elle en riant.

— Ta mère a toujours pris soin d'investir tes gains au mieux et je suis sûr qu'ils ont fructifié au fil des années. Voilà au moins un problème que tu n'as pas.

— C'est sûr. Et j'aimerais retourner à Marchmont dès demain. J'ai fait tout ce que j'avais à faire ici.

— Je vois. Mais si tu peux attendre jusqu'à vendredi, nous repartirons ensemble, ce qui t'éviterait de prendre le train.

— C'est gentil de le proposer, mais je préférerais rentrer plus tôt. Ava me manque.

— D'accord, si tu prends le train de quatorze heures demain, je dirai à Ma de venir te chercher à la gare d'Abergavenny. J'ai des rendez-vous toute la journée, je ne pourrai malheureusement pas t'accompagner à Paddington.

— Ne t'en fais pas, Oncle David. Je prendrai un taxi.

— Je dois t'avouer que j'espérais que tu rendrais visite à ta mère. J'ai prévu d'aller à Cambridge jeudi… Es-tu certaine de ne pas vouloir venir avec moi ?

— Je te promets que, la prochaine fois que je passerai à Londres, j'irai. C'est juste que… je ne m'en sens pas encore le courage. Tu comprends, Oncle David ?

— Bien sûr, ma chérie. Et je tiens à te dire à quel point tu m'impressionnes. Tu as traversé une période terrible et je suis très fier de te voir si bien t'en sortir.

— C'est gentil.

— N'oublie pas que Ma et moi serons toujours là pour Ava et toi, quoi qu'il arrive.

Cheska leva alors les yeux vers David.

— Quoi qu'il arrive ?

— Oui.

35

Cheska savait qu'elle n'avait pas beaucoup de temps. Le lendemain matin, à neuf heures, dès que son oncle eut quitté l'appartement, elle prit son sac de voyage et héla un taxi pour se rendre à l'hôpital d'Addenbrooke. Au départ, le chauffeur rechigna à l'idée d'aller aussi loin que Cambridge, mais il accepta rapidement lorsque Cheska lui promit un énorme pourboire.

À son arrivée, elle demanda au taxi de l'attendre et alla se présenter à la réception. On lui indiqua de se rendre à la chambre numéro sept. Elle sonna, et une infirmière vint lui ouvrir.

— Je suis la fille de Greta Marchmont, Cheska Hammond, se présenta-t-elle. Puis-je voir ma mère ?

L'infirmière jamaïcaine la fixa, éberluée.

— Cheska Hammond ! J'ai vu *S'il vous plaît, monsieur, je vous aime* il y a quelques semaines. Oh mon Dieu, c'est bien vous ! s'exclama-t-elle après avoir dévisagé la jeune fille de plus près.

— Oui. Puis-je voir ma mère ?

— Je… oui. Désolée. Entrez, entrez. Je n'avais aucune idée que Greta était votre mère à *vous* ! reprit l'infirmière qui n'en revenait visiblement pas. Je vous ai adorée dans ce film, Mademoiselle Hammond, dit-elle en baissant la voix au moment d'entrer dans la chambre.

— Merci.

Tout ce qu'entendit Cheska en pénétrant dans la chambre étaient des bips bas et irréguliers émanant des diverses machines et écrans de contrôle disposés près de chacun des lits.

— Bienvenue dans la chambre la plus tranquille de l'hôpital. Mes patients n'ont malheureusement pas beaucoup de conversation. Votre mère est ici, annonça l'infirmière en s'arrêtant au pied d'un lit. Elle va bien, pas vrai, Greta ? fit-elle en se penchant au-dessus de sa patiente. Elle a eu de méchantes escarres, mais elles ont maintenant disparu. Je vais vous laisser avec elle. Parlez-lui autant que possible et prenez-lui la main. Les personnes dans le coma réagissent à la voix et au contact physique. Je pense que votre mère est simplement têtue et qu'elle a décidé qu'elle ne voulait pas se réveiller, parce que ses ondes cérébrales sont tout à fait normales. Appelez-moi en cas de besoin.

— Merci.

Cheska s'assit dans le fauteuil près du lit et fixa sa mère. Greta était pâle comme un fantôme. La peau fragile de ses bras menus était quadrillée de sparadrap afin de maintenir en place les tubes et les aiguilles qui la reliaient aux diverses perfusions. Un petit coussinet d'où sortaient des fils était collé à sa tempe, un autre à sa poitrine. Hésitante, Cheska prit la main de sa mère et fut étonnée de la sentir plus chaude que la sienne. Malgré son apparence de défunte, elle était bel et bien vivante.

— Maman, c'est moi, Cheska, s'aventura-t-elle en se mordant la lèvre, ne sachant pas quoi dire. Comment tu te sens ?

Elle examina le visage de Greta en quête d'une réaction, mais il n'y en eut aucune.

— Maman, reprit-elle en baissant encore la voix, je voulais juste te dire que je suis vraiment désolée pour notre terrible dispute et pour… d'autres choses. Je n'ai jamais eu l'intention de te faire du mal. Je… je t'aime.

Les larmes montèrent aux yeux de la jeune fille et elle déglutit avec difficulté.

— Mais ne t'inquiète pas, Maman. Je vais faire en sorte que Bobby paie pour ce qu'il nous a fait. Je vais nous venger toutes les deux. Je dois y aller maintenant, mais je veux que tu saches que je t'aime très, très fort. Merci pour tout, et je te promets que je vais te rendre fière. Au revoir, Maman. À bientôt.

Cheska embrassa tendrement Greta sur le front, puis se leva et se dirigea vers la sortie. L'infirmière se précipita vers elle.

— Miss Hammond, est-ce que je pourrais avoir un autographe pour mon fils ? Il vous admire beaucoup et…

Mais Cheska avait déjà passé la porte et s'éloignait. Elle sortit de l'hôpital à la hâte et s'engouffra dans le taxi qui l'attendait. Lorsqu'ils furent de retour à Londres, elle demanda au chauffeur de la conduire au Palladium. Elle trouva une supérette juste à côté de Regent Street et y acheta une petite bouteille du produit dont elle avait besoin. Chez le fleuriste, deux magasins plus loin, elle choisit un gros bouquet de roses rouges. Tâtant le flacon dans sa poche, elle rebroussa chemin vers le Palladium.

Elle s'était souvenue qu'un après-midi, pendant le tournage de *S'il vous plaît, monsieur, je vous aime*, une de ses camarades l'avait emmenée au studio d'à côté où l'équipe filmait un thriller. Voilà d'où venait son idée – un plan facile à mettre en exécution. Elle contourna le bâtiment et jeta un coup d'œil par la porte des artistes. Au poste du gardien, un vieil homme fumait une cigarette.

— Excuse-moi, petite, tu veux bien m'ouvrir la porte, s'il te plaît ?

Cheska se retourna et aperçut derrière elle un homme les bras chargés. Elle l'aida et le regarda poser le grand carton qu'il portait. Tandis que les deux hommes se penchaient pour en vérifier le contenu, elle se faufila devant eux, longeant rapidement le couloir. Elle savait exactement où aller. Elle avait rendu visite à son oncle dans la première loge à plus d'une reprise. Elle ouvrit la porte, alluma la lumière et inspira à pleins poumons. La pièce sentait son odeur, cet après-rasage musqué qu'il portait toujours.

Elle fila droit vers la coiffeuse et déposa le bouquet de roses. Devant le miroir, elle découvrit un pot de Crowes Cremine, une crème nettoyante utilisée pour retirer l'épais maquillage de scène après les spectacles. Elle dévissa le couvercle : le pot n'était plein qu'au quart. Elle saisit la bouteille dans sa poche, retira le bouchon et versa un peu de liquide dans la crème. Puis elle mélangea le tout à l'aide d'une lime à ongles.

La texture changea pour ressembler à une sorte de fromage blanc, mais il ne s'en rendrait sans doute pas compte. Elle éteignit la lumière et repartit dans le couloir. Les deux hommes étaient toujours penchés au-dessus du carton, en train de le vider.

Cheska passa devant eux sans qu'ils la remarquent et ressortit dans la rue.

*

Bobby Cross arriva dans sa loge et retroussa le nez en reniflant l'odeur âcre. Il lui faudrait demander au personnel de ménage d'utiliser moins d'eau de Javel à l'avenir. Puis ses yeux se posèrent sur le gros bouquet de roses rouges qui l'attendait sur sa coiffeuse. Il lut le mot qui l'accompagnait. D'ordinaire, le portier retirait les cartes pour vérifier leur contenu avant qu'il les voie, mais celle-ci avait dû passer à travers les mailles du filet.

« Tu n'as jamais compris la folie de l'amour, alors tu ne la chanteras plus. »

Bobby frissonna. Ce n'était pas la première fois qu'il recevait d'étranges messages de fans dérangés, mais ceux-ci le perturbaient toujours. Il déchira le billet et le jeta dans la corbeille avec les roses, puis commença à se maquiller.

*

Quelques heures plus tard, dopé par l'adrénaline, comme toujours après un concert, Bobby s'assit face

436

au miroir de sa loge et pensa à la deuxième partie de sa soirée. Il allait dîner avec Kelly, et ensuite… eh bien, ils rentreraient à son hôtel, où elle l'aiderait à se détendre. Souriant à son reflet, il trempa mécaniquement un disque de coton dans le pot de Crowes Cremine pour se démaquiller.

Il s'en frotta la peau, puis passa le coton sur ses paupières pour retirer eyeliner et mascara. Quelques secondes plus tard, une étrange sensation de brûlure lui vint aux yeux, puis gagna sa peau tout autour jusqu'à ce qu'il ait l'impression que son visage tout entier s'était enflammé. Il hurla. La douleur était insoutenable.

Il aperçut brièvement son visage défiguré dans le miroir, puis s'évanouit.

*

LJ regarda les derniers passagers sortir de la gare d'Abergavenny et vit le train repartir. Elle balaya de nouveau le quai des yeux, mais aucune trace de Cheska. Avait-elle mal compris l'horaire que lui avait indiqué David ? Dans tous les cas, il était inutile de traîner à la gare. C'était le dernier train pour ce soir-là.

À son retour à la maison, elle alla voir Ava qui dormait paisiblement à la nurserie, puis se rendit à la bibliothèque pour composer le numéro de David.

— Bonsoir, Ma. Cheska est bien arrivée ?

— Non. Elle n'était pas dans le train.

— C'est bizarre. Peut-être a-t-elle décidé de rester une nuit de plus à Londres. Je vais l'appeler chez elle.

— Oui, et tiens-moi au courant.

— Je n'y manquerai pas.

Il rappela cinq minutes plus tard.

— Alors ?

— Pas de réponse. Elle est peut-être sortie.

— Mon Dieu, David, elle ne devrait vraiment pas se promener toute seule le soir à Londres. Tu... tu ne crois pas qu'il lui est arrivé quelque chose ?

— Bien sûr que non, Ma. Je file à l'appartement de Mayfair. J'ai un double des clés.

— Rappelle-moi dès que tu auras des nouvelles, d'accord ?

— Évidemment.

*

David se réveilla en sursaut en entendant sonner le téléphone dans la chambre de Greta.

— Des nouvelles, mon chéri ?

— Salut, Ma. Quelle heure est-il ? J'ai dû m'assoupir sur le canapé. J'attendais Cheska.

— Il est huit heures et demie du matin.

— Cheska n'est pas rentrée de la nuit.

— Tu crois que nous devrions prévenir la police ?

— Pour dire quoi ? Elle est assez grande pour aller où bon lui semble.

— Peut-être, mais elle a quitté l'hôpital il y a quelques jours à peine, David. Bien qu'elle semble calme, je ne suis pas certaine que son psychiatre serait heureux d'apprendre que personne ne l'a vue depuis vingt-quatre heures. As-tu essayé Leon ? Je sais que tu t'es brouillé avec lui, mais il est toujours l'agent de Cheska. Peut-être sait-il quelque chose.

— Je l'ai déjà appelé deux fois à son bureau, ainsi que chez lui hier soir, mais il n'a pas répondu. Je vais réessayer. Ne paniquons pas encore, Ma.

— J'avoue que j'ai du mal.

David reposa le combiné, puis composa de nouveau le numéro de Leon qui, cette fois-ci, décrocha.

— Bonjour Leon, David à l'appareil. J'ai essayé de t'appeler hier soir.

— Je n'étais pas chez moi. J'étais à l'hôpital. As-tu appris ce qui est arrivé à Bobby Cross ? Il...

— Je me fiche de Bobby, répliqua David avec colère. As-tu des nouvelles de Cheska ?

— Elle est passée me voir il y a deux jours.

— Ah oui ? Et hier ?

— Cela aurait été difficile. À l'heure qu'il est, son avion vient sans doute d'atterrir à Los Angeles.

— Pardon ? Los Angeles ?

— Oui.

Le silence se fit.

— Mon Dieu, David, ne me dis pas que tu n'étais pas au courant ! Cheska m'a appris que tu logeais avec elle à Mayfair. D'après elle, tu trouvais que c'était une bonne idée. Elle m'a même dit que ta mère avait proposé de s'occuper du bébé jusqu'à son retour.

— Je trouvais que c'était *quoi*, la bonne idée ?

— L'audition au studio Carousel à Hollywood.

— Leon, crois-tu franchement que j'accepterais que Cheska parte pour les États-Unis en laissant son bébé, à peine quelques jours après sa sortie d'un hôpital psychiatrique ?

— Écoute, je te jure qu'elle m'a dit que tu étais au courant et que...

439

David raccrocha violemment, puis reprit le combiné pour appeler sa mère.

*

LJ l'accueillit à la porte de Marchmont quatre heures plus tard.

— Mon pauvre chéri, tu m'as l'air épuisé. Entre et je vais demander à Mary de nous préparer du thé.

— Un verre d'alcool fort conviendrait mieux, Ma, merci.

Tous deux se rendirent au salon et LJ alla lui chercher du whisky.

— Bon, mon garçon, raconte-moi tout.

David répéta ce que lui avait relaté Leon, sous le regard abasourdi de LJ.

— Pourquoi ? Pourquoi Cheska nous mentirait-elle ?

— Peut-être pensait-elle que nous ne la laisserions pas passer cette audition.

— Le lui aurions-nous permis ?

— Probablement pas, convint David en se passant une main fébrile dans les cheveux.

— Et d'après Leon, elle devrait revenir dans quelques jours ?

— Oui, c'est ce qu'il m'a dit.

— J'espère que je me trompe, mais mon instinct me souffle que Cheska n'a pas l'intention de rentrer...

— Attendons de voir, d'accord ? répondit David en poussant un profond soupir. Cela ne sert à rien de spéculer, et je suis trop fatigué pour avoir les idées claires ce soir.

— Bien sûr. Au moins, nous savons où elle se trouve.

— Je vais prendre un bain et me coucher tôt. Crois-tu que Mary pourrait me cuisiner quelque chose ?

— Sans aucun doute. Mais juste avant que tu ne montes… As-tu vu le *Mail* de ce matin ? lui demanda-t-elle en lui tendant un journal. Il y a un long article sur Bobby Cross. Hier, apparemment, il a eu un… accident.

David jeta un œil à la photo du chanteur en couverture et lut les quelques lignes qui suivaient.

LA POP STAR MUTILÉE PAR UN FOU

L'artiste Bobby Cross a été admis hier soir à l'hôpital avec d'horribles brûlures au visage. Trouvé inconscient dans sa loge, il a été immédiatement emmené au Guy's Hospital où les médecins l'ont opéré en urgence pour tenter de sauver son œil gauche. Selon la police, de l'eau de Javel avait été mélangée à un pot de crème qu'utilisait Mr Cross pour enlever son maquillage de scène. Une attaque d'une méchanceté sans égale, sans doute perpétrée par un ou une fan dérangé(e). On a retrouvé dans sa loge un bouquet de roses rouges, accompagné d'un billet sinistre.

David regarda sa mère. Il savait exactement ce qu'elle pensait.

— Non, Ma. Cheska a peut-être eu quelques problèmes, mais ça ? Jamais de la vie. C'est juste une triste coïncidence.

— Tu crois ?

— Je le sais. Comment va Ava ?

— Elle dort comme un ange. C'est un véritable amour.

— Espérons que nous aurons bientôt des nouvelles de sa mère. Et qu'elle reviendra chercher son bébé. Bonne nuit, Ma.

LJ garda le silence tandis qu'il quittait la pièce. Pour le bien d'Ava, elle priait pour que Cheska garde ses distances aussi longtemps que possible.

*

Le lendemain, David quitta Marchmont à l'aube. Il avait des rendez-vous à Londres, mais il voulait d'abord passer voir Greta à Addenbrooke. Il ne s'y était pas rendu depuis un mois, même s'il appelait tous les jours pour savoir s'il y avait une évolution. La réponse était toujours négative.

Sur la route vers Cambridge, il ne cessait de penser à Cheska. La nouvelle de la défiguration terrifiante de Bobby Cross passait en boucle à la radio et faisait la une de tous les journaux. Apparemment, ses jours n'étaient pas comptés, néanmoins ses yeux et son visage ne se remettraient pas pleinement des blessures infligées.

Le talent de Bobby en tant que musicien était limité, mais son charisme et son sex-appeal étaient indéniables. Dorénavant, après cet acte cruel, il ne faisait aucun doute que son statut d'idole des jeunes et de star du cinéma était révolu. David espérait que la femme de Bobby serait à ses côtés, car cet homme aurait grand besoin d'elle, plus que jamais auparavant.

— On récolte ce que l'on sème, marmonna-t-il en se garant devant l'hôpital.

Pensant encore à Bobby, il songea que sa mère l'avait toujours élevé pour faire de lui un homme honnête et honorable. Il avait vu certains amis et collègues emprunter des raccourcis pour parvenir à leurs fins, mais à présent, à quarante-trois ans, il remerciait sa mère pour son éducation et ses sages conseils. Il s'était récemment rendu compte que tout finissait par se payer. Pourtant, Greta, qui n'avait jamais voulu faire de mal à quiconque, avait terriblement souffert.

En pénétrant dans l'hôpital, il se demanda s'il était possible que Cheska ait joué un rôle dans le drame ayant frappé Bobby. Il savait que sa mère le pensait. Mais l'imagination de LJ était débordante et il espérait qu'il ne s'agissait que d'une coïncidence.

Il se rappela la gentille petite fille qu'était Cheska autrefois. Et qu'elle était toujours pour lui. Il n'avait jamais assisté à aucun comportement violent ou psychotique de sa part. D'accord, elle avait été folle de chagrin après l'accident de sa mère, mais c'était sans doute normal…

David sonna et son infirmière préférée, Jane, vint lui ouvrir.

— Bonjour, monsieur Marchmont. Cela faisait longtemps que je ne vous avais pas vu, fit-elle en le conduisant dans la chambre.

Il savait qu'elle avait un petit faible pour lui. Souvent, elle lui apportait une tasse de thé et des biscuits lorsqu'il parlait à Greta, et son badinage amical lui offrait une bouffée d'air frais au milieu de ses conversations ingrates à sens unique.

— J'étais en déplacement, expliqua-t-il simplement. Y a-t-il eu des changements ?

— J'ai peur que non, bien que l'infirmière de garde ce matin ait remarqué un léger mouvement de sa main gauche. Toutefois, comme vous le savez, il s'agit probablement d'un réflexe nerveux automatique, ajouta-t-elle avant de s'éclipser.

— Bonjour, ma chérie, comment vas-tu ? fit David en prenant la main de Greta. Excuse-moi de m'être absenté. J'ai été très occupé. D'ailleurs, j'ai beaucoup de nouvelles pour toi.

Il observa ses traits paisibles, à l'affût du moindre mouvement, ne serait-ce qu'un infime battement de paupières. Rien.

— Greta, comme je te l'ai dit la dernière fois – et d'ailleurs c'est invraisemblable de penser que tu es grand-mère, tu sembles déjà trop jeune pour être mère ! – Cheska a mis au monde la plus adorable des petites filles. Elle l'a appelée Ava. Je crois vraiment que, quand elle aura repris des forces, elle viendra te voir. La petite est si belle. Elle ressemble beaucoup à sa maman et dort très bien. Cheska se débrouille comme un chef. Même ma vieille mère est impressionnée.

Comme toujours, David continua ensuite de parler de choses et d'autres, tournant parfois le regard vers une plante verte sur le rebord de la fenêtre. Tandis qu'il divaguait, son esprit partait souvent ailleurs.

— Tu as dit que le bébé s'appelait Ava. Est-ce en l'honneur d'Ava Gardner ?

— Non, je crois que c'était pour une autre raison, répondit mécaniquement David, fixant toujours la plante et songeant à des possibilités de sketchs pour son émission de télévision.

Il réfléchissait aux personnalités qui accepteraient de participer à son émission de Noël et se demandait s'il parviendrait à persuader Julie Andrews.

— Je...

Son cerveau mit quelques secondes à comprendre ce qui venait de se produire. Il détourna les yeux de la plante et, redoutant que la voix de Greta ne soit que le fruit de son imagination, se força à la regarder.

— Oh mon Dieu ! murmura-t-il en contemplant ses magnifiques yeux bleus pour la première fois depuis neuf mois. Greta... tu es...

Submergé par l'émotion, il ne put prononcer un mot de plus et fondit en larmes.

Décembre 1985

* * *

Marchmont Hall
Monmouthshire, pays de Galles

36

Le soleil s'était couché depuis longtemps lorsque David cessa de parler. Il sortit son mouchoir et s'essuya les yeux. Il s'était interrompu maintes fois pour observer Greta, qui buvait ses paroles, et s'assurer qu'elle souhaitait vraiment qu'il poursuive son récit. La réponse avait toujours été « oui ». À présent, elle regardait au loin, et il se demandait ce qu'elle pensait. Si cette histoire aurait suffi à choquer quelqu'un d'extérieur, il s'agissait de la *vie* de Greta.

— Est-ce que ça va ?

— Oui. Ou du moins, aussi bien que possible après ce que tu viens de me raconter. À vrai dire, je m'étais déjà rappelé l'essentiel. Tu as juste clarifié et réordonné l'ensemble des éléments. Ce qu'elle a fait à Bobby... souffla Greta en frissonnant. Elle aurait pu le tuer.

— Tu penses que c'était elle ?

— J'en suis quasiment certaine. La folie que j'ai lue dans ses yeux au bar du Savoy, juste avant mon accident, quand je lui ai appris que Bobby était marié… Elle était si dérangée, et je ne le voyais pas. Je refusais de le voir, David. J'ai commis tant d'erreurs. Que Dieu me pardonne. Je n'aurais jamais dû la pousser comme je l'ai fait.

David se racla la gorge, prenant conscience que Greta ne se souvenait sans doute pas – ou ne savait pas – comment elle était tombée du trottoir devant le Savoy, ce terrible soir. Mais il n'allait pas exprimer ses soupçons maintenant.

— J'ai besoin de quelque chose de fort. Et toi, Greta ?

— Peut-être. Juste un petit verre.

— Je vais te préparer un gin peu dosé. Je reviens tout de suite.

David quitta la pièce pour se rendre à la cuisine. Assise près de la table, Tor lisait le *Telegraph*. Après avoir raconté cette sinistre histoire pendant des heures, il avait l'impression de pénétrer dans un monde de calme et de normalité.

— Comment va-t-elle ? s'enquit sa compagne.

— Je n'en ai aucune idée mais, après ce que je viens de lui révéler, j'imagine qu'elle est assez traumatisée. Désolé de devoir passer autant de temps avec elle, fit-il en l'embrassant sur le haut de la tête. Je te promets de me faire pardonner en Italie. Plus que quelques jours à patienter.

Tor leva les yeux vers lui et pressa la main de David dans la sienne.

— Tu n'as pas le choix. Espérons que Greta sera moins dépendante de toi à l'avenir, maintenant qu'elle a retrouvé la mémoire.

— Oui, espérons.

David repartit au salon avec les boissons et plaça celle de Greta devant elle.

— Merci.

Quand elle prit son verre pour boire une gorgée, David remarqua que sa main tremblait.

— Puis-je faire quoi que ce soit pour t'aider, Greta ?

— David, j'ai l'impression que tout ce que tu fais depuis Dieu sait combien d'années, c'est justement de m'aider. Et d'aider Cheska. Je ne sais pas comment je pourrai un jour te remercier. Tu étais là pour nous deux pendant tout ce temps, quand j'étais à l'hôpital. Je ne sais pas comment tu as réussi à tenir le coup. Je me sens si… coupable, à bien des égards. Comment pourrais-je te rendre ton dévouement et ta gentillesse ?

— Tu viens de le faire en retrouvant la mémoire. Tu sais, j'ai toujours refusé de perdre espoir. Dans tous les cas, tu ne dois vraiment pas t'inquiéter pour moi. Tu fais partie de ma famille, Greta, tout comme Cheska, et dans les moments difficiles il faut s'entraider, non ?

— LJ doit me considérer comme l'instigatrice de la destruction de Marchmont. Ainsi que de la sienne, d'une certaine façon. Même si cela m'a rassurée de savoir qu'Owen s'était servi de moi autant que je m'étais servie de lui. Pendant toutes ces années, il aimait LJ. Je n'en savais rien. C'est si triste pour tous les deux…

— Ils étaient plus têtus l'un que l'autre, cela peut arriver.

Greta frémit en revoyant clairement un instant précis de son passé. La vision fut si nette qu'elle en eut le souffle coupé.

— Que se passe-t-il ?

— Rien. Si tu veux bien m'excuser, je vais monter m'allonger un peu.

Greta se leva brusquement et sortit de la pièce. David se demandait quel souvenir avait bien pu lui faire cet effet-là. Il se rendit compte que cela pouvait être n'importe lequel.

— Maintenant que la boîte de Pandore est ouverte… marmonna-t-il en finissant son gin, avant de rejoindre Tor dans la cuisine.

*

Greta s'assit sur son lit, désireuse de redescendre aussitôt pour demander à David si ce qu'elle avait vu était réel ; s'il lui avait bel et bien avoué un jour qu'il l'aimait et voulait l'épouser.

Elle ferma les yeux et les vit assis à une table… oui, oui ! C'était au Griffin Arms de Monmouth. Il lui avait dit qu'il était amoureux d'elle, et pour une raison qui lui échappait totalement, elle l'avait repoussé. Elle fouilla dans les recoins sombres de son esprit, cherchant désespérément une explication.

Patience, Greta, patience, se somma-t-elle, consciente désormais que certains éléments jaillissaient dans son esprit, quand d'autres prenaient leur temps. Parce qu'un autre souvenir se dessinait ; un événement qui s'était produit quelques années après et qui, elle le savait, était susceptible d'éclairer les zones d'ombre.

Elle ferma de nouveau les yeux et, comme si elle cherchait à attraper un papillon insaisissable, essaya de se détendre afin de laisser ses synapses se déployer pour l'emprisonner. Des fragments étaient déjà là… c'était au Savoy – elle reconnaissait les lieux somptueux –, David et elle discutaient autour d'un déjeuner et elle se sentait très nerveuse. Néanmoins, David avait parlé le premier et ses propos l'avaient bouleversée… Mais *quels* étaient-ils ? Une mauvaise nouvelle en tout cas, quelque chose qui l'avait cho-quée…

Cheska et Bobby Cross.

Greta rouvrit les yeux. Elle savait. Elle s'apprêtait à lui avouer son amour et à lui demander s'il ressen-tait encore des sentiments pour elle…

Puis, plus tard ce soir-là, ils devaient se retrouver pour prendre un verre, mais Cheska était arrivée avant lui. Et elles avaient eu cette terrible dispute. Greta n'avait jamais eu la possibilité d'avouer ses sentiments à David, parce qu'elle était tombée dans l'oubli quelques minutes plus tard…

Était-il trop tard… ?

Peut-être pas, pensa-t-elle, rejouant encore et encore dans son esprit la déclaration d'amour de David et sa demande en mariage. Savourant ces images et souriant de plaisir, elle finit par s'endor-mir.

*

Le lendemain, après le déjeuner, David proposa à Tor d'aller se promener.

Tous deux se mirent en chemin, Tor lui posant gentiment des questions au sujet de ce qu'il avait raconté à Greta. Il répondait par monosyllabes, se sentant protecteur envers Greta, mais tout aussi coupable pour ce Noël qui était loin de ce qu'il avait envisagé. Pour lui, comme pour Tor. Depuis des mois, il envisageait de demander sa compagne en mariage, comprenant qu'il était trop vieux pour s'accrocher à ses rêves et ses visions de l'amour parfait avec Greta. Tor et lui étaient heureux ensemble. Et il était vraiment temps qu'il agisse avec décence et lui passe la bague au doigt.

Toutes ces intentions flottaient dans son esprit tandis qu'il répondait à ses questions de son mieux. En même temps, il se demandait ce que venait de se rappeler Greta – mais cela changeait-il la donne ? Même si elle se souvenait à présent de son passé et du rôle qu'il y avait tenu, elle ne l'avait jamais aimé. Ou, du moins, pas comme il le souhaitait. D'autre part, malgré ses sentiments pour Greta, qu'il conserverait toujours, Tor lui avait procuré la stabilité qui manquait à sa vie ; un contraste si rafraîchissant par rapport à la folie de la période qu'il venait de narrer à Greta.

Sa relation actuelle n'était pas empreinte de la même passion, certes, mais était-ce pertinent à ce stade de sa vie, au vu de la souffrance qu'il avait connue par le passé ? Cette époque, durant laquelle il courait de Greta à Cheska quand elles étaient au plus mal, lui avait causé tant de stress qu'il s'était même parfois demandé s'il n'était pas lui aussi à moitié fou.

En outre, il savait que Tor s'impatientait, trouvant à juste titre qu'il leur fallait concrétiser leur relation. Il avait apporté à Marchmont la bague de fiançailles de sa mère – la même qu'il avait dans sa poche le soir où il avait déclaré sa flamme à Greta. Il l'avait glissée dans un tiroir de leur chambre, attendant le moment opportun. Peut-être devrait-il patienter jusqu'à l'Italie ? Toute cette histoire serait derrière eux – mais en même temps, David avait assez d'intuition pour savoir que Tor était tendue à l'idée que Greta vienne à Marchmont à Noël, sans parler des révélations qui avaient suivi.

Tor lui prit le bras et se hissa pour l'embrasser sur la joue.

— Nous devons décider quelles aventures organiser pour l'année prochaine. Où voudrais-tu aller ? Je pensais que nous pourrions soit repartir en Asie et suivre la route de la soie en Chine, ou bien visiter le Machu Picchu. Nous pourrions partir début juin, puis voyager en Amérique du Sud…

Voilà une des raisons pour lesquelles David l'aimait. Cette proposition était l'antidote parfait à ces derniers jours. Au lieu de s'appesantir sur la situation ou de se plaindre de ce Noël et de son manque d'attentions pour elle, elle se projetait avec lui dans l'avenir. David soupira intérieurement. Le passé était révolu. Et Tor s'était montrée si patiente ces derniers temps, quand tant d'autres femmes n'auraient pas supporté qu'il se préoccupe autant de Greta. Elle continuait de l'épauler et il lui devait beaucoup.

— Les deux destinations me paraissent merveilleuses, c'est comme tu préfères. Et puis, ajouta-t-il, poussé par son instinct, je voudrais te demander quelque chose.

— Ah oui ?

— Je pense que si nous voyageons à l'étranger cette année, ce serait une bonne idée de changer le nom sur ton passeport.

— Comment ça ?

— J'aimerais que tu sois ma femme, Tor.

— Tu es sérieux ?

— Voilà une drôle de remarque à faire à un comédien, non ?

Elle sourit alors et pouffa presque comme une adolescente.

— L'es-tu ?

— Tor, bien sûr que oui ! Je comptais attendre que nous soyons en Italie mais là, à l'instant, j'ai senti que c'était le bon moment. Alors, qu'en dis-tu ?

— Je… est-ce que tu en es certain ?

Tor semblait surprise, presque abasourdie.

— Oui, bien sûr. Chérie, cela fait des années que nous sommes ensemble. Pourquoi es-tu si étonnée ?

Elle se détourna un moment de lui et il la vit prendre une profonde inspiration avant de le regarder de nouveau.

— Parce que je pensais que tu ne te déciderais jamais.

*

Greta se réveilla fraîche et euphorique. Bien que David lui ait raconté des choses douloureuses, et qu'elle se soit elle-même souvenue de beaucoup d'autres, le fait qu'il l'ait aimée emplissait son cœur de joie. Si l'avait aimée à l'époque, sans doute pourrait-il l'aimer de nouveau… ?

Elle se fit couler un bain, puis se coiffa, se maquilla et s'habilla avec plus de soin que d'habitude, avant de rejoindre les autres au salon pour l'apéritif.

Lorsqu'elle entra dans la pièce, l'excitation était palpable. Une bouteille de champagne trônait sur la table basse, dans un seau à glace.

— Nous t'attendions, déclara Ava en lui tendant une coupe de champagne. Oncle David a une nouvelle à nous annoncer.

— Même si je crois que nous savons déjà tous de quoi il s'agit, ajouta Simon en souriant de toutes ses dents.

— Chuuuut ! fit Ava en lui donnant un petit coup dans les côtes. Oncle David, tu as maintenu le suspens pendant presque une heure. Allez, crache le morceau !

— Eh bien, en fait, Tor et moi avons décidé de nous marier.

Ava et Simon levèrent leur verre en les acclamant.

— Enfin ! lança Ava.

— Félicitations, fit Simon en allant embrasser Tor. Bienvenue dans la famille.

Greta resta immobile, sidérée. Elle vit que David la regardait. Ils se fixèrent quelques secondes avant que Greta sorte de sa torpeur, colle un joyeux sourire sur ses lèvres et aille féliciter l'heureux couple.

*

— Quel Noël ! s'exclama Ava un peu plus tard, au dîner. D'abord tu retrouves la mémoire, Bonne Maman, et maintenant Oncle David et Tor se fiancent. Je pensais que, sans LJ, il n'y aurait pas grand-chose à fêter, mais je me trompais.

— Oui, convint Tor. Levons nos verres à LJ.

— À LJ.

Incapable de conserver un semblant d'enthousiasme plus longtemps, Greta prit le prétexte d'une
forte migraine pour monter se coucher.

Se déshabillant et se glissant sous son duvet,
elle s'efforça de se réjouir pour David. *Et* Tor. Les
anciens sentiments de David à son égard ne signi-
fiaient de toute évidence plus rien, tout comme son
amour pour Max, le père de Cheska, ne voulait plus
rien dire aujourd'hui. Il fallait vivre le moment présent, non le passé, et elle ne pouvait pas s'attendre
à ce que les gens modifient leurs projets, juste pour
elle.

Il était trop tard, tout simplement.

*

Greta se réveilla tôt le lendemain matin, au terme
d'une nuit agitée. Elle descendit et trouva Tor qui,
seule dans la cuisine, prenait son petit déjeuner.

— Bonjour, Greta.

— Bonjour.

— Tu as disparu tôt hier soir, mais je voulais
m'excuser. Cette annonce n'arrive sans doute pas
au meilleur moment, étant donné les circonstances.
Se souvenir aussi rapidement de tout un pan de sa
vie, cela doit être très difficile…

— À certains égards, oui, mais c'est aussi très
positif.

— Tu arrives à bien gérer tout cela, alors ?

— Je crois. Comment le saurais-je ? fit Greta en
haussant les épaules, sur la défensive.

— C'est vrai. En tout cas, je te félicite d'être aussi
stoïque. C'est d'ailleurs révélateur pour la suite.

Une fois que tu te seras remise de ce choc, je suis certaine que tu pourras mener une vie active et épanouissante.

— Oui, j'en suis sûre.

— Je pense que c'est peut-être pour cela que David a enfin fait sa demande… Conscient que, avec le temps, tu serais bien plus à même d'être indépendante. J'espère que cela ne te pose pas de problème que je le dise.

— Aucun, répondit Greta en se forçant à sourire. Bon, je crois que je vais remonter avec mon thé. J'ai deux ou trois lettres à écrire.

Greta quitta la cuisine avant de renverser sa tasse de thé bouillant sur la tête de Tor, juste pour mettre fin à ses commentaires bien intentionnés mais subtilement cruels. Elle n'avait pas besoin qu'on lui rappelle le « fardeau » qu'elle avait été pour David au fil des années. Et bien qu'elle comprenne parfaitement que Tor puisse lui en vouloir, Greta préférait éviter d'y penser pour le moment.

En arrivant dans sa chambre, elle tomba sur Mary qui faisait son lit. Celle-ci la regardait désormais avec une sorte de compassion dans les yeux sans que Greta ne comprenne pourquoi.

— Merci, Mary, je peux me débrouiller, fit-elle, déterminée à ce que l'on arrête de la prendre en pitié. La nouvelle de David n'est-elle pas merveilleuse ?

— En effet, répondit Mary d'une voix peu naturelle, en lançant un drôle de regard à Greta. Je dois dire que je ne m'attendais pas à ça.

— Ah non ? Je pensais que c'était au programme depuis des années.

— Justement, c'est bien cela qui m'étonne. Si l'on trouve quelqu'un que l'on aime, on n'attend pas aussi longtemps avant de se décider à l'épouser. En particulier à l'âge de Mr David. Ce n'est pas que je n'apprécie pas Tor, poursuit-elle à mi-voix, mais… je ne l'ai jamais senti très épris. Mais bon, cela ne me regarde pas ! J'espère qu'ils seront très heureux et que, vous aussi, vous pourrez enfin trouver le bonheur. Vous avez tant souffert.

Greta la remercia, sentant bien la différence entre la compassion authentique et chaleureuse de Mary et celle de Tor.

— Et j'espère que vous reviendrez souvent à Marchmont maintenant. La petite Ava va avoir besoin de soutien à l'arrivée du bébé. Je me souviens de vous avec vos jumeaux, vous étiez une mère formidable.

— Vous trouviez ? s'enquit Greta, rayonnante de plaisir. Oui, même si tout n'était pas parfait, à cause des problèmes d'Owen, je me souviens à présent que mes enfants me comblaient de joie.

— Vous étiez parfaite et, ajouta Mary en rougissant soudain, puis-je vous confier un secret ? Autrefois, je vous disais toujours tout. Vous vous rappelez Jack Wallace, le gérant du domaine ?

— Oui, Mary, bien sûr. Je me souviens qu'il passait beaucoup de temps dans votre cuisine, à déguster vos bons gâteaux.

— Figurez-vous qu'il m'a demandée en mariage, et je crois que je vais dire oui.

— Oh Mary ! C'est fantastique. Vous devez vous sentir bien seule depuis la mort de Huw…

— En effet, et Jack aussi depuis le décès de son épouse. Mais ne pensez-vous pas qu'il soit trop tôt ? Je ne suis veuve que depuis trois ans, vous voyez. Je ne voudrais pas passer pour une gourgandine !

— Je doute que quiconque puisse penser une chose pareille, répliqua Greta en riant. Et franchement, Mary, venant moi-même de perdre vingt-quatre ans de ma vie, mon conseil est de foncer si vous avez trouvé le bonheur avec quelqu'un. La vie est trop courte pour s'inquiéter du qu'en-dira-t-on.

— Merci, madame Greta, répondit la gouvernante, reconnaissante. Bon, je vais descendre préparer le déjeuner. Je sais que Tor pense m'aider, mais je n'aime pas qu'on touche à ma cuisine.

À ces mots, elle sortit à la hâte en poussant un grognement irrité.

Greta but son thé, réconfortée par les paroles de Mary. Elles avaient été amies autrefois et Greta espérait qu'elles pourraient le redevenir. Quand elle eut fini, elle partit à la recherche de David ; elle ne l'avait pas assez félicité la veille. En outre, avant qu'il ne parte pour l'Italie avec Tor, elle devait lui demander son aide pour le reste de l'histoire.

Assis dans son fauteuil habituel près du feu, il lisait le *Telegraph*.

— Bonjour, Greta. Comment vas-tu aujourd'hui ? s'enquit-il en la regardant d'un air interrogateur par-dessus son journal.

— Bien, merci. Je voulais juste te dire une nouvelle fois, David, à quel point je suis enchantée pour Tor et toi. Je vous souhaite beaucoup de bonheur. Vous le méritez.

— Merci, Greta. J'espère que tu sais que cela ne signifie pas que je disparaîtrai soudainement de ta vie. Tor a encore quelques années de travail devant elle avant de prendre sa retraite, il est donc probable que notre quotidien ne change pas beaucoup.

— David, tu ne dois pas t'inquiéter pour moi, je t'assure, répliqua-t-elle d'un ton plus brusque qu'elle n'en avait l'intention. En revanche, es-tu occupé ce matin ?

— Non, pourquoi ?

— Eh bien… je me souviens de beaucoup de choses *après* l'accident, mais je me demandais si tu m'avais tout raconté… Parce que j'ai le sentiment que tu as omis quelques éléments. Avec les meilleures intentions du monde, bien sûr, ajouta-t-elle aussitôt. Je me trompe ?

David replia soigneusement le journal et le posa sur ses genoux.

— Tu as probablement raison. Quand je te rendais visite à Mayfair, je ne voulais pas te bouleverser. Tu étais si fragile, Greta.

— David, j'ai besoin que tu ajoutes les maillons manquants… Cela ne devrait pas être très long. Je crois qu'il est important que je connaisse toute l'histoire. De Cheska, précisa-t-elle.

— D'accord, admit David sans enthousiasme. Je ferai de mon mieux. Je suis juste inquiet que ce soit un peu pénible à entendre pour toi.

— Ne t'inquiète pas pour ça, fit-elle d'un ton ferme. Alors, je suis sortie de l'hôpital au bout de dix-huit mois. Ava était ici, à Marchmont, et Cheska à Hollywood, c'est bien cela ?

— Oui, et rien de particulièrement intéressant pour toi ne s'est produit les seize années qui ont suivi. Malheureusement, tu en sais déjà une partie, tout s'est dégradé en un véritable cauchemar juste avant les dix-huit ans d'Ava...

Ava

* * *

Avril 1980

37

A va remonta le chemin, puis descendit la longue allée vers Marchmont. C'était un trajet très pénible en hiver, surtout lorsqu'il neigeait. Le temps qu'elle arrive à la cuisine, elle avait les pieds tout engourdis et devait les chauffer près du poêle pour les dégeler. Heureusement, l'hiver n'était à présent qu'un lointain souvenir et, au printemps, cette promenade de dix minutes lui plaisait. Tandis qu'elle marchait, elle remarqua les jonquilles qui s'épanouissaient à la base des arbres le long de l'allée. Les agneaux, qu'elle avait aidés à naître pour certains, commençaient à tenir sur leurs pattes et gambadaient joyeusement dans les champs avoisinants.

Elle leva les yeux vers le ciel bleu sans nuage et ressentit une soudaine vague de bonheur. Laissant tomber à terre sa lourde sacoche, elle s'étira et expira lentement. Le soleil de la fin d'après-midi lui caressait le visage et elle retira ses lunettes, permettant au monde de devenir une masse floue de vert, de bleu et d'or, stupéfaite comme à chaque fois que sa vision de la vie puisse autant s'altérer. Les yeux de sa mère, avait toujours dit LJ. Ava regrettait qu'ils fonctionnent si mal. Elle portait des lunettes depuis l'âge de cinq ans, quand on lui avait diagnostiqué une forte myopie.

Elle remit ses lunettes, récupéra sa sacoche et poursuivit son chemin. C'était le dernier jour d'école du trimestre et, pendant les trois semaines des vacances de Pâques, elle allait pouvoir se détendre et s'adonner à ses activités préférées.

Depuis sa petite enfance, Ava aidait à la ferme, avec les animaux. La vue d'une créature souffrante l'avait toujours accablée et, lorsque les ouvriers agricoles secouaient la tête, considérant avoir fait leur possible, elle refusait d'abandonner l'animal et le soignait jusqu'à ce qu'il recouvre la santé. Par conséquent, elle avait à présent sa propre « ménagerie », comme l'appelait LJ.

Son premier pensionnaire avait été un agneau malade, le dernier de la portée, qu'elle avait nourri au biberon jusqu'à ce qu'il soit assez grand pour être sevré. Henry était à présent un vieux mouton bien laineux et Ava l'adorait. Il y avait aussi Fred, un gros cochon rose, de nombreux poulets et deux oies au mauvais caractère. Elle abritait également des levrauts, qu'elle avait sauvés des griffes des chats de la ferme. Elle les avait emmenés dans sa chambre, dans des boîtes à chaussures, et avait soigné leurs blessures alors que LJ lui disait en secouant la tête qu'il y avait peu d'espoir. Sa grand-tante affirmait que les petits animaux avaient plus de chances de mourir de peur que de leurs blessures et était surprise de voir Ava parvenir à les remettre sur pattes. La jeune fille avait installé sa ménagerie dans une grande grange inutilisée, et la plupart de ses occupants étaient désormais apprivoisés et accueillaient leur sauveuse à grand bruit chaque fois qu'elle s'approchait.

Elle avait aussi aménagé un petit cimetière dans un endroit tranquille sous un vieux chêne, derrière la maison. Chaque décès était marqué par une croix et des torrents de larmes.

En grandissant, Ava avait clairement défini son ambition dans la vie. Ses résultats scolaires étaient inégaux : des matières telles que l'art ou l'histoire ne l'intéressaient guère, alors qu'elle excellait dans tout ce qui touchait à la nature et la biologie. Elle avait travaillé dur ces derniers mois, consciente qu'elle devait obtenir d'excellentes notes à son examen de fin de lycée afin d'entrer à l'école d'études vétérinaires. Toutefois, ces trois prochaines semaines, elle pourrait passer son temps avec ses animaux, ce qui, elle en était convaincue, était bien plus formateur pour elle que d'être assise dans une salle de classe.

La demeure de Marchmont apparut devant elle. Regardant le soleil briller sur le toit en ardoise, elle songea à sa chance d'y habiter. C'était un endroit si chaleureux et accueillant, doté de tant de caractère, qu'elle n'aurait jamais souhaité vivre ailleurs. Son intention était d'y revenir dès qu'elle aurait obtenu son diplôme de vétérinaire et d'ouvrir un petit cabinet.

En approchant de la maison, elle fut soulagée de ne pas encore voir la voiture de la couturière dans la cour. Elle grimaça à l'idée de l'essayage qui l'attendait. Elle ne se souvenait que de trois occasions lors desquelles elle avait porté une robe et, cet été-là, il y en aurait une quatrième. Elle tâcherait de s'y plier avec le sourire. Après tout, ce serait une journée très particulière : Tante LJ aurait quatre-vingt-cinq ans, et elle-même aurait fêté son dix-huitième anniversaire quelques semaines auparavant.

Ava ouvrit la porte qui menait à la cuisine. Jack Wallace, le gérant de l'exploitation agricole, était assis à la table en sapin en train de boire du thé, tandis que Mary étalait de la pâte.

— Bonjour, Ava, tu as passé une bonne journée ? s'enquit la gouvernante.

— Excellente, parce que c'était le dernier jour d'école avant trois semaines entières ! s'exclama l'adolescente enchantée en posant un baiser affectueux sur la joue de Mary.

— Si tu penses pouvoir te la couler douce pendant les vacances de Pâques, tu te trompes, fit Jack en souriant avec malice. Je vais avoir besoin de toi pour le bain parasiticide des moutons, maintenant que Mickey est parti en ville.

— Aucun problème, tant que vous me promettez de m'emmener à la foire au bétail la semaine prochaine.

— Affaire conclue, mam'zelle. Bon, je dois filer. Merci pour le thé, Mary. Salut, Ava.

Celle-ci attendit qu'il ait refermé la porte derrière lui pour se tourner vers Mary.

— Jack passe son temps ici en ce moment. J'ai bien l'impression que tu as un admirateur.

— Ne raconte pas de sottises, je suis une femme mariée ! répliqua Mary en rougissant. Je connais Jack Wallace depuis que nous sommes bébés. Je ne fais que lui tenir un peu compagnie, maintenant que sa femme nous a quittés.

— Si j'étais toi, je me méfierais, la taquina Ava. Tante LJ se repose ?

— Oui. J'ai dû la menacer de l'enfermer dans sa chambre. Ta tante est trop têtue pour son bien. Elle ne doit pas oublier qu'elle a quatre-vingt-quatre ans et qu'elle a subi une lourde opération.

— Je vais lui préparer une tasse de thé pour lui monter dans sa chambre.

— Ne sois pas trop longue. La couturière sera là à cinq heures. Décidément, je serai bien soulagée quand cette fête d'anniversaire sera derrière nous !

Ava écouta Mary se plaindre tandis qu'elle garnissait la pâte, consciente que, secrètement, la gouvernante se réjouissait de toute cette agitation et des préparatifs.

— Nous allons tous t'aider, Mary. Arrête de t'inquiéter. Il reste encore plusieurs mois. Si tu continues comme ça, tu risques une dépression nerveuse ! Que nous prépares-tu de bon pour le dîner ?

— Une tourte au bœuf et aux rognons, le plat préféré de ta tante.

— Dans ce cas, je prendrai juste une assiette de légumes.

— N'essaie pas de me faire culpabiliser pour tes drôles d'idées végétariennes. Les hommes mangent de la viande depuis des millénaires, tout comme les chats mangent des souris. C'est naturel, ça fait partie de la révolution.

— Je pense que tu veux dire de « l'évolution »,
Mary, la corrigea Ava dans un sourire.

— Peu importe. Pas étonnant que tu sois si pâle.
Ce régime ne convient pas à une fille en pleine
croissance, et ce tofu que tu manges ne peut pas
remplacer une belle pièce de viande rouge. Je…

Tandis que Mary continuait de râler, Ava s'éclipsa
de la cuisine et gagna la chambre de LJ. Elle frappa.

— Entrez !

— Bonjour, LJ chérie, tu as fait une bonne
sieste ? s'enquit Ava en plaçant le plateau à thé sur
les genoux de sa tante qui la regardait de ses yeux
verts pétillants.

— Je suppose. Mais je n'aime pas du tout ça. J'ai
l'impression d'être un bébé ou une folle. Je ne sais
pas lequel est pire.

— On t'a posé ta prothèse à la hanche il y a à
peine un mois, tu te rappelles ? Le docteur a dit que
tu devais te reposer autant que possible.

— Toutes ces histoires ! Je n'ai jamais été malade
de ma vie, jusqu'à ce que cette fichue vache m'envoie valser avec son sabot !

— Tout est sous contrôle, promis. Mary est à la
cuisine à ronchonner, et la couturière ne va pas tarder. Tu n'as aucune raison de t'inquiéter, la rassura
la jeune fille.

— Tu es en train de me dire qu'on peut très bien
se passer de moi, c'est ça ?

— Non, LJ. Je dis juste que le plus important,
c'est que tu reprennes des forces, fit Ava en embrassant tendrement sa tante sur la joue. Bois ton thé
et, quand j'aurai fini mon essayage, je t'aiderai à
descendre.

— Je vais te dire une chose, ma petite, il est hors de question que j'arrive à ma propre fête d'anniversaire avec ce déambulateur grotesque !

— Tu as encore des semaines et des semaines pour te remettre, arrête de paniquer ! De mon côté, ce n'est pas mieux : je vais devoir porter une robe ! fit Ava en ouvrant de grands yeux horrifiés.

Quand la jeune fille fut partie, LJ se rallongea sur ses oreillers. Ava était un vrai garçon manqué, depuis toujours. Et si timide, uniquement à l'aise avec sa famille la plus proche. Le seul moment où sa petite-nièce rayonnait de confiance en elle, c'est lorsqu'elle s'occupait de ses animaux chéris. LJ l'adorait.

Près de dix-huit ans plus tôt, après avoir attendu plusieurs semaines que Cheska rentre de Los Angeles, LJ avait abandonné tout effort de ne pas s'attacher au bébé qu'elle lui avait confié. Alors, quand la plupart des femmes de son âge se prélassaient auprès du feu avec une couverture sur les genoux, LJ changeait des couches, suivait à quatre pattes une petite fille chancelante et avait rejoint des jeunes femmes angoissées dans la cour de récréation pour la première rentrée d'Ava.

Mais cela avait donné un nouveau souffle à sa vie. Ava était la fille qu'elle n'avait jamais eue. Heureuse coïncidence, elles partageaient le même amour du grand air, de la nature et des animaux. L'écart d'âge n'avait jamais semblé avoir d'importance.

LJ ne cessait de s'émerveiller qu'une femme comme Cheska ait pu mettre au monde une enfant si sensible et équilibrée. Lorsque Cheska était partie pour Hollywood, elle n'avait même pas eu la décence d'appeler pour les prévenir, elle et David, que tout allait bien. Quelques jours plus tard, David avait décidé de prendre l'avion pour aller la chercher.

Toutefois, une lettre était alors arrivée à Marchmont, adressée à LJ, rédigée de l'écriture enfantine de Cheska.

Hôtel Beverly Wilshire, Beverly Hills
le 18 septembre 1962

Très chère Tante LJ,
Je sais que vous devez avoir une très mauvaise opinion de moi, pensant que j'ai abandonné Ava. Mais j'ai longtemps réfléchi à la meilleure solution, et je ne crois pas que je serais une très bonne mère pour elle pour l'instant. La seule chose pour laquelle je sois douée, c'est la comédie, et le studio m'a offert un contrat pour cinq ans.

Au moins, je pourrai financer les besoins d'Ava, ainsi que son avenir. Comme je serai très occupée par les tournages, je n'aurais pas beaucoup de temps à lui consacrer si elle était avec moi et je devrais embaucher une baby-sitter. En plus, je ne pense pas que Hollywood soit l'endroit idéal pour grandir.

Je sais que c'est beaucoup vous demander, mais j'aimerais qu'Ava reste à Marchmont et bénéficie de l'enfance que j'aurais aimé avoir : à la campagne, dans cet endroit magnifique. Voulez-vous bien vous occuper d'elle, Tante LJ ? Je me suis toujours sentie si en sécurité quand j'étais là-bas avec vous et je suis certaine que vous élèverez Ava bien mieux que moi.

Si vous croyez que c'est trop pour vous, je peux vous envoyer de l'argent pour employer une nurse. Dites-moi ce dont vous avez besoin.

Vous allez sans doute penser que je n'aime pas Ava,
que je me fiche d'elle. Je vous jure que c'est faux, c'est
d'ailleurs pour cela que j'essaie de faire ce qu'il y a de
mieux pour elle, et non pour moi, pour changer.

Elle va terriblement me manquer. Dites-lui que
je l'aime et que je rentrerai à la maison dès que pos-
sible.

Pardonnez-moi, Tante LJ, s'il vous plaît.

J'attends votre réponse,

Cheska

LJ avait lu et relu cette lettre, ne sachant pas
très bien si la décision de sa nièce était louable
ou ignoble. Ce n'est que lorsqu'elle avait appelé
David pour la lui lire qu'il avait confirmé ses pires
craintes.

— Ma, je suis navré, mais j'ai bien l'impression
que Cheska pense à sa carrière plutôt qu'à Ava. Il est
très peu probable que le studio soit au courant pour
le bébé. Dans le monde du cinéma, le code moral
est strict pour les acteurs et les actrices. Si Cheska
ou son agent mentionnait le fait qu'elle est mère
célibataire à l'âge de seize ans, elle serait aussitôt
renvoyée en Angleterre.

— Je vois. Mon Dieu, David. Bien sûr que cela
ne m'embête pas de m'occuper d'Ava – c'est un tel
amour – mais je ne suis plus une jeunette et je vois
mal comment je pourrais remplacer sa mère.

Il y avait eu une pause à l'autre bout du fil, avant
que David ne réponde.

— Tu sais, Ma, je pense que c'est ce qu'il y a de
mieux pour Ava. Cheska est… Cheska, et en toute
franchise, si Ava partait vivre avec elle à Los Angeles,

nous serions morts d'inquiétude. La grande question c'est : t'en sens-tu capable ?

— Évidemment ! Mary est là pour m'aider, elle l'adore. J'arrive à gérer à la fois le domaine et la ferme, ce n'est pas un petit bébé qui va me faire peur.

Comme toujours, David avait admiré la confiance en soi de sa mère. Elle était véritablement invincible.

— Dans ce cas, tu peux répondre à Cheska que tu acceptes, et je vais annuler mon vol. Naturellement, elle doit financer l'éducation d'Ava. Je lui écrirai moi aussi pour le lui dire. Pour être honnête, Ma, je suis soulagé. Avec la lente rééducation de Greta, la dernière chose dont j'avais besoin était de partir pour Los Angeles.

— Comment va-t-elle ?

— Elle suit des séances de physiothérapie pour renforcer ses muscles. Elle a passé tant de temps allongée qu'ils se sont presque atrophiés. Hier, elle a réussi à tenir debout quelques secondes.

— Et sa mémoire ?

— Rien de nouveau pour le moment, malheureusement. Elle évoque de temps en temps son enfance, mais au-delà c'est le néant complet. Honnêtement, Ma, je ne sais pas ce qu'il y a de pire : lui avoir parlé pendant des mois sans jamais obtenir de réponse, ou la voir me fixer comme si j'étais un parfait inconnu.

— Mon pauvre garçon, que c'est dur pour toi. Espérons qu'elle retrouvera vite la mémoire.

LJ avait alors ravalé sa frustration. Mieux valait garder pour elle ce qu'elle pensait de la dévotion persévérante de son fils envers Greta.

Depuis, près de dix-huit plus tard, Cheska n'était pas revenue. Ni, malheureusement, la mémoire de Greta.

Les premières années, le seul contact avec Cheska avait été un chèque mensuel et un colis pour Ava de temps en temps, contenant de grosses boîtes de bonbons américains et des poupées au visage trop maquillé qu'Ava délaissait au profit de son ours en peluche tout usé. Le message était toujours le même : « Dites à Ava que je l'aime et que je la verrai bientôt. »

Lorsque Ava avait été assez grande pour comprendre, LJ lui avait expliqué que les colis qui arrivaient des États-Unis venaient de sa mère. Au cours des quelques semaines qui avaient suivi, la petite lui avait demandé quand rentrerait sa maman, puisqu'elle disait toujours dans les billets qui accompagnaient les colis que ce serait bientôt. LJ ne savait pas quoi faire à part lui sourire gaiement et la rassurer en lui disant que sa mère l'aimait.

Finalement, les paquets avaient cessé et Ava avait arrêté de poser des questions. LJ avait continué de parler de Cheska, lorsque la situation s'y prêtait. Elle voulait que l'enfant comprenne, au cas où la jeune femme reviendrait la chercher – une pensée qui l'horrifiait.

LJ avait appris par David que Cheska se débrouillait très bien. Elle avait tourné dans nombre de films célèbres qui étaient sortis dans les cinémas britanniques – que LJ avait refusé de voir – et, cinq ans plus tôt, elle avait décroché le rôle principal dans un nouveau feuilleton. Celui-ci avait remporté un grand succès partout dans le monde et Cheska était désormais une star mondiale du petit écran.

Bien que LJ soit défavorable à la télévision, elle pensait qu'il était injuste d'en priver Ava, quand toutes ses amies à l'école possédaient un poste chez elles. Un soir, lorsque Ava avait treize ans, LJ était entrée dans sa chambre et avait vu le visage de Cheska à l'écran. Elle s'était assise à côté de sa petite-nièce pour regarder l'émission avec elle.

— Est-ce que tu sais qui c'est, chérie ?

— Bien sûr, Tante LJ. C'est Cheska Hammond, ma mère, avait-elle répondu sereinement en tournant de nouveau son attention vers l'écran. Le feuilleton s'appelle *Les Barons du pétrole* et c'est absolument génial ! À l'école, les filles adorent. Cheska est très belle, tu ne trouves pas ?

— Si. Est-ce que tu dis à tes amies que c'est ta mère ?

Ava l'avait dévisagée, stupéfaite.

— Bien sûr que non ! Elles penseraient que je mens, tu ne crois pas ?

LJ avait alors eu envie de rire et de pleurer en même temps.

— Oui, c'est probable.

Elle était restée jusqu'à la fin de l'épisode, à regarder celle qu'elle avait connue petite fille se pavaner dans de superbes tenues, déambuler dans des lieux magnifiques ainsi que, avait remarqué LJ, dans un certain nombre de lits.

À la fin du programme, elle s'était tournée vers Ava.

— Est-ce que c'est vraiment convenable pour toi ? Ça m'a l'air un peu osé.

— Oh, ne sois pas si vieux jeu ! Les relations sexuelles n'ont pas de secrets pour moi. On nous a tout appris à l'école l'an dernier. On nous a même montré une vidéo.

— C'est vrai ? s'était-elle étonnée en haussant un sourcil, avant de saisir la main de l'adolescente. Quand tu regardes ta mère à la télévision, est-ce que tu regrettes de ne pas être avec elle à Hollywood, en train de mener ce genre de vie luxueuse ?

— Oh non ! s'était-elle exclamée en riant. Je sais que Cheska est ma mère biologique, mais je ne l'ai jamais rencontrée et je ne peux pas dire qu'elle me manque. C'est toi, ma vraie mère, et Marchmont est ma maison. Et je t'aime très, très fort, avait-elle ajouté en étreignant LJ.

Au fil des ans, Ava était devenue toute la vie de LJ. Son instinct maternel était aussi fort qu'il l'avait été avec David. Elle se réprimandait parfois de vivre à travers l'enfant, tout comme Greta l'avait fait avec Cheska, mais Ava était un véritable amour et elle aurait fait n'importe quoi pour elle.

Elle entendit le pas rapide de sa petite-nièce s'approcher de sa chambre et sortit de sa rêverie. Peut-être était-ce dû à son opération mais, depuis quelque temps, elle sentait que sa fin était proche. Elle essayait de se défaire de cette impression, pourtant, pendant quatre-vingt-quatre ans, elle s'était fiée à son instinct. Et celui-ci s'était rarement trompé.

38

Los Angeles

—Oh, c'est toi, prononça laconiquement Cheska dans le combiné, avant d'ôter son masque pour les yeux en satin. Pourquoi diable m'appelles-tu à cette heure-ci, Bill ? Tu sais bien que c'est le seul jour où je peux faire la grasse matinée.

— Désolé, ma chérie, mais il est onze heures et demie et il faut qu'on parle. C'est urgent.

— Est-ce que cela signifie qu'ils ont accepté de me donner les vingt mille dollars supplémentaires par épisode ?

— Écoute, Cheska, peut-on se retrouver pour déjeuner et je t'expliquerai ?

— Tu sais que je me repose le dimanche, Bill. Si c'est si urgent que ça, viens chez moi. Ma masseuse arrive à deux heures, alors viens à trois heures.

— D'accord. À tout à l'heure, chérie.

Cheska laissa retomber le combiné et s'enfonça dans ses oreillers, de mauvaise humeur. Le samedi était le seul soir où elle pouvait se permettre de se coucher tard. Le reste de la semaine, elle se levait avec les oiseaux à quatre heures et demie et la limousine du studio passait la chercher à cinq heures.

Et la nuit précédente avait été… si…

Cheska tapota l'autre côté de son grand lit et ne sentit que des draps froissés. Elle jeta un œil et aperçut un morceau de papier sur l'un des oreillers : « C'était sympa cette nuit. Bisous, Hank. »

Elle s'étira comme un chat, se rappelant sa belle soirée en compagnie de Hank. C'était le chanteur d'un nouveau groupe formidable. La veille, en boîte de nuit, dès qu'elle avait vu son corps mince, ses yeux bleus et ses cheveux châtain clair, elle avait su qu'elle devait l'inscrire à son tableau de chasse.

Plus tard ce soir-là, comme d'habitude, elle avait obtenu ce qu'elle voulait.

En général, c'était l'excitation de la conquête qui lui donnait des frissons ; l'acte sexuel en lui-même s'avérait toujours décevant. Néanmoins, cette fois-ci, cela avait été fantastique. Peut-être accepterait-elle de le revoir. Elle descendit du lit et se dirigea lentement vers la salle de bains attenante à sa chambre pour se faire couler un bain.

Lorsqu'elle avait emménagé dans sa maison de Bel Air, sur Chalon Road, juste après avoir signé pour le rôle de Gigi dans *Les Barons du pétrole*, il n'y avait aucun dispositif de sécurité. À présent, Cheska était séparée du monde extérieur par un mur en briques de trois mètres de haut, équipé de caméras de surveillance et d'un système d'alarme fonctionnant vingt-quatre heures sur vingt-quatre. Bien que la vue des étages supérieurs soit spectaculaire, la jeune femme empêchait à la magnifique lumière de se déverser dans sa chambre, maintenant toujours les stores scrupuleusement baissés jusqu'à ce qu'elle soit entièrement vêtue. Un jour, un photographe audacieux avait grimpé sur une échelle et pris un cliché d'elle couverte d'une simple serviette de bain. Il avait vendu la photo à des tabloïds à prix d'or. Après tout, elle était désormais l'une des plus grandes célébrités des États-Unis, voire du monde.

Cheska ferma les robinets, actionna le mode jacuzzi et entra dans la baignoire. Elle s'enfonça, laissant les jets d'eau lui masser doucement le corps. Pourquoi Bill souhaitait-il la voir d'urgence ? Y avait-il un problème avec le nouveau contrat ? Elle secoua la tête, chassant cette idée. Bien sûr que non. Gigi était le personnage féminin le plus populaire des *Barons du pétrole*. Cheska recevait plus de lettres d'admirateurs que n'importe quel autre membre de la distribution et figurait dans plus d'articles de presse que tous les autres acteurs réunis.

Elle savait que cela était en partie dû à sa vie privée. Le studio la réprimandait régulièrement lorsqu'elle était photographiée en compagnie d'un nouveau jeune amant, mais elle se moquait de la clause de moralité inscrite dans son contrat. Les producteurs pouvaient-ils s'en plaindre, alors que cela faisait de la publicité gratuite pour la série ? Et de toute façon, sa vie privée ne regardait qu'elle ; le studio n'avait pas à s'en mêler.

Cheska examina son reflet dans le miroir et remarqua des cernes sous ses yeux. Les neuf mois de tournage ininterrompu qui venaient de s'écouler l'avaient épuisée. Dieu merci, il ne restait plus que quelques semaines avant les vacances d'été. Elle avait besoin de partir, de se reposer et de se détendre. Peut-être son divorce houleux et très médiatisé, six mois plus tôt, l'avait-il éprouvée plus qu'elle ne le croyait. Conformément au droit californien, l'époux ou l'épouse avait droit à la moitié des biens du conjoint. Comme elle était très riche, contrairement à son rockeur de mari, elle avait payé le prix fort. Elle avait perdu sa maison de Malibu, ainsi que la moitié de ses liquidités et de ses autres investissements au profit de Gene. Au cours de leur mariage, il n'avait pas travaillé un seul jour, se contentant de traîner dans la maison de bord de mer de Cheska avec ses amis aux cheveux longs, fumant des joints, buvant de la bière et dépensant l'argent de sa femme pour s'égosiller dans des gargotes miteuses de Los Angeles. Cheska maudissait le jour où elle l'avait épousé, mais ils étaient alors sous l'emprise de substances peu licites à Las Vegas et, sur le moment, elle avait trouvé drôle de réveiller un pasteur à trois heures du matin et d'exiger qu'il les marie sur-le-champ. Gene avait utilisé l'anneau d'ouverture d'une vieille cannette en guise de bague. L'écho médiatique avait été ahurissant. Le lendemain, leur photo figurait en une des plus grands journaux du monde.

En réalité, il lui avait rappelé Bobby…

À cause d'un instant de folie, Cheska avait beaucoup perdu financièrement. Or, elle avait toujours été très dépensière : elle achetait des vêtements de créateurs hors de prix et, lorsque l'envie lui prenait, organisait des soirées mirobolantes, embauchant les meilleurs traiteurs de la région. Avant son divorce, elle pouvait se permettre ce genre d'excès. Désormais, elle était à découvert. Un découvert « sensationnel » comme le qualifiait son comptable.

Il avait voulu la voir la semaine précédente et lui avait suggéré de commencer à réduire ses dépenses. La banque était disposée à lui accorder une rallonge de cinquante mille dollars, à condition d'accroître sa garantie sur la maison de la jeune femme. Celle-ci avait signé les papiers sans prendre la peine de lire les petits caractères.

Voilà pourquoi il lui fallait obtenir une hausse de salaire. En tant que Gigi, elle était indispensable aux *Barons du pétrole* et elle avait voulu négocier férocement. Bill, son agent américain, l'avait exhortée à la prudence ; les studios étaient versatiles, ils n'appréciaient pas les acteurs qui se croyaient plus grands que la série à laquelle ils devaient leur célébrité.

Cheska attrapa une serviette et sortit de la baignoire. Il lui semblait ridicule de devoir compter ses sous. Elle ! La star de télévision la plus en vogue de tout Hollywood ! Tout en s'habillant, elle se réconforta à l'idée que son nouveau contrat résoudrait probablement toutes ses difficultés financières.

*

Assise sur le canapé, Cheska salua Bill de la main tandis que sa bonne mexicaine l'amenait au salon, une grande pièce confortable qui surplombait la piscine.

— Entre, entre. Je ne peux pas bouger, mon chou. Je viens de recevoir un massage et une pédicure, le vernis n'est pas encore sec. Tu veux boire quelque chose ?

— Un thé glacé ne serait pas de refus, fit Bill à la bonne.

— Deux, ajouta Cheska alors que la Mexicaine s'apprêtait à quitter le salon.

Bill s'avança et lui planta un baiser sur la joue.

— Comment ça va, ma chérie ?

Cheska sourit et s'étira, pendant qu'il posait sa mallette sur la table basse et s'asseyait.

— Bien, plutôt bien. Alors, quelle nouvelle est assez urgente pour que tu laisses ta femme et tes enfants un dimanche ?

— Il s'agit de la série.

— C'est ce que je pensais. Rien de grave, si ? s'enquit-elle en lisant la tension sur le visage de son agent.

— En fait, Cheska, j'ai peur que le studio ne renouvelle pas ton contrat.

La jeune femme retint sa respiration. À cet instant, la bonne revint avec le thé glacé et ils gardèrent le silence le temps qu'elle dispose les verres et se retire.

— Tu as dû mal entendre, Bill, forcément !

Il observa une pause, réfléchissant à la meilleure façon de formuler ce qu'il avait à dire.

— Irving m'a convoqué vendredi. En fait, le nouveau directeur du studio est un père de famille bien sous tous rapports, qui souhaite que ses acteurs donnent le bon exemple.

— Attends une seconde, Bill. Tu es en train de me dire que même si les personnages des *Barons* couchent les uns avec les autres au gré de leurs envies, ont des enfants illégitimes, des problèmes de drogue et des maris violents, ceux qui les incarnent doivent se comporter en enfants de chœur ? Putain ! s'exclama Cheska en secouant la tête, avant de lâcher un rire amer. Qu'est-ce que c'est que cette hypocrisie ?

— Je sais, je sais, essaya-t-il de la calmer. Mais la série sera justement édulcorée pour les saisons à venir. Certains éléments que tu as mentionnés vont disparaître.

— En même temps que l'audimat, murmura-t-elle. Pourquoi diable croit-il que le grand public américain regarde la série ?

— Je suis d'accord avec toi, et tout ce que je peux dire, c'est que je suis vraiment désolé que tu sois victime de ce revirement. Mais je t'ai plusieurs fois mise en garde que le studio…

— … que le studio n'aime pas que ses stars soient vues en boîte de nuit, en train de boire, de danser ou, en fait, de s'amuser de quelque manière que ce soit ou d'avoir une vie, tout simplement, termina Cheska avec colère.

— Écoute, chérie, regardons les choses en face. Ces derniers mois, tu arrivais en retard sur le plateau, tu oubliais ton texte…

— Je traversais un divorce, putain !

Cheska frappa violemment un coussin avant de le jeter par terre. Ses vieux sentiments familiers, ceux qui, elle l'avait espéré, n'étaient qu'un lointain souvenir, menaçaient de refaire surface. Elle les chassa autant que possible, déglutit avec peine et se tourna de nouveau vers Bill.

— Dans ce cas, comment est-ce que Gigi... ?

Là était la question cruciale. Si le studio faisait s'enfuir Gigi avec un homme, cela signifiait qu'elle pourrait revenir. Sinon...

Bill inspira profondément.

— Un accident de voiture. Morte à son arrivée à l'hôpital.

— Je vois.

Il y eut un autre long silence. Cheska luttait pour ne pas sortir de ses gonds. Elle finit par reprendre la parole.

— Alors comme ça, ça y est ? Finie, balayée, à trente-quatre ans seulement.

— Allons, tu exagères. Le studio pense qu'il vaut mieux annoncer que tu quittes la série de ton plein gré, en vue de te lancer dans d'autres projets. Et il n'y a aucune raison que tu ne passes pas directement à d'autres choses. J'ai déjà quelques idées.

Bill s'exprimait avec une confiance qu'il ne ressentait pas. Les mauvaises nouvelles se répandaient vite dans le petit monde hollywoodien. Et Cheska s'était forgée une réputation d'actrice « difficile ».

— J'espère qu'ils ne s'attendent quand même pas à ce que je les laisse me virer sans riposter ! cria-t-elle.

— Chérie, vraiment, il n'y a rien que tu puisses faire.

— Je pourrais appeler le *National Enquirer* pour raconter aux journalistes ce que fait ce connard d'Irving ! Ce producteur me déteste depuis qu'il a tenté sa chance et que je lui ai filé un coup de genou où tu penses. Si mes fans savaient que le studio comptait enterrer Gigi, il y aurait un tollé général !

Bill réprima un soupir. Ce n'était pas la première fois qu'il assistait à ce genre de scène, de la part de stars qui se croyaient indispensables à la fois pour les studios et le public. En réalité, ces derniers étaient versatiles et oublieraient bientôt Gigi quand un autre personnage capterait leurs regards. En outre, Cheska était en effet difficile, depuis toujours. Jusqu'alors, du fait des audiences et des gains, le studio et lui-même avaient accepté ses changements d'humeur et sa versatilité.

— Écoute, Cheska. Je crains que faire du raffut ne profite à personne, surtout pas à toi. Pense à ta carrière. Nous allons devoir encaisser ce coup dur sans broncher, si tu veux un quelconque avenir dans cette ville.

Cheska se frottait le front, abasourdie.

— Je n'arrive pas à y croire, Bill. L'audimat de la série est encore très élevé, Gigi est le personnage le plus populaire… je… Pourquoi ? termina-t-elle en se tordant les mains.

— Je t'ai expliqué pourquoi. Je comprends ce que tu ressens, mais nous allons devoir tourner la page et envisager l'avenir. Nous ne pouvons rien y faire.

Cheska lui lança un regard mauvais.

— Tu veux dire que tu n'as pas envie que je tente quoi que ce soit qui puisse nuire à ta relation bien confortable avec le studio ?

— Ce n'est pas très gentil, Cheska. Je me suis plié en quatre pour toi, tu le sais bien. Ces dernières années, je t'ai obtenu des super contrats.

— Si c'est ça le mieux que tu puisses faire, je pense qu'il est peut-être temps d'opérer un changement. Je vais appeler l'agence. Tu es viré, Bill. Va-t'en, s'il te plaît.

— Arrête, Cheska, tu ne penses pas ce que tu dis. Nous allons régler ensemble cette situation et te trouver autre chose de très bien.

— Ne me raconte pas n'importe quoi. Tu as maintenant d'autres chats à fouetter, plus importants que moi ; à tes yeux, je ne suis qu'une actrice finie avec une mauvaise réputation.

— Cheska, ne dis pas de conneries !

Elle se leva.

— Dorénavant, nos contacts se feront par le biais de mon comptable. Envoie-lui tous les chèques, comme d'habitude. Au revoir, Bill.

L'agent regarda Cheska. Son visage arborait un air de défi et ses yeux étaient brouillés par la colère. Tant d'années plus tôt, lorsqu'elle avait passé la porte de son bureau, il avait trouvé que c'était l'une des plus belles jeunes femmes qu'il ait jamais vues. Et elle était sans doute encore plus ravissante à présent qu'elle avait mûri. Toutefois, derrière cette façade, elle frisait la folie. Il décida de ne pas se battre.

— D'accord, si c'est ce que tu veux, soupira-t-il en récupérant sa mallette.

— Oui.

— Si jamais tu changes d'avis, tu sais où me trouver.

— Cela ne risque pas d'arriver. Au revoir, Bill.

— Bonne chance, lui souhaita-t-il avant de disparaître.

Cheska attendit d'entendre la porte d'entrée se refermer. Puis elle s'effondra à terre et hurla de rage.

39

Huit semaines plus tard, Cheska rentra chez elle après son dernier jour au studio. À la fin du tournage, toute l'équipe s'était réunie autour d'un énorme gâteau arrosé de champagne pour lui dire combien elle leur manquerait à tous. Elle avait serré les dents et souri tout au long de la fête en son honneur, prétendant qu'elle quittait la série de son propre chef. Bill avait raison, c'était le seul moyen de sauver ce qui restait de sa fierté et de sa carrière – bien qu'elle sache pertinemment que tous avaient eu vent de son renvoi.

Chaque fois qu'on l'interrogeait sur son prochain projet, elle agitait nonchalamment la main, répondant qu'elle partait en Europe pour des vacances bien méritées avant de s'engager pour quoi que ce soit d'autre. En vérité, elle n'avait rien dans les tuyaux. Elle avait appelé toutes les agences hollywoodiennes de premier rang – ICM, William Morris, etc. Quelques années plus tôt, toutes auraient rêvé de la représenter. À présent, lorsqu'elle téléphonait, une secrétaire prenait un message, mais les agents ne la rappelaient jamais.

Cheska demanda à sa bonne de lui apporter une coupe de champagne et s'enfonça dans un fauteuil du salon. Elle commençait à se demander si elle n'avait pas commis une terrible erreur en renvoyant Bill. Pouvait-elle l'appeler ? Lui demander de pardonner sa décision prise dans un moment de colère et de lui chercher des rôles appropriés ?

Non. Sa fierté était déjà bien entamée, elle n'allait pas en plus se traîner à ses pieds. La seule chose qu'elle pouvait faire était de revoir ses ambitions à la baisse et de contacter un agent prometteur qui serait heureux d'ajouter à sa liste un grand nom comme le sien.

Mais un agent de second ordre n'était-il pas pire que pas d'agent du tout ? Sans doute.

— Merde !

Cheska plaqua une main sur ses tempes. Une méchante migraine pointait.

Et puis, bien sûr, il y avait son problème financier. Elle avait des dizaines de milliers de dollars de dettes. La veille, elle était allée chez Saks afin de s'acheter une robe pour son pot de départ et sa carte avait été refusée. L'assistant avait alors appelé la banque et avait informé Cheska qu'elle avait dépassé la limite de découvert autorisé. Alors elle avait fait un chèque – sachant pertinemment qu'il serait lui aussi rejeté – et était sortie de la boutique, rouge de honte et de colère. De retour chez elle, elle avait appelé son comptable pour lui demander de lui envoyer directement le prochain chèque qui arriverait de Bill, sans passer par la banque. Elle attendait plus de vingt mille dollars, ce qui lui permettrait de s'en sortir durant quelques semaines, si elle limitait ses dépenses.

Elle gémit de désespoir. Depuis l'âge de quatre ans, elle travaillait d'arrache-pied, et que lui restait-il ? Une maison qu'elle devrait vendre pour éponger ses dettes et une garde-robe remplie de tenues de créateurs qu'elle n'aurait désormais plus d'occasions de porter. Ses amis du milieu du cinéma, bien contents d'accepter son hospitalité par le passé, l'avaient délaissée ces dernières semaines. Elle savait pourquoi : sa carrière était en train de s'effondrer et ils le sentaient sur elle comme un parfum bon marché. Ils n'avaient pas de place dans leur vie pour une actrice ratée. Cela pourrait déteindre sur eux.

Elle passa le restant de la soirée à s'enivrer et se réveilla le lendemain matin sur le canapé.

*

La semaine suivante s'avéra presque insupportable.

Elle annula sa masseuse, son coach sportif et son coiffeur. Elle renvoya la bonne, ainsi que la société de sécurité, sachant qu'elle n'aurait pas de quoi les payer à la fin du mois. Ses ongles devinrent cassants, ses cheveux ternes pendouillaient autour de son visage et elle arrêta de s'habiller le matin.

Ses difficultés financières, outre l'ennui, étaient déjà assez pénibles, mais ces sentiments tant redoutés, ceux qu'elle espérait avoir vaincus pour toujours, commençaient à refaire surface. Ses rêves se transformaient de nouveau en cauchemars et elle se réveillait tremblante et en nage.

Puis, récemment, cette voix familière, celle qui l'avait poussée à commettre ces actes terribles, était revenue la hanter. Elle ne l'avait plus entendue depuis son départ d'Angleterre, près de dix-huit ans plus tôt. Et d'autres voix s'étaient jointes à la première. Cette fois-ci, elles ne lui parlaient plus des autres, mais d'elle-même.

Ta carrière est un échec, pas vrai, Cheska ?...Tu es une petite fille stupide, dénuée de talent... tu ne travailleras jamais plus... personne ne veut plus de toi, personne ne t'aime...

Elle se déplaçait alors de pièce en pièce, essayant de se libérer des voix, mais elles la suivaient toujours, ne lui laissaient aucun répit.

Elle se cognait délibérément la tête pour les faire taire. Elle leur répondait, criant aussi fort qu'elles, mais les voix ne cessaient pas... refusaient de cesser. Désespérée, elle avait appelé le médecin pour qu'il lui prescrive de puissants calmants, mais ceux-ci n'avaient aucun effet, incapables de l'apaiser ou de la libérer des voix.

Elle savait qu'elle était en train de partir à la dérive. Elle avait besoin d'aide, mais ne savait pas vers qui se tourner. Si elle parlait des voix à son médecin, il l'enfermerait, comme ces autres docteurs lorsqu'elle était enceinte.

Après avoir traversé l'enfer pendant deux semaines, Cheska se regarda un matin dans le miroir et vit que son reflet avait disparu.

— *Non ! Non !* S'il vous plaît !

Elle s'écroula. Elle était de nouveau invisible. Peut-être était-elle déjà morte… elle en avait souvent rêvé. Était-ce la réalité ? Elle ne savait plus. Les voix tambourinaient, se moquaient d'elle… sa tête allait exploser.

Elle fit frénétiquement le tour de la maison en courant, couvrant de draps les miroirs trop lourds pour être bougés et retournant les autres contre le mur. Puis elle s'assit sur le sol du salon et essaya de calmer sa respiration.

Elle savait qu'elle ne pouvait pas continuer ainsi. Les voix avaient raison lorsqu'elles lui disaient qu'elle n'avait aucun avenir. Il n'y avait aucune alternative. Un seul moyen lui permettrait de trouver la paix qu'elle désirait.

Elle se dirigea lentement vers sa chambre et prit le flacon dans le tiroir de sa table de chevet. Elle s'assit par terre et fixa les cachets jaunes, se demandant combien elle devait en avaler. Elle dévissa le bouchon et fit tomber l'un des comprimés dans sa paume.

Les voix l'assaillirent une fois de plus, mais cette fois elle éclata de rire.

— Je peux vous faire taire ! s'exclama-t-elle, triomphante. C'est facile, c'est si facile…

Saisissant un verre d'eau à côté de son lit, elle avala le comprimé. Elle en versa trois autres dans sa main et regarda le ciel où, elle en était certaine, Jonny l'attendait.

— Est-ce que je peux te rejoindre maintenant, s'il te plaît ? Je ne veux pas descendre en enfer avec eux. Si je dis que je suis désolée et que je crois en Dieu, est-ce qu'on me laissera entrer au paradis ?

Pour une fois, le silence se fit dans sa tête. Personne ne répondit et une larme coula le long de sa joue.

— Je te demande pardon, Maman. Je ne voulais pas ce qui est arrivé, je t'assure.

Et Ava alors ? Tu as abandonné ta fille... Qui peut te pardonner ça ?

Les voix étaient de retour.

— Je vous en prie ! Je vous en supplie ! les implora-t-elle.

Elle avala les trois comprimés et s'apprêtait à en prendre davantage lorsque retentit un autre bruit... un tintement, comme si elle avait déjà atteint les portes de l'enfer.

Le carillon résonna dans sa tête.

— Ça suffit ! Assez ! Assez, s'il vous plaît !

Le bruit était vaguement familier et, peu à peu, elle prit conscience que ce n'était pas l'enfer qui l'appelait, mais la sonnette de sa maison. Tant bien que mal, elle parvint à se traîner jusqu'à l'entrée, puis s'écroula sur les genoux.

— Allez vous-en ! S'il vous plaît ! hurla-t-elle.

— Cheska, c'est moi, Oncle David !

Elle leva les yeux vers l'écran vidéo. David ? Impossible, il habitait en Angleterre. C'étaient encore les voix. Elles essayaient de lui jouer un tour.

— Cheska, je t'en prie, laisse-moi entrer !

Elle se leva et examina son visage sur l'écran, juste pour s'en assurer. Elle découvrit un homme plus vieux, plus épais, aux tempes dégarnies, mais dont les yeux brillants n'avaient pas changé.

— D'accord, d'accord.

Cheska alla désactiver l'alarme d'un pas chancelant, puis actionna le portail pour le laisser entrer.

Celui-ci fit de son mieux pour cacher sa sidération quand sa nièce lui ouvrit la porte. Elle avait les cheveux gras, les yeux vitreux cernés de noir. Ses pupilles remuaient en tous sens, lui donnant l'air d'un animal traqué. Un grand hématome sombre s'étalait au milieu de son front. Un sweatshirt sale pendait sur ses épaules maigres et ses jambes, autrefois galbées, ressemblaient à deux bâtons raides. Elle se balançait devant lui, comme si elle était soûle.

— Cheska, quel plaisir de te voir.

— Oh, Oncle David, je…

Ses yeux bleus se levèrent vers lui, emplis d'angoisse, puis elle fondit en larmes et s'écroula une nouvelle fois à terre.

Il s'agenouilla pour la réconforter, mais elle hurla quand il voulut la toucher. Alors il remarqua le flacon qu'elle serrait dans la main.

— Ça suffit, j'appelle un médecin.

— Non ! Je… ça va aller, je t'assure.

— Cheska, regarde-toi. Ça ne va pas du tout.

Il lui arracha le flacon des mains et examina l'étiquette.

— Combien de comprimés as-tu pris ?

— Juste trois ou quatre ?

— Tu me le jures ?

— Oui, Oncle David.

— Bon, quittons cette entrée.

Il glissa rapidement le flacon dans sa poche, puis aida Cheska à se lever. Elle parvint à marcher jusqu'au salon où elle s'effondra sur le canapé. Elle tendit les bras vers David.

— S'il te plaît, Oncle David, prends-moi dans tes bras.

Il s'exécuta, et elle posa la tête sur ses genoux. Elle resta ainsi quelques instants en silence, puis leva les yeux vers lui pour observer son visage. Elle tendit une main et traça les contours de ses sourcils, de son nez et de sa bouche.

— Es-tu bien réel ?

Il gloussa.

— J'ose l'espérer ! Pourquoi me demandes-tu ça ?

— Oh, parce que j'ai imaginé tant de choses ces derniers jours. Des gens, des endroits… Si tu es bien réel, alors je suis très heureuse que tu sois là, fit-elle, tandis qu'un sourire illuminait soudain son visage.

Sur ces mots, Cheska ferma les yeux et s'endormit aussitôt.

40

Au bout d'un moment, David repoussa doucement la tête de Cheska sur le canapé et la laissa dormir. Il se rendit à la cuisine, notant la crasse accumulée, parsemée de verres et de tasses sales. Sortant les comprimés de sa poche, il les vida dans l'évier et actionna le broyeur à déchets, remerciant le destin de l'avoir fait s'arrêter chez elle, alors qu'il se dirigeait vers la maison d'un vieil ami acteur, un peu plus haut sur la colline.

Au cours des années précédentes, il avait travaillé à Hollywood par intermittence et avait parfois sonné chez sa nièce pour prendre un verre, convaincu que, malgré l'abandon d'Ava, il était important de maintenir un minimum de contact. Néanmoins, à ces occasions, il avait toujours trouvé la compagnie de Cheska difficile à supporter. En général, il y avait un homme qui traînait dans sa villa et il n'avait jamais eu plus de quelques minutes seul avec elle au fil des ans. Il avait conscience que c'était probablement délibéré de la part de la jeune femme : personne à Hollywood n'était au courant qu'elle avait un enfant, elle n'avait aucune envie qu'il lui parle d'Ava. Or, elle savait qu'il ne le ferait pas en présence d'étrangers.

Il lui avait écrit, peu après son départ pour les États-Unis, pour lui annoncer la sortie du coma de sa mère et avait essayé de la tenir informée des progrès de Greta. Mais la jeune femme ne semblait pas se soucier le moins du monde de sa mère. Chaque fois, il était reparti de chez sa nièce profondément déprimé. Il était clair que Cheska avait fait le deuil de son passé en Angleterre. De la même façon que ce passé n'existait pas pour Greta. Cela l'attristait et le frustrait, mais sa mère lui disait toujours de ne pas revenir sur les sujets qui fâchent et, finalement, il avait laissé tomber.

Il lava une tasse et se prépara du thé en réfléchissant à la situation. Il n'avait aucune idée de ce qui avait poussé Cheska à faire une tentative de suicide. Il croyait jusque-là que tout allait merveilleusement bien pour elle.

Il était à Hollywood depuis un mois pour un petit rôle dans un film à gros budget. Le tournage avait pris fin la veille et il allait repartir pour l'Angleterre, du moins temporairement. Après la fête d'anniversaire de sa mère, pour ses quatre-vingt-cinq ans, il prendrait une « année sabbatique », comme l'appelaient les adolescents, un congé qu'il différait depuis longtemps. Il avait soixante et un ans et sa carrière était bien établie ; il pouvait prendre du temps pour lui et revenir quand il le souhaitait. Il l'avait mérité et savait que s'il ne le faisait pas maintenant, il risquait ensuite d'être moins en forme pour voyager.

Et puis, il n'était plus seul.

Il sourit en pensant à Tor : sa silhouette menue mais bien proportionnée, ses cheveux noirs, coiffés en chignon, et ses yeux bruns, brillants de gentillesse et d'intelligence. Elle lui avait plu dès leur première rencontre, lors d'un dîner donné par un vieil ami de ses années d'université à Oxford. À ces occasions, en tant que célibataire, il se retrouvait en général placé à côté d'une femme dans la même situation que lui qui, d'ordinaire, le laissait de marbre. Mais Victoria, ou Tor, comme elle aimait qu'on l'appelle, était différente. Il avait pensé au départ qu'elle avait autour de quarante-cinq ans – il avait ensuite découvert qu'elle avait la cinquantaine. Elle lui avait confié que son mari était mort dix ans plus tôt et qu'elle n'avait jamais senti le besoin de se remarier. Elle était professeur à Oxford, spécialiste de la Chine antique, et son mari avait été philologue. Tor avait passé sa vie cloîtrée dans le milieu universitaire.

David était rentré chez lui ce soir-là en pensant qu'il y avait peu de chances qu'une femme aussi cultivée s'intéresse à un gai luron comme lui. Certes, il avait lui aussi reçu une excellente éducation mais, depuis, il vivait dans un monde complètement différent.

Toutefois, une semaine après leur première rencontre, il avait reçu une carte de sa part l'invitant à un récital pour lequel il avait manifesté de la curiosité. Il avait alors réservé une chambre dans un hôtel près de l'université, se demandant comment il parviendrait à se mélanger aux intellectuels que fréquentait Tor. Tout compte fait, malgré ses craintes, il avait passé une très agréable soirée.

Plus tard ce soir-là, autour d'un dîner tranquille, Tor l'avait rassuré.

— Tu es trop modeste, David. Tu fais rire les gens, c'est un don rare, bien plus utile que de savoir écrire une thèse sur Confucius. C'est un talent merveilleux que d'arriver à divertir les autres pour leur offrir quelques secondes de bonheur. Et toi aussi tu as étudié à Oxford ; ce soir, tu t'intégrais parfaitement à mon cercle d'amis.

Ils avaient commencé à se voir régulièrement, et il avait fini par l'emmener à Marchmont, où LJ s'était aussitôt prise d'affection pour elle. Bien sûr, LJ était surtout ravie qu'il abandonne enfin sa dévotion pour Greta.

Au cours des mois suivants, David s'était redécouvert ; son amour de la musique et des arts, le plaisir de se promener sur un chemin de campagne, main dans la main, après un déjeuner dominical copieux, la joie de discuter jusque tard dans la nuit, autour d'une bouteille de vin, de livres qu'ils avaient lus tous les deux. Surtout, il avait le sentiment d'avoir trouvé une femme qui appréciait sa compagnie autant que lui appréciait la sienne.

Puis Tor lui avait annoncé sa décision de prendre un congé sabbatique, loin d'Oxford, afin de voyager. Elle lui avait demandé d'un ton taquin s'il voulait l'accompagner. Sur le moment, il avait ri, mais après avoir réfléchi il s'était aperçu que c'était peut-être exactement ce dont il avait besoin. Lorsqu'il lui avait dit qu'il partirait avec elle, les yeux de Tor avaient brillé de surprise et de joie.

Elle s'était tout de même inquiétée pour Greta. Tor était bien sûr tout à fait au courant de la situation. Greta occupait une grande place dans la vie de David. Ils s'étaient vus quasiment tous les dimanches au cours des dix-sept années précédentes. David se rendait bien compte de la dépendance de Greta à son égard. Elle sortait très peu, perturbée par les foules, et ne voyait personne à part lui, Leon qui lui rendait parfois visite par politesse et, encore plus rarement, LJ et Ava, lorsqu'elles venaient le voir à Londres. L'idée de passer ne serait-ce qu'une nuit hors du sanctuaire de son appartement de Mayfair semblait pour Greta inenvisageable. Elle vivait presque en recluse.

Il n'oublierait jamais le moment où elle avait ouvert les yeux après ces longs mois dans le coma. La joie qu'il avait ressentie, tandis que tout son amour pour elle avait refait surface et qu'il l'avait couverte de baisers, ses larmes coulant sur le visage pâle de sa bien-aimée, s'était vite transformée en horreur lorsqu'elle l'avait repoussé de ses bras frêles et lui avait demandé qui diable il était. Au fil des ans, il avait accepté la situation. Il n'avait pas eu le choix, la mémoire de Greta refusant obstinément de revenir.

Il ne lui en voulait pas du tout d'être aussi dépendante de lui ; après tout, il l'aimait. Néanmoins, Greta ne lui avait jamais donné un seul signe lui indiquant qu'elle souhaitait autre chose que son amitié et son soutien, aussi leur relation n'avait-elle pas évolué toutes ces années.

Rencontrer Tor lui avait permis de comprendre ce que sa mère tentait de lui dire depuis le début : il était vain de désirer Greta avec autant d'ardeur.

Ma avait raison. Il devait tourner la page.

Une fois qu'il eut rassuré Tor sur son envie réelle de voyager avec elle, ils s'étaient lancés dans l'organisation de leur périple. Ils avaient décidé de se rendre d'abord en Inde et, de là, de s'envoler pour Lhasa au Tibet, avant d'entreprendre une randonnée de plusieurs semaines dans les montagnes de l'Himalaya. Ensuite, ils envisageaient de voyager en Chine en empruntant la route de Marco Polo, un périple dont rêvait Tor depuis des années.

*

David vida le fond de son thé dans l'évier. À son retour en Angleterre, il devrait parler à Greta de son voyage à venir. Elle avait l'habitude qu'il passe quelques semaines à Hollywood de temps en temps – il lui avait souvent proposé de l'accompagner et, éventuellement, de rendre visite à Cheska, mais elle avait toujours décliné. Toutefois, six mois, c'était bien plus long. Il demanderait à LJ ou à Ava d'aller la voir pendant son absence.

Et voilà que, par pur hasard, il se retrouvait confronté à une situation dont il aurait du mal à s'extirper rapidement… Il appela Tony, l'ami chez qui il avait prévu de loger, pour lui expliquer qu'il avait eu un contre-temps et ne pourrait finalement pas venir ce soir-là.

Reposant le combiné, il ne put s'empêcher de comparer la Cheska perdue endormie sur le canapé à la jeune femme magnifique dont le célèbre visage emplissait écrans, journaux et magazines de par le monde.

Quelque chose de terrible avait dû lui arriver pour qu'elle se retrouve au bord du suicide… Il jeta un coup d'œil aux noms et aux numéros qui figuraient sur le bloc-notes à côté du téléphone, couchés sur le papier de l'écriture ronde et enfantine de Cheska. Le troisième était Bill Brinkley, l'agent qu'elle avait embauché à son arrivée aux États-Unis, après avoir licencié Leon sans cérémonie. Lui saurait sûrement ce qui était arrivé à sa nièce.

Il composa le numéro et demanda qu'on le lui passe.

— Bill, David Marchmont à l'appareil. Nous nous sommes croisés à deux ou trois soirées à Hollywood.

— Oui, je me souviens. Que puis-je faire pour vous ? Vous cherchez un nouvel agent ? Je serais heureux de vous offrir mes services.

— C'est gentil, Bill, mais je vous appelle à propos de Cheska. Je suis son oncle, vous savez.

— Ah oui ? Je n'étais pas au courant. Je n'ai plus aucun contact avec elle, elle m'a renvoyé il y a deux mois en me disant clairement qu'elle ne voulait plus entendre parler de moi.

— Je vois. Pourquoi vous a-t-elle renvoyé, si ce n'est pas indiscret ?

— Vous ne le savez pas ? Je pensais que tout le monde était au courant… Le studio va annoncer la fin dramatique de Gigi un mois environ avant la nouvelle saison de la série… Ils attendent des records d'audience lors de la diffusion. Cheska me tient responsable de son éviction des *Barons du pétrole*.

— Je vois. Qui s'occupe d'elle désormais ?

— Aucune idée. Quelqu'un m'a dit qu'elle allait partir en Europe pour faire une pause, avant de décider de la suite des événements.

— D'accord. Cela vous embêterait-il de me dire pourquoi on n'a pas renouvelé son contrat ? Je... m'inquiète pour elle.

— Eh bien... Bon, d'accord, comme vous êtes de sa famille, je vais vous le dire. Cheska devenait trop difficile à gérer. Ses prétentions salariales ne cessaient d'augmenter, elle arrivait en retard sur le plateau et se faisait photographier au côté des mauvaises personnes. Je crains qu'elle se soit empêtrée elle-même dans cette situation. Mais si vous lui parlez, ne lui dites pas que c'est moi qui vous l'ai révélé.

— Naturellement, Bill. Merci d'avoir été aussi honnête.

— Je vous en prie. Si vous voyez Cheska, transmettez-lui mes amitiés. Elle est un peu cinglée, mais j'ai un faible pour elle. C'était l'une de mes premières clientes...

— Je n'y manquerai pas. Au revoir, Bill, et merci encore.

Il raccrocha et retourna au salon où Cheska dormait encore. Il soupira. À présent, tout était limpide. Faire une nouvelle fois office de nounou pour sa nièce était la dernière chose qu'il avait prévue en venant à Los Angeles, mais il pouvait difficilement la laisser seule dans son état.

Il sortit chercher sa valise dans sa voiture. En la défaisant dans la chambre d'amis de Cheska, il se demanda pourquoi le destin l'avait de nouveau propulsé dans le passé quand, pour la première fois depuis des années, il désirait se tourner vers l'avenir.

41

Trois heures plus tard, Cheska se réveilla. Malgré ses protestations, David insista pour appeler son médecin. Mais quand celui-ci arriva, la jeune femme s'était enfermée dans sa chambre à l'étage.

— Cheska, laisse-moi entrer. Le docteur voudrait te voir.

— *Non !* lança-t-elle avec angoisse. Je vais bien. Dis-lui de s'en aller.

Rien ne parvint à la persuader d'ouvrir la porte, alors David finit par battre en retraite.

— Dans ces circonstances, nous ne pouvons pas faire grand-chose, déclara le médecin. Essayez de la convaincre de venir me voir demain et, entre-temps, encouragez-la à manger un peu et à dormir autant que possible. À mon avis, elle souffre de dépression.

— Je ferai de mon mieux, répondit David en le raccompagnant à la porte.

Une heure plus tard, Cheska apparut au bas de l'escalier.

— Tu peux venir. Il est parti, indiqua calmement David. Qu'est-ce qui t'a pris, voyons ?

Cheska s'affala sur le canapé.

— Je déteste les docteurs. Je ne leur fais pas confiance, à aucun d'entre eux. LJ et toi m'aviez mise dans cet hôpital psychiatrique quand j'étais enceinte et là-bas les gens criaient et pleuraient toute la nuit. Personne ne me refera une chose pareille.

— Ce sont les médecins qui avaient suggéré que tu ailles à l'hôpital, Cheska. Et nous avons suivi leur conseil uniquement pour ton bien. Et celui d'Ava, bien sûr.

La jeune femme regardait dans le vide, comme si elle écoutait autre chose. Elle se tourna vers David, le regard vitreux.

— Tu disais ?

— Rien. Il va falloir que tu recommences à manger et à prendre soin de toi. Tu fais peur à voir. Et ta maison est une porcherie.

— Je sais.

Elle sourit soudain et tendit les bras vers lui.

— Oh, Oncle David, je suis si heureuse que tu sois là. Tu ne me laisseras pas seule, hein ? Je n'aime pas être toute seule.

— Si tu veux que je reste, tu vas devoir mieux te tenir, jeune fille.

Il se leva et alla l'étreindre. Cheska se blottit dans ses bras, tout comme quand elle était petite.

— D'accord, Oncle David, c'est promis.

*

Les quelques jours qui suivirent furent extrêmement pénibles, tandis que Cheska dévoilait toute la triste histoire. Elle dormait rarement et apparaissait dans la chambre de David à des heures incongrues, tremblant de terreur après un énième cauchemar. Il la prenait alors dans ses bras et l'écoutait en la réconfortant.

— Mon Dieu, Oncle David. Ils m'ont virée, ils m'ont vraiment virée ! Moi, Cheska Hammond, la grande star ! Tout est fini. Je n'ai plus d'avenir. Je n'ai plus *aucun* avenir. Je suis finie.

— Allons, ma puce, ne dis pas de bêtises. De nombreux acteurs quittent un feuilleton et connaissent à nouveau le succès ailleurs. Des opportunités vont se présenter, j'en suis sûr.

— Peut-être, mais il faut qu'elles se présentent là, *tout de suite*, je suis complètement à sec. Je suis endettée jusqu'au cou et la banque va forcément vouloir s'emparer de la maison…

— Mais où est passé tout l'argent que ta mère avait investi pour toi ? Et tout ce que tu as gagné depuis ?

— J'ai tout dépensé. Et ce que je n'ai pas dépensé, c'est mon bon à rien d'ex-mari ou les impôts qui l'ont pris. Il ne reste plus rien. Oh, Oncle David, ma vie est un tel foutoir…

Il passa ses bras autour des épaules menues de sa nièce et la serra contre lui.

— Je vais t'aider à t'en sortir, ne t'en fais pas.

— Pourquoi voudrais-tu m'aider, après la façon dont je me suis comportée ? demanda-t-elle en pleurant.

— Je t'ai vue grandir. Je te considère un peu comme ma fille. Et dans une famille, en période difficile, on se serre les coudes.

Cheska leva les yeux vers lui, le visage strié de larmes.

— Et toi tu as toujours été le père que je n'ai pas eu. Merci.

Deux jours plus tard, David appela Tor, qui l'attendait à Oxford pour le week-end, afin de lui expliquer la situation.

— Tant pis, chéri. Au moins c'est arrivé maintenant et tu peux gérer cette crise avant notre départ, plutôt que lorsque nous serons injoignables, au beau milieu de l'Himalaya. Tu penses que Cheska sera assez stable pour que tu la laisses d'ici là ?

David perçut la pointe d'anxiété dans sa voix.

— Oui. Il le faudra bien, car je n'annulerai ce voyage pour personne au monde. Je te dirai quand j'aurai pris mon billet de retour.

— Prends soin de toi, David.

— Toi aussi.

En reposant le combiné, David espérait de toutes ses forces que sa détermination de partir ne serait pas mise à l'épreuve. Ce voyage était pour *lui* ; pour une fois, il allait faire passer ses besoins et ses désirs avant ceux des autres.

*

Par chance, chaque jour qui passait, l'état de Cheska s'améliorait. Le médecin lui avait prescrit des somnifères, grâce auxquels elle commença à faire des nuits complètes et à retrouver des couleurs. David parvenait à la faire manger régulièrement et s'assurait qu'elle s'habille le matin. Par moments, toutefois, elle disparaissait encore dans son monde à elle, même lorsqu'il lui parlait, et alors ses beaux yeux retrouvaient cette étrange expression vitreuse. Elle ne mentionnait jamais ni Greta, ni Ava. David suivait son exemple et n'en parlait pas non plus. Il s'abstenait également de préciser à sa mère la véritable raison qui le retenait à Los Angeles. Il savait combien toute nouvelle de Cheska la contrariait.

Par une soirée douce et parfumée, David appela Tor et la rassura : Cheska allait beaucoup mieux et il espérait pouvoir rentrer bientôt. Après avoir raccroché, il découvrit sa nièce, debout derrière lui.

— Avec qui étais-tu au téléphone, Oncle David ?

— Avec Tor… Victoria, mon amie.

— Amie-amie ou petite amie ? l'interrogea-t-elle, une pointe de malice dans la voix. À entendre la façon dont tu lui parlais, je pencherais pour la deuxième option.

— Je suppose qu'elle est les deux, répondit-il avec prudence.

— J'ai ouvert une bouteille de vin sur la terrasse. Tu veux m'y rejoindre pour regarder le coucher du soleil et m'en dire plus à son sujet ?

David la suivit dehors. La vue depuis la terrasse était incroyable. Dans la vallée en contrebas de la maison de Cheska, perchée en haut de la colline, les lumières de Los Angeles scintillaient dans le ciel bleu sombre, magnifiquement strié de vermillon et de nuages dorés. Il s'accouda à la balustrade, admiratif.

— Tu caches bien ton jeu, Oncle David, sourit Cheska en lui tendant un verre de vin. Allez, raconte-moi tout.

Sa nièce semblait avide de détails et David se retrouva donc à lui parler longuement de Tor et du voyage qu'ils avaient prévu ensemble.

— Elle a l'air charmante et tu m'as l'air un peu amoureux…

— Peut-être le suis-je. Mais quand on arrive à mon âge canonique, les choses sont différentes. Nous prenons notre temps. Et cette aventure sera révélatrice. Nous allons nous retrouver seuls tous les deux pendant six mois.

— Quand a lieu le grand départ ?

— Mi-août, juste après la fête d'anniversaire de Ma.

— Tu sais, quand j'étais petite, je croyais que tu étais amoureux de ma mère, se remémora Cheska. J'espérais même qu'un jour vous vous marieriez.

— Un jour, je lui ai demandé sa main, mais elle a refusé de me la donner, avoua David.

— C'était idiot de sa part. N'importe qui aurait pu voir qu'elle t'aimait aussi.

Étonné par cette remarque, David garda le silence, attendant que Cheska demande des nouvelles de Greta, mais elle n'en fit rien, alors, après quelques secondes, il changea de sujet.

— Et Ava aura dix-huit ans le mois prochain.

— Ma petite fille, déjà si grande, déclara Cheska songeuse, comme si elle se rappelait soudain qui était Ava. Comment va-t-elle ?

— Très bien. Elle est intelligente, jolie, et…

— Est-ce qu'elle me ressemble ?

— Oui, je trouve. Elle a tes yeux et ta couleur de cheveux, mais elle les porte courts, elle est bien plus grande que toi et, honnêtement, sa personnalité est aux antipodes de la tienne.

— Tant mieux pour elle, murmura Cheska.

— Comment ?

— Oh, rien. Parle-moi d'elle, Oncle David. Qu'est-ce qu'elle aime ? Quelles sont ses ambitions ? Veut-elle devenir actrice ?

Il se mit à rire.

— Oh non. Ava veut être vétérinaire. Elle est merveilleuse avec les animaux.

— Je vois. Sait-elle… sait-elle qui je suis ?

— Bien sûr. Ma et moi lui avons toujours parlé de toi. Ava est accro aux *Barons du pétrole*. Elle te regarde toutes les semaines.

Cheska frissonna et David regretta aussitôt cette gaffe.

— Et LJ ? J'imagine qu'elle me déteste ?

— Non, Cheska.

— Vous avez tous les deux dû avoir du mal à comprendre pourquoi j'étais venue ici en laissant Ava, mais je n'avais pas le choix, tu vois ? Je savais que si je vous en parlais, vous ne me laisseriez pas partir. Je devais faire une coupure nette, m'éloigner du passé et essayer de prendre un nouveau départ.

— Cheska, nous comprenons tous les deux ta décision. Mais pour ne rien te cacher, ces dernières années ont été très difficiles pour LJ. Elle est devenue pour Ava une mère de substitution et je crois qu'elle a toujours eu peur qu'un jour, tu veuilles récupérer ta fille. Ma aime Ava comme son propre enfant, et a oublié tout ressentiment à ton égard, pour le bien d'Ava.

Cheska poussa un profond soupir.

— J'ai vraiment fichu ma vie en l'air… Ma carrière s'est effondrée, je n'arrive pas à garder un petit ami et j'ai abandonné ma propre fille.

— Cheska, tu n'as que trente-quatre ans. Pour la plupart des gens, la vie ne fait que commencer à ton âge. Tu parles comme si tu étais aussi vieille que moi.

— J'ai l'impression de l'être. Je travaille comme une forcenée depuis trente ans.

— Je sais bien. Et je regrette de t'avoir présentée à Leon. C'est ma faute tout ça, tu aurais raison de m'en vouloir.

— Bien sûr que je ne t'en veux pas. C'est ce que la vie avait pour moi dans ses tiroirs. Oncle David, je peux te poser une question ?

— Je t'écoute.

— Est-ce que… est-ce que tu crois que je suis normale ?

— Cela dépend de ce que tu entends par « normale », Cheska.

— Tournons le problème dans l'autre sens alors : est-ce que tu crois que je pourrais être folle ?

— Tu as eu une vie très inhabituelle. La forte pression que tu subis depuis ta plus tendre enfance a forcément des répercussions. Si tu es inquiète, tu peux toujours aller parler à quelqu'un de ce que tu ressens.

— Sûrement pas ! Plus jamais ! Les psys n'aident pas, ils ne font que se mêler de ce qui ne les regarde pas et aggraver les choses. En fait, Oncle David, poursuivit-elle en prenant une profonde inspiration, parfois j'entends ces… voix, dans ma tête. Et elles… elles me font faire des choses que je… je…

David voyait qu'elle commençait à s'agiter.

— Quand entends-tu ces voix ?

— Quand je suis en colère, ou bouleversée ou… Je ne veux plus en parler. Ne le dis à personne, d'accord ?

— Entendu, mais je pense vraiment que tu devrais parler à quelqu'un. La solution est peut-être simple, comme te reposer complètement pendant quelque temps, suggéra David avec une confiance qu'il ne ressentait pas. Quand les as-tu entendues pour la dernière fois ?

Cheska semblait en proie à un combat intérieur.

— Cela faisait des années que je ne les entendais plus, et puis… j'ai dit que je ne voulais plus en parler, *c'est clair* ?

— D'accord, ma puce, je comprends.

— Et le… père d'Ava ? Est-ce qu'elle sait qui c'est ? s'enquit-elle, changeant brusquement de sujet.

— Non. LJ et moi pensions que c'était à toi de le lui révéler.

— Mieux vaut pour elle ne rien savoir de ce connard de toute façon ! s'exclama Cheska, les yeux brillants de colère. Je ne le lui dirai jamais.

— Peut-être voudra-t-elle savoir un jour.

— Eh bien, je…

Cheska regarda quelques secondes dans le vide, tout en triturant le coussin sur lequel elle était assise. Puis elle bâilla.

— J'ai sommeil. Ça t'embête si je monte me coucher ?

— Pas du tout. Mais, Cheska… tu devrais envisager d'aller voir quelqu'un pour ton… problème, insista-t-il avec tact.

Elle se leva.

— D'accord. Je vais y réfléchir. Bonne nuit.

Elle se pencha pour l'embrasser sur la tête, puis quitta la terrasse.

*

Le lendemain matin, David fut réveillé d'une nuit agitée par Cheska qui installait un plateau de petit déjeuner sur son lit.

— Voilà pour toi. Un vrai petit déjeuner anglais bien chaud. Je me souviens à quel point tu les appréciais quand j'étais petite.

David se redressa, se frotta les yeux et regarda Cheska, stupéfait. Elle portait un élégant chemisier en soie avec un jean, ses cheveux et son maquillage étaient impeccables et ses yeux étaient vifs et brillants. La transformation était radicale.

— Ça alors, Cheska, tu es resplendissante !

— Merci, répondit-elle en rougissant légèrement. Je suis en pleine forme. Cela m'a fait du bien de te parler hier, je me sens beaucoup plus légère. J'ai été stupide et égoïste, ajouta-t-elle en s'asseyant sur le lit. Alors ce matin je me suis levée, j'ai fait quelques longueurs dans la piscine et j'ai décidé qu'il était temps que je me reprenne.

— Si je puis me permettre, c'est une transformation remarquable, que j'approuve tout à fait.

— Que dirais-tu d'aller déjeuner à l'Ivy ? J'ai l'impression de ne pas être sortie depuis des semaines.

— Excellente idée, si j'ai encore faim après ce petit déjeuner gargantuesque, répondit David en souriant.

— Mais oui. Retrouvons-nous en bas. Je vais appeler Bill, mon agent, pour m'excuser de l'avoir renvoyé et voir s'il accepte de me reprendre.

— C'est bien.

— Oh, et je crois aussi que ce serait une bonne idée que je prenne rendez-vous avec un thérapeute. Tous mes amis acteurs en ont un. C'est de rigueur. Pas de quoi fouetter un chat, pas vrai, Oncle David ?

— En effet, Cheska, tu as tout à fait raison.

Elle quitta la pièce et David se renfonça dans ses oreillers, laissant échapper un soupir de soulagement. Maintenant que Cheska avait parlé ouvertement de ses peurs, peut-être réussirait-elle à les surmonter. Naturellement, ce n'était qu'un début, mais il y avait à présent une lueur d'espoir.

Peut-être son voyage tant désiré aurait-il lieu après tout !

42

—Tu n'as rien oublié, Oncle David ? demanda Cheska tandis qu'il descendait l'escalier muni de sa valise.

— Non, je ne crois pas.

— Parfait. Le taxi t'attend.

Il posa son bagage.

— Bon, jeune fille, je veux que tu me promettes de poursuivre dans cette bonne voie. Es-tu certaine que ça va aller ? Je peux toujours rester un ou deux jours de plus si…

— Chut, fit-elle en lui posant un doigt sur les lèvres. Tout ira bien. Bill a déjà organisé quelques trucs pour moi, alors je vais avoir de quoi m'occuper. Qui sait ? Quitter *Les Barons* sera peut-être une aubaine en fin de compte !

— Promets-moi seulement que tu continueras de voir ce thérapeute. Au fait, il y a un chèque pour toi sur la table basse. Cela devrait te permettre de voir venir ces deux ou trois prochains mois.

— Merci. Je promets de te rembourser dès que j'aurai du travail. Maintenant, zou ! Sans quoi tu vas rater ton avion.

La jeune femme accompagna son oncle jusqu'au taxi. Avant qu'il ne monte en voiture, elle se jeta à son cou.

— Mille mercis. Pour tout.

— C'est normal, voyons. Prends soin de toi, d'accord ?

— Oui. Je te souhaite un merveilleux voyage avec Tor. Envoie-moi des cartes postales !

— Au revoir, Cheska. Je t'appellerai d'Angleterre.

David agita la main par la fenêtre jusqu'à ce que sa nièce ait disparu de son champ de vision.

*

Au cours du long vol qui le ramenait chez lui, David n'arrivait pas à se détendre.

Cheska allait-elle assez bien pour qu'il la laisse seule ? Aurait-il dû rester plus longtemps ? Il ne faisait aucun doute que sa transformation récente était extraordinaire et, en apparence, la jeune femme avec qui il avait passé ces derniers jours semblait sereine et équilibrée.

Toutefois, ce changement n'avait-il pas été trop immédiat… trop parfait ? Elle les avait déjà tous bernés une fois, lorsqu'elle était rentrée de l'hôpital avec Ava, avant de s'envoler pour Los Angeles sans crier gare. Il espérait qu'elle continuerait de voir le thérapeute et priait pour qu'elle trouve rapidement un rôle à se mettre sous la dent.

Il se tracassait aussi pour sa mère : devait-il lui avouer où il avait passé ces quelques jours, ainsi que l'état dans lequel il avait trouvé Cheska ? Après tout, il partait plusieurs mois avec Tor et serait difficile à contacter en cas d'urgence. Pour lui, c'était là tout l'intérêt des vacances : déconnecter complètement du reste du monde.

Finalement, il décida de ne rien lui dire. Cela ne ferait que l'inquiéter et la tourmenter et, entre son opération et sa grande fête qui arrivait, elle n'avait pas besoin de cela.

Au moins, David était profondément soulagé que Cheska n'ait pas voulu voir Ava. Elle se trouvait à des milliers de kilomètres de Marchmont et, songea-t-il, c'était sans doute préférable.

Tout ce qu'il lui restait à faire était de prévenir Greta de son départ imminent.

Il ferma les yeux et essaya de dormir. Il avait fait tout ce qu'il pouvait. À présent, il devait penser à *lui* et à son bonheur.

*

Cheska avait regardé s'éloigner le taxi de David avec un mélange de tristesse et de soulagement. Cette nuit-là, après avoir tenté de lui expliquer ce qu'elle ressentait et lui avoir avoué qu'elle entendait des voix, elle s'était couchée calme et détendue. Mais les voix l'avaient réveillée, l'avertissant qu'elle en avait trop dit à David ; si elle se confiait davantage, lui et les autres l'enfermeraient de nouveau.

Elle s'était redressée dans son lit, tremblante et en nage. Les voix avaient raison. Elle avait eu tort de s'ouvrir à lui ; alors elle avait dû s'assurer qu'il reparte chez lui. Elle avait fourni de gros efforts pour les ignorer quand elles lui parlaient mais, en se concentrant, elle était parvenue à avoir l'air normale ces derniers jours et David, rassuré, était parti.

Sa vie n'était pas terminée. Les voix lui avaient indiqué le chemin à suivre.

Elle irait à Marchmont, voir sa fille.

*

Comme toujours lorsque David lui rendait visite, Greta passa une heure chez le coiffeur. Même si elle était certaine qu'il ne le remarquait pas, elle se sentait mieux ainsi. Puis elle s'affaira dans la cuisine pour préparer un gâteau Victoria, ainsi que les scones dont elle avait le secret, que David adorait. Elle sortit son plus beau service à thé en porcelaine et l'épousseta avant de le disposer sur la table basse. Après avoir consulté sa montre – il serait là dans moins d'une heure –, elle alla dans sa chambre pour enfiler la jupe et le chemisier qu'elle avait choisis un peu plus tôt. Elle appliqua un peu de mascara, du fard à joues et du rouge à lèvres rose pâle, puis s'installa au salon en attendant que la sonnette retentisse.

Elle ne l'avait pas vu depuis des semaines, car il était allé tourner un film à Hollywood. Adorable comme il était, il proposait toujours de l'emmener avec lui, par pure gentillesse, elle le savait. En outre, l'idée de devoir se rendre à l'aéroport, monter dans un avion, voyager douze heures dans une cabine exiguë, puis atterrir dans un endroit inconnu… c'était trop pour elle. Elle devait déjà rassembler tout son courage quand il s'agissait simplement de s'aventurer au supermarché du coin et au salon de coiffure, une fois par semaine. Elle retournait ensuite chez elle à la hâte et soupirait de soulagement en atteignant le refuge de son appartement.

David était très bienveillant lorsqu'elle essayait de lui expliquer sa peur du monde extérieur ; il disait que c'était sans doute dû au soir de l'accident. Apparemment, une foule de personnes attendait avec elle, sur le trottoir devant le Savoy, que le feu des piétons passe au vert. Puis quelqu'un derrière elle l'avait bousculée et elle était tombée sur la chaussée.

Greta pensait que cela pouvait en partie justifier son agoraphobie, outre le fait qu'elle ait passé de nombreux mois dans l'atmosphère calme et tranquille d'un hôpital. Le jour où elle l'avait quitté pour rentrer chez elle, et que David l'avait conduite dans la rue bruyante de Londres, elle s'était bouché les oreilles, terrifiée.

Néanmoins, c'était aussi un sentiment qu'elle ne pouvait expliquer à personne. Chacun, partout dans le monde, savait qui il était et portait son histoire en lui, où qu'il aille ; alors qu'elle n'était qu'une coquille vide qui se faisait passer pour un être humain. Côtoyer d'autres personnes, des personnes normales, ne faisait qu'exacerber son impression de vacuité et son désespoir.

David était la seule exception à la règle, peut-être parce qu'il était la première personne qu'elle avait vue en se réveillant du coma. Il avait été là au début de sa nouvelle existence misérable et elle avait en lui une confiance absolue. Toutefois, bien qu'il soit toujours patient avec elle, faisant tout son possible pour lui rafraîchir la mémoire, elle sentait parfois sa frustration. Lorsqu'il lui montrait l'une des innombrables photos qu'il utilisait pour lui rappeler le passé et qu'elle ne réagissait pas, elle voyait bien sa contrariété.

Parfois, quand elle regardait la rue animée par la fenêtre, en sécurité du haut de son troisième étage, elle avait l'impression de vivre dans un monde crépusculaire. Les médecins suggéraient qu'elle en était responsable. Ils pensaient qu'elle *pouvait* retrouver la mémoire, les examens de son cerveau n'ayant révélé aucune lésion.

— Votre esprit conscient a simplement décidé qu'il ne *voulait* pas se rappeler, avait déclaré l'un des médecins, mais votre subconscient sait tout.

Il avait suggéré l'hypnose, qu'elle avait alors essayée durant trois mois, sans résultat. Puis elle avait suivi un traitement à base de cachets, des antidépresseurs, mais leur seul effet avait été de la faire dormir jusque tard le matin, pour ensuite la rendre léthargique le reste de la journée. Après quoi il y avait eu les sessions de thérapie, au cours desquelles elle s'asseyait dans une pièce où une femme lui posait des questions ineptes – comment se sentait-elle ou qu'avait-elle mangé la veille au dîner. Ce type d'interrogatoire l'avait profondément irritée ; elle ne se souvenait peut-être de rien avant l'accident, mais pour tout ce qui lui était arrivé depuis son réveil, elle avait une mémoire d'éléphant.

Finalement, par consentement mutuel, tous avaient abandonné, clos les dossiers et enfermé son état insondable dans un tiroir d'acier.

Tous, à l'exception de David. Il ne voulait pas renoncer à l'espoir qu'un jour, elle retrouve la mémoire. Bien qu'elle-même n'y croie plus depuis longtemps.

Sa plus grande souffrance était cette impression permanente de culpabilité : comme les médecins ne trouvaient aucune raison scientifique à son état, il semblait que c'était de sa faute, qu'elle pouvait résoudre le problème si elle le souhaitait vraiment. Parfois, le regard de certains – notamment de LJ, les quelques fois qu'elle était venue à Londres avec Ava – indiquait à Greta que c'était ce qu'ils pensaient, eux aussi. Et c'était ce qu'il y avait de pire pour elle : que les gens la soupçonnent de jouer la comédie. Parfois, lors d'interminables soirées solitaires, ses yeux s'emplissaient de larmes de colère et de frustration : comment pouvait-on penser qu'elle *voulait* vivre de cette façon ? Dans ses heures les plus sombres, elle regrettait de ne pas avoir péri dans l'accident, au lieu de devoir endurer cette existence de recluse.

En l'absence de David, elle aurait certainement tenté de mettre fin à ce semblant de vie qu'elle menait. Elle ne manquerait à personne : elle n'était utile à personne, un simple fardeau. Voilà pourquoi elle mettait un point d'honneur à ne pas trop en demander à David – même si, chaque fois qu'il se levait pour partir, elle aurait voulu se jeter dans ses bras, lui dire qu'elle l'aimait plus qu'aucun mot ne pourrait jamais l'exprimer et lui demander de rester pour toujours.

Elle avait souvent été à deux doigts de le faire, mais s'était toujours reprise à temps. À quel type de vie l'assujettirait-elle ? Une femme qui sursautait quand sonnait le téléphone et n'imaginait absolument pas s'aventurer au-delà de la grand-rue de son quartier, encore moins aux États-Unis ou en Italie où David venait d'acheter un appartement...

Tout ce que je peux lui offrir, ce sont des scones.

Elle soupira tandis que retentissait la sonnette.

— Bonjour Greta, tu es très jolie aujourd'hui, la salua David en lui faisant la bise avant de lui tendre un bouquet de tulipes. Elles sont si belles, je ne pouvais pas ne pas les acheter.

— Merci, répondit Greta, touchée par cette attention.

— Autrefois, tu adorais les tulipes, précisa-t-il tout en s'installant au salon, les yeux rivés sur les scones. Mes préférés ! Je suis censé être au régime, mais comment pourrais-je résister ?

— Je vais mettre de l'eau à chauffer.

Greta se précipita à la cuisine. Elle avait déjà actionné la bouilloire quelques minutes auparavant, sachant que l'eau mettrait moins de temps à bouillir la deuxième fois : elle ne voulait pas perdre la moindre seconde de la compagnie de David.

Elle revint munie de la théière, la posa sur la table et s'assit en face de lui.

— Alors, comment était ton séjour à Hollywood ? Tu y es resté un peu plus longtemps que prévu.

— En effet. Le tournage s'est prolongé, comme souvent. Je suis heureux d'être de retour. Comme tu le sais, je ne suis pas fanatique de cette ville.

— Au moins, tu as pris des couleurs, observa-t-elle gaiement en servant le thé.

— Et toi, tu aurais besoin de voir un peu le soleil, Greta. Je sais que je le dis toujours, mais cela te ferait peut-être du bien de te promener et de prendre l'air. Green Park est très beau en ce moment, avec l'éclosion de toutes les fleurs estivales.

— Bonne idée. Peut-être que j'irai.

Tous deux savaient qu'elle mentait.

— Quel est ton programme pour les semaines à venir ?

— Il est assez chargé, répondit David. Pour commencer, je vais à Marchmont ce week-end pour les dix-huit ans d'Ava, et puis, bien sûr, il y a la fête d'anniversaire de ma mère en août. Tu as bien reçu les invitations ?

— Oui. Je leur ai répondu à toutes les deux et j'ai glissé quelques billets dans une carte pour Ava. Excuse-moi, David. Je… ne peux pas.

— Je sais, mais c'est vraiment dommage. Nous aurions tous beaucoup aimé que tu sois là.

Greta déglutit avec difficulté, consciente qu'elle le décevait à nouveau.

— Une autre fois, peut-être ? fit-il, comprenant bien son malaise. Au fait, Greta, j'ai une nouvelle à t'annoncer.

— Ah oui ? De quoi s'agit-il ?

— Eh bien, j'ai décidé de prendre un congé sabbatique.

— Tu vas arrêter de travailler ?

— Oui, du moins pendant un moment.

— Ça alors, en voilà une nouvelle en effet ! Et que feras-tu à la place ?

— J'arpenterai quelques régions du monde. Avec une amie – Victoria, ou Tor, comme tout le monde l'appelle – nous partons à l'aventure. L'Inde, l'Himalaya, le Tibet, puis la route de Marco Polo en Chine – raison pour laquelle je ne devrais pas reprendre un de tes délicieux scones, gloussa David en en saisissant un. Je suis censé me préparer physiquement pour le voyage.

— Voilà qui semble… intéressant, parvint à articuler Greta, déterminée à ne pas laisser voir à David qu'une lame venait de lui transpercer le cœur.

— Je serai absent six mois, peut-être davantage. Cela signifie que nous ne nous verrons pas pendant un certain temps, mais j'ai vraiment le sentiment que c'est maintenant ou jamais. Je me fais vieux.

— Évidemment ! s'exclama Greta, feignant l'enthousiasme. Tu mérites des vacances.

— Je ne suis pas sûr qu'on puisse qualifier ainsi ce voyage sportif, mais cela me fera du bien de m'éloigner du train-train quotidien, c'est certain. Est-ce que tout ira bien pour toi en mon absence ?

— Bien sûr. Il se trouve que je me suis plongée dans l'intégrale de l'œuvre de Dickens, alors j'ai de quoi m'occuper. Après lui, je passerai à Jane Austen. L'un des avantages de mon amnésie, c'est que je peux relire tous les grands classiques, comme si c'était la première fois ! se réjouit Greta. Ne t'inquiète pas pour moi, tout ira bien.

David fut attendri par cette gaieté apparente, conscient qu'elle prenait sur elle pour qu'il ne ressente aucune culpabilité. Il était sa bouée de sauvetage, et ils le savaient tous les deux. Une nouvelle fois, sa détermination à entreprendre cette expédition avec Tor fut ébranlée, et Greta le remarqua aussitôt.

— Je t'assure, David. Six mois, ce n'est pas si long. Et ce sera passionnant d'entendre le récit de tes aventures à ton retour. Évite juste d'attraper je ne sais quel virus étranger ou de tomber d'une montagne, d'accord ?

— Je ferai de mon mieux, promis.

Après cela, ils bavardèrent de choses et d'autres, notamment de l'anniversaire de LJ et de l'ambition d'Ava de faire des études de vétérinaire, mais le cœur n'y était pas : tous deux étaient inquiets et mal à l'aise.

Enfin, Greta trouva le courage de poser la question qui lui brûlait les lèvres depuis que David avait mentionné son « amie ».

— Est-ce que… Tor et toi êtes en couple ?

— Je suppose qu'on pourrait dire ça, répondit-il. Nous nous voyons beaucoup ces derniers temps. Elle est très sympathique. Je pense qu'elle te plairait.

— J'en suis certaine.

— Bon, il va malheureusement falloir que j'y aille, annonça-t-il en consultant sa montre. J'ai une réunion à la BBC dans une demi-heure.

— Bien sûr.

David se leva et Greta suivit le mouvement. Tous deux se dirigèrent en silence vers la porte d'entrée.

— J'essaierai de passer avant mon départ, fit-il en l'embrassant sur les deux joues. Prends soin de toi, d'accord ?

— Oui. Au revoir, David.

La porte se referma derrière lui et Greta repartit au salon à pas lents. Le regard perdu dans le vide, elle se demanda comment elle allait pouvoir continuer à vivre en l'absence de David.

Bien que LJ ait fait de son mieux pour persuader Ava d'organiser une soirée pour ses dix-huit ans, la jeune fille avait obstinément refusé.

— Tu sais, je préfère de beaucoup un dîner de famille à la maison, avait-elle insisté.

LJ avait haussé les sourcils.

— Ce devrait être l'inverse, tu ne crois pas ? Une grande fête en ton honneur, et un dîner tranquille pour moi. J'espère ne pas t'avoir volé la vedette. Nous aurions pu utiliser la tente pour les deux événements, afin de la rentabiliser.

— Non, LJ. D'après ce qu'on m'a dit, la fac sera une succession de soirées. Pour l'heure, je préfère vraiment un simple dîner.

Ainsi, par une belle soirée de juillet, David, Tor, Mary et LJ se retrouvèrent pour dîner sur la terrasse et trinquèrent à la santé et au bonheur d'Ava. Ils lui offrirent un magnifique pendentif en saphir qui rappelait la couleur de ses yeux. Cette nuit-là, la jeune fille se coucha heureuse, enveloppée de l'amour des siens.

43

Ava sourit en ouvrant ses rideaux un mois plus tard, laissant le soleil d'août inonder sa chambre. La journée s'annonçait chaude. La maison était déjà réveillée et elle entendait le bruit léger de pas au rez-de-chaussée. Elle regarda d'un air renfrogné la robe qui pendait à la porte de l'armoire, et sortit dans le couloir pour aller prendre une douche.

Vingt minutes plus tard, elle était descendue et préparait du thé pour LJ. Mary coupait en tranches un énorme saumon, les cheveux serrés dans des bigoudis et la langue acérée.

— Je sais que ta tante a dit que ce serait facile, mais est-ce qu'elle a déjà essayé de préparer à manger pour cinquante personnes ? J'empesterai encore le poisson quand les invités arriveront.

— Détends-toi, la rassura Ava. Tu as presque fini.

— C'est que je veux que tout soit parfait, tu vois. J'espère juste que mes deux nièces ne vont pas renverser les petits pois sur les invités au moment de les servir.

— Bien sûr que non, Mary. Tiens, prends un peu de thé et assieds-toi une minute, l'incita Ava en lui sortant une chaise et en posant une tasse sur la table. Je vais monter celle-ci à LJ.

Plus tard ce matin-là, après avoir enfilé sa robe, Ava observa son reflet dans le miroir. Elle n'était pas trop mal. La robe était en mousseline de soie bleue et lui tombait souplement juste au-dessous des genoux. Tor, la petite amie de David, avait dit que la couleur mettrait en valeur ses yeux qui, en cet instant, étaient rouges et douloureux puisqu'elle venait de poser ses verres de contact. Elle prit ses chaussures et alla frapper à la porte de Tor.

— Salut, ce n'est que moi, annonça-t-elle en entrant. Je me sens tellement ridicule dans cette tenue !

Elle s'assit sur le lit et regarda Tor se maquiller face au miroir.

— Ne dis pas de bêtises, Ava ! Je ne comprends pas pourquoi tu ne cesses de te rabaisser. Tu es jolie et mince, tu as de magnifiques cheveux blonds et de merveilleux yeux bleus. C'est dommage que tu ne portes pas tes lentilles plus souvent.

— C'est si inconfortable... Est-ce que tu aimes avoir le visage couvert de toutes ces substances ? interrogea la jeune fille tandis que Tor appliquait son rouge à lèvres. Je crois que LJ ne s'est jamais maquillée de sa vie.

— Je ne vois rien de mal à donner un petit coup de pouce à la nature, tant que tu ne te caches pas derrière, comme le font certaines. Viens là, je vais te montrer.

Tor se leva du tabouret et y fit asseoir Ava.

Dix minutes plus tard, la jeune fille fixa son reflet, stupéfaite. Tor lui avait mis un peu de mascara, du fard à joues et une légère couche de rouge à lèvres clair.

— Waouh ! C'est bien moi ?

Elle avança son visage plus près de la glace et l'examina, incrédule.

— Oui, ma chère. C'est bien toi. Désormais, je ne veux plus t'entendre dire que tu refuses de t'apprêter.

— C'est l'idée de tous ces pauvres animaux utilisés pour tester les cosmétiques, juste à cause de la vanité des femmes, observa Ava, fixant encore son reflet. Comme ça, je ressemble à... à...

— Oui, ma chère, tu ressembles à ta mère, considérée par beaucoup comme l'une des plus belles femmes du monde. Tu veux qu'on aille voir si LJ a besoin d'aide ?

Ava sourit.

— Oui, allons-y.

*

Contre toute attente, Ava apprécia la fête. Il faisait un temps superbe et les invités burent du champagne sur la terrasse, avant d'aller prendre place sous la tente installée sur la pelouse pour le déjeuner. Ava était assise près de LJ – avec David de l'autre côté – et se réjouissait de voir sa grand-tante si heureuse face à tous ses vieux amis, qui pour certains venaient de loin.

— C'est peut-être pour moi la dernière occasion de voir autant d'entre eux hors de leur petite boîte, avait marmonné LJ. Doux Jésus ! La plupart ont déjà l'air à moitié morts. Est-il possible que je sois si vieille ?

Après le déjeuner, tandis que tout le monde regagnait la terrasse, un monsieur âgé avec une canne, mais tout pimpant et bronzé, se fraya un chemin jusqu'à LJ.

— Laura-Jane ! Mon Dieu, cela fait-il vraiment soixante ans que nous ne nous sommes pas vus ? Je crois que la dernière fois, c'était pour le baptême du jeune David.

LJ rougit de plaisir quand il l'embrassa sur la joue.

— Lawrence ! Tu vis en Afrique depuis, alors ce n'est pas étonnant.

— Mais je suis désormais de retour. Je ne voulais pas que mes os reposent à l'étranger.

— Non, j'imagine. Je te présente ma petite-nièce, Ava.

— Enchanté, fit Lawrence en lui baisant la main. Et voici mon petit-fils, Simon.

Ava fixa le grand jeune homme qui s'étant avancé pour les présentations. Elle l'avait remarqué plus tôt, notamment parce que c'était l'un des rares convives de moins de soixante-dix ans. Il était large d'épaules, avec d'épais cheveux blonds et des yeux bruns bordés de cils noirs.

Elle leva timidement les yeux vers lui.

— Salut, fit-elle, rougissant à son tour.

— Ava, chérie, cela t'embêterait-il de céder ta place à Lawrence pour que nous puissions bavarder tranquillement ? s'enquit LJ.

— Bien sûr que non.

Ava s'écarta pour laisser Lawrence s'asseoir et se retrouva muette et gênée à côté de Simon.

— Ça te dirait de boire quelque chose de frais ? lui demanda le jeune homme. Je meurs de chaud dans ce costume. C'est Grand-Papa qui m'a obligé à le porter, lui confia-t-il.

— Et ma grand-tante a insisté pour que je porte ça, répondit Ava en indiquant sa robe.

— En tout cas, elle a bien choisi la couleur. Cela va avec tes yeux. Bon, où peut-on trouver de l'eau ?

Après avoir balayé la terrasse des yeux à la recherche de Megan et Martha, les nièces de Mary censées servir aux invités de l'eau à la fleur de sureau et du jus de fruit, sans succès, Ava emmena Simon à la cuisine. Tandis qu'elle remplissait deux verres de glaçons et de l'eau de source pure qui coulait au robinet, le jeune homme s'assit, soulagé.

— Quelle pièce fraîche et agréable !

— Oui. Elle est d'ailleurs si fraîche en hiver que Mary, notre gouvernante, l'appelle notre congélateur.

— Cela t'embête si j'enlève veste et cravate ? J'ai l'impression d'être bridé comme une dinde.

— Fais comme chez toi.

Ava buvait son eau à petites gorgées, ne sachant pas très bien si elle devait s'asseoir en face de lui ou non. Bien qu'elle travaille souvent avec des hommes à la ferme, ils étaient tous bien plus âgés qu'elle, et son lycée n'était pas mixte, aussi ne se souvenait-elle même pas d'avoir déjà été seule avec un jeune homme.

— Est-ce qu'on t'attend quelque part ? lui demanda-t-il.

— Non. Du moins, pas dans l'immédiat.

— Dans ce cas, peut-on rester ici et discuter un peu avant que je doive remettre ma cravate pour sortir ?

— Bien sûr, répondit-elle, heureuse qu'il ait pris l'initiative.

— Où habites-tu ?

— Ici, à Marchmont, avec ma tante LJ.

— Alors tu es une campagnarde pure et dure.

— Oui.

— Tu en as de la chance. Je suis né et j'ai toujours vécu à Londres, mais depuis vingt-trois ans, je rêve d'habiter à la campagne. Je suppose que l'on désire toujours ce qui est hors de notre portée.

— Pas dans mon cas. Je suis très heureuse ici. Je ne pense pas que je supporterais de vivre en ville de façon permanente.

— C'est assez insupportable, en effet. Te réveiller ici et ouvrir les rideaux doit te donner chaque matin l'impression de déballer un cadeau. C'est tellement beau.

— Il pleut beaucoup, cela dit.

— À Londres aussi, tu sais. Que fais-tu ici ?

— Je viens de finir ma dernière année de lycée. J'espère être admise au Collège vétérinaire de Londres alors, si j'y arrive, je me retrouverai moi aussi en ville, répondit Ava en souriant avec ironie. Et toi ?

— Je suis en dernière année au Collège royal de musique. Ensuite je serai propulsé dans la populace des aspirants musiciens.

— De quel instrument joues-tu ?

— Du piano et de la guitare. En fait, j'aimerais plutôt écrire des chansons. Je m'intéresse plus à Paul Weller qu'à Wagner. Mais comme disent mes parents, il est important d'avoir une culture musicale classique solide. Et même si je me suis terriblement ennuyé en cours ces trois dernières années, ils ont sans doute raison.

— Eh bien, je t'admire. Pour ma part, je n'ai absolument pas la fibre musicale.

— Je suis sûr du contraire, Ava. Je n'ai encore rencontré personne qui ne l'ait pas – fredonner une chanson qui passe à la radio suffit ! As-tu toujours vécu ici ?

— Oui.

— Tes parents aussi ?

— Je… c'est une histoire un peu compliquée, mais je considère LJ comme ma mère.

— D'accord. Désolé.

Simon lui adressa un sourire confus.

— Si tu viens de finir le lycée, tu dois avoir dix-huit ans. Je t'aurais donné plus. Tu sembles très mature.

Ava sentit le regard de Simon sur elle et remua sur sa chaise, gênée.

— Excuse-moi, ça doit paraître condescendant de la part d'un « vieux » de vingt-trois ans ! gloussa-t-il. Dans ma bouche, c'était un compliment.

Ava lui sourit.

— Merci. Bon, je ferais mieux de retourner auprès de LJ. Cette journée a dû l'épuiser.

— Bien sûr. C'était très sympa de faire ta connaissance et de discuter un peu avec toi. Et si tout se passe bien et que tu viens à Londres, je serais heureux de te faire visiter la ville.

— C'est gentil, Simon.

Ava sortit de la cuisine, tout étourdie. Elle se demandait si cela était dû au champagne ou à Simon qui, sans l'ombre d'un doute, était le plus beau garçon qu'elle ait jamais rencontré.

Les invités avaient commencé à prendre congé et LJ semblait éreintée.

— Tu veux monter te reposer, LJ chérie ? lui demanda Ava en arrivant près d'elle.

— Hors de question. Aujourd'hui, je serai la dernière sur pied. Du moins, métaphoriquement, répondit-elle, stoïque.

Ava la laissa aux bons soins de David et Tor et repartit dans la cuisine pour aider Mary à s'attaquer à l'immense tâche de la vaisselle.

— Tu as passé une bonne journée, Ava ?

— Très, répondit la jeune fille en se retroussant les manches. Au fait, le saumon et l'Eton mess ont eu un succès fou.

— Ça m'a fait plaisir de voir ta tante entourée de tant de ses amis. Et c'était qui, le jeune homme à qui tu parlais tout à l'heure ? Je l'ai vu qui te faisait de l'œil pendant les discours, glissa Mary en lui donnant un coup de coude taquin tandis qu'elles s'affairaient toutes deux devant l'évier.

— Il s'appelle Simon, c'est le petit-fils d'un ami de LJ, un certain Lawrence. C'est un étudiant en musique, mais il est beaucoup plus vieux que moi.

— De combien d'années ?

— Cinq.

— Voilà qui est parfait ! Toi, plus que n'importe qui d'autre, tu n'aurais rien à faire avec un jeunot, étant donné la façon dont tu as grandi.

— Honnêtement, Mary, il se montrait juste poli. Ce n'était pas du tout… ça.

— Et c'est quoi, « ça » ? insista la gouvernante en lui donnant un nouveau coup de coude.

— Tu sais bien. *Ça*. Enfin bon, arrête de me taquiner. Je ne le reverrai jamais.

— Où habite-t-il ?

— À Londres.

— Là où tu t'apprêtes à faire tes études.

— Si je suis *prise*…

— Nous savons tous qu'ils t'accepteront. Tu le reverras, crois-moi, déclara Mary avec un clin d'œil, les mains plongées dans l'eau savonneuse.

*

Plus tard, alors que le soleil se couchait sur la vallée, offrant un spectacle magnifique, Ava rejoignit LJ, David et Tor sur la terrasse. Les derniers convives étaient partis et ils faisaient le bilan de la journée.

— Je ne sais comment te remercier d'avoir rendu cela possible, déclara LJ en tendant la main vers son fils. À présent, je peux mourir en paix.

— Pour l'amour du ciel, tais-toi donc, Ma. Tu regorges encore de vie.

— Espérons que je serai encore de ce monde à votre retour de voyage, fit-elle avec un sentimentalisme inhabituel.

— Évidemment que vous serez encore là, répliqua Tor, nous ne partons que pour six mois. Je suis certaine que rien de fâcheux n'arrivera entre-temps.

— Et moi je serai là pendant les premières semaines, ajouta Ava, voyant l'inquiétude se dessiner sur le visage de David.

— Dans tous les cas, tu auras notre itinéraire, Ma. Tu pourras toujours laisser des messages aux hôtels où nous logerons.

— David, je suis sûre que ce sera inutile. Je suis juste vieille et bête. Ça doit être la faute de tout ce champagne. Bon, je vais me coucher. Je ne suis peut-être plus de la première fraîcheur, mais j'ai vraiment passé une merveilleuse journée.

— Je vais vous accompagner, déclara Tor.

Resté seul avec sa nièce, David se tourna vers elle.

— Ma s'inquiète de notre départ, n'est-ce pas ?

— Un peu, j'imagine. Mais je suppose qu'à quatre-vingt-cinq ans, on s'inquiète de savoir si on vivra assez longtemps pour voir l'été suivant. Après tout, c'est normal, répondit-elle en haussant les épaules.

— Dis-moi, Ava, tu es drôlement mature pour ton âge.

— J'ai été élevée par une femme pleine de sagesse.

— Au fait, j'ai vu ta grand-mère à Londres. Je lui ai dit que je serais absent ces six prochains mois.

— Ne t'inquiète pas, Oncle David, je veillerai sur elle.

— Et j'ai vu ta mère lors de mon séjour à Los Angeles.

— Ah oui ? fit la jeune fille, visiblement peu intéressée. Comment va-t-elle ?

— Pas mal, mais elle traverse une période difficile.

— Est-ce qu'elle s'est séparée d'un nouveau mari ?

— Ava, je t'en prie ! Elle reste ta mère.

— Je ne la connais que par les journaux people, comme n'importe qui d'autre. Désolée, Oncle David.

— Je comprends. Et c'est sans doute beaucoup mieux pour toi d'avoir grandi ici avec Ma, plutôt qu'avec Cheska. Non pas que cela justifie la situation, naturellement, s'empressa-t-il d'ajouter.

— En tout cas, sache que tout ira bien pour Tante LJ et Bonne Maman. Je veux que tu puisses profiter de ton voyage l'esprit tranquille. Bon, je vais monter dire bonsoir à LJ, après quoi j'irai moi aussi me coucher, fit-elle en bâillant.

— Oh, avant que j'oublie, la retint David en sortant de sa poche un morceau de papier. Un jeune homme, le petit-fils d'un vieil ami de Ma, m'a donné ceci pour toi.

David vit avec plaisir le rose monter aux joues de sa nièce.

— Alors, comment s'appelle-t-il ?

— Simon.

— Il me rappelle quelqu'un, mais pour l'instant cela m'échappe… Quoi qu'il en soit, il m'a demandé de te dire de l'appeler si tu emménageais à Londres à la rentrée. Bonne nuit, ma puce.

Ava l'embrassa avec affection. Tandis qu'elle s'éloignait, David aurait aimé pouvoir se débarrasser de l'appréhension qui l'habitait. Tenir le fort en son absence, c'était beaucoup demander à une jeune fille de dix-huit ans qui devait se concentrer sur son avenir. Toutefois, comme disait Tor, il avait été là pour elles toutes pendant des années et, après tout, il ne partait que pour six mois…

*

Deux jours plus tard, David et Tor embarquèrent pour New Delhi. Tandis que l'avion décollait et que David regardait disparaître l'Angleterre, Tor lui prit la main.

— Tu es prêt pour notre grande aventure ?

Il détacha son regard du hublot et se tourna vers elle pour l'embrasser.

— Oui.

44

Deux semaines après la réception, installée sur la terrasse, LJ profitait de son thé de l'après-midi. Bien qu'elle n'ait jamais quitté la Grande-Bretagne, elle doutait qu'il puisse exister ailleurs une vue comparable à celle qui s'offrait à elle en cet instant. Quel que soit le nombre d'années qu'il lui restait à vivre – plusieurs selon son médecin, si elle était prudente –, LJ savait qu'elle pouvait mourir heureuse demain, sur son domaine bien-aimé de Marchmont. Caressée par le soleil de cette fin août, elle ferma les yeux et se mit à somnoler, appréciant la chaleur et le bruit apaisant du ruisseau en contrebas. Bientôt septembre arriverait, amenant avec lui l'automne, sa saison préférée.

— Bonjour, Tante Laura-Jane.

La voix était familière, mais LJ n'ouvrit pas les yeux. Elle devait rêver.

Une main la secoua doucement par l'épaule.

— LJ, c'est moi, je suis de retour.

La vieille femme cligna des yeux pour se réha-bituer à la lumière et, quand elle distingua celle qui se tenait devant elle, son visage perdit toute couleur.

La femme s'approcha encore et toucha ses doigts de ses mains froides.

— LJ chérie, c'est moi, Cheska.

— Je sais qui tu es, ma fille. Je ne suis pas encore sénile, répliqua-t-elle aussi calmement que possible.

— Oh, quel bonheur d'être rentrée !

Les mains froides s'élevèrent pour venir enlacer les épaules de LJ, l'étouffant presque.

— Que... que fais-tu ici ?

L'étreinte se relâcha et Cheska s'agenouilla devant sa tante, visiblement vexée.

— Je suis venue parce que c'est chez moi, que ma fille vit ici et que je voulais rendre visite à ma chère tante. Vous n'avez pas l'air très contente de me voir, ajouta-t-elle après avoir marqué une pause.

— Eh bien... je... balbutia LJ. Si, bien sûr que je suis contente de te voir. Je suis juste... un peu sous le choc, c'est tout. Pourquoi n'as-tu pas écrit pour nous prévenir de ta venue ?

— Parce que je voulais vous faire la surprise. Oh ! Regardez-moi cette vue ! s'exclama-t-elle en se relevant. J'avais oublié à quel point c'est beau ici. Ce serait possible de boire quelque chose ? Je suis mon-tée dans un taxi à Heathrow pour venir directement ici. J'avais tellement hâte de tous vous voir.

— Mary te trouvera sûrement quelque chose.

— Mary ! Mon Dieu, elle est encore là ? Rien n'a changé à ce que je vois ! Je vais à la cuisine pour lui dire bonjour. Je reviens dans une minute.

Quand Cheska eut disparu dans la maison, LJ sentit les larmes lui monter aux yeux. Non pas des larmes de joie, mais de peur. Pourquoi maintenant, quand David était en voyage avec Tor… ?

Cheska revint un peu plus tard, un grand verre d'eau à la main.

— J'ai tellement de cadeaux pour vous, je les ai posés dans l'entrée. Est-ce que… est-ce qu'Ava est là ?

— Elle doit être quelque part sur le domaine.

— Vous pensez qu'elle sera surprise de me voir ? Saura-t-elle qui je suis, à votre avis ?

— Évidemment, en réponse à tes deux questions.

Cheska commença à arpenter la terrasse de long en large.

— Elle ne me détestera pas, si ? Pour l'avoir laissée, j'entends. Au début, c'était impossible de la faire venir. Et ensuite, quand le temps a passé, je me suis dit qu'il était injuste de la perturber quand elle était clairement si heureuse ici. Vous comprenez, n'est-ce pas ?

LJ hocha lentement la tête. Elle se sentait trop paralysée pour la contredire.

— Mais est-ce que *vous* vous me haïssez ?

— Non, Cheska, répondit-elle avec lassitude.

— Tant mieux, parce que maintenant que je suis de retour, je promets de rattraper avec Ava toutes mes années d'absence. Dieu qu'il fait chaud ! Si cela ne vous embête pas, je vais aller enfiler une tenue plus légère. Je me sens toute poisseuse. Je peux m'installer dans mon ancienne chambre ?

— C'est celle d'Ava maintenant. Va dans l'ancienne nurserie. On l'a réaménagée en chambre d'ami, indiqua froidement LJ.

— D'accord. Si Ava rentre pendant que je me change, ne lui dites pas que je suis là. Je veux lui faire la surprise.

*

Ava revint épuisée de sa journée à la ferme. Elle était euphorique : la semaine précédente, elle avait reçu les résultats de ses examens, qui étaient largement suffisants pour lui assurer une place à l'école vétérinaire et, la veille, elle avait obtenu son permis de conduire, ce qui signifiait qu'elle pouvait enfin conduire la vieille Land Rover de sa tante.

LJ avait été tout aussi enchantée qu'elle, bien qu'Ava se soit montrée inquiète quant au coût de ses études et de sa vie à Londres. Elles en avaient discuté le soir des résultats, autour d'un dîner de fête.

— Ma chérie, tu m'aides à la ferme depuis que tu es toute petite sans m'avoir jamais demandé un centime. Par ailleurs, il y a un héritage de ton grand-père. C'est une grosse somme qui couvrira sans problème le coût de ton logement et de tes repas à Londres. Je sais que c'est ce que ton grand-père aurait voulu. Je suis si fière de toi, ma chérie. Tu as réalisé ton rêve.

Ava ouvrit la porte de la cuisine et vit que Mary préparait des côtelettes d'agneau.

— Salut, Mary. On n'avait pas prévu juste une salade pour le dîner ?

Mary leva les yeux et secoua la tête.

— Il y a eu un changement de programme. Vous avez une invitée. Elle est sur la terrasse avec ta tante. Je crois que tu devrais aller dire bonjour.

— Qui est-ce ?

La gouvernante haussa les épaules, évasive.

— Va voir par toi-même.

En approchant, Ava perçut la voix de LJ, ainsi qu'une autre, vaguement familière, avec un léger accent américain. Elle descendit les marches menant à la terrasse et vit le dos d'une femme, coiffée d'une crinière de cheveux blonds, assise dans un fauteuil près de sa tante.

Ava se figea, pétrifiée. La femme avait dû l'entendre arriver, car elle se retourna.

Toutes deux se fixèrent un long moment.

Puis, d'une voix éteinte, LJ prononça :

— Chérie, viens dire bonjour à ta mère.

*

LJ les obervait, le cœur bouillonnant d'émotions. Lorsque Ava était apparue sur la terrasse, sa tante avait lu l'appréhension dans ses yeux. Cheska s'était levée pour se jeter au cou de sa fille, et Ava était restée immobile, engourdie, incapable de répondre à son étreinte. Puis elles s'étaient assises et avaient discuté comme deux étrangères, ce qu'elles étaient. Peu à peu, au fur et à mesure que la soirée avançait et que la bouteille de champagne apportée par Cheska se vidait, Ava avait perdu un peu de sa timidité.

Au cours du dîner qui suivit, LJ vit que Cheska s'efforçait d'envoûter sa fille. Elle racontait sa vie à Hollywood, parlait des célébrités qu'elle avait rencontrées et distillait des anecdotes au sujet des acteurs des *Barons du pétrole.*

LJ pensait connaître Ava par cœur mais, ce soir-là, elle avait du mal à cerner son état d'esprit. En apparence, elle semblait écouter avec plaisir les histoires de sa mère.

Finalement, après le café, Cheska bâilla.

— Excusez-moi, mais je tombe de sommeil. Je vais monter me coucher. J'ai passé toute la nuit dernière dans les airs et n'ai pas fermé l'œil. Merci pour le dîner, c'était délicieux, fit-elle en se levant et en embrassant LJ sur la joue, avant d'aller enlacer Ava. Bonne nuit, mon trésor. J'espère que tu n'as pas grand-chose de prévu ces prochains jours. Je veux que nous passions autant de temps que possible ensemble. Nous avons tant de choses à rattraper.

— Oui, acquiesça calmement Ava. Bonne nuit, Cheska. Dors bien.

Quand Cheska se fut éloignée dans la maison, LJ tendit la main pour la poser sur le bras d'Ava.

— Est-ce que ça va, chérie ? Je suis tellement désolée de ne pas avoir pu te prévenir, je n'avais aucune idée de sa venue. Cela a dû être un choc pour toi.

Ava se tourna vers elle, le visage à peine éclairé dans la pénombre.

— Tu n'y es pour rien. Elle est très belle, tu ne trouves pas ?

— Oui, mais moins que sa fille.

Ava éclata de rire.

— Certaines des anecdotes qu'elle a racontées… Tu imagines vivre ce genre d'existence ?

— Non, chérie, pas du tout.

— Tu crois qu'elle va rester longtemps ?

— Je n'en sais absolument rien.

Ava fixait un papillon de nuit qui voletait près de la lampe sur la table. Elle lui attrapa doucement les ailes et le redirigea dans l'obscurité.

— Tu es sûre que ça va ? répéta LJ.

— Oui. Je veux dire, elle est très sympa et tout, mais j'ai l'impression qu'elle n'a rien à voir avec moi. Je me suis souvent demandé comment ce serait si je la rencontrais, et en fait je n'ai rien ressenti du tout. Je me sens un peu coupable.

— Tu n'as aucune raison de te sentir coupable. Tu vas avoir besoin de temps pour la connaître. Tu le souhaites, n'est-ce pas ?

— Je… je crois, oui. Le seul ennui, c'est qu'à mon avis je n'arriverai jamais à la considérer comme ma mère. C'est toi, ma mère, et cela ne changera jamais. Jamais. LJ chérie, tu dois être éreintée. Tu veux que je t'aide à monter ?

Lorsque LJ fut couchée, Ava s'assit comme à son habitude au bord du lit. Elle embrassa tendrement sa grand-tante sur le front.

— Ne t'inquiète pas pour moi, je vais bien. Je t'aime. Bonne nuit.

Elle sortit de la chambre et referma doucement la porte derrière elle.

LJ fixait l'obscurité. Elle était désorientée, angoissée et, pour la première fois, sentait le poids de chacune de ses quatre-vingt-cinq années. Il y avait des choses qu'elle souhaitait dire à Ava au sujet de sa mère ; la prévenir que Cheska n'était pas vraiment ce qu'elle donnait à voir. Mais elle ne le pouvait pas. Cela ressemblerait à de l'amertume et LJ ne voulait pas qu'Ava se sente coupable de faire plus ample connaissance avec sa mère. Et puis David avait appelé de New Delhi la veille pour l'informer que Tor et lui partaient pour le Tibet et seraient injoignables pendant plusieurs semaines. Sans lui, elle se sentait faible et vulnérable.

Elle finit par sombrer dans un sommeil agité. Quelque temps plus tard, elle se réveilla en sursaut. Elle avait perçu un bruit étrange. Elle alluma sa lampe de chevet et s'aperçut qu'elle avait dormi moins d'une heure. Oui, il y avait bien quelqu'un, ou quelque chose, qui gémissait doucement. Puis elle entendit un rire aigu. Au moment où elle s'apprêtait à saisir sa canne et à descendre du lit, le gémissement cessa. Elle resta un moment à l'écoute, mais le bruit ne se répéta pas.

Elle éteignit la lumière et essaya de se détendre.

Elle avait déjà entendu ce rire, bien des années auparavant…

Alors elle se souvint.

C'était le soir où elle avait découvert Cheska dans la nurserie, en train de dépecer le pauvre ours en peluche sans défense.

45

Le samedi soir, une semaine après l'arrivée de Cheska, Ava était assise sur la terrasse en compagnie de LJ. Elles buvaient de la limonade en profitant du coucher de soleil.

— Qu'as-tu fait de beau aujourd'hui ? s'enquit LJ.

— Du shopping à Monmouth. Cheska semble avoir beaucoup d'argent et n'arrête pas de m'acheter des vêtements qui, selon elle, m'iront bien. Le seul problème, c'est qu'on n'arrête pas de la reconnaître et de lui demander des autographes. Au début, ça ne me dérangeait pas trop, mais à force je trouve ça insupportable. Elle est très patiente avec ses fans. Je sais que ce ne serait pas mon cas.

— Et as-tu l'impression de mieux la connaître ?

— J'apprécie sa compagnie et nous rions beaucoup, mais je n'arrive pas à assimiler le fait qu'elle soit ma mère. Elle n'agit pas vraiment comme telle, contrairement à toi. Elle est plus comme une sœur, je suppose. Parfois, elle me paraît terriblement jeune.

— T'a-t-elle dit quand elle comptait repartir ?

— Non, mais j'imagine qu'elle ne va pas tarder. Elle a toutes ses obligations à Hollywood. À vrai dire, je serai soulagée quand elle sera partie. J'ai un million de choses à faire avant d'aller à Londres. Les enfants du village viennent le week-end prochain et j'ai prévu de les emmener faire un tour du domaine, à la découverte de la nature. Je n'imagine pas Cheska enfilant un jean pour nous aider avec le barbecue qui suivra ! fit Ava en riant.

— En effet. Elle n'a jamais été une fille de la campagne.

Une heure plus tard, Cheska les rejoignit avec une bouteille de champagne qu'elle avait rapportée de ses emplettes et servit trois coupes.

— Pour célébrer nos retrouvailles après toutes ces années. *Cheers*, comme vous dites ici.

— Oui, *cheers*, reprit LJ d'une voix faible.

Cheska trouvait toujours une raison pour déboucher une nouvelle bouteille, et la vieille femme commençait à se lasser de faire semblant de boire. Les bulles ne lui réussissaient pas du tout.

— Oh, je pensais que tu aurais mis cette jolie robe que je t'ai achetée aujourd'hui, observa Cheska en faisant la moue.

— En fait, je vis en jean, répondit Ava. Je la garde pour une occasion particulière. Tu m'as offert tant de vêtements, je ne sais pas quoi choisir !

— Cela ne fait pas de mal de regarnir ta garde-robe. Et que dirais-tu de nouvelles lunettes ? Celles-ci ne sont vraiment pas flatteuses, tu sais. Tu as de si jolis yeux – de la même couleur que moi, je crois. C'est dommage de les cacher derrière cette grosse monture.

— J'ai des lentilles, mais ces lunettes sont bien plus confortables.

— Je trouve que les lunettes donnent du caractère au visage d'Ava, intervint LJ.

— Oui, bien sûr. Enfin bon, j'ai quelque chose à vous annoncer, déclara Cheska tout sourire. J'ai tellement aimé cette semaine que j'ai décidé de ne pas rentrer et de rester encore quelque temps ici. Si vous voulez bien de moi, naturellement.

— Mais tu as sans doute des engagements pour ta série télévisée, et puis tu vas t'ennuyer ici, non ? Marchmont n'a rien à voir avec Hollywood, observa LJ.

— Le tournage ne reprend que fin septembre et je ne m'ennuierai pas ici, bien au contraire, répliqua Cheska, clairement vexée. Après LA, j'ai justement besoin de tranquillité. Et puis, c'est ici qu'est ma famille, ajouta-t-elle en saisissant la main d'Ava. C'est juste dommage qu'Oncle David ne soit pas là lui aussi.

À qui le dis-tu, pensa LJ.

— Cheska, j'espère que tu ne m'en voudras pas, mais j'ai des choses à faire ces prochains jours, alors je ne pourrai pas me promener avec toi aussi souvent, précisa Ava.

— Ne t'en fais pas pour moi. Je me contenterai de me détendre et d'admirer le paysage. Oh, quel bonheur d'être à la maison ! s'exclama-t-elle après s'être étirée en poussant un soupir d'aise.

Cheska avait insisté pour emmener Ava déjeuner dans un luxueux hôtel de la région le lendemain, bien que la jeune fille ait promis d'aider Jack à la ferme. Pour ne pas offenser sa mère, Ava avait fini par accepter, espérant qu'elle la laisserait tranquille le restant de son séjour à Marchmont.

— Je n'arrive pas à croire que tu veuilles devenir vétérinaire, chérie, frissonna Cheska en piquant un morceau de bœuf avec sa fourchette. Je ne sais pas comment cela t'est venu à l'esprit. Rien que la vue du sang me fait tomber dans les pommes.

— Eh bien, te voir *toi* en train de manger un morceau de cette pauvre vache me ferait presque m'évanouir, répliqua Ava en souriant.

Cheska leva un sourcil irrité, avant de poursuivre.

— Au fait, tu m'as dit hier que LJ allait financer tes études en ville. Où va-t-elle trouver l'argent ? Vivre à Londres peut coûter très cher. Ce serait à moi de payer.

— Apparemment, mon grand-père – ton père – m'a laissé un héritage. Elle dit que c'est une grosse somme qui couvrira facilement l'ensemble, alors ne t'inquiète pas, Cheska, je t'assure.

— Oh, mais ton grand-père n'a pas...

Elle s'interrompit. Elle s'apprêtait à dire qu'Owen était mort avant qu'elle-même ait dix ans – comment aurait-il pu léguer de l'argent à un enfant qui n'était même pas encore né ?

Ava ne se rendit pas compte du regard soudain dur de sa mère. Elle parlait gaiement de son ambition d'ouvrir un jour son propre cabinet de vétérinaire, près de Marchmont.

— J'ai l'impression que tu as déjà tout planifié ! Malheureusement, Ava, l'avenir n'est pas toujours aussi prévisible qu'on aimerait le croire, mais je suis certaine que tu l'apprendras en vieillissant.

— Tu as peut-être raison, mais je sais ce que je veux. Et si je fais attention, je ne pense pas que mon projet puisse mal tourner, si ?

Mais sa mère fixait désormais la fenêtre, le regard vide.

— Est-ce que ça va ? demanda Ava.

Cheska finit par se tourner vers sa fille et un sourire se dessina lentement sur ses lèvres.

— Oui, chérie. Je suis persuadée que tout se passera au mieux.

*

Chaque matin, en ouvrant ses rideaux, Ava était saluée par une légère brume de septembre qui, paresseusement, flottait au-dessus de la vallée. Elle s'imprégnait autant que possible de la vue magnifique, afin de pouvoir se la remémorer lorsqu'elle serait à Londres. Désormais, elle passait l'essentiel de son temps sur le domaine, et aidait notamment les fermiers à constituer des balles de foin pour l'hiver. Elle ne voyait sa mère qu'au dîner, puisqu'elle était depuis longtemps à pied d'œuvre lorsque Cheska se levait en milieu de matinée. Parfois, en rentrant par le bois, Ava apercevait une petite silhouette dans la clairière, à côté de la tombe de Jonny. Elle supposait que Cheska se recueillait auprès de son frère jumeau, décédé alors qu'il n'était qu'un tout petit garçon. Les vacances avaient filé et elle s'attendait à ce que sa mère regagne Hollywood d'un jour à l'autre.

*

Une semaine avant le départ d'Ava pour Londres, Mary vint à sa rencontre dans l'allée, d'un pas précipité, alors que la jeune fille rentrait de la ferme. Le cœur d'Ava s'accéléra d'angoisse.

— Que se passe-t-il, Mary ?

— C'est ta tante. Cet après-midi, elle est tombée dans l'escalier. Cheska a vu la scène et dit qu'elle a trébuché sur une marche.

— Mon Dieu ! Est-ce qu'elle va bien ?

— Je crois, oui. Elle est juste très secouée. Le Dr Stone est avec elle.

Ava rejoignit la maison en courant et monta l'escalier à toute allure. Elle débuula dans la chambre de LJ, le souffle court. Debout au pied du lit, les bras croisés, Cheska regardait le jeune médecin prendre la tension de sa tante.

— Oh, LJ ! s'exclama Ava en s'agenouillant à côté du lit, inquiète de voir le teint grisâtre de sa grand-tante. Qu'est-ce que tu as fabriqué ? Je t'avais dit de ne pas te lancer dans le saut de haies quand je n'étais pas là pour te surveiller !

LJ sourit faiblement à cette plaisanterie qu'elle partageait avec Ava depuis son opération de la hanche.

— Comment va-t-elle, docteur ?

— Elle n'a rien de cassé, juste de méchants hématomes. Mais j'ai peur que votre tension se soit envolée, madame Marchmont. Je vais vous donner de quoi y remédier et je veux que vous me promettiez de rester au lit le restant de la semaine. Aucune forme d'agitation, s'il vous plaît, ajouta-t-il à l'intention d'Ava et de Cheska. Il faut que Mrs Marchmont se repose pour permettre à sa tension de redescendre. Si elle reste trop haute, ou que vous n'êtes pas sage, continua-t-il en la menaçant du doigt, je n'aurai d'autre choix que de vous transférer à l'hôpital.

— Merci, docteur, je vais m'assurer qu'elle ne bouge pas le moindre muscle, déclara Ava en agrippant la main de LJ. Je peux retarder mon départ.

— Non, Ava. Je prendrai soin d'elle.

C'était la première fois que Cheska prenait la parole. Ava jeta un coup d'œil à sa mère et lui trouva un air étrange.

— Mais je croyais que tu devais retourner à Hollywood ?

— C'est vrai, mais je ne peux pas te laisser gérer cela toute seule. Je vais appeler mon agent pour qu'il prévienne le studio. Le tournage peut se faire sans moi pendant quelque temps, ils peuvent même supprimer les apparitions de mon personnage dans les premiers épisodes de la saison. La famille est bien plus importante qu'une série, pas vrai ? Il ne faut surtout pas que tu rates le début de ton année scolaire, n'est-ce pas, LJ ?

La vieille dame secoua la tête, lasse.

— Évidemment. Mais n'oubliez pas que j'ai Mary, aussi. Je t'en prie, Cheska, ne reste pas pour moi. Tu devrais retourner à Los Angeles comme prévu.

— Hors de question, LJ chérie. Je serai votre infirmière, vous allez devoir vous y habituer.

— Tu me raccompagnes à la sortie, Ava ? demanda le Dr Stone.

— Bien sûr. Je reviens dans un instant, LJ.

— Et essayez de vous tenir tranquille cinq minutes, madame Marchmont.

— J'y veillerai, fit Cheska en souriant au médecin. Au revoir, docteur, et merci.

Il rougit et marmonna quelque chose en retour.

Ava descendit avec lui l'escalier.

— Vous êtes sûr que tout va bien aller pour elle ?

— J'espère que oui, si elle se repose. Une tension élevée est un risque d'AVC. Ta grand-tante a subi un mauvais choc et, même si elle est étonnante pour son âge, son opération de la hanche l'a affaiblie. Au fait, était-ce vraiment Gigi des *Barons du pétrole* ? interrogea-t-il lorsqu'ils atteignirent la porte d'entrée.

— Oui.

— Une amie ?

— Ma mère, en fait.

Il haussa un sourcil.

— Je n'en savais strictement rien. En tout cas, je suis persuadé qu'elle s'occupera bien de ta tante. Cela tombe bien qu'elle soit là, avec ton oncle en voyage et toi sur le départ. Je repasserai demain. Au revoir.

Le médecin partit et Ava referma la porte. Quand elle se retourna, elle aperçut Cheska dans l'escalier.

— Je pensais préparer une tasse de thé pour LJ, annonça celle-ci.

— Bonne idée. Je vais monter un peu près d'elle. Qu'y a-t-il ? demanda Ava en remarquant des larmes dans les yeux de sa mère.

— Oh Ava, je me sens si coupable. J'étais juste derrière elle et… et… elle a trébuché et est tombée.

Cheska s'effondra sur les marches et éclata en sanglots. Ava vint s'asseoir à côté d'elle et lui passa un bras autour des épaules.

— Ne pleure pas. Tu n'y es absolument pour rien.

Cheska regarda sa fille et lui prit la main.

— Ava, quoi que LJ te dise, je t'aime très fort. Très fort. Tu le sais, n'est-ce pas ?

— Eh bien, je… oui, Cheska, répondit Ava, perplexe.

Sa mère regardait de nouveau dans le vide.

— Nous faisons tant de choses qui… des choses qui…

Ava la vit frémir, puis essayer de se reprendre.

— Excuse-moi, je suis bouleversée, c'est tout. Et je voudrais que tu m'appelles Maman, pas Cheska.

— Je… bien sûr. Va t'asseoir un peu à la cuisine… Maman. Je monte voir LJ.

— Merci.

Cheska se leva, descendit les marches et traversa tristement le hall vers l'arrière de la maison.

Troublée par le comportement étrange de sa mère, Ava alla retrouver LJ qui, bien que pâle, semblait un peu plus en forme.

— Comment tu te sens ?

— Mieux, je crois. Ta mère est en bas ?

— Oui.

— Ava, je…

— Qu'y a-t-il ?

— Eh bien, je sais que c'est affreux d'en parler, mais je pense vraiment qu'il le faut.

— Parler de quoi ?

— De ce qui se passera pour toi si je meurs.

Des larmes jaillirent dans les yeux d'Ava.

— Oh, s'il te plaît. Pas maintenant.

— Écoute-moi, fit LJ en prenant la main de sa petite-nièce. Si cela m'arrive, Marchmont ira à ton Oncle David, mais mon testament stipule aussi que tu peux continuer d'y habiter. David m'a indiqué clairement qu'il ne souhaitait pas s'installer ici. Et à la mort de David, nous avons convenu que Marchmont te reviendrait. C'est également inscrit dans son testament à lui. Il y a aussi de l'argent, comme tu le sais, légué par ton grand-père. C'est le tien, Ava... celui de personne d'autre.

— Mais ma mère alors ? Marchmont et l'argent ne devraient-ils pas lui revenir à elle ?

LJ poussa un profond soupir.

— Ava, il y a tant de choses que tu ignores au sujet de ton passé et de ta mère.

— Alors dis-moi ! C'est fou, je ne sais même pas qui est mon père.

— Un jour, peut-être. Mais la chose la plus importante, c'est... méfie-toi de Cheska, s'il te plaît.

— Pourquoi ?

LJ lâcha soudain la main d'Ava et retomba sur ses oreillers, épuisée.

— Demande à ton oncle, il t'expliquera.

— Mais LJ, je...

— Excuse-moi pour cette sortie mélodramatique. N'y prête pas attention. J'ai subi un choc, c'est tout.

— Je ne partirai pas tant que ton état ne se sera pas amélioré. L'université comprendra très bien si je dois retarder mon arrivée de quelques jours.

— Je vais aller mieux, répliqua LJ d'une voix ferme. Et plutôt mourir que de te laisser gâcher ton avenir. Il reste encore quelques jours avant ton départ.

— Oui, et nous verrons alors comment tu te sens, décréta Ava, avec autant de fermeté.

Cheska revint à ce moment chargée d'un plateau.

— Et voilà. Une bonne tasse de thé bien chaud. C'est un nouveau rôle pour moi, ça, jouer l'infirmière, s'amusa-t-elle en tendant la tasse à LJ.

Cette nuit-là, Ava se tourna et se retourna dans son lit, se remémorant l'avertissement de sa tante. Elle aurait tant aimé qu'Oncle David soit là pour le lui expliquer…

*

L'état de LJ s'améliora grandement les jours suivants. Sa tension baissa et le médecin – qui avait été particulièrement attentionné, lui rendant visite quotidiennement et restant ensuite prendre un café avec Cheska pour la rassurer – indiqua à Ava qu'il était satisfait de son bon rétablissement.

— Je crois que tu peux partir pour Londres avec la conscience tranquille. Ta mère s'occupe vraiment bien d'elle – avec l'aide de Mary, bien sûr.

Ce soir-là, Ava ferma sa valise le cœur lourd. Elle partait le lendemain matin et, en plus d'être nerveuse à l'idée de sa nouvelle vie en ville, loin de tout ce qu'elle avait connu jusque-là, elle se sentait très mal à l'aise vis-à-vis de LJ.

Elle lui monta son chocolat chaud du soir, frappant à la porte avant d'entrer.

— C'est toi, ma chérie. Ta valise est prête ? s'enquit sa tante en lui souriant.

— Oui.

Ava posa la tasse sur la table de chevet et s'assit sur le lit. Observant sa grand-tante, elle nota avec soulagement que ce teint grisâtre avait déserté son visage et qu'elle avait les yeux plus brillants.

— Tu es sûre que tu ne veux pas que je reste ? Ce n'est que la semaine d'intégration, pas de cours pour l'instant. Je…

— Ava, combien de fois faudra-t-il que je te dise que je vais très bien et que je suis en bonne voie de guérison ? Par ailleurs, l'université ne se limite pas aux cours – la semaine d'intégration est faite pour s'amuser et se faire de nouveaux amis. Je veux que tu en profites.

— Je suis sûre que je m'amuserai, mais… tu vas terriblement me manquer, termina Ava au bord des larmes.

— Toi aussi tu vas me manquer, ma chérie, mais j'espère que tu trouveras cinq minutes de temps en temps pour m'écrire et me raconter ta nouvelle vie.

— Évidemment que je t'écrirai ! Et tiens, fit la jeune fille en sortant un morceau de papier de la poche de son jean, voici le numéro de téléphone de ma résidence. S'il y a le moindre problème, appelle-moi. Je l'ai aussi donné à Mary. Je le range dans le tiroir de ta table de nuit. Et j'appellerai tous les dimanches soir vers six heures.

— Ne t'inquiète pas si parfois tu ne peux pas. Ava chérie, tu me combles de joie depuis l'instant où je t'ai vue. Je suis si fière de toi, s'émut LJ en caressant tendrement la joue de sa petite-nièce.

Elles s'étreignirent alors un long moment, aucune des deux ne voulant que l'autre voie ses larmes.

— Allez, demain tu te lèves tôt, file te coucher. Prends soin de toi, ma chérie, ajouta-t-elle quand Ava se redressa et l'embrassa pour lui souhaiter une bonne nuit.

— D'accord. Toi aussi. Je t'aime tendrement, fit Ava en ouvrant la porte pour se retirer.

*

Même Cheska se leva à huit heures le lendemain matin pour dire au revoir à Ava.

— Ne t'inquiète de rien. Je te promets de bien m'occuper de LJ. Le Dr Stone dit que je suis une infirmière née, s'amusa-t-elle en gloussant. Bon voyage et profites-en bien. Je regrette tellement de ne jamais avoir eu l'occasion d'aller à l'université. Je t'aime, mon trésor. Ne l'oublie pas, d'accord ?

— D'accord, répondit la jeune fille en montant dans le taxi. Donne-moi des nouvelles de LJ ! J'appellerai ce soir. Au revoir !

La voiture accéléra dans l'allée et s'éloigna de Marchmont.

46

Ava fut heureuse d'être entraînée dans un tourbillon de nouveautés lors de sa première semaine loin de LJ et de Marchmont. Il y avait tant à apprendre, depuis le fonctionnement du métro et des bus de Londres jusqu'aux raisons pour lesquelles ses camarades trouvaient si drôle de boire autant que possible, parfois jusqu'à perdre connaissance. Par-dessus tout, elle devait s'habituer au bourdonnement incessant de la circulation, jusque dans sa chambre minuscule et étouffante. Heureusement, tous les étudiants de sa classe semblaient sympathiques et un esprit de camaraderie s'était vite formé entre eux. Peu coutumière des foules, ou des groupes en général, Ava n'osait pas encore se joindre à eux. Néanmoins, les événements en cascade organisés pour les nouveaux élèves lui permirent de laisser de côté sa timidité et, au bout de la semaine, elle était bien plus détendue.

La nouvelle la plus réjouissante était qu'à son arrivée, l'attendait une lettre de Simon. Il lui écrivait qu'il tenait sa promesse de l'été et serait ravi de lui faire visiter Londres.

Parfois, au cours des premières nuits, longues et suffocantes, lorsque chaque atome de son être brûlait de retrouver la fraîcheur et les grands espaces de Marchmont, Ava pensait à lui. À la suite du petit mot qu'il lui avait transmis par le biais d'Oncle David, elle lui avait répondu pour lui donner sa nouvelle adresse à Londres, mais avait depuis écarté toute idée qu'il puisse s'intéresser à elle. Le fait qu'il lui ait écrit de nouveau lui procurait des picotements de plaisir.

Il lui avait fallu attendre le mardi avant de rassembler assez de courage pour se rendre à la cabine téléphonique réservée aux étudiants, au bout de son couloir, et l'appeler afin de fixer un rendez-vous. Il avait alors proposé de passer la chercher le dimanche suivant.

Le dimanche matin, après s'être couchée à trois heures à l'issue du bal d'intégration, Ava sortit de son lit, la tête douloureuse. *Je dois vraiment apprendre à ne pas boire tout ce qu'on pose devant moi*, se sermonna-t-elle. Elle avala deux comprimés de paracétamol et fixa le contenu de son armoire. Pour la première fois de sa vie, elle réfléchit avec soin à sa tenue. Elle choisit un pantalon rose vif et un pull en cachemire hors de prix que lui avait achetés Cheska. Mais voyant qu'ainsi elle ressemblait trop à sa mère, elle les ôta au profit d'un jean et d'un tee-shirt. Elle renonça également aux verres de contact et opta pour ses lunettes.

À onze heures, elle arriva d'un pas hésitant dans l'entrée de son bâtiment qui, pour une fois, était désert. Tout le monde devait dormir pour récupérer des excès de la veille. Simon l'attendait déjà dehors : elle le voyait à travers la porte vitrée. Le cœur battant la chamade, tout en essayant de se calmer en se disant avec fermeté qu'il ne l'avait contactée que par amitié familiale, elle sortit.

— Salut Ava. Dis donc, quel changement ! s'exclama-t-il en lui faisant la bise.

— Ah oui ?

— Un changement en mieux, comme si je découvrais qui tu es en vrai. Et je te trouve charmante avec tes lunettes. Tu ressembles à mon institutrice de quand j'avais sept ans, une jeune femme très mignonne. J'étais secrètement amoureux d'elle pendant des années, et depuis j'ai gardé un faible pour les filles à lunettes !

— Merci...

Ava sourit timidement, rassurée de voir que lui aussi était en jean, avec un sweatshirt.

— Bon, je me disais en venant ici qu'il était inutile de t'emmener voir les attractions touristiques habituelles – tu peux facilement t'y rendre par toi-même – alors je vais te montrer ce que *moi* j'aime à Londres. D'accord ?

— Génial.

Il lui offrit son bras et tous deux partirent dans la rue endormie.

*

Lorsqu'elle rentra à sept heures ce soir-là, Ava se sentait complètement épuisée. Simon était peut-être un citadin mais, ironiquement, tout ce qu'ils avaient fait avait nécessité une bonne dose de marche à pied. Ils avaient arpenté Hyde Park, en s'arrêtant au Speakers' Corner pour écouter les aspirants orateurs prôner leurs visions politiques radicales – dont certaines étaient si farfelues que les deux jeunes gens avaient dû s'éloigner, tant leur fou rire était incontrôlable. Puis ils s'étaient promenés le long de la Tamise en suivant le chemin de halage entre Westminster et Hammersmith, où ils s'étaient arrêtés dans un pub au bord du fleuve pour déjeuner.

Ava avait adoré chaque seconde, parce qu'ils avaient juste parlé de tout et de rien, très simplement. Et puis, dans les espaces ouverts que Simon avait choisis, Ava avait cessé de se sentir claustrophobe et s'était détendue.

Simon lui avait parlé plus en détails de l'emploi qu'il venait d'obtenir au sein d'une comédie musicale dans le West End.

— Ce n'est pas vraiment mon rêve de carrière : comme tu le sais, je voudrais écrire des chansons, avait-il confessé, semblant gêné par cette situation. Mais ils ont besoin de vrais musiciens capables de chanter et de jouer d'un ou deux instruments, et une de mes connaissances m'a suggéré de passer une audition. J'ai tenté ma chance et j'ai décroché le rôle. J'étais le premier surpris, je ne te le cache pas, mais d'un autre côté ça permet de payer les factures. Et une fois que le spectacle sera prêt pour les représentations, cela me laissera toute la journée pour me concentrer sur mes compositions. Maintenant, j'ai même un agent de théâtre, ajouta-t-il en ouvrant de grands yeux.

— De quoi parle la comédie musicale ?

— Oh, c'est une histoire autour de quatre chanteurs très célèbres des années cinquante et soixante. Le spectacle reprend tous leurs tubes, alors c'est le succès garanti auprès des trentenaires et des quadras.

— Quand aura lieu la première ?

— Dans trois semaines environ. Tu pourras venir si tu veux.

— Avec grand plaisir.

— Attention, je ne pense pas valoir grand-chose en tant qu'acteur, très honnêtement.

— Mais cela pourrait te rendre célèbre, Simon.

— C'est la dernière chose que je souhaite, je t'assure. Mon but est d'ouvrir un jour mon propre studio d'enregistrement, où j'écrirai et produirai des chansons pour les autres. Je préférerais de beaucoup rester dans l'ombre.

— Moi aussi, avait répondu Ava avec ferveur.

À la fin de la journée, Simon l'avait raccompagnée à son université à Camden et l'avait embrassée sur la joue.

— Bonne chance pour cette semaine, Ava. Tâche de ne pas trop dormir en cours, avait-il ajouté avec un grand sourire.

— Je vais essayer. Merci beaucoup pour aujourd'hui. J'ai vraiment passé une excellente journée.

Elle lui avait alors tourné le dos pour rentrer dans le bâtiment, mais il l'avait rattrapée par le bras.

— Écoute, je sais que les premières semaines peuvent être intenses mais, si tu as un peu de temps, j'aimerais beaucoup te revoir.

— C'est vrai ?

— Oui ! Pourquoi cet air étonné ?

— Parce que je pensais que tu faisais ça juste pour faire plaisir à ton grand-père, qu'il t'avait demandé de me faire visiter Londres au nom de son amitié avec ma grand-tante.

— Alors, tu me crois beaucoup moins égoïste que je ne le suis en réalité. Plus sérieusement, ça m'a vraiment fait très plaisir de passer cette journée avec toi. Que dirais-tu de vendredi soir ? Je peux passer te prendre à sept heures ?

— Si tu en es sûr ?

— Ava, j'en suis sûr et certain.

*

Allongée sur son lit, Ava rêvassait de Simon. Elle dut s'endormir car, lorsqu'elle rouvrit les yeux, il faisait déjà nuit. Elle se retourna pour consulter le réveil sur sa table de chevet. Il était dix heures passées.

— Merde ! jura-t-elle.

Il était bien trop tard pour appeler Marchmont, comme elle avait promis de le faire. Elle se rendormit aussi vite, notant dans un coin de sa tête d'appeler LJ dès qu'elle le pourrait.

*

Cheska monta son chocolat chaud à LJ, puis redescendit dans la bibliothèque. Après plusieurs jours de recherches, elle avait enfin déniché la clé du tiroir du bureau, enfouie sous un pot de fleurs. Le fait qu'elle ait été cachée confirmait ses soupçons : c'était sans doute dans ce tiroir que LJ conservait ses documents privés.

Elle s'assit au bureau, introduisit la clé dans la serrure et la tourna. Elle fit coulisser le tiroir et en sortit un gros dossier vert. Cheska le parcourut jusqu'à ce qu'elle tombe sur ce qui l'intéressait. Elle ouvrit l'épaisse enveloppe en vélin et déplia la feuille qu'elle contenait. Il y était inscrit : « Ultime testament de Laura-Jane Edith Marchmont ».

Cheska commença à lire.

Je lègue le domaine de Marchmont à mon fils, David Robin Marchmont. Et à sa mort, je souhaite que le domaine revienne, dans son intégralité, à ma petite-nièce, Ava Marchmont, conformément au testament actuel de mon fils.

Cheska sentait la fureur monter en elle, mais elle s'efforça de la contrôler et poursuivit sa lecture. Ce n'est que dans un codicille qu'elle aperçut enfin son nom.

Quelques minutes plus tard, elle bouillonnait littéralement de rage. Frappant du poing sur la table, elle relut le codicille, juste pour en avoir le cœur net.

En tant que gérante du compte de Francesca Rose Marchmont (connue sous le nom de Cheska Hammond),

*laissé par son père, Owen Jonathan Marchmont, il est
de mon devoir de révoquer ce compte. Il est stipulé dans
le testament d'Owen Marchmont (ci-joint) que la somme
ne doit lui revenir qu'« à la condition qu'elle se rende à
Marchmont au moins une fois par an jusqu'à ses vingt
et un ans ». Je confirme que Cheska n'est pas venue
à Marchmont une seule fois depuis ses seize ans, par
conséquent cette condition n'a pas été remplie. De sur-
croît, elle m'a laissé sa fille et n'a pas jugé bon de nous
contacter, ni l'une ni l'autre, depuis de nombreuses
années. Ainsi, je n'ai d'autre choix que de respecter la
clause indiquée par Owen Marchmont et de déshériter
Francesca Rose Marchmont au profit de sa fille, Ava,
qui a toujours vécu à Marchmont. Je considère que cet
argent lui revient de droit.*

Le texte était signé par LJ, devant témoin.

— Salope ! hurla Cheska, avant de fouiller frénétiquement dans le dossier jusqu'à ce qu'elle mette
la main sur ce qu'elle cherchait.

Il s'agissait d'un relevé provisoire d'une société
d'agents de change, révélant le montant accumulé
dans ce qui aurait dû être *son* compte : plus de cent
mille livres sterling.

Elle éplucha ensuite d'autres relevés bancaires.
Le plus récent indiquait qu'il y avait plus de deux
cent mille livres sur le compte du domaine de
Marchmont. Cheska fondit en larmes.

— Je suis sa fille ! sanglota-t-elle. Tout ça
devrait être à moi. Pourquoi ne m'aimait-il pas… ?
Pourquoi ? Pourquoi ?

Rappelle-toi, Cheska, rappelle-toi… soufflèrent les
voix.

— Non !

Elle se boucha les oreilles, refusant de les écouter.

*

Par une matinée d'octobre pluvieuse, quelques jours après le départ d'Ava, LJ se réveilla et découvrit Cheska assise dans le fauteuil près de la fenêtre.

— Mon Dieu, je me sens complètement dans le cirage. Quelle heure est-il ?

— Onze heures passées.

— Onze heures du matin ? Doux Jésus ! Je n'ai jamais dormi aussi tard de ma vie.

— Cela va vous faire du bien. Comment vous sentez-vous aujourd'hui ?

— Très mal, à vrai dire. Vieille et malade. Ne vieillis pas, Cheska. C'est loin d'être plaisant.

La jeune femme se leva, traversa la pièce et s'assit sur le lit.

— J'espère que cela ne vous dérange pas que je pose la question, mais il le faut. Qu'est-il arrivé à l'argent que mon père m'a laissé ?

— Eh bien, je…

LJ tressaillit sous l'effet d'une vive douleur dans son bras gauche.

— Je veux dire, mon compte est encore intact, n'est-ce pas ? Parce qu'en fait, j'en ai besoin de façon assez urgente.

LJ avait du mal à croire que Cheska lui parle de cela en cet instant, penchée au-dessus d'elle comme un ange vengeur, alors qu'elle-même était très affaiblie, malade et sans défense. La douleur s'intensifia, et elle ressentit d'étranges picotements du côté gauche de sa tête. Elle avait du mal à respirer et lutta pour répondre à la question de sa nièce.

— Il y avait une clause dans le testament de ton père. Celle-ci stipulait que tu devais revenir à Marchmont au moins une fois par an. Ce que tu n'as pas fait, si ?

Le visage de Cheska se durcit.

— Non, mais vous ne m'empêcheriez quand même pas de récupérer ce qui me revient de droit à cause d'une clause absurde ?

— Je... Cheska, pourrions-nous en parler une autre fois ? Je ne me sens vraiment pas très bien.

— *Non !* s'exclama la jeune femme, les yeux brillants de colère. Cet argent m'appartient !

— Je vais le donner à Ava. Tu ne crois pas qu'elle le mérite ? Je pensais que tu étais très riche. Je...

LJ s'interrompit pour reprendre sa respiration tandis que la douleur montait, lui déchirant le cou avant d'atteindre sa tête. Cheska ne semblait pas voir la souffrance de sa tante.

— Et Marchmont ? J'en suis l'héritière directe. La propriété doit me revenir, non ? À moi, pas à Oncle David !

— Cheska, je suis la propriétaire légale de Marchmont et peux le laisser à qui je le souhaite. Sans parler du fait que l'héritier légitime, le véritable parent de ton père par le sang, c'est David, mon fils...

— *Non !* Je suis la fille d'Owen ! J'ai un certificat de naissance pour le prouver. Non seulement vous avez donné mon argent à ma fille, mais également ma maison à mon oncle. Et moi alors ? Quand est-ce qu'on se souciera enfin de moi ? cria-t-elle.

LJ regardait Cheska à travers un voile rouge. Des formes aux couleurs vives lui dansaient devant les yeux. Elle voulait lui répondre... lui expliquer, mais lorsqu'elle ouvrit la bouche pour le faire, celle-ci refusa de former les mots.

— Vous m'avez toujours détestée, hein ? Eh bien, vous ne gagnerez pas, ma très chère tante, parce que...

LJ fut propulsée en avant, laissa échapper un petit gémissement, puis retomba contre ses oreillers. Elle gisait immobile, pâle comme la mort.

— LJ ? fit Cheska en secouant vivement sa tante. Réveillez-vous et écoutez-moi ! Je sais que vous faites semblant pour éviter d'en parler ! LJ ! LJ ?

Voyant que sa tante ne réagissait pas, la rage de Cheska céda à l'horreur.

— LJ ! Bon sang, réveillez-vous ! Je suis désolée, je ne voulais pas vous bouleverser. Je vous en prie ! Je vous en supplie ! Je suis désolée ! Je suis désolée !

Elle enroula les bras autour des épaules figées de LJ, sanglotant de façon incontrôlable, et ce fut ainsi que Mary les découvrit, après avoir entendu les cris de Cheska. Elle appela une ambulance et se rendit avec LJ et Cheska à l'hôpital d'Abergavenny.

47

Ava trouvait les premiers jours de cours à la fois terrifiants et épuisants, tandis qu'elle découvrait un tout nouveau système d'apprentissage. Assise dans un amphithéâtre avec quatre-vingts autres étudiants qui s'efforçaient d'attraper chaque mot qui sortait de la bouche des professeurs, elle notait tout aussi vite que possible, avant de se précipiter dans sa chambre pour recopier ses notes au propre. Malgré le défi que cela représentait, elle en appréciait chaque seconde et commençait à se faire des amis et à s'habituer à la vie universitaire.

Trois soirs de suite, elle avait appelé Marchmont, sans réponse. Cela ne l'avait pas inquiétée outre mesure, sachant que la maison ne disposait que de deux téléphones, l'un dans le bureau, l'autre dans la cuisine. Si tout le monde était dehors ou à l'étage, il était normal que personne ne l'entende. Toutefois, lorsque personne ne décrocha le vendredi, le quatrième soir, Ava commença à s'alarmer. Elle chercha dans son répertoire le numéro de chez Mary et le composa. L'accent marqué du mari de la gouvernante, Huw, la salua à l'autre bout du fil.

— Désolée de vous embêter, Huw, mais je suis un peu inquiète. Personne ne répond à Marchmont, expliqua-t-elle. Est-ce que tout va bien ?

Il y eut un silence, puis Huw déclara :

— Je pensais qu'on t'avait prévenue. Malheureusement ta tante a eu une attaque il y a trois ou quatre jours, et depuis ta mère est à l'hôpital avec elle. Mary aussi lui rend visite, tous les soirs.

— Oh mon Dieu ! Ma tante a eu une attaque ? C'est grave ? Est-elle en danger ? Je...

— Je ne connais pas tous les détails, si ce n'est que l'état de ta tante est stable et qu'elle est soignée au meilleur endroit possible. Je demande à Mary de te rappeler dès son retour à la maison, d'accord ?

— Oui. Et dites-moi s'il vous plaît dans quel hôpital se trouve ma tante. Je vais appeler immédiatement.

— C'est l'hôpital d'Abergavenny. Reste proche du téléphone, Mary devrait rentrer dans un petit quart d'heure.

Choquée et sidérée que personne ne l'ait prévenue de l'hospitalisation de LJ, Ava appela le service des renseignements pour obtenir le numéro de l'hôpital. Après ce qui lui sembla une éternité, on lui passa la chambre où se trouvait sa tante. Mais tout son crédit s'était écoulé et la ligne fut coupée juste au moment où la communication fut établie. Ava raccrocha violemment, frustrée, puis consulta sa montre et s'aperçut qu'il était sept heures dix. Elle était censée retrouver Simon devant le bâtiment à sept heures. Ne voulant pas s'écarter du téléphone au cas où Mary appellerait, elle demanda à l'une de ses camarades d'aller prévenir le jeune homme. Il apparut dans le couloir juste au moment où le téléphone sonnait.

— Allô ? Mary ? Que s'est-il passé ? Comment va-t-elle ? Pourquoi personne ne m'a rien dit ? Je…

La jeune fille fondit en larmes de peur et de frustration.

— Calme-toi, Ava. Ta mère a insisté pour qu'on ne te dise rien, afin de ne pas perturber tes études. Elle disait qu'il valait mieux attendre d'avoir de bonnes nouvelles pour ne pas t'inquiéter. Même si je lui ai assuré que, personnellement, je pensais que tu voudrais savoir tout de suite ce qui était arrivé… enfin bon, comme Huw te l'a dit, ta tante a eu une attaque. Elle a été en soins intensifs ces derniers jours, mais la bonne nouvelle est qu'elle vient d'être transférée dans une chambre normale. Les médecins disent qu'elle est hors de danger. Allons, ma puce, allons.

Ava sanglotait.

— Je savais que je n'aurais pas dû la laisser. Es-tu absolument certaine qu'elle est tirée d'affaire ?

— C'est ce qu'ont affirmé les médecins.

— Je vais sauter dans un train pour aller directement à l'hôpital.

— Cela ne servirait à rien – on ne te permettra pas de la voir. Les visites sont terminées pour aujourd'hui. Viens plutôt à Marchmont, je préviendrai ta mère de ton arrivée.

Ava tâcha de se reprendre. Elle voyait Simon qui l'observait du coin de l'œil.

— D'accord. Dis-lui que je serai là après minuit.

— Entendu. Prends soin de toi pendant ce long voyage et à demain alors.

— Merci, Mary.

Ava raccrocha, s'essuya rapidement les yeux et se tourna vers Simon.

— Ta tante est à l'hôpital ?

— Oui, et je n'arrive pas à croire que ma mère ne m'ait pas alertée. Je suis vraiment désolée, Simon, mais je dois rentrer à la maison immédiatement.

— Bien sûr, je comprends. Écoute, si je t'emmenais en voiture ? C'est un sacré trajet en train.

— C'est vraiment gentil de ta part, mais je suis sûre que ça va aller. Je dois filer préparer mes affaires.

— Ava, fit Simon en la rattrapant par le bras tandis qu'elle s'engageait dans le couloir, cela me ferait *plaisir* de t'emmener. Je vais chercher la voiture et je te retrouve dehors dans une demi-heure, d'accord ?

— D'accord, répondit-elle avec reconnaissance.

— Mais je te préviens, c'est loin d'être une Rolls, ajouta-t-il avant de regagner la sortie.

Cinq heures plus tard, Simon manœuvrait sa vieille mini le long de la route cabossée qui menait à Marchmont. Le chauffage était tombé en panne sur le chemin et Ava claquait des dents. De froid ou d'angoisse, elle n'aurait su le dire.

Mary leur avait laissé du pain et de la soupe dans la cuisine et Simon mangea avec appétit, tandis qu'Ava, l'estomac noué, peinait à avaler quoi que ce soit. Elle conduisit ensuite le jeune homme dans une chambre libre, s'étonnant de l'absence de Cheska.

— Merci infiniment de m'avoir amenée ici, déclara-t-elle.

Simon la serra dans ses bras.

— Je t'en prie. Essaie de dormir un peu, d'accord ?

— Oui. Bonne nuit.

*

Le lendemain matin, Ava retrouva Mary à la cuisine.

— Comment ça va, ma fille ? Viens là que je t'embrasse, s'exclama-t-elle en s'essuyant les mains sur son tablier.

— Oh Mary, pourquoi personne ne m'a rien dit ? Si jamais elle était... Mon Dieu, je...

— Je sais, ma toute belle, je sais. Mais elle est hors de danger maintenant, et je suis sûre que te voir va lui remonter le moral.

— Crois-tu que nous devrions contacter Oncle David ?

— J'ai demandé à ta mère et elle a répondu qu'on ne devrait pas le déranger pendant ses vacances. Sachant que l'état de ta tante est stable, je pense qu'il n'est plus urgent de le joindre ; si nous l'appelions, nous savons toutes les deux qu'il sauterait dans le premier avion. J'allais monter son petit déjeuner à ta mère – tu sais qu'elle le prend toujours au lit –, si tu venais avec moi pour lui dire bonjour ?

— Je vais juste préparer du thé pour Simon et moi, répondit Ava.

— Simon ?

— Oui, il m'a gentiment amenée ici en voiture hier soir.

— Le même Simon qui était là pour l'anniversaire de ta tante ?

— Tout à fait.

— C'est drôlement gentil de sa part. Je t'avais dit que tu le reverrais, ajouta-t-elle, une lueur de malice dans les yeux. Bon, retrouve-moi là-haut.

Après avoir déposé le thé sur la table de nuit de Simon, qui dormait encore, Ava se dirigea vers la chambre de sa mère. Elle prit une profonde inspiration, puis frappa et entra. Assise dans son lit, Cheska prenait son petit déjeuner.

— Ava, ma chérie ! Viens embrasser ta mère.

La jeune fille s'exécuta et Cheska tapota le lit pour lui indiquer de s'asseoir.

— Je me sens épuisée ce matin. Depuis l'AVC de cette pauvre Tante LJ, je passe ma vie à l'hôpital. Tu sais, c'était moins une, déclara Cheska en bâillant de façon théâtrale.

— Pourquoi ne m'as-tu pas dit qu'elle avait eu une attaque ?

— Parce que je ne voulais pas t'inquiéter, ma puce. En plus, j'étais là pour m'occuper d'elle, alors il était inutile que tu sèches tes cours.

— S'il lui arrive quoi que ce soit à l'avenir, Maman, appelle-moi sur-le-champ. LJ est tout pour moi, tu le sais.

— Je le sais, en effet – tu me l'as assez répété ! Quoi qu'il en soit, elle est en rémission. Et c'est moi qui suis dans un piteux état.

— Dans ce cas, ne te donne pas la peine de lui rendre visite aujourd'hui. C'est moi qui irai.

*

Simon insista pour accompagner Ava à l'hôpital. Il lui dit qu'il l'attendrait dehors. Arrivée à l'étage indiqué, elle se présenta à l'infirmière responsable de la chambre de LJ.

— Ce n'est pas encore l'heure des visites, mais comme vous venez de très loin, je peux faire une exception, répondit-elle avec gentillesse.

— Comment va-t-elle ? Ma mère dit qu'elle est hors de danger.

— En effet. Le Dr Simmonds, qui s'occupe d'elle, est dans les parages. Je vais le chercher pour que vous puissiez lui parler.

Ava attendit, nerveuse. Le médecin arriva et l'invita à aller dans son bureau. Elle tomba dans le fauteuil, soulagée, tant elle avait les jambes en coton.

— Mademoiselle Marchmont – ou puis-je vous appeler Ava ? Comme votre mère vous l'a sans aucun doute expliqué, votre grand-tante a été victime d'un accident vasculaire cérébral. Elle s'en est sortie, mais va avoir besoin d'une longue rééducation. Elle restera encore une semaine environ à l'hôpital mais, après cela, puis-je suggérer une maison de repos ? Ce serait un bon environnement pour la physio-thérapie intensive, et plus agréable qu'ici. Avec les soins appropriés, j'ai bon espoir qu'elle retrouve la parole. Il est moins probable qu'elle récupère le plein usage de son bras gauche, mais qui sait ? Votre grand-tante est une femme formidable, Ava, dotée d'une volonté de fer.

— C'est vrai. Vous dites qu'elle ne peut plus parler ? interrogea la jeune fille, horrifiée par ce qu'elle venait d'entendre.

— Pas pour le moment, non. C'est malheureusement un effet assez courant des AVC. J'ai déjà donné à votre mère une liste de très bons établissements non loin d'ici, parmi lesquels vous pourriez choisir.

*

LJ dormait. Ava se plaça près de son lit et l'observa. Elle paraissait si fragile, si âgée.

— Restez autant de temps que vous le souhaiterez avec elle, indiqua le médecin avant de s'éloigner.

Ava s'assit et prit la main de sa grand-tante.

— LJ chérie, je viens de parler au docteur et il dit que tu te bats comme un chef. Il pense même que tu pourras bientôt quitter l'hôpital pour t'installer dans un endroit plus confortable, le temps de ta convalescence. N'est-ce pas merveilleux ?

Ava sentit une légère pression sur sa main et vit que LJ avait ouvert les paupières – ses yeux étaient remplis de la joie de voir sa petite-nièce.

— Je suis tellement désolée de ne pas être venue plus tôt, mais personne ne m'a dit que tu n'allais pas bien. Mais maintenant je suis là, et je promets que je ne te laisserai pas tant que tu n'auras pas quitté l'hôpital.

Elle regarda LJ essayer de former des mots qui n'arrivaient pas. Elle remarqua que la partie gauche du visage de sa tante semblait s'affaisser, comme si un coin de sa bouche grimaçait en permanence.

— Le médecin dit qu'avec le temps, tu pourras reparler, mais ne t'inquiète pas pour ça pour le moment. Si je te racontais plutôt Londres et l'université ?

Durant vingt minutes, Ava évoqua aussi gaiement que possible sa nouvelle vie, serrant la main molle de LJ dans la sienne et luttant pour ne pas montrer sa peine quand elle voyait que sa tante s'efforçait de répondre, sans succès. Elle finit par arriver à cours d'idées et remarqua que LJ agitait faiblement la main droite.

— Tu diriges un orchestre ? plaisanta Ava pour ne pas pleurer.

LJ secoua la tête de frustration et mima de nouveau jusqu'à ce qu'Ava comprenne enfin.

— Tu veux un stylo ?

LJ hocha la tête et indiqua le tiroir à côté du lit. Quand elle eut écrit ce qu'elle souhaitait, elle tendit le morceau de papier à Ava. En pattes de mouche, elle avait simplement tracé « Je t'aime ».

*

— Comment c'était ? s'enquit Simon quand Ava remonta dans la voiture.

— Affreux. Elle ne peut pas parler pour l'instant et a le bras gauche paralysé, ainsi qu'une partie du visage. Mais son médecin m'a avertie que son état semblait bien plus alarmant qu'il ne l'était en réalité. Je… je dois m'accrocher à ça, finit-elle, au bord des larmes.

— Oui, Ava, tu dois garder espoir, lui répondit Simon en lui prenant la main.

Lorsqu'ils revinrent à Marchmont, Mary s'apprêtait à rentrer chez elle.

— Il y a de la daube de bœuf et des pâtes au chaud, et je reviendrai demain pour vous préparer un bon rôti. Comment va ta tante ? s'enquit-elle en voyant la pâleur d'Ava.

Celle-ci haussa les épaules.

— Je sais, je sais, mon enfant. Mais son état va s'améliorer. Aie confiance.

— Tu as vu ma mère aujourd'hui ? interrogea Ava pour changer de sujet.

— Oui, il y a environ une heure. Elle s'apprêtait à prendre un bain. Je file, à demain. Prenez bien soin d'Ava, Simon, d'accord ? Elle a subi un terrible choc.

— Vous pouvez compter sur moi.

Quand Mary se fut retirée, Ava servit le ragoût et son accompagnement.

— Ta mère se baigne toujours à deux heures de l'après-midi ? s'étonna Simon.

— Probablement. Elle était très fatiguée ce matin, parce qu'elle a passé toute la semaine à l'hôpital avec LJ. Simon, je vais devoir rester ici. Je veux être avec ma tante au moins jusqu'à sa sortie de l'hôpital. Et tu dois retourner à Londres pour tes répétitions.

— Rien ne m'oblige à repartir avant demain, alors si nous allions nous promener cet après-midi ? Cela te fera du bien de prendre un peu l'air, et moi j'adorerais voir la propriété.

Ava s'apprêtait à répondre lorsque Cheska arriva dans la cuisine.

— Te voilà ! Je pensais avoir entendu une voiture, mais…

La voix de Cheska s'éteignit quand elle posa les yeux sur Simon.

— Maman, je te présente mon ami Simon Hardy. Simon, voici ma mère, Cheska Hammond.

Ava regarda s'abaisser la mâchoire inférieure de Simon.

— Tu veux dire *la* Cheska Hammond ? Gigi des *Barons du pétrole* ?

Cheska le dévisageait d'un air très étrange, mais elle finit par reprendre ses esprits et son beau visage se fendit d'un large sourire.

— Oui, c'est bien moi. Et c'est si merveilleux de te voir ! Je suis sûre que nous nous sommes déjà rencontrés. Je… ajouta-t-elle en le regardant plus attentivement. Tu ne crois pas ?

— Non. Je m'en souviendrais, répondit-il en souriant.

Il se leva et lui tendit poliment la main. Au lieu de la prendre, Cheska l'embrassa chaleureusement sur les deux joues.

— Dans ce cas, ravie de faire ta connaissance, Bobby.

— C'est Simon, madame Hammond.

— Je t'en prie, appelle-moi Cheska. Bon, fit-elle en ouvrant le réfrigérateur. Je crois que le champagne s'impose.

— Pas pour moi, Maman.

— Ni pour moi, renchérit Simon.

Bouteille à la main, Cheska fit la moue.

— Vraiment ? Mais c'est si formidable que vous soyez là tous les deux. Il faut fêter ça.

— Peut-être plus tard. Il n'est que trois heures de l'après-midi, déclara Ava, décontenancée par l'attitude de sa mère.

— Oh, ne sois pas si rabat-joie. Mais d'accord, on le garde pour tout à l'heure. Qu'est-ce qu'on fait de beau cet après-midi ?

— Ava doit me faire visiter le domaine.

— Quelle idée fantastique ! Exactement ce dont nous avons tous besoin, un bon bol d'air frais. Que j'aime me promener en cette saison. C'est si beau, l'automne, vous ne trouvez pas ? Je monte enfiler quelque chose de plus approprié et je vous rejoins dans dix minutes.

Perplexe, Ava regarda sa mère quitter la pièce, presque en sautillant. Pour autant qu'elle sache, sa mère n'avait jamais mis le pied au-delà du bois et détestait le froid.

— Ça alors, Cheska Hammond est ta mère, murmura Simon, incrédule. Pourquoi ne m'as-tu rien dit ?

— Est-ce important ? s'énerva Ava avant de s'excuser aussitôt.

— Non, cela n'a bien sûr aucune importance. Mais quand, au milieu de nulle part, une grande star internationale débarque dans la cuisine, à l'improviste, c'est normal d'avoir un choc, non ?

— Eh bien maintenant, tu le sais. C'est ma mère.

— En fait, cela explique pourquoi ton visage m'était familier quand je t'ai vue la première fois. Et tu es tout aussi belle qu'elle, ajouta doucement Simon.

— Allez, on ferait mieux de se préparer pour cette promenade, fit Ava en se levant brusquement. Je vais te trouver des bottes.

Dix minutes plus tard, tous trois descendaient les marches de la terrasse. Couverte d'un vieil anorak et chaussée de bottes bien trop grandes pour elle, Cheska était un peu ridicule.

— Bon, par où commencer ? interrogea-t-elle en prenant le bras de Simon. Le bois est magnifique, surtout à cette période de l'année, et ensuite nous pourrons longer le ruisseau.

— Ça me va très bien, acquiesça Simon.

Ava traînait derrière eux, stupéfaite que Cheska ne lui ait toujours pas demandé de nouvelles de LJ, et perturbée par son attitude possessive envers Simon. La jeune fille voyait qu'il était fasciné par toute l'attention qu'elle lui prodiguait.

Bien qu'il ne se soit rien passé entre eux, elle ressentait un vif pincement de jalousie à les voir rire ensemble, bras dessus, bras dessous. Cheska n'essayait tout de même pas de séduire Simon, si ? Elle avait l'âge d'être sa *mère*.

Néanmoins, Ava calcula ensuite que si Cheska n'avait que seize ans quand elle l'avait mise au monde, cela signifiait qu'elle n'avait que onze ans de plus que Simon. En outre, elle paraissait dix ans de moins que son âge réel. Ava frémit de dégoût face à la manière dont sa mère avait soudain oublié son épuisement du matin pour se transformer en une jeune femme pétillante, à l'instant même où elle avait posé les yeux sur Simon.

*

Lorsqu'ils revinrent de leur promenade, Ava annonça qu'elle retournait à l'hôpital pour les heures de visite du soir.

— Je t'emmène, proposa aussitôt Simon.

— Mon Dieu, tu n'as pas besoin de t'imposer ça. Tu en as déjà assez fait pour aujourd'hui, s'opposa Cheska. Ava peut prendre la Land Rover et y aller seule, pas vrai, chérie ? Je tiendrai compagnie à Simon. Je pourrais même lui préparer mes fameux œufs brouillés au saumon fumé. À Hollywood, tout le monde se presse chez moi le dimanche pour le brunch. Ma recette secrète a fait des adeptes !

— Je vous assure, cela ne me dérange absol…

— T'inquiète, Simon. À plus tard.

Ava avait déjà pris les clés de la voiture, prête à partir.

*

Assise près de sa tante, Ava essayait de ne pas penser à Simon et Cheska, restés seuls tous les deux à Marchmont, et de se concentrer sur LJ, bien plus gaie et alerte que le matin même. La jeune fille était venue équipée de stylos et de deux blocs, ainsi que du roman de Jane Austen préféré de sa tante. LJ gribouillait quelques mots pour répondre aux questions d'Ava.

Quand celle-ci s'aperçut que sa tante fatiguait, elle ouvrit *Emma* et entreprit de lui en faire la lecture. Lorsque la cloche sonna pour indiquer la fin des visites, Ava leva les yeux du livre et vit que LJ s'était assoupie. Elle l'embrassa doucement sur la joue, puis quitta l'hôpital et remonta en voiture, redoutant son retour à Marchmont.

À son arrivée, elle découvrit Simon et Cheska assis à la cuisine, en train de rire aux éclats. Une bouteille de champagne vide trônait sur la table.

— Salut, ma chérie. Simon et moi avons passé une très agréable soirée. Il m'a parlé de ses débuts dans le West End et m'a invitée à la première de sa comédie musicale. Évidemment, la musique des années soixante, ça me connaît.

— Peut-être pourriez-vous venir toutes les deux ? suggéra Simon en tournant vers Ava ses grands yeux bruns.

— Si LJ est sortie de l'hôpital d'ici là, répondit celle-ci d'un ton brusque.

— Tu veux boire quelque chose, ma puce ? s'enquit Cheska en présentant une bouteille de vin fraîchement débouchée.

— Non, merci. Si vous voulez bien m'excuser, je vais me coucher. Bonne nuit.

Ava sortit de la cuisine et les laissa tous les deux.

48

Vers midi le lendemain, malgré les protestations de Cheska pour qu'il reste déjeuner, Simon déclara qu'il devait retourner à Londres.

— Demain nous commençons à régler les détails techniques du spectacle au théâtre, la semaine s'annonce longue.

— J'ai hâte de voir le résultat, fit Cheska en suivant Simon jusqu'à sa voiture avec Ava. Peut-être pourrions-nous aller dîner ensuite ?

— Je pense que je ne pourrai pas couper à la fête de la troupe qui suivra la première. En tout cas, merci pour votre hospitalité. Ava, tiens-moi au courant quand tu reviendras à Londres, d'accord ?

— Oui.

— Je...

Il la regarda, puis vit Cheska rôder autour d'eux et haussa les épaules.

— Embrasse ta grand-tante pour moi et prends bien soin de toi.

— Entendu.

— Qu'il est charmant ! s'exclama Cheska quand toutes deux regagnèrent la maison.

— En effet.

— Si mature pour son jeune âge.

— Je file à l'hôpital, Maman, déclara rapidement Ava, peu désireuse d'entendre sa mère lui vanter toutes les qualités de Simon. Veux-tu venir avec moi ?

— Pas aujourd'hui. Simon et moi nous sommes couchés tard. Et tu as dit tout à l'heure que LJ allait beaucoup mieux hier soir. Je vais plutôt me reposer après le déjeuner.

*

Les jours suivants, Ava passa autant de temps que possible avec LJ, heureuse de voir son état s'améliorer. À la fin de la semaine, le médecin convoqua Ava dans son bureau pour lui annoncer qu'il pensait que LJ pourrait bientôt quitter l'hôpital et intégrer une maison de repos.

À son retour à Marchmont, Ava chercha Cheska, qu'elle avait délibérément évitée les jours précédents, lassée de ses monologues interminables chantant les louanges de Simon. Elle la trouva dans la bibliothèque en train de consulter des documents.

— Est-ce que tu voudrais m'accompagner cet après-midi pour visiter les maisons de repos conseillées par le médecin ? LJ quittera l'hôpital mercredi.

— Je… est-ce nécessaire, Ava ? Je te fais toute confiance pour ce choix, chérie. De toute évidence, mieux vaut la plus proche d'ici sachant que, dès ton retour à l'université, c'est moi qui lui rendrai visite sans arrêt.

— D'accord. Je les visiterai toutes les deux et t'en ferai un compte rendu, fit Ava, voyant que sa mère avait l'esprit ailleurs.

— Merci, Ava. Autre chose ?

— Non. N'est-ce pas formidable que LJ aille mieux ?

— Merveilleux, répondit Cheska en hochant la tête, de nouveau plongée dans ses papiers.

*

Le mercredi, Ava accompagna LJ dans l'ambulance vers la maison de repos qu'elle avait choisie. Cheska les attendait dans le parking à leur arrivée.

L'établissement était entouré d'un parc bien entretenu. Le personnel était amical, et la chambre de LJ était lumineuse et donnait sur les jardins. Lorsqu'elle l'avait visité, Ava avait été heureuse de voir qu'il y avait autant de jeunes patients que de personnes âgées.

Ava aida à défaire la valise de sa tante et disposa ses affaires comme LJ aimait qu'elles soient. Cheska se contenta de s'asseoir dans un fauteuil, visiblement préoccupée. Ava et LJ avaient élaboré une méthode de communication : LJ pressait la main d'Ava dans la sienne, ou haussait un sourcil, désignant de son bras valide, quoique tremblant, ce qu'elle souhaitait. Si cela ne suffisait pas à se faire comprendre, elle écrivait ce qu'elle voulait.

— Chérie, je pense que nous devrions y aller maintenant, donner à Tante LJ la possibilité de s'adapter à son nouvel environnement.

Cheska regardait par la fenêtre, se tordant les mains avec nervosité.

— Oh, j'espérais rester un peu, Maman. Ne t'inquiète pas pour moi, rentre à la maison et j'appellerai Tom le chauffeur de taxi pour qu'il vienne me chercher.

— Pas de problème, je vais attendre.

LJ pressa la main d'Ava et secoua légèrement la tête pour indiquer la porte.

— Tu es sûre que ça va aller ?

Elle opina du chef.

— Je reviendrai demain. Si tu as besoin de quoi que ce soit, note-le sur cette feuille que tu donneras à l'infirmière en chef. Comme ça, quand je l'appellerai tout à l'heure, elle pourra me dire ce que je dois t'apporter.

LJ paraissait irritée.

— Je sais, je sais, je dois arrêter de me faire du souci, sourit Ava avant de poser un baiser sur le front de sa grand-tante. J'ai hâte que tu reviennes à la maison. Je t'aime.

LJ sourit à son tour de sa bouche asymétrique et agita la main de façon si pathétique qu'Ava en eut les larmes aux yeux.

Dehors, tandis que Cheska déverrouillait la voiture, elle se mordit la lèvre pour ne pas pleurer.

— Mon Dieu. Je déteste la laisser ici.

— Ne dis pas de bêtises, Ava. Elle est entre de bonnes mains, comme tu l'as vu. Et puis cet endroit coûte les yeux de la tête, donc les services devraient être de bonne qualité.

— Sans doute. Désolée. Je suppose que c'est parce que je sais que je dois bientôt retourner à Londres.

— Je serai là, non ?

Cheska démarra le moteur et fit violemment marche arrière.

*

Les trois jours suivants, Ava rendit visite à LJ chaque après-midi, essayant de se rassurer quant au confort et à la tranquillité de sa tante. Le personnel semblait gentil et la physiothérapie aidait énormément. Bien qu'elle n'ait pas encore retrouvé l'usage de la parole, LJ était à présent capable de faire de courtes promenades dans le jardin, avec l'aide d'une canne.

Tu dois retourner à Londres. Je vais mieux.

Ava lut ces mots et vit que LJ la regardait en hochant la tête. Celle-ci écrivit un autre billet et le tendit à sa nièce.

Demain !

— Mais, LJ, je ne veux pas partir tant que tu ne seras pas rentrée à la maison.

Si, il le faut. Ne me désobéis pas.

— Non, mais…

Je suis encore ta tante.

— D'accord, d'accord, si tu insistes. Mais je reviendrai le week-end prochain.

Plus tard ce soir-là, lorsque Ava informa sa mère que LJ allait assez bien pour qu'elle retourne à Londres, Cheska annonça qu'elle aussi avait l'intention de s'y rendre.

— Tu comprends, il y a le spectacle de Bobby… enfin, de Simon. Je pensais en profiter pour passer voir mon vieil agent. Pendant que je suis en Angleterre, il me semble dommage de ne pas explorer de nouvelles opportunités.

— Et LJ alors ? Je croyais que tu lui rendrais visite en mon absence ?

— Bon sang, Ava. Je pensais juste venir à Londres pour une nuit ! Mary est là, et je suis certaine que LJ peut survivre vingt-quatre heures sans nous. Nous pourrons nous retrouver au théâtre pour prendre un verre avant le spectacle. Je dois aussi trouver quelque chose à me mettre, naturellement. Après tout, c'est une première. Comme j'ai hâte !

*

Cheska dit au revoir à Ava le matin suivant avec un sourire et un baiser.

— À mercredi. Et ne t'inquiète pas pour LJ. Je vais la voir de ce pas.

— D'accord. Embrasse-la bien pour moi.

— Bien sûr.

*

Le lendemain, Cheska enfila un chemisier en soie ajusté qui mettait ses yeux en valeur et laissait voir un soupçon de décolleté. Puis elle descendit accueillir le Dr Stone, qui venait de se garer devant la maison.

Après son départ, elle se rendit à Monmouth et entra chez Glenwilliam, Whittaker et Storey, l'office de notaire qui gérait le domaine de Marchmont.

— Bonjour, je m'appelle Cheska Hammond et j'ai rendez-vous avec Mr Glenwilliam, se présenta-t-elle à la réception.

— Euh, oui... madame Hammond... bafouilla la réceptionniste. Asseyez-vous, je vous en prie, je vais prévenir Mr Glenwilliam de votre arrivée.

— Merci.

Une minute plus tard, la porte d'un bureau s'ouvrit sur un homme d'une trentaine d'années. Elle se leva.

— Madame Hammond, enchanté de faire votre connaissance. Entrez, je vous en prie.

— Merci. Je m'attendais à un vieil homme bourru, rit Cheska en lui lançant un regard aguicheur.

— Euh, non. Vous pensiez peut-être à mon père. Il a pris sa retraite il y a deux ans et j'ai repris le cabinet. Alors, que puis-je pour vous ? demanda-t-il en lui faisant signe de s'asseoir.

Cheska croisa lentement les jambes et regarda les yeux de l'avocat suivre leur mouvement.

— Eh bien, l'ennui, c'est que mon oncle est parti pour un long voyage et est injoignable à l'heure actuelle. Et maintenant que ma tante, Laura-Jane, est si mal en point, je...

Ses yeux s'emplirent de larmes et elle fouilla dans son sac à main à la recherche d'un mouchoir.

— Je me retrouve à tout gérer seule, et j'ai vraiment besoin de conseils.

— Je ferai tout mon possible pour vous aider, la rassura Mr Glenwilliam en la fixant intensément.

— Je vous en suis reconnaissante. Comme vous le savez probablement, s'occuper du domaine de Marchmont est un travail à plein-temps. Ma tante s'en est très bien sortie pendant des années mais, récemment, ses problèmes de santé l'ont empêchée de gérer bien des choses. Il y a une pile de factures à payer, des clôtures qui nécessitent d'être réparées de toute urgence… Jack Wallace, le gérant de la ferme, est venu me voir hier. Il faut faire quelque chose.

— Vraiment ? s'étonna l'avocat. Cela me surprend. J'y étais il y a peu de temps pour voir votre tante et j'ai eu l'impression que tout se passait parfaitement bien, comme d'habitude.

— Disons que les apparences sont parfois trompeuses. Enfin, tout cela pour vous dire que j'ai un besoin immédiat d'argent pour payer les salaires et certaines factures générales.

— Ce ne sera pas un problème. Nous gérons les affaires de la propriété depuis de nombreuses années. Si vous me transmettez les factures, je suis autorisé à utiliser le chéquier du compte de Marchmont pour les régler. Ce n'est pas l'argent qui manque. Ensuite, lorsque votre tante ira mieux, elle…

— C'est justement ça le problème, monsieur Glenwilliam, l'interrompit Cheska en laissant de nouveau couler ses larmes. Je pense que ma tante de se remettra jamais complètement. Du moins pas assez pour gérer la propriété. Et avec mon oncle à l'étranger, c'est moi la plus proche parente et je veux faire tout ce que je peux, au moins jusqu'à son retour en Angleterre.

— Je vois. Comme vous le dites, Marchmont représente un travail à temps plein. Comment le concilier avec votre carrière d'actrice ?

— Rien n'est plus important que la famille, si ? Je prendrai un congé sabbatique jusqu'au retour de mon oncle.

— Si vous me permettez, cela me semble un peu drastique. Comme je l'ai indiqué, ce cabinet s'est occupé du domaine de Marchmont à maintes reprises et le refera avec plaisir, de façon temporaire, naturellement.

— Non, je ne crois pas que ce soit une solution. Sans vouloir être grossière, je n'ai vraiment pas envie de courir chez vous chaque fois que j'ai besoin d'un chèque pour du foin ou de la nourriture pour les animaux même si, je n'en doute pas, ces entretiens seraient très plaisants.

Mr Glenwilliam ajusta sa cravate.

— Je comprends, madame Hammond. Donc en réalité, vous souhaitez une procuration temporaire ?

— Est-ce cela dont j'ai besoin ? Pouvez-vous m'expliquer en quoi cela consiste ?

— Eh bien, quand quelqu'un est jugé inapte à gérer ses affaires par un médecin, une procuration peut être accordée soit à un parent proche, soit à une entité juridique. Cela donne à celui ou celle-ci l'accès aux finances de la personne en question.

— Je vois. Vous pourriez donc faire cela pour moi ?

— En théorie. Même si je pense qu'il faudrait tenter de contacter votre oncle avant d'envisager une telle mesure.

— Malheureusement, il fait de la randonnée dans l'Himalaya, puis il poursuivra en Chine. Il pourrait s'écouler des semaines, voire des mois, avant que vous ne réussissiez à le joindre. J'ai moi-même essayé, bien sûr, sans succès jusqu'ici.

Cheska croisa de nouveau les jambes et, une fois de plus, vit les yeux de Glenwilliam tourner dans leur direction.

— Je me rends bien compte que cela complique la situation, madame Hammond. Mais êtes-vous bien certaine de souhaiter cette procuration ? Marchmont est une responsabilité énorme...

— J'en suis sûre, oui, du moins pour l'avenir proche. Au retour de mon oncle, nous aviserons.

— Dans ce cas, je vais préparer des documents que votre tante devra ensuite signer.

— Cela pourrait s'avérer délicat. À l'heure actuelle, ma tante ne peut pas porter une tasse à ses lèvres, encore moins signer. Elle a également perdu la faculté de parler...

— Alors il faudrait demander à son médecin de rédiger une lettre stipulant que, pour le moment, Mrs Marchmont n'est pas capable de gérer ses affaires.

— Il se trouve que je l'ai sur moi. Le Dr Stone a vu ma tante et confirme dans cette lettre ce que je viens de vous expliquer.

Elle lui offrit alors son sourire le plus envoûtant.

Lorsqu'elle rentra à Marchmont, Cheska saisit le téléphone.

— Non, elle n'est pas incontinente, mais elle ne peut pas parler pour l'instant. Pensez-vous avoir de la place pour elle ? Formidable. Dans ce cas, j'aimerais l'amener lundi après-midi, si cela vous convient. Oui, j'y veillerai. Au revoir.

Cette nuit-là, Cheska ne dormit pas. Elle craignait les rêves qui viendraient sans nul doute la hanter.

*

Lundi matin, elle se rendit à Monmouth en taxi. Elle récupéra l'enveloppe contenant sa procuration temporaire auprès de Mr Glenwilliam, puis s'arrêta à la banque la plus proche. Elle organisa alors le virement d'une grosse somme du compte de Marchmont sur son propre compte. Elle loua ensuite une voiture et partit en direction de la maison de repos de LJ.

Plus tard ce jour-là, de retour à Marchmont, Cheska commença à faire ses bagages. Puis elle descendit voir Mary qui s'apprêtait à rentrer chez elle pour la soirée.

— Comme vous le savez, Mary, je pars demain pour Londres et je me disais que vous devriez prendre votre journée. Passer du temps avec votre mari. Vous avez travaillé si dur ces derniers temps. D'ailleurs, ajouta Cheska en sortant son porte-monnaie de son sac à main, si vous sortiez dîner tous les deux ce soir ? Ce serait pour moi une façon de vous remercier.

La jeune femme tendit deux billets de vingt livres et Mary la regarda avec étonnement.

— Mais si vous vous absentez deux jours, il faudrait quand même que je vienne vérifier que tout va bien à la maison, non ?

— Nul besoin. Je fermerai tout avant mon départ. Vraiment, j'insiste.

— Si c'est ce que vous souhaitez, c'est très généreux de votre part. Et vous avez raison, ce sera agréable de passer un peu de temps avec Huw. J'irai voir Mrs Marchmont en votre absence, évidemment.

— En fait, lorsque je l'ai vue tout à l'heure, l'infirmière en chef m'a indiqué que, demain, LJ irait à l'hôpital d'Abergavenny pour deux ou trois jours, afin que son médecin puisse faire quelques examens et évaluer ses progrès. C'est sans doute mieux si vous attendez la fin de la semaine pour lui rendre visite. Pour une fois dans votre vie, oubliez Marchmont et nous tous, fit Cheska en souriant gentiment, après quoi vous pourrez revenir reposée.

— D'accord, accepta Mary avec hésitation. J'y vais alors… Votre dîner est au chaud, précisa-t-elle en ôtant son tablier. Amusez-vous bien à Londres et embrassez ma petite Ava pour moi.

— Je n'y manquerai pas.

En rejoignant son cottage, Mary ne pouvait s'empêcher d'être mal à l'aise. Cheska avait toujours été étrange, c'était certain, mais comme c'était la nièce de Mrs Marchmont, la gouvernante se sentait mal placée pour remettre en cause ses instructions.

*

Cette nuit-là, Cheska erra dans les couloirs déserts de Marchmont. Les voix dans sa tête – une, en particulier – étaient très insistantes.

Tout ça devrait être à toi, tu dois te battre… Elle te hait, depuis toujours…

Cheska s'effondra sur le lit de son ancienne nurserie, la chambre où, autrefois, elle et Jonny dormaient paisiblement côte à côte dans leurs berceaux. Elle adorait son frère, parti si tôt.

— Mais en fait tu n'es *pas* parti, Jonny, si ? Tu ne partiras jamais !

Elle pleurait, assise les jambes croisées comme quand elle était enfant, mais cette fois elle enfonçait ses poings dans ses orbites pour bloquer les larmes et les voix.

— Elles ne se tairont jamais, hein ? *Toi* tu ne te tairas jamais ! hurla-t-elle, folle d'angoisse. Laissez-moi tranquille, laissez-moi tranquille…

Tandis que les voix atteignaient un volume insupportable dans sa tête, Cheska prit soudain conscience de ce qu'elle devait faire pour les arrêter.

Si elle détruisait les souvenirs, ceux-ci ne pourraient plus la hanter.

Oui, voilà la solution !

Elle ferma la grosse valise qu'elle avait préparée en vue de son départ pour Londres le lendemain matin et la descendit dans l'entrée. Puis elle se rendit au salon, s'approcha de la cheminée et récupéra la boîte qui contenait allume-feu et allumettes, avant de remonter à la nurserie. Calmement, elle attrapa la corbeille à papier et la plaça sous le vieux cheval à bascule en bois qui avait appartenu à David. Prenant un livre d'images qu'elle adorait dans son enfance, elle arracha les pages et les froissa pour en faire des boulettes qu'elle fourra l'une après l'autre dans la corbeille.

Elle s'agenouilla, fit flamber des allumettes et les jeta sur le papier. Il s'enflamma aussitôt et elle s'assit au bord du lit pour contempler le feu lécher la peinture écaillée du flanc du cheval. Satisfaite, elle se leva pour partir.

— Adieu, Jonny, murmura-t-elle.

Quand elle quitta la chambre, le cheval à bascule s'était transformé en brasier ardent.

49

Lorsque Ava regagna sa chambre après la dernière conférence de la journée, elle sauta sous la douche, enfila en vitesse une robe noire moulante que Cheska lui avait achetée à Monmouth, appliqua une touche de rouge à lèvres et fila prendre le bus pour Shaftesbury Avenue.

Le hall du théâtre était déjà bondé et elle se fraya un chemin au milieu de la foule jusqu'au bar du premier balcon, où sa mère lui avait donné rendez-vous.

— Chérie !

Une Cheska rayonnante se jeta à son cou avant de lui faire une bise appuyée.

— Viens t'asseoir. Dorian a commandé du champagne.

— Qui est Dorian ?

— Il s'agit, ma puce, de mon nouvel agent. Enfin, il n'est pas vraiment nouveau. Disons qu'il a succédé à Leon Bronowski qui s'occupait de moi quand j'étais actrice à Londres, il y a des années de cela. Il meurt d'envie de te rencontrer. Tiens, le voilà qui arrive !

— Oh.

Ava vit s'approcher de leur table un homme d'âge mûr, à moitié chauve, vêtu de façon flamboyante avec une veste en velours écarlate et une cravate dorée.

— Miss Marchmont... Ava, la salua-t-il en lui baisant la main. Je m'appelle Dorian Hedley, agent de choc qui s'apprête à prendre en main la carrière déjà étincelante de votre mère. Ma parole, Cheska, vous vous ressemblez comme deux gouttes d'eau ! Champagne, Ava ?

— Juste un fond, merci.

La jeune fille se tourna vers sa mère, superbe dans une robe du soir chatoyante, d'un bleu profond. La voir si élégante lui donna l'impression de n'en être qu'une pâle copie.

— Mais je croyais que tu avais déjà un agent à Hollywood ? s'étonna-t-elle.

— Oui, chérie, c'est vrai. Mais... oh, cela fait un moment que je ressens un besoin de changement. Dorian m'a convaincue que j'avais raison, n'est-ce pas, mon cher ?

— Absolument. Nous autres Britanniques perdons peu à peu les meilleurs au profit des États-Unis, je suis donc heureux d'avoir peut-être réussi à récupérer l'une de nos stars.

— Du coup, Maman... tu vas rester en Angleterre ?

— Je vais au moins essayer. Je suis passée au bureau de Dorian cet après-midi, juste pour dire bonjour, et nous avons commencé à bavarder. Nous nous sommes rendu compte que nous étions d'accord sur bien des choses ! Dorian m'a convaincue que mon avenir se trouve ici, en Angleterre. N'est-ce pas merveilleux ? ajouta-t-elle en saisissant la main de sa fille. Comme ça, nous pourrons être ensemble à Londres.

Ava fronça les sourcils en pensant à LJ.

— Si, bien sûr.

Assise en silence, elle écouta ensuite Cheska et Dorian disséquer diverses émissions télévisées, glousser en se racontant des rumeurs et critiquer méchamment une actrice particulièrement célèbre. Elle regrettait d'être venue. Elle ne se sentait pas du tout à sa place.

La sonnerie annonçant le lever de rideau imminent finit par retentir et Dorian les conduisit dans une loge du côté gauche de la scène. Ava baissa les yeux vers l'orchestre et vit plusieurs spectateurs en train de chuchoter et de montrer sa mère du doigt.

Les lumières s'abaissèrent et bientôt le théâtre résonna du rock and roll des années cinquante, porté par des acteurs qui incarnaient les stars les plus emblématiques de l'époque. Simon fit son entrée et Ava ne le quitta plus des yeux.

Après l'entracte, le spectacle bascula dans les années soixante. Sous une lumière tamisée, Simon s'avança pour entonner une ballade, vêtu d'un jean et d'un cardigan. Ava était captivée par sa voix douce et mélodieuse. Elle remarqua que sa mère était penchée en avant au maximum, le souffle court, elle aussi obnubilée par Simon.

« Oui, c'est la folie, la folie de l'amour… »

Côte à côte, mère et fille étaient perdues dans leurs pensées. Pour Cheska, la chose terrible qu'elle avait commise la veille était balayée de son esprit. Cela n'avait été qu'un rêve. *Ça*, c'était la réalité. Il lui était revenu, et cette fois ce serait pour toujours.

Ava se souvenait de son agréable promenade avec Simon le long de la Tamise. Elle s'était sentie si à l'aise avec lui… Néanmoins, elle se rendait bien compte qu'il était beau et talentueux et que, après sa prestation sur scène, il serait courtisé par une horde de filles. Il était tout simplement hors de portée.

*

La troupe reçut une *standing ovation* à la fin du spectacle et Cheska cria plus fort que quiconque.

— Ça ne t'embête pas de passer une minute en coulisses avec nous, Ava ? Je dois absolument féliciter Bobby. Il a été merveilleux.

— Tu veux dire Simon, la corrigea sa fille.

Laissant Dorian voir un de ses clients, Cheska partit en se pavanant vers la loge de Simon. Sans frapper, elle entra avec assurance et découvrit qu'il y avait déjà une foule de personnes venues le complimenter sur sa performance. Les écartant de son chemin, elle alla droit vers Simon, en pleine conversation, et se jeta à son cou avant de l'embrasser sur les deux joues.

— Chéri, tu étais sensationnel ! Quels débuts ! Demain, tout le monde à Londres ne parlera que de toi, je te le garantis.

— Euh, merci, Cheska.

Ava, restée près de la porte à cause de la cohue, vit qu'il était décontenancé par les éloges excessifs de sa mère. Puis il l'aperçut et lui sourit, s'écartant de Cheska pour venir à sa rencontre.

— Salut, comment vas-tu ? demanda-t-il doucement.

Elle lui adressa un sourire timide.

— Très bien, merci, tu étais formidable.

— Merci. Je…

Cheska interrompit ce moment, d'une voix particulièrement perçante.

— On se verra à la soirée, Simon !

— Euh, c'est uniquement sur invitation, j'en ai peur.

— Je suis invitée par Dorian, mon agent. Viens, Ava, laissons Simon parler à ses fans.

Cheska poussa presque sa fille hors de la loge et vers la porte qui conduisait vers le théâtre, où elles retrouvèrent Dorian.

— Ava, chérie, malheureusement Dorian n'a pas de carton supplémentaire pour toi. Mais viens donc au Savoy demain matin, nous prendrons le petit déjeuner ensemble !

— J'ai un cours.

— Pour le déjeuner alors, ou le dîner. À demain, dans tous les cas. Bonne soirée, ma puce !

Ava regarda sa mère prendre le bras de Dorian, qui lui dit au revoir silencieusement tandis que Cheska l'entraînait dans la rue. Déprimée, la jeune fille alla prendre le bus pour regagner sa résidence.

Arrivée dans sa chambre, elle aperçut un mot qui avait été glissé sous sa porte.

Il faut que tu rappelles Mary de toute urgence. Helen,
de la chambre d'à côté.

La gorge d'Ava s'assécha d'un coup et son cœur
se mit à battre à tout rompre. LJ...

Elle saisit des pièces et fila vers le téléphone. Il
était désormais onze heures passées, mais elle espérait que Mary n'était pas encore couchée et décro-
cherait. Par chance, elle ne tarda pas à le faire.

— Mary, c'est Ava. Je viens juste d'avoir ton message. Que se passe-t-il ?

— Oh Dieu merci, Ava !

— Je t'en prie, dis-moi ce qu'il y a ! C'est LJ ?

Ava entendit un sanglot à l'autre bout du fil.

— Non, ce n'est pas ta tante.

— Dieu soit loué ! Quel soulagement ! Que se
passe-t-il alors ?

— Ava, c'est Marchmont.

— Comment ça ?

— Il y a eu un terrible incendie. Oh, Ava,
Marchmont est réduit en cendres... annonça Mary
en pleurant de plus belle.

— Quelqu'un est-il... blessé ?

— Ta mère est introuvable et, comme le feu s'est
déclaré cette nuit, on ne sait pas si...

— Mary, ma mère va bien. Je viens de la voir ici
à Londres.

— Quelle bonne nouvelle ! Je savais qu'elle
devait venir, mais je pensais qu'elle partait ce matin,
et... En tout cas, heureusement qu'elle n'était pas
dans la maison la nuit dernière.

— Elle m'a dit qu'elle logeait au Savoy. Elle est
à une soirée en ce moment mais je laisserai un message.

— Ava, je crois vraiment que nous devrions contacter ton oncle David. Est-ce que tu as la liste de numéros qu'il a laissée pour les cas d'urgence ?

— Oui. Je vais tâcher de lui envoyer un message en poste restante. Même si je ne sais pas combien de temps il mettra à lui parvenir… À mon avis, il est encore au Tibet. Écoute, Mary, je prendrai le premier train pour Marchmont demain matin.

— Non, Ava ! Tu as déjà raté trop de cours ce semestre, ta tante dirait la même chose, j'en suis sûre. En plus, il n'y a rien que tu puisses faire pour le moment, je t'assure.

Un bip se fit entendre.

— Mary, excuse-moi, je dois raccrocher parce que je n'ai plus beaucoup de monnaie et il faut que j'appelle ma mère. Je te rappellerai demain matin.

Reposant le combiné avant de le reprendre aussitôt, Ava demanda le numéro du Savoy au service de renseignements et laissa un message à Cheska pour qu'elle les appelle Mary et elle dès que possible. Repartant vers sa chambre d'un pas chancelant, elle sentit ses yeux s'emplir de larmes à l'idée de sa maison chérie réduite en cendres.

Se demandant comment elle pourrait bien trouver le sommeil, elle se blottit dans son lit et, tremblant de tous ses membres, songea combien tout semblait avoir mal tourné depuis l'arrivée de Cheska.

*

Le lendemain matin, à dix heures, Ava frappa à la porte de la suite de Cheska. Elle avait essayé d'appeler mais on lui avait dit que la ligne de Mrs Hammond était bloquée, alors elle avait décidé de rater un nouveau cours pour aller la voir en personne.

— Maman, c'est moi, Ava.

Au bout d'un moment, la porte s'ouvrit et Cheska, mascara dégoulinant et cheveux en bataille, se jeta dans les bras de sa fille.

— Mon Dieu ! Mon Dieu ! Je viens de parler à Mary. LJ ne me pardonnera jamais, jamais ! Pourquoi fallait-il que cela arrive sous ma garde ? Toutes les deux vont penser que c'est ma faute, tu sais, c'est certain !

Ava vit la drôle d'expression dans les yeux de sa mère. Elle paraissait folle.

— Bien sûr que non. Allons, Maman. C'était sûrement un accident, non ?

— Je… je ne sais pas. Je ne sais plus…

— Maman, il faut que tu te calmes. S'il te plaît. Te mettre dans tous tes états ne fera de bien à personne, surtout pas à toi.

— Mais je… oh mon Dieu…

— Écoute, je… je pense que je ferais mieux d'appeler un médecin. Je…

— Non !

La véhémence de la réponse de Cheska fit sursauter Ava. Elle regarda sa mère s'essuyer les yeux et se moucher dans un mouchoir déjà trempé.

— Nul besoin de faire venir un docteur. Je vais bien maintenant, vraiment.

— D'accord. Un petit brandy alors, ou quelque chose du genre ? Il paraît que ça aide en cas de choc. Tu veux que j'en fasse monter ?

Cheska désigna un petit meuble au coin du salon délicieusement meublé.

— Il doit y en avoir là-dedans.

— D'accord. Va donc te rafraîchir un peu pendant que je te sers un verre, et ensuite on avisera.

Cheska fixa sa fille.

— Comment ai-je bien pu donner naissance à quelqu'un comme toi, *moi* ? déclara-t-elle incrédule avant de se diriger vers la salle de bains.

Ava versa le brandy, puis s'assit sur le canapé le temps que sa mère revienne, pâle mais débarbouillée.

— Bon, tout ce que je sais pour l'instant, c'est qu'il y a eu un incendie. Peux-tu essayer de me raconter exactement ce qui s'est passé ?

— Eh bien, j'ai quitté Marchmont lundi vers vingt heures. Mary dit que Jack Wallace l'a appelée quand il a vu de grands nuages de fumée s'échapper des fenêtres du premier étage au beau milieu de la nuit. Il a averti les pompiers, mais je crois qu'il était trop tard pour faire quoi que ce soit.

— Quels sont les dégâts ?

— Énormes, selon Mary. Le toit a entièrement brûlé, ainsi que l'essentiel de l'intérieur de la maison, mais apparemment les murs extérieurs ont résisté. Jack a dit à Mary qu'ils avaient été sauvés par une pluie torrentielle. Je suppose que nous pouvons au moins nous réjouir de cela.

— Est-ce qu'ils savent ce qui a provoqué l'incendie ?

— D'après Mary, il pourrait s'agir d'un défaut du circuit électrique. Certaines des installations étaient très, très vétustes. Mais le pire, Ava, ajouta-t-elle en frissonnant, c'est que j'aurais pu y être à ce moment-là. Je n'ai décidé de partir pour Londres que plus tôt ce soir-là, sur un coup de tête. Je n'étais censée y aller que le lendemain.

— Et les animaux ? Est-ce qu'ils vont bien ?

— Je suis sûre que oui et que Jack veille bien sur eux. Le feu n'a touché que la maison. Je ne veux pas la voir, frémit-elle en se couvrant le visage. Il m'est insupportable d'imaginer cette superbe demeure noircie et fumante.

— Pourtant nous devons y aller. D'ailleurs, il faudrait partir sur-le-champ.

Cheska écarta ses mains de ses yeux et regarda Ava horrifiée.

— Tu voudrais que je prenne la voiture pour aller à Marchmont là, maintenant ? Non, non, impossible.

Elle se remit à pleurer.

— Moi en tout cas, je vais y aller.

— *Non !* S'il te plaît, Ava, gémit-elle en lui prenant la main. J'ai besoin de toi. Tu ne peux pas me laisser toute seule, *s'il te plaît.* Donne-moi juste le temps de me remettre du choc. Je ne peux pas y aller tout de suite, je ne m'en sens pas la force.

Ava voyait que sa mère redevenait hystérique. Elle lui passa un bras autour des épaules.

— D'accord, soupira-t-elle, je vais rester avec toi.

— Jack Wallace a dit qu'il n'y avait rien à faire, de toute façon. La maison est fichue.

— Quand tu seras plus calme, nous devrons y aller dès que possible, dans tous les cas. Selon Mary, la police veut t'interroger, voir si tu as remarqué quoi que ce soit d'anormal avant ton départ.

— La police ne pourrait pas venir ici ? Je suis bien trop bouleversée pour conduire. En plus de cela, j'ai un rendez-vous très important vendredi matin. Hier soir, j'ai rencontré un réalisateur qui meurt d'envie que je rejoigne sa nouvelle série télévisée.

— Tu ne peux pas décaler ?

Ava était effarée que sa mère puisse penser à sa carrière à un moment pareil. Cheska aperçut son regard atterré.

— Si nécessaire, je m'arrangerai, évidemment. Et j'ai appelé la maison de repos ce matin. Tante LJ va très bien. De toute évidence, nous ne devons rien lui dire tant qu'elle ne sera pas assez forte pour encaisser la nouvelle, alors je pense qu'il vaudrait mieux ne pas lui rendre visite ces deux prochains jours.

— Je suppose que tu as raison. Je remercie le ciel qu'elle ait été dans sa maison de repos, sinon… imagina Ava en frissonnant. Et pauvre Oncle David. Que va-t-il dire quand il découvrira que sa mère a eu une attaque et que Marchmont a pris feu ? Je lui ai envoyé un message, mais je ne sais pas quand il l'aura.

— Ah oui ? Nous allons devoir gérer tout cela toutes les deux jusqu'à son retour. Nous pouvons nous en sortir si nous nous serrons les coudes, pas vrai ?

— Oui. Maman, écoute, si nous ne partons pas aujourd'hui pour Marchmont, j'aimerais aller en cours cet après-midi. Cela ne t'embête pas ? J'ai déjà pris énormément de retard.

— Tu reviendras après, hein ? Tu me le promets ?

— Si tu as besoin de moi.

Ava se leva, embrassa sa mère et quitta l'hôtel, soulagée de respirer l'air frisquet d'octobre et de se retrouver dans la rue, où tout semblait suivre son cours normal.

*

Ava revint au Savoy après sa conférence et vit que sa mère avait commandé des plats et du champagne en abondance au service d'étage.

— Je me disais que nous pourrions regarder un film ensemble, suggéra Cheska en remplissant les verres et en ôtant les couvercles en argent d'un éventail de mets variés. Je ne savais pas ce qui te ferait plaisir, alors j'ai commandé un peu de tout.

— J'ai un devoir à rédiger et un cours tôt demain matin. Je vais dîner avec toi, mais ensuite je rentrerai à la résidence.

— *Non !* Je t'en prie, Ava, je ne veux pas être seule ce soir. La police m'a contactée et viendra me voir demain après-midi. J'ai peur, j'ai tellement peur. Ils diront peut-être que tout est de ma faute.

— Je suis sûre que non. Ils veulent juste plus d'informations.

— Je t'en supplie, reste avec moi. Je sais que je vais faire d'horribles cauchemars.

— D'accord, accepta Ava à contrecœur, lisant le désespoir dans les yeux de sa mère.

Elles dînèrent, regardèrent un film, puis Ava bâilla.

— Je vais me coucher, annonça-t-elle. Je vais m'installer sur le canapé.

— Ça t'embêterait... ça t'embêterait de dormir avec moi ? J'ai un très grand lit. C'est juste que je ne veux pas être toute seule ce soir. Je sais très bien que je vais faire des rêves atroces.

Ava la suivit dans la chambre digne d'un palais. Cheska s'éclipsa et revint dans une chemise de nuit en satin.

— Tu ne te changes pas, ma chérie ?

— Je n'ai rien avec moi.

— Tu peux emprunter une de mes nuisettes, j'en ai plusieurs. Va donc jeter un œil.

Ava se rendit dans le dressing et eut le souffle coupé. Robes et tailleurs y pendaient à foison, et les étagères regorgeaient de chemisiers, de sous-vêtements et de chemises de nuit, soigneusement pliés. Même pour quelqu'un d'aussi excessif que sa mère, c'était beaucoup pour un séjour de vingt-quatre heures.

À moins que Cheska n'ait pas du tout eu l'intention de retourner à Marchmont...

Trop épuisée et désorientée pour envisager cette possibilité, Ava choisit l'une des nuisettes les moins légères de sa mère et l'enfila.

Lorsqu'elle revint dans la chambre, Cheska était assise dans le lit. Elle le tapota.

— Grimpe !

— Est-ce que je peux éteindre la lumière ?

— Je ne préférerais pas. Parle-moi, Ava.

— De quoi ?

— Oh, de n'importe quoi de gai.

— Je...

La jeune fille manquait totalement d'inspiration.

— Bon, dans ce cas c'est *moi* qui vais te raconter une histoire, tant que tu viens me faire un câlin.

C'est amusant, tu ne trouves pas ? C'est comme être dans un dortoir, sourit Cheska en se blottissant dans les bras d'Ava.

La jeune fille pensa alors avec angoisse à sa ravissante chambre de Marchmont, désormais noircie et ouverte au ciel nocturne, à toutes ses précieuses affaires détruites... Non, cela n'avait absolument rien d'« amusant ».

— Alors, il était une fois...

Ava écoutait à moitié le conte de fées que lui racontait sa mère, l'histoire d'un certain Shuni, un lutin qui habitait dans les montagnes galloises. D'affreuses images s'imposaient à son esprit : Marchmont en feu, LJ dans une maison de repos, Oncle David injoignable...

Elle finit par s'assoupir. Elle entendait vaguement la voix de sa mère et sentait une main lui caresser les cheveux.

— C'est peut-être mieux comme ça, chérie, et puis Bobby viendra demain pour un brunch. Cela va être sympa, non ?

Ava savait qu'elle devait rêver.

50

À son réveil, Cheska n'était plus à ses côtés. Ava se redressa et se frotta les yeux. Elle avait bu trop de champagne la veille et avait mal à la tête.

Elle consulta sa montre : il était presque onze heures. Elle avait encore raté son cours, pensa-t-elle en gémissant.

— Salut, marmotte.

Cheska lui sourit en émergeant du dressing, aussi bien vêtue que si elle sortait tout juste du tournage des *Barons du pétrole*. Ses cheveux et son maquillage étaient impeccables.

— Mes invités arrivent dans un quart d'heure. Tu veux prendre une douche ?

— Mais, Maman, tu ne reçois quand même pas des gens pour un brunch ? Tu as dit que la police devait venir, et nous devons vraiment rentrer à la maison dès que possible.

Cheska s'assit sur le bord du lit.

— Chérie, je te l'ai déjà dit, nous ne pouvons rien faire à Marchmont. J'ai appelé Jack Wallace il y a une heure et il m'a assuré que tout était sous contrôle. Il pense, tout comme moi, qu'il vaut mieux que nous restions ici pour le moment. Je parlerai à la police cette après-midi, et ensuite nous verrons.

On frappa à la porte de la suite et Cheska bondit sur ses pieds.

— Ça doit être le service d'étage. J'ai demandé qu'on m'apporte six bouteilles de champagne. Je pense que ça suffira, tu ne crois pas ?

— Je n'en ai aucune idée, répondit Ava, perplexe.

— Si jamais il en faut plus, nous pourrons toujours en redemander ! conclut Cheska en sortant de la chambre.

Ava soupira de désespoir face à ces changements d'humeur de sa mère, puis descendit péniblement du lit. Son énergie habituelle semblait l'avoir désertée et, tandis qu'elle se dirigeait vers la luxueuse salle de bains, chacun de ses muscles la faisait souffrir.

Sous la douche revitalisante, elle essaya de comprendre l'attitude lunatique de sa mère, en vain. La veille, Cheska avait été désemparée ; ce matin, elle se comportait comme si rien d'anormal ne s'était produit.

Alors qu'elle s'habillait dans la chambre, elle entendit des rires dans la pièce à côté. Elle s'assit sur le lit et secoua la tête. Elle n'avait pas la force de rejoindre sa mère et ses invités. Une larme coula le long de sa joue et elle fit monter une prière pour qu'Oncle David reçoive vite son message.

On frappa soudain à la porte.

— Oui ? fit-elle.

— Salut Ava, c'est moi. Qu'est-ce qui ne va pas ? s'enquit Simon en entrant dans la chambre.

Elle le regarda étonnée, se demandant ce qu'il faisait là.

— Cheska ne t'a rien dit ?

— Dit quoi ?

— Que Marchmont a pris feu ! Ma si belle maison est réduite en cendres !

Il y eut un court silence.

— Non. Je l'ai entendue dire à Dorian qu'il y avait eu un problème, mais c'est tout. Bon sang ! s'exclama-t-il en passant une main dans ses épais cheveux blonds. Tu dis que Marchmont est détruit ?

Ava s'essuya les yeux et le nez du revers de la main.

— Oui. Et j'ai l'impression qu'elle s'en fiche ! Comment peut-elle organiser un brunch ce matin ? Comment ?!

Simon s'assit près d'elle.

— Mon Dieu, Ava, je suis tellement désolé. Quelqu'un a-t-il été blessé ?

— Non. La maison était vide.

— Bon, c'est déjà ça. Je suis certain qu'elle sera vite reconstruite. Vous recevrez de l'argent de l'assurance et…

— Mais ce n'est pas ça, le problème ! Tout a disparu ! Ma grand-tante est dans une maison de repos, mon oncle est je ne sais où et ma mère se comporte comme si c'était Noël ! Je… je ne sais pas quoi faire.

— Ava, je te promets que je vais faire tout ce que je peux pour t'aider…

— Chérie ! Que se passe-t-il ?

Cheska se tenait à la porte de la chambre et les observait.

— Ava est bouleversée par l'incendie à Marchmont, répondit Simon. À juste titre.

— C'est normal, fit-elle en venant s'asseoir à côté de lui. Je sais que ça a été un terrible choc pour toi, ma chérie, mais je suis sûre que Bobby ne veut pas que tu l'ennuies avec tes larmes, n'est-ce pas, Bobby ?

— Je m'appelle Simon et cela ne me dérange absolument pas, dit-il d'une voix ferme.

— Viens avec moi, Simon, tenta de l'amadouer Cheska. Je veux discuter de quelque chose avec toi.

— Je viendrai tout à l'heure, quand Ava sera plus calme, d'accord ?

— Ne sois pas trop long. Je veux te présenter quelqu'un.

Cheska les laissa seuls et Simon se tourna vers Ava.

— Excuse-moi de ne pas avoir pu passer plus de temps avec toi le soir de la première.

— Pas de problème, fit-elle en haussant les épaules. Tu étais très sollicité.

— C'est sûr que ta mère est très accaparante. Elle semble vouloir faire de moi une star.

— Elle en a sans doute les moyens, fit Ava tristement. J'ai l'impression qu'elle obtient toujours ce qu'elle veut.

— Peut-être, mais écoute, Ava, tu m'as manqué. Est-ce que je pourrais t'emmener dîner un soir après le spectacle ?

— J'aimerais bien, mais avec tout ce qui se passe en ce moment, je ne sais pas quand je pourrai. J'ai l'intention d'aller au pays de Galles ces prochains jours.

— Naturellement. Je sais que tu as d'autres préoccupations en ce moment, répondit Simon en lui levant le menton et en lui déposant un baiser sur la joue. Mais quand tu auras plus de temps, nous pourrons…

Tous deux entendirent Cheska l'appeler depuis le salon.

— Tu ferais mieux d'y aller, lui conseilla Ava.

Simon soupira et hocha la tête.

— Elle veut que je rencontre un producteur de disques avant qu'il ne parte. Tu viens avec moi ?

— Non merci. Je n'ai pas le courage d'affronter ça.

— D'accord. Je comprends. Si je peux faire quoi que ce soit, appelle-moi, promis ?

— Promis.

Ava le regarda s'éloigner, puis alla dans la salle de bains, ferma la porte à clé et ouvrit tous les robinets à fond pour noyer les rires qui émanaient du salon.

*

Malgré son incompréhension face à la bizarrerie de la situation, Ava s'était sentie coupable de ne pas avoir participé au brunch alors, au moment de partir, elle avait promis à sa mère de revenir le lendemain. Elle avait assisté à son cours du matin, en sachant que sa concentration était en miettes, avant de retourner à contrecœur au Savoy.

Cheska sortait d'un rendez-vous à la BBC et était enchantée.

— Ils vont ajouter des scènes exprès pour moi, tu te rends compte ! Je suis aux anges et j'aimerais t'emmener faire du shopping pour fêter ça. Après tout, si je reste à Londres, je vais avoir besoin de nouvelles tenues.

— Est-ce que les policiers sont venus hier après-midi ? s'enquit Ava.

— J'ai appelé pour annuler, répondit Cheska comme si cela n'avait aucune importance. Ils viendront demain. Allez, en route !

Le shopping n'était déjà pas un passe-temps qu'appréciait Ava, et cette activité lui semblait d'une frivolité d'autant plus absurde à la lumière des événements, cependant, comme toujours, il était impossible de dire non à Cheska. La jeune fille suivit donc sa mère chez Harrods, tandis que celle-ci voletait de portant en portant, comme un oiseau à la recherche d'un ver.

— Tiens, chérie, tu peux me tenir ça ? fit Cheska en soulevant une énième robe hors de prix pour la déposer dans les bras d'Ava, déjà débordants d'articles.

— Mais, Maman, et tous ces vêtements que tu as à l'hôtel alors ?

— Ces vieilles choses ? Je prends un nouveau départ et je veux être à mon avantage. Tiens, essaie donc ceci !

Cheska avait sorti une veste rouge courte et une jupe assortie.

— J'ai déjà plein de vêtements. Je n'ai vraiment besoin de rien.

— Là n'est pas la question. On n'achète pas ce genre de tenues pour des raisons pratiques. Qui plus est, la plupart de tes affaires sont à Marchmont, probablement calcinées. Et puis je suis sûre que tu vas devoir t'habiller bien plus chic maintenant que tu habites à Londres.

En essayant la veste, Ava jeta un coup d'œil à l'étiquette. Elle coûtait près de huit cents livres. Cheska entra alors dans la cabine de sa fille, vêtue d'un tailleur noir et crème à la mode, droit, avec de larges épaulettes.

— Qu'est-ce que tu en penses ? Je trouve ça trop sévère, pas toi ? demanda-t-elle en tournoyant devant la glace.

— Je te trouve ravissante, Maman.

— Merci. Bon il m'en reste encore tout un tas à essayer avant de me décider. Cet ensemble rouge te va drôlement bien ! ajouta-t-elle en regardant Ava. Prenons-le.

Après ce qui sembla une éternité à la jeune fille, elles sortirent de chez Harrods et hélèrent un taxi. Cheska n'avait pas réussi à choisir et avait donc acheté les cinq tenues qu'elle avait enfilées, accompagnées de chaussures assorties et de deux sacs à main. Tout serait livré à sa suite du Savoy.

— Place Beauchamp, San Lorenzo, s'il vous plaît, indiqua Cheska au chauffeur.

— Où allons-nous ? s'étonna Ava.

— Retrouver Dorian pour un apéritif dinatoire.

— Tu veux vraiment que je vienne avec toi ? Il faut absolument que je termine un devoir.

— Évidemment que je veux que tu viennes, chérie. Dorian souhaite te parler.

L'agent était déjà attablé. Il se leva pour les embrasser toutes les deux, puis leur servit du vin blanc. Après quelques banalités de circonstance, il se tourna vers Ava.

— Ma jolie, ta mère et moi avons besoin de ton aide.

— Ah oui ? Comment cela ?

— Eh bien, Cheska a décroché un rôle en or, tout spécialement écrit pour elle, dans un nouveau feuilleton très prometteur qui passera sur la BBC au printemps prochain. Nous devons donc construire son profil médiatique ici, en Angleterre. Annoncer qu'elle est de retour à la maison, pour de bon, et présenter ses raisons de façon positive.

— Et quel est le rapport avec moi ?

— Nous devons faire en sorte que les Britanniques la voient pour ce qu'elle est, au-delà du personnage de Gigi dans les *Barons du pétrole.* J'ai une très bonne amie au *Daily Mail,* elle salive à l'idée d'entendre votre histoire à toutes les deux.

— Quelle histoire ?

— Comme tu le sais probablement, Ava, personne à l'heure actuelle n'est au courant de ton existence. Toutefois, c'est inévitable, le public le découvrira, aussi est-il préférable que vous racontiez l'histoire vous-mêmes : une actrice célèbre donne naissance à une petite fille alors qu'elle n'est elle-même guère plus âgée qu'une enfant, mais doit la laisser pour partir forger sa carrière à Hollywood. La mère retourne en Angleterre des années plus tard pour la retrouver. Cela fera la une, je te le garantis. Qu'en penses-tu ?

— Je trouve cela effrayant, frémit Ava. Je n'ai aucune envie d'étaler ma vie privée.

Cheska lui prit la main.

— Je sais bien, ma chérie. Mais l'ennui c'est que si je veux rester avec toi en Angleterre, il faut que je gagne ma vie. Et la seule chose que je sache faire, c'est jouer la comédie. Or la presse s'en donnera à cœur joie si elle découvre notre relation. Elle me réduira en miettes, je t'assure.

Ava se disait que le coût de la suite au Savoy et la note exorbitante chez Harrods auraient très bien pu couvrir ses frais pour quelque temps.

— Je te promets que je ne dirai à personne que je suis ta fille, mais je préfère vraiment rester dans l'ombre, Maman.

— Je comprends, Ava, intervint Dorian, cependant nous devons gérer cette situation avec beaucoup de prudence, pour le bien de ta mère. La journaliste à qui je pense se montrerait… compatissante. Et bien sûr, tu aurais un droit de regard sur l'article.

— Cela ne t'embêterait pas, chérie, hein ? Juste quelques lignes et une photo. S'il te plaît ? J'ai besoin que tu le fasses pour moi. Toute ma future carrière en dépend.

— Je m'y refuse, désolée, répondit la jeune fille avec fermeté.

— Mais j'imagine que tu souhaites aider ta mère autant que possible, non ? insista Dorian.

— Oui, évidemment, mais… j'ai peur. Je n'ai jamais rencontré de journaliste !

— Je serai avec toi. C'est moi qui parlerai, ne t'inquiète pas, déclara Cheska.

Ava se trouvait face à un rouleau compresseur. Elle savait que, si elle refusait, sa mère bouderait et ferait tout pour l'amadouer, et elle n'avait pas la force de lutter. Elle était épuisée.

— Très bien, finit-elle par céder, sans en penser un mot.

— Merci, ma grande, fit Dorian, soulagé. Voilà qui est décidé alors. J'appellerai Jodie dès ce soir et conviendrai d'un rendez-vous. On commande ? Je meurs de faim.

Après le dîner, auquel Ava toucha à peine, Dorian régla l'addition et annonça qu'il partait voir un client au théâtre. Mal à l'aise, Ava attendait que Cheska finisse son café pour pouvoir partir à son tour.

— Tu es libre demain ? lui demanda sa mère tandis qu'elles s'engageaient dans Knightsbridge Street.

— Non. J'ai des cours toute la journée.

— C'est vrai ? Je pensais que tu voudrais être là quand viendrait la police, dans l'après-midi.

— Je ne peux pas. J'ai beaucoup de travail à rattraper et je dois aussi m'organiser pour rendre visite à LJ ce week-end. Mais je me libérerai pour passer te voir au Savoy vers cinq heures, ajouta-t-elle en voyant l'air dévasté de sa mère.

— Merci, chérie. Tiens, prends ce taxi, fit-elle en hélant une voiture et en glissant un billet de vingt livres dans la paume d'Ava.

— Je peux prendre le bus, je t'assure.

— Et moi j'insiste pour que tu rentres en taxi. Tu sais combien je t'aime, n'est-ce pas ?

Ava baissa les yeux et opina du chef. Que pouvait-elle faire d'autre ?

— Quand j'ai découvert que je t'attendais, j'avais seize ans et j'étais terrorisée. Je n'avais personne pour m'aider. Tu ne dois pas oublier que l'avortement était encore illégal. Non pas que j'y aurais pensé, précisa aussitôt Cheska, parce que je voulais te garder. Mais ta grand-mère venait d'avoir son accident et était dans le coma, et je n'avais aucune idée de comment m'occuper d'un bébé. Lorsque je suis allée à Hollywood pour une audition et que j'ai décroché un contrat, mon agent m'a dit de ne parler de toi à personne. Je sais que j'aurais dû refuser cette clause, mais essaie d'imaginer à quel point j'étais naïve et vulnérable. J'étais plus jeune que toi aujourd'hui.

Ava sentait sur elles le regard impatient du chauffeur de taxi.

— Nous en reparlerons une autre fois, dit-elle rapidement avant de monter.

— À demain, chérie.

Cheska lui fit de grands signes de la main tandis que la voiture s'éloignait. Ava s'enfonça sombrement sur la banquette, consciente qu'elle avait été une nouvelle fois manipulée par sa mère.

De retour dans sa chambre, elle tenta d'écrire son devoir mais n'arrivait pas à se concentrer : ses pensées revenaient sans cesse à sa mère. Tout ce qu'était – ou, du moins, semblait être – Cheska dépassait l'entendement. La jeune fille reposa son stylo et posa la tête sur copie inachevée, se demandant auprès de qui elle pourrait prendre conseil.

Elle ne voulait pas inquiéter Mary et, dans l'état actuel des choses, elle ne pouvait pas se confier à LJ. Et Simon ?

— Oncle David, soupira-t-elle en s'effondrant dans son lit, épuisée. Je t'en prie, reçois mon message et reviens vite.

La porte de la suite s'ouvrit et Cheska accueillit Ava en souriant.

— L'inspecteur Crosby s'apprête à repartir. Viens donc lui dire bonjour.

Ava suivit sa mère au salon. L'inspecteur paraissait détendu et rangeait un dossier dans son cartable.

— Inspecteur, je vous présente ma fille, Ava.

— Avez-vous découvert la cause de l'incendie ? s'enquit celle-ci après lui avoir serré la main.

— Les enquêteurs y travaillent encore, mais ils sont presque certains que c'était un acte délibéré. Ils pensent que le feu a commencé dans l'une des chambres. Ne vous inquiétez pas, mademoiselle, nous prenons ce cas très au sérieux. Marchmont Hall fait partie du patrimoine national, en plus d'être la maison de votre famille, et...

— J'étais choquée, comme tu peux l'imaginer, interrompit Cheska. Comme je l'ai dit à l'inspecteur Crosby, il s'agissait peut-être d'un intrus qui cherchait à me tuer. Tu sais, les célébrités comme moi attirent souvent des personnes mal intentionnées. Quand je pense que j'aurais pu mourir dans mon lit, avalée par les flammes !

— Il y a certainement des gens très étranges, madame Hammond, convint l'inspecteur. Et Marchmont n'est pas très sécurisé. En tout cas, vous avez eu beaucoup de chance, c'est certain, confirma l'inspecteur. Et, euh, serait-il possible d'avoir deux photos dédicacées pour les garçons ?

— Avec plaisir, je vais vous en chercher.

Ava resta avec l'inspecteur, un peu gênée.

— Je ne savais pas que Cheska Hammond avait une fille. Vous êtes son portrait craché.

— Merci. Alors, quelles sont les prochaines étapes pour Marchmont ?

— Les enquêteurs ont presque fini. Ils rendront leur rapport la semaine prochaine. De mon côté, j'ai encore quelques points à éclaircir.

— Vous pensez donc que quelqu'un s'est introduit dans la maison pour mettre le feu volontairement ?

— À l'heure actuelle, c'est la seule explication plausible – à moins que votre mère n'ait voulu incendier sa propre demeure, plaisanta-t-il.

— Cette maison n'appartient pas à ma mère, mais à ma tante.

— Voilà pour vous, annonça Cheska en brandissant les photos.

— Merci. Les garçons seront ravis, fit-il en les rangeant soigneusement dans son cartable. C'était un plaisir de vous rencontrer, madame Hammond. Et votre fille aussi, ajouta-t-il en jetant un coup d'œil à Ava. Je vous tiendrai au courant.

Quand la porte se fut refermée, Cheska s'affala sur le canapé.

— J'ai l'impression d'avoir subi un interrogatoire au tribunal ! se lamenta-t-elle. Tu ne penses quand même pas que… qu'il m'ait soupçonnée ? ajouta-t-elle, les yeux soudain emplis d'effroi.

— Non, Maman.

— C'est juste que, avec certaines des questions qu'il m'a posées… j'avais l'impression d'être une criminelle.

— À ta place, je ne m'inquiéterais pas. Quand il est parti, il semblait être devenu l'un de tes plus grands fans.

— Tu crois ?

— Oui. Bon, je vais devoir y aller.

— Aller où ?

— Chez moi, pour travailler un peu.

— Mais tu ne peux pas ! Jodie sera là dans un quart d'heure.

— Qui est Jodie ?

— La journaliste du *Daily Mail.* Je te promets que ce ne sera pas long. Je peux te commander quelque chose au service d'étage…

— Je n'ai pas faim.

— Du champagne, alors ? Je vais en faire monter.

— Non merci.

— Écoute, chérie, je sais que ça te coûte de le faire, mais tu nous l'as promis, à Dorian et moi. Tu n'auras même pas besoin de dire grand-chose, je m'en chargerai, j'ai l'habitude. D'accord ?

*

Une heure et demie plus tard, Ava quitta le Savoy, écœurée. Cheska avait insisté pour s'asseoir à côté d'elle pendant l'entretien, lui prenant la main et lui passant le bras autour des épaules, jouant à la perfection le rôle de mère dévouée. Ava avait à peine ouvert la bouche, répondant aux questions de la journaliste par des monosyllabes. Un photographe les avait rejointes et, après quelques clichés, Ava s'était levée, avait embrassé sa mère et était partie. Ce faisant, elle avait entendu

Cheska marmonner qu'elle verrait Simon le lendemain.

En s'installant dans le bus, la jeune fille se força à regarder la réalité en face : sa mère était amoureuse de Simon. Et peut-être l'aimait-il lui aussi. En arrivant dans sa chambre, elle s'allongea sur son lit, les larmes aux yeux, mais cela ne servait à rien de ruminer ces idées noires. Elle décida de partir le lendemain pour le pays de Galles, afin d'aller voir LJ. Même si elle savait qu'il valait mieux ne pas lui parler de la tragédie qui avait frappé Marchmont, elle avait besoin de la présence solide et rassurante de sa tante. Épuisée, elle ferma les yeux et repensa aux conclusions des enquêteurs. L'incendie était d'origine criminelle… Sa mère mentait, elle le ressentait au plus profond de son être.

51

—**M**onsieur Glenwilliam, un appel pour vous de la part de David Marchmont.
— Merci, Sheila.

— Glenwilliam ?

— David, je suis tellement soulagé que vous appeliez.

— Nous venons de rentrer à notre hôtel de Lhasa après un trek dans l'Himalaya. On m'a transmis des messages me demandant de vous contacter vous et Ava de toute urgence. Je n'ai pas réussi à joindre Ava à Londres. Que se passe-t-il ? Il est arrivé quelque chose à ma mère ?

— Non. Pour autant que je sache, elle va bien. Au moins, elle est dans une maison de repos…

— Une maison de repos ?

— Oui, mais nous pouvons remercier le Ciel que ça ait été le cas. L'une des raisons pour lesquelles je voulais vous parler, c'est que Marchmont Hall a été très endommagé dans un incendie il y a quelques jours.

— Quoi ? Quelqu'un a-t-il été blessé ?

— Non.

— Dieu soit loué. Merci de m'avoir contacté, Glenwilliam.

— Eh bien, Mrs Hammond m'a prévenu que je n'arriverais pas à vous joindre, mais je pensais qu'il valait mieux ess…

— Cheska ? Elle est revenue ?

— Oui. Apparemment, elle est à présent à Londres. Et, bien sûr, Ava y est aussi, à l'université.

— Bon sang ! J'ai l'impression que l'enfer s'est déchaîné ! Ma mère est dans une maison de repos, Marchmont est parti en fumée et Cheska est de retour en Angleterre. Est-elle avec Ava ?

— Votre gouvernante m'a dit que Mrs Hammond logeait au Savoy. J'ai téléphoné à l'hôtel à plusieurs reprises, mais elle ne m'a pas encore rappelé. Je dois absolument lui parler. Maintenant qu'elle dispose d'une procuration pour Marchmont, je ne peux rien faire sans son aval. En plus…

— Une procuration ? Cheska ? Pourquoi ?

— Je suis désolé, David, permettez-moi de revenir un peu en arrière. Votre mère se trouve dans une maison de repos en raison d'un accident vasculaire cérébral survenu en septembre. Les médecins et moi-même avons considéré qu'il valait mieux que ce soit Mrs Hammond qui gère les finances de Marchmont le temps que votre mère se remette.

— Un AVC ? Quel genre d'AVC ?

— D'après ce que j'ai compris, elle récupère bien. Toutefois, il y a un autre problème dont je dois vous informer, ajouta-t-il après une pause, avec nervosité. Une somme conséquente a été retirée du compte de Marchmont, et je voulais vérifier que cela avait été fait sur instruction de Mrs Hammond et, bien sûr, pourquoi elle avait transféré cet argent.

— Comment ? Pourquoi diable avez-vous permis à Cheska d'avoir une procuration ? explosa David. Vous auriez quand même pu attendre de m'en parler !

— Pardonnez-moi, mais je ne savais pas quand je pourrais vous contacter, et Mrs Hammond s'est montrée très insistante. Naturellement, j'ai proposé de gérer la propriété pour elle en votre absence, mais elle semblait déterminée à en prendre elle-même la responsabilité. Le médecin de votre mère a rédigé une déclaration dans laquelle il la juge inapte à poursuivre la gestion du domaine.

— Et il ne fait aucun doute que vous êtes tous les deux tombés sous le charme de ma nièce, jolie et célèbre. Vous a-t-elle aussi demandé qui hériterait de Marchmont à la mort de ma mère ?

Il y eut un autre silence.

— Je crois, oui.

— Et vous lui avez répondu ?

— Elle paraissait déjà au courant, David. J'ai simplement clarifié la situation.

— Écoutez, je vais rentrer au plus vite. J'irai d'abord à Londres pour parler à Cheska et tenter d'y voir plus clair dans ce foutoir. Je vous contacterai à mon arrivée. Au revoir.

David raccrocha violemment et se rallongea sur le lit en gémissant.

— Mon Dieu ! Quel plaisir de profiter d'un peu de luxe après des semaines à se laver avec des seaux et à dormir sur ces horribles nattes ! s'exclama Tor en émergeant de la douche. David, que se passe-t-il ? Tu es pâle comme un linge !

— Je savais que nous n'aurions pas dû être injoignables aussi longtemps. C'est le chaos total en Angleterre !

Les épaules de David commençaient à trembler. Tor s'assit près de lui pour l'enlacer.

— Ma mère a eu une attaque. Glenwilliam dit qu'elle est en maison de repos. Et Cheska est rentrée.

— Cheska ? Elle est à Marchmont ?

— Non… Si cela ne suffisait pas, la maison a pris feu. Je ne connais pas l'étendue des dégâts, mais Glenwilliam a donné une procuration à Cheska, et la voilà partie à Londres après avoir retiré une « somme conséquente » du compte de Marchmont.

— Doux Jésus ! J'ai l'impression que nous ferions mieux de sauter dans le premier avion pour Londres. Je vais appeler la réception pendant que tu te prépares un remontant. Et un pour moi aussi, ajouta Tor.

David se leva pour se diriger avec peine vers le minibar. Il se servit un grand verre de gin, ajouta une dose de tonic et des glaçons, puis en but une longue gorgée.

Vingt minutes plus tard, Tor fourrait quelques vêtements dans le petit sac de voyage de David.

— Je t'ai réservé un vol pour ce soir. Tu vas devoir faire une assez longue escale à Pékin, mais c'est le meilleur itinéraire que j'aie trouvé. Tu devrais arriver à Heathrow dimanche en début de soirée, heure locale.

— Et toi ?

— Malheureusement, chéri, il ne restait qu'une place. Je te rejoindrai dès que possible.

— Tout est de ma faute, soupira David avec désespoir. J'aurais dû deviner que Cheska reviendrait à Marchmont me sachant loin...

— David chéri, tu as passé ta vie à t'occuper de Greta, Cheska et Ava, qui ne sont même pas ta vraie famille. Le fait que tu te sois accordé un peu de temps pour toi ne te rend coupable de rien. Tu ne dois pas l'oublier.

— Merci, ma chérie. Je tâcherai de m'en souvenir.

*

Assise à son bureau, Ava luttait pour rédiger son devoir, lorsqu'elle entendit des coups à sa porte.

— Téléphone pour toi, Ava.

La jeune fille se rendit alors au bout du couloir.

— Allô ?

— C'est moi, Mary. Je suis désolée de te déranger, mais je ne sais pas quoi faire d'autre. J'ai appelé hier soir et personne n'a répondu.

— Est-ce que LJ va bien ? demanda Ava, paniquée.

— Calme-toi, elle n'est pas morte, ou du moins pas que je sache. Elle a juste... disparu.

— Disparu ? Qu'est-ce que tu veux dire par là ?

— Je suis allée lui rendre visite hier soir, à la maison de repos. À mon arrivée, l'infirmière en chef était surprise de me voir. Elle m'a dit que la nièce de Mrs Marchmont l'avait transférée ailleurs il y a quelques jours, mais elle ne sait pas où.

— Quoi ? Cheska l'a fait sortir de la maison de repos sans nous prévenir ?

— Oui. Lundi, avant de partir pour Londres. Elle m'a dit de ne pas rendre visite à ta tante pendant quelques jours, sachant qu'elle devait passer des examens à l'hôpital d'Abergavenny.

— Alors c'est là-bas qu'elle doit être, forcément !

— Non, c'est bien ça le problème. J'ai appelé l'hôpital… Ta tante n'avait aucun examen de prévu avant la semaine prochaine.

Ava entendit Mary ravaler un sanglot.

— Je vais immédiatement appeler ma mère pour savoir où et *pourquoi* elle l'a transférée.

— J'ai essayé de la joindre au Savoy, mais le réceptionniste m'a indiqué qu'elle avait bloqué sa ligne jusqu'à nouvel ordre. Oh Ava, qu'est-ce que ta mère a fait d'elle ?

— Je ne sais pas, mais je te promets de le découvrir au plus vite. Essaie de ne pas t'inquiéter, Mary. Je suis sûre qu'elle va bien. Des nouvelles d'Oncle David ? Il devrait maintenant être de retour à son hôtel de Lhasa.

— Pas encore de nouvelles, mais je suis certaine qu'il appellera dès qu'il aura ton message.

— Il faut qu'il rentre de toute urgence, Mary, il est le seul à pouvoir comprendre ce qui s'est passé. J'avais l'intention de rentrer ce soir, mais il faut d'abord que je parle à ma mère. Je te rappellerai dès que je l'aurai vue et qu'elle m'aura donné des explications.

— Merci… S'il te plaît, fais bien attention à toi quand tu iras la voir, d'accord ?

— Comment ça ?

— Je... Écoute, ta mère n'est peut-être pas tout à fait ce qu'elle semble être.

Ava songea sombrement qu'elle commençait à s'en rendre compte elle-même.

*

Simon frappa à la porte de la suite de Cheska.

— Entrez !

Il tourna la poignée et s'aperçut que la porte n'était pas fermée à clé.

— Cheska ? appela-t-il en avançant.

— Par ici, chéri, lui répondit une voix en provenance de la chambre à coucher. Entre.

— D'accord, fit-il en ouvrant une deuxième porte. Désolé, je suis un peu en retard, je...

Ce qu'il vit le rendit muet. Cheska était allongée sur le lit, vêtue uniquement d'un soutien-gorge noir, d'une petite culotte et de bas extra-fins maintenus par un porte-jarretelles en dentelle. Elle tenait une coupe de champagne à la main. Elle lui sourit.

— Salut, mon chou.

— Où est le producteur de disques que tu voulais que je rencontre ? s'enquit Simon en essayant de regarder ailleurs.

— Il viendra plus tard. Approche, chéri. Nous avons tant de choses à fêter, susurra-t-elle en lui tendant les bras.

Simon s'effondra dans un fauteuil.

— Bobby, ne fais pas ton timide. Tu n'étais pas timide autrefois...

— Je ne sais pas de quoi tu parles, Cheska. Et pour la énième fois, je m'appelle Simon.

— Bien sûr. Tiens, prends donc un peu de champagne pour te détendre.

— Non, merci. Écoute, je crains qu'il n'y ait eu un malentendu.

— Comment ça ?

— J'ai l'impression que… commença Simon, cherchant les mots justes. J'ai l'impression que tu veux de moi certaines choses que je ne peux tout simplement pas te donner.

— Telles que ? interrogea Cheska en lui adressant un sourire aguicheur. Si tu entends par là ton corps, ton cœur et ton âme, alors oui, tu as raison. Voilà ce que je veux. Je t'aime, Bobby. Je n'ai jamais cessé de t'aimer. Je sais que tu es fâché contre moi, à cause de ce que je t'ai fait, mais je te promets de me faire pardonner. Et puis ton visage est à présent tout à fait guéri.

Elle se leva et s'avança vers lui. Tandis qu'il restait assis, sous le choc, elle s'installa à califourchon sur ses cuisses.

— S'il te plaît, Bobby, pardonne-moi, pardonne-moi.

Elle se pencha pour l'embrasser dans le cou.

— Non !

Reprenant ses esprits, Simon se leva d'un bond, repoussant Cheska et la faisant presque tomber à terre. Elle retrouva son équilibre et leva les yeux vers lui en battant des cils.

— Je sais que tu joues les indifférents, ça t'a toujours plu de me taquiner ainsi. Rends-toi à présent, Bobby, oublions le passé et prenons un nouveau départ. La vie s'annonce si merveilleuse. Je vais déménager à Londres pour que nous puissions être ensemble. J'ai visité un appartement fabuleux à Knightsbridge que je vais louer pour nous. J'ai obtenu un rôle formidable dans une série télévisée, tu vas signer un contrat avec une maison de disques et…

— Arrête ! Arrête !

Simon la prit par les épaules pour la secouer. Cheska continuait de lui sourire de son air rêveur.

— Je me souviens que tu aimais parfois me faire mal. Ça ne me dérange pas. Tout ce que tu voudras, Bobby chéri, tout ce que tu voudras.

Simon sentit son petit pied lui caresser la jambe.

— Ferme-la !

Alors il la gifla, pas assez fort pour la blesser, mais le choc la fit taire. Elle le regarda, l'air peiné.

— Cheska, pour la dernière fois, je ne m'appelle pas Bobby mais Simon Hardy. Nous avons fait connaissance il y a à peine quelques semaines. Nous n'avons ni passé, ni avenir commun.

— Je t'en supplie, donne-moi une chance de te montrer combien je peux te rendre heureux.

— Non. Il faut que tu comprennes que toute relation est impossible entre nous.

— Pourquoi ?

— Parce que j'aime quelqu'un d'autre, voilà pourquoi.

Cheska regarda dans le vide, puis se retourna vers lui, le visage déformé par la haine.

— Tu recommences, c'est ça ?

— Non, Cheska. Je ne l'ai jamais fait. Ni à toi, ni à personne d'autre.

— Je t'interdis de me mentir ! Toutes ces soirées que nous avons passées ensemble. Tu disais que tu m'aimais, que tu m'aimerais toujours, et ensuite, et ensuite…

— Écoute, je ne sais absolument pas de quoi tu parles, mais je vais à présent quitter cette chambre, fit-il en se dirigeant vers la porte.

— Qui est cette fille ? Ta femme que tu as cachée pendant des années ou cette pétasse de maquilleuse que tu te tapais dans mon dos ?

— Je ne comprends rien à ce que tu racontes. Je suis désolé que la situation ait dégénéré de cette façon.

— Si tu t'en vas maintenant, je jure de te retrouver et de te punir comme je l'ai déjà fait.

Simon se retourna vers elle et vit la noirceur dans ses yeux vitreux.

— Je crois que tu as besoin d'aide, Cheska. Au revoir.

*

Dans le bus vers le Savoy, les pensées se bousculaient dans la tête d'Ava. Au cours des semaines écoulées, elle avait à plusieurs reprises assisté aux sautes d'humeur de sa mère, mais elle avait toujours pensé que ce comportement étrange était dû à sa célébrité et à sa vie singulière. Tous ceux qui la rencontraient semblaient honorés et en admiration devant elle ; tous l'adoraient. Ava aussi, au départ, avait été envoûtée par son charme.

Néanmoins, elle savait désormais que sa mère leur avait menti, à elle et à Mary. Quant à l'incendie, l'inspecteur croyait-il vraiment que Cheska n'y était en rien impliquée ? Avait-il lui aussi été ensorcelé ?

L'ennui était que, responsable ou non, Cheska était sa mère : Ava pouvait difficilement appeler l'inspecteur pour lui révéler ses soupçons.

Traversant la rue jusqu'au Savoy et frissonnant dans l'air brumeux du soir, Ava essayait de préparer son discours. Accuser Cheska de quoi que ce soit provoquait toujours des larmes du côté de sa mère et de la culpabilité suivie d'excuses du sien. Alors qu'elle réfléchissait à la situation, elle aperçut une silhouette familière qui sortait de l'hôtel.

Elle recula dans l'ombre de l'immeuble, mais Simon l'avait déjà repérée et venait à sa rencontre.

— Salut, Ava.

Il avait l'air nerveux et essoufflé.

— Tout va bien ? s'enquit-elle.

— Oui. Enfin si on veut.

— Ne me dis pas que tu étais avec ma mère, fit-elle en détournant le regard et en essayant d'afficher une expression détachée.

— Si. Elle m'avait dit qu'elle voulait me présenter quelqu'un. Un producteur de disques.

— Super. J'espère que ça s'est bien passé.

— Il n'était pas là.

— Désolée de l'apprendre.

— Ava, s'il te plaît, ce n'est pas du tout ce que tu crois. À mon avis, étant donné ce qui vient de se passer à l'étage, ta mère s'est fait de moi une idée complètement fausse.

— Que s'est-il passé ?

— Écoute, je dois filer au théâtre, il y a ce soir une représentation pour des œuvres caritatives et ça commence tôt. Et ce que j'ai à te dire est assez difficile à expliquer…

— Essaie toujours, marmonna Ava en regardant ses pieds.

— Je crois que ta mère… en pince pour moi.

— Vraiment ? C'est maintenant que tu t'en rends compte ?

— Oui, enfin non. Je voyais bien qu'elle se montrait particulièrement chaleureuse, mais je supposais que c'était pour toi.

— Pourquoi pour moi ?

— Il est assez courant qu'une mère cherche à être accueillante envers le petit ami de sa fille, non ?

— Mais tu n'es pas mon petit ami, Simon. On ne s'est même jamais embrassés.

— Je…

Simon lui attrapa doucement les bras et l'attira vers lui.

— Regarde-moi, Ava, s'il te plaît.

— Simon, si tu veux sortir avec ma mère, ça te regarde, mais ne t'attends pas à ce que je saute de joie.

— Je n'en ai aucune envie, voyons ! J'étais juste gentil avec elle pour *nous deux*. Écoute, Ava, tu es plus jeune que moi et je ne voulais pas te brusquer. Je me disais que nous pourrions faire connaissance peu à peu, sans pression, mais tu as quand même remarqué que je m'intéressais à toi, non ?

— Je n'en sais rien, répondit Ava en secouant misérablement la tête. Je suis complètement perdue en ce moment, je ne comprends plus rien.

— C'est normal, fit-il d'une voix douce. Laisse-moi te serrer dans mes bras, s'il te plaît. Je peux ?

Ava resta raide tandis qu'il l'enveloppait de ses bras.

— Que fais-tu ici, au fait ? lui demanda-t-il.

— Apparemment, Cheska a sorti ma tante de sa maison de repos et personne ne sait où elle l'a mise. Je te jure que si elle ne me dit pas où elle est, j'appellerai la police pour l'accuser de l'enlèvement de LJ. Pourquoi avoir fait une chose pareille ?

— Je n'en sais rien mais, après ce que j'ai vu là-haut, je peux t'assurer que ça ne tourne pas rond dans sa tête.

— C'est certain. Si elle a fait du mal à LJ, je promets de… commença Ava en réprimant un sanglot tandis que Simon resserrait son étreinte.

— Écoute, Ava, je ne veux pas que tu voies ta mère sans moi. Retrouve-moi au théâtre après le spectacle, vers neuf heures et demie. Ensuite nous reviendrons ensemble ici pour la confronter. D'accord ?

— Si tu penses vraiment que c'est important.

— Oui.

*

Après le départ de Bobby, Cheska s'était habillée en vitesse pour pouvoir le suivre au théâtre. Le pauvre, il était légitime qu'il ait une dent envers elle. Il fallait qu'elle s'explique de nouveau, fasse amende honorable et lui montre à quel point leur avenir à deux pouvait être radieux. Elle sortit de l'ascenseur, traversa le hall et passa le tourniquet qui menait dans la rue. Alors qu'elle attendait que le portier lui hèle un taxi, elle aperçut Bobby du coin de l'œil, quelques mètres plus loin. Il enlaçait une femme, mais elle n'arrivait pas à distinguer qui c'était. Puis il leva le menton de la fille vers lui et elle s'aperçut qu'il s'agissait d'Ava, sa propre fille.

— Traître ! s'étrangla-t-elle, sentant une terrible rage bouillir en elle.

Elle les regarda s'éloigner en direction du Strand. Bobby avait placé un bras protecteur autour des épaules d'Ava. D'un geste de la main, Cheska congédia le taxi et s'engagea derrière le couple. Dans la rue principale, elle les vit s'arrêter. Il embrassa Ava sur le front, l'étreignit une dernière fois et partit à grandes enjambées. Ava resta immobile sur le trottoir, attendant que le feu passe au vert pour pouvoir traverser.

Un souvenir revint alors à l'esprit de Cheska. Elle s'était déjà trouvée à cet endroit précis.

Les voix lui dirent quoi faire, tout comme la fois précédente, bien des années plus tôt.

Elle s'approcha rapidement de sa fille.

52

David arriva à Heathrow éreinté, les nerfs en pelote. Dès qu'il fut sorti de l'aéroport, il se précipita vers la borne de taxis.

— L'hôtel Savoy, s'il vous plaît.

Le taxi roula bien jusqu'en haut du Strand, où la circulation devint encombrée. Sur la banquette arrière, David essayait de mettre ses idées au clair, se demandant ce qu'il dirait exactement quand il se retrouverait face à face avec Cheska.

— Ça vous embête si je vous dépose ici ? s'enquit le chauffeur. Il a dû se passer quelque chose, ça n'avance plus. Nous sommes tout près de l'hôtel, vous aurez plus vite fait à pied.

— Très bien.

David descendit et partit vers le Savoy. Il se faufila entre les voitures pour gagner l'autre côté de la rue. Il y avait en effet eu un accident, près de l'entrée de l'hôtel.

Un attroupement s'était formé autour d'une personne gisant sur la chaussée. Cela rappelait de terribles souvenirs à David et, inspirant profondément, il dépassa la foule, s'assurant de ne pas regarder la victime, mais quand il fut sur le trottoir, quelque chose le poussa à s'arrêter et à se retourner. On était en train de soulever la civière dans l'ambulance et David y aperçut des cheveux blonds et un profil bien trop familier.

— Mon Dieu, non ! cria-t-il en se frayant un passage parmi les badauds.

Il grimpa à l'arrière de l'ambulance et expliqua qui il était au personnel médical.

— Est-elle grièvement blessée ?

— Allez lui demander vous-même. Elle est consciente et parle de façon cohérente. Nous l'emmenons aux urgences pour nous assurer qu'elle n'a rien de cassé. La voiture lui a heurté l'épaule et elle a reçu un coup à la tête mais, à part ça, elle semble en un seul morceau.

David alla s'asseoir près de sa nièce et lui prit la main.

— Ava, c'est moi, Oncle David.

La jeune fille ouvrit les yeux et, en le voyant, prit un air stupéfait.

— Oncle David, c'est bien toi ? Ou est-ce que j'ai des hallucinations à cause de l'accident ?

— C'est bien moi, ma chérie.

— Quel bonheur que tu sois rentré ! Enfin !

— Je suis de retour et je te promets de tout régler. Je veux que tu ne t'inquiètes de rien. Sais-tu où est ta mère ?

— Non. J'étais en route pour la voir au Savoy, pour lui demander ce qu'elle a fait de LJ, mais Simon m'a arrêtée dehors.

— Comment ça « ce qu'elle a fait de LJ » ?

— Elle l'a fait sortir de sa maison de repos, sans rien nous dire. Désolée, Oncle David, je…

Le temps qu'ils arrivent à l'hôpital St Thomas, Ava n'avait rien dit de plus.

Pendant qu'Ava était emmenée en salle d'examen, David remplit les documents nécessaires. Patientant avec angoisse dans la salle d'attente, il se demandait ce qu'Ava avait voulu dire quand elle avait prétendu que Cheska avait fait sortir LJ de sa maison de repos. Peut-être rêvait-elle tout haut ?

Il entreprit de téléphoner à Mary. Il avait peu de pièces et ne put lui parler longuement, mais elle eut le temps de confirmer les propos d'Ava et le cœur de David se serra. Il pria la gouvernante d'appeler tous les hôpitaux et les maisons de repos des environs, à la recherche de LJ. Cheska n'aurait tout de même pas pu se débarrasser d'elle… Sa mère était forcément quelque part et il ferait tout pour la retrouver. Dès qu'il se serait assuré qu'Ava était hors de danger, il irait voir sa nièce au Savoy, même s'il lui fallait pour cela démolir sa porte. Bien sûr, l'autre question qui le taraudait était de savoir si l'accident d'Ava en était bien un, ou si Cheska y était pour quelque chose…

Pourquoi était-il parti ? Il aurait dû se douter que Cheska penserait à revenir en Angleterre. Elle était ruinée et sa carrière hollywoodienne avait tourné court. Cette pauvre Ava, si innocente, qui n'avait aucune idée du côté obscur de sa mère, l'avait subi de plein fouet. Sans parler de LJ…

Le médecin finit par le rejoindre.

— Comment va-t-elle ? s'enquit David.

— La bonne nouvelle, c'est que son épaule ne présente aucun signe de fracture, toutefois son choc à la tête semble avoir provoqué une légère commotion cérébrale. Nous allons la garder cette nuit en observation. Si tout se passe bien, elle devrait pouvoir sortir demain matin. Venez donc la voir. Elle a récupéré et boit du thé.

Le médecin le conduisit le long du couloir et ouvrit le rideau.

— Je vous laisse, d'autres patients m'attendent, s'excusa-t-il.

David s'assit près d'Ava. Elle avait déjà bien meilleure mine.

— Comment te sens-tu, ma puce ?

— À part une forte migraine, pas trop mal. Le docteur dit que j'ai eu beaucoup de chance.

— C'est certain.

— Oncle David, tu sais, quand Bonne Maman a eu son accident, ce n'était pas aussi devant le Savoy ?

— Si, en effet.

Ava frissonna.

— Quelle horrible coïncidence.

— C'est vrai, mais ce n'est rien de plus, répondit David, cherchant lui-même à s'en convaincre.

— Quelle heure est-il ?

— Un peu plus de neuf heures.

— Oh non ! J'ai promis à Simon que je le rejoindrais après sa représentation. Nous devons découvrir où se trouve LJ, je suis si inquiète pour elle.

Pourrais-tu le retrouver au Queen's Theatre et lui expliquer ce qui m'est arrivé ? Ensuite vous pourrez peut-être aller voir Cheska ?

— Simon ? fit David en se grattant la tête. Qui est-ce ?

— Tu l'as rencontré à l'anniversaire de LJ. Tu as même dit alors qu'il ressemblait à quelqu'un que tu connaissais.

— Ah oui, je me suis enfin souvenu qu'il ressemble à un certain Bobby Cross, soupira David.

Ava fronça les sourcils.

— Bobby ? C'est bizarre. Cheska n'arrête justement pas de l'appeler comme ça.

— Ah oui ?

— Oui. Simon était au Savoy aujourd'hui parce que ma mère lui avait dit qu'elle voulait lui présenter un producteur. Je l'ai croisé dans le hall de l'hôtel, alors qu'il sortait, et en gros il m'a dit qu'elle lui avait sauté dessus.

Plus tôt, David se demandait si la situation pouvait encore empirer. Apparemment, oui.

— Tu veux bien aller voir Simon pour moi, Oncle David ? Ce n'est pas loin d'ici, tu devrais y arriver à temps.

— Ava, je crois vraiment que je devrais rester ici avec toi.

— Non, je me sens beaucoup mieux. Et je suis inquiète pour LJ. Mais fais attention à Cheska. Simon était vraiment chamboulé par la façon dont elle s'est comportée avec lui.

— Ne t'en fais pas pour moi. Je connais ta mère depuis son enfance. Mais en effet, j'aimerais discuter avec Simon pour comprendre ce qui s'est passé. Bien que je m'en doute.

David quitta l'hôpital et héla un taxi. Il indiqua l'adresse du théâtre sur Shaftesbury Avenue et réfléchit à ce qu'Ava venait de lui révéler.

*

Après le spectacle, Simon regagna sa loge. Quand il ouvrit la porte, il découvrit une présence tout à fait indésirable.

— Salut, mon cœur. Je suis venue te dire que je comprends pourquoi tu es si fâché contre moi. J'ai été méchante avec toi en voulant te défigurer, mais tu m'avais fait tellement de mal, tu vois, je…

— Cheska, je suis désolé mais, je te l'ai dit, je ne sais absolument pas de quoi tu parles. Et je préférerais vraiment que tu me laisses tranquille.

Simon s'assit devant la coiffeuse, lui tournant le dos.

— Allez, Bobby, tu n'as quand même pas oublié tous les bons moments que nous avons partagés, si ?

Elle se mit à lui masser les épaules.

— Pour la dernière fois, Cheska, s'énerva-t-il en repoussant ses mains avant de se lever pour lui faire face, je n'ai aucune idée de qui est ce Bobby. Je m'appelle Simon. Et si tu ne pars pas de ton plein gré, je vais être obligé d'appeler la sécurité.

L'expression doucereuse de Cheska changea radicalement.

— Tu me jettes dehors ? Après tout ce que nous avons vécu ? Après ce que tu m'as fait ? Je t'ai vu tout à l'heure avec Ava. C'est répugnant !

— Quoi ? Qu'est-ce que cela a de répugnant ? Je suis amoureux d'elle ! Il est fort probable que je veuille passer le reste de ma vie avec elle. Et si ça ne te plaît pas, tant pis pour toi.

Cheska rejeta la tête en arrière et éclata de rire.

— Allons, Bobby. Tu sais bien que tu ne pourras jamais être avec Ava.

— Je ne vois pas pourquoi.

Une lueur de triomphe brillait dans les yeux de Cheska.

— Parce que c'est ta fille ! Que peux-tu répondre à ça ?

Simon la fixa, atterré.

— Tu es vraiment folle.

— Folle ? Moi ? Je ne crois pas, non. Toi, en revanche, tu es un salaud. Tu m'as mise enceinte avant de m'abandonner. Oui, tu m'as *abandonnée* ! Et je n'avais que quinze ans.

— Cheska, je crois que tu me confonds avec quelqu'un d'autre.

Simon essayait de garder son calme, tandis que Cheska s'égosillait. Il lisait la démence dans ses yeux. Elle s'avança vers lui et il tenta de se rapprocher de la porte.

— Tu as toujours été un vaurien, un sale menteur !

Elle tendit soudain la main vers lui et le gifla violemment. Puis elle recommença, jusqu'à ce que Simon, étourdi par le choc, parvienne à lui attraper les poignets.

— Arrête ! s'exclama-t-il en la maintenant fermement.

La tête de Cheska plongea en avant et elle lui mordit la main. Simon hurla et la lâcha. De nouveau libre, elle se rua aussitôt sur lui pour l'attaquer tel un animal sauvage, lui griffant le visage de ses longs ongles rouges. Elle lui asséna un grand coup dans l'aine et il cria, la douleur le rendant incapable de se défendre. Alors qu'il se pliait en deux pour reprendre sa respiration, il sentit les mains de Cheska se refermer sur son cou et serrer de plus en plus fort.

— Tu ne mérites pas de vivre, l'entendit-il menacer.

Des taches apparurent devant les yeux du jeune homme tandis que Cheska resserrait sa prise, l'insultant sans discontinuer. Trop abasourdi pour réagir, il tomba à terre, l'entraînant dans sa chute.

Oh mon Dieu, pensa-t-il, *elle va me tuer. Je vais mourir dans cette loge...*

Alors qu'il commençait à perdre connaissance, il vit une silhouette entrer et saisir Cheska parderrière. Soudain, son cou fut libéré. Toussant et postillonnant, il inspira autant d'air que possible. Quelqu'un qu'il reconnaissait mais qu'il ne parvenait pas à situer tenait fermement Cheska par les épaules, tandis qu'elle lui donnait des coups de pied, luttant pour s'échapper.

— Cheska ! Ça suffit ! Arrête ! Ça va aller maintenant, Oncle David est là.

La jeune femme s'affaissa, tombant dans les bras de cet homme comme une poupée de chiffon.

— Excuse-moi, Oncle David, je ne voulais faire de mal à personne, je t'assure. C'est juste que Bobby n'était pas très gentil avec moi, tu vois ? Ne me punis pas, s'il te plaît.

— Bien sûr que non, la rassura-t-il. Je vais prendre soin de toi.

Simon se redressa, son vertige commençant à s'atténuer, et il vit l'homme enlacer Cheska et lui caresser les cheveux.

— Je crois que je devrais t'emmener à la maison et te mettre au lit, qu'en penses-tu ? Tu es épuisée, ma puce.

— C'est vrai, convint-elle.

L'homme regarda Simon pendant qu'il asseyait Cheska sur une chaise. Elle était désormais inerte et regardait dans le vide. Toute agressivité s'était envolée. Simon s'aperçut que son sauveur n'était autre que David Marchmont, l'oncle d'Ava, connu par ses nombreux admirateurs sous le nom de Taffy.

— Est-ce que ça va ? lui demanda doucement David.

— Je crois. Rien de cassé, répondit Simon en attrapant un mouchoir pour éponger le sang sur sa main, là où Cheska l'avait mordu. Elle m'a pris par surprise, mais ça va.

David laissa Cheska sur sa chaise et alla aider Simon à se relever.

— Ava a eu un accident ce soir. Elle va bien, mais voudrais-tu appeler l'hôpital St Thomas et prendre de ses nouvelles pour moi ? murmura-t-il. Il faudra que nous discutions demain matin, je te retrouverai à l'hôpital à dix heures. À présent, poursuivit-il en haussant la voix et en se tournant vers Cheska, je vais emmener…

Mais Cheska s'était déjà levée et tournait la poignée de la porte. Avant qu'aucun des deux hommes n'ait le temps de l'arrêter, elle s'était échappée.

David s'élança à sa poursuite dans le couloir et la vit disparaître par l'entrée des artistes, dans la nuit. Quelques secondes plus tard, arrivé dans la rue, il regarda à droite et à gauche, en vain.

— Merde !

Il n'aurait jamais dû la quitter des yeux. Il ne pouvait qu'espérer qu'elle était retournée au Savoy. Il décida d'y aller directement, au cas où elle essaierait de faire ses valises et de partir en vitesse.

Lorsqu'il entra dans le hall du Savoy quelques minutes plus tard, une pensée lui vint et il accosta le portier.

— Je me demandais si vous aviez vu ma nièce, Cheska Hammond, quitter l'hôtel ce soir ? Et si elle était rentrée ?

Le portier connaissait David depuis longtemps.

— Il se trouve, monsieur, qu'elle est sortie vers six heures et demie et m'a demandé de lui héler un taxi. Je lui en ai trouvé un, mais ensuite elle a dû changer d'avis parce que je l'ai vue partir à pied vers le Strand. J'imagine qu'elle avait aperçu une connaissance. Je m'en souviens, parce que c'était juste avant cet accident au niveau du feu. Le chauffeur de taxi que j'avais appelé était très énervé, parce qu'il s'est retrouvé bloqué là, sans client, pendant une bonne demi-heure. Depuis, je n'ai pas vu votre nièce revenir.

David le remercia et lui donna un autre billet. Puis il alla expliquer à la réception qu'il avait rendez-vous avec sa nièce, Mrs Hammond, dans sa suite, mais qu'elle n'était pas encore rentrée.

— Auriez-vous l'amabilité de m'y conduire afin que je puisse l'y attendre plus confortablement ? Elle en a peut-être encore pour un moment.

— Nous n'avons pas l'habitude de le permettre, monsieur, mais, puisque c'est vous, je suis certain qu'il n'y aura aucun problème. Laissez-moi juste vérifier avec le directeur.

David patienta tant bien que mal, repensant à ce que lui avait appris le portier. Il devait absolument parler à Ava et à Simon, mais si Cheska les avait vus ensemble devant l'hôtel...

Malgré son sombre raisonnement, il parvint à adresser un sourire reconnaissant au réceptionniste, lorsqu'il lui confirma que le directeur l'autorisait à monter dans la suite de Cheska.

Il erra dans les pièces délicieusement meublées, remarquant dans le dressing les nombreux sacs de chez Harrods et autres boutiques de créateurs, toujours pas déballés. Dieu seul savait combien coûtait la suite et combien Cheska avait dépensé jusque-là. En revanche, il était amèrement conscient de la façon dont elle finançait ses excès.

Désireux d'une bonne douche mais ne souhaitant pas être pris par surprise au cas où Cheska rentrerait, il se servit un whisky sec et s'assit pour attendre sa nièce.

53

Greta dormait profondément lorsqu'elle entendit la sonnette. Elle alluma la lumière et vit qu'il était presque minuit. Lorsque la sonnette retentit de nouveau, elle prit peur. Qui cela pouvait-il donc être à cette heure tardive ? La sonnette résonna encore, et encore, après quoi on tambourina à la porte. Angoissée, Greta enfila sa robe de chambre et se rendit dans l'entrée sur la pointe des pieds.

— Maman, c'est moi, Cheska ! Laisse-moi entrer ! S'il te plaît !

Greta se figea, paralysée par le choc. C'était sa fille, celle dont David lui avait parlé et qu'elle n'avait pas vue depuis de nombreuses années parce qu'elle était partie à Hollywood pour devenir une star de la télévision.

— Je t'en prie, Maman, ouvre la porte. Je... je suis rentrée à la maison.

Greta entendit un sanglot sonore. Elle frissonna soudain de terreur.

— Maman, *s'il te plaît*, je t'en supplie. C'est ta petite fille qui a besoin de toi. J'ai besoin de toi, Maman…

D'autres sanglots suivirent. Greta se tenait immobile, déchirée entre la peur irrationnelle qu'elle ressentait, la terrible gêne à l'idée de déranger les voisins et la fascination de savoir sa fille devant sa porte.

Alors que le volume sonore des sanglots croissait, les voisins l'emportèrent sur la frayeur de Greta. Elle s'avança vers la porte et tourna tous les verrous, ne laissant que la chaîne de sécurité pour vérifier d'abord qu'il s'agissait bien de sa fille.

— Cheska ?

Ayant entrouvert la porte, Greta ne voyait personne.

— Je suis là, Maman, par terre. Je suis trop fatiguée pour me lever. Laisse-moi entrer, s'il te plaît.

Elle baissa alors les yeux et découvrit une femme blonde qu'elle reconnut aussitôt, pour l'avoir maintes fois vue à la télévision. Greta prit une profonde inspiration, détacha la chaîne et ouvrit doucement la porte. Cheska, qui y était adossée, faillit tomber en arrière dans l'entrée.

— Maman ! Oh Maman, si tu savais comme je t'aime. Fais-moi un gros câlin, comme avant. S'il te plaît.

Cheska tendit les bras et Greta les attrapa. Elle dut presque tirer sa fille pour la déplacer à l'intérieur, puis referma la porte derrière elles à double tour. Elle fut rassurée de voir que Cheska n'avait rien d'effrayant. C'était même tout le contraire : on aurait dire une toute petite fille, triste et apeurée.

— Fais-moi un câlin, Maman, *s'il te plaît*. Personne n'aime Cheska, tu vois, personne ne m'aime.

Greta se tenait au-dessus d'elle, embarrassée, frustrée de n'avoir absolument aucun souvenir de cette fille qu'elle avait apparemment mise au monde. Et qu'elle avait, selon David, élevée et chérie jusqu'à ce que Cheska parte pour Hollywood, pendant qu'elle était à l'hôpital après son accident.

Elle s'était souvent demandé pourquoi sa fille ne lui avait jamais rendu visite, pourquoi elle n'avait même jamais essayé de la joindre. Tandis qu'elle fixait cette femme assise à ses pieds, elle regrettait que les sentiments qu'elle avait eus autrefois pour Cheska ne se rallument pas à présent qu'elle l'avait devant elle. Mais, de même que pour David, voir Cheska ne lui faisait pas plus d'effet que de voir une inconnue. Elle s'exécuta quand même et s'agenouilla pour serrer Cheska dans ses bras.

— Maman, oh Maman... j'ai besoin de toi. Tu vas me protéger, hein ? Ne les laisse pas m'emmener, je t'en prie.

Greta ne pouvait rien faire d'autre qu'écouter Cheska gazouiller. C'était très étrange d'avoir sur les genoux une adulte, aussi grande qu'elle, qui se comportait comme un enfant. Toutefois, peut-être était-ce une relation naturelle entre une mère et sa fille, supposa Greta.

Quelques minutes plus tard, elle suggéra d'une voix douce qu'elles se lèvent du sol de l'entrée pour rejoindre le salon.

— Peut-être veux-tu manger quelque chose ? Ou boire une tasse de lait malté ? J'aime bien en prendre le soir.

— Maman, je suis au courant. Nous en buvions ensemble quand j'étais petite, tu te rappelles ? lui indiqua Cheska tandis que Greta l'installait sur le canapé.

— Bien sûr que je m'en souviens, mentit Greta.

Voyant que sa fille tremblait, elle alla lui chercher une couverture dans une armoire pour l'en envelopper.

— Et ces sandwichs que tu me préparais quand je rentrais tard le soir après un tournage ? Qu'est-ce que tu mettais dedans déjà… ? Ah oui ! De la Marmite ! Qu'est-ce que j'aimais ça.

— C'est vrai ? s'enquit Greta, hésitante. Je peux t'en faire si tu veux.

Elle partit dans la cuisine, stupéfaite que Cheska ne semble pas savoir qu'elle avait tout oublié. Il lui faudrait faire semblant de se souvenir de ce que sa fille évoquait… Alors qu'elle allumait la bouilloire, un autre frisson de peur s'empara d'elle, mais elle l'écarta. Cette femme était sa fille et ne représentait aucune menace pour elle.

Cheska mangea les sandwichs à la Marmite accompagnés de son lait malté, après quoi Greta suggéra qu'elles aillent se coucher ; il était déjà une heure du matin.

— Est-ce que je peux dormir avec toi, Maman, comme avant ? Je ne veux pas être seule. Je fais des cauchemars…

— Cela arrive à tout le monde, mais si tu veux dormir avec moi, je n'y vois pas d'inconvénient. Je vais te trouver quelque chose à te mettre.

Greta sortit une chemise de nuit de son armoire, regrettant de ne pouvoir prévenir David que Cheska était avec elle. Elle se disait qu'il serait très étrange de partager son lit avec une adulte qu'elle ne connaissait absolument pas, mais cela lui plaisait de s'occuper de quelqu'un qui semblait avoir besoin d'elle.

Quand Cheska se fut changée, toutes deux se couchèrent.

— C'est merveilleux. Je me sens en sécurité ici. Je crois que je vais réussir à dormir.

— Tant mieux. Tu as l'air très fatiguée, alors cela te fera sans doute du bien de te reposer.

— Oui. Bonne nuit, Maman, fit Cheska en se penchant vers Greta pour lui poser un baiser sur la joue. Fais de beaux rêves.

Greta éteignit la lumière et, dans l'obscurité, écouta la respiration régulière de sa fille. Elle toucha sa joue à l'endroit où Cheska l'avait embrassée et des larmes lui montèrent aux yeux.

*

Simon était déjà au chevet d'Ava lorsque David arriva à l'hôpital le lendemain matin.

— Bonjour, Oncle David. Les médecins disent que tout va bien et que je peux sortir, annonça Ava en l'embrassant. Vous vous êtes déjà rencontrés, n'est-ce pas ?

— Oui, répondit Simon en échangeant un regard ironique avec David. À la fête pour LJ et hier soir au théâtre.

— Des nouvelles de LJ alors ? Où est-elle ? s'enquit Ava en les regardant tour à tour.

— Malheureusement, nous n'avons pas pu interroger ta mère. Elle n'est pas repassée au Savoy hier soir, expliqua David.

Ava soupira et se prit la tête entre les mains.

— Mon Dieu, maintenant, nous avons deux disparues.

— David, est-ce que vous avez vu ça ? intervint Simon en lui tendant un exemplaire du *Daily Mail*.

David regarda la une et fut stupéfait d'y découvrir une grande photo de Cheska, particulièrement élégante et souriante, enlaçant une Ava visiblement gênée.

La fille perdue de Gigi : l'histoire déchirante du retour en Angleterre de la star de télé mondiale Cheska Hammond pour retrouver le bébé qu'elle avait dû laisser, dix-huit ans plus tôt. DÉCOUVREZ TOUTE L'HISTOIRE EN PAGE 3

David se rendit à la page trois.

Cheska Hammond, autrefois reine du box-office anglais devenue une star internationale grâce à son personnage de Gigi dans Les Barons du pétrole, est rentrée en Angleterre, pour de bon. Et l'histoire qui explique son retour est plus poignante que tous ses films réunis.

Cheska m'avait donné rendez-vous dans sa suite du Savoy. Aussi éblouissante en vrai qu'à l'écran, dotée toutefois d'une fragilité et d'une vulnérabilité qui lui donnent l'air d'être à peine plus âgée que l'adolescente dont elle est revenue s'occuper, Cheska m'a raconté son histoire captivante.

« Lorsque j'ai découvert que j'étais enceinte, j'avais quinze ans. J'étais très naïve et un homme plus âgé en a profité [elle refuse toujours de préciser le nom du père].

Évidemment, à l'époque, ma carrière était florissante. Je venais de tourner dans S'il vous plaît, monsieur, je vous aime et Hollywood me tendait les bras. J'aurais pu avorter, comme beaucoup de filles dans ma situation, même si c'était encore illégal à l'époque. »

Les lèvres de Cheska tremblent et les larmes lui montent aux yeux. *« Mais je ne pouvais pas. Je ne pouvais pas tuer mon bébé. J'avais commis une terrible erreur, mais j'en étais en partie responsable et je ne pouvais me résoudre à assassiner un être minuscule et innocent. Puis ma mère a été grièvement blessée dans un accident de la route et je suppose que cela a renforcé ma détermination de mettre au monde ce bébé. Alors je me suis cachée pendant ma grossesse et, à la naissance d'Ava, il a été décidé que ma tante s'occuperait d'elle. Si le studio de Hollywood avait appris son existence, ma carrière aurait aussitôt pris fin et je n'aurais pas pu subvenir aux besoins de mon enfant. »* Cheska marque une pause pour reprendre sa respiration, ravalant ses larmes. *« Je l'ai laissée au pays de Galles, dans une magnifique maison à la campagne, sachant qu'elle était entre de bonnes mains. Bien entendu, j'envoyais tout l'argent nécessaire pour son éducation… »*

Ayant déjà lu l'article, Ava gardait le silence, observant les réactions de son oncle.

« J'écrivais sans cesse à ma tante, lui demandant de m'envoyer Ava à Los Angeles pour les vacances, pour voir si cela plairait à ma fille, mais ma tante n'y a jamais été favorable. Naturellement, je comprends pourquoi. Cela aurait été perturbant pour une enfant

aussi jeune. Alors, bien que j'en aie le cœur brisé, j'ai décidé qu'Ava était mieux où elle était. Jusqu'à ce que j'apprenne que ma tante était très malade. J'ai alors tout laissé tomber afin de revenir m'occuper d'elle et de mon bébé. Et j'ai désormais l'intention de rester. »

Je regarde Cheska poser tendrement la main sur l'épaule de sa fille. Ava, dix-huit ans, le portrait de sa mère, lui sourit. Le lien qui les unit saute aux yeux. Je demande à Ava ce qu'elle pense du retour de sa mère.

« C'est merveilleux. Merveilleux qu'elle soit revenue. »

Je lui demande si elle ressent de la rancœur envers sa mère, si elle lui en veut de l'avoir laissée pendant si longtemps. Ava secoue la tête.

« Non, pas du tout. J'ai toujours su qu'elle pensait à moi. Elle m'envoyait de ravissants cadeaux et m'écrivait des lettres. Je comprends ce qui l'a poussée à agir ainsi. »

Puis Cheska et moi discutons de ses projets pour l'avenir. Elle hausse les épaules. « J'espère recommencer à travailler dès que je le pourrai. Il y a peut-être une nouvelle série dans les tuyaux et j'aimerais aussi m'essayer au théâtre. Ce serait un sacré défi. »

Je l'interroge sur les hommes dans sa vie et elle rit timidement. « Oui, il y a quelqu'un, mais je préférerais ne pas encore en parler. »

Je dis au revoir à l'actrice qui, à Hollywood, était célèbre pour ses performances fougueuses aussi bien à l'écran qu'à la ville. À voir l'air serein et heureux de cette femme qui contemple sa fille avec une adoration évidente, il ne fait aucun doute que la maternité l'a adoucie et assagie. Bienvenue chez vous, Cheska. Tout comme Ava, nous sommes heureux de vous retrouver.

David acheva sa lecture et replia le journal d'un geste ferme. Il regarda Ava pour jauger ses impressions.

— J'ai failli vomir quand je l'ai lu. Mais je me suis retenue, sans quoi le docteur aurait pensé que je n'étais pas encore remise et m'aurait peut-être gardée plus longtemps, déclara-t-elle en poussant un petit rire, désireuse de voir le bon côté des choses. Mais plus important que ce torchon : où est passée Cheska ? Elle n'était pas avec toi Simon ?

— Bien sûr que non !

— Je peux le confirmer, ajouta David. Et je suis furieux qu'elle t'ait fait subir *ça*, fit-il en indiquant le journal.

— Je l'ai suppliée de me l'épargner, mais il est extrêmement difficile de lui refuser quoi que ce soit. Si tu savais à quel point elle était bizarre ces dernières semaines, soupira Ava en secouant la tête de désespoir. Encore plus après avoir fait ta connaissance, Simon.

— Génial, merci, lui sourit ironiquement Simon avant de se tourner vers David. Mais Ava a raison. Hier soir, quand elle m'a attaqué dans ma loge – désolé Ava –, elle a dit quelque chose comme quoi j'étais ton père. C'est complètement délirant !

— Pas tant que ça, si Cheska croyait que tu étais son premier amour, Bobby Cross, expliqua David. C'est vrai que tu lui ressembles beaucoup.

— Bobby Cross… Simon l'incarne justement dans la comédie musicale où il joue actuellement, ajouta Ava.

— L'intrigue se complique, marmonna David. Est-ce que Cheska t'a vu dans ce rôle ?

— Elle était là le soir de la première, avec Ava. Je l'ai invitée quand je l'ai vue à Marchmont, le week-end où j'ai conduit Ava voir sa grand-tante après son attaque. Je ne l'ai invitée que par politesse, David, rien de plus, précisa le jeune homme.

— Naturellement. Et tu n'avais aucune raison de connaître son passé.

— Oncle David, s'aventura Ava, c'était donc ce Bobby Cross mon père ?

David garda un instant le silence avant de répondre.

— Oui, Ava. Je suis désolé que ce soit moi et non ta mère qui te l'apprenne mais, vu les circonstances, mieux vaut que tu sois au courant, car cela explique beaucoup de choses. Ce pauvre Simon a été la victime d'un esprit très perturbé. Je ne me pardonnerai jamais de vous avoir laissées. Quel foutoir. Je m'en veux tellement…

— Tu n'as pas à t'en vouloir, Oncle David. Le plus important à présent est de retrouver ma mère.

Ava était abasourdie par ces révélations, mais préférait se donner le temps d'y réfléchir une fois que Cheska et LJ auraient été retrouvées.

— Quand l'as-tu vue pour la dernière fois ? reprit-elle.

— Dans la loge de Simon. J'avais réussi à la calmer et m'occupais de Simon quand elle s'est ruée vers la porte, avant que je puisse la rattraper. As-tu une idée de l'endroit où elle pourrait être ?

— Non, mais… moi, par exemple, je suis dans tous mes états depuis quelques semaines et tout ce que je souhaite, c'est être auprès de LJ. Bonne Maman n'habite-t-elle pas toujours dans l'appartement de Mayfair où a grandi Cheska ? suggéra Ava.

— Greta ? Mais Cheska n'a plus vu sa mère depuis l'accident, répondit David.

— Quand bien même, où irait-elle sinon ? fit Ava en haussant les épaules.

— Tu as peut-être raison. Simon, puis-je te laisser prendre soin d'Ava ?

— Bien sûr. Je vais l'emmener là où je me sens en sécurité, dans mon studio insalubre de Swiss Cottage, répondit le jeune homme en souriant. Je vous note mon numéro de téléphone.

David le remercia et embrassa Ava en lui disant qu'il la tiendrait au courant de toute nouveauté.

— Simon ? fit Ava d'une petite voix.

— Oui ?

— Est-ce que tu crois que tu pourrais plutôt m'emmener à Marchmont tout à l'heure, après ta représentation ?

— Avec plaisir, si tu es sûre de t'en sentir d'attaque.

— Oui. Il le faut. Mon Dieu, craqua-t-elle soudain, les yeux pleins de larmes. Tout ça est tellement affreux ! Excuse-moi, marmonna-t-elle, embarrassée.

— Ava, tu n'as aucune raison de t'excuser. Tu as traversé des choses terribles, la rassura Simon en la prenant dans ses bras pour calmer ses sanglots.

— C'est juste que… promets-moi que je ne devrai plus jamais m'approcher de Cheska. Elle est complètement cinglée…

— Je te le promets. Ton oncle est là maintenant, il va tout arranger, j'en suis sûr. Je t'accompagnerai au pays de Galles et nous trouverons LJ, tu peux compter sur moi.

— Merci, Simon. Tu es formidable.

— Et toi donc. Tu es stupéfiante, Ava, vraiment, murmura-t-il avec admiration en caressant sa douce chevelure blonde.

54

David frappa à la porte de l'appartement de Greta.

Comme d'habitude, elle jeta un coup d'œil par l'embrasure, vit que c'était lui et lui adressa un grand sourire en retirant la chaîne de sécurité.

— David, quelle surprise ! Je pensais que tu ne serais pas rentré avant au moins deux mois.

— Disons que les circonstances ont changé. Comment vas-tu ?

— Bien, répondit-elle comme toujours. Et je suis particulièrement contente que tu sois là. J'ai une invitée. Elle est arrivée la nuit dernière, tard, et nous ne devons pas faire de bruit parce qu'elle dort encore, ajouta Greta en baissant la voix tandis qu'elle emmenait David au salon.

— Cheska ?

Le cœur de David fut inondé de soulagement.

— Comment le sais-tu ?

— Une intuition. Ou, du moins, Ava pensait qu'elle viendrait peut-être chez toi. Comment t'a-t-elle semblé ?

— Eh bien, pour être honnête, je ne sais pas vraiment, répondit-elle en refermant la porte du salon derrière eux. Elle était un peu troublée à son arrivée et m'a expliqué qu'elle avait voulu revenir à la maison.

— Tu dis qu'elle dort encore ?

— Oui. En fait, elle n'a pas remué depuis l'instant où elle a fermé les yeux à côté de moi la nuit dernière. Elle devait être éreintée, la pauvre.

— Elle ne t'a rien dit de particulier ?

— À quel sujet ?

— Comment elle se sent ? Ou ce qui l'avait perturbée ?

— Pas vraiment, non. Mon Dieu, David, on dirait un interrogatoire de police, fit-elle avec un rire nerveux. Est-ce que tout va bien ?

— Oui.

— En tout cas, c'est merveilleux de te voir. Comment s'est passé ton voyage ?

— C'était… incroyable, fabuleux. Mais je ne suis pas venu pour te parler de ça. Greta, penses-tu que Cheska te fait confiance ?

— J'en ai l'impression, oui. Après tout, c'est vers moi qu'elle est venue hier soir. Comme tu me l'as dit, je suis sa mère.

— Te souviens-tu d'elle ?

— Malheureusement non. Mais elle a l'air assez gentille. Et si c'est nécessaire, cela ne me pose aucun problème de l'héberger. J'ai bien aimé m'occuper d'elle hier soir. Je me suis sentie utile.

— Écoute, Greta, j'ai besoin que tu lui demandes quelque chose à son réveil.

— Quoi donc ?

David réfléchit au meilleur moyen de lui expliquer la situation.

— Il semblerait qu'elle ait retiré ma mère de sa maison de repos pour la mettre ailleurs. Et pour l'instant, nous ne savons pas où.

— J'imagine que tu peux simplement lui demander, toi ?

— Je pourrais, mais si elle te fait confiance elle est plus susceptible de te répondre à toi.

Greta fronça les sourcils.

— David, que se passe-t-il ?

— C'est compliqué et je te promets de mieux t'expliquer la situation une prochaine fois. Mais pour l'heure, j'ai peur que, si elle me voit, Cheska prenne peur et s'enfuie de nouveau.

— Tu parles d'elle comme s'il s'agissait d'une enfant ! Elle n'a pas d'ennuis, si ?

— Non, mais, entre nous, elle ne va pas très bien en ce moment.

— Comment ça ?

— Disons qu'elle est un peu perdue, répondit David avec tact. Je pense qu'elle traverse un genre de dépression nerveuse.

— Je vois. La pauvre. Elle a dit en effet qu'elle avait l'impression que personne ne l'aimait, qu'elle était toute seule.

— Naturellement, je veux lui procurer toute l'aide dont elle a besoin. Mais d'abord, peut-être pourrais-tu lui apporter une tasse de thé et lui demander avec douceur si elle se rappelle le nom de l'institution où elle a emmené ma mère ?

— D'accord.

— Et, Greta… ne lui dis pas que je suis là.

Tandis qu'elle se rendait à la cuisine pour préparer du thé, David gagna discrètement la porte d'entrée, tourna la clé dans la serrure et la glissa dans sa poche. Si Cheska essayait de s'échapper, elle ne pourrait pas sortir. Il se demandait s'il serait préférable de dire la vérité à Greta. Mais étant donné qu'elle ne se rappelait rien de Cheska, comment gérerait-elle l'annonce de ce qu'était devenue sa fille, ainsi que sa part de responsabilité dans son état mental ?

Il entendit Greta frapper doucement à la porte de la chambre et y pénétrer. Mort d'angoisse, il attendit qu'elle en ressorte, ce qu'elle fit dix minutes plus tard.

— Comment va-t-elle ?

Dans tous ses états, il avait tourné en rond dans le salon comme un animal en cage.

— Elle est un peu triste et les larmes lui montent facilement aux yeux.

— Lui as-tu demandé où était LJ ?

— Oui. Elle m'a répondu qu'évidemment elle savait où elle était, annonça Greta, légèrement sur la défensive. Elle m'a dit qu'elle l'avait placée dans une charmante maison de repos appelée The Laurels, tout près d'Abergavenny. Elle a précisé néanmoins que LJ et toi n'aviez pas été très gentils pour elle ces derniers temps.

David fut envahi par le soulagement.

— Merci, Greta. Que fait-elle à présent ?

— Je lui ai suggéré de se lever et de prendre un bain. Que se passe-t-il donc, David ?

— Rien. Cheska a besoin d'aide, c'est tout. Comme je te le disais, elle est un peu… déprimée en ce moment.

— Malheureusement, je sais ce que c'est. Elle m'a demandé si elle pouvait rester avec moi quelque temps, et je lui ai répondu que je n'y voyais aucun inconvénient. Ce qui est le cas, David. C'est agréable d'avoir de la compagnie. Et puis, c'est ma fille.

— Greta, s'il te plaît, tu dois me faire confiance. Cheska ne peut pas loger chez toi. Je dois l'emmener avec moi, lui trouver des gens qui l'aideront.

— Tu ne m'emmèneras nulle part.

Greta et David levèrent les yeux. Cheska se tenait dans l'embrasure de la porte, vêtue d'un jean et d'un chemisier empruntés à sa mère.

— Bonjour, Cheska. Ta mère me dit que tu as passé une bonne nuit de sommeil.

— En effet, et je me sens beaucoup mieux. Je vais rester là, Oncle David, avec Maman. Je ne veux pas partir et tu ne peux pas m'y forcer.

— Écoute, ma chérie, nous ne voulons que ce qu'il y a de mieux pour toi. Laisse-moi au moins t'emmener voir un médecin.

— *Non ! Pas de médecin !* hurla la jeune femme, faisant sursauter Greta. Tu ne peux pas m'obliger à en voir ! Tu n'es pas mon père !

— Tu as raison. Mais si tu refuses de venir avec moi, je crains de devoir appeler la police pour dire que c'est toi qui as mis le feu à Marchmont. Car c'était bien toi, Cheska, n'est-ce pas ?

— Quoi ? Oncle David, comment peux-tu dire une chose pareille !

David essaya une autre tactique.

— Cheska, chérie, si je m'attendais à hériter d'une maison et d'une certaine somme, je serais sûrement énervé en découvrant que je n'aurais finalement droit à rien. Peut-être même assez pour faire une bêtise sous le coup de la colère.

Cheska le regarda d'un œil soupçonneux.

— Tu crois ?

— Je comprends que tu aies été très contrariée, que tu aies eu le sentiment d'avoir été injustement déshéritée. Et si seulement tu me l'avais demandé, je t'aurais donné Marchmont. Je t'assure.

Cheska le fixait, l'air désorienté. Elle hésita un moment avant de hocher la tête.

— Oui, j'étais en colère, Oncle David, parce que ça aurait dû me revenir. Et j'en avais assez qu'on me laisse de côté. Ce n'était pas juste. Mais ce n'était pas seulement ça…

— Qu'y avait-il d'autre ?

— C'étaient… les voix, Oncle David. Je t'en ai parlé à Los Angeles. Elles ne s'arrêtaient pas, tu vois, et j'avais besoin de les faire taire. Alors j'ai décidé que c'était la meilleure solution. Est-ce que tu vas prévenir la police ? Ne le fais pas, s'il te plaît, sinon je risque de me retrouver en prison.

David lisait la terreur dans ses yeux.

— Non, je ne dirai rien, promis, tant que tu viens gentiment avec moi.

— Je ne sais pas, je…

David s'avança lentement vers elle.

— Viens avec moi, ma puce, on va t'aider à aller mieux.

Il lui tendit la main et Cheska commençait à tendre la sienne en retour quand, soudain, elle hurla de nouveau.

— *Non !* Je t'ai déjà fait confiance, Oncle David, et tu me dénonces à chaque fois ! Tu vas me remettre dans un de ces horribles endroits et on m'y enfermera pour toujours.

— Bien sûr que non, je ne te ferais jamais une chose pareille, tu le sais. Je veillerai à ce que tu sois en sécurité, je te le promets.

— Menteur ! Tu crois que je ne sais pas ce que tu feras si je prends ta main ? Je ne te fais pas confiance. Je ne fais confiance à personne ! Maman, fit-elle en s'approchant de Greta, dis-lui que je peux rester ici avec toi, s'il te plaît…

Greta regardait David, choquée par la scène à laquelle elle venait d'assister.

— Eh bien, peut-être que si Oncle David pense que tu devrais le suivre, chérie, ce serait mieux que tu ailles avec lui.

— Traîtresse ! cria Cheska avant de cracher sur sa mère. Vous ne pouvez pas me forcer à y aller ! Je n'irai pas !

Elle se rua hors du salon et courut dans le couloir vers la porte d'entrée.

Greta la suivit à la hâte, mais David la retint.

— J'ai fermé la porte à clé, elle ne peut pas sortir. Mais mieux vaut que tu restes en arrière pendant que je m'occupe d'elle.

Ils entendaient Cheska essayer désespérément d'ouvrir la porte, puis elle se mit à la frapper, de toutes ses forces.

— Je suis navré, Greta, mais pourrais-tu appeler une ambulance ? Je crois que nous allons avoir besoin de renforts.

Puis David sortit du salon et ferma la porte à clé pour mettre Greta à l'abri.

— Cheska, supplia-t-il en marchant vers elle, essaie de te calmer, s'il te plaît. Tu ne comprends pas que j'essaie de t'aider ?

— Non ! Vous m'avez toujours détestée, toi et tous les autres ! Tu ne peux pas m'emmener de force, non ! Laisse-moi sortir !

— Allons, chérie. Cela ne fait de bien à personne, surtout pas à ta pauvre mère.

— Ma mère ! Et où était-elle passée toutes ces années, j'aimerais bien le savoir !

— Cheska, tu t'en souviens quand même, non ? Elle a été grièvement blessée dans un accident de voiture devant le Savoy, il y a longtemps. Comme Ava hier soir. Tu seras contente de savoir qu'Ava, au moins, va bien. À présent, peux-tu arrêter de tambouriner sur cette porte avant qu'un voisin n'appelle la police ?

En entendant ces mots, Cheska fit volte-face, repartit en trombe dans le couloir et s'enferma dans la salle de bains.

— Je vais rester là ! Tu ne pourras pas m'attraper ! Ni toi, ni personne !

— D'accord, ma puce, reste là et moi je t'attends dehors.

— Va-t'en ! Fiche-moi la paix !

— David ? appela Greta du salon. Pourquoi m'as-tu enfermée ? Que se passe-t-il donc ?

— As-tu passé le coup de fil ? l'interrogea-t-il, tandis que les sanglots hystériques devenaient de plus en plus sonores dans la salle de bains.

— Oui, ils devraient être là d'un moment à l'autre, mais…

— Tu es là pour ta propre sécurité, Greta. Fais-moi confiance, je t'en prie.

L'ambulance arriva cinq minutes plus tard. David expliqua brièvement la situation et les infirmiers hochèrent calmement la tête.

— Nous allons nous occuper d'elle, fit l'un d'eux. Steve, descends chercher la camisole de force, au cas où.

— Je doute que vous parveniez à la faire sortir de là de son plein gré, soupira David.

— Nous allons voir. Maintenant monsieur, si vous rejoigniez la mère de la jeune femme au salon ?

David tourna la clé dans la serrure et s'exécuta. Greta était assise sur le canapé, pâle et tremblante. Il l'étreignit.

— Je suis tellement désolé. Je sais que c'est difficile pour toi de le comprendre, mais je t'assure que c'est la meilleure solution pour Cheska.

— Est-ce qu'elle est folle ? Elle m'en a tout l'air.

— Elle est… dérangée. Mais je suis certain qu'avec le temps et l'aide appropriée, elle se remettra.

— A-t-elle toujours été comme ça ? Suis-je responsable de son état ?

— Non, ce n'est de la faute de personne. Je crois que Cheska a toujours eu des problèmes. Tu ne dois surtout pas t'en vouloir. Certains naissent ainsi.

— J'étais si heureuse ce matin en me réveillant, c'était si agréable d'avoir de la compagnie. Je me sens si seule ici.

— Je sais. Au moins je suis de retour à présent, c'est déjà ça.

Greta leva les yeux vers lui et lui sourit faiblement.

— Oui.

Une heure plus tard, après avoir épuisé toutes les tactiques pour amadouer Cheska et la faire sortir, les urgentistes durent enfoncer la porte. Greta et David tressaillirent en entendant les cris perçants de la jeune femme tandis qu'ils la maîtrisaient. Puis il y eut de brefs coups à la porte du salon et un homme y passa la tête.

— Nous y allons, monsieur. Il est sans doute préférable que vous ne veniez pas dans l'ambulance avec elle. Nous lui avons donné quelque chose pour la calmer et prévoyons de l'emmener au service psychiatrique de l'hôpital Maudsley à Southwark, où elle sera examinée. Peut-être que vous ou sa mère pourrez appeler plus tard dans la journée.

— Bien sûr. Est-ce que je peux lui dire au revoir ?

— À votre place, j'éviterais. Elle n'est pas belle à voir.

*

Une demi-heure plus tard, il quitta Greta en lui promettant de la contacter dès qu'il aurait des nouvelles. Il retourna au Savoy et expliqua à la réceptionniste que Cheska avait été appelée en urgence et ne reviendrait pas. Il prendrait la suite pour la nuit et se chargerait de rassembler les affaires de sa nièce.

Une fois dans la chambre, il appela les renseignements et découvrit qu'il y avait plusieurs établissements appelés The Laurels dans un périmètre de quinze kilomètres autour d'Abergavenny. Il nota tous les numéros puis les composa l'un après l'autre. Il trouva enfin sa mère quand il appela le dernier endroit.

Il appela Mary et lui demanda de s'y rendre au plus vite. Elle lui apprit que Simon allait amener Ava à Marchmont après sa représentation et qu'ils logeraient dans son cottage.

— Où est Cheska ? s'enquit Mary.

— À l'hôpital. Elle s'était réfugiée chez Greta à Londres et a dû être maîtrisée par la force et emmenée en ambulance. C'était… affreux.

— Allons, monsieur David, c'est à l'hôpital qu'elle sera le mieux, je vous assure. Allez-vous venir bientôt ici vous aussi ? L'inspecteur de police a appelé hier. Je lui ai dit que vous étiez rentré de voyage et il aimerait vous parler. Je crois qu'il voudrait emmener Cheska au poste pour l'interroger. C'est elle qui a mis le feu à Marchmont, n'est-ce pas ?

— Oui, Mary, je crois bien.

— Dieu me pardonne, parce que j'aime cette petite, mais j'espère franchement qu'ils ne la laisseront pas sortir de sitôt. Pauvre Ava, elle ne savait pas à quoi s'en tenir avec sa mère.

— Je sais, et cette fois je promets de veiller à ce qu'elle ne fasse plus jamais de mal à personne. Dites à Ava que j'arrive demain. Prions seulement pour que ma chère maman soit encore de ce monde…

À entendre l'employée de la maison de repos à qui j'ai parlé, quelque chose ne tourne pas rond. Merci pour tout, Mary, vraiment.

— Aucun besoin de me remercier, David. Oh, j'oubliais : Tor a appelé ici ce soir, elle est à Pékin et atterrira à Heathrow à huit heures demain matin.

— Dans ce cas j'irai la chercher et nous prendrons ensemble la voiture pour Marchmont. Nous pourrons loger à Lark Cottage.

— Je vais allumer le chauffage pour vous alors. Bonsoir, monsieur David. Prenez bien soin de vous, d'accord ?

Après avoir raccroché, David se prit la tête entre les mains et sanglota.

*

Simon gara sa voiture devant une maison mitoyenne lugubre, dans une petite route étroite d'une banlieue miteuse d'Abergavenny.

— Tu es sûr que c'est là ? Cheska ne l'aurait quand même pas laissée dans un endroit pareil… s'inquiéta Ava en se mordant la lèvre.

— C'est la bonne adresse, oui. Courage, allons chercher ta tante, fit-il en pressant la main de la jeune fille dans la sienne.

Ils s'avancèrent vers l'entrée. Ava remarqua des sacs d'ordures qui pourrissaient sur le côté. Simon essaya la sonnette puis, voyant qu'elle ne fonctionnait pas, frappa fortement à la porte. Une grosse femme dans la force de l'âge, vêtue d'un tablier sale, leur ouvrit.

— Oui ?

— Nous venons voir la grand-tante de mon amie, Laura-Jane Marchmont.

— Je ne vous attendais pas et c'est un peu le foutoir. Ma femme de ménage vient de me lâcher. Vous pourriez revenir demain ?

— Non. Nous voulons la voir maintenant.

— C'est impossible, j'en ai peur, répliqua-t-elle en croisant les bras. Allez-vous-en.

— Très bien, dans ce cas je vais appeler la police et c'est elle qui vous rendra visite à la place, sachant que Laura-Jane Marchmont est actuellement portée disparue. À vous de choisir, ajouta Simon d'un air menaçant.

Ava le regardait avec reconnaissance, remerciant Dieu qu'il soit avec elle.

La femme haussa alors les épaules et les laissa entrer. Les jeunes gens la suivirent dans le couloir étroit, écœurés par l'odeur d'urine et de chou bouilli.

— Voici le salon des résidents, annonça la grosse femme tandis qu'ils traversaient une petite pièce remplie de chaises en mauvais état placées autour d'une vieille télévision en noir et blanc.

— Votre tante est là-haut, dans son lit.

Simon et Ava la suivirent péniblement dans l'escalier.

— Nous y voilà, annonça la femme en les conduisant dans une chambre obscure. Votre tante est au fond.

Il y avait quatre lits collés les uns aux autres et l'odeur qui se dégageait de la pièce leur donna des haut-le-cœur. Ava retint un sanglot en apercevant LJ immobile sur son lit, la peau grise et les cheveux hirsutes.

— Oh LJ, qu'est-ce qu'ils t'ont fait ? LJ, c'est moi, Ava.

Sa tante ouvrit les yeux. Elle avait le regard terne, absent, comme si elle avait perdu tout espoir.

— Est-ce que tu me reconnais ? Dis-moi que oui, je t'en prie.

Les larmes inondèrent le visage d'Ava, tandis que LJ tentait de remuer les lèvres. Une main sortit de sous les couvertures pour toucher la sienne.

— Qu'est-ce qu'elle dit ? s'enquit Simon.

Ava se pencha et observa les lèvres de sa tante.

— « Maison », Simon, elle dit qu'elle veut rentrer à la maison.

Décembre 1985

* * *

Marchmont Hall
Monmouthshire, pays de Galles

55

David et Greta restèrent un moment en silence, chacun perdu dans ses pensées.

— Voilà toute l'histoire, soupira David en vidant son whisky. Est-ce que je t'ai dit qu'Ava avait dénoncé aux autorités l'horrible maison où Cheska avait jeté ma pauvre Ma ? Peu après, elle a été fermée et sa propriétaire poursuivie en justice.

— Je ne le savais pas, non. Pas étonnant que LJ ait mis si longtemps à s'en remettre… Cheska l'aurait mérité, mais je suis contente que la police ne l'ait pas inculpée pour l'incendie. Je pense que cela l'aurait achevée.

— En fait, la police voulait la poursuivre et a conseillé à ma mère, en tant que propriétaire légale de Marchmont, d'en faire de même. L'inspecteur a découvert que Cheska avait menti à propos de son heure d'arrivée au Savoy cette nuit-là. Lorsqu'il a vérifié avec la réception de l'hôtel, on lui a dit qu'elle avait récupéré sa clé à plus de quatre heures du matin. Puis Mary lui a confirmé que Cheska l'avait fortement incitée à prendre deux jours de congé pendant son absence à Londres, ce qui en soi était suspect.

— Je vois. Alors comment avez-vous fait pour que la police s'en tienne là ?

— C'était la volonté de Ma. Si l'on avait parlé de cette affaire dans les médias, cela aurait été un cauchemar et elle s'inquiétait pour Ava – qui avait déjà assez souffert comme ça. Mais surtout, Cheska était en hôpital psychiatrique : elle aurait été jugée inapte à plaider, dans tous les cas. Évidemment, cela signifie que nous avons perdu l'argent de l'assurance, mais c'était alors le cadet de nos soucis.

Sachant qu'elle devait exprimer le doute qui la taraudait depuis qu'il lui avait parlé de l'accident d'Ava devant le Savoy, Greta demanda d'une voix hésitante :

— Crois-tu que c'est Cheska qui m'a poussée sur la chaussée, cette terrible soirée ?

David soupira, ne sachant pas comment lui répondre. Il décida d'opter pour la vérité.

— Avec le recul, je pense que c'est probable, en effet. Surtout après ce que je t'ai raconté sur l'accident d'Ava, ce serait une coïncidence incroyable si Cheska n'en était pas responsable. Mais bien sûr, nous n'avons pas de preuve et n'en aurons jamais. Je suis navré, cela doit être si horrible pour toi de penser que c'est une possibilité.

— C'est difficile à accepter, oui, mais je dois me rendre à l'évidence que Cheska était effectivement très malade. Mon Dieu, David, fit-elle en appuyant ses doigts sur ses tempes, tu imagines comme je me sens mal à l'idée que tout cela se soit déroulé sans que j'en sache rien ? Toutes ces années, j'ai vécu dans un monde à part et vous étiez tous obligés de prétendre que Cheska avait juste fait une dépression et avait décidé de renoncer à sa carrière pour mener une vie tranquille en Suisse. Est-ce la vérité ?

— Plus ou moins. Même si, malheureusement, elle ne peut pas sortir de son propre chef. Elle vit à l'abri dans une petite unité de psychiatrie au sein d'un sanatorium près de Genève. J'ai été obligé de la faire interner, pour son bien et celui des autres.

— Crois-tu… crois-tu que je sois responsable de ses… troubles ? Je n'aurais jamais dû autant la pousser quand elle était petite, je m'en rends compte à présent. Maintenant que je me souviens de tout, je crains d'avoir créé un monstre !

— Pour ne rien te cacher, je doute en effet que son enfance si étrange ait été adaptée à sa personnalité fragile. Néanmoins, tu ne dois pas oublier qu'elle souffrait déjà de troubles mentaux. Cheska a toujours été victime de paranoïa et d'hallucinations. Quand elle était enfant, elle vivait dans un monde imaginaire, elle a toujours eu des difficultés à faire la distinction entre fiction et réalité. Regarde Shirley Temple. Elle a vécu la même chose que Cheska – une grande célébrité à un très jeune âge – et pourtant, en grandissant, elle a eu des relations stables et a fait beaucoup de bien autour d'elle à l'âge adulte. Donc, non, Greta, tu ne dois vraiment pas t'en vouloir. Tu as fait ce que tu pensais être le mieux pour elle à l'époque.

— Je l'ai laissée couler, David. J'aurais dû voir les effets néfastes que sa carrière avait sur elle. La vérité, c'est qu'elle vivait le rêve que je n'avais moi-même jamais connu.

— Nous l'avons tous « laissée couler » d'une certaine façon. En plus de cela, sa beauté et sa célébrité aveuglaient ceux qui l'entouraient, les empêchant de voir ce qu'elle était réellement. C'était une actrice remarquable. À chaque instant de sa vie. Et ses pouvoirs de manipulation étaient époustouflants. Elle réussissait à tourner n'importe quelle situation à son avantage et à nous faire croire ce qu'elle voulait. Je suis moi-même plusieurs fois tombé dans le panneau. La seule à ne s'être jamais laissé totalement berner était cette chère Ma. Comme elle me manque…

— J'imagine. C'était une femme extraordinaire. Je regrette de ne pas avoir pu la remercier pour tout ce qu'elle a fait pour moi, Cheska et Ava avant sa mort.

— Je crois qu'elle était prête à partir. Au moins, à la fin, elle n'était plus à l'hôpital. Quand mon heure viendra, j'espère suivre les pas de Ma et partir doucement dans mon sommeil.

— Ne l'évoque même pas, David, frissonna Greta. Je ne peux supporter l'idée de ton absence… Cheska a chamboulé notre vie à tous, poursuivit-elle en secouant la tête. Et nous ne sommes même pas de ta famille ! Imagine combien ton existence aurait été différente si tu ne m'avais pas prise en pitié il y a toutes ces années…

— Différente sans doute, mais si ennuyeuse ! Je te promets que je ne regrette pas une seule seconde.

— Et aujourd'hui, tu as trouvé le bonheur… parvint à articuler Greta avec le sourire.

— Oui. Tor est vraiment formidable. Et toi, alors ? J'espère que, maintenant que tu es de retour parmi nous, tu vas rattraper le temps perdu.

— Tant d'années gâchées… admit-elle. C'est comme si les vannes s'étaient ouvertes, et j'ai beaucoup de mal à trouver le sommeil. Les souvenirs se bousculent dans ma tête – comme un film familier que j'aurais vu il y a longtemps.

— Cela a été traumatisant pour toi et je trouve que tu t'en sors admirablement, je t'assure. Je pense toutefois que tu devrais consulter ton médecin à ton retour à Londres. Tu auras peut-être besoin d'aide au début. Bon, je vais me coucher.

— Je crois que je vais rester encore un peu ici. Bonne nuit, David, et encore merci pour… tout ce que tu as fait pour moi et pour ma famille.

Il l'embrassa et quitta la pièce, laissant Greta seule, les yeux rivés vers la nuit sombre. En évoquant Londres et la fin des vacances, David l'avait emplie de peur. L'idée de retrouver la vacuité de son existence – même *avec* les souvenirs qu'elle avait désormais récupérés – était terriblement déprimante. Il lui faudrait apprendre à vivre avec la culpabilité, ainsi qu'avec la pensée que sa propre fille avait très certainement essayé de la tuer et avait fait d'elle une coquille vide et inutile pendant vingt-quatre ans. Devoir réfléchir à tout cela chez elle, de nouveau seule, l'accablait.

Mais après tout, s'encouragea-t-elle, elle avait déjà surmonté des situations difficiles… À présent qu'elle avait retrouvé la mémoire, peut-être que le monde ne lui semblerait plus aussi terrifiant et qu'elle s'y sentirait plus à sa place. Peut-être David avait-il raison, peut-être s'agissait-il du début d'une toute nouvelle vie. Elle sourit en pensant à lui, à la belle histoire qu'ils avaient partagée et qu'elle venait de se remémorer. Il l'avait aimée… mais il était désormais trop tard.

Elle se leva et éteignit la lumière. Elle ne devait pas être égoïste. David était heureux avec Tor et, plus que quiconque, il méritait ce bonheur.

Le lendemain matin, alors que David lisait le *Telegraph* près du feu, Mary entra au salon.

— Un appel pour vous, monsieur David, de Suisse.

L'estomac noué, David se rendit à la bibliothèque pour répondre au téléphone. Il avait appelé le sanatorium la veille de son arrivée à Marchmont, pour demander des nouvelles de Cheska et lui transmettre ses pensées pour Noël. On l'avait alors informé qu'elle traversait un accès de bronchite – une maladie dont elle était coutumière depuis quelques années – mais qu'elle était calme et sous antibiotiques.

Depuis qu'il l'avait accompagnée dans cet établissement cinq ans plus tôt, il lui rendait visite de façon sporadique. Il avait jugé préférable de transférer Cheska hors du pays et de la faire disparaître, plutôt que d'endurer l'ingérence humiliante de la presse, inévitable si celle-ci découvrait que la jeune femme avait été internée. Cet endroit coûtait une fortune, s'apparentant plus à un hôtel de luxe qu'à un hôpital, mais au moins David savait qu'on prenait bien soin d'elle.

Il saisit le combiné.

— David Marchmont à l'appareil.

— Bonjour, monsieur Marchmont, ici le Dr Fournier. Je suis navré de vous déranger en cette période de fêtes, mais je dois vous informer que votre nièce est en soins intensifs à Genève. Nous avons dû l'y transférer dans la nuit. Malheureusement, sa bronchite s'est aggravée, se transformant en pneumonie. Monsieur, je crois que vous devriez venir.

— Elle est en danger ?

Le médecin marqua une pause avant de reprendre.

— Je crois que vous devriez venir. Immédiatement.

David leva les yeux au ciel, pestant intérieurement contre les puissances d'en haut. Égoïstement, il pensa d'abord que ses projets du Nouvel An avec Tor tombaient à l'eau. Il s'en repentit presque aussitôt.

— Bien sûr. Je prendrai l'avion dès que possible.

— Je suis désolé, monsieur. Vous savez que je ne le suggérerais pas à moins que…

— Je comprends.

David nota les coordonnées de l'hôpital où se trouvait Cheska, puis appela l'agence de voyage locale pour qu'elle lui réserve une place dans le prochain vol disponible. Montant l'escalier pour préparer quelques affaires et redoutant d'annoncer à Tor le changement de programme, il croisa Greta qui descendait.

— David, est-ce que tout va bien ?

— Non, Greta. Pardonne-moi de te donner encore une mauvaise nouvelle, mais Cheska est au plus mal. Elle a une pneumonie et a été transférée en soins intensifs à Genève. Je viens d'appeler l'agence de voyage et je pars sur-le-champ.

Greta le fixa, puis hocha la tête.

— La même chose est arrivée à son jumeau, Jonny. Tu te rappelles ? murmura Greta.

— Oui. Espérons qu'elle va tenir bon.

— Je vais y aller.

— Comment ?

— C'est moi qui vais y aller. Cheska est ma fille, après tout. Et je crois que tu en as assez fait pour elle. Et pour moi.

— Mais tu as subi un grand choc ces derniers jours, Greta, sans parler du fait que tu n'as que très rarement quitté ton appartement ces vingt-quatre dernières années…

— David, arrête de me traiter comme une enfant ! C'est justement à cause de ces derniers jours que je vais y aller. Tu as des projets avec Tor, moi je n'ai rien de prévu. Et surtout, je *tiens* à y aller. Malgré tout ce qu'a fait Cheska, je l'aime. Je l'aime… poursuivit-elle, la voix brisée par l'émotion. Et je veux juste être auprès d'elle. D'accord ?

— Si c'est vraiment ce que tu souhaites, je vais rappeler l'agence et réserver le billet à ton nom. Va vite faire ta valise.

*

Une heure plus tard, Greta était prête à partir. Avant de descendre, elle alla frapper à la porte d'Ava. Celle-ci lisait, allongée sur son lit.

— Bonjour, la salua-t-elle. Simon m'a interdit de me lever. J'ai passé une nuit très agitée. Ce petit semble avoir une multitude de bras et de jambes. Mon Dieu, je serai soulagée quand il sera né !

Greta se souvint de son inconfort à la fin de sa grossesse et une pensée lui traversa l'esprit.

— Ton ventre est vraiment impressionnant, Ava, même pour trente-quatre semaines. Le médecin n'aurait pas mentionné de jumeaux, par hasard ?

— Non, pas pour l'instant mais, à vrai dire, je n'ai pas fait d'échographie depuis celle des trois mois de grossesse et – tu ne dois surtout pas le dire à Simon, ou il me tuerait – j'ai raté mes derniers rendez-vous. J'avais trop de travail au cabinet pour aller à Monmouth…

— Eh bien, il faut que tu fasses un contrôle, chérie. C'est très important. Le bébé doit être ta priorité.

— Je sais, soupira Ava. L'ennui, c'est que nous n'envisagions pas du tout de fonder une famille si tôt. Nous sommes tous les deux si pris par notre carrière…

— Comme je te comprends ! Moi-même j'avais dix-huit ans et j'étais horrifiée.

— C'est vrai ? Je vais te confier un secret : au début, moi aussi j'étais horrifiée, mais cela me paraissait si égoïste que je n'ai rien dit à personne. Merci, Bonne Maman, grâce à toi, je me sens beaucoup mieux. As-tu tout de suite aimé tes bébés à leur arrivée ?

— Tendrement, sourit Greta, ayant retrouvé ces merveilleux souvenirs. Leurs deux premières années figurent parmi les plus heureuses de ma vie. Ava, je ne sais pas si tu as eu vent de la nouvelle, mais je pars pour Genève. Ta mère est malade.

Le visage de la jeune femme s'assombrit.

— Non, je n'en savais rien. Est-ce qu'elle va très mal ?

— Je ne le saurai qu'une fois là-bas, mais je crois que le médecin n'aurait pas appelé pour suggérer que quelqu'un vienne, si son état n'était pas critique.

— Je vois. Je ne sais pas très bien ce que je ressentirai si elle…

— C'est normal, après ce qu'elle t'a infligé. Ava, maintenant que le passé me revient, je voulais juste te dire combien je suis désolée pour ce qui t'est arrivé, et de ne pas avoir été pour toi la grand-mère que j'aurais dû être.

— Ce n'était pas ta faute, Bonne Maman. C'est Cheska qui est responsable de cette situation, pour avoir failli te tuer. Tu traverses un calvaire depuis. Je n'imagine pas ce que cela doit être de voir sa mémoire effacée d'un coup.

— C'était affreux, reconnut Greta. En tout cas, avant que je parte, je veux que tu saches que je serai très heureuse de t'aider de toutes les façons possibles à la naissance du bébé. Il suffit que tu m'appelles et j'accourrai.

— Merci, c'est adorable de ta part.

— À présent, je dois filer. Prends bien soin de vous deux, d'accord ? fit Greta en se penchant pour embrasser sa petite-fille.

— Toi aussi. Et embrasse Cheska pour moi, ajouta Ava tandis que Greta s'éloignait.

*

Greta se tenait près de la porte d'entrée, prête à monter dans le taxi qui l'emmènerait à Heathrow.

— Bon, il est temps d'y aller. J'appellerai à mon arrivée.

Elle étreignit David, Tor, Simon et Mary pour leur dire au revoir et les remercia de l'avoir aussi gentiment reçue. David porta la valise de Greta pour elle et, au moment où elle ouvrait la portière, lui prit la main.

— Tu es sûre que tu ne veux pas que je t'accompagne ?

— Certaine.

Elle se hissa sur la pointe des pieds et l'embrassa sur la joue. D'instinct, il la prit dans ses bras.

— Quelle aventure nous avons vécue, Greta, chuchota-t-il. Prends bien soin de toi, s'il te plaît. Je suis si fier de toi.

— Merci.

Greta s'engouffra dans la voiture avant que David ne puisse voir les larmes qui lui inondaient les yeux.

La première chose que remarqua Greta quand elle entra à l'hôpital fut l'odeur. Peu importait le pays ou le coût de l'établissement, l'odeur des hôpitaux était toujours la même et lui rappelait chaque fois son long séjour après son accident. Elle se présenta à la réception et une dame en tailleur la conduisit à l'unité de soins intensifs.

— Comment va-t-elle ? s'enquit Greta auprès de l'infirmière qui assurait la garde de nuit.

Elle se souvenait aussi très bien de ce terrible silence, agrémenté uniquement par le bruit des machines.

— J'ai peur que son état ne soit critique. Avec la pneumonie, ses poumons se sont remplis de liquide. Nous avons fait tout notre possible pour y remédier, mais jusqu'ici le traitement n'a pas été efficace. Je suis désolée, déclara-t-elle de son accent suisse un peu brusque. J'aimerais pouvoir vous donner de meilleures nouvelles. La voici.

Toutes sortes de machines entouraient la silhouette frêle alitée. Cheska portait un masque à oxygène qui semblait bien trop grand pour son petit visage délicat. Greta se demanda si c'était simplement son imagination, mais elle avait l'impression que sa fille avait rapetissé. Les os de ses poignets minuscules étaient douloureusement visibles au travers de sa peau fine et pâle.

— Le médecin vient la voir tous les quarts d'heure. Il ne devrait pas tarder, indiqua l'infirmière en sortant.

Greta regarda sa fille. Elle avait l'air de dormir paisiblement.

— Mon trésor, comment pourrai-je un jour te dire combien je t'ai aimée ? Il faut que tu saches que tu n'y étais pour rien dans tous ces drames. J'aurais dû voir, j'aurais dû comprendre, murmura-t-elle. Je suis désolée, je suis tellement, tellement désolée…

Elle tendit la main et caressa la joue de Cheska. Celle-ci paraissait aussi innocente et vulnérable que lorsqu'elle était enfant.

— Tu étais un si gentil bébé, tu ne m'as jamais causé de soucis, tu sais. Je t'adorais. Tu étais si belle. Et tu l'es toujours.

Cheska ne remuait pas, alors Greta poursuivit.

— En fait, Cheska, j'ai retrouvé la mémoire. Je me souviens de tout à présent et de toutes les erreurs que j'ai commises. Je ne t'ai pas donné la priorité. Je pensais que l'argent et la célébrité étaient plus importants, et je t'ai poussée, parce que je ne comprenais pas le mal que cela te faisait. Je ne voyais pas que tu souffrais… Pardonne-moi, s'il te plaît. Pour tout ce que j'ai fait de travers.

Cheska frémit soudain, puis toussa – un bruit profond et visqueux que Greta se rappelait si bien de ces derniers jours déchirants avec Jonny.

— Ma chérie, je ne le supporterai pas si tu me quittes maintenant, parce que je crois vraiment que c'est la première fois que je suis en mesure d'être pour toi la mère dont tu as toujours eu besoin. Tu as tant perdu. D'abord Jonny, ton jumeau adoré. Je me souviens que tu le suivais partout. Ensuite ton père…

— Jonny…

Un son étrange, guttural, émana de derrière le masque à oxygène et Greta s'aperçut que Cheska avait les yeux grands ouverts.

— Oui, chérie, Jonny. C'était ton frère et…

Cheska remuait faiblement le bras vers son visage. Elle tapota son masque et secoua la tête.

— Chérie, je ne pense pas que je puisse te l'enlever. Les médecins ont dit que…

Cheska luttait pour le retirer.

— D'accord, laisse-moi t'aider, céda Greta en se penchant pour l'écarter de la bouche de sa fille. Qu'est-ce que tu voulais dire ?

— Jonny, mon frère. Il m'aimait ? demanda-t-elle d'une voix éraillée, essoufflée par l'effort.

— Oui, il était fou de toi.

— Il m'attend. Il sera là.

La respiration de Cheska devenait encore plus laborieuse et Greta replaça le masque à oxygène.

— Oui mais, je t'en prie, n'oublie pas que moi aussi je t'aime et que j'ai besoin de toi…

Le médecin entra alors et contrôla l'état de Cheska. Elle semblait s'être rendormie.

— Puis-je vous parler, madame Hammond ?

— C'est Mrs Simpson, en fait, mais oui, bien sûr.

Le médecin indiqua qu'elle devait quitter la pièce.

— Au revoir, ma petite fille chérie.

Elle se leva, embrassa Cheska sur le front et sortit.

— Au revoir, Maman, s'éleva un murmure de derrière le masque. Je t'aime.

56

Ce fut Mary qui répondit au téléphone à l'heure du déjeuner, le 31 décembre.

— Allô ?

— Mary, c'est Greta. Cheska est partie à trois heures ce matin.

— Oh, je suis tellement, tellement désolée.

Le silence s'installa quelques instants.

— Est-ce que David est là ? finit par demander Greta.

— Malheureusement, Tor et lui sont partis ce matin pour l'Italie. Mais je suis sûr que vous pouvez l'appeler là-bas. Je vous donne son numéro ?

— Non. Laissons-le profiter de ses vacances. Est-ce qu'Ava est dans les parages ?

— Elle se repose. En revanche, Simon est quelque part au rez-de-chaussée.

— Pouvez-vous me le passer, s'il vous plaît ?

Mary alla chercher Simon.

Il écouta ce que Greta avait à lui dire et accepta d'annoncer en douceur la nouvelle à Ava à son réveil.

— Je suis navré, Greta. Vraiment.

Il raccrocha et soupira.

— La fin d'une époque, pas vrai ? déclara Mary.

— Oui. Mais une autre va bientôt s'ouvrir avec une nouvelle génération, tâchons de ne pas l'oublier.

Mary le regarda s'éloigner, les mains enfoncées dans ses poches. Elle savait qu'il avait raison.

David et Tor contemplaient le magnifique feu d'artifices du Nouvel An embraser le port de Santa Margherita.

— Bonne année, chérie, fit David en serrant sa fiancée dans ses bras.

— Bonne année, David.

Au bout de quelques secondes, elle s'écarta de lui et alla s'asseoir sur le balcon minuscule.

— Qu'y a-t-il, Tor ? s'étonna David. Il y a quelque chose qui ne va pas. Je te trouve un peu distante depuis notre arrivée ici. Dis-moi ce qui se passe, l'incita-t-il en s'asseyant en face d'elle.

— Vraiment, David, je… commença Tor en se frottant le front. Ce n'est pas le moment.

— Si c'est une mauvaise nouvelle, ce n'est jamais le moment. Alors, s'il te plaît, dis-moi ce qui ne va pas.

Elle prit une gorgée de champagne.

— En fait… il s'agit de nous. Cela fait presque six ans que nous sommes ensemble.

— Oui, et je vais enfin te passer la bague au doigt.

— Et j'étais vraiment heureuse et honorée que tu me fasses ta demande… au départ. Je t'aime, David, énormément. J'espère que tu le sais.

David était perplexe. Il était très inhabituel de la part de Tor de lancer une conversation de ce genre.

— Bien sûr que je le sais. Mais qu'est-ce que tu veux dire par « au départ » ?

— Ces derniers jours, quelque chose m'a frappée, même après ta demande en mariage.

— Quoi donc ?

— En fait, tu me dis que tu m'aimes, et d'une certaine façon je te crois, mais la vérité, David, c'est que je pense que tu en aimes une autre. Depuis toujours.

— Quoi ?

— Chéri, je ne suis pas idiote et toi non plus. Je parle de Greta, bien sûr. Et je sais qu'elle t'aime aussi.

— Oh, pour l'amour du ciel ! Combien de coupes de champagne as-tu avalées ? gloussa David. Greta ne m'a jamais aimé. Je t'ai dit qu'un jour je l'avais demandée en mariage et qu'elle avait refusé.

— Oui, mais c'était il y a longtemps et les choses ont évolué. Je te le dis, David, elle est amoureuse de toi. Fais-moi confiance. Je m'en suis bien rendu compte à Noël. Je vous ai vus tous les deux.

— Vraiment, Tor, je crois que tu exagères.

— Je t'assure que non. Toute ta famille le voit, je ne suis pas la seule. Or, si deux personnes s'aiment, il faut qu'elles soient ensemble. David, poursuivit-elle en prenant sa main dans la sienne, je crois que tu devrais essayer de l'admettre : pour toi, il n'y a jamais eu qu'une femme. Je ne t'en veux pas, mais je crois que nous devrions tous les deux nous rendre à l'évidence. Nous avons vécu ensemble six années formidables, dont je ne regrette pas un seul instant, mais notre relation a fait son temps… Pour être honnête, je ne veux pas être un second choix, or c'est malheureusement ce que je ressens.

— Tor, je t'en prie, tu te trompes ! Je…

— David, nous avions déjà décidé que, même après notre mariage, rien ne changerait, du moins pas au début. J'ai ma vie à Oxford et tu as la tienne entre Londres et Marchmont. Nous nous sommes tenu compagnie et c'était merveilleux. J'ai pour toi une profonde tendresse, mais…

— Es-tu en train de me quitter ?

— Oh David, s'il te plaît, n'emploie pas ces grands mots. Non, je ne te quitte pas. J'espère que nous resterons toujours amis. Et si tu trouves un jour le courage d'avouer tes sentiments à Greta, ou inversement, j'espère vraiment être invitée au mariage. Ça y est, c'est dit, conclut-elle en retirant sa bague de fiançailles pour la lui rendre. À présent, allons en ville célébrer la nouvelle année.

Greta revint à Heathrow par une triste journée de début janvier. Elle avait décidé de ne pas organiser d'enterrement officiel pour Cheska. Cela aurait signifié demander à la famille de venir à Genève, et les médias auraient pu avoir vent de la situation. Au lieu de cela, dans sa valise, elle rapportait ses cendres qu'elle ensevelirait près de la tombe de Jonny, lors de son prochain séjour à Marchmont.

Quand elle pénétra dans son appartement, il y faisait un froid glacial. Après avoir allumé l'eau et le chauffage central, elle se prépara du thé et s'assit sur le canapé. Elle ne savait pas très bien quand David reviendrait d'Italie et avait demandé à tout le monde à Marchmont d'attendre son retour pour lui annoncer la nouvelle.

À part le bruit de l'horloge et celui des tuyaux se remplissant d'eau, rien. Le silence complet.

Greta buvait son thé, se brûlant la langue. Tant de choses avaient changé depuis son départ pour Marchmont deux semaines plus tôt. Elle avait quitté son appartement dépourvue de sentiments, vide. Et à présent, les émotions se bousculaient en elle, tant et si bien qu'elle se demandait comment elle ferait pour toutes les contenir.

Après la mort de Cheska, elle aurait tant voulu parler à David ; lui seul aurait pu comprendre le désespoir qu'elle éprouvait. Elle avait désormais perdu ses deux bébés et, même s'il valait sans doute mieux pour sa pauvre Cheska, si tourmentée, être libérée de son esprit torturé, la perte de l'enfant qu'elle avait autrefois tant chérie, si vite après le retour de ses souvenirs, la rongeait.

Néanmoins, Greta était déterminée à ne plus dépendre de David. Depuis qu'elle avait retrouvé la mémoire, elle se rendait compte de tout ce qu'il avait fait pour elle, tout ce qu'il avait *été* pour elle au fil des années. Elle n'avait jamais eu autant besoin de lui, mais elle devait désormais le laisser vivre sa vie.

La semaine suivante passa avec une lenteur douloureuse. Pour tuer un peu le temps en cette période d'après fêtes lugubre, Greta adressa à David une lettre où elle se confondait en remerciements pour toute l'aide qu'il lui avait apportée au cours des années et où elle lui annonçait que Cheska était morte paisiblement. Elle écrivit également à Ava pour lui expliquer à elle aussi que sa mère n'avait pas souffert à la fin.

David l'appela dès réception de sa missive. Il lui confirma qu'elle avait vu juste : Ava attendait des jumeaux. Greta dut se faire violence pour lui dire qu'elle allait bien et que, comme il le lui avait conseillé, elle s'organisait une vie nouvelle et bien remplie. Il lui proposa de déjeuner avec lui deux jours plus tard au Savoy, mais elle déclina l'invitation, prétextant un départ en vacances imminent. Elle serait de retour la deuxième semaine de février et serait alors contente de le voir. Ava aussi lui répondit, se plaignant que le médecin l'avait confinée dans la maison. Elle espérait que Greta lui rendrait visite après la naissance.

Greta récura l'appartement jusqu'à ce qu'il brille, fit des gâteaux que personne ne mangerait et s'inscrivit à des cours de yoga et de peinture. Elle entreprit de tricoter chaussons, gilets et bonnets, tout comme elle l'avait fait pour ses bébés près de quarante ans plus tôt, pour passer le temps à Marchmont. Elle confectionna aussi deux châles au crochet et envoya le tout à Ava dans un grand colis.

Elle pouvait y arriver, reprendre une vie normale, se répétait-elle sans cesse. Cela prendrait juste un peu de temps.

Janvier céda enfin la place à février et Simon lui annonça qu'elle était arrière-grand-mère. Ava avait mis au monde un garçon, Jonathan, et une fille, Laura.

704

— Peux-tu lui transmettre mon immense bonheur, Simon ? Et bien sûr, si je peux faire quoi que ce soit pour vous aider, ce sera avec plaisir. Je sais à quel point cela peut être épuisant avec deux bébés.

Elle raccrocha et pleura de joie – et de chagrin, aussi, à l'idée que Cheska ne soit plus là pour voir ses petits-enfants.

Quelques jours plus tard, alors qu'elle s'installait devant un feuilleton, son dîner sur les genoux, le téléphone sonna.

— Bonne Maman ?

— Oui. Bonsoir, Ava, comment te sens-tu ? Félicitations, ma chérie !

— Merci. Je pense que tu sais comment je me sens, étant toi-même passée par là. Euphorique, épuisée, et j'ai l'impression d'être une vache à lait, soupira Ava. Mais je suis plus heureuse que je ne l'ai jamais été.

— J'en suis ravie, chérie. Comme tu le sais, j'étais enchantée avec mes petits bébés.

— C'est ce que m'a dit Mary. D'après elle, tu étais une mère merveilleuse.

— C'est vrai ?

— Oui. Au fait, merci pour les châles magnifiques, et pour tout le reste. Ils me sont bien précieux, il fait un froid de canard ici ! Tu es si douée de tes mains. Comme j'aimerais savoir tricoter comme ça !

Greta sourit.

— Si tu veux, je peux t'apprendre, tout comme LJ l'a fait avec moi. C'est facile.

— Justement... Pour être honnête, c'est un peu difficile de tout gérer et ça le sera encore plus quand j'aurai repris mon travail, ce que j'ai l'intention de faire dans deux ou trois mois. Alors je me demandais si tu pourrais venir m'aider un peu ? Je sais par Oncle David que tu viens de rentrer de voyage et que tu es très occupée à Londres, alors je comprendrais très bien si ce n'était pas possible pour toi…

— Bien sûr, chérie, j'en serais ravie ! Tu peux compter sur moi. Quand voudrais-tu que je vienne ?

— Dès que possible. Simon est sous l'eau avec la production d'un album et, bien que Mary fasse de son mieux, elle doit s'occuper de tant d'autres choses à la maison que je ne veux pas trop lui en demander.

— Si je venais ce week-end ? Cela me laissera le temps de régler deux ou trois choses ici.

— Ce serait merveilleux. Merci infiniment, Bonne Maman. Tu m'indiqueras l'heure d'arrivée de ton train et j'enverrai quelqu'un te chercher à Abergavenny.

Après avoir reposé le combiné, Greta poussa un petit cri de joie.

Le lendemain, elle se rendit chez le coiffeur en prévision de son déjeuner avec David. Elle passerait ensuite l'après-midi et la soirée à préparer ses valises. Au moins, à présent, elle se sentait d'attaque pour voir David et l'entendre parler de Tor. Pour la première fois depuis bien longtemps, elle aussi avait des projets.

Ils se retrouvèrent à leur table habituelle du restaurant et Greta s'aperçut aussitôt que son ami avait perdu du poids.

— Tu as fait un régime ? s'étonna-t-elle.

— Non, je pense que c'est une question de gènes. En vieillissant, certains prennent du poids quand d'autres en perdent. Toi, en tout cas, tu es absolument rayonnante. Champagne ?

— Oui, pourquoi pas ? N'est-ce pas merveilleux pour Ava ?

— Absolument. As-tu vu les jumeaux ?

— Pas encore, mais je pars demain aider Ava à Marchmont. Elle m'a l'air épuisée.

— Je suis stupéfait que tu puisses trouver le temps maintenant que tu es si occupée, sourit David.

— C'est tout naturel. C'est ma petite-fille et elle a besoin de moi. Comment vas-tu ?

— Oh, pas trop mal. Je travaille sur mon livre et j'envisage la retraite.

— Comment va Tor ? s'enquit-elle d'un ton qu'elle voulait léger.

— Bien, pour autant que je sache. Cela fait un moment que nous ne nous sommes pas vus.

— A-t-elle beaucoup à faire à Oxford ?

— Je suppose. En fait, Greta, nous nous sommes séparés.

— Ah bon ? Pourquoi ?

— C'était la décision de Tor. Elle disait que notre relation n'allait nulle part et, tout bien considéré, elle avait sans doute raison.

— Je n'en reviens pas, répondit Greta, au moment où arrivait le champagne. Je m'attendais à ce que tu me racontes vos préparatifs de mariage.

— Mieux vaut que ce soit arrivé maintenant. Enfin, trinquons aux nouveaux venus, fit-il en levant sa flûte. Et à toi, Greta. Je suis vraiment fier de toi. Tu as traversé tant de moments difficiles, surtout depuis Noël, et tu t'en sors avec brio.

— N'exagérons rien. À certains moments, je me sens complètement dépassée par les événements, mais il faut bien continuer d'avancer, non ?

— Tout à fait. Je t'avoue que je suis moi-même très déprimé depuis la mort de Cheska, juste après celle de ma mère…

— C'est comme courir le marathon, non ? Ce n'est que lorsqu'on franchit la ligne d'arrivée qu'on peut se permettre de s'effondrer. Peut-être est-ce ce qui t'arrive.

— Peut-être, fit-il en haussant les épaules, sans conviction. Et je doute que rédiger mon autobiographie m'aide à chasser mes idées noires. Je me retrouve obligé de ressasser le passé.

— Est-ce que j'y apparais ? plaisanta Greta.

— Comme je te l'avais promis, je vous ai laissées, Cheska, Ava et toi, hors de tout ça. Ce qui réduit considérablement ce que je peux raconter, sachant que vous avez toutes les trois occupé une place si importante dans ma vie. Bon, on commande ?

Greta dévora son déjeuner mais David, lui, ne fit que picorer dans son assiette.

— Est-ce que tu es sûr que ça va ? s'enquit Greta en fronçant les sourcils. Tu n'es vraiment pas dans ton état normal. C'est à cause de Tor ? Elle doit te manquer terriblement.

— Non, ce n'est pas ça.

David se concentrait sur sa serviette, cherchant à la plier en un petit triangle.

— C'est à cause de ce qu'elle m'a dit quand elle m'a annoncé qu'il était préférable de rompre, reprit-il.

— Et que t'a-t-elle dit ?

— Je…

— Crache le morceau, David. Rien de ce que tu pourrais dire ne me choquera. Je te connais depuis bien trop longtemps.

— En fait, elle m'a expliqué que notre relation ne mènerait à rien parce que j'avais toujours été amoureux d'une autre femme.

— Ah oui ? Qui ça ?

David ouvrit des yeux ronds.

— Toi, évidemment.

— *Moi* ? Pourquoi donc penserait-elle une chose pareille ?

— Parce que c'est la vérité. Elle avait raison.

— Eh bien, je me trompais quand je disais que rien de ce que tu pourrais dire ne me choquerait, déclara Greta après un long silence.

— C'est toi qui as insisté. Enfin voilà. Je lui ai dit que tu n'avais jamais éprouvé les mêmes sentiments à mon égard…

— David ! Bien sûr que j'éprouve la même chose pour toi ! Depuis des années et des années ! En fait, ce terrible soir de mon accident…, je m'apprêtais à te l'avouer. Et ensuite, bien sûr, je ne me souvenais de rien du tout, alors je suis tout simplement retombée amoureuse de toi, une deuxième fois.

— Tu es sérieuse ?

David la regardait d'un air si terrifié que Greta eut envie d'éclater de rire.

— Non, je plaisante ! Bien sûr que je suis sérieuse, vieil idiot. J'ai gardé mes distances ces deux derniers mois parce que je ne voulais plus représenter un fardeau pour toi.

— Je pensais que c'était parce que tu n'avais plus besoin de moi, maintenant que tu as retrouvé la mémoire.

— Comme nous le savons pertinemment tous les deux, j'ai toujours eu besoin de toi. Je t'aime, David.

Il lut le bonheur sur le visage de Greta et, prenant peu à peu conscience de ce qu'elle venait de lui avouer, il lui sourit en retour.

— Bon, eh bien nous y voilà.

— Oui, nous y voilà.

— Mieux vaut tard que jamais, je suppose. Ce moment n'a mis que quarante ans à arriver. Mais cela valait le coup d'attendre.

— Oui. David, c'est moi qui ai été terriblement stupide. Je ne voyais pas ce qui était juste sous mon nez. Si seulement je n'avais pas été aussi bête, les choses auraient été si différentes.

— Nous avons encore le reste de la vie devant nous, non ?

— Oui.

Pour la première fois depuis des années, Greta avait le sentiment d'avoir un avenir.

— Et si pour commencer je t'accompagnais demain à Marchmont ? Nous pourrons accueillir ensemble les nouveaux venus.

David tendit la main sur la table et elle la saisit, un grand sourire aux lèvres.

— Oui. Ce serait un début parfait.

La communauté Charleston a aimé !

Chez Charleston, nous sommes convaincus que, loin d'être une aventure solitaire, la lecture est une invitation au partage. Nous échangeons constamment avec nos lecteurs et lectrices, et nous sommes fiers de la belle communauté d'amoureux des livres que nous formons tous ensemble. Chaque année, nous choisissons au sein de cette communauté vingt lectrices et lecteurs qui nous accompagnent tout au long de l'année, et découvrent nos romans en avant-première. Voici leurs avis !

« *Lucinda Riley a encore une fois fait chavirer mon cœur, et son talent n'en est que confirmé. Un vrai coup de cœur comme je les adore.* »

Stéphanie, Sorbet Kiwi

« *Un roman passionnant, fascinant, avec des héroïnes terriblement attachantes et aux destins plus que mouvementés !* »

Julie,
Les petites lectures de Scarlett

« *Un récit poignant. Lucinda Riley nous montre une nouvelle fois son talent pour raconter des histoires intenses en émotions.* »

Cynthia, Lectrice-Lambda

« *Une merveilleuse saga familiale.* »

Cassandra, Prettyrosemary

« *Magnifiquement écrit et une lecture très agréable. Si vous rêvez d'une saga familiale qui vous captivera alors n'hésitez plus !* »

Coralie,
Les tribulations de Coco

« *Un roman plein d'amour qui invite à se pencher sur le passé et le poids des erreurs.* »

Aurélie, BettieRoseBooks

« *L'écriture de Lucinda est très agréable à lire. L'intrigue ne manque pas de rebondissements. Lucinda Riley est une reine en la matière.* »

Caroline, CaroBookine

VOUS AVEZ AIMÉ CE LIVRE ?

Découvrez la saga événement de Lucinda Riley,
Les Sept Sœurs

À la mort de leur père, énigmatique milliardaire qui les a adoptées aux quatre coins du monde lorsqu'elles étaient bébés, les sœurs d'Aplièse se retrouvent dans la maison de leur enfance, Atlantis, un magnifique château sur les bords du lac de Genève.

Pour héritage, elles reçoivent chacune un mystérieux indice qui leur permettra peut-être de percer le secret de leurs origines...

Dans cette ambitieuse série, inspirée de la légende et de la constellation des Sept Sœurs, Lucinda Riley fait preuve de son incroyable talent de conteuse.

> *« Un page-turner incroyable*
> *mêlant drame et romance. »*
> *Daily Mail*

Tournez la page pour découvrir sans plus attendre
le premier chapitre du tome 1 !

Je me souviendrai toujours de l'endroit où je me trouvais et de ce que je faisais quand j'ai appris que mon père venait de mourir.

J'étais à Londres, chez Jenny, une vieille amie d'école, et je profitais du soleil de juin, assise dans son joli jardin, un exemplaire de *L'Odyssée de Pénélope* ouvert sur les genoux, pendant qu'elle était allée chercher son petit garçon à la crèche.

Je me sentais calme, heureuse de m'être échappée pour passer quelques jours de vacances ici. J'étais en train d'admirer la clématite en boutons qui dépliait ses fragiles bourgeons roses, donnant naissance à un tumulte de couleurs, lorsque mon portable a sonné. D'un coup d'œil sur l'écran, j'ai vu que c'était Marina.

— Allô, Ma, ça va ?

J'espérais que, dans ma voix, elle entendrait aussi la belle chaleur estivale.

— Maia, je…

Marina a marqué une pause, et, à cet instant, j'ai compris qu'il était arrivé quelque chose de terrible.

— Qu'est-ce qui se passe ?

— Maia, je ne sais pas comment te le dire, mais ton père a eu une crise cardiaque ici, à la maison, hier après-midi. Et aujourd'hui… tôt ce matin, il… est décédé.

Je suis restée silencieuse, un million de pensées disparates et ridicules me traversant l'esprit, l'une d'elles étant que Marina, pour une raison ou une autre, avait décidé de me faire une blague de mauvais goût.

— Je ne l'ai pas encore annoncé à tes sœurs, Maia. Comme tu es l'aînée, il m'a semblé que c'était toi qui devais l'apprendre en premier… Je voulais te demander si tu préfères les appeler, ou si tu souhaites que je le fasse.

— Je…

Aucune parole cohérente ne me venait aux lèvres, tandis que je commençais à réaliser que jamais Marina, ma chère et bien-aimée Marina, la femme qui avait été pour moi la personne qui se rapprochait le plus d'une mère, ne me mentirait. Il fallait donc que ce soit vrai. Et brusquement, tout s'est effondré en moi.

— Maia, s'il te plaît, dis-moi que ça va. Oh, c'est vraiment l'appel le plus terrible que j'ai jamais eu à passer, mais j'ai pensé qu'il valait mieux me tourner vers toi… Dieu seul sait comment tes sœurs vont réagir.

C'est à ce moment que j'ai entendu la souffrance dans sa voix. J'ai compris qu'elle aussi avait besoin de parler, de partager son fardeau, d'être réconfortée.

— Bien sûr, Ma, je vais prévenir mes sœurs. Sauf que je ne suis pas certaine d'avoir toutes leurs coordonnées sur moi… Ally n'est-elle pas partie faire une régate ?

Et pendant que nous discutions de l'endroit où se trouvait chacune de mes sœurs cadettes, comme s'il fallait les réunir pour fêter un anniversaire plutôt que de pleurer la mort d'un père, la conversation a pris un tour surréaliste.

— Quand faut-il prévoir l'enterrement à ton avis ? ai-je demandé. Avec Électra à Los Angeles et Ally quelque part en mer, on ne peut certainement pas l'envisager avant la semaine prochaine, au plus tôt.

— Eh bien…

J'ai perçu l'hésitation de Marina au bout du fil.

— Le mieux serait peut-être qu'on en parle toutes les deux quand tu rentreras à la maison. Mais rien ne presse pour l'instant, Maia. Aussi, si tu préfères rester encore un peu à Londres… Il n'y a plus rien à faire pour lui ici…

La voix de Marina s'est brisée.

— Ma, je saute dans le premier avion pour Genève ! Je vais téléphoner à la compagnie aérienne et je te donnerai l'heure du vol. Entre-temps, j'essaie de contacter tout le monde.

— Je suis vraiment désolée, ma chérie, a soupiré Marina. Je sais que tu l'adorais.

— Oui…

L'étrange sérénité que j'avais ressentie pendant que nous débattions des préparatifs m'a soudain abandonnée, comme le calme avant la tempête.

— Je t'appelle plus tard quand je saurai à quelle heure j'arrive.

— Très bien. Maia, prends soin de toi. C'est un choc terrible…

J'ai raccroché. Puis, avant que les nuages noirs, dans mon cœur, ne percent et ne menacent de m'engloutir, je suis montée dans ma chambre pour téléphoner à la compagnie aérienne. Pendant que j'attendais qu'on prenne mon appel, j'ai regardé le lit dans lequel, le matin même, j'avais tout simplement ouvert les yeux sur un autre jour. Et j'ai remercié Dieu que les êtres humains n'aient pas la faculté de prévoir l'avenir.

La femme qui a répondu au bout d'un moment n'était pas très aimable et j'ai compris, tandis qu'elle me parlait de vols complets, de coûts supplémentaires et de coordonnées de carte de crédit, que mon barrage émotionnel était prêt à craquer. Finalement, une fois qu'elle m'eut alloué de mauvaise grâce une place sur le vol de seize heures pour Genève, ce qui signifiait que je devais me dépêcher de rassembler mes affaires et prendre un taxi pour Heathrow, je me suis assise sur le lit et j'ai contemplé le motif du papier peint pendant si longtemps que le dessin a commencé à danser devant mes yeux.

— Voilà, il est parti, ai-je murmuré, parti pour toujours. Je ne le reverrai plus jamais.

Je m'attendais tellement à éclater en sanglots à cause de ces paroles prononcées tout haut que j'ai été surprise qu'il ne se passe rien, et je suis restée là, immobile, hébétée, mais la tête toujours pleine de détails pratiques. À l'idée d'appeler mes sœurs – toutes les cinq –, j'étais terrifiée. Laquelle prévenir en premier ? J'ai pris en compte tout un éventail de paramètres et la réponse n'a pas tardé à s'imposer : Tiggy, bien sûr, la seconde de la fratrie, celle dont je me sentais la plus proche.

Les doigts tremblants sur mon téléphone, j'ai fait défiler les numéros jusqu'au sien. En entendant sa messagerie vocale, j'ai bafouillé quelques mots confus lui demandant de me rappeler d'urgence. Elle se trouvait quelque part dans les Highlands, en Écosse, où elle travaillait dans un centre qui recueillait des cervidés malades.

Quant à mes autres sœurs... leurs réactions seraient diverses, en apparence du moins, allant de l'indifférence à un dramatique épanchement d'émotion.

Ne sachant pas trop de quel côté je basculerai sur l'échelle du chagrin quand je leur parlerai, j'ai choisi la lâcheté et je leur ai envoyé un texto à chacune, les priant de me contacter le plus vite possible. Je me suis ensuite dépêchée de faire mon sac et je suis descendue à la cuisine où j'ai laissé un mot à Jenny lui expliquant pourquoi j'avais dû partir.

J'ai décidé de héler un taxi dans la rue et j'ai marché d'un pas rapide le long du parc de Chelsea, comme n'importe qui, par une journée banale. Je crois que j'ai même salué quelqu'un qui promenait son chien et que je lui ai souri.

Personne ne pourrait deviner ce qui m'arrive, me suis-je dit en montant dans le taxi que j'ai réussi à arrêter sur King's Road, où le trafic était intense.

J'ai indiqué au chauffeur l'aéroport d'Heathrow.

Non, personne n'aurait pu deviner.

* * *

Cinq heures plus tard, alors que le soleil descendait tranquillement sur le lac de Genève, je suis arrivée à notre ponton privé pour la dernière étape de mon voyage.

Christian m'attendait déjà dans la vedette. À son regard, j'ai compris qu'il savait.

— Comment allez-vous, mademoiselle Maia ? a-t-il demandé en m'aidant à monter à bord, ses yeux bleus pleins de compassion.

— Je suis… contente d'être ici, ai-je répondu d'une voix neutre, puis je suis allée m'asseoir à l'arrière du bateau, sur la banquette en cuir crème qui suivait la courbe de la poupe.

En temps normal, je m'installais à l'avant, à côté de Christian, pour fendre les eaux calmes pendant les vingt minutes de la traversée. Mais ce jour-là, j'avais besoin de solitude. Christian a démarré. Le soleil se reflétait sur les fenêtres des somptueuses demeures qui bordaient le lac. Souvent, en faisant ce trajet, il me semblait franchir le seuil d'un monde féerique, un univers éthéré sans aucun rapport avec la réalité.

Le monde de Pa Salt.

À l'évocation du surnom de mon père, que j'avais inventé quand j'étais enfant, des larmes m'ont picoté les yeux. Il avait toujours adoré faire de la voile et quand il revenait dans la maison du bord du lac, il sentait l'air iodé et la mer. Avec le temps, mes jeunes sœurs aussi s'étaient approprié ce surnom.

Alors que le bateau prenait de la vitesse et que le vent chaud agitait mes cheveux, je me suis remémoré des centaines d'arrivées à Atlantis, le château de Pa Salt. Situé sur un promontoire adossé à un croissant de terrain montagneux qui s'élevait en pente abrupte, il était inaccessible par la route ; on ne pouvait y accéder qu'en bateau. Les voisins les plus proches se trouvant à des kilomètres, Atlantis était un peu notre royaume privé, à l'écart du reste du monde. Tout ce qu'il renfermait était magique... comme si Pa Salt et nous, ses filles, avions vécu dans un endroit enchanté.

Nous avions toutes été choisies par Pa Salt quand nous étions bébés et adoptées aux quatre coins du monde. Pa aimait dire que nous étions ses filles « spéciales ». Il nous avait donné les noms des Pléiades, les Sept Sœurs, sa constellation préférée. Maia était la première.

Quand j'étais petite, il m'emmenait sous le dôme en verre de son observatoire, tout en haut de la maison, et me soulevait dans ses bras puissants pour que j'observe le ciel, la nuit, à travers son télescope.

— Elles sont là, me disait-il une fois qu'il avait aligné l'objectif. Regarde, Maia, regarde la belle étoile brillante dont tu portes le nom.

Et je la voyais, oh oui. J'écoutais à peine tandis qu'il me racontait les légendes à l'origine de mon nom et de ceux de mes sœurs, mais je savourais le plaisir de sentir ses bras autour de moi, consciente de vivre un moment rare et précieux, avec mon père pour moi seule.

Quant à Marina, que j'avais longtemps prise pour ma mère – j'avais même raccourci son nom à « Ma » –, j'ai compris plus tard qu'elle n'était qu'une simple nourrice, embauchée par Pa pour s'occuper de nous lors de ses nombreuses absences. Mais évidemment, Marina était beaucoup plus que cela pour nous toutes. C'était elle qui essuyait nos larmes, qui nous grondait lorsque nous nous tenions mal à table. Elle nous a guidées sereinement durant ces années difficiles à l'issue desquelles l'enfant devient une femme.

Ma a toujours été là, et je ne l'aurais pas aimée davantage si elle m'avait donné la vie.

Pendant les trois premières années de mon enfance, il n'y avait que Marina et moi dans notre château magique sur les rives du lac. Et puis, une à une, mes sœurs ont commencé à arriver.

Normalement, Pa m'apportait un cadeau quand il rentrait de voyage. J'entendais le bateau arriver, je m'élançais sur la vaste pelouse et je courais jusqu'à la jetée pour l'accueillir. Comme tous les enfants, je voulais voir ce qu'il avait caché dans ses poches magiques. Je me souviens du jour où, après qu'il m'eut offert un ravissant renne en bois sculpté en me jurant qu'il venait du Père Noël, une femme en uniforme s'est avancée avec un paquet dans les bras. Et le paquet bougeait.

— Je t'ai rapporté un autre cadeau, Maia, le plus extraordinaire qui soit. Une petite sœur. Maintenant, tu ne seras plus seule quand je dois m'absenter.

Pa m'a souri et serrée contre lui.

Ma vie a changé ensuite. La puéricultrice que Pa avait amenée avec lui a disparu quelques semaines plus tard et Marina a pris la relève pour s'occuper de ma sœur. Je ne comprenais pas comment cette chose qui braillait, qui sentait souvent mauvais et me privait de l'attention qui m'était due pouvait être un cadeau. Jusqu'à ce matin où Alcyone – à qui on avait donné le nom de la deuxième étoile des Sept Sœurs – m'a souri, assise dans sa chaise haute.

— Elle me reconnaît ! ai-je lancé, émerveillée, à Marina qui lui donnait à manger.

— Bien sûr qu'elle te reconnaît, ma chérie. Tu es sa grande sœur, celle qu'elle admirera toute sa vie. Ce sera à toi de lui enseigner beaucoup de choses que tu sais et qu'elle ignore.

Et, en grandissant, Alcyone est devenue mon ombre, toujours sur mes talons, ce qui m'enchantait et m'agaçait tout autant. « Maia, attends-moi ! » exigeait-elle d'une voix forte en me suivant d'un pas mal assuré.

Bien qu'Ally – comme nous l'avions surnommée – ait au départ quelque peu perturbé mon existence dorée à Atlantis, je n'aurais pu souhaiter une compagne plus adorable ni plus aimable. Elle pleurait rarement, voire jamais, et ne faisait aucun de ces caprices réservés aux bambins de son âge. Avec ses boucles d'un roux doré qui tombaient en cascade et ses grands yeux bleus, Ally possédait un charme naturel auquel mon père était le premier à succomber.

Quand Pa Salt rentrait à la maison après l'un de ses longs voyages à l'étranger, je remarquais combien ses yeux s'allumaient dès qu'il la voyait. Il la regardait comme jamais il ne m'avait regardée, j'en étais sûre, moi qui étais timide et réservée alors qu'Ally débordait d'assurance.

Elle était aussi un de ces enfants qui semblait exceller dans tout – en particulier la musique et les sports nautiques. Quand Pa lui a appris à nager dans notre grande piscine, elle a aussitôt maîtrisé la technique – un vrai poisson dans l'eau –, tandis que je barbotais avec peine, redoutant à tout instant de couler.

Et puis, alors que je n'avais pas le pied marin, même à bord du *Titan*, le superbe yacht de Pa, Ally, elle, le suppliait de l'emmener sur le dériveur qu'il gardait amarré à notre jetée. Je me souviens que je m'accroupissais dans l'espace exigu de la poupe pendant que Pa et Ally s'affairaient aux commandes et que le bateau filait sur les eaux miroitantes du lac. Bref, je ne partageais aucune passion avec Pa qui aurait pu me rapprocher de lui comme ma sœur.

Ally avait étudié la musique au Conservatoire de Genève. Excellente flûtiste, elle aurait pu poursuivre une carrière dans un orchestre professionnel, mais elle avait ensuite choisi la vie de marin à plein-temps. Elle participait régulièrement à des régates et avait représenté la Suisse à plusieurs occasions.

Ally avait presque trois ans quand Pa est arrivé un jour avec une autre sœur pour nous, à qui il a donné le nom de la troisième des Sept Sœurs, Astérope.

— Mais nous l'appellerons Star, a-t-il dit en nous souriant à Marina, Ally et moi, tandis que nous observions cette petite chose, couchée dans le couffin, qui venait agrandir notre famille.

Je prenais alors des leçons chaque matin avec un professeur particulier, aussi la venue de Star m'a-t-elle moins perturbée que celle d'Ally. Et puis, à peine six mois plus tard, un autre bébé nous a rejointes, une petite fille de douze semaines prénommée Célaéno, un nom qu'Ally a immédiatement raccourci en CeCe.

Trois mois seulement séparaient Star et CeCe et, du plus loin que je me souvienne, elles ont toujours été très complices. Comme des jumelles, communiquant avec leur propre babillement, qu'elles utilisent encore aujourd'hui. Elles vivaient dans leur monde à elles dont nous étions exclues, et même à présent qu'elles ont une vingtaine d'années, rien n'a changé. CeCe, la plus jeune des deux, était toujours celle qui avait le dessus, son corps trapu et sa peau noisette contrastant avec la pâleur et la minceur de Star.

L'année suivante, un autre bébé arriva encore. Taygète – que j'ai surnommée « Tiggy » à cause de ses cheveux courts et noirs qui se dressaient sur sa toute petite tête et me faisaient penser au hérisson de la célèbre histoire de Beatrix Potter.

J'avais alors sept ans et je me suis tout de suite sentie proche de Tiggy. Elle était la plus fragile d'entre nous, affligée de toutes les maladies infantiles les unes après les autres, mais elle demeurait stoïque. Quand Pa a encore ramené à la maison une autre fillette, nommée Électra, Marina, épuisée, m'a souvent demandé de m'occuper de Tiggy qui avait continuellement la fièvre, ou toussait, et qui fut finalement déclarée asthmatique. On ne la sortait pas beaucoup dans le landau pour éviter que l'air froid et le brouillard épais de Genève ne lui fragilisent les poumons.

Électra était la benjamine et son nom lui allait à la perfection. Je m'étais maintenant habituée aux bébés et à leurs exigences, mais ma plus jeune sœur était sans aucun doute la plus difficile. Tout ce qui se rapportait à elle était « électrique » ; en un instant, elle pouvait passer d'une humeur sombre à une humeur légère et vice versa, de sorte que notre foyer, auparavant calme, retentissait quotidiennement de ses cris perçants. Ses caprices résonnaient dans ma conscience d'enfant et, en grandissant, sa personnalité impétueuse ne s'adoucit guère.

En secret, Ally, Tiggy et moi la surnommions « Tricky », qui signifie difficile, délicat. Il nous fallait toujours la prendre avec des gants pour ne pas déclencher un brusque changement d'humeur. Franchement, il y a eu des moments où je la détestais tellement elle perturbait notre vie à Atlantis.

Cependant, quand Électra sentait que l'une de nous avait des problèmes, elle était la première à offrir son aide et son soutien. Elle pouvait se montrer d'un égoïsme excessif, ou bien, à d'autres occasions, d'une générosité sans limite.

Après Électra, nous avons toutes attendu l'arrivée de la septième sœur. Puisque Pa nous avait donné le nom de cette constellation, sans elle, nous n'aurions pas été complètes. Nous connaissions même son nom – Mérope – et nous nous demandions à quoi elle ressemblerait. Mais une année passa, puis une autre, et une autre encore, et notre père ne rapportait toujours pas de bébé.

Je me souviens parfaitement de la conversation que j'ai eue avec lui dans son observatoire. J'avais quatorze ans et allais bientôt entrer dans ma vie de femme. Nous guettions une éclipse qui, d'après lui, signait un moment précurseur pour l'humanité.

— Pa, ai-je dit, amèneras-tu un jour notre septième sœur à la maison ?

En entendant cela, tout son corps a semblé se figer pendant quelques secondes. D'un coup, il a eu l'air de porter le poids du monde sur ses épaules. Il ne s'est pas retourné, car il se concentrait sur son télescope, mais j'ai compris instinctivement que mes paroles l'avaient bouleversé.

— Non, Maia, je ne la ramènerai pas. Parce que je ne l'ai jamais trouvée.

* * *

Quand est apparue la haie d'épicéas qui protégeait notre maison des regards indiscrets et que j'ai vu Marina, debout sur la jetée, la mort de Pa s'est imposée à moi avec son implacable réalité : l'homme qui avait fait de nous les princesses de son royaume n'était plus là pour garder l'enchantement.

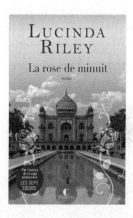

Quand la célèbre actrice Rebecca Bradley passe les portes en fer forgé d'Astbury Hall, le domaine anglais qui sert de lieu de tournage à son prochain film, elle est subjuguée par cette propriété sortie d'une autre époque. Loin des paparazzis et du glamour d'Hollywood, elle éprouve immédiatement une curieuse sérénité.

Mais le jour où elle découvre sa troublante ressemblance avec lady Violet, la grand-mère de l'actuel propriétaire des lieux, elle décide d'en savoir plus sur le passé de cette étrange famille. Aidée par un jeune homme originaire de Bombay à la recherche d'informations sur son aïeule, qui aurait vécu à Astbury Hall, Rebecca perce peu à peu les secrets qu'abritent les vieilles pierres du manoir. Seulement, les ombres qui hantent la dynastie des Astbury pourraient bouleverser bien des destinées…

Une étourdissante fresque multigénérationnelle, qui nous fait voyager des splendides demeures de la campagne anglaise aux palais des maharadjahs du début du xxe siècle.

Rosanna n'a que onze ans lorsqu'elle pose les yeux pour la première fois sur Roberto Rossini, un brillant ténor, aussi beau que charismatique. La fillette se fait alors un serment : un jour, elle l'épousera. Elle ignore qu'un douloureux secret lie déjà leur destin…

Six années plus tard, Rosanna, devenue une belle jeune femme, débarque à Milan. Son talent prodigieux de chanteuse lui permet d'intégrer la célèbre école de La Scala… et de revoir Roberto.

De Milan à New York, en passant par Londres et Paris, commence alors entre les deux artistes une passion tumultueuse et obsessionnelle. Mais les mensonges du passé menacent de faire voler leur vie en éclats.

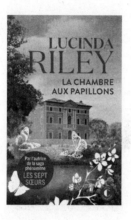

Dans la campagne du Suffolk, Admiral House trône. C'est la maison de famille de Posy Montague, l'endroit où elle a passé son enfance à courir après les papillons avec son père, avant d'y élever ses propres enfants. À près de 70 ans, elle doit pourtant se résoudre à se séparer de cette demeure qui a abrité ses plus grandes joies et ses plus grandes peines.

Mais la réapparition soudaine de Freddie, son amour de jeunesse qui lui a brisé le cœur cinquante ans auparavant, va tout bouleverser. Car il se pourrait bien qu'Admiral House n'ait pas encore révélé tous ses secrets…

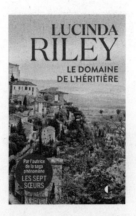

Gassin, sud de la France, printemps 1998.
Alors qu'elle a tout fait pour prendre ses distances avec ses origines aristocratiques, Émilie de La Martinières se retrouve seule héritière de l'imposant château familial : un cadeau empoisonné dont elle se serait bien passée. Et pourtant, de retour au domaine, elle est troublée par les souvenirs qui lui reviennent. Les volets bleu clair, la cour qui embaume la lavande, les vignobles alentour… Tout la ramène à son enfance.
Mais Émilie comprend bientôt que ces vieilles pierres cachent de nombreux secrets. Et quand elle découvre un recueil de poèmes écrit par sa tante Sophia, dont la seule mention était proscrite dans sa jeunesse, Émilie met au jour la tragique histoire d'amour qui a bouleversé sa famille sous l'Occupation…
De la Provence au Yorkshire, une émouvante fresque multigénérationnelle à travers les destinées entremêlées de personnages pris dans les tourments de la guerre.